Aż do końca świata

Sarah Lyons Fleming

Aż do końca świata

Księga pierwsza

Tłumaczenie Piotr Kucharski

Podium

Aż do końca świataj

Tłumaczenie Piotr Kucharski

Tytuł oryginału *Until the End of the World*

Język oryginału angielski

Zdjęcie na okładce: Shutterstock
Copyright © 2013, 2022 Sarah Lyons Fleming i SAGA Egmont

Wszystkie prawa zastrzeżone

ISBN: 978-1-0394-6073-7

Wydanie I

www.podiumentertainment.com

Dla Sadie i Silasa

Kocham Was, moje małe świry, aż do końca świata
i dłużej.

Książka przedstawia fikcję literacką. Zawarte w niej nazwiska, postacie, firmy, miejsca oraz wydarzenia albo stanowią wytwór wyobraźni autorki, albo też zostały wykorzystane w sposób fikcyjny. Wszelkie podobieństwo do rzeczywistych osób, żywych lub umarłych, jest całkowicie przypadkowe. Z wyjątkiem Laddiego, który był najlepszym psem w dziejach.

Aż do końca świata

Rozdział 1

Był to jeden z tych wiosennych dni sprawiających wrażenie, jakby wszystko było możliwe. Jakby ostatecznie wszystko miało się ułożyć. Kiedyś uwielbiałam podobne dni. Oczywiście zanim zaczęłam zupełnie unikać wiosny.

Niełatwo unikać całej pory roku, zwłaszcza tak wspaniałej. Jednak przez minione trzy lata udawało mi się to. Zamykałam rolety, nie wychodziłam na światło słoneczne i trzymałam się w ukryciu, żeby nie odgrzebywać wspomnień z tamtej pierwszej, okropnej wiosny.

W tym roku było inaczej. Nie potrafiłam nie cieszyć się wietrzykiem dającym znać, że nadciąga lato. W takie dni wiosna dodaje lekkości krokom i pozwala żyć nadzieją.

Poprzedniej nocy śniłam o Adrianie. Nie był to jednak zwykły sen, taki, po którym budziłam się zalana łzami i z wrażeniem pustki w żołądku. Siedzieliśmy na schodach ganku przed chatą moich rodziców. Wyciągaliśmy nogi przed siebie. Poruszałam palcami stóp. Nie istniało nic więcej. Owszem, pszczoły brzęczały pośród kwiatów, a drzewa szeptały na wietrze, ale to wszystko. Panowała po prostu cisza. I spokój, ten spokój, który nie tyle wydawał się towarzyszyć Adrianowi, ile z niego się rodził. Gdy się obudziłam, to wrażenie ze mną zostało i zaczęłam myśleć, że może znowu mogłoby stać się moje.

Ciemny kucyk mojej przyjaciółki Penny kołysał się z boku na bok, gdy mijałyśmy brooklyńskie kamienice i bloki mieszkalne w drodze do pracy. Nie powiedziałam jej o tym uczuciu, choć mówiłam jej niemal wszystko. Byłam jak wiewiórka, która znalazła orzech i chce go bezpiecznie schować, obracać go w łapkach i starannie mu się przyglądać.

Penny zerknęła na moje stopy.

– Założyłaś nowe buty.

Skinęłam głową. Wciąż było zbyt zimno, ale i tak miałam na sobie delikatne sandały. Pomyślałam, że dzięki nim poczuję się kobieca i silna. Że mogą pomóc mi znów wejść w ramiona wiosny i się nią radować. To dość głupie uznać, że buty sprawią coś takiego, ale zamierzałam wykorzystać wszelkie możliwe środki.

Penny uniosła twarz do słońca i westchnęła z zadowoleniem. Przeprowadziła się tu z Puerto Rico, gdy była dziesięciolatką, po śmierci ojca. Nawet po tylu latach odbierała zimę jak osobistą zniewagę.

– W nocy wezwali moją mamę, chodziło o coś z wirusem LX – powiedziała, po czym nasunęła wintydżowe okulary przeciwsłoneczne z powrotem na nos. – Mówi, że w Nowym Jorku jest teraz mnóstwo przypadków.

Bornawirus LX w ostatnich dniach rozniósł się po świecie. Jak dotąd spotykano go tylko w środkowozachodnich i zachodnich stanach. Nie zwracałam na niego szczególnej uwagi, bo wiosną na nic jej nie zwracam.

– Mówiła ile?

– Nie. Ale według niej kwarantanna w Saint Louis oznacza, że będzie kiepsko.

– Objęli Saint Louis kwarantanną? – Byłam zszokowana, że do tego doszło.

– Tak, późną nocą. Chicago też. I zawiesili loty z zachodu. – Zatrzymałyśmy się przy drzwiach prowadzących do Sunset Park Community Center, gdzie obie pracowałyśmy. – Jak to możliwe, że nie wiesz tego wszystkiego? Zwykle to ty przekazujesz mi takie wieści.

– Byłam roztargniona. Rano nie słuchałam wiadomości.

Chciałam powiedzieć jej więcej, ale nie byłam pewna, czy jest o czym mówić. Przestawienie mentalne, do którego we mnie doszło, było drobne i jeśli nic więcej z niego nie wyniknie, wolałam na wszelki wypadek się nie chwalić, by później przyznawać, że poniosłam porażkę. Penny rozejrzała się i przygryzła wargę z jednej strony.

– James pocałował mnie wczoraj wieczorem – bąknęła, wpatrując się w beton.

– Co zrobił? – zawołałam. Syknęła na mnie, więc ściszyłam głos. – Szłyśmy taki kawał do pracy i dopiero teraz mi o tym mówisz? O... – sprawdziłam godzinę na telefonie – cholera. Mam spotkanie. Muszę iść.

Penny uśmiechnęła się. Zrobiła to celowo, żebym nie męczyła jej po drodze.

– Wiedziałam! – oznajmiłam i zmrużyłam oczy, choć się uśmiechałam. – Mamy po dwadzieścia osiem lat, a ty wciąż mi nie mówisz, gdy ktoś ci się podoba! Nelly i ja czekaliśmy na to. Wiesz chyba, że później będziesz musiała mi wszystko opowiedzieć?

– Muszę lecieć – rzuciła wesoło, gdy ruszałam na górę.

Rozdział 2

Siedziałam przy biurku, zastanawiając się, czy nie grzmotnąć krnąbrnego komputera zszywaczem, gdy usłyszałam głos.

– Psst, Cassie. – Nad ścianką dzielącą nasze stanowiska pojawiła się głowa Nelly'ego. – Później idziemy na drinka.

Otworzyłam usta, zamierzając odmówić, ale pokręcił głową i błysnął tym swoim śnieżnobiałym uśmiechem. – Nawet nie próbuj mówić, że nie – rzucił z rozwlekłą południową intonacją, po czym zniknął.

Westchnęłam i naciągnąłem sandały, żeby pójść przedstawić swoje stanowisko. Byłam pewna, że tym razem Nelly ucieszy się, iż dezerteruję z jego planów. Usiadłam naprzeciwko jego biurka i zacząłem kiwać nogą.

– Nowe buty? – zapytał.

Magiczne właściwości, którymi nasyciłam je rano, nie zmaterializowały się. Jak dotąd udało im się jedynie sprawić, że w kilku miejscach odczuwałam swędzenie poprzedzające pęcherze. Było mi zimno w palce u stóp. I zauważyłam, że lakier jak zwykle mi odpryskiwał.

– Podobają ci się?

– Tak, tak, są świetne. Czy kiedykolwiek choć trochę obeszły mnie jakieś buty? – Przesunął dłonią po potarganych blond włosach i starał się wyglądać na przygnębionego, jednak nie udało mu się to. – Ale nie podobają mi się, jeśli przyszłaś tu, by powiedzieć mi, że nie pójdziesz ze mną na drinka.

Nelly był wysoki, solidnie zbudowany i nadzwyczaj zdrowy. Było oczywiste, że wychowywał się w miejscu, w którym jedzono wołowinę, pito pełnotłuste mleko i przebywano na świeżym powietrzu oraz słońcu. Gdy nie widniał na niej nieustanny uśmiech, jego twarz czasami wyglądała jak wykuta z kamienia. Doprowadził ten efekt do perfekcji, grając w futbol w liceum w Teksasie, gdzie pokerowa mina była niezbędna, zwłaszcza jeśli ktoś był gejem.

Westchnęłam.

– Uwierz mi, chętnie bym poszła. Ale dzisiaj zamierzam spróbować zerwać z Peterem.

Krzyknął głośno w teksańskim stylu. Skoro już mu powiedziałam, nie mogłam w ostatniej chwili stchórzyć przed zerwaniem, by później nie zostać obsypana wyrzutami. Już zacząłem żałować.

– Nie zamierzasz spróbować, mięczaku – Stuknął długopisem o biurko i popatrzył na mnie. – Tym razem zrobisz to. Ale najpierw musimy się napić, żeby wzmocnić cię w postanowieniu.

Roześmiałam się, bo było jasne, że mnie przekona.

– I lepiej, żeby było to porządne zerwanie. – Poważnie popatrzył na mnie niebieskimi oczyma. – Albo ja to zrobię za ciebie. Przysięgam, że tym razem się nie zawaham.

Poddałam się. Przyda mi się ten drink. W sumie to przydałby mi się w tym momencie.

– No dobra – stwierdziłam.

Wyglądał na nieprzekonanego.

– Naprawdę, obiecuję. – Oparłam głowę o jego biurko i jęknęłam. – Nie cierpię tego. Dlaczego muszę z nim zerwać?

Poklepał mnie po głowie.

– Ponieważ, kochanie, umawiasz się z niewłaściwymi ludźmi.

Pokazałam mu język i w tej samej chwili James, nasz pracujący na niepełny etat informatyk, wsunął głowę do boksu. Na jego ostrych rysach malował się rumieniec wynikający z podekscytowania.

– Chodźcie zobaczyć – rzekł. – Wirus jest w Nowym Jorku.

Przeszliśmy za nim korytarzem do sali konferencyjnej. Powstrzymałam się przed wypytywaniem go o Penny, bo wiedziałam, że by mnie zabiła, choć przyszło mi to z trudem.

Nasi współpracownicy przycupnęli na krzesłach i na długim stole, wpatrując się w prowadzącego wiadomości.

– Od wczoraj we wszystkich pięciu dzielnicach odkryto przypadki wystąpienia bornawirusa LX. Po raz pierwszy wirus pojawił się w minionym tygodniu w Long Xuyên w Wietnamie i od tego czasu rozprzestrzenił się na cały świat. Według stanu z nocy miasta w środkowej i zachodniej części USA, w tym Denver, Chicago i Saint Louis, zostały objęte kwarantanną, a gubernatorzy stanowi ogłosili ścisłe godziny policyjne. Szybko przenoszący się wirus prowadzi do uszkodzeń mózgu, na skutek których zainfekowani dokonują agresywnych napaści i rozprzestrzeniają infekcję za pośrednictwem swoich płynów ustrojowych. Władze twierdzą, że sytuacja jest pod kontrolą. Osoby, u których pojawiła się wysoka gorączka lub bóle stawów, powinny niezwłocznie zgłosić się do lekarza lub na izbę przyjęć. Proszę nie próbować samodzielnie doglądać swoich chorych bliskich. Centrum Kontroli Chorób oraz Departament Zdrowia nie podają póki co szacowanej liczby zarażonych osób. Gdy pojawią się kolejne informacje, przekażemy je państwu.

James uniósł brew w moim kierunku, wydał z siebie prychnięcie i skierował się z powrotem do swojego boksu. Jego dłonie zatańczyły na klawiaturze komputera. Nie pytałam, co robi, bo wiedziałam, że gdy skończy, znajdzie mnie.

Nelly i ja powoli poczłapaliśmy korytarzem. W normalnej sytuacji przetrząsnęłabym sieć w poszukiwaniu wieści o wirusie, ale teraz sprawa wpadła mi jednym uchem i wypadła drugim, zanim zdążyliśmy wrócić do naszych biurek. Myśli miałam pochłonięte taktyką, jaką zastosuję, by zerwać z Peterem – obracałam w głowie „zostańmy przyjaciółmi", „to nie twoja wina, tylko moja" oraz fakt, że zachowałam się jak idiotka, w ogóle decydując się z nim spotykać, a później tak długo to ciągnęłam.

– Hej – odezwałam się do Nelly'ego. – Może tak: „Peter, jestem idiotką. I nie mogę już z tobą być, bo jestem idiotką?".

– Jesteś w tym kompletnie do bani. – Objął mnie ramieniem, żebym się nie trzęsła. Niezbyt dobrze znosiłam takie nerwowe oczekiwanie. – Przećwiczę to z tobą przy drinkach. Zanim pójdziesz do Petera, będziesz już musiała tylko wyrecytować rolę. W porządku?

Skinąłem ponuro głową.

– Nelly, nie mogłabym po prostu wyjść za ciebie?

– Kochanie, oboje wiemy, za kogo powinnaś wyjść. I te drzwi wciąż są chyba otwarte.

Mówił o Adrianie. Byliśmy zaręczeni, dopóki tego nie popsułam.

– Ten statek już odpłynął, Nelly. – Nie potrafiłam wypowiedzieć na głos imienia Adriana, bo wtedy zaczęłabym płakać. Wiedziałam to. – Minęły już dwa lata.

– Jest na północnym wschodzie, Cass. Mógłbym sprawdzić, gdzie konkretnie, gdybyś chciała.

Poczułam, jak płonie mi twarz. Niewielu rzeczy w życiu mogłam się wstydzić, niewiele razy kogoś skrzywdziłam, ale z Adrianem naprawdę poszłam na całość.

Skoro Nelly przypominał o tym akurat dzisiaj, musiał to być znak. A co, gdybym powiedziała: „Pewnie, proszę bardzo, znajdź go"? Trudno mi było sobie wyobrazić, żeby Adrian ucieszył się z kontaktu z mojej strony. Wciąż tkwiło jednak we mnie tamto uczucie ze snu i pragnęłam je urzeczywistnić. Pragnęłam tego tak bardzo, że może wreszcie byłam gotowa zaryzykować i się dowiedzieć. Otworzyłam usta, próbując odnaleźć odpowiednie słowa, i w tym momencie zadzwonił mój telefon. Nelly uniósł brwi, jakby dając mi sygnał, że oczekuje na odpowiedź, i wyszedł. Odebrałam.

– Hej, Cassandra! – wrzasnął Peter nad głośnym szumem.

– Gdzie jesteś, u diabła? Brzmisz, jakbyś stał na autostradzie czy czymś podobnym.

– Bo stoję. Jesteśmy na prywatnym lotnisku w Waszyngtonie i czekamy na odrzutowiec do Nowego Jorku. Został opóźniony. Mówią, że mamy „niski priorytet". Przed nami jest dziesięciu senatorów i ich rodziny.

– Pewnie jakiś koncern tytoniowy rozdaje wakacje, jeśli zagłosujesz za legalnością palenia dla młodzieży – zażartowałam.

– Taa. – Nawet nie zachichotał. Czasami miewał braki w dziedzinie humoru. – W każdym razie nie wiem, jak będzie z wieczo-

rem. Przylecę późno, ale może przyjdę do ciebie, żeby zobaczyć
cię z samego rana. Tęsknię za tobą.

– Pewnie. Dobrze. Po prostu otwórz sobie drzwi, kiedy chcesz
– wykrztusiłam, boleśnie świadoma, że nie podzielałam jego tęsknoty. – Do zobaczenia rano.

– Do zobaczenia. – Telefon się rozłączył.

Wyobrażałam go sobie, jak stoi na lotnisku. Wsuwa telefon
do kieszeni płaszcza stworzonego przez projektanta, którego nazwiska nigdy nie słyszałem, a następnie przesuwa dłonią
po ciemnych włosach. Później rusza, żeby znaleźć osobę wyglądającą na najważniejszą na całym lotnisku, i przekonuje ją,
że jego lot jest ważniejszy niż Air Force One.

Ponieważ wyszło na to, że chwila zerwania odsunie się w czasie, przestało mi się kotłować w żołądku. Gdy wrócę wieczorem
do domu, będę udawała, że jestem bardzo zmęczona, pijana
czy coś. Wiedziałam, że to tchórzostwo, ale nie znosiłam ranić
uczuć innych ludzi, nawet jeśli nie lubiłam ich zbytnio. Albo,
jak w przypadku Petera, gdy udawali, że ich nie mają.
Przede wszystkim jednak byłam tchórzem.

Przez miniony rok przekonywałam samą siebie, że Peter
nie jest tak powierzchowny, na jakiego wygląda, ale teraz nie byłam już taka pewna. Szczerze mówiąc, z początku nawet podobało mi się, jak łatwy był związek z nim. Nie naciskał na mnie,
żebym rozmawiała o swoich uczuciach. Nie miał jak porównywać
mnie z osobą, którą byłam dwa lata wcześniej. Gdy go poznałam,
wychodziłam właśnie z dwuletniego pobytu we mgle. Jednak w miarę jak ta mgła się rozwiewała, a ja stawałam się coraz
bardziej dawną sobą, nigdy nie dał mi więcej niż tylko przebłysku
czegoś prawdziwego.

W wyjątkowo pasywno-agresywny sposób czekałam,

aż to on przerwie nasz związek. Traktowałam go z coraz większą rezerwą i nawet otwarcie się na niego irytowałam. Takie podejście najwyraźniej nie działało. Powinnam wyobrażać sobie, co stanie się później, a nie chwilę, kiedy z nim zrywam. Musiałam po prostu zrobić to szybko.

– Musisz go od siebie oderwać jak plaster – dobiegł głos Nelly'ego zza ściany.

– Czytasz mi w myślach? To dziwne jak cholera!

– Wygląda na to, że dostałaś odroczenie. I więcej czasu na drinki. Na ćwiczenie roli, chciałem powiedzieć.

Wszedł James, trzymając niezapalonego papierosa i iPada. Jego długie, chude nogi i ręce kojarzyły mi się z modliszką. Przez cały czas ślęczał nad komputerem lub tabletem, paląc jak szalony. Wyobraziłam sobie, jak zarywa do Penny, i uśmiechnęłam się.

– Cześć – odezwałam się.

Klapnął na krześle i podał mi iPada otwartego na jakimś blogu.

– Spójrz tu, Cass. To o bornawirusie LX. Sprawa jest poważniejsza, niż mówią.

Przy moim rodzinnym stole rozprawiano z podekscytowaniem o Roswell, malejących zasobach ropy naftowej i nowym porządku świata. W Jamesie znalazłam pokrewną duszę. Uwielbiał takie rzeczy.

– Wirus LX wydaje się mutować w miarę rozprzestrzeniania – przeczytałam na głos. – Ostatnie otrzymane doniesienia sugerują, że od momentu infekcji do ostatecznej fazy może mijać zaledwie kilka godzin.

– W ostatecznej fazie chory traci rozum – rzekł James. Odgarnął sobie za ucho jasnobrązowe włosy sięgające mu do żuchwy. –

Później atakuje innych i właśnie w ten sposób wielu ulega zainfekowaniu. Wirus przenosi się w ślinie i krwi. Jedna ze stron twierdzi, że od dwudziestu czterech godzin pokazują te same materiały z Chicago, bo teraz z miasta już nic nie zostało. Znam kilku blogerów stamtąd i od wczoraj nic nowego nie pojawiło się na ich blogach.

Zamieszczony dalej wykres przedstawiał szacunkowe prognozy, że do dzisiejszego południa w Nowym Jorku zachoruje pięćdziesiąt tysięcy ludzi.

– To jakiś obłęd – skomentowałam. – Pięćdziesiąt tysięcy? Nie ma szans, żeby zdołali tu ukryć tylu chorych. I wciąż nam powtarzają, że sprawa nie jest poważna?

– Wiem – odparł, bawiąc się papierosem. – Nie poddawaliby dużych miast kwarantannie, gdyby nie była poważna. Szpitale wypełniają się szybciej, niż mogą sobie poradzić.

Pomyślałam o Marii, mamie Penny, która była pielęgniarką. Będzie wiedziała, co się dzieje.

– No tak, na pewno nie zdziwiłabym się, gdyby rząd nic nam nie mówił, dopóki nie będziemy mieć przejebane. – Westchnęłam. – Muszę skończyć ten newsletter. Komputer działa mi na nerwy.

Jakakolwiek wzmianka o komputerach była dla Jamesa jak dołożenie drewna do ognia. Odsunął mnie z drogi i zaczął buszować na moim biurku. Pokręcił głową.

– Stara, popatrz tylko na swój pulpit. Jesteś pewna, że nie chcesz tu jeszcze jednego skrótu?

Nie wspomniałam, że niedawno go czyściłam i że według mnie panował tam porządek.

Uniosłam kosmyk jego włosów i zajrzałam pod nim, postanawiając zignorować oszczerstwa, jakimi obsypywał moją osobę.

– Idziesz dzisiaj pić?

– No tak, dziś. – Uśmiech rozświetlił mu twarz. – Przygotowanie do wielkiego zerwania.

– Nelly, ale z ciebie pleciuga. – Wiedziałam, że słuchał. – Nie. Na razie mi się upiekło. Dziś wieczorem czeka nas po prostu dobra, staromodna zabawa.

– I wymyślanie dla Cassie taktyki na zerwanie – dobiegł głos Nelly'ego zza ściany. – James, możesz pomóc. Jak wszyscy wiemy, Cass związała się z niewłaściwym facetem.

– Czy zadziała „nigdy nie wstajesz od tego komputera i nie mogę już tego dłużej znieść"? To akurat znam najlepiej – rzekł James, szczerząc zęby w uśmiechu.

– A może „bardziej przejmujesz się tą ciepłą kanapką z mikrofali niż mną"! – zawołał Nelly.

James roześmiał się, kończąc magiczne sztuczki, które odprawiał przy moim komputerze.

– Z dziewczynami jest więcej kłopotów, niż to warte – powiedział. – Za to nie miałbym nic przeciwko ciepłej kanapce. Od lat ich nie jadłem.

– Penny też dzisiaj będzie – rzuciłam niewinnie. Schował się pod włosami. – A ty, Nelsonie – wymierzyłam palec w ściankę boksu – lepiej nie gadaj o niewłaściwych facetach. Ilu miałeś chłopaków, odkąd cię poznałam?

Nie usłyszałam odpowiedzi. Uśmiechnęłam się triumfalnie. James zanurkował już w iPadzie.

– Wow, muszę to zobaczyć – mruknął i odszedł.

Rozdział 3

– Mam ploteczkę, której nie znasz – wyszeptałam niedługo później przez ścianę dzielącą mnie od Nelly'ego. – Ha.

– No to przywlecz tu tyłek – nakazał.

– Nie. Jestem zajęta.

– Taa, jasne. Ledwo cokolwiek robisz. Projektujesz tylko newslettery i organizujesz pretensjonalne artystyczne bzdury dla społeczności.

Uśmiechnęłam się.

– Cóż, a ty tylko udajesz czarującego i namawiasz ludzi, żeby dawali nam pieniądze. I...

– I dzięki temu dostajesz wypłatę. Zatem przywlecz tu dupsko, inaczej celowo wyciągnę od nich w tym roku mniej, żebyś straciła robotę.

Roześmiałam się i przeszłam do jego boksu. Siedział tam z szerokim uśmiechem.

– A zatem James i Penny całowali się wczoraj wieczorem – oznajmiłam.

Zatarł wesoło ręce, a ja również się uśmiechnęłam.

– Gdy w zeszłym tygodniu wyszliśmy wieczorem w kilka osób, gadali ze sobą całą noc – powiedział. – Wydawało mi się, że coś między nimi iskrzy. Zapomniałem o tym zupełnie, bo już daliśmy za wygraną, że kiedykolwiek coś z nimi będzie.

– Wiesz, przyszliśmy w sumie na gotowe. James powtarza, że nie chce dziewczyny, ale...

– Ale co? – spytał James, który stał oparty o ściankę boksu i uśmiechał się ironicznie.

– Ale istnieją pewne osoby, których chyba byś nie pocałował, gdybyś nie był nimi zainteresowany. W sensie zainteresowany, żeby były twoją dziewczyną – rzekłam i pociągnęłam go za rękaw koszulki. James raczej nie ubierał się zbyt elegancko do pracy.

– To zdanie nie miało niemal żadnego sensu – skomentował, próbując odbić zarzut, ale twarz zapłonęła mu czerwienią.

Kiwałam się w górę i w dół jak podekscytowana trzylatka, ale nie chciałam go odstraszyć, zmieniłam więc temat.

– Słuchaj, są jakieś kolejne wieści o bornawirusie?

Nelly w przejaskrawiony sposób pokręcił głową.

– Wy i te wasze teorie spiskowe. Co teraz? To rządowy plan, by zniszczyć społeczeństwo w znanym nam kształcie i ustanowić nowy porządek świata?

James wywrócił oczyma.

– Człowieku, nie. Może chodzić o jakąś chorobę albo broń, które wymknęły się spod kontroli. Ale cokolwiek to jest, rozlazło się na cały świat. Mówią, żebyś poszedł do szpitala, jeśli zachorujesz, ale nie informują, czy da się to tak naprawdę wyleczyć. I nikt nie potrafi znaleźć nikogo, kto był chory i wyzdrowiał. W niektórych miastach w Chinach panuje już stan wojenny. Strzelają do ludzi bez ostrzeżenia.

– Naprawdę? – spytałam.

– Moi drodzy, Chińczykom zawsze dobrze wychodzi strzelanie do ludzi bez ostrzeżenia – skomentował Nelly. – Opresyjna władza, pamiętacie?

Nelly stanowił kontrę dla naszego przekonania, że ktoś gdzieś wykombinował coś, co teraz było tuszowane. James i ja do tej pory już dziesięć razy wyszykowalibyśmy się na apokalipsę, ale Nelly sprowadzał nas na ziemię.

– Prawda – przyznał James. – Ale tu jest nagranie z miasta w Niemczech, zrobione kilka godzin temu.

Podał nam swojego iPada. Żołnierze powstrzymywali gapiów, jednocześnie strzelając do grupy zbliżających się postaci. Podchodzący padali na ziemię przy akompaniamencie wrzasków widzów, ale wideo było ciemne i nie dawało się rozeznać w szczegółach, więc nie zrobiło wrażenia na Nellym.

– Zobaczmy, co mówią w wiadomościach – zaproponował, wzdychając. Pokierował nas do sali konferencyjnej. – Jedyny sposób, żebym dzisiaj zdołał cokolwiek zrobić, to poskromić was dwoje, zanim Cassie każe nam zamieszkać w swoim bunkrze, dopóki to wszystko nie minie.

– Hej – odezwałam się. – Nie śmiej się z mojego bunkra!

– Masz bunkier? – zaciekawił się James. – Dlaczego nic o tym nie wiedziałem?

– To tylko dom moich rodziców w głębi stanu. Wciąż pełno tam żywności i innych rzeczy. Wystarczyłoby na rok.

James gwizdnął. Wiedział, że moi rodzice byli weekendowymi osiedleńcami i mieli mnóstwo jedzenia, ale chyba nigdy nie wspominałam, że to wszystko wciąż znajduje się tam na składzie.

Po ostatnim śnie tęskniłam za drewnianą chatą. Leżała

na uboczu i rodzice zawsze dowcipkowali, że to idealne miejsce na przeczekanie apokalipsy. Mogłam tam godzinami czytać w hamaku pod drzewami, w pięć minut zrobić sałatkę z tego, co znalazłam w ogrodzie, i przez całe lato bawić się z młodszym bratem Erikiem oraz najbliższymi sąsiadami.

To również tam, pewnego piątkowego wieczoru w kwietniu przed trzema laty, siedzieliśmy z Adrianem, czekając na przyjazd moich rodziców. Nie pojawili się. Nie wiedzieli, że dzień wcześniej Adrian mi się oświadczył. Byliby zachwyceni. Kochali go niemal równie mocno jak ja.

* * *

Adrian i ja siedzieliśmy w cieple bijącym od kominka. Rozparł się na sofie i kartkował jeden z katalogów mojego ojca poświęconych energii słonecznej. Wciąż było mi zimno w stopy po tym, jak podczas wycieczki wpadłam do strumienia, i położyłam mu je na kolanach.

– Hej, przystojniaku – powiedziałam i poruszyłam palcami, żeby mi je wymasował.

Widać było dołek w jego policzku. Uwielbiałam, że przez to wyglądał jak mały chłopiec, nawet z ciemną szczeciną, która odrosła mu od rana.

– Sam nie wiem – powiedział, wracając do wcześniejszego wątku rozmowy dotyczącego ślubu. – Jakoś tak pasuje mi ten element posłuszeństwa w przysiędze małżeńskiej.

Wywróciłam oczyma, nie dając się złapać na haczyk.

– Ja już jestem ci posłuszny. – Uśmiechnął się i uniósł moją stopę na dowód prawdziwości swoich słów. – Pora, żebyś również się przyłożyła. A przynajmniej bierz pod uwagę, gdy mówię ci, żebyś nie skakała na następny kamień, bo jest śliski. Po prostu nie chciałem, żebyś się zmoczyła.

Nawiązywał do wcześniejszego wydarzenia: odrzuciłam jego wyciągniętą dłoń podczas przekraczania strumienia. Bez problemu przeskoczę na następny kamień, powiedziałam, i zaraz potem ześlizgnęłam się w nurt.

– Czy wiesz, że Laura Ingalls powiedziała Almanzowi Wilderowi, iż nie zgodzi się na wspominanie w przysiędze o posłuszeństwie? Twierdziła, że nie będzie potrafiła okazywać komukolwiek posłuszeństwa, jeśli będzie się to kłóciło z jej oceną sytuacji. – Gdy pierwszy raz przeczytałam o tym jako mała dziewczynka, zrobiło na mnie wrażenie.

– Twoja ukochana bohaterka. Ale źle oceniłaś te kamienie. I swoje... hmm... zdolności sportowe.

Kąciki jego ust uniosły się. Był jedną z nielicznych osób na świecie, które uważały moją niezgrabność za uroczą.

– Jestem uosobieniem gracji. – Pomachałam palcami u nogi. – A teraz wracaj do roboty!

Podniósł moją stopę i pocałował ją, a później ukłonił się lekko i wykonał polecenie.

Gdy przez okna od frontu dostrzegłam wreszcie blask reflektorów, zerwałam się z sofy. Może i rodzice byli w głębi duszy hipisami nienawidzącymi komórek, ale zawsze dzwonili. Byłam na tyle zaniepokojona, że przygotowałam sobie krótki wykład.

Wyszłam na ganek i z zaskoczeniem zauważyłam szeryfa Sama. Dłonie mu się trzęsły, gdy zdejmował kapelusz. Blask od lampy z czujnikiem ruchu padał w taki sposób, że skrywał jego twarz w cieniu. Nigdy dobrze nie wróży, gdy szeryf przyjeżdża do ciebie i zdejmuje kapelusz. Wcześniej nie przeżyłam żadnych podobnych doświadczeń, jednak wtedy nie miałam wątpliwości, że nie czeka mnie nic pozytywnego. Cofnęłam się, wpadając na klamkę, zupełnie jakbym mogła uciec przed słowami, które zaraz wypowie.

– Cassie? Cassie, twoja mama i tata mieli wypadek po drugiej stronie miasteczka.

Sam podszedł do mnie, rozkładając dłonie w uspokajającym geście. Z wymizerowaną twarzą wszedł w prostokąt światła rzucany na ziemię przez otwarte drzwi. Sprawiał wrażenie, jakby grawitacja pracowała w nadgodzinach nad jego policzkami i kącikami oczu. Chwyciłam się drzwi. Adrian położył mi dłoń na ramieniu.

– Co z nimi, Sam? – spytał. – Gdzie są?

Sam pokręcił głową i zamrugał.

– Przykro mi, Cassie. Bardzo przykro. – Ścisnął kapelusz tak mocno, że pobielały mu kostki palców. – Oboje zginęli na miejscu. Wygląda na to, że wpadli w poślizg na kałuży błota. Uderzyli w drzewo.

– W porządku – rzekłam i weszłam do domu na drżących nogach.

Usiadłam na sofie. Adrian usiadł obok mnie i wziął mnie za rękę. Płakał. Zauważyłam to, gdy próbował mnie objąć. Tkwiłam tam jak skamieniała, zastanawiając się, co powinnam teraz zrobić albo powiedzieć. Zupełnie jakbym zapomniała, jak to jest być człowiekiem. Nie umiałam sobie przypomnieć, co ludzie robili w takich sytuacjach.

– W porządku – powtórzyłam bezradnie. – Sam, co powinnam zrobić?

Zastanawiałam się, czy szeryf uznał mnie za oziębłą, bo nie płakałam. Przyjaźnił się z moimi rodzicami. Rozmawiali o ogródkach i polowaniu, relaksując się na ganku przy domowym piwie.

Jednak gdy podniosłam wzrok, w jego oczach nie dostrzegłam nic oprócz litości. Już wcześniej bywał wielokrotnie posłańcem złych wieści i przyszło mi do głowy, że gdybym jako jedyna z przyjmujących je osób reagowała z takim otępieniem i bez płaczu, wówczas zapewne nie spoglądałby na mnie z takim współczuciem. Następnie zaczęłam się zastanawiać, dlaczego miałam te wszystkie niedorzeczne myśli, zamiast cokolwiek czuć.

– Będziesz musiała pojechać do szpitala, Cassie. Przykro mi. Nie musisz się spieszyć.

Wstałam od razu, bo nie miałam pomysłu, co innego mogłabym zrobić, i przeszłam przez drzwi wraz z Adrianem obejmującym mnie ramieniem. Wróciłam tam tylko raz, by rozsypać prochy rodziców na ziemi, którą tak kochali i na której planowali dożyć końca swych dni. Od tamtej pory nie widziałam chaty.

* * *

W sali konferencyjnej grzmiały wiadomości.

– ...nie ulegać panice. Mówią, że w internecie krąży mnóstwo fałszywych informacji i by szukać informacji dotyczących bornawirusa LX na stronie Centrum Kontroli Chorób. Jak donosi centrum, przypuszcza się, że w Nowym Jorku znajduje się obecnie kilka tysięcy przypadków. Jeśli zauważają państwo wysoką temperaturę lub ból stawów albo mieli kontakt z osobą, która mogła być zainfekowana, proszę udać się do najbliższego szpitala. Lekarze twierdzą, że dla uzyskania optymalnej skuteczności terapii należy bezzwłocznie podać środki antywirusowe.

Uniosłam brew w stronę Jamesa.

– Pierwszy raz o tym słyszę – odrzekł.

– Proszę nie przełączać kanału New York One, jeśli chcą państwo otrzymywać aktualizacje dotyczące bornawirusa LX. Za godzinę Rada Zdrowia złoży transmitowane na żywo oświadczenie.

– Widzicie? – Nelly obrócił się do nas. – Kilka tysięcy przypadków, nie tak źle. Po prostu będziemy się trzymać z dala od szalonych ludzi i wypijemy parę drinków.

– Może nie powinniśmy wychodzić w miasto. – Targały mną złe przeczucia. – Nawet jeśli nie jest tak źle, jak głoszą tamte strony, to na pewno jest gorzej, niż utrzymują władze. Może powinniśmy spotkać się w moim domu.

– Nie! – Nelly skrzywił się. – Nie popsujemy sobie piątkowego wieczoru!

Szturchnęłam go pięścią.

– Dzięki. Nie zdawałam sobie sprawy, że mój dom ustępuje jedynie piekłu.

– Wiesz, co miałem na myśli. Może pójdziemy do Paddy's, a wtedy zostaną nam tylko cztery przecznice do ciebie, jeśli uznasz, że powinniśmy się przenieść. Co nie nastąpi.

– Mnie pasuje – uznał James. – Nie przypuszczam, by miało się zrobić tak źle, żebyśmy nie mogli wyjść na miasto. I jedyną rzeczą, jaka mogłaby powstrzymać Nela przed nasiadówką w knajpie w piątkowy wieczór, byłby wybuch bomby atomowej.

Nelly pokiwał energicznie głową.

– W porządku, wygraliście – powiedziałam. – Może zachowuję się jak idiotka.

Panował po prostu zbyt duży rozdźwięk pomiędzy tym, co docierało do nas drogą oficjalną i nieoficjalną. Pięćdziesiąt tysięcy i kilka tysięcy to ogromna różnica. Albo ktoś się mylił, albo kłamał.

Rozdział 4

Penny pracowała w mieszczącym się w tym samym budynku przedszkolu jako szefowa nauczycieli. Złapałam ją w kuchni na górze podczas jej przerwy

– To co, tym razem naprawdę zamierzasz zerwać z Peterem? – spytała, wyraźnie ciesząc się na tę wieść.

Jęknęłam. Nelly musiał rozsyłać maile albo esemesy.

– Zabiję Nelly'ego. Sama bym ci powiedziała w ciągu kolejnych trzech sekund. Zdecydowałam dziś rano. Jednak przy takim rozwoju sytuacji wcale nie będę go musiała informować, bo dowie się, zanim się z nim zobaczę. – Byłoby dobrze, pomyślałam. – Czyli tak, zamierzam, ale nie dzisiaj. Utknął w stolicy.

Penny ścisnęła mi dłoń. Wiedziała, jak bardzo przerażała mnie perspektywa tego zerwania.

– Kto jeszcze idzie wieczorem pić? – zapytała, nagle skupiając się pilnie na zawartości lodówki.

– Na pewno James. Właśnie go widziałam. Mówił, że świetnie całujesz.

Rumieniec rozpełznął się po jej miodowej skórze.

– Nie, nie rozmawiałaś z nim o tym. – Nagle zamarła w bezruchu, a jej brązowe oczy otworzyły się szeroko. – Nie rozmawiałaś?

– Oczywiście, że nie! – Udała, że rzuca we mnie butelką wody, a ja się uchyliłam. – Drażnię się tylko z tobą, bo nie powiedziałaś mi od razu. Zołza. – Usiadłam i klepnęłam krzesło obok siebie. – No to jak? Opowiadaj.

Po skórze jej szyi znów wspięło się zaróżowienie.

– Dobra, dobra. Sama nie wiem. Wczoraj wieczorem zapytał, czy chcę gdzieś wyjść. Poszliśmy na kawę, a później się pocałowaliśmy. Chyba już wcześniej go trochę lubiłam. To dziwne, bo od tak dawna się przyjaźnimy.

– On też cię luuubi – zanuciłam i potarłam jej ramię.

Wychyliła się z podekscytowaniem do przodu.

– Naprawdę? – upewniła się.

– Totalnie. Zarumienił się, kiedy...

Penny pokręciła głową, a ja zamknęłam się, gdy James wszedł do kuchni i skierował się do lodówki. Spuściła wzrok na moje stopy i zmieniła temat.

– Umiesz w ogóle chodzić na tych gigantycznych, dwucentymetrowych obcasach? – zapytała ze śmiechem, bo wiedziała, że nie umiałam.

– Przyznaję, to wyzwanie. – Pokręciłam palcami. – Chyba robią mi się pęcherze. Kwiecień to chyba za wcześnie, żeby chodzić w sandałach. Moje stopy są jak bryły lodu.

– Fajny lakier.

Szturchnęłam ją w odwecie.

James zerknął na Penny spod włosów i uśmiechnął się.

– Hej – rzucił.

– Cześć – odparła Penny.

– Będziesz wieczorem? – zaciekawił się, opierając się o lodówkę.

– Tak.

Wyprostował się i otworzył butelkę z napojem gazowanym.

– Co, nie kanapka do mikrofali? – zapytałam. Roześmiał się. Penny obserwowała nas ze zdezorientowaną miną.

– Zdecydowałem się na coś innego – odrzekł, przenosząc wzrok ze mnie na Penny.

Uśmiechnęli się do siebie nieśmiało. Zsunęłam buty i wstałam, trzymając je w dłoniach. Uznałam, że tych dwoje będzie chciało dokończyć tę interesującą rozmowę na osobności.

– Idę poczekać na tę konferencję prasową – oznajmiłam. Gdy dotarłam do drzwi, obejrzałam się i uśmiechnęłam, widząc, że zajął już moje miejsce.

* * *

Jasnowłosa reporterka stała przed szpitalem.

– Wiele szpitali nie wyrabia się z liczbą przypadków. Policja kieruje chorych do innych placówek w całym mieście. Pielęgniarki i lekarze są proszeni o zgłaszanie się na dodatkowe dyżury.

Penny wyciągnęła telefon i zmarszczyła brwi. Jej mama pewnie właśnie wracała do centrum wydarzeń.

– Za chwilę rozpocznie się konferencja nowojorskiego oddziału Departamentu Zdrowia.

Przy mikrofonie stanął mężczyzna z lekką siwizną i sporym brzuchem. Wyglądał na zmęczonego. Potarł dłonią podbródek i zaczął:

– Jestem Michael D'Angelo z Departamentu Zdrowia miasta

Nowy Jork. Jak wszyscy państwo są już świadomi, mamy w Nowym Jorku do czynienia z epidemią bornawirusa LX. Wprawdzie jest to groźny wirus, jednak nie chcemy, żeby ktokolwiek wpadał w panikę w wyniku nieprawidłowych informacji. Centrum Kontroli Chorób zapewnia leczenie wszystkim, którzy złapali wirusa. W mieście zorganizowaliśmy doraźne punkty medyczne. To bardzo istotne, żeby zgłosić się na leczenie, jeśli ktoś podejrzewa, że miał kontakt z wirusem. Proszę nie próbować samodzielnie zajmować się osobą zarażoną. Z powodu natury wirusa istnieje wysokie ryzyko infekcji.

– Co ma pan na myśli, mówiąc o „naturze wirusa"? – zawołał jakiś reporter.

D'Angelo podniósł dłoń.

– Bornawirus LX w końcowych fazach wywołuje agresję. Prowadzi to do infekcji za pośrednictwem kontaktu cielesnego, ponieważ chorzy gryzą i drapią osoby pragnące udzielić im pomocy. W szpitalach dzielnicowych zorganizowano sieć transportową przewożącą ludzi do nowych punktów leczenia. Liczy się czas. Jak obecnie szacujemy, w mieście Nowy Jork zarażonych jest dwadzieścia tysięcy osób.

Dziennikarze i my wszyscy obecni w naszej sali konferencyjnej wciągnęliśmy gwałtownie powietrze. Mężczyzna skinął głową.

– Zdaję sobie sprawę, że liczba ta wydaje się wysoka. Pozwolę sobie jednak umieścić ją w kontekście: tyle samo osób mieści się w hali Madison Square Garden. Jesteśmy w stanie dopilnować, by taka liczba nowojorczyków postępowała zgodnie z naszymi zaleceniami. Zalecamy, żeby w najbliższych dniach mieszkańcy opuszczali domy tylko w razie konieczności. Wykorzystamy weekend, żeby leczyć osoby zainfekowane i zajmować się ewentualnymi nowymi przypadkami. Proszę zajrzeć na lokalną stronę

Centrum Kontroli Chorób, żeby uzyskać informacje na temat doraźnych punktów leczenia. Ich lokalizacje zostaną również podane przez miejscowe stacje informacyjne. Jak wszyscy wiemy, w trudnych sytuacjach nowojorczycy stają na wysokości zadania, zatem do poniedziałku pozbędziemy się bornawirusa. Potrzebujemy pomocy ze strony was wszystkich, żebyśmy mogli jak najlepiej wykonywać naszą pracę. Dziękuję państwu.

Wytarł brwi chusteczką i zszedł z mównicy, ignorując reporterów wykrzykujących pytania.

Wszyscy zaczęli mówić jednocześnie. Julio, nasz szef, wykorzystał swój niski głos, by zwrócić naszą uwagę:

– Posłuchajcie. Dzisiaj skończymy pracę wcześniej. Nie chcę, żebyście przebywali na zewnątrz dłużej, niż to jest konieczne. Obdzwonię rodziców przedszkolaków, by sprawdzić, czy mogą wcześniej odebrać dzieci. Zajęcia popołudniowe muszą odbyć się zgodnie z planem, ale chcę, by pozostali z was udali się do domów.

Ludzie zaczęli klaskać, a Julio uśmiechnął się pod cienkim wąsem. Uniósł dłonie, by uciszyć zebranych.

– Tylko pamiętajcie. Mówię o powrocie do domów, nie wyjściu na miasto.

W pomieszczeniu zapanowała świąteczna atmosfera, ludzie wychodzili, żeby zebrać swoje rzeczy. Penny odłożyła telefon, marszcząc czoło w wyrazie zatroskania.

– Zostawiłam mamie wiadomość. Muszę wrócić na dół do dzieci. Chyba widzimy się później?

– Na pewno nic jej nie jest – powiedziałam. – Zaczekam na ciebie. Nie wracaj sama. Wyjdziemy, gdy tylko pójdą dzieci.

– Tak – rzekł Nelly. – I udamy się na drinka.

Obróciłam się do niego, opierając dłonie na biodrach.

– Serio? Nie słyszałeś, co mówił Julio?

Wzruszył ramionami pod naszymi spojrzeniami.

– Stary – powiedział James. – Udawaj, że to wirusowa bomba atomowa. Pójdźmy po prostu do Cassie.

– Dobra, dobra. – Nelly westchnął. – Ale nie idziemy bez ciebie, Pen. Po prostu przyjdź na górę, gdy skończysz.

Rozdział 5

Gdy czekaliśmy na Penny w moim boksie, James czytał mnie i Nelly'emu urywki informacji na temat wirusa. Zabrzęczała mi komórka. Zanim jeszcze przyłożyłam ją do ucha, już słyszałam głos brata.

– Cass? Jesteś tam? – Brzmiał na zaniepokojonego.

– Hej, Erik!

– Wszystko w porządku?

– Tak, tak. A co?

– No wiesz, połączyłem się dopiero za ósmym razem. Donoszą, że w Nowym Jorku roi się od zarażonych. Podobno jest jakieś sto tysięcy chorych.

– Nam mówią, że dwadzieścia tysięcy i że rozwożą ich do ośrodków leczenia. Skąd masz tamtą liczbę?

Pomyślałam o wcześniejszych szacunkach. Pięćdziesiąt tysięcy do południa. Zbliżała się trzecia po południu.

– Sprzed jakichś pięciu minut. Z CNN. Zrobili własną prognozę w oparciu o to, co widzą ze śmigłowca. I zaraz po tym, jak to powiedzieli, ekran zrobił się czarny.

– Naprawdę? Jesteś pewien, że odcięli CNN?

Nelly i James podnieśli wzrok, słysząc te słowa.

– Tak to wyglądało. Cass, powinniście udać się do mieszkania. Masz zapasy taty, w razie gdyby przez jakiś czas nie dało się wyjść.

– Idziemy tam po pracy. Julio wypuścił nas wcześniej, ale czekamy na Penny.

W piwnicy pod mieszkaniem, w którym dorastaliśmy, znajdował się sprzęt kempingowy i żywność. Po śmierci rodziców właścicielka domu nalegała, żebym się tam wprowadziła.

– Erik, a co z tobą? Jak jest w Pensylwanii? – Zawsze był tak pewny siebie, że czasami zapominałam, by się o niego martwić.

– Donoszą, że są już zainfekowani. Ale wiesz, tutaj jest w dużym stopniu odludzie. Rachel i ja zamierzamy siedzieć przez weekend na tyłku. Mam parę puszek jedzenia w zapasie – zażartował.

Roześmiałam się. Zawsze był gotowy na awaryjne sytuacje, podobnie jak tata.

– Cass, dzwonił brat Rachel i mówił, że nie może opuścić mieszkania w Filadelfii.

– Jak to „nie może"?

– Jest zbyt wielu zainfekowanych na ulicach. W ogóle nie jest w stanie wyjść na zewnątrz. Ludzie są atakowani, a policja gówno robi. Może powinnaś udać się do chaty, jeśli się pogorszy. Ja też tak zamierzam. Spotkajmy się tam, jeśli nie uda nam się znowu skontaktować. Obiecaj mi, Cassie.

Wiedział, że nie złamałabym obietnicy.

– Erik – rzekłam ostrożnie. – Nie mogę tego obiecać. Jestem

pewna, że nic nam się nie stanie w mieszkaniu. Jak bym się tam w ogóle dostała? Linią metra F? – Próbowałam rozładować napięcie, przypominając mu, że nie mam samochodu. Żadne z nas nie miało.

– Mówię, kurwa, poważnie!

Brzmiał na wystraszonego. Do Erika strach nie miał przystępu. Właśnie ta nietypowa nuta w jego głosie sprawiła, że słuchałam go uważnie, gdy kontynuował:

– Wiesz, co robić. Jesteś pomysłowa. Nie pozwól, by mózg wchodził ci w drogę. Cass, mam naprawdę złe przeczucia.

Zamilkłam. Rzeczywiście myślałam za dużo. Tata mawiał, że nic nie zabije cię szybciej niż ignorowanie instynktów. Sto tysięcy ludzi. To pięć pełnych hal Madison Square Garden. Sto tysięcy błąkających się swobodnie ludzi praktycznie chorych na wściekliznę.

– Obiecuję, E. Wyjadę, jeśli się pogorszy.

Odetchnął, choć nawet nie zorientowałam się, że wstrzymywał oddech.

– Dobrze. Kocham cię, Cass. Aż do końca świata.

– I dłużej. Też cię kocham. Pogadamy później, dobra?

Przekazałam Nelly'emu i Jamesowi, co mówił mi Erik, po czym ruszyliśmy w kierunku telewizora. Jednak tam, gdzie powinno nadawać CNN, widniał jedynie ekran Time Warner Cable informujący o problemach technicznych. James przełączył na NY1 News. Przynajmniej wciąż nadawało. Informowali, że sytuacja na zachodzie się normuje i że według oczekiwań wirus powinien zniknąć do poniedziałku z całych Stanów Zjednoczonych.

– Gówno prawda – skomentował James.

– Co takiego? – spytała Penny, podchodząc z torebką.

– Że to się skończy do poniedziałku. Wyłączyli CNN – poinformował ją James.

– Naprawdę? – Penny zmarszczyła czoło i wskazała telewizor. – Ale nie wyłączyli wszystkiego.

– Może odcięli tylko te stacje, które mówiły prawdę – podsunęłam, na co Nelly uniósł brew. – Rozmawiałam z Erikiem. Mówi, że jest więcej zainfekowanych, niż podają. Kazał mi obiecać, że jeśli się pogorszy, pojadę w głąb stanu.

Penny skinęła, spoglądając na mnie oczyma okrągłymi jak spodki. Następnie popatrzyła na swój telefon i coś sobie przypomniała.

– Zostawiłam kolejną wiadomość mamie. Poinformowałam ją, że idziemy do twojego mieszkania, ale najpierw muszę zajrzeć do domu. Ana zostawiła wiadomość głosową. Telefon nawet mi nie zadzwonił. Mówiła, że wróci po pracy, ale zapomniała kluczy. Nie mogę się z nią skontaktować, by dać jej znać, że udajemy się do ciebie.

Ana była jej młodszą siostrą. Zawsze zapominała kluczy, choć miała dwadzieścia pięć lat. I oczekiwała, że ktoś będzie na miejscu, by otworzyć jej drzwi, podobnie jak oczekiwała, że ludzie będą robić wszystko, czego sobie zażyczy. W normalnej sytuacji Penny nie spieszyłaby się dla niej do domu, ale dziś było inaczej.

– Czyli najpierw pójdziemy do ciebie, a później do mnie – rzekłam, jakby to nie było nic takiego. Wyobraziłam sobie jednak ulice Filadelfii, na które nawet nie dawało się wyjść, i zadrżałam.

Rozdział 6

Gdy znaleźliśmy się na zewnątrz, kilkakrotnie odetchnęłam łagodnym powietrzem. Dorastałam w tej okolicy, pośród irlandzkich oraz portorykańskich rodzin, i zawsze to uwielbiałam.

Staruszki z pomarszczonymi twarzami o barwach od kości słoniowej po ciemny brąz siedziały na aluminiowych krzesłach, szykując się do wymiany zimowych plotek. Z okien wylewały się dźwięki salsy. Wszędzie żarzyły się grille i biegały dzieci. Gdy wracałam z pracy do domu, zawsze cieszyłam się, że postanowiłam wprowadzić się tu z powrotem.

– Widzicie? – prychnął Nelly, obserwując całą tę aktywność. – Wszyscy inni zamierzają się dobrze bawić. Ale nie, my musimy się zadekować w środku.

– Przestań się tak mazgaić – powiedziałam.

Roześmiał się. Wiedziałam jednak, o co mu chodziło. W dzielnicy cieszono się ładnym dniem i nie wydawało się, by sytuacja była szczególnie dramatyczna. Nikt nie wyglądał, jakby się przejmował.

– Nie rozumiem, dlaczego nikt nie słucha, co się dzieje – rzekł James, kręcąc głową.

– Dzieje się to, że wszystko jest w porządku, przynajmniej według wiadomości – przypomniała nam Penny. – Nie wszyscy rozkładają na czynniki pierwsze wszystko, co słyszą, albo spędzają godziny w sieci. Nie zrozumcie mnie źle. Wolę przesadzić, niż później żałować, ale nikt inny nie sądzi, że to coś istotnego.

Każdy krok w tych butach był niczym tortura. Tyle mi przyszło z przedłożenia formy nad praktyczność. Nie potrafiłam nawet chodzić na obcasach, nie chwiejąc się jak ośmiolatka przebrana za dorosłą. Powinnam zostać przy botkach. Rozważałam zdjęcie sandałów, ale chodnik pokryty był warstwą brudu wyglądającą jak stężały tłuszcz.

Przepuściliśmy samochody, by na rogu przejść przez ulicę. Szturchnęłam Nelly'ego, pokazując mu, że James i Penny trzymali się za ręce. Puścił mi oko i w tym momencie dostrzegłam kogoś wyłaniającego się zza śmietnika. Pewnie poszedł tam, by się wysikać. Nie chciałam, by któreś z nas poczuło się niezręcznie, więc odwróciłam wzrok.

Chrapliwy oddech sprawił, że znów tam popatrzyłam. Starszy mężczyzna o ciemnych, potarganych włosach szedł niepewnie do przodu, wyciągając brudną dłoń. Z początku pomyślałam, że zamierzał prosić o drobne, ale miał poszarzałą cerę i rozchylone usta. Brakowało mu niemal połowy szyi, jakby coś mu się w nią wgryzło. Musiał być zarażony. Krawędzie rany poczerniały, a w jej wnętrzu widniały skrzepy krwi i fragmenty, których naprawdę nie miałam ochoty identyfikować. Dobiegł mnie smród czegoś gnijącego.

– Idziemy! – krzyknął James, pociągając Penny za rękę.

Obróciłam się, skręcając sobie kostkę, i sapnęłam, czując nagłe ukłucie bólu. Musiałam pozbyć się tych głupich butów. Nelly przytrzymał mnie pod rękę, gdy je pospiesznie zrzucałam, a potem pobiegliśmy ulicą. Pół Szyi podążył za nami. Zanim dotarliśmy do budynku Penny, pokonał już połowę drogi. Spieszyła się, żeby wcisnąć klucz do zamka drzwi zewnętrznych. Może powinniśmy po prostu biec dalej.

– Dalej, dalej – błagała dziewczyna.

Trzęsła jej się dłoń, ale klucz w końcu się wsunął. Wpadliśmy do małego przedsionka, a Penny zaczęła gmerać przy kolejnym zamku. Pojawił się Pół Szyi, który oparł dłonie na drzwiach. Brązowe złuszczone płaty z jego palców rozsmarowały się na szybie. Miał mętne spojrzenie. Powęszył w powietrzu, wydając z siebie gardłowy jęk, i zaczął drapać drzwi.

– Szybciej, zanim rozbije szkło – powiedziała Penny.

Pospiesznie przeszliśmy przez drugie drzwi. Gdy znaleźliśmy się już w mieszkaniu na piętrze, opadłam ciężko na sofę. James podbiegł do okna.

– O mój Boże – wykrztusiła Penny. Trzymała dłoń na gardle, jakby próbowała zdusić krzyk. – Co to, kurwa, było?

Wszyscy zamilkliśmy, dysząc ciężko i rozglądając się z niepokojem. Nie przypuszczałam, że tak właśnie działa infekcja. Mężczyzna nie wyglądał jak chory, tylko jak potwór z horroru. I gonił nas. Poczułam ciarki, gdy uświadomiłam sobie, że teraz może ścigać innych ludzi.

– Dzwonię pod 911. – Mój głos wydawał się dobiegać z oddali, gdy drżącą dłonią wybierałam numer. – Nie możemy pozwolić, by kręcił się swobodnie.

Po dwudziestu sygnałach dałam za wygraną i spróbowałam zadzwonić na stacjonarny. Automatyczne nagranie powiedziało mi, że są zbyt zajęci, żeby odbierać.

– Nie odpowiadają. – Niedobrze. Przecież byliśmy w pieprzonym Nowym Jorku. – Są zbyt zajęci.

– Wciąż tam jest. – Nelly wyglądał przez okno. – Penny, kiedy Ana wraca do domu?

Penny sięgnęła szybko po telefon i zaczęła raz za razem inicjować na nowo połączenie.

– Ana! – wrzasnęła, gdy w końcu się połączyła. – Gdzie jesteś? Dobrze, posłuchaj. Przed domem jest facet, który próbuje atakować ludzi. Idź do tylnych drzwi. Zostanę z tobą na linii. James i Nelly otworzą ci, żebyś mogła od razu wejść. Nie idź od przodu! – Z drugiej strony dobiegł przenikliwy głos. – Ana, proszę. Po prostu zrób to, co ci mówię! – Obróciła się do Nelly'ego i Jamesa. – Będzie za pięć minut. Sprawdzicie, czy jest bezpiecznie? Niech jeden z was tu przybiegnie, jeśli zauważycie zagrożenie. – Skinęli głowami i wyszli.

– Idą na dół – rzekła do telefonu. Minęło kilka minut pełnej napięcia ciszy. – Drzwi są otwarte? Wchodź. Widzimy się na górze.

Gdy tylko Ana się pojawiła, Penny ją uścisnęła. Ana poklepała ją od niechcenia po ramieniu, po czym odsunęła się i wygładziła długie włosy. Były jaśniejsze niż u starszej siostry, że złotymi przebłyskami. Miała na sobie brązowe skórzane buty do kolan, leginsy i długi sweter, zapewne kosztujący tyle co mój roczny budżet na ubrania wraz z sandałami, które zostały na rogu. Dzięki ciemnym oczom i małemu nosowi nieco przypominała z wyglądu Penny, ale nie miała w sobie jej krągłej łagodności.

– O co chodzi z tym wariatem z dołu? – Ana podeszła do okna. Mężczyzna siedział oparty o szybę drzwi. Nie ruszał się. Miałam nadzieję, że nie żył.

– Próbował nas zaatakować, gdy tu szliśmy – wyjaśnił jej James. – Tak właśnie robią zainfekowani ludzie. Wirus przenosi się przez płyny ustrojowe.

Ana odwróciła się od okna i wzruszyła ramionami.

– To jest ta cała świńska grypa czy jak to się nazywa? Nie mogę uwierzyć, że ludzie tak wariują z jej powodu! Bar, do którego chcieliśmy iść, zamknął się wcześniej. Teraz muszę spędzić piątkowy wieczór tutaj.

Skoro już poczuła się bezpiecznie, chciałam znowu nią potrząsnąć.

– Ana – zaczęłam swoim głosem w stylu „przestań być taką małą zołzą". – Bardzo mi przykro, że twoje piątkowe plany się popsuły. Ale czy słyszałaś Jamesa? Tamten człowiek próbował nas zaatakować. Twoja matka tkwi w szpitalu z jemu podobnymi. W Nowym Jorku może być sto tysięcy zainfekowanych. I to nie jest świńska grypa.

Wysunęła dolną wargę.

– Jasne, co mnie to obchodzi – oznajmiła.

Podniosła torbę i niespiesznie udała się do swojego pokoju. Kochałam Anę tak, jak kocha się młodszą siostrę, której również czasami się nie lubi. Ta słodka mała dziewczynka wciąż musiała gdzieś tam tkwić. Pewnego lata spędzanego w chacie moich rodziców znalazła rannego królika i opiekowała się nim, aż doszedł do zdrowia. Nie chciała, by zajmował się nim ktokolwiek inny. Gdy wraz z moim ojcem wypuszczali uleczonego futrzaka, pochlipywała, po czym przez resztę tygodnia szukała kolejnych zwierzaków, które mogłaby uratować.

– Jasne, co ją to obchodzi. Przynajmniej jest bezpieczna – powiedziała Penny, po czym podniosła oczy do nieba.

Nelly pstryknął zawleczkami czterech piw. James włączył telewizor na kanał lokalny. CNN wciąż nie nadawało. Słuchałam wiadomości, raz za razem wybierając numer 911.

– Autobusy są całkowicie wypełnione chorymi. Członkowie rodziny są proszeni o przypięcie informacji z danymi osoby zainfekowanej do jej ubrania i opuszczenie okolicy. W późniejszym czasie zostaną poinformowani o stanie pacjenta. Według policji taka procedura służy temu, by członkowie rodziny nie ulegli zakażeniu. Łączymy się na żywo z Lutheran Medical Center na Brooklynie.

Odłożyłam telefon i przysunęłam się bliżej telewizora. Reporter stał przed szpitalem, w którym pracowała Maria. Penny wychyliła się, jakby starała się dostrzec swoją mamę. To nadzwyczajne, ilu tam było ludzi. Leżeli, stali, siedzieli. Przesuwali się niepewnie do oczekującego sznura autobusów. Gdy któryś zapełniał się i odjeżdżał, zaraz zastępował go kolejny. Autobusy miejskie, szkolne, autokary Greyhound... wyglądało na to, że do służby powołano wszystko, co miało więcej niż pięć siedzeń.

– Ludzie są kierowani do autobusów już od kilku godzin, ale wciąż pojawiają się następni. Zostaliśmy właśnie poinformowani, że dla naszego bezpieczeństwa musimy przenieść się o kilka przecznic stąd. Będziemy dalej monitorować tutejszą sytuację. Wracamy do studia.

Nelly zmniejszył głośność, gdy prezenter zaczął znów wyczytywać listę doraźnych ośrodków leczenia.

Penny westchnęła.

– Cóż, mama raczej nie wróci za szybko do domu. Tam musiało czekać przynajmniej pięćset osób. Mam tylko nadzieję, że dali pielęgniarkom coś przeciwwirusowego.

Podniosła telefon i podeszła do okna, znów próbując zadzwonić do Marii. Nagle jej piwo uderzyło o podłogę, rozpryskując pianę, a my aż podskoczyliśmy. Zakrywając jedną dłonią usta, drugą wskazywała na ulicę.

45

Rozdział 7

Było ich czworo przed jedną z sąsiednich kamienic po zacienionej stronie ulicy. Jednym z nich był Pół Szyi, o dziwo wciąż na nogach, choć z głową wygiętą w lewo. Towarzyszyli mu staruszka w kwiecistej podomce i z rozwichrzonym siwym kokiem, hipster w przekrzywionych okularach awiatorkach i Latynos w koszuli na wpół wystającej z dżinsów.

Staruszka odkuśtykała, odsłaniając coś mięsistego, połyskującego i różowego. Jedynie dłonie i stopy wskazywały, że kiedyś była to żywa osoba. Cała czwórka była poplamiona świeżą krwią. Mieli ją rozsmarowaną wokół ust i ściekała im z dłoni. Spływała z chodnika na ulicę. Poczułam mdłości i oparłam się o parapet. Chciałam do nich wrzeszczeć, żeby przestali, ale wtedy zwróciłabym na nas ich uwagę, a poszkodowany człowiek wyraźnie już nie żył. Pobiegłam po telefon i znów wykręciłam 911. Od razu zajęte. Próbowałam i próbowałam, podczas gdy pozostali spoglądali przez okno.

– Dziewięćset jedenaście, w czym mogę pomóc? – spytał kobiecy głos.

– Obserwuję właśnie na ulicy czworo zainfekowanych. Rozrywają kogoś na strzępy! Jestem na...

– Proszę pani, czy atakowana osoba nie żyje? – przerwał mi głos. – Może pani to stwierdzić?

Co to w ogóle za pytanie?

– Tak. Sądzę, że nie żyje, ale...

– Proszę pani, nie możemy obecnie przysłać żadnego patrolu. Jeśli poda mi pani adres, najszybciej jak to możliwe zainfekowani zostaną zabrani do aresztu.

Podałam jej dane.

– Wie pani może, kiedy po nich przyjadą? Boję się, że tamci skrzywdzą kogoś następnego.

– Nie, proszę pani. Nie wiem. – Kobieta miała ten sam zabiegany ton, jaki przybiera każdy nowojorski urzędnik miejski. – I proszę pozostać w domu. Policja zjawi się wkrótce. Jest odpowiednio wyposażona, żeby poradzić sobie z sytuacją.

– Tak, oczywiście. Dziękuję. – Rozłączyłam się, po czym dodałam: – Dziękuję za nic.

Wróciłam do okna.

– Nie przyjadą – poinformowałam.

– Cóż – odrzekł James, nie ocierając łez. – Przynajmniej tym razem odebrali.

Też nie mogłam przestać patrzeć. Było to tak przerażające, że gdy tylko odwracałam wzrok, przestawałam wierzyć, że dzieje się naprawdę, więc znów spoglądałam.

– Oni nie tylko atakują, ale też ich jedzą – powiedział Nelly, kręcąc z niedowierzaniem głową.

Przeszedł do kuchni i usiadł przy stole. Poszłam za nim

po ręczniki papierowe, żeby wytrzeć rozlane piwo. Nigdy nie widziałam go tak bladego, ale zaciskał usta z determinacją.

– Wiem, obiecałaś Erikowi, że wyjedziesz, jeśli zrobi się źle. – Skinęłam głową. – Wydawało mi się, że to przesada. Teraz już jednak nie mam pewności. Co sądzisz?

To, co przed chwilą widzieliśmy, nie było jedynie aktem zła i przemocy. Nie chciałam brzmieć jak wariatka, ale byłam przerażona. I złożyłam Erikowi obietnicę.

– Chcę jechać poza miasto – rzekłam.

James stanął w drzwiach, obejmując ramieniem Penny.

– Nie mają sytuacji pod kontrolą – stwierdził. – Chodzi mi o to, że tamci pożerają kogoś na ulicy, a dla policji to nawet nie jest pieprzony priorytet. Nie mówią nam prawdy. Ludzie wciąż sądzą, że jest bezpiecznie.

Była to prawda. Z odległości kilku przecznic dobiegały odgłosy muzyki i radosne okrzyki.

– W porządku – powiedział Nelly, opierając pięści na stole. Na jego twarzy widniało niedowierzanie, ale kiwał stanowczo głową. – Zatem powinniśmy jechać. Nie potrafię w to uwierzyć. To jakiś obłęd.

Zawsze uważałam, że byłoby świetnie, gdyby Nelly choć raz w pełni uwierzył w szalone teorie moje i Jamesa. Stwierdziłam jednak, że teraz naprawdę, naprawdę wolałabym się mylić.

Rozdział 8

Wołanie od strony ulicy wyrwało nas z milczenia. Pięciu młodych ludzi trzymających kije baseballowe i pręty zbrojeniowe podchodziło do zainfekowanych, którzy byli tak zajęci posiłkiem, że ich nie zauważali.

Pręt zderzył się z głową Aviatora, a trzymający go człowiek aż krzyknął z wysiłku. Głowa rozbiła się z trzaskiem, który poniósł się po ulicy i przedostał przez naszą szybę. Popłynęło zaskakująco mało krwi, choć żołądek i tak podszedł mi na ten widok do gardła. Kolejny młodzieniec uderzył starszego mężczyznę. Pół Szyi i staruszka obrócili się ku trzem pozostałym przybyszom.

– Teraz! – wrzasnął największy z nich.

Pół Szyi i Staruszka nie mieli szans. Padli w ciągu kilku sekund, a później spadały na nich kolejne razy, aż z ich głów zostało jedynie wspomnienie. Wielki facet wyprostował się i otarł sobie czoło bandaną, którą wyciągnął z tylnej kieszeni. Zanim zdążyłam się powstrzymać, otworzyłam szeroko okno kuchenne.

– Hej, dzięki! – zawołałam.

Podnieśli głowy i rozglądali się, aż mnie zauważyli. Podeszli bliżej. Penny wychyliła się z salonu i pomachała do nich.

– O, cześć. Jesteś córką Marii Diaz? – zapytał przywódca. Penny skinęła głową. – Słuchajcie, musicie zostać w mieszkaniu. Oni są wszędzie. – Zmierzył nas surowym spojrzeniem starszego brata.

– Wszyscy są tacy? Tak agresywni? – spytałam. – Słyszeliśmy, że atakują ludzi, ale to wyglądało, jakby jedli...

– Och, bo jedli. – Skrzywił się. – Nie miej złudzeń. I trzeba walić ich w głowy, inaczej nie padną tak łatwo. Ciąć ich w szyję czy coś. Szaleństwo. No wiesz, jak zombie.

– Tak właśnie, człowieku – z błyskiem w oku wtrącił się młodszy dzieciak w czapce baseballowej. – To są zombie. Jak w tej grze. No wiesz, tej, gdzie...

– Chryste, Carlos – rzekł przywódca. – To nie jest żadna gra. Widzisz to ciało? To mógłbyś być ty, twoja matka albo siostra. – Popatrzył na nas, a Carlos przyglądał się szczątkom i milczał.

– Przykro mi. Musimy lecieć. Odbieram młodszą siostrę z domu przyjaciółki. Zostańcie w środku. Uważajcie na siebie. Powiedz mamie, że Guillermo ją pozdrawia.

Penny potwierdziła, że przekaże. Obserwowaliśmy, jak ruszyli dalej ulicą, zatrzymując się przy wszystkich drzwiach.

– Zombie – mruknął James. – Jezu.

Zapadła cisza, którą w końcu przerwała Penny:

– Skłaniam się do rozważenia koncepcji, że wirus wyrwał się spod kontroli. Opuszczę Nowy Jork, gdy tylko wróci mama. Będzie wiedziała, jak zła jest sytuacja. Ale zombie? Dajcie spokój.

Skrzyżowała ramiona i zrobiła zdeterminowaną minę. Penny była pragmatyczna i opanowana, jak jej matka, ale wbrew jej słowom dostrzegałam w jej oczach zwątpienie. Choć trudno było w to uwierzyć, tamci przed chwilą kogoś pożerali.

– Właśnie ich widziałaś, Pen. – James wskazał w kierunku okna, po czym ścisnął delikatnie jej ramię. – Nie potrafię niczego wykluczać, a ty?

Penny pokręciła głową, wciąż trzymając założone ręce. James wyciągnął papierosa z paczki. Nie paliłam, odkąd rzuciłam przed rokiem, ale uznałam, że ten jeden raz mogę się złamać. Wydmuchiwał dym za okno, ponieważ nikt przy zdrowych zmysłach nie kazałby mu teraz wychodzić na zewnątrz, więc przysunęłam sobie bliżej krzesło. Domyślił się, o co mi chodziło, i podał mi swojego papierosa, po czym odpalił dla siebie kolejnego.

– Dzięki – odparłam, po czym zaciągnęłam się mocno. Nikotynowe mrowienie rozlało mi się do końców palców u rąk i nóg.
– Przynajmniej mogę sobie popalić, skoro nadeszła apokalipsa zombie. Jak długiego życia mogę się jeszcze spodziewać? Tydzień? Dwa?

James zakrztusił się dymem, gdy uśmiechnęłam się do niego.

– Jesteś stuknięta.

– Humor to ostatnia reduta przeklętych. Tak mawiała moja mama. – Znów się zaciągnęłam. – Nie wiem, co innego robić.

James zamknął oczy. Wpatrywałam się w Pół Szyi i Staruszkę leżących na chodniku. W oknach budynku po drugiej stronie ulicy widziałam mnóstwo osób. Dziewczynka z kitką pomachała mi, a ja odpowiedziałam jej tym samym. Nie potrafiłam sobie wyobrazić, co rodzice mówili jej o tym wszystkim.

James otworzył nagle szeroko oczy.

– Czy to ma jakieś znaczenie? – spytał. – No wiecie, nie mam wątpliwości, że tak naprawdę to nie są zombie, ale zachowują się jak one. Skoro ta choroba tak szybko się rozprzestrzenia, musimy się stąd wydostać, zanim reszta Nowego Jorku wpadnie na ten sam pomysł. Nie możemy sobie pozwolić na to, by sterczeć tu z założonymi rękami.

Miał rację. Chodziło o to, by wyjechać przed wszystkimi innymi.

Ana weszła do salonu.

– Zombie? – spytała.

Zgasiłam papierosa.

– Tak – odrzekłam. – Wygląda na to, że wirus tworzy coś zbliżonego do zombie.

– Fuj. – Skrzywiła się, nie w temacie zombie, tylko mojego peta. Powachlowała się dłonią, odpędzając dym, którego wcale nie było w jej pobliżu. – To co mamy zrobić?

– Opuścić miasto – powiedział Nelly. Usiadł obok Penny, która obgryzała paznokieć, i poklepał sofę po swojej drugiej stronie.

– I dokąd pojechać? – spytała.

– Do chaty moich rodziców w głębi stanu – wyjaśniłam. – Jeśli zdołamy tam dotrzeć.

– Serio? – Ana wydęła wargi.

– Najpierw porozmawiamy z mamą i ją też zabierzemy. Nie martw się. – Penny sięgnęła przez Nelly'ego i ścisnęła siostrze dłoń.

– Spróbuję do niej zadzwonić – oznajmiła Ana, biorąc telefon. – O, mama pisała. Wygląda na to, że do nas obu i to kilka godzin temu, ale dopiero teraz przyszło.

Zastanawiałam się, dlaczego nikt nie panikował, nawet jeśli zwykłe wykonanie jednego telefonu stanowiło takie wyzwanie. Tak samo było chyba jednak po zamachach z dziewiątego września i po awarii zasilania. Może już się przyzwyczailiśmy.

Penny zerknęła w swój telefon i pokręciła głową.

– Nic nie mam. Co napisała?

– Z wirusem bardzo źle. Spotkajmy się u Cassie po pracy. Weźcie ubrania. Opuszczamy wieczorem miasto. Wyjaśnię później. Kocham was, mama.

Ukryte za okularami oczy Penny otworzyły się szeroko. Ana pokręciła głową.

– Niemożliwe – powiedziała. – Mama jest równie zła jak wy wszyscy!

Poczułam ulgę. Nie dlatego, że sytuacja okazywała się tak kiepska, jak sądziliśmy z Jamesem, tylko dlatego, że dostaliśmy pozwolenie, by działać zgodnie z naszymi instynktami. Że może mimo wszystko nie byliśmy wcale tacy szaleni.

Rozdział 9

Czekaliśmy, aż Penny i Ana spakują torby dla siebie oraz dla matki. Nelly uśmiechnął się do mnie, ale ten uśmiech nie objął oczu. Klapnęłam obok niego na kanapie.

– Coś nie tak? – spytałam. – Nie, to głupie pytanie. Co konkretnie jest nie tak?

Spuścił wzrok na dłonie, które ściskał pomiędzy kolanami. Choć minęły lata, odkąd pracował na ranczu, wyglądały, jakby wciąż to robił. Podniósł oczy.

– Wszyscy ci ludzie przed szpitalem. Jeśli są tacy, jak tamtych czworo, to jak władze zamierzają ich kontrolować?

– Wiem. Wciąż jest wcześnie. Może istnieje jakiś sposób... – Postanowiłam zmienić temat. – Rozmawiałeś znowu z rodzicami?

– Mama wysłała mi -maila, zanim wyszliśmy z pracy. Nic im nie jest. Jest tam tylko paru chorych. Są razem, więc się nie martwię.

Rodzice Nelly'ego oraz pięcioro jego rodzeństwa mieszkali blisko siebie. Mieli bydło i mnóstwo broni. Gdy odwiedzałam ich po raz pierwszy, Nelly pozwolił rodzinie się popisać i pokazać Dziewczynie z Miasta, jak trzyma się strzelbę. Następnie załadowałam pocisk śrutowy kaliber 20 i zdmuchnęłam puszkę stojącą na pieńku. Stali z rozdziawionymi ustami, dopóki Nelly nie uśmiechnął się i nie wyjaśnił, że tata nauczył mnie strzelać, gdy byłam dzieciakiem.

– Taa – zgodziłam się. Uznałam, że rzeczywiście poradzą sobie. – Oparłam głowę na jego ramieniu i żałowałam, że nie mogę zadzwonić do swoich rodziców.

Tata zawsze był gotów na awaryjne sytuacje. Gdy byłam mała, wydawało mi się to fajne: strzelanie do celu, umiejętności harcerskie, przechowywanie żywności, teorie spiskowe. Kiedy stałam się starsza, uznałam, że jest postrzelony w urokliwy sposób. W miarę jak życie biegło dalej i nie dochodziło do żadnych awaryjnych sytuacji dłuższych niż trzydniowa śnieżyca, przestałam wierzyć, że coś może się dramatycznie popsuć. Nie umiałam sobie wyobrazić, że może dojść do czegokolwiek gorszego niż jednoczesna nagła śmierć obojga rodziców. Na coś takiego nie dało się przygotować.

– No dobrze – do moich myśli wdarł się głos Jamesa. – Widzę tu ponad dwieście tysięcy zainfekowanych. Władze muszą mieć teraz solidnie rozproszone siły. Zwłaszcza że reszta kraju też walczy z tym cholerstwem.

Mój tata zawsze powtarzał, że lepiej być nadmiernie niż niewystarczająco przygotowanym. Że nawet jeśli nic się nie wydarzy, nie będzie się czuł jak głupiec, i że dopiero w ostatnich dziesięcioleciach ludzie uznali, iż szykowanie się na niepewną przyszłość stanowi stratę czasu.

James stuknął palcem w tablet.

– W miastach, w których wirus pojawił się z początku, doszło do infekcji na poziomie czterdziestu procent. To oznacza, że jeśli choroba rzeczywiście roznosi się w takim tempie, w ciągu kilku dni osiągniemy podobne wskaźniki. Oczywiście wszystko zależy od tego, czy władze objęły już kwarantanną większość chorych.

Chodziło o niemal połowę miasta. Nie umiałam sobie nawet wyobrazić, jak to będzie. Może te przeglądane przez Jamesa strony się myliły, a rację miał Departament Zdrowia.

– Może uda im się to zatrzymać – rzekłam. – Sądzę, że zauważą, co należało zrobić na Środkowym Zachodzie, i zaczną robić to tutaj.

James roześmiał się zgryźliwie i pomyślałam, że chyba miał słuszność.

Tęskniłam za tatą. Gdy był przy mnie, żeby mnie chronić, zawsze miałam wrażenie, jakby nie mogło mnie spotkać nic złego. Pamiętam, jak stałam w piwnicy ich mieszkania, kiedy pokazywał mi wszystkie uporządkowane skrzynki. Podał mi wtedy ciężki plecak.

– To dla ciebie.

– Co tam jest? Kowadło? – spytałam.

– Zabawne. To twój plecak ucieczkowy. Jest w nim wszystko, czego potrzebujesz, by móc szybko opuścić miasto.

Przytuliłam go i roześmiałam się.

– W porządku, wariacie.

Również mnie uścisnął, choć uśmiechał się poważnie.

– Trzymaj go w szafie. Mam nadzieję, że nigdy ci się nie przyda. Ale nie potrafiłem spać spokojnie, dopóki zamartwiałem się, że wyprowadziłaś się z domu i go nie masz.

Poklepałam go po krzaczastych włosach. Próbował je okiełznać, ale rosły i odstawały sterczącymi kosmykami.

– Pewnie, że nie potrafiłeś. Jak ktoś mógłby spać spokojnie bez plecaka pełnego sprzętu ewakuacyjnego.

Znów się uśmiechnął, ale zaraz pokręcił głową na moją beztroskę.

– To wszystko – wskazał skrzynki i puszki z żywnością – jest dla ciebie i Erika. Mam nadzieję, że nigdy się wam nie przyda. Najbardziej boję się, że nie będę mógł wam pomóc. To koszmar. Pewnego dnia mnie zrozumiesz.

Pocałowałam go.

– Dziękuję, tato. Bardzo to doceniam. Naprawdę. Będę trzymać plecak na podorędziu.

Wiedziałam, że w ten sposób zapewniam mu wrażenie choćby nieznacznej kontroli, zresztą tak naprawdę sprawa wydawała się nieszkodliwa. Nie był jedną z tych osób, które tylko czekają na to, kiedy skończy się świat. Po prostu czuł się bardziej bezpieczny, gdy był przygotowany na ewentualne sytuacje. Ten plecak znajdował się teraz w piwnicy, wciąż wypełniony rzeczami, które według niego miały zapewnić mi bezpieczeństwo. Przejrzę go na samym początku.

– No dobra, słuchajcie. To świetnie, że opuszczamy miasto. Ale jak właściwie zamierzamy je opuścić? – spytał Nelly.

– Pomyślałam, że moglibyśmy zabrać jedną z furgonetek z pracy – podsunęłam.

Na parkingu za biurowcem stało kilka dziesięciomiejscowych furgonetek. Nelly i ja już dawniej nimi jeździliśmy.

– Przyszło mi to samo do głowy – rzekł James, kiwając głową.

W przedpokoju rozbrzmiał grzechot. Do salonu weszła Ana. Ciągnęła za sobą walizkę, a na nogach miała balerinki.

– Hmm – stwierdził Nelly z całkowicie pokerową miną.

– Przypuszczam, że ktoś nie ogarnia powagi sytuacji – mruknął do niego James.

– Ana, masz plecak? – zapytałam, starając się zachować spokojny głos.

– Mam wciąż szkolny. A co?

– Może powinnaś spakować się właśnie do niego. – Popatrzyłam na swoje bose stopy. – I raczej przydadzą się buty, w których możesz biegać.

Ana wykrzywiła górną wargę.

– Dobra. Pomożesz mi się spakować?

– Czemu nie? – Mrugnęłam do Jamesa i Nelly'ego, którzy wciąż uśmiechali się ironicznie, i ruszyłam za dziewczyną.

Ana musiała sądzić, że udajemy się na Karaiby, ponieważ wyjęłam z jej walizki lekkie podkoszulki, saszetkę z przyborami do makijażu i parę sandałków na obcasie. Teraz była wyposażona w parę porządnych butów, dżinsy i sweter. Penny pojawiła się w podobnym stroju.

– Wiecie co? Boję się – powiedziała.

Widząc, jak drży jej dolna warga, przytuliłam ją.

– Nie przejmuj się! I co z tego, że tam są tysiące osób, które chcą nas pożreć żywcem. Nie rozumiem, jaki w tym problem.

Twarz, którą znałam niemal równie dobrze jak własną, rozpromieniła się w uśmiechu. Zawsze umiałyśmy się nawzajem rozweselić, nieważne jak kiepsko by było. Zawsze tak było, od chwili, gdy w piątej klasie do sali weszła ta smutna dziewczynka, której dopiero co zmarł tata.

– Kocham cię – wyszeptała i ścisnęła mi dłoń.

– Ja ciebie też. – Odwzajemniłam uścisk. – Będzie dobrze.

James rozłożył ramiona i weszła w jego patykowaty uścisk.

Skinęłam Anie głową, a ona uśmiechnęła się. Nie mogła się doczekać, by Penny kogoś poznała, wiedziałam więc, że była zadowolona, nawet jeśli uważała Jamesa za dziwaka.

Nelly podniósł się i klasnął w dłonie.

– Idziemy?

– Idziemy – potwierdziłam, biorąc go pod rękę.

Rozdział 10

Ulice były wolne od zainfekowanych, jeśli nie brać pod uwagę ciał. Sklepy spożywcze na alei pozostawały otwarte i ludzie wychodzili z nich obładowani pełnymi torbami, spiesząc do domów. Niektórzy kręcili się przed kamienicami, zupełnie ignorując apele o pozostawanie w mieszkaniach.

Zanim dotarliśmy do mnie, szyja bolała mnie już od nieustannego oglądania się za siebie. Po kolei weszliśmy z przedpokoju do salonu. Ktoś był w kuchni i przez chwilę wydawało mi się, że to Erik, ale byłoby to niemożliwe. Zobaczyłam tam Petera.

Z podwiniętymi rękawami koszuli i zdjętym krawatem robił sobie coś do zjedzenia. Nigdy nie zdarzało mu się wyglądać swobodniej. Zawsze wydawał się zupełnie nie na miejscu w moim mieszkaniu, w rozgardiaszu papierów, książek i przyborów malarskich. Nie to, żebym korzystała z nich intensywnie w ostatnich latach, ale nie potrafiłam przyznać się do porażki i ich spakować. Z pewnością podobnie odstawałam w jego apartamencie o wielkich oknach i wyrazistych liniach. Gdy tylko tam trafiałam, zdawało mi się, jakbym rozpełzała się po całej okolicy, choć starałam się być schludna.

– Hej, kochanie. Martwiłem się. – Tak silnie otoczył mnie ramionami, że zabrakło mi tchu. Zaskoczona, odwzajemniłam uścisk. Nie przypuszczałam, że się martwił.

– Udało nam się załapać innym samolotem na LaGuardię, więc przyjechałem od razu tutaj. A gdy nie odbierałaś telefonu...

Widząc wyraz troski w jego oczach, poczułam ukłucie winy. Wcześniej myślałam tylko o uldze, że nie będę musiała się z nim widzieć. Byłam okropną osobą, ale zapewne jedyną w jego życiu. Gdy miał dwanaście lat, w wypadku samochodowym stracił młodszą siostrę i rodziców. To nas łączyło, być może jako jedyna rzecz. Jego bogata, powściągliwa w uczuciach babcia wychowywała go aż do swojej śmierci. Był sam. Ja przynajmniej miałam Erika.

– Przepraszam. – Zdołałam odzyskać głos. – Cieszę się, że udało ci się wrócić.

Gdy poznałam Petera w barze na mieście, spławiłam go. Gładcy, czarujący bogacze z Upper East Side nie byli w moim typie. Nalegał jednak, że chce postawić mi drinka, zaczęłam więc z nim gadać, odliczając w głowie minuty, przez które musiałam zachowywać się uprzejmie, zanim będę mogła się zmyć. Kiedy jednak spytał, czy moi rodzice wciąż mieszkają w Nowym Jorku, a ja wspomniałam o wypadku, nie zrobił tej niezręcznej miny, jaką robili wszyscy, zanim przeprosili.

Spoważniał i napotkał mój wzrok, a jego oczy zwilgotniały.

– To jak żyć w domu, z którego zerwało dach, prawda? – spytał, a ja widziałam, że czekał od lat, by znaleźć kogoś, komu będzie mógł to powiedzieć. Kogoś, kto zrozumie.

Skinęłam głową, zszokowana, ponieważ wciąż towarzyszyło

mi uczucie, że nic mnie nie chroni, że nie zostało nic, co osłabiałoby mnie przed kolejnymi pojebanymi sytuacjami, które świat zamierzał rzucić mi pod nogi. Uznałam, że może niesprawiedliwie oceniłam książkę po okładce. Jednak tamten facet, ten z baru, o uprzejmych oczach i zaskakującej intuicji, nie objawiał się całymi miesiącami. Aż do teraz.

Zresztą nie trwało to długo. Peter nagle mnie puścił i przyjrzał się nam wszystkim, unosząc ciemne brwi. Przeszedł od ciepłej postawy do chłodnej tak szybko, że niemal zakręciło mi się w głowie.

– O co chodzi, że wszyscy są tutaj? – zapytał.

– Czekamy na Marię. Mamę Penny i Any – wyjaśniłam. – Powiedziała, że powinniśmy opuścić miasto, jedziemy więc do chaty moich rodziców.

Roześmiał się lekceważąco.

– Poważnie? Chyba nieco przesadzacie.

Ana przytaknęła, zgadzając się z nim. Zdrajczyni.

Poczułam, jak rośnie moje zwyczajowe wkurzenie na niego.

– Cóż, jeśli przesadą jest chęć opuszczenia miejsca, w którym ludzie pożerają się nawzajem, to owszem, przesadzam. Gonił cię ktoś, komu brakowało połowy szyi? Obserwowałeś, jak zainfekowani kogoś zjadają?

– Cassandro, to niewielka epidemia. Władze mają sytuację pod kontrolą. Rozmawiałem ze znajomymi z Manhattanu i mówią, że wszędzie jest policja, a na ulicach jest pusto.

Wyglądał jak nadąsany chłopiec. Kiedyś oglądałam jego zdjęcia w starym albumie, który trzymał na regale. Pochodziły z lat, kiedy jego rodzice wciąż żyli. Peter był słodkim dzieciakiem z piegami pasującymi do ciemnych włosów i szerokim, swobodnym uśmiechem. Nie wydawał się rozpieszczony jak teraz. Gdy wyszedł spod prysznica i zobaczył mnie z albumem, uśmiechnął się, ale odłożył go na miejsce. Kiedy przyszłam do niego następnym razem, albumu już nie było.

Ana odrzuciła włosy w tył i uśmiechnęła się do Petera uśmiechem zarezerwowanym przez nią dla ludzi, którzy nie byli nami.

– Widzicie? Wygląda na to, że na Manhattanie ogarniają sytuację. Jestem pewna, że nie będziemy musieli wyjeżdżać.

Ana mocno bujała się w Peterze. Uważała za jedną z największych życiowych zagadek to, że był ze mną. Jej konsternacja na zmianę irytowała mnie i bawiła. Czasami wymieniałam lokal, który odwiedziliśmy, i obserwowałam, jak dziewczyna spala się z zazdrości, bo po prostu miałam ochotę się z nią drażnić.

James uśmiechnął się.

– Chyba zrobię jednak tak, jak mówi Maria. Cassie, muszę naładować iPada. Mogę użyć twojego komputera?

– Pewnie. – Popatrzyłam na Nelly’ego. – Chcesz zobaczyć, co jest w piwnicy?

Rozdział 11

Pod przeciwległą ścianą piwnicy stał stos plastikowych skrzynek. Mijałam je setki razy w drodze po puszkę pomidorów czy coś innego, ale przestałam już je zauważać.

– To od czego zaczynamy? – spytał Nelly.

– Chyba od plecaków ucieczkowych. Jak sama nazwa wskazuje, pełnych rzeczy, których potrzeba, by móc szybko uciec.

Na szczycie sterty znaleźliśmy cztery duże plecaki. Mój musiał ważyć z piętnaście kilogramów. Zawartość została starannie umieszczona w woreczkach strunowych i pokrowcach.

– Może zacznij opróżniać pozostałe? – zaproponowałam. – Ułóżmy rzeczy obok plecaków i przekonajmy się, co mamy.

– Robi się, szefowo.

Przetrząsnęłam wnętrze bagażu. Znalazłam tam między innymi batony energetyczne, liofilizowaną żywność, butelki na wodę, filtr do wody, artykuły pierwszej pomocy, przybory toaletowe oraz najbardziej kretyńską bluzę dresową na świecie.

– Hej, Nels. Co sądzisz? – Podniosłam bluzę, pokazując znajdującego się na froncie kotka.

– Fajne – powiedział. – Zdecydowanie powinnaś to nosić.

Roześmiałam się.

– To musiał być pomysł taty. Mama wiedziałaby, że wolałabym umrzeć, niż dać się przyłapać w czymś takim. Kupił to, żeby było tu coś ciepłego do ubrania. Przynajmniej dżinsy wyglądają normalnie.

Wciąż się uśmiechałam. Tata był przekonany, że uwielbiałam kotki, choć wyrosłam z tego, gdy miałam około dziesięciu lat. Do skarpety bożonarodzeniowej zawsze wkładał mi coś, co sprawiało, że śmiałam się aż do łez: kalendarz z puchatym kotkiem, notes z kotami w wiktoriańskich kapeluszach, inne podobne przedmioty. Gdy teraz wracałam do tego myślą, sądziłam, że może jednak wiedział i po prostu lubił obserwować moją reakcję. Nagle bluza okazała się najlepszym prezentem, jaki dostałam od dłuższego czasu. Wciągnęłam ją przez głowę i otuliłam się rękoma. Poczułam się, jakby mnie przytulał.

– To od taty – powiedziałam. Nelly skinął głową i uśmiechnął się, nie potrzebował dalszych wyjaśnień. – Część ubrań w innych pakunkach może pasować na ciebie i Jamesa.

Ostatnią rzeczą w każdym plecaku była kosmetyczka podróżna ze zwitkiem gotówki i papierami. Rozłożyłam mapę i ujrzałam zaznaczone różne trasy prowadzące do chaty. Przeliczyłam pieniądze: siedemset pięćdziesiąt dolarów w małych nominałach.

– Wow – zareagowałam. – Chyba nie muszę iść do bankomatu.

– Też mam tyle – poinformował Nelly. – Jeśli w dwóch pozostałych jest tyle samo, mamy w sumie trzy tysiące. – Sprawdził szybko i skinął głową. – Tak.

Do plecaków trzeba było dołożyć tylko żywność, której nie skończył się termin spożycia. Tata musiał długo zastanawiać się nad zawartością. Nie przypuszczałam, by czegoś brakowało. Oprócz uzbrojenia.

– Wciąż jest tu broń? – spytał Nelly. Mówił o małej zbrojowni, którą tata trzymał w mieście.

– Tak myślę. Erik włożył ją do skrzynki opisanej jako „przybory krawieckie".

Skrzynka znajdowała się pod innymi. Na jednej z tych, które zdejmowaliśmy, widniało moje imię zapisane ręką Erika. Ogarnięta ciekawością, zostawiłam Nelly'emu wyciąganie broni, a sama postanowiłam to sprawdzić. Na wierzchu leżał mój dyplom z koledżu. Zobaczyłam też stare pudełko po cygarach, którego wyrzucanie pamiętałam. Lekko pachniało wysuszonymi kwiatami, które przyniósł mi Adrian. Znalazłam srebrny pierścionek z maleńką gwiazdką. Adrian podarował mi go, bo wiedział, że uwielbiałam gwiazdy. W chłodnym powietrzu piwnicy wydawał się ciepły. Wsunęłam go do kieszeni dżinsów i przejechałam palcem po kółku, jakie odbiło się na materiale. Były tam również stare bilety koncertowe. Przyszło mi do głowy coś, o czym nie myślałam od długiego czasu, i zaczęłam chichotać.

– Nelly, pamiętasz, jak poszliśmy na The New Pornographers i Adrian wypalił za dużo zioła?

Odstawił skrzynkę i roześmiał się głośno.

– Gdy wydawało mu się, że wszedł w pajęczyny i przykleiły mu się do twarzy, więc chciał, żebyśmy pomogli mu je zdjąć?

Adrian tarł sobie wtedy twarz i sprawiał wrażenie spanikowanego. Zawsze wydawał się taki opanowany, więc w tamtej chwili wydawał się sto razy śmieszniejszy. Reszta z nas osunęła się na ziemię, tak mocno się śmialiśmy.

Na schodach rozbrzmiały kroki i usłyszałam śmiech Penny, zanim jeszcze pojawiła się na dole.

– Nie ma mowy, by batony, które dała nam tamta dziewczyna, zawierały tylko czekoladę – zacytowała, kręcąc głową. – Bez szans.

– Nigdy nie pozwalałam mu o tym zapomnieć – rzekłam. – Wciąż śmieję się w głos za każdym razem. Ten wyraz paniki...

Bolał mnie już żołądek od rechotania, ale gdy przestałam się śmiać, wciąż mnie bolało. W inny sposób. Nigdy nie wspominałam o Adrianie. Teraz wpatrywałam się w skrzynkę, jakbym była zafascynowana jej zawartością, ale nie zdołałabym oszukać najlepszych przyjaciół. Ręka Penny objęła mnie w pasie. Starałam się powstrzymać łzy. Nie cierpiałam płakać przy innych. Płakałam nad bezdomnymi kotami, nad staruszkami jedzącymi obiad w samotności i nad małymi dziećmi wyglądającymi na samotne. Byłam straszną płaksą, ale wolałam płakać na osobności.

– Tęsknię za nim – wyszeptałam.

– Myślisz, że nie wiemy? – zapytał Nelly, jakby nie mógł uwierzyć, że uważam to za tajemnicę. Wytarłam łzy, ale im dłużej o tym myślałam, tym szybciej płynęły.

– Mogłabym wybrać lepszą chwilę na uświadomienie sobie, że popełniłam wielki błąd. Tylko ja jestem zdolna zrobić coś takiego w dzień apokalipsy zombie – oznajmiłam, wywołując ich śmiech. Uśmiechnęłam się przez łzy i gula w moim gardle zmniejszyła się. – Nie ma jak się z nim skontaktować, choćby po to, by sprawdzić, czy nic mu się nie stało.

– Jeśli ktokolwiek jest w stanie sobie poradzić, to na pewno Adrian – powiedział pewnym głosem Nelly. – Jest na farmie w północnym Vermoncie. Nie pamiętam nazwy. Miałem e-mail od niego, ale na starym koncie.

– Nie wiedziałam, że wciąż się kontaktujecie. – Czułam się zazdrosna i musiałam sobie przypomnieć, że nie miałam do tego prawa.

– Co jakiś czas wymienialiśmy -maile. Ostatnim razem jakiś rok temu. Napisałem do niego dwa razy, podając nowy adres, ale nie odpowiedział.

Wzruszył ramionami i widziałam, że się przejmował. To był również jego przyjaciel. Gdy zerwałam z Adrianem, musiało mu być trudno pogodzić obie przyjaźnie. Dotknęłam jego ramienia.

– Przepraszam, że przeze mnie straciliście kontakt. – W myślach dodałam kolejny punkt do listy rzeczy, które Cassie schrzaniła w ostatnich latach. Wydłużała się z każdą minutą. Umierałam z ciekawości, by dowiedzieć się, o czym rozmawiali z Adrianem. – Czy on...? To znaczy co...

– Chciał wiedzieć, co u ciebie. Mówił, że za tobą tęskni. Gdy pisał ostatnim razem, pytał, czy według mnie miałabyś ochotę z nim pogadać. Próbowałem zbadać temat, ale tak bardzo sprzeciwiałaś się jakimkolwiek rozmowom o Adrianie, że kazałaś mi się zamknąć. Powiedziałem mu, że może spróbować, ale że nie wiem, co z tego wyjdzie.

Musnęłam palcem bilety koncertowe i wyobrażałam sobie, jak inaczej mogłoby wyglądać moje życie, gdybym nie była zbyt uparta i zażenowana, by przyznać, że spieprzyłam, nawet przed samą sobą.

– Szkoda, że nie zmusiłeś mnie, bym cię wysłuchała – rzekłam, choć byłam pewna, że próbował.

Nelly uniósł brew.

– Zdajesz sobie choć trochę sprawę, jaka jesteś, gdy nie chcesz
o czymś rozmawiać? Wiem, że tak. Jesteś najbardziej upartą istotą
ludzką na świecie. Litości.

Miał poważną minę. Może potrafiłam okłamywać samą siebie,
ale Nelly nie zamierzał znosić, gdy okłamywałam jego.

– Wiem. Przepraszam. To moja wina. Nie słuchałam.
Ale pod względem uporu jesteś zaraz po mnie. – Zrobiłam głupią
minę.

– Ej, umiem przyznać się do błędu. Po prostu nigdy ich
nie popełniam – odparł. Penny jęknęła i wywróciła oczyma. –
Poza tym lubię się rządzić. To wielka różnica.

Podniosłam dłonie w geście kapitulacji.

– Dobra, dość już wspominków – rzekła Penny. – Mamy
do przejrzenia mnóstwo rzeczy, zanim dotrze tu moja mama. James siedzi przy komputerze, a Ana fantazjuje o Peterze,
więc uznałam, że zejdę tu, by pomóc. – Zaczęła odczytywać ety-
kietki na skrzynkach: – Śpiwory, materace, lampy, przybory kuchenne. Rany. Pozbyłaś się czegokolwiek?

– Nie. Erik poukładał to wszystko. I włożył do tej skrzynki to,
co wyrzuciłam.

Byłam wdzięczna, że uratował drewniane pudełko, i obieca-
łam sobie, że powiem mu to, gdy się spotkamy. Zastanawiałam
się, co robił teraz Adrian. Czy ta farma w Vermoncie należała
do niego. Już w wieczór, kiedy go poznałam, nie miał wątpliwości, że właśnie tego pragnął.

* * *

Siedziałam na kanapie podczas imprezy w akademiku bractwa
studenckiego mojego koledżu z głębi stanu i zastanawiałam się,

co tam robię. Po drugiej stronie pokoju widziałam moją współlokatorkę, którą znałam od tygodnia. Obserwowałam, jak klei się do wszystkich facetów mających puls.

– Nie twoja sceneria? Moja też nie – dobiegł mnie głos gościa siedzącego na drugim końcu kanapy. Miał potargane rudawe włosy, a jego wargi ułożyły się w krzywy uśmiech, gdy zobaczył, że przyglądam się jego koszuli z greckimi literami.

Przeniosłam wzrok ze znaków na niego.

– Tak? – odparłam.

– Nie mam wyboru – rzekł przeciągle, z wyraźniejszym południowym akcentem. – Kwestia dziedzictwa. Jeśli nie będę wiódł życia członka bractwa, tatuś się mnie wyrzeknie. – Wyciągnął wielką dłoń. – Mam na imię Nel. Pochodzę z Teksasu.

Uścisnęłam ją.

– Cassie. Miło cię poznać.

– A zatem, Cassie, kim jesteś i co tu robisz? Nie wyglądasz na typową klientkę.

Wzruszyłam ramionami i wskazałam współlokatorkę.

– Błagała, żebym z nią przyszła. Uznałam, że zaryzykuję. Jestem z Brooklynu. Studiuję socjologię. – Znów wzruszyłam ramionami. – Nuda.

– Z Brooklynu? To nie nuda. Gdy skończę studia, przeniosę się do miasta. – Rozejrzał się po pokoju. – Żłopanie piwa przez lejek i męskie szpanerstwo. Pijane dziewczyny i ich bijatyki z wrzaskami. Wielu ludzi jest tu w porządku, jeśli nie podchodzisz za poważnie do życia, ale imprezy są okropne.

Wiedziałem, że nie jest typowym kolesiem z bractwa. Oczy mu błyszczały, gdy żartował sobie z tego wszystkiego.

– Moja współlokatorka bierze udział w castingu do roli Pijanej

Dziewczyny. – Wskazałam na nią siedzącą u kogoś na kolanach i chichoczącą.

– W takich chwilach cieszę się, że nie lubię dziewczyn.

Choć zupełnie mnie to nie obchodziło, bractwa nie słynęły jako oazy równych praw.

– I nikomu tutaj to nie przeszkadza?

– Ano. Zwłaszcza jeśli wiedzą, że nie są w moim typie. Wszyscy uważają, że Bóg zesłał ich kobietom, i byli zaskoczeni, że nie rozciąga się to też na mężczyzn. – Zaśmiałam się, gdy się uśmiechnął. – Wyszedłem z szafy w ostatniej klasie liceum i trochę mi się za to oberwało. Teraz nie zamierzam się już ukrywać.

– Zdecydowanie – zgodziłam się. – Ale Teksas? Musiało być ciężko.

– Cóż, trochę pomagało, że jestem w stanie wybić bzdury z głowy większości gości, którzy mają ze mną problem. – Zrobił groźną minę, a później zastąpił ją promiennym uśmiechem. – Grałem w futbol i moi najlepsi przyjaciele z drużyny wiedzieli. Wsparli mnie.

Zażartowałam, że z miejsca zdradził mi, iż jest gejem, bym się w nim nie zakochała. Dziewczyny zawsze się w nim bujały. Ale nie zdążyłam tego zrobić, bo w tym momencie zauważył kogoś po drugiej stronie pokoju i pomachał.

Facet skierował się w naszą stronę. Był wysoki i szczupły, o ciemnych włosach i pięknych zielonych oczach. Były naprawdę piękne, a on, z jasnooliwkową skórą i wysokimi kośćmi policzkowymi, niewątpliwie również mógłby być uważany za pięknego. Jednak już silna żuchwa i nos, zaledwie odrobinę nieidealny, wystarczyły, by wydał mi się interesujący. Miał na sobie koszulkę z nazwą jakiegoś niezależnego zespołu i dżinsy. Gdy się uśmiechnął, na jego policzku pojawił się głęboki dołek.

- Adrian, to Cassie. Cassie, to Adrian – przedstawił nas Nelly i w tym momencie ktoś go zawołał. – Ach, zaraz wrócę. Zawsze potrzebują geja, jeśli chodzi o jedzenie. Że niby potrafię gotować.

Adrian usiadł na kanapie. Generalnie nie jestem zbyt dobra w prowadzeniu rozmów, a już na pewno nie z atrakcyjnymi mężczyznami. Uśmiechnęłam się nerwowo i pocieszyłam się myślą, że to chłopak Nelly'ego, nawet jeśli on również był w moim typie. Nie miałam powodu, żeby zachowywać się jak skrępowana gimnazjalistka.

Adrian z zainteresowaniem skierował na mnie te swoje oczy.

– Cześć, Cassie. Na którym jesteś roku? Chyba nigdy się nie spotkaliśmy.

– Na trzecim. Dopiero co się tu przeniosłam. A ty?

– Też na trzecim. To niezła szkoła. Ludzie są dość mili.

Skinęłam głową i próbowałam wymyślić coś, co mogłabym powiedzieć, ale w głowie miałam zupełną pustkę. Uznałam, że nie powinno mi się pozwalać na udział w rozmowach bez talii kart konwersacyjnych. Adrian mnie uratował.

– To co zamierzasz robić, gdy dorośniesz? – spytał. Miał rozbrajający uśmiech. I choć jest to drugie pytanie, jakie zadają wszyscy podczas niezobowiązujących pogawędek na studiach, to dał mi wrażenie, że naprawdę chciał wiedzieć.

– Cóż, chodzi ci o to, w czym się specjalizuję? Kiedyś myślałam o sztuce. Ale to nie zapewni mi porządnej pracy, więc zdecydowałam się na socjologię i sztukę jako dodatkowy przedmiot.

Kącik jego ust drgnął. Zdawałam sobie sprawę, czego właśnie nie mówił, i zgodziłam się z jego niewypowiedzianym argumentem.

– Wiem, socjologia wcale nie jest lepsza. – Uśmiechnęłam się. – Ale nie zamierzam pracować na Wall Street. Muszę studiować coś, co lubię, inaczej jaki miałoby to sens? Chyba będę chciała zaczepić się w jakiejś organizacji pozarządowej.

Skinął głową.

– A jaką sztukę tworzysz?

– Głównie maluję. – Za bardzo się wstydziłam, żeby o tym rozmawiać, więc zmieniłam temat. – A ty? W czym się specjalizujesz?

– W inżynierii.

– O, i to jest kierunek dla dorosłych – zakpiłam. Wydawał się taki przyjazny, że czułam, jak się odprężam. – I co zamierzasz z tym robić? Budować mosty i zarabiać mnóstwo kasy?

Uśmiechnął się. Gdy pokręcił głową, włosy wpadły mu do oka. Odsunął je.

– Nie do końca. Jestem na inżynierii środowiska. Chcę tworzyć rzeczy, które mogą być stosowane do produkcji żywności i ochrony gleby.

Pokręciłam głową.

– Aha, dobroczyńca!

– Hej, nie martw się. Nie zacznę ci wygłaszać wykładu, że to, co robisz, nie jest dobre dla planety. – Podniósł dłonie i znowu pokazał się dołek.

– Żartuję tylko. Czyli chcesz żyć poza siecią energetyczną? Zero odpadów?

– Właśnie. – Popatrzył na mnie tak, jakbym przykuła jego uwagę, i zarumieniłam się pod tym badawczym spojrzeniem. – Spędziłem lato jako wolontariusz przy projekcie i nauczyłem się wystarczająco dużo, żeby zainstalować mamie system podgrzewania wody energią słoneczną. Teraz chciałbym przełączyć jej dom całkowicie na fotowoltaikę.

Skinęłam głową i upiłam trochę piwa, by nie zauważył, jak płonęły mi policzki.

– Mam ochotę stworzyć farmę, która wytwarza własną żywność, energię, może nawet biopaliwo... – Przerwał nagle. – Przepraszam, czasami zaczynam o tym mówić i nie potrafię przestać. – Zamachał mi dłonią przed oczyma. – Jesteś tu jeszcze?

– To nie tak. Czuję się, jakbym rozmawiała z moim tatą. – Opuściłam kubek. Twarz w końcu mi ochłonęła. – Rodzice zakładają solary w chacie w głębi stanu. Do emerytury zamierzają całkowicie wyłączyć się z sieci i samodzielnie produkować większość żywności. Lubię o tym mówić z tatą, dopóki tylko nie wchodzi za bardzo w technikalia, bo wtedy słyszę, jak zgrzytają mi zębatki w głowie.

Wydałam terkoczący odgłos, zupełnie niebrzmiący jak zębatki, ale roześmiał się.

– Chciałbym móc kiedyś sięgnąć do mózgu twojego taty. I zobaczyć, co dotąd zrobił.

– No wiesz, da się zrobić. Jeśli mówisz poważnie. On aż się pali, żeby o tym gadać. Mama i ja tylko potakujemy, uśmiechamy się i odpływamy myślami, gdy już zacznie. Teraz, gdy brat wyjechał do szkoły, tata powoli umiera w środku, bo nikt nie interesuje się jego planami.

Adrian skinął głową, jakby był to pomysł do rozważenia. Musiałam przyznać, że miłośnicy systemów energii słonecznej mocno oddawali się temu, co robili. Na twarzy Adriana dostrzegłam wyraz zamyślenia.

– A skąd znasz Nela? – spytałam. Zastanawiałam się, czy łączy ich coś poważnego.

– Zeszłej wiosny chodziliśmy razem na zajęcia i coś zaiskrzyło. Świetny z niego facet.

– Taki się wydaje.

Właśnie wtedy pojawił się Nelly z talerzem burgerów.

– To co mnie ominęło? Ciebie chyba to, że twoja współlokatorka najpierw rzygała w krzakach, a potem ruszyła do domu.

Wstałam.

– Chyba powinnam pójść za nią. – Nie chciałam. Podtrzymywanie jej włosów we wspólnej łazience nie znajdowało się wysoko na moich liście pragnień.

Nelly machnął ręką.

– Była z nią jakaś inna dziewczyna. Bethany? Tiffany? No, ktoś tam. Nic jej nie będzie! – Usiadł na podłodze i klapnął moje miejsce na kanapie. – Siadaj. Zjedz.

Tak też zrobiłam. Nieustannie popatrywałam na Adriana. Kilka razy przyłapałam go na tym, że na mnie patrzył, i gdy tylko nasze oczy się spotykały, czułam motyle w brzuchu. Zmuszałam się, żeby się ogarnąć. Może i był fajny i miły, ale nie interesowałam go. W ogóle nie interesowały go dziewczyny.

Zawsze czułam się jak osoba, której imię ludzie zapominają. Jeśli jacyś faceci zaczynali się mną interesować, zwykle już od jakiegoś czasu ich znałam. Mogłam z nimi swobodnie rozmawiać. Do tamtej pory mi to nie przeszkadzało. Mogłam być osobą, która nie od razu wzbudza miłość i lojalność. Zwykle oznaczało to jednak, że bywałam ignorowana, przynajmniej z początku. I w przypadku Adriana zdawałam sobie sprawę, że by mi to zawadzało.

– Słuchajcie, mam rano pracę w bibliotece – powiedziałam, gdy rozmawialiśmy już od kilku godzin. Była to jedna z tych rozmów, w których masz tyle do powiedzenia, że żałujesz, iż kiedyś się skończy, nawet jeśli trwa do świtu. Nie chciałam złamać zaklęcia i wracać do domu, ale zrobiło się późno. Reszta imprezowiczów do tej pory przysnęła albo się obściskiwała. – Jeśli szybko pójdę spać, może zdołam zwlec się rano z łóżka do roboty.

– Nie pójdziesz sama, kochanie – powiedział Nelly. – Pozwól, że cię odprowadzę.

Nie miałam ochoty zmuszać go do tego, by szedł ze mną bezpiecznymi, zadbanymi ulicami.

– Dzięki, ale poradzę sobie. Dorastałam na Brooklynie, pamiętasz?

– Przejdźmy się razem – zaproponował Adrian. – Nasze akademiki są blisko siebie.

– No dobra, dzięki – rzekłam. – Nelly... – Uświadomiłam sobie, że mówię do niego Nelly, bo piwo rozluźniło mi język, i zarumieniłam się. Już wymyśliłam mu przezwisko, ale nie zamierzałam go używać.

– Podoba mi się Nelly! – zawołał. – Jak Nellie Oleson z *Domku na prerii*.

– Często udawałam, że jestem Laurą! – powiedziałam. – Gdy ćwiczyłam umiejętności harcerskie. – Adrian uśmiechnął się do mnie. – No ale, „Nelly", bardzo miło było cię poznać. Może się jeszcze zobaczymy?

Nelly uśmiechnął się i połknął mnie w uścisku.

– Och, nie uwolnisz się ode mnie, Małe Piwo. Spotkajmy się wszyscy jutro na lunch.

– Podoba mi się – odparłam, uśmiechając się do niego promiennie.

Odeszłam na bok, żeby zapewnić im chwilę prywatności, pomachaliśmy jeszcze Nelly'emu i ruszyliśmy. Gdy szliśmy na kampus, Adrian opowiadał mi o swojej matce, która go wychowała, i o siostrze, która miała mnóstwo miłości, lecz zdecydowanie mniej pieniędzy. Był bystry, zabawny, lubił swoją mamę i przejmował się środowiskiem. Westchnęłam.

Szturchnął mnie w rękę.

– Co to za wzdychanie?

– Oj, nic takiego – odrzekłam, wpatrując się w swoje stopy.

Wziął mnie pod rękę.

– No daj spokój. Powiedz.

Zacisnęłam wargi w wąską kreskę i pokręciłam głową. Następnie uznałam, że jeśli mu powiem, może być zabawnie, na dodatek nie dam się rozwinąć mojemu zauroczeniu. Westchnęłam znowu, tym razem bardziej dramatycznie, i dźgnęłam go łokciem.

– Po prostu mnie to przygnębia. Żadni faceci nie interesują się nigdy tym co ja. Nawet mojemu ojcu byś się spodobał.

Adrian zatrzymał się i popatrzył na mnie z otępiałą miną.

– No wiesz – wykrztusiłam. – Bo jesteś gejem.

Teraz naprawdę poczułam się jak zołza. Dlaczego nie trzymałam gęby na kłódkę?

– Nie jestem gejem.

Wydawało mi się, że dostrzegłam na jego twarzy nieznaczny uśmieszek, ale nie zdołałam utrzymać kontaktu wzrokowego na tyle długo, żeby się upewnić.

– Co? – Usłyszałam jego słowa, ale potrzebowałam chwili, żeby pomyśleć.

– Wysyłam jakieś sygnały czy coś? Jeżeli coś chciałem zasygnalizować, to raczej to, że chętnie bym się z tobą umówił.

Ledwo słuchałam, co mówił, bo rozważałam, czy odwrócić się i uciec. Szansa, że zdołałabym go unikać na kampusie przez najbliższe dwa lata, wydawała się jednak nieznaczna. Poza tym mogłabym przebiec tylko jedną przecznicę, zanim zaczęłoby mnie kłuć w boku, a on wciąż trzymał mnie za rękę. Powiedziałam mu, że mi się podobał. I że spodobałby się mojemu ojcu.

Piwo i jedzenie buntowały mi się w żołądku.

– Tak tylko pomyślałam, no bo Nelly, poza tym mówiłeś, że między wami zaiskrzyło...

– Nie przejąłem się tamtym. Natomiast wciąż przejmuję się tą potencjalną randką.

Wpatrywałam się w niego tępo. Wydawał się taki odprężony, podczas gdy we mnie wszystko buzowało i kotłowało się.

– No wiesz, że chciałbym się z tobą umówić?

– Och. – Byłam przekonana, że znał moją odpowiedź, postanowiłam więc zażartować. – W porządku. Spotkanie z moim ojcem może odłożymy na drugą randkę.

Uśmiechnął się szeroko, a ja odpowiedziałam uśmiechem, czując ulgę, że może nie zrobiłam z siebie kompletnej idiotki. Wciąż byłam zażenowana, jednak w głębi mnie jaśniała ciepła iskierka podekscytowania. Naprawdę coś tam było, nie wyobrażałam sobie tego. W jakiś sposób zdołaliśmy dotrzeć do mojego akademika, zanim umarłam ze wstydu.

– To mój przystanek – powiedziałam, gdy puścił moją rękę. – Dzięki, że mnie odprowadziłeś.

Przygryzłam wargę i zerknęłam na niego, mając nadzieję, że powie, iż chciałby się jeszcze ze mną zobaczyć.

– Cała przyjemność po mojej stronie. To co, widzimy się jutro na lunchu i coś zaplanujemy?

– Dobrze.

Uśmiechaliśmy się do siebie nieśmiało, dopóki nie uświadomiłam sobie, że chyba powinnam wejść do środka. Zaczęłam wchodzić po stopniach i potknęłam się. Miałam nadzieję, że już odszedł, ale gdy obróciłam się, zorientowałam się, że wciąż tam stał. Sprawiał wrażenie, jakby powstrzymywał uśmiech. Próbowałam zachowywać się nonszalancko, ale zastanawiałam się, ile gaf jestem w stanie popełnić jednej nocy. Chyba szłam na rekord.

– Proszę bardzo, śmiej się. Potykam się jakieś dziesięć razy dziennie. Albo kogoś przewracam. Lub też kogoś przypadkiem piorę na kwaśne jabłko.

Pokręcił z rozbawieniem głową.

– Dobranoc, Cassie – powiedział łagodnym głosem.

Popatrzył na mnie w taki sposób, jakbym była kimś wyjątkowym, kimś, w kogo warto się wpatrywać, i ugięły się pode mną nogi. Pomachałam mu, zdołałam przejść przez drzwi, nie zderzając się z nimi, i ruszyłam do swojego pokoju.

* * *

Nelly podniósł wieko skrzynki i zaciągnął się głęboko.

– Ach, uwielbiam zapach smaru do broni.

Niewątpliwie.

– To co tam jest, chłopie? – zapytała Penny. – Nie żeby cokolwiek to dla mnie oznaczało.

Nelly postawił długą skrzynkę na stole do ping-ponga. Otworzył futerały i wyciągnął dwa rewolwery, jeden pistolet kaliber dziewięć milimetrów i strzelbę. Wszystko było czyste i lśniące. Broń wyglądała, jakby tata zapakował ją wczoraj. W środku były też pudełka z amunicją. Nelly ułożył je według kalibru.

– Nie ma nic gorszego niż nienaładowana broń – powiedział.

Sprawnie naładował wszystko odpowiednimi rodzajami pocisków. Pomogłam mu. Trzymany rewolwer wydawał mi się ciężki i dziwny. Od ponad trzech lat nie miałam czegoś takiego w dłoniach.

– O rany. – Penny odsunęła się. Mój ojciec nauczył ją używać strzelby, ale broni krótkiej się bała. – Twój tata nie wiedział, że trzymanie broni w mieście jest nielegalne?

– Pewnie – odparłam z śmiechem. – To dlatego większość wciąż jest w chacie.

Pokręciła głową, a Nelly roześmiał się.

Rozdział 12

Skończyliśmy na dole, przynajmniej na razie. Chata leżała w odległości zaledwie czterech godzin jazdy, ale gdyby tata tu był, powiedziałby, żebyśmy na to nie liczyli. Musieliśmy zabrać ze sobą wystarczającą ilość zapasów na wypadek, gdyby podróż zajęła kilka dni. Na wypadek, gdybyśmy musieli iść. Nie potrafię pakować się oszczędnie i gdybym została zostawiona sama sobie, zabrałabym wszystko. Być może James zdoła pomóc, ponieważ myśli w zorganizowany sposób. Podobnie jak Peter.

Peter. Był tu i wyglądało na to, że pojedzie z nami. Nie potrafiłam już dłużej dusić tego w sobie. Każda minuta, jaką spędzałam, wciąż oficjalnie będąc z nim w związku, zdawała mi się kłamstwem. Skierowałam się na górę. James wpatrywał się w mój komputer. Z kuchni dobiegał chichot.

– Tak, już nikt tam nie jeździ. I... – Ana przerwała i podniosła wzrok.

Uśmiechnęłam się promiennie. Peter odpowiedział uśmiechem. Ana z czymś podobnym do zgrozy popatrzyła na moją bluzę z kotkiem. Zamierzałam włożyć ją z powrotem do plecaka ucieczkowego, ale nie chciałam jej jeszcze zdejmować.

– Przejrzeliśmy piwnicę i znaleźliśmy plecaki dla wszystkich. Peter, masz tu ubrania. – Skinął głową. – Będziesz musiał spakować rzeczy, w których da się iść. Na przykład dżinsy. – Popatrzyłam wymownie na Anę.

Peter spojrzał na mnie, jakbym była głupiutką dziewczynką. Doprowadzało mnie to do szału.

– Czyli naprawdę jedziemy? – spytał.

– Cóż, Maria powiedziała, że powinniśmy. Ana, to twoja matka. Nie należy do osób, które wyolbrzymiają sytuację. – Powstrzymałam się przed powiedzeniem mu, że może zostać w Nowym Jorku, jeśli to dla niego za duży problem.

Ana najwyraźniej nie miała ochoty się zgodzić, ale zrobiła to.

– To prawda. Mama jest najpraktyczniejszą osobą, jaką pewnie poznaliście. Raczej powinniśmy jej posłuchać.

Niewypowiedziany domysł brzmiał, że Cassie nie była taką osobą. Trafiła w dziesiątkę. Nie zamierzałam się z nią spierać. Peter uśmiechnął się i wyciągnął dłonie. Chwyciłam jedną z nich, choć nie miałam na to ochoty.

– Może Cassie nie jest najpraktyczniejsza, ale na pewno najładniejsza – rzekł.

Ana uśmiechnęła się do niego, ale gdy obrócił się do mnie, wywróciła oczyma. Miała wspaniałą cerę, dało się to dostrzec nawet w okropnym świetle panującym w mojej kuchni. Jednak cała ta arystokratyczna perfekcja była nudna, gdy nic się za nią nie kryło.

– Dzięki – odparłam, choć nie była to prawda. Ana z miejsca pobiłaby mnie w konkursie piękności. Co innego, gdyby w grę wchodziła osobowość. – Pora się pakować.

Pociągnęłam go za rękę. Miał gładkie, lecz silne dłonie. Wspinał się na ściance i biegał, ale tylko w środowisku o kontrolowanym klimacie. Gdy jeden raz zdołałam namówić go na spacer wokół Prospect Park, cały czas narzekał na komary.

Wrzuciłam trochę swoich rzeczy na jego półkę w szafie. Peter cykał na mnie, wyciągając swoje ubrania spod moich i układając je na łóżku. Następnie zamknął drzwi pokoju i obrócił się do mnie z uśmiechem. Schowałam głowę w szafie i mruknęłam coś o butach, by go zniechęcić, ale stanął za mną i pocałował mnie w szyję. Zesztywniałam lekko, choć tak naprawdę chciałam trzasnąć go po łapach.

Obracając się, walnęłam się głową w pręt w szafie.

– Peter, mamy mnóstwo do zrobienia.

Uśmiechnął się i delikatnie pogładził mnie po skroni.

– I nie masz czasu na całusa? No daj spokój, nie widziałem cię od kilku dni.

Ustąpiłam, dając mu coś więcej niż cmoknięcie, ale zdecydowanie mniej niż prawdziwy pocałunek. Uśmiechnęłam się w nadziei, że nie wyglądało to fałszywie.

– No dobra, a teraz naprawdę mamy dużo do zrobienia.

Nie umiałam rozszyfrować miny, jaką do mnie skierował, ale na pewno nie było to zadowolenie.

– W porządku.

Odetchnęłam z ulgą i zaczęłam wyciągać ubrania dla siebie.

Rozdział 13

Peter pomógł w zorganizowaniu zawartości piwnicy, choć wyraz jego twarzy wyraźnie dawał do zrozumienia, że uważał to za niedorzeczne. Mieliśmy żywność, wodę i filtry do wody. Kompasy, taśmę klejącą, noże, latarki, radio, małą kuchenkę z paliwem, dwa lekkie namioty i inne sprzęty kampingowe. Peter zrobił listę i odhaczał rzeczy, w miarę jak je pakowaliśmy. Nawet jeśli uważał, że jesteśmy śmieszni, działał sumiennie. Był jak małe dziecko: trzeba było dać mu zadanie, inaczej będzie się dąsał i cię wkurzał.

– Musimy szybko zdobyć furgonetkę – powiedziałam. – Załadować ją i ruszać.

– Sama nie wiem – odezwała się Penny, zapinając plecak. – Czułabym się jak złodziejka. Może powinniśmy pojechać taksówką na lotnisko i wypożyczyć tam samochód.

– Julio mówił, że mogę używać furgonetki. Na przykład gdybym chciała jechać do Ikei – zapewniłam ją. – Wrócimy, gdy znów ruszy praca. Zważywszy okoliczności, ucieszy się, że ją wzięliśmy.

– Julio nie będzie z tym miał żadnego problemu, Pen – rzekł Nelly.

Naglącym głosem James zawołał nas z góry, gdzie wytyczał dla nas trasę na moim komputerze.

– Chyba tam nie słyszycie. Chodźcie tutaj.

W miarę jak wspinaliśmy się po schodach, odgłosy stawały się głośniejsze. James otworzył okna w mojej sypialni wychodzące na ulicę. Wyjrzeliśmy za ozdobne kraty z kutego żelaza zasłaniające szyby, ale na ulicy było pusto. Hałasy dobiegały z oddali.

– Zaczynają się rabunki – powiedziała Penny ponad brzękiem tłuczonego szkła. – Wejdźmy na dach i przedostańmy się w stronę alei.

Przeszliśmy po połączonych budynkach do końca przecznicy i stanęliśmy na skraju.

Odłamki szkła z witryny sklepowej połyskiwały w świetle latarni. Dziesiątki ludzi pokrzykiwały, podając rzeczy partnerom w zbrodni. Jeden facet tańczył z radiem, wypełniając każdy skrawek samochodu łupami.

Zbliżały się kolejne postacie. Z początku sądziłam, że to następni szabrownicy, ale nie wykazywali żadnego zainteresowania sklepami. Zaczęli szamotać się z rabusiami kilka przecznic dalej. Musiała to być grupa zainfekowanych.

– Ojacie – powiedział James, dochodząc do tego samego wniosku.

Przedzierali się w kierunku szabrowników, którzy nie słyszeli wrzasków, nawet przez nas ledwo słyszanych przez panujący harmider. W końcu jakiś nastolatek dostrzegł zarażonych i mina mu zrzedła na ich widok. Odgłosy rabunku ucichły pod okrzykami strachu. Złapał kolegę za koszulkę i pokazał mu palcem.

Niektórzy zdołali uciec. Ci, którzy nie zauważyli zainfekowanych, nie wiedzieli, jak się oni zachowują, albo też uznali, że mają jeszcze czas, by zgarnąć jedną czy dwie ostatnie rzeczy, nagle zorientowali się, że są otoczeni. Chrapliwe wrzaski najpierw stały się głośniejsze, a potem zostały raptownie ucięte.

– Jezu – mruknął James obok mnie.

To była masakra. Krew pryskała na ziemię z rozrywanych ciał. Parę osób uciekło już po tym, jak zostały ugryzione. Wolałabym, żeby nie wrócili do swoich rodzin i ich nie zarazili, ale byłam niestety pewna, że tak właśnie się stanie. Przecież ludzie uciekali właśnie do domów, gdy zostali zranieni.

Peter z pobladłą twarzą opierał się ciężko o krawędź dachu. Może w końcu zrozumiał.

Nie minęło wiele czasu, zanim ulica została zasłana ciałami. Niektórzy zainfekowani kręcili się bezładnie, jakby zapomnieli, co robili, podczas gdy inni jedli. Część chwiała się jak na niewidzialnym wietrze. Jedynymi dźwiękami były ohydne odgłosy dobiegające z głębi ich gardeł. Byłam przekonana, że nawet z góry czuję woń krwi. Przyłożyłam chłodną dłoń do czoła i zamknęłam oczy.

– Przyciąga ich hałas – powiedział James. – Usłyszeli okrzyki. Popatrzcie na nich. – Przyjrzeliśmy się grupie poniżej. Nie miałam pojęcia, co powinnam widzieć oprócz wszystkich tych ciał i krwi. Wskazał ulicę. – Zobaczcie, co na sobie mają.

Niemal połowa zarażonych była ubrana w szpitalne koszule, takie, które są wydawane po rejestracji. Ale personel nie pozwala w nich opuszczać placówki, przynajmniej jeśli jest w stanie powstrzymać pacjenta. Penny wypuściła wstrzymywane powietrze.

– O cholera – skomentowałam. Serce mi zamarło.

Rozdział 14

Penny nerwowo krążyła po przedpokoju z telefonem. Siedzieliśmy w salonie, a jedynymi odgłosami były wiadomości i stukanie Jamesa w klawiaturę. Gdy zadzwonił aparat stacjonarny, rzuciłam się do niego.

– Dzięki Bogu, Cassie – powiedziała Maria. – Od godziny próbuję się do ciebie dodzwonić.

– Maria! – odparłam. Penny podbiegła. – Dostaliśmy twojego esemesa. Wciąż jesteś w szpitalu? – W tle słyszałam okrzyki i odgłosy ciągnięcia ciężkich rzeczy.

– Tak. Cassie, masz w tym telefonie głośnik?

Znalazłam przycisk i powiedziałam jej, żeby mówiła.

– Dzięki. Penny? Ana? – W pokoju rozbrzmiał lekko akcentowany głos Marii.

– Mama! – Penny nachyliła się nad głośnikiem. – Kiedy przyjdziesz?

Maria głośno odetchnęła.

– Penny, musicie zaraz opuścić miasto. Jest tu człowiek z Federalnej Agencji Zarządzania Kryzysowego. Dzwonię z jego specjalnego telefonu. Poinformował nas, że tej nocy lub jutro planują zniszczyć wszystkie drogi wyjazdowe z Nowego Jorku. Nie są w stanie kontrolować rozprzestrzeniania się bornawirusa, więc przechodzą od razu do fazy kwarantanny.

– Jak to zniszczyć? – zapytał James.

Maria roześmiała się krótko.

– Nazywają to kwarantanną, ale tak naprawdę pozwalają infekcji się wypalić. Bart, czyli ten człowiek z FAZK, mówi, że planują wysadzić lub zablokować mosty i tunele. Nie chcą, by miliony zarażonych wydostały się z Nowego Jorku. On sam miał opuścić miasto w nocy.

Nigdy nie przyszłoby mi do głowy, że zdecydują się nas w ten sposób uwięzić. Przynajmniej dopóki wciąż było tak wiele zdrowych osób. W ten sposób gwarantowali naszą śmierć.

– Czyli zostawią nas tu, żebyśmy umarli? – spytała niedowierzająco Penny.

Maria westchnęła, a gdy znów się odezwała, drżał jej głos.

– Tak właśnie zrobią, *mija* [1] . I to nie wszystko. Nie ma lekarstwa. Zabijają chorych. Poddajemy ich eutanazji za pomocą mieszanki leków podawanych do pnia mózgu. Ale to za mało i za późno. Szpital jest przepełniony i pacjenci wylewają się przez drzwi. Kryjemy się tu w piwnicy.

– Widzieliśmy ich. Tak bardzo martwiłam się o ciebie. Mamo, oni pożerają ludzi – rzekła Penny. Wymknął jej się szloch i zakryła dłonią usta. – Na ulicach leżą martwi.

– Och, *mija*. Mogą nie być martwi, jeśli tylko zostało ich wystarczająco wielu. Wszyscy zainfekowani nie żyją, a przynajmniej są bliscy tego stanu, a jednak wciąż się poruszają.

James napotkał moje spojrzenie. Nie było w nich zaskoczenia, a raczej respekt. Tak musieli się czuć ludzie, gdy człowiek postawił pierwszy krok na Księżycu albo urodziło się pierwsze dziecko z probówki. Tyle że dzieci z probówki nie chciały ich pożreć.

– Wirus współpracuje z pasożytem. Zagnieżdża się on w mózgu. W jakiś sposób stymuluje wszystkie pierwotne procesy: ruch, instynkt walki, głód. Nie znam wszystkich szczegółów. Centrum Kontroli Chorób bada to od miesiąca.

Od miesiąca, a jednak nie zdołali powstrzymać epidemii. Po stronie Marii usłyszeliśmy kolejny głośny dźwięk i wzdrygnęliśmy się. Musieli zastawiać drzwi czym tylko się dało, żeby zatrzymać zarażonych.

– Jestem tu. Jestem. Muszę kończyć. Inni potrzebują telefonu. Mamy kostnicę i stołówkę. Oraz generator. Jesteśmy tu bezpieczni. Ale wy musicie opuścić miasto i pojechać w głąb stanu. – Maria dobrze wiedziała o zapasach w mojej piwnicy i w chacie.

– Chciałaś powiedzieć: musimy – poprawiła ją starsza córka.

– Penny, nie mam szans stąd wyjść, dopóki zarażeni nie odejdą, nie umrą albo nie znajdą sobie innego zajęcia... Poradzimy tu sobie. Muszę wiedzieć, że jesteście bezpieczni.

– Czyli mamy cię tu zostawić? Nie! – krzyknęła Penny. Jej usta zamarły w kształcie litery O.

– Nie możecie czekać. Bart chciał, żeby ci z nas, którzy mają tu rodziny, wydostali je stąd. Za czterdzieści osiem godzin Nowy Jork będzie zainfekowany ponad wszelkie wyobrażenie.

– Nie poczuję się przez to lepiej, mamo!

– Wiem, ale musisz zdać sobie sprawę, jaka niebezpieczna jest sytuacja. Do zarażenia wystarczy małe ugryzienie, czasami nawet zadrapanie. Wiem, jak o siebie zadbać. Gdy tylko zrobi się bezpiecznie, pójdę do mieszkania Cassie. Jeśli da się wydostać z Nowego Jorku, pojadę w głąb stanu. Cassie?

Penny popatrzyła na mnie, jakby zawędrowała w zły sen i tylko ja mogłabym ją obudzić. Jednak nie był to tylko jej koszmar.

– Jestem tu – powiedziałam. – Położę klucz pod wycieraczką. Zostawimy mapę do chaty.

Pomyślałam, że Maria znalazłaby się tu sama, otoczona przez kilka milionów nienasyconych martwych ludzi. Zawsze była dla mnie jak matka, zanim nawet zmarli moi rodzice. Po ich śmierci, gdy ja i Erik pogrążyliśmy się w żałobie, zajęła się organizacją pogrzebu. To dzięki niej pierwsze samotne Boże Narodzenie okazało się znośne. Była przy mnie za każdym razem, gdy jej potrzebowałam. Nie mogłam jej tu zostawić teraz, gdy ona potrzebowała mnie.

– Zamierzamy zabrać furgonetkę z pracy. Podjedziemy blisko szpitala i zabierzemy cię...

– Nie! Nie – powtórzyła łagodnie. – To zbyt niebezpieczne. Przepraszam, ale muszę oddać telefon. Kocham was, *mijas* [2]. Proszę, obiecajcie, że zrobicie, co mówię.

– Dobrze, obiecujemy. Proszę, uważaj na siebie, mamo. Kocham cię! – krzyknęła Penny.

– Obiecuję, że będę uważać. Kocham cię, Penny. Kocham cię, Ano, bardziej niż cokolwiek na świecie.

Policzki Penny były mokre od łez, gdy szeptała w odpowiedzi.

Ana chwyciła się stołu tak mocno, że pobielały jej kostki.

– Kocham cię, mamo. Tu Ana. Ja też cię kocham.

– Kocham cię, dziecko. Pilnujcie się nawzajem, moje wszystkie trzy dziewczynki, dobrze? Wiem, że będziecie. – Załamał jej się głos, a później się rozłączyła.

Rozdział 15

Staliśmy w milczeniu wokół aparatu telefonicznego. Oni naprawdę byli martwi. Władze straciły jakiekolwiek pozory porządku. Zamierzały wysadzić mosty. Maria nie pojedzie z nami.

Wszyscy to myśleliśmy, ale James jako pierwszy wypowiedział te słowa:

– Kurwa mać.

Peter opadł na krzesło i wpatrywał się w przestrzeń. Penny i Ana wisiały nad telefonem, jakby miał znowu się odezwać.

Zamrugałam, by pozbyć się łez z oczu, i dotknęłam drżących ramion Penny. Nie wiedziałam, co powiedzieć. Być może ostatni raz w życiu rozmawiała z mamą. Maria nie wspomniała, ile może minąć czasu, zanim epidemia wygaśnie. Znajdowało się tu wystarczająco wiele żywności, by jedna osoba przetrwała długie oblężenie, ale najpierw musiała dotrzeć do mojego mieszkania. Miałam wrażenie, że łatwiej to powiedzieć niż zrobić.

– Nie jedziemy. – Penny wskazała siebie i Anę. Patrzyła na nas rozszalałymi, zaczerwienionymi oczyma, jakby rzucała nam wyzwanie, żebyśmy się sprzeciwili.

– Co? – Nelly pokręcił powoli głową.

– To nasza matka. Jak możemy ją tu zostawić? Wiem, że złożyłam obietnicę, ale poczekamy, aż tu dotrze, i pojedziemy razem z nią.

Musiałam działać ostrożnie. Zdawałam sobie sprawę, że również nie chciałabym zostawić własnej matki. Wiedziałam też jednak, że Marii pękłoby serce, gdyby z jej powodu którejś z jej córek stała się krzywda.

– Pen, obiecuję ci, że wrócimy po nią, gdy tylko będziemy mogli – rzekłam.

Wraz z Aną wymieniły spojrzenia. Penny popatrzyła na mnie przepraszająco i pokręciła głową.

James odchrząknął.

– Zatem zostaję z wami – stwierdził. – W kupie siła. Znajdziemy jakąś drogę z miasta, gdy wasza mama tu przyjdzie. – Wzruszył ramionami, ale jego twarz zaprzeczała wypowiedzianym słowom.

Powinniśmy wyjechać. Niczego nie pragnęłam bardziej, niż znaleźć się w furgonetce kierującej się na północ. Nie mogłam jednak zostawić tych nielicznych pozostałych na świecie ludzi, na których mi zależało. Być może nie była to mądra decyzja, ale wydawała mi się właściwa.

– W takim razie ja też zostaję, skoro naprawdę nie zamierzacie jechać – powiedziałam, a Nelly przytaknął. – Noc i jutrzejszy dzień poświęcimy na zebranie wszelkich możliwych zapasów. Mimo wszystko powinniśmy wziąć furgonetkę, żeby była pod ręką w razie potrzeby. Przynieście całe jedzenie z waszego domu. Nie odjedziemy bez was.

Peter pokręcił głową i odwrócił się.

Penny przesunęła wzrokiem od Jamesa, przez Nelly'ego, na mnie.

– Nie mogę pozwolić wam wszystkim ryzykować, że tu utkniecie. Chyba oszaleliście. Nieważne jak bardzo pragnęłabym, żebyście zostali, muszę dopilnować, by nic się wam nie stało. – Z jej oblicza zniknęły ostatnie resztki buntu. – Zabrzmiałam jak moja mama, prawda?

– To idiotyczne – zgodziła się Ana. – Moim zdaniem powinniśmy zaczekać kilka dni i zobaczyć, jak rozwinie się sytuacja. – Jej siostra próbowała się odezwać, ale Ana przerwała jej ostrym spojrzeniem. – Wiem, co mówiła mama, Penny. Ale ten facet z FAZK czy czego tam mógł się przecież mylić. Jakie są szanse, że rzeczywiście zamierzają zburzyć mosty w Nowym Jorku? To brzmi jak coś, co mogłaby powiedzieć Cassie.

Poczułam otuchę, widząc, jak wywróciła oczyma, wymawiając moje imię. Dzięki temu wiedziałam, że gdzieś tam w głębi jest prawdziwa Ana, która pragnie się wydostać i kogoś poniżyć.

Na twarzy Penny wyschły łzy.

– Ana, przestań! Jedziemy, tak jak obiecałyśmy. Tej nocy. Przygotujmy bagaże.

Jej rzeczowy ton uciszył Anę. Rzeczywiście brzmiała jak jej mama.

Rozdział 16

Nelly i James oznajmili, że pójdą po furgonetkę. Też zgłosiłam się na ochotniczkę, ale coś, co podejrzanie wyglądało na błędnie pojmowaną rycerskość, kazało im odmówić. Postanowiłam, że nie będę robić afery, choć po Nellym to ja najlepiej posługiwałam się bronią. Zabrali po kiju baseballowym z trenerskiego zapasu mojego taty i pistolecie.

– Pamiętajcie – przypomniałam im. – Nie strzelajcie, jeśli nie będzie to absolutnie konieczne. Wygląda na to, że oni lubią hałas, te... – urwałam, nie potrafiąc wypowiedzieć tego słowa.

– Zombie? – rzekł James. Miał na twarzy ten wyraz nerwowego wyczekiwania, typowy dla facetów, gdy robią coś niebezpiecznego i zapewne głupiego, ale zamiast się bać, są podekscytowani.

– Słuchajcie. – Pogroziłam im palcem, udając, że nie drży. – Nie bawcie się w bohaterów. Weźcie furgonetkę. Wybierzcie tę, która ma najwięcej paliwa. Wróćcie. Koniec.

– Tak jest, *ma'am*! – Nelly mi zasalutował.

Uścisnęłam ich i zamknęłam za nimi bramę. Trudno mi było ignorować gulę, jaka urosła mi w gardle. Wrócą. Żeby się czymś zająć, zabrałam się do wnoszenia plecaków na górę. Gdy spoglądałam na nie i na większy sprzęt, który zamierzaliśmy włożyć do furgonetki i ewentualnie zostawić w razie potrzeby, wyglądało to tak, jakbyśmy szykowali się do wyprawy na Mount Everest. Miałam nadzieję, że auto dowiezie nas przynajmniej do granic miasta.

Położyłam dłoń na kieszeni dżinsów i przejechałam palcem po kółku, jakie odbijało się na materiale od znajdującego się tam pierścionka od Adriana. Stał się dla mnie jak talizman. Dopóki będę go miała, wszystko skończy się dobrze.

Do piwnicy wszedł Peter.

– Pomożesz mi zanieść resztę rzeczy? – spytałam.

Zignorował moje pytanie.

– Co ty sobie myślałaś? Postradałaś zmysły?

– Co?

Skrzyżował ramiona i przybrał tę swoją minę wyrażającą wyższość oraz pogardę. Widywałam ją już, ale nigdy dotąd nie była skierowana do mnie. Skrzywił się.

– Gdy mówiłaś, że nigdzie nie pojedziesz bez Penny? Nie potrafię uwierzyć, że byłabyś gotowa narazić w ten sposób bezpieczeństwo nas wszystkich. I to dla osoby, która zapewne zginie!

Wzięłam kilka głębokich, drżących oddechów. Nic nie dały. Dwie godziny wcześniej uważał, że robię z igły widły, a teraz oskarżał mnie, że narażam bezpieczeństwo „nas". Dbał wyłącznie o siebie, może też trochę o mnie, bo to ja stanowiłam dla niego bilet pozwalający się stąd wydostać. Tak naprawdę nie wiedziałam, dlaczego mnie to zszokowało. Chyba generalnie uważałam, że inni mogą być samolubni, ale w trudnej sytuacji potrafią zmusić się do słusznego postępowania. Ludzkiego. Jednak nie Peter. Kipiała we mnie wściekłość, ale zdusiłam ją i zamiast niej wydostało się ze mnie coś zimnego i śmiercionośnego.

– Wiesz co, Peter? Czasami ludzie robią coś, co może narazić ich na niebezpieczeństwo, ponieważ kogoś kochają. Kochają tak mocno, że pragną przy tym kimś pozostać, nawet jeśli oznacza to, że sytuacja stanie się bardziej skomplikowana. I nie musisz się martwić. Od teraz nie ma już żadnych „nas".

Rozchylił usta. Poczułam okrutną radość, widząc, że jego pogardliwy grymas został zastąpiony przez wyraz szoku.

– Nie chcę, żebyś został tu, gdzie nie jest bezpiecznie, możesz więc zabrać się z nami. Możesz też pójść w swoją stronę, skoro uważasz nas wszystkich za wariatów. Nie waż się jednak mówić Penny lub Anie tego, co wcześniej mnie. Kto jak kto, ale ty powinieneś rozumieć, że chcą, by ich matka była bezpieczna.

Był to z mojej strony cios nieco poniżej pasa i Peter wyglądał na odpowiednio skarconego.

– Dobrze, dobrze, przepraszam – powiedział i wyciągnął do mnie ręce.

Jego twarz wróciła do zwyczajnego stanu. Próbował mnie zauroczyć. Uważał, że Głupiutka Cassie nie mówi poważnie. Skrzyżowałam ręce. Nigdy w życiu tak bardzo nie pragnęłam kogoś kopnąć, jak teraz jego.

Wypuścił głośno powietrze.

– Cassandro, przestań zachowywać się śmiesznie. Przepraszam. Nie chciałem, żeby to tak zabrzmiało.

Ale ja wiedziałam, że chciał. Cała się trzęsłam, ale czułam także wyraźną ulgę.

– Nie. Z nami koniec. Długo się do tego zbierałam. I nie pora teraz nad tym dyskutować. Przykro mi, że wyszło w taki sposób.

Przepchnęłam się obok niego i wbiegłam po schodach.

Rozdział 17

Stałam z zaciśniętymi pięściami w swojej sypialni, słuchając, jak Penny i Ana przenoszą rzeczy pod drzwi frontowe. Przebrałam się w rozchodzone skórzane buty i wrzuciłam kapcie do szafy z większą siłą, niż to było konieczne. Strach i pot nie wpłynęły korzystnie na moje kręcone włosy, zrobiłam więc dwa długie brązowe warkocze. Nie chciałam patrzeć na Petera, ale też nie mogłam się tutaj zamknąć. Przeszłam do salonu i stanęłam przed telewizorem, ignorując gniewne spojrzenia, które były chłopak rzucał mi z kanapy.

Wirus znajduje się pod kontrolą, jak twierdził prezenter. Teraz, gdy wiedziałam już, że kłamią, rozumiałam, dlaczego wszyscy wciąż przebywają w domach, czekając, aż problem zniknie. Jeśli nie szuka się prawdziwych informacji, wiadomości wydają się dobre.

Wprowadzano godzinę policyjną, pozornie po to, by ukrócić rabunki. Oznaczało to, że drogi powinny być puste i jeśli nikt nas nie zatrzyma, powinniśmy się wydostać. Pokazywali przebitki z kolejnych doraźnych ośrodków leczenia. Wyobraziłam sobie masowe groby. Tupnęłam stopą. Nie mieliśmy pojęcia, kiedy zamierzali zniszczyć mosty, a jutro oficjalnie zaczynało się o północy. Sprzed domu dobiegło trzaśnięcie drzwiczek. Nelly i James przyjechali niebieską furgonetką.

Pobiegłam do drzwi.

– No i? Jak było?

– Nie tak źle – odparł Nelly. – Wyszliśmy zza rogu i wpadliśmy prosto na jednego z nich. Wystraszył nas porządnie, ale zaraz potem trzasnęliśmy go kijami. – Udał, że zamachuje się baseballem i zbladł.

– Fuj – skomentowałam, przypominając sobie odgłos uderzenia pręta zbrojeniowego o głowę Aviatora.

– Tak – potwierdził James. Nie robił już wrażenia podekscytowanego czekającą go testosteronową przygodą. – Było dość paskudnie. Gdy jechaliśmy tu z powrotem, dostrzegliśmy dużą grupę. Przejechanie przez Queens może okazać się niemożliwe. Musimy ruszyć jak najszybciej, dopóki ulice są czyste.

Jedyną alternatywą był most Verrazano-Narrows prowadzący na Staten Island i stamtąd do New Jersey. Nie dostrzegli na drogach wielu samochodów. Ludzie wciąż siedzieli w domach, tak jak im polecono. To właśnie dlatego mosty miały zostać zburzone w nocy. Jutro na pewno wybuchnie panika, ale wtedy będzie już za późno.

Rozdział 18

Ostatni raz rozejrzałam się po swoim mieszkaniu. Miałam wrażenie, że wyczuwam w nim obecność mamy i taty. Miałam nadzieję, że robiłam to, co powinnam, co oni sami by zrobili.

– Aż do końca świata – wyszeptałam w pusty korytarz.

– I dłużej – wyszeptała Penny za mną.

Obróciłam się i uśmiechnęłam. Gdy byłam mała, spierałam się z rodzicami o to, kto kogo bardziej kochał. Tak bardzo jak wszechświat, mawialiśmy. Na zawsze i o jeden dzień dłużej. Nieskończoność plus jeden. Aż do końca świata i dłużej. Teraz wydawało się to pasować do sytuacji.

Na ulicy wciąż było spokojnie, więc szybko załadowaliśmy furgonetkę. Nelly usiadł za kierownicą i ruszyliśmy w stronę Queens. Na ulicach przed nami dało się dostrzec cieniste sylwetki. Nelly skręcił w następną aleję, ale zobaczyliśmy to samo: przerażający korowód zmierzający w naszym kierunku.

– No tak – powiedziałam. – Czyli Jersey.

Co kawałek było widać kilkoro zainfekowanych. Niektórzy

wydawali się niemal normalni, ale zdradzały ich sztywne ruchy i zastygłe spojrzenia. Inni wyglądali na martwych i rozkładających się. Zastanawiałam się, jak mogłam się nie zorientować, że Pół Szyi nie żyje, bo z perspektywy czasu wydawało się to oczywiste. Nie możesz żyć, jeśli ktoś wygryzł ci kawałek tętnicy szyjnej.

Poczułam ulgę, gdy opuściliśmy ulice i znaleźliśmy się na drodze ekspresowej. Zarażeni jeszcze tu nie dotarli i od mostu dzieliło nas tylko kilka minut drogi. Zaczęłam się odprężać, gdy nagle wnętrze furgonetki rozjarzyło się światłami policyjnymi. Poczułam, jak pod ubraniem zaczyna mnie oblewać pot i jak drżą mi nogi. Pokonaliśmy ledwo krótki kawałek.

– Cholera – skomentował Nelly, zatrzymując się na poboczu.

Obok nas przemknęły cztery samochody policyjne. Miałam nadzieję, że pozwolą nam wrócić do domu, zamiast nas aresztować, ale śmignęły, w ogóle nie zwracając na nas uwagi. Gdy wjeżdżaliśmy znów na drogę prowadzącą do mostu, opuściłam z ulgą głowę i usłyszałam westchnięcia przyjaciół.

Zawsze uważałam Verrazano za mój ulubiony ze wszystkich mostów. Był wysoki, pełen wdzięku i pomalowany na jasny srebrzysty błękit, dokładnie taki sam kolor, jaki miała rzeka i niebo o zmierzchu. Wyglądał, jakby wyrósł tam w sposób organiczny, jakby woda przemieniła się w metal. Wyobraziłam go sobie jutro, jako okaleczonego kolosa z przewodami i kawałkami betonu zwisającymi ku płynącej w dole wodzie.

Miałam wrażenie, że jak dotąd szło nam zbyt łatwo. Obróciłam się na fotelu, ale nie licząc kilku samochodów za nami, na drodze było pusto. Skierowałam się znów do przodu, gdy zbliżaliśmy się do punktów poboru opłat. W jedynym otwartym stanowisku stał policjant. Wyglądał na gościa, który zostaję gliną po to, by móc zgodnie z prawem wkurwiać ludzi.

– Co tu robicie? – spytał. Na jego imienniku widniało nazwisko Spinelli. Spoglądał na nas w absolutnie beznamiętny sposób.

– Dobry wieczór, panie oficerze – powiedział Nelly. – Chcemy dostać się do Jersey. Mamy tam rodzinę.

Funkcjonariusz wpatrywał się w Nelly'ego, nie mrugając.

– Nie słyszeliście o godzinie policyjnej?

– No tak, słyszeliśmy. Ale wie pan, jak to jest z przepustowością w Nowym Jorku. Uznałem, że już nigdy w życiu nie trafi mi się okazja, żeby porządnie wcisnąć gaz na Turnpike.

Kamienna fasada Spinellego wydawała się nieznacznie pękać. Nie uśmiechnął się, ale wyglądało na to, że pomiędzy nim a Nellym przemknęło jakieś niewypowiedziane twardzielskie porozumienie i ustąpił.

– No dobra. Posłuchajcie, nie zatrzymam was. Kazano nam to robić, ale po tej zmianie wracam do domu, a nie zamierzam zostawać na posterunku, by wypełniać papierki, jeśli nie muszę. Zresztą i tak stercze tu teraz sam, więc nie mam pojęcia, czego ode mnie oczekują. Gdyby ktoś pytał, to wjechaliście na autostradę na Staten Island.

James wychylił się w jego stronę z fotela pasażera.

– Dzięki, panie oficerze. Planuje pan zostać w domu czy gdzieś wyjechać?

– Zostać w domu. Jak i wy powinniście. A co?

– Słyszeliśmy z dobrego źródła, że jutro zamykają Nowy Jork. Wysadzą niemal wszystkie punkty dostępu i pozwolą, by infekcja sama się wypaliła.

Spinelli wyglądał, jakby zastanawiał się, czy jednak nie powinien nas aresztować. Wyraźnie było po nim widać, że pogubiliśmy według niego klepki. Wiedziałam, że James chciał mu pomóc, ale być może pogorszył sytuację.

– To wieści od wysoko postawionego gościa z FAZK. Niech pan lepiej rozważy, by wyjechać jeszcze w nocy – dodał James.

Spojrzenie policjanta nie uległo zmianie.

– Wezmę to pod uwagę. Szerokiej drogi. – Podniósł szlaban i gestem wskazał, żebyśmy jechali.

– Byłem przekonany, że mnie posłucha – rzekł James z rozczarowaniem.

Obróciłam się i ujrzałam, że szlaban nie opadł. Do stanowiska podjechało kilka kolejnych samochodów i Spinelli również je przepuścił. Następnie wybiegł z budki do radiowozu zaparkowanego na poboczu.

– Posłuchał – powiedziałam. – Spójrzcie.

Miałam nadzieję, że zdąży dotrzeć na czas do rodziny.

Rozdział 19

Nelly miał rację. Chyba nigdy nie jechałam tak szybko po ekspresówce Staten Island. Trzymałam kciuki, gdy skręcaliśmy na drogę prowadzącą do Goethals Bridge.

– Blokada – poinformował Nelly.

Na drodze stały dwa samochody policyjne w otoczeniu barierek. Zza nich podniósł się gliniarz i pokuśtykał ku nam, ciągnąc za sobą prawą nogę. Nelly zdjął stopę z hamulca, jednak funkcjonariusz podniósł ramiona i zamachał. Miał rozerwaną nogawkę munduru. Oparł się o drzwi Nelly'ego i oddychał ciężko.

– Zaatakowali nas jacyś ludzie – wydyszał. – Jeden mnie ugryzł, ale strzeliłem mu prosto w głowę. Wezwałem wsparcie przez radio, ale jeszcze nie przyjechało. Mój partner nie żyje, a ja nie mogę prowadzić z tą nogą. – Wskazał za siebie na radiowozy. – Była tu Gwardia Narodowa, ale wezwali ją do jakichś zamieszek. Nie możecie przejechać. – Miał wąsy, które podskakiwały i opadały, gdy mówił. – Godzina policyjna. Poza tym potrzebuję pomocy medycznej. Musicie zabrać mnie do szpitala.

Musieli mówić gliniarzom to samo, co wszystkim. Nie miał pojęcia, że ugryzienie jest dla niego wyrokiem śmierci.

– Nie możemy – odrzekł Nelly. – Musimy jechać do Jersey. Zabierzemy pana w tamtą stronę.

– Nie możecie tam jechać. Właśnie to powiedziałem. Zostańcie tutaj. Pójdę po moje rzeczy. – Pokuśtykał z powrotem do radiowozu.

James obrócił się do Nelly'ego.

– Po prostu jedź, stary – polecił.

Wyjęłam rewolwer z torby i położyłam go sobie na kolanach. Może zdołam użyć go na kimś, kto nie jest jeszcze martwy, jeśli wiedziałam, że wkrótce taki będzie. Że będzie martwy i spróbuje mnie pożreć.

– Trzymajcie się – oznajmił Nelly.

Odtrącił pachołki drogowe. Barierka w pomarańczowe pasy uderzyła z hukiem o furgonetkę i poleciała na trawę. Policjant machał rękoma i wrzeszczał. Stawał się coraz mniejszy, w miarę jak pędziliśmy po moście. Było mi go żal. Nie miał pojęcia, dlaczego go porzuciliśmy.

James obrócił się do mnie, siedzącej za nim.

– Nawet nie wie, że nie istnieje lekarstwo. Kurwa mać.

Peter milczał przez całą podróż, ale teraz odezwał się zza moich pleców:

– Gdyby powiedziano wam, że toczycie przegraną walkę i że zamierzają zamknąć was razem z rodzinami na zainfekowanej wyspie, jak myślicie, ilu gliniarzy zostałoby na stanowiskach?

– Prawda. – James znów usiadł prosto. – Myślicie, że to koniec? Że to ostatnia blokada?

– Trudno byłoby w to uwierzyć – odparł Peter. – Ale kto wie? Wszyscy, którzy zostali poinformowani, mogli już wyjechać.

Ja sam nie przyleciałbym do Nowego Jorku, gdybym wiedział, co się dzieje. Wskoczyłbym do jednego ze śmigłowców z którymś senatorem i teraz dochodziłbym do siebie gdzieś w Montanie, zupełnie bezpieczny.

Czułam, jak wwierca mi się wzrokiem w kark. Było już nas dwoje żałujących, że nie znalazł się w Montanie. Nieźle znosił rozstanie.

– Cóż, skoro nie mogą poświęcić ludzi, by zajmować się zainfekowanymi na ulicach, to mogę się założyć, że nie mają czasu, by zatrzymywać ludzi pilnujących własnych spraw – rzekł Nelly. – Tamten gliniarz mówił, że odwołali Gwardię Narodową. Musiało chodzić o coś ważnego, skoro porzucili istotną blokadę.

Gdy przejechaliśmy przez Goethals, moje spięte dotąd ramiona opadły o centymetr i poluźniłam chwyt na pistolecie. Wcześniej przez cały czas spodziewałam się, że eksplozja wyrwie nam nawierzchnię spod kół. Na Turnpike nie było wielu samochodów, ale w normalnych okolicznościach nie dziwiłoby to tak późną nocą. Minął nas konwój pojazdów wojskowych kierujących się na południe. Może jechali na most. Może mieli podłożyć ładunki wybuchowe.

– Zostało nam jakieś trzydzieści kilometrów do Palisade Parkway – powiedział James.

Słychać było jedynie pociąganie nosem przez Penny i Anę. Nie byłam w stanie powiedzieć nic, co poprawiłoby im nastrój. Oprócz siebie nawzajem miały tylko Marię i dobrze wiedziałam, jakie to uczucie.

Furgonetka zwolniła, gdy wjechaliśmy na most George'a Washingtona. Autostrada za zjazdem, którym chcieliśmy ją opuścić, była zablokowana. Gdy dotarliśmy do skrzyżowania, zostaliśmy zatrzymani.

Ktoś wyglądający jak dzieciak w wojskowym mundurze zaświecił nam do środka latarką.

– Proszę pana, most do Nowego Jorku jest zamknięty. Dokąd państwo jadą?

– Wiemy. Kierujemy się do Palisades – odparł Nelly.

– Proszę pana, ta droga jest zamknięta. Wszyscy cywile muszą udać się do domów i tam pozostać. W New Jersey obowiązuje godzina policyjna.

– Cóż, ponieważ jesteśmy już daleko od Nowego Jorku, musimy zatrzymać się gdzieś indziej. Nie mamy dokąd pojechać w tej okolicy. Zmierzaliśmy w głąb stanu do naszej chaty.

Żołnierz skinął głową.

– Proszę pana, dysponujemy kwaterami tymczasowymi dla podróżnych. Proszę skręcić w lewo, przejechać około mili tą drogą i zobaczycie duże namioty oraz budynek administracyjny. Każdy, kto nie posiada ważnych miejscowych dokumentów, musi przebywać tam aż do rana.

Cudnie, pomyślałam. Każą nam pojechać do obozu rządowego. Teraz zabrzmiałam zupełnie jak mój tata i jego przyjaciel John, najbliższy sąsiad w pobliżu chaty.

– Niech pan nas puści – spierał się Nelly. – Mamy dokąd jechać. Właśnie próbujemy tam dotrzeć. Jestem przekonany, że przestrzeń bardziej przyda się osobom, które nie mają gdzie się zatrzymać.

– Proszę pana, wykonuję rozkazy. – Młodzik wskazał starszego mężczyznę rozmawiającego przez radio. – Ci ludzie mówią, że jadą w głąb stanu. Nie chcą zjechać do kwater tymczasowych.

– Musicie tam się udać, dopóki trwa godzina policyjna – oznajmił mężczyzna, niewiele starszy od pierwszego dzieciaka. – Zresztą obecnie drogami mogą się poruszać wyłącznie pojazdy służbowe. Nie zajechalibyście daleko. – Przejechał dłonią po ostrzyżonych na jeża włosach i uśmiechnął się przepraszająco. – Przykro mi, nie mogę wam pomóc. Mamy tu mnóstwo chorych. Nie możemy ryzykować. Skręćcie w lewo i jedźcie prosto. Nie przegapicie.

Nelly westchnął i przełączył skrzynię biegów na tryb jazdy.

Rozdział 20

Kilka namiotów otaczało piętrowy podmiejski budynek administracyjny. Barierki odcinały dalszą część drogi. Starszy żołnierz z brodą wskazał nam parking, po czym opryskliwie zażądał kluczyków do furgonetki. Wszyscy popatrzyliśmy na niego ze zdziwieniem.

– Nasze kluczyki? – spytał James. – Oszalał pan?

– Dam żeton wam, dam żeton waszej furgonetce, a wy dacie mi kluczyki. Odzyskacie je, gdy będziecie wyjeżdżać – wyjaśnił, jakbyśmy jakoś go nie zrozumieli.

– W zasadzie rekwirujecie nam auto – spierał się James. – Nie możecie tak po prostu zagarnąć naszej własności.

Mężczyzna westchnął, jakby słyszał to od kierowcy każdego samochodu na parkingu.

– Słuchajcie, kluczyki wiszą w tamtym namiocie. – Wskazał namiot przy wjeździe na teren. – Potrzebujemy ich na wypadek, gdybyśmy musieli coś przestawić. Pomyślcie o tym w taki sposób, że armia USA zapewnia usługi parkingowe.

Nelly niechętnie oddał kluczyki. Żołnierz skinął w podziękowaniu głową i skierował nas w stronę budynku. Przy wejściu stało czterech wojskowych. Na szczęście nie domagali się przeszukania naszych bagaży.

– Wiecie może, kiedy będziemy mogli odjechać? –spytał Peter jednego z nich. Przybrał swój Ważny Głos, ale żołnierz jedynie wzruszył ramionami i gestem wskazał nam, żebyśmy weszli za nim do środka.

Przedsionek zwężał się do korytarza wyłożonego dywanem i z drzwiami umieszczonymi po bokach. Zostaliśmy wprowadzeni przez jedne z nich do dużego, niewykończonego pomieszczenia. Kilkanaście osób spało pod jedną ze ścian w wojskowych przydziałowych śpiworach na składanych łóżkach. W przedniej części sali ustawiono krzesła.

Zdjęłam plecak i usiadłam. Ludzie jedli przy składanych stolikach. Przy jednym z nich kobieta trzymała na kolanach małego chłopca o kręconych włosach. Obok niej dziewczynka w wieku przedszkolnym machała nogami i trajkotała, zjadając ciastka z talerza. Dla niej, przynajmniej jak dotąd, była to po prostu przygoda wiążąca się z nieograniczonym zapasem ciastek i nic więcej nie musiała wiedzieć. Kobieta uśmiechała się do niej z czułością. Ponad stołem wydawała się spokojna, lecz po jej stopach dało się dostrzec targający nią niepokój. W blasku jarzeniówek widziałam, że policzki drżały jej od wysiłku wywołanego koniecznością utrzymywania uśmiechu i powstrzymywania paniki.

Pod przeciwną ścianą stały kolejne stoliki zastawione jedzeniem. W żołądku zaburczało mi tak głośno, że siedzący obok Nelly popatrzył na mnie.

Żołnierz, który nas tu przyprowadził, wskazał stoły.

– Jest mnóstwo żywności. Wkrótce ktoś wam wszystko wyja-
śni.

Rozdział 21

– Masz jeszcze papierosa? – spytałam Jamesa. – Przepraszam, że tak sępię. Przecież nie możesz polecieć do sklepu czy coś.

Staliśmy przed budynkiem, dopiero co posiliwszy się bajglami i wędliną. Były też kosze z owocami, co wydawało się dość surrealistyczne, zupełnie jakbyśmy wyszli na lunch podczas jakiejś konferencji biznesowej.

– Zgarnąłem to, co zostało z kratki w biurze – odparł i podał mi jednego razem z zapalniczką. – Mam mnóstwo.

Zapaliłam i westchnęłam. Mogłabym znowu się do tego przyzwyczaić.

– Też chętnie wezmę – powiedział Nelly. Z papierosem zwisającym mu z kącika ust wyglądał jak z reklamy Marlboro.

– Ile już minęło? – zapytał James.

– Pięć lat – odrzekł Nelly. Oparł się o budynek, wydmuchnął dym i zamknął oczy. – Jak to możliwe, że po tak długim czasie wciąż są takie dobre?

– Czy to nie jest złe? – odezwałam się, gdy dym trafił mi do płuc.

– I wspaniałe – odpowiedział James, najwyraźniej wolny od winy, jaką czułam wraz z Nellym.

Mój śmiech urwał się na widok Petera, który wyszedł z budynku i skierował się od razu do nas.

– Możemy chwilę porozmawiać? – spytał, spoglądając z odrazą na mojego papierosa.

Cieszyłam się, że go mam. Jeśli nie pozwoli mi zachować spokoju podczas rozmowy z Peterem, zawsze mogłam mu go zgasić na oku.

Odeszliśmy kawałek. Gdy się zatrzymał, ja również to zrobiłam i czekałam, aż przemówi.

Pokręcił głową.

– Nie mogę uwierzyć, że palisz.

– To o tym chciałeś rozmawiać? Bo owszem, uważam, że mogę sobie teraz zapalić, nie czując się z tego powodu winna.

– Jak sobie chcesz, Cassie. Nie to chciałem powiedzieć. – Zerkał na mnie ciemnymi oczyma i ściągnął usta. – Chyba pójdę już swoją drogą. Dzięki, że pomogliście mi w opuszczeniu miasta, ale teraz już sobie poradzę.

Wiedziałem, że musiało być dla niego trudne przebywanie tu z moimi przyjaciółmi, ale to całkowicie w jego stylu, by czepiać się mnie za palenie, bo był zirytowany. Może chciał, bym błagała go, żeby został. Bez szans.

– Dobrze – powiedziałam. – Powodzenia.

Zmierzył mnie chłodnym wzrokiem i wzruszył ramionami.

– Tobie również.

Obrócił się na pięcie. Teraz rzeczywiście poczułam się winna.

Oboje zachowywaliśmy się jak dzieci i ktoś musiał tu pokazać, że jest dorosły.

– Peter. – Obrócił się, ale jego twarz niczego nie zdradzała. Zaciągnęłam się mocno i ugasiłam kiepa o ścianę budynku. – Daj spokój, to głupie. Nie możesz odejść zupełnie sam. Tylko dlatego, że my... cóż, chyba wciąż możemy się przyjaźnić, nie?

Znów wzruszył ramionami. Nie zamierzałam go błagać.

– Czyli co, póki co będziemy się trzymać razem? – spytałam.

– Zobaczymy, jak będzie, ale nie sądzę. Jestem przekonany, że mogę być tu bezpieczny, zanim wrócę do miasta.

Zadarł głowę i machnął w kierunku budynku. Równie dobrze mógłby mi mówić, że zatrzyma się w hotelu Plaza, dopóki ekipa remontowa nie skończy pracy w jego mieszkaniu. Obserwowałam, jak odchodzi, zdumiona, jak łatwo uwierzył, że ta nowa rzeczywistość dostosuje się do jakichkolwiek starych zasad. Nelly i James popatrzyli na mnie z zaciekawieniem, gdy wróciłam i starannie odpaliłam zgniecionego papierosa na nowo.

– O co chodziło? – zapytał Nelly.

– Zerwałam z nim jeszcze w domu, zanim wyjechaliśmy.

– Naprawdę? – odparł Nelly. Obydwaj starali się nie uśmiechać. – Świetne wyczucie czasu, jak zawsze.

– Och, cicho bądź. Po prostu nie mogłam go już dłużej znieść. Mówi, że chce stąd pójść swoją drogą. I teraz czuję się z tego powodu winna, więc powiedziałam, żeby z nami został, a on na to, że będzie musiał sprawdzić w kalendarzu.

Podszedł do nas żołnierz z przyjazną twarzą i zadartym nosem.

– Wszystko tu w porządku? – Skinęliśmy głowami. – Jestem sierżant Grafton.

Przedstawiliśmy się.

– Jak pan myśli, kiedy będziemy mogli ruszyć w głąb stanu? – zapytał Nelly.

Grafton zastanawiał się przez chwilę. Jego okrągła twarz i różowe policzki kojarzyły mi się z dorosłą wersją chłopca, którego w środku budynku mama trzymała na kolanach.

– Pewnie rano. Docierają do nas wyłącznie złe wieści, więc nie mogę nic obiecywać. Właściwie to w Teaneck jest zbrojownia, do której dwóch majorów pojechało na odprawę. Straciliśmy z nimi kontakt. Wysłaliśmy drużynę, żeby ich odszukała. – Sprawiał wrażenie, jakby uznał, że powiedział za dużo, i wyciągnął dłonie w uspokajającym geście. – Póki co możemy bronić budynku, jeśli będziemy musieli. Dopóki nie nadejdzie pomoc.

„Jeśli” nadejdzie pomoc. Nie dopowiedział tego, ale wszyscy wiedzieliśmy, że pomyślał.

Skierował wzrok w dal.

– Nie wiemy, czy zostali zaatakowani przez eliksów, ale brak łączności radiowej jest niepokojący.

– Eliksów? – powtórzył James.

– Tak. No wiecie, bo to bornawirus LX. Armia nieoficjalnie nazywa ich eliksami.

– Wie pan może, ile osób jest szacunkowo zainfekowanych? – zapytałam. – Nie podają nowych wskaźników.

Sierżant parsknął i przez jego twarz przeszedł wyraz złości.

– To tutaj kość niezgody. Próbowali powstrzymać nas przed kontaktowaniem się z rodzinami, żebyśmy nie mogli przekazywać wieści. Wytrzymaliśmy dziesięć minut. – Prychnął przez nos. – Sądzą, że do świtu zarażone będzie od dziesięciu do piętnastu procent populacji Nowego Jorku. W dużych miastach na Środkowym Zachodzie doszło do sześćdziesięciu procent. Reszta kryje się w domach. Nie powinienem wam tego mówić, ale teraz skupią się na mniejszych miejscowościach, takich, gdzie nie ma jeszcze wielu zainfekowanych. Mają nadzieję, że zdołają się stworzyć bezpieczne strefy i zostawić miasta, dopóki nie da się ich oczyścić z eliksów. Nie widzę powodu, by trzymać te informacje w tajemnicy przed cywilami.

Wzruszył ramionami, ale po wyrazie jego twarzy widać było, że wiedział więcej, niż nam mówił. Nie wypowiadając tego otwarcie, ostrzegał nas, że sytuacja nie jest pod kontrolą. Nie miał pojęcia, że już jesteśmy tego świadomi.

– To najlepszy plan, jaki dotąd mieli. Rozejrzyjcie się tutaj. – Wskazał budynek. – Nie za wiele w kwestiach obronnych, ale zaraz za nami jest Palisades, więc nie musimy się martwić zabezpieczeniem z czterech kierunków. Już teraz wznoszone są ogrodzenia.

– Palisades. Czyli Parkway jest tuż obok? – spytałam. Była to przydatna informacja.

Grafton kciukiem wskazał drzewa za namiotem.

– Tak. Trzeba przejść tam może ze trzysta metrów, pokonać dwuipółmetrowe ogrodzenie i będziecie na Parkway.

James skinął krótko głową i próbował wyglądać na niezainteresowanego.

Radio sierżanta zaskrzeczało.

– Muszę lecieć – rzucił.

Rozdział 22

Wróciliśmy do sali. Peter usiadł na jednym z krzeseł na uboczu. Ana dołączyła do niego i rozmawiali cicho. Byłam zbyt zmęczona i spięta, żeby robić cokolwiek poza sterczeniem tutaj. Nelly przeglądał zapasy, jakie miał w plecaku. W bocznej kieszeni znalazł talię kart i podał mi ją. Tata uważał, że nuda również może zabić.

– Hmm? – mruknął pytająco.

Rzeczywiście przydałoby mi się coś, co pozwoliłoby zająć myśli.

– Pewnie – odrzekłam. – Spit? – Już od dawna toczyliśmy boje w tej grze.

Akurat wyciągał karty z opakowania, gdy wszedł Grafton i oznajmił podniesionym głosem:

– Otrzymaliśmy informacje, że w tę stronę mogą zmierzać zainfekowani. Proszę pozostać na miejscach i trzymać swoje rzeczy przy sobie, w razie gdybyśmy musieli się ewakuować.

Kobieta z dziećmi wybrała łóżko polowe położone najdalej

od okien i drzwi. Przykryła je kocem i przytuliła mocno do siebie.

Chwyciliśmy nasze plecaki i zarzuciliśmy je sobie na ramiona. W panującym chaosie nikt nie dostrzegł, że opuściliśmy salę i przeszliśmy do poczekalni. Wokół parkingu na przedzie kompleksu, tuż za świeżo wzniesionym ogrodzeniem, stały jeepy i humvee. Zupełnie jakby zrobili krąg z wozów w czasach Dzikiego Zachodu.

Na zewnątrz skierowano silne reflektory, takie, jakie widuje się nocą na placach budowy. Około trzydziestu żołnierzy zajęło stanowiska na obwodzie. Jeden z wojskowych obecnych w poczekalni starał się zagonić nas z powrotem w głąb budynku. Nie zamierzałam tkwić w miejscu, z którego nie będę widziała, co się dzieje. Nelly uważał podobnie, weszliśmy więc za nim w pierwsze drzwi po lewej.

– Macie udać się na tył – rozkazał mundurowy, zaglądając do nas.

Nelly najpierw skinął z uznaniem w kierunku okna wychodzącego na parking, a później obrócił się.

– Grafton mówił, że to w porządku – rzekł. – Proszę go spytać. – Zakładał, że wojskowy tego nie zrobi.

– Niech będzie. – Żołnierz cofnął się.

Pięciu kolejnych weszło do środka i zajęło pozycje przy oknach. Znajdowaliśmy się w poczekalni firmy kredytowej. Stały tam krzesła tapicerowane w ohydny wzór, mający za zadanie maskować wszelkie plamy. Jeden z mundurowych wyłączył lampy nad porozstawianymi stolikami.

Reflektory na zewnątrz zapewniały aż nadto światła. Przycupnęliśmy z tyłu. Usiadłam na podłodze z plecakiem przed sobą i dłońmi wsuniętymi pod uda. Nelly spoczął obok mnie.

– Wyciągnij broń, tak na wszelki wypadek – polecił.

Wyjęłam ją. Dzięki temu miałam czym zająć dłoń. Pozostali usiedli z tyłu na krzesłach. Penny wymruczała coś do Jamesa, który wychylił się naprzód.

– Penny uważa, że nie zdoła użyć broni – powiedział. – Mam ją dać Peterowi?

Nelly obrócił głowę w tył.

– Pete – zawołał cicho. Zaskoczyło mnie, że mój były chłopak udał się tu za nami, ale również ucieszyło.

Peter oderwał wzrok od okien.

– Tak?

– Umiesz strzelać? – Nelly udał, że mierzy z broni.

– Hmm, nigdy nie miałem okazji. To trudne?

– Cóż, samo strzelanie jest proste. Gorzej z celowaniem – odrzekł Nelly, uśmiechając się ponuro.

Peter zmrużył oczy, ale Nelly nie żartował sobie z niego i mój były wiedział o tym.

– Na wszelki wypadek mogę wziąć. Jakieś wskazówki?

Nelly przykucnął przy nim i zrobił mu nieformalny dwuminutowy wstęp do obsługi ręcznej broni palnej. Gdy Peter nauczył się już celować i prawidłowo trzymać pistolet, lekcja dobiegła końca. Jedynym, co mogłoby mu teraz pomóc, było ćwiczenie w strzelaniu do celu, ale mieliśmy nadzieję, że do tego nie dojdzie.

Grafton wsunął głowę przez drzwi.

– Gotowi? – spytał żołnierzy. – Dostaliśmy wieści, że są pół kilometra stąd i zapewne kierują się w tę stronę. Gasimy światła, w razie gdyby ich przyciągały.

– Gotowi, sierżancie – odparł młody Latynos. Pozostali skinęli głowami.

– Pamiętajcie, by strzelać w głowy – dodał Grafton.

Wojskowy, który wcześniej się odzywał, popatrzył teraz na kompanów.

– Jeśli mnie ugryzą, to zabijcie mnie. Bez wahania, nawet jeśli jeszcze będę żył.

Ciemnoskóry żołnierz żartobliwie pacnął go w tył głowy.

– Rodriguez, czekałem na okazję, żeby cię zastrzelić. Zgłaszam się na ochotnika.

Wszyscy mundurowi się roześmieli, a Rodriguez szturchnął kumpla.

– Ja też dopilnuję, żeby cię załatwić, Park.

Wyszczerzyli zęby w uśmiechach. Była to ostatnia rzecz, jaką zauważyłam, zanim zgasły reflektory i salę zalała ciemność. Przez okno wpadał niewielki stożek światła. Grafton podszedł do nas z ponurą miną. Zaciskał zęby, ale uśmiechnął się i zerknął w cienie, gdzie opuściliśmy broń. Strzelba Nelly'ego leżała na krześle za nim.

– Macie broń? – spytał. Nelly z wahaniem przytaknął. – Cóż, powinniśmy ją zarekwirować, ale nie zrobię tego.

Odprężyłam się. Miałam wątpliwości, czy odzyskamy furgonetkę, ale nie zamierzałam oddawać uzbrojenia.

– Może wam się przydać. Widzieliśmy nagrania i z eliksami niełatwo się walczy. Nie zatrzymują się – oznajmił z czymś kojarzącym się z podziwem, po czym wyjrzał przez okno. – Jest spora szansa, że zdołamy ich odeprzeć. Jeśli będzie wyglądało na to, że ich nie pokonamy, najlepiej będzie uciekać, pod warunkiem że znajdziecie czystą drogę. Albo idźcie na górę, do ludzi na dachu. Słyszałam, że tamci są w stanie w końcu wdrapać się po schodach, nawet jeśli zajmuje im to sporo czasu, ale nie potrafią otwierać drzwi, chyba że je rozbiją. Tutejsze drzwi są metalowe. Przedostanie się przez nie trochę zajmie. Jedna z grup w Chicago broniła się przez tydzień. Też bez problemu tak możemy.

Zaczął lekko bełkotać. Chyba mówił teraz bardziej do siebie.

– Może na Bliskim Wschodzie byłoby lepiej. Tam przynajmniej wrogowie są ludźmi.

I chyba znał prawdę na temat infekcji albo się jej domyślił.

– Dobra, muszę wracać na zewnątrz do swoich ludzi.

Skinął nam głową i wyszedł.

Rozdział 23

Miałam wyschnięte usta i woda, którą sączyłam, nic nie dawała. Wytężałam wzrok i wyobrażałam sobie istoty poruszające się w mroku, podobne do zgrai zainfekowanych, która zaatakowała szabrowników. Tylko że teraz nie przebywałam bezpieczna na dachu, z żywnością na długie miesiące i dostępem do wody. Mieliśmy tylko to, co trzymaliśmy w plecakach. Mogliśmy udać się w dwa miejsca: do Palisades albo na górę budynku. Być może eliksowie nie zdołają się tam wedrzeć, ale jeśli nie będziemy mieć wody, wszyscy uwięzieni tam ludzie zginą w ciągu tygodnia, może wręcz kilku dni.

Po oczekiwaniu, które wydawało się ciągnąć w nieskończoność, z radia dobiegło ostrzeżenie:

– Około stu eliksów zmierza w naszą stronę. Szacowany czas przybycia: dwie minuty. Przygotujcie się, chłopcy.

Żołnierze stanęli w pozie gotowości. Sylwetka wynurzyła się z mroku i zbliżyła do ogrodzenia. Za nią następna i kolejna. Reflektory ożyły i zachłysnęłam się, gdy ujrzałam, co się dzieje.

Główna droga była pełna zarażonych. Eliksów. Potykając się, szli po trawie i wchodzili na parking. Broń i żołnierze nie robili na nich wrażenia, a wręcz ich przyciągali.

Odezwały się strzały. Mężczyzna bez żuchwy przewrócił się, gdy stracił czubek głowy. Kobieta w jaskrawofioletowej kopertowej sukience padła na ziemię, gdy powalił ją dobrze wycelowany pocisk. Mały chłopiec, nie starszy niż dziewięć lat, dokuśtykał do płotu. Miał rozchylone usta, a czapka baseballowa osunęła mu się na jedno oko, nadając mu łobuzerski wygląd. Rodzice musieli się o niego bardzo martwić. Rodzice mogli być tymi, którzy mu to zrobili, uświadomiłam sobie, i jeszcze bardziej zaschło mi w ustach.

Poczułam, jak słabną mi nogi. CI ludzie byli martwi. Byli i nie byli. Jeśli nie przestanę wciąż o tym myśleć, groził mi obłęd, odepchnęłam więc te rozważania w zakątek umysłu. Obserwowałam, jak chłopiec chwieje się po strzale w głowę i dopiero gdy przewrócił się na twarz, zdałam sobie sprawę, że jego koszulka nie zawsze była brązowa. Zanim zalała się krwią, była biała.

Widziałam też starszą kobietę wyglądającą jak urzędniczka, lekarza wciąż ubranego w biały fartuch, kilku mężczyzn w pomarańczowych kamizelkach robotników drogowych. Wszyscy upadali, ale fala płynąca od drogi nie ustawała.

Było ich tak wielu. Doszli do płotu i zaczęli na niego napierać, ciągnąć i szarpać. Słyszałam ich przez okno, nawet pomimo palby. Wydawali z siebie kakofonię niskich, chrapliwych okrzyków i rozwlekłych jęków. Brzmiało to jak odgłosy głodu, a my stanowiliśmy pożywienie. Zwalczyłam ochotę, żeby zakryć uszy dłońmi, i zamiast tego ścisnęłam w nich pistolet. Brama zakołysała się niepokojąco, ale wytrzymała.

Pomieszczenie rozświetlił błysk przy głównej drodze. Eksplozja sprawiła, że się wzdrygnęliśmy. Przez kilka minut ginęli równie szybko, jak nadchodzili. Jednak nagle Rodriguez wskazał przez okno i krzyknął. Podążyłam wzrokiem w kierunku, w którym mierzył palcem, i widok pozbawił mnie tchu. Mocniej zacisnęłam spocone palce na broni.

Za pierwszą zgrają zainfekowanych szła ogromna druga. Potykali się i przelewali po barierkach, które powalili na ziemię. Musiał ich ściągnąć hałas. Rodriguez, Park i inni głośno rozmawiali przez palbę.

Gdy skończyli, Rodriguez obrócił się do mnie.

– Musicie stąd spadać! – zawołał. – Zabijemy tych jebanych eliksów!

Eliksowie napierali na ogrodzenie. Wsuwali palce przez druty, nęcąc nas. Płot wyginał się na łączeniach, gdzie stykały się jego przęsła. Nie został stworzony tak, by wytrzymać ciężar setek ciał. Cofnęłam się, wpadając na patrzącą rozszalałym wzrokiem Penny.

Hałas był jak w najgłośniejszej fazie fajerwerków na Dzień Niepodległości. Serce mi dudniło, a żołądek wibrował niczym bęben basowy. Proszę, proszę, skandowałam w myślach do rytmu. Proszę. Ale gdy druga grupa dołączyła do pierwszej przy ogrodzeniu, wygięło się ono od góry, a dół zaszurał po nawierzchni. Dolne połączenie dwóch przęseł pękło. Jeden z eliksów na ziemi zdołał się przecisnąć. Brakowało mu ręki, a jego koszula wisiała w strzępach, ukazując rozerwaną skórę i zakrzepłą krew.

– Nie! – szepnęła Penny.

Gdy złapała mnie za rękę, przestałam drżeć. Nie mogłam teraz wpaść w panikę. Penny nie była uzbrojona. A jeśli wojskowi nie zdołają nas obronić, będziemy musieli zrobić to sami.

Eliks spod ogrodzenia chwycił żołnierza za stopę i jedyną

sprawną ręką pociągnął się do jego kostki. Zatopił zęby w bucie. Mundurowy rozbił mu głowę kolbą karabinu i strzelił do zarażonego przechodzącego jako następny.

W jaskrawym świetle ich skóra wydawała się oślepiająco biała, co kontrastowało z ciemną krwią, która pokrywała większość z nich. Niektórzy wyglądali, jakby syczeli, ale na pewno nie ze zjadliwości. Kierowali się wyłącznie instynktem. Ich oczy były puste, bezduszne.

Żołnierze wycofywali się do budynku. Słyszałam stukot ciężkich butów, gdy niektórzy z nich kierowali się na dach, by stamtąd na dobre wznowić palbę. Brama ugięła się i ustąpiła z dźwiękiem rozrywanego metalu. Eliksowie wlali się do środka i wcisnęli pomiędzy pojazdy. Teraz, gdy stało się już najgorsze, byłam spokojniejsza, niż wcześniej przypuszczałam. Mogliśmy zrobić tylko jedno.

– Musimy iść! – powiedział Nelly. – Bierzcie rzeczy.

Zarzuciłam paski plecaka na ramiona. Pozostali uczynili to samo i popatrzyli na Nelly'ego.

– Od tyłu, do Palisades? – spytał Jamesa i mnie. Skinęliśmy głowami.

W poczekalni żołnierze piętrzyli stoliki i krzesła przed szklanymi drzwiami, a pozostali zaganiali cywilów po schodach. Matka trzymała chłopca w ramionach, a mundurowy niósł płaczącą dziewczynkę.

– Dokąd idziecie? – zawołał Grafton, stając nam na drodze.

– Do Palisades – odparł James.

Sierżant skinął głową.

– Nie potrafię powiedzieć, kiedy dostaniemy jakieś wsparcie, ale nie mogę ich zostawić.

Wskazał na oszołomionych ludzi. Szyba w drzwiach frontowych pękła. Blada ręka pokryta ciemnymi włosami przepchnęła się pomiędzy meblami. Poszarpane krawędzie szkła rozorały skórę, ale eliksa to nie zatrzymało.

– Idźcie już! – krzyknął Grafton. – Powstrzymamy ich, jak długo zdołamy. Wyjdźcie drzwiami na końcu korytarza. Od tyłu jest czysto.

Miałam niezapięty pas biodrowy, więc ciężki plecak uderzał mnie na każdym kroku, pchając naprzód. Gdy otworzyliśmy drzwi, rozbrzmiał przeszywający odgłos alarmu. Przeszli wszyscy oprócz Petera. Wahał się.

– No chodź! – wrzasnęłam.

Z szokiem w oczach wzdrygnął się, słysząc trzask ze środka.

– Mówiłam, że...

Nie mogłam uwierzyć, że rozważał pozostanie. Musieliśmy iść jak najszybciej, nie było czasu na kłótnie.

– Peter! – Ana wychyliła się i pociągnęła go za rękaw.

Zatoczył się pod ciężarem plecaka, ale odzyskał równowagę i chwiejnie przeszedł przez drzwi. Zamknęłam je za nami i podążyłam za pozostałymi przez trawę.

James podniósł broń i zawołał ponad odgłosem alarmu:

– Tam!

Trzech zainfekowanych wyłoniło się zza rogu budynku. Nelly i ja wycelowaliśmy, ale zanim zdążyliśmy strzelić, cała trójka grzmotnęła o ziemię. Podniosłam zaskoczony wzrok.

– Będziemy was osłaniać aż do drzew! – krzyknęła ciemna sylwetka z dachu. Nie miałam pewności, ale brzmiała jak Rodriguez. Cieszyłam się, że żyje.

Rozdział 24

Potykając się o korzenie drzew, dotarliśmy do siatkowego ogrodzenia. Latarka wyciągnięta pospiesznie przez Penny rzuciła promień na południową jezdnię Palisades. Żadnych samochodów. I żadnych zainfekowanych.

Nelly zrobił siodełko z dłoni, żeby mnie podsadzić. Usiadłam okrakiem na płocie, po czym z głuchym łupnięciem wylądowałam po drugiej stronie. Zaraz potem zeskoczyły Penny i Ana. Martwa trawa chrupnęła nam pod stopami, gdy odsuwałyśmy się, żeby chłopaki mogli do nas dołączyć. James nas uciszał, ale nie słychać było odgłosów pościgu. Uznałam, że w razie czego dotarłyby do nas. Instynkt nie kazał eliksom zachowywać się cicho.

Przebiegliśmy przez porośnięty trawą pas środkowy do jezdni biegnącej na północ, lśniącej w blasku księżyca. Wciąż dobiegała do nas palba wystrzałów, ale coraz rzadsza. Nie wiedziałam, czy to dobry czy zły znak. Poza tym słychać było jedynie nasze oddechy i kroki. Dyszałam ciężko i miałam napięte mięsnie, ale odnosiłam wrażenie, że mogłabym iść dalej tą asfaltową drogą i nigdy, przenigdy się nie zatrzymać. Nie byłam pewna, jak długo maszerowaliśmy, zanim w przedzie dostrzegliśmy błyskające światła.

James spojrzał na mapę przy latarce osłanianej przez Penny dłońmi.

– Wygląda na początek zjazdu. Możemy tamtędy zejść do Hudson Drive. Co o tym sądzicie?

– Może powinniśmy – uznałam. – Im dalej się znajdziemy, tym lepiej.

Szliśmy gęsiego w cieniu drzew. W stojących przy blokadzie samochodach policyjnych ani w ich okolicy nikogo nie było. Może ludzi odwołano. Może nie żyli. A może byli martwi, lecz żyli, co wciąż wydawało nam się niemożliwe. Penny dostrzegła ścieżkę w lesie i podążaliśmy nią, zanim zaledwie kilka metrów dalej natknęliśmy się na tablicę z mapą.

Znajdowaliśmy się na szlaku nazwanym Długą Ścieżką, biegnącym wzdłuż Palisades aż do hrabstwa Rockland. Nikt nic nie mówił. Wszystkie podejmowane przez nas decyzje wydawały się brzemienne w skutki i nie chciałam być tą, która pokieruje nas nieprawidłowo. Na myśl o czekającym nas wciąż dystansie, o wszystkim, co mogło pójść nie tak, poczułam się, jakby coś wyssało ze mnie energię, jakbym miała w stopach dwa gumowe hamulce, które się zacisnęły. Pomiędzy drzewami błyskały światła, malujące wszystkim twarze bielą, czerwienią i niebieskością. Zakręciło mi się od tego w głowie.

– Musimy odsunąć się od zjazdu. Może zostańmy na szlaku? – podsunął James. Wskazał mapę. – Tu, tu i tu są ścieżki schodzące do rzeki. Po prostu idźmy przed siebie.

Gdy tak parliśmy przez las, trudno nam było uwierzyć, że otacza nas tkanka miejska. Po kolejnym kilometrze najbardziej pragnęłam zwinąć się w kłębek i zasnąć. Ana potykała się co trzeci krok i w pionie utrzymywał ją wyłącznie Peter wspierający ją pod rękę.

Szlak wyszedł na punkt widokowy, z którego widać było most George'a Washingtona i Manhattan. Było ciemniej niż zwykle. Dostrzegałam iglice Empire State i budynku Chryslera, ale same wysokościowce były ciemne.

– Wygląda, jakby wprowadzili zaciemnienie – powiedział Nelly.

– Albo elektrownie przestały działać – dodał James.

Penny wzdrygnęła się.

– Cieszę się, że nas tam nie ma. – Znów zadrżała. Może pomyślała o Marii, a może po prostu schodziła jej adrenalina i silniej czuła chłodny wiatr wiejący od rzeki.

– Zatrzymajmy się tu – poprosiła Ana. Włosy wymknęły jej się z kucyka i kleiły do twarzy.

Postawiłam plecak i rozmasowałam napięte mięśnie. Ten maleńki park był niezłym miejscem na popas. Latarnie pozwolą nam dostrzec, jeśli coś będzie się do nas zbliżało, a my sami mogliśmy trzymać się poza widokiem, jeśli położymy się pomiędzy drzewami. Wszyscy zgodnie zdjęli plecaki, zmęczeni. Mieliśmy tylko cztery śpiwory. Zgodnie z wcześniejszymi ustaleniami Peter i ja mieliśmy spać wspólnie. Zanim sytuacja zrobiła się niezręczna, odpięłam śpiwór od plecaka i poturlałam do byłego chłopaka.

– Trzymaj. Podzielę się z Nellym.

Peter podziękował mi, ale pod jego głosem czaiła się emocja, która na pewno nie była zadowoleniem.

Nelly wymierzył we mnie palec.

– Tylko żadnego wiercenia, kobieto. I żadnych numerów.

Świat mógł się kończyć, a Nelly i tak nie przegapiłby okazji, żeby sobie zażartować. Być może był to główny powód, dla którego tak go kochałam.

– Nie wiem, czy zdołam się powstrzymać – rzekłam, ciesząc się, że uratował sytuację. – Ale będę musiała spróbować, zważywszy, że mamy pierwszą wartę. – Stęknął i ziewnął. – Tylko czterdzieści pięć minut. Wszyscy potrzebujemy choć trochę snu.

Penny i James ustalili, że wezmę kolejną zmianę. Nelly i ja oparliśmy się o drzewo, podłożyliśmy pod siebie koc termiczny i przykryliśmy rozpiętym śpiworem. Wtuliłam się w niego. Nelly zawsze pachniał otwartą przestrzenią, jak ubranie suszone na słońcu. Może przesiąknął tą wonią, gdy był dzieckiem. Wpatrywaliśmy się w mrok tak długo, że moje serce wróciło do zwykłego rytmu.

– Pamiętasz, jak rozmawialiśmy, co zrobimy, jeśli świat się skończy? – spytał.

– Oczywiście.

Fajnie było gawędzić o tym przy piwie w ciepłym barze, wyobrażać sobie, że byłaby to przygoda. I oto się stało. Czułam się wyczerpana. Śmiertelnie przerażona. Brudna i zrozpaczona.

– Cieszę się, że jesteśmy razem. Wiedziałam, że wspólna praca z tobą pewnego dnia mi się opłaci, nawet jeśli przez ciebie nie mogę nic porządnie zrobić. – Uszczypnął mnie i dostrzegłam jego uśmiech w blasku przedświtu, zanim znów spochmurniał. – Mam wrażenie, jakbyśmy zostali wrzuceni w sam środek horroru, ale wiesz co? Nie poszło nam tak źle.

– Na pewno nie jest tak fajnie, jak się zapowiadało.

Obserwowałam ciemne kontury Manhattanu i myślałam o wszystkich znajdujących się tam ludziach, którzy czekali na pomoc. Ludziach, którzy nie zasłużyli sobie na to, co ich spotka. Ludziach jak Maria, których kochaliśmy.

Czas szybko minął. James i Penny praktycznie wyskoczyli z przestrachem ze śpiwora, gdy ich dotknęłam. Zasunęliśmy wokół siebie ekspres w wygrzanym przez nich gniazdku i zasnęłam w ramionach Nelly'ego.

Rozdział 25

Obudził mnie odgłos gromu w oddali, ale twarz miałam ciepłą od słonecznego blasku. Uchyliłam oko. Było zmęczone, miałam wrażenie, jakby pod powieką znajdował się piasek. Błagało, żebym dała mu dłużej odpocząć, ale zmusiłam się do otwarcia go całkowicie i ujrzałam nad sobą błękitne niebo. Usiadłam szybko, zapomniawszy, że znajduję się w jednym śpiworze z inną istotą ludzką, więc zaraz gwałtownie opadłam z powrotem. Nelly stęknął, ale nie obudził się, gdy się uwalniałam. Ana i Peter spali głęboko pod drzewem. Tak naprawdę nie potrafiłam ich winić, bo wszyscy mieliśmy za sobą ciężką noc.

Nad Manhattanem wznosiły się kłęby dymu. Z przestrachem przeszłam na skraj punktu widokowego. Krajobraz wyglądał jak strefa wojny. Przetoczył się głośniejszy hałas i wiedziałam już, że nie są to grzmoty. Kolejny pióropusz dołączył do wcześniejszych, by zalec nad miastem jak smog. Rozległy się okrzyki, gdy pozostali budzili się i dołączali do mnie. Ana i Peter mieli na twarzach wyraz winy wynikającej ze świadomości, że dosłownie zasnęli podczas pracy.

James oparł się o kamienny murek nad urwiskiem i wpatrywał się w dal.

– Mosty. Naprawdę to robią, prawda?

Zupełnie jakby w odpowiedzi na jego pytanie, śmigłowiec przeleciał od strony New Jersey na środek mostu Washingtona, po czym odsunął się i zawisł w oddali w powietrzu. Nastąpiła eksplozja, w wyniku której środkowa część mostu jakby straciła ostrość. Huk odbił mi się od piersi i zawibrował pod stopami.

Wszyscy krzyknęliśmy. Dziewięć milionów ludzi miało się zaraz dowiedzieć, że zostawiono ich na pastwę wilków. Groza ścisnęła mi wnętrzności, lecz towarzyszyła jej zapierająca dech ulga. Byliśmy bezpieczni. A przynajmniej bezpieczniejsi niż mieszkańcy miasta. Gdy dym się rozwiał, znów dostrzegliśmy liny nośne. Wysadzono jedynie jezdnie. Śmigłowiec wrócił do Jersey.

– Może uznali, że w pewnym momencie trzeba będzie naprawić most – powiedział chłodno Nelly. – Może jacyś nieszczęśnicy zdołają przejść po tym, co zostało.

Wiedziałam, co czuł. Mogliśmy się tam znaleźć. Po tamtej stronie zostali ludzie tacy jak my. Peter stał z otwartymi ustami. Nie przypuszczał, że może wydarzyć się coś podobnego. Dotknęłam jego dłoni. Tak przyzwyczaiłam się, że go dotykam, że nie wydawało mi się to dziwne, dopóki się nie odsunął. Chciałam powiedzieć, że wszystko będzie w porządku, ale nie wierzyłam w to. Chyba to właśnie najbardziej go zszokowało.

James wygrzebał iPada z plecaka. Przez całą noc nie zdołał połączyć się z siecią, a nasze telefony były bezużyteczne. Próbowałam nadać mentalną wiadomość do Erika: „U nas w porządku. Kieruję się do chaty". Na pewno wariował z niepokoju.

– Mam! – zawołał James. Usiadł na jednej z ławek, a my stłoczyliśmy się wokół niego. Na ekranie widniał nagłówek z serwisu wiadomości:

Główne miasta USA porzucone
Prezydent z nieznanej lokalizacji nawołuje mieszkańców, by przygotowali się do długiego oblężenia
Eksperci medyczni donoszą, że zainfekowani mogą już być martwi

– Prezydent oznajmił dziś, że większości dużych miast Stanów Zjednoczonych nie udało się oczyścić z infekcji – zaczął czytać James. – Wszystkie ważne ośrodki z całego kraju donoszą o przeważających liczbach chorych, których nie da się leczyć. Szpitale stoją puste. Chorzy wałęsają się obecnie po ulicach, roznosząc bornawirusa LX. Wirus rozprzestrzeniający się za pośrednictwem płynów ustrojowych rozlał się na cały świat. Wczoraj stracono wszelki kontakt z Chinami i większością Europy. Obydwa te regiony zostały zaatakowane przez bornawirusa zaledwie kilka dni przed Stanami Zjednoczonymi. Jednostki policji i Gwardii Narodowej są zbyt nieliczne, żeby poradzić sobie z sytuacją. Wielu funkcjonariuszy porzuciło stanowiska, żeby zatroszczyć się o swoje rodziny, w związku z czym nie mogą reagować na wezwania o pomoc. Prognozy pokazują, że w miastach na wschodnim wybrzeżu, w których infekcja pojawiła się później, tego poranka zostanie osiągnięty poziom piętnastu procent zarażonej populacji, nawet pomimo obowiązującej godziny policyjnej. Postanowiono, żeby porzucić miasta i skupić się na mniej zasiedlonych obszarach. „Nie była to prosta decyzja", powiedział dziś rano prezydent. „Nie zapomnieliśmy o was i jestem pewien, że wszyscy rozumiecie konieczność ograniczenia epidemii. Prosimy, żebyście opuszczali domy tylko wtedy, gdy jest to absolutnie niezbędne. Potrzebujemy zaledwie kilku dni, żeby zebrać siły do walki z wirusem. Niech Bóg was błogosławi". Główne drogi wyjazdowe z miast zostały zablokowane lub zniszczone. Jest to powód, dla którego krytycy prezydenta pytają, w jaki sposób wojsko zamierza wrócić po tym, jak „zbierze siły". „Nie wrócą", powiedziało nam wysoko postawione źródło z rządu. „Spisaliśmy te miasta na straty, dopóki infekcja sama się nie wypali". Na pytanie, jak długo żyją osoby zarażone bornawirusem, źródło odrzekło: „Właśnie w tym rzecz. Nie wiemy. Nie są nawet żywi". Już od wczoraj krąży pogłoska, że zarażone osoby mogą być martwe, choć wyglądają na żywe. Tej niepokojącej hipotezie zaprzeczyło Centrum Kontroli Chorób, jednak poparli ją lekarze zajmujący się pacjentami, którzy złapali wirusa. Minionej nocy Centrum wystosowało oświadczenie, którego fragment brzmi następująco:

Nie istnieje żadne znane lekarstwo na bornawirusa LX. Współczynnik zapadalności wynosi sto procent w przypadku kontaktu z wirusem, wskaźnik śmiertelności również wynosi sto procent. Nawołujemy, żeby mieszkańcy podjęli środki ostrożności polegające na pozostaniu w domach i nie próbowali samodzielnie zajmować się zarażonymi bliskimi.

– Skontaktowaliśmy się z Centrum Kontroli Chorób, by spytać, jak długo mogą przetrwać zainfekowani. „Nie mamy pojęcia", poinformowała Marcia Dreyer, badaczka i jedyna osoba, której komentarz zdołaliśmy uzyskać. „Testy wykazały, że takie osoby nie podlegają rozkładowi w standardowym tempie. W sprawdzonych przez nas dotąd przypadkach mogło je zabić wyłącznie uszkodzenie mózgu lub ogień". Następnie pani Dreyer została poproszona o oddanie słuchawki zwierzchnikowi, który nie udzielił dalszego komentarza. W każdym razie stało się oczywiste, że bornawirus LX rozprzestrzenia się w gwałtownym tempie i nie daje się go wyleczyć. Jedynym sposobem postępowania jest obecnie pobyt w bezpiecznym miejscu i przeczekanie epidemii.

James pociągnął łyk wody z butelki i kliknął w link audio. Rozpoznałam głos porannego prezentera z wiadomości w stacji NY1. Zwykle uśmiechał się w taki sposób, że wyglądał jak mały chłopiec. Innymi razy, kiedy odczytywał wyjątkowo idiotyczne nagłówki prasowe, przybierał ironiczny uśmieszek mówiący: „Możecie uwierzyć w te bzdury? Co ci ludzie wymyślili?".

Teraz jego pogodny zazwyczaj głos wydawał się zmęczony. Wyobraziłam sobie worki, które musiały mu wisieć pod oczyma, gdy wreszcie wyglądał na swój wiek. Przestrach, który starał się powstrzymywać. Wyobraziłam sobie, jak zmuszono go do odczytania tego komunikatu, być może grożąc mu bronią, by nie dopuścić do paniki wśród ludności.

– „...wszystkie drogi dojazdowe do Nowego Jorku zostały zablokowane dla zarażonych osób. Prosimy o pozostanie w domach, dopóki epidemia nie wygaśnie. FAZK planuje zrzuty żywności dla tych, którzy będą potrzebowali zapasów. Przekażemy lokalizacje zrzutów, gdy tylko je otrzymamy. W nadchodzących dniach wciąż będą dostarczane wszelkie media. Prezydent zapewnił nas, że nadciąga pomoc. Proszę, aby zadbali państwo o swoje bezpieczeństwo i postępowali zgodnie z tymi instrukcjami.

Słyszałam sceptyczny ton w jego głosie i potrafiłam wyobrazić sobie jego uśmiech, gorzki i zrezygnowany, który pytał: „Możecie uwierzyć w te bzdury? W te kłamstwa?". Nie. Nie mogłam.

Rozdział 26

Założyliśmy plecaki i ruszyliśmy. Miałam pod pachą kaburę mojej mamy. Nie przypuszczałam, bym teraz mogła wpaść w kłopoty przez to, że nosiłabym broń w mieście. Kiedy trzymałam ją przy pasie, nie mogłam się pozbyć myśli, że wystrzeli mi prosto w tyłek, jakkolwiek mało prawdopodobne by to się nie wydawało. Żułam stary baton energetyczny, aż zaczęłam mieć wrażenie, że żuchwa za chwilę da za wygraną i umrze. Trudno mi się przełykało przez gulę zalegającą w gardle, pomogłam więc sobie kilkoma łykami wody.

Co jakiś czas las się przerzedzał i otrzymywaliśmy wspaniały widok na rzekę Hudson przesuwającą się wzdłuż potężnych skalistych urwisk. Nie zdziwiłabym się, gdyby w taki dzień odwróciła kierunek lub zupełnie się zatrzymała. Zaskoczyło mnie, że w całym tym szaleństwie słońce świeciło na przepięknie błękitnym niebie.

Z miasta wznosiły się teraz niezliczone kolumny skłębionego czarnego dymu. Wyglądało, jakby cały Nowy Jork płonął.

Ścisnęło mnie w piersi, gdy pomyślałam o najlepszych elementach miasta. O opryskliwych chłopcach o złotych sercach z Brooklynu, którzy nie zawahają się udzielić pomocy. O tym, jak nowojorczycy współdziałali ze sobą, gdy pojawiała się taka potrzeba. O muzeach, w których w zasadzie dorastałam, w których godzinami wpatrywałam się w mumie, skamieliny lub skurczone głowy. O Prospect Parku. O bibliotece. O wagonach metra i o dzielnicach pełnych nie tylko każdego możliwego odcienia skóry, lecz także każdej narodowości, każdego języka, każdego ubioru, każdej potrawy.

Były też najgorsze elementy. Kasjerzy, którzy całkowicie ignorowali twoją wyciągniętą dłoń i rzucali resztę na kontuar. Ludzie, którzy uważali, że kolejki są jedynie sugerowane. Hipsterzy. Brud. Linia F metra. Wydział komunikacji.

Moje miasto, miasto, które kochałam, miasto, którego czasami nienawidziłam, które jednocześnie dawało mi i odbierało energię, odkąd się urodziłam, obecnie zasnuwało się dymem. Zatrzymałam się i popatrzyłam na nie po raz ostatni, ponieważ było moim domem, miejscem, do którego mogłam wracać, gdy chciałam lub gdy potrzebowałam. Teraz byłam jednak przekonana, że odeszło, że jego dobre i złe strony zostały zmiecione jednym posunięciem. Płakałam za każdym jego skrawkiem.

Rozdział 27

Znowu trafiliśmy na mapę przybitą do słupa. Wiatr potrząsał pustymi gałęziami drzew. Przedmuchiwał w tę stronę dym znad miasta, ale trzymał się on na tyle wysoko, że nas nie spowijał. Czuliśmy jedynie smród spalenizny. Z oddali niosły się wybuchy, syreny i głośne hałasy. Niektóre z nich potrafiłam rozszyfrować: wóz strażacki, palba karabinowa. Inne mogłam tylko zgadywać: granat, eksplozja gazu, Godzilla?

Kilka kilometrów przed nami leżała siedziba władz parku Palisades Interstate z posterunkiem policji. Szliśmy powoli, obciążeni plecakami i zmęczeniem. Penny pobladła i miała ciemne smugi pod oczyma. Dopasowałam się do niej tempem. Idąc, obserwowała swoje stopy, po czym podniosła na mnie przekrwione oczy.

– Moja mama – powiedziała. Wytarła nos grzbietem dłoni.

– Ma większe szanse niż większość innych osób, które tam zostały – odrzekłam, szukając czegoś, co mogłoby jej poprawić nastrój.

– Wiem. – Ale obie zdawałyśmy sobie sprawę, że nawet te większe szanse są nieznaczne.

Było już po południu, gdy dotarliśmy do siedziby władz parku, kamiennego budynku z szybami ze szkła ołowiowego i imponującymi kominami. Obchodziliśmy ją, dopóki nie znaleźliśmy dobrze oświetlonego wejścia do posterunku policji. Za znajdującym się w środku wysokim kontuarem nikogo nie było.

Nelly otworzył drzwi i zawołał:

– Halo? Jest tam kto?

Cisza. James odstawił plecak na ziemię i przekradł się za kontuar, by zajrzeć do korytarza. Wrócił, kręcąc głową. Na blacie stał monitor komputerowy. Przeszłam na drugą stronę, żeby mu się przyjrzeć. Przed ekranem zobaczyłam kubek z kawą i pół kanapki. Dotknęłam naczynia.

– Kubek jest zimny – powiedziałam. – Nawet jeśli ktoś tu był, wyszedł jakiś czas temu.

– Co jeszcze, Sherlocku? – zapytał Nelly.

– Cóż, po rozmaitych kluczykach wiszących tu na dole dedukuję, że mamy też szansę na podwózkę, mądralo. Oczywiście gdybyśmy zechcieli ukraść radiowóz. – Pomachałam mu kluczykami.

– Zrobimy to, rzecz jasna, rzecz jasna – rzekła Penny. Chyba przemogła już w sobie niechęć do kradzieży samochodów.

– Rzecz jasna – przytaknęłam.

Zdecydowaliśmy się na suva z napisem „Parkway Police” na burcie. Jeśli ktoś usiądzie z tyłu za klatką, będzie nam niemal wygodnie.

Wykupiliśmy zawartość automatów z żywnością. Chyba ją również mogliśmy ukraść, a mimo to pakowaliśmy pieniądze do maszyn.

– Możemy wykorzystać to na swoją obronę, jeśli zostaniemy aresztowani za kradzież wozu – zażartował James. – Gdy znów nas zatrzymają na blokadzie, możemy potrzebować więcej jedzenia.

– W sumie trudno to tak naprawdę nazwać jedzeniem – powiedziałam. W znalezionym przez nas płóciennym worku chrzęściły chipsy, ciastka i przekąski owocowe.

James uśmiechnął się przez smugi brudu i zmarszczki zmęczenia na twarzy.

– Hej, mów za siebie – odparł. – Ja się żywię takimi rzeczami.

Wyjechaliśmy na Palisades z Nellym za kółkiem i mną na samym tyle. Nie zaskoczyło mnie, że nikt nie rywalizował ze mną o ten zaszczyt.

Pomiędzy drzewami widać było podmiejskie domy, a oprócz nas na drodze znajdowało się kilka innych samochodów. Trzymaliśmy się głównych tras, ponieważ mniejsze drogi biegły co jakiś czas ulicami miasteczek, które mogły okazać się nieprzejezdne.

Palisades przeszła w New York State Thruway i po kilku minutach dostrzegliśmy morze świateł stopu. Przed nami znajdowały się punkty poboru opłat dla samochodów firmowych, ale nie widzieliśmy niczego, co blokowałoby przejazd samochodom osobowym. Korek musiał się ciągnąć całymi milami.

– No cóż, dzieci – odezwał się Nelly. – Chyba musimy zawrócić, gdy dotrzemy do najbliższego zjazdu.

– Nie sądzę, by mogło się poprawić – zgodził się James. – Ludzie próbują się wydostać, tak samo jak my.

Wskazał niebieskiego sedana przed nami, do którego dachu przywiązano sznurkiem powgniatane kartony i torby. Akurat w tym momencie stuknął on jadącego przed nim suva. Było to ledwo muśnięcie, ale drzwiczki suva otworzyły się i ze środka wyskoczył mężczyzna z siwiejącymi włosami ostrzyżonymi na jeża. Chinosy i podkoszulka lepiły mu się do spoconego ciała. Nachylił się do samochodu i po chwili wyłonił z metalową latarką.

– Co jest, kurwa! – wrzasnął.

Ślina pryskała mu z ust, gdy gniewnym krokiem podchodził do sedana. Wysiadł z niego niski, ciemnoskóry, żylasty mężczyzna. Uniósł dłonie i wskazał w kierunku samochodu Chinosa. Nelly odsunął szybę, żebyśmy mogli słyszeć.

– Przepraszam. Serio, przepraszam – powiedział facet spokojnym głosem, cofając się o krok.

Chinos zbliżał się, a twarz zaczęła mu przechodzić w fiolet. Pobielałymi palcami ściskał groźnie latarkę.

– Posłuchaj, człowieku, nic się nie stało twojemu autu. Zobacz! – rzekł niski mężczyzna, wskazując suva.

– Powinieneś uważać. Patrzeć na cholerną drogę! – krzyknął Chinos. – Powinieneś, kurwa, się rozglądać!

Uniósł latarkę wyżej. Po wewnętrznej stronie jego ręki dało się zauważyć ciemną plamę. Purpurową ranę z czerwonymi zaciekami. Okrągłą, jak ślad od ugryzienia.

– Widzieliście to? – spytałam. Wszyscy potaknęli i wpatrywali się w to, co się działo.

Niższy mężczyzna zatrzasnął drzwiczki i obszedł samochód, wciąż mówiąc do Chinosa. Stosował łagodny głos, taki, którym można by próbować uspokoić dzikie zwierzę. Nie zdawał sobie sprawy, że większy facet nie miał nic do stracenia. Zatrzymał się, a Chinos podskoczył wtedy naprzód, ściskając wysoko latarkę.

– O kurwa – skomentował Nelly.

Chwycił strzelbę, którą wcześniej wsunął w kaburę zainstalowaną w radiowozie, i wysiadł. Przeładował broń i wymierzył ją w Chinosa, który zastygł, słysząc ten dźwięk.

– Panie władzo – powiedział. Uśmiechnął się, jakby tylko czekał na pojawienie się policjanta, zamiast planować zatłuc drugiego kierowcę na śmierć. – Mieliśmy właśnie drobną stłuczkę. Nie ma się czym martwić.

James również wyszedł z samochodu i stanął za otwartymi drzwiczkami. Nagle uznałam, że uwięzienie na tyle wozu jest raczej kiepskim pomysłem. Nelly podszedł bliżej Chinosa.

– Rzuć latarkę – rozkazał. Mężczyzna wykonał polecenie i podniósł ręce. – Skąd masz tę ranę?

Chinos rozejrzał się z boku na bok i wysunął język, żeby zwilżyć wargi. Opuścił nieco ręce, próbując zakryć obrażenie.

– To od pracy w garażu. Wyślizgnął mi się śrubokręt. – Roześmiał się piskliwie. – Wie pan, to kiepska pora, żeby jechać do szpitala, więc pomyślałem, że nic mi nie będzie. Posmarowałem grubo maścią. Nie ma się czym przejmować. – Znów oblizał wargi i cofnął się o krok.

– Proszę pana. – Nelly zabrzmiał bardzo oficjalnie i spokojnie. – Ktoś musi to zobaczyć. Przejdźmy do punktów poboru opłat, o tam, i znajdziemy dla pana jakąś pomoc.

– Ma pan rację. – Chinos pokiwał szaleńczo głową, rozglądając się rozbieganym wzrokiem. – Ma pan pełną rację. Ktoś powinien to zobaczyć. Ja... – Przeskoczył pas środkowy i pobiegł po jezdni biegnącej w przeciwnym kierunku. Nelly opuścił strzelbę i popatrzył na żylastego mężczyznę.

– Nic się panu nie stało? – zapytał. Facet skinął głową i obserwował, jak Chinos znika pomiędzy drzewami.

– Czy on był zainfekowany? – odezwał się po chwili. Nelly potaknął, a tamten otworzył szerzej oczy. – Dziękuję za interwencję. – Uścisnął Nelly'emu dłoń i przyjrzał mu się od góry do dołu. – Oficerze?

– Nie do końca. – Nelly uśmiechnął się. – Musimy usunąć samochód tego człowieka z drogi. Może tam, do punktów poboru. Moglibyśmy użyć syreny.

– Ja go poprowadzę. Moja żona pojedzie za nami.

James uruchomił sygnał. Auta odsuwały nam się z drogi, dopóki nie dotarliśmy do pobocza. Skierowaliśmy się na prawo od punktów poboru, na parking dla ciężarówek.

Mężczyzna podszedł do naszego okna, gdy już zaparkował wóz Chinosa. Wyglądał, jakby liczył pod czterdziestkę; miał krótko przystrzyżone włosy i twarz człowieka przyzwyczajonego do długotrwałej, ciężkiej pracy. Wyraz znużenia zniknął z niej, zastąpiony uśmiechem. Człowiek ponownie podziękował Nelly'emu. Wyciągnął dłoń i Nelly ją uścisnął.

– Henry. Henry Washington.

– Nel Everett. Żaden problem, stary. Dokąd jedziecie?

– Na północ. Zrobimy sobie wydłużony kemping w miejscu, które znamy. – Henry wskazał kciukiem ogólny kierunek.

– A my zawrócimy do Palisades. Kierujemy się na północny wschód. Jeśli chcecie pojechać za nami, będziecie mieć eskortę policyjną. – zaproponował Nelly, lekko unosząc kąciki ust.

– Byłbym wdzięczny. Próbuję po prostu dowieźć dzieciaki w bezpieczne miejsce. Coś słychać na częstotliwości policyjnej?

– Nawet nie zdążyliśmy jej włączyć – odparł James i przekręcił gałkę.

Kobiecy głos powtarzał właśnie, że potrzebuje funkcjonariuszy w okolicy czegoś. Inne głosy prosiły o pomoc. „Padły strzały". „Policjant ranny". Jakiś mężczyzna wrzasnął coś, czego nie zrozumiałam, ale w jego tonie dało się słyszeć panikę. Brzmiał jak ktoś, kto uważa, że zaraz zginie, i poczułam, jak kurczy mi się żołądek.

James wyłączył radio, ale krzyki wciąż rozbrzmiewały echem w mojej głowie.

– O Boże. – Penny wskazała. – Są tu.

Kilkudziesięciu eliksów wyłoniło się spomiędzy drzew i rozproszyło wśród samochodów stojących na drodze. Mieli różne rany, różne ubrania, różne twarze, a jednak wszyscy wyglądali podobnie z wygłodniałymi, rozwartymi paszczami i posuwistym krokiem. Dwóch uderzyło w szyby złotego hatchbacka. Usta siedzącej w środku pary otworzyły się we wrzasku, którego nie słyszałam, ale widziałam ich przerażenie.

Nieliczne sygnały przeszły w kakofonię klaksonów i krzyków. Nie było dokąd uciekać. Jeden mężczyzna wychylił się z ciężarówki i zawołał, żeby pozostali się ruszyli. Zasunął z powrotem szybkę, gdy jedyną reakcją, jakiej się doczekał, okazał się zwrot zainfekowanych w jego stronę. Przysadzista kobieta otworzyła gwałtownie drzwiczki i przeskoczyła przez linię środkową na drugą stronę autostrady. W tym momencie cały pas stał się bezużyteczny. Jakiś samochód wpadł na pobocze i sunął tam, gdzie my staliśmy. W jego ślady poszła ciężarówka. Za chwilę parking zablokuje się w tym samym stopniu co droga.

– Znam drogę do parku Bear Mountain – powiedział Henry. – Jedziecie za mną?

Nelly skinął głową i mężczyzna wskoczył do swojego auta. Wjechał jednym kołem na krawężnik, by zmieścić się obok słupków niepozwalających wjechać na trasę od ulicy. Skierowaliśmy się za nim pomiędzy podmiejskie domy.

Eliks z zakrwawioną jamą brzuszną wydrążoną na kształt misy stał na jednym z zadbanych trawników, obserwując, jak go mijamy. Wszystkie domy wydawały się identyczne. Nie miałam pojęcia, jak Henry potrafi odnaleźć drogę w tym labiryncie. Niewątpliwie mu się to jednak udawało, ponieważ dotarliśmy do szerszej ulicy, a później skręciliśmy w lewo.

Dostrzegliśmy kilkoro eliksów oraz zwartą grupkę mężczyzn uzbrojonych w rury i kije, którzy pospieszyli im na spotkanie. Patrzyłam w tył, ale podczas zakrętu zarzuciło mną i straciłam ich z oczu, a później znaleźli się już poza polem widzenia. Wyprostowałam się i trzymałam klapy. Miałam nadzieję, że nasz przewodnik wiedział, dokąd zmierza.

Rozdział 28

Podążyliśmy za Henrym do dwóch sąsiadujących stanowisk biwakowych w tylnej części pustego kempingu. Przy każdym ze stanowisk widać było stół piknikowy i metalowe palenisko. Penny wypuściła mnie z bagażnika i zaczęłam chodzić po ubitej glebie, żeby przywrócić nogom krążenie. Kobieta i dwoje dzieci wysiedli z sedana, po czym podeszli wraz z Henrym do nas.

– To moja żona Dorothy. Dottie.

Dottie była drobna, a jej oczy jasnobrązową barwą kontrastowały z ciemną skórą. Uśmiechnęła się ciepło. Gdy się odezwała, w jej głosie usłyszałam delikatną śpiewną intonację typową dla Karaibów.

– Nie wiem, jak wam dziękować za pomoc. Byłam już pewna... – Urwała i popatrzyła na dzieci.

– To Corrine, ma dwanaście lat – podjął Henry. Położył dłoń na ramieniu drobnej, ślicznej dziewczynki bardzo podobnej do matki, również jeśli chodziło o oczy. Uśmiechnęła się do nas lekko. – A to Henry Junior. Mówimy na niego Hank. Ma dziewięć lat.

Nawet jeśli gdzieś istniało dziecko wyglądające mniej na Hanka, nie zetknęłam się z nim dotąd. Był niski, podobnie jak reszta rodziny, ale brakowało mu zwartej siły ojca i żywotności matki oraz siostry. Miał krótkie włosy, przez co jego okulary i oczy wydawały się jeszcze większe. Na pierwszy rzut oka zdawał się kruchy, ale gdy przywitał się i spojrzał mi prosto w oczy, odniosłam wrażenie, że nie brakuje mu wiele.

– Dziękujemy, że pokazaliście nam drogę – powiedziałam. – Bez was byśmy tu nie dotarli.

– Żaden problem – odparł Henry. – Kilka razy wydawało mi się, że się zgubiłem, ale pomagałem w kładzeniu instalacji elektrycznej w tamtych domach, więc podjąłem ryzyko.

Czuł taką ulgę, że uśmiechnął się do mnie promiennie, a ja nie mogłam się powstrzymać przed zrewanżowaniem uśmiechem. Po ostatnich dwunastu godzinach zaciskania zębów niemal sprawiło mi to ból. Postanowiliśmy zostać tam na noc i rankiem zastanowić się nad dalszą trasą. Szybko rozstawiliśmy nasze dwa małe namioty. Nie byłam pewna, jak zmieścimy się w nich w szóstkę. Przeszłam do kranu znajdującego się kilka stanowisk dalej, ale nie rozpoczął się jeszcze sezon i nie było wody.

– Sucho? – spytał Henry zza moich pleców. Skinęłam głową. – Po drugiej stronie kampingu jest strumień. Powinniśmy tam pójść, zanim zrobi się za ciemno, by coś widzieć.

– Mam filtr turystyczny – poinformowałam.

Wzięliśmy wszystkie butelki i dwa składane zbiorniki. Strumień był niewielki, ale mężczyzna skierował się prosto do miejsca, w którym nurt poszerzał się, tworząc kąpielisko. Usiadłam na kamieniu i zanurzyłam filtr w wodzie.

– Zakładam, że byłeś tu już kiedyś? – spytałam.

– Obozujemy tu co lato. Pływamy w tym potoku. Dziwnie jest znaleźć się tu o tej porze roku.

Krajobraz był wciąż zimowy, z wyjątkiem śniegu. I było zimno. W strumieniu płynęła lodowata woda.

– Dlaczego zdecydowaliście się dziś wyjechać?

Przykucnął obok mnie i otarł dłonią czoło.

– Poszedłem do pracy. Nie wiedziałem, jak zła zrobiła się sytuacja. Uznałem, że będę tam równie bezpieczny jak w domu. Godzina policyjna obowiązywała tylko do świtu i wyszedłem, tuż zanim wzeszło słońce. Nie kupiłem gazety. Dottie zadzwoniła do mnie do pracy – to duża firma i elektrycy dostają podwójną stawkę za weekend – i powiedziała, że musimy wyjechać. Mówiła mi o mostach i że niektórzy sąsiedzi są zarażeni. Że niektórzy wyglądają, jakby oszaleli. Skoro Dot twierdziła, że sprawa jest poważna, to była poważna. Zatem od razu wyszedłem. Mieszkamy na osiedlu z blokami, takim z trawnikami i parkingiem.

Skinęłam głową. Zaczęłam szybciej pompować wodę przez filtr. Denerwowałam się za niego.

– Podjechałem na nasze miejsce parkingowe i nagle ludzie zaczęli na mnie napierać. Widziałem, że już po nich, że cali byli zakrwawieni, więc wycofałem się. Uderzyłem jedną kobietę z tyłu. Ten odgłos, o rany. – Zamknął na chwilę oczy. – Ale nie mogłem wysiąść z auta. Wiedziałem, że wtedy zostałbym pogryziony. Przesunąłem wóz, mając nadzieję, że nic się jej nie stało. Miała zmiażdżoną nogę, całkowicie zmiażdżoną, ale podniosła się i ciągnęła stopę za sobą. W ogóle jej to nie powstrzymało. Nie zachowywała się, jakby ją choć trochę bolało. Zadzwoniłem do Dot i powiedziałem, żeby czekała przy tylnych oknach, a potem wjechałem na trawnik. Nie zamierzałem ryzykować i kazać dzieciom chodzić wokół bloku. Dottie spakowała już wszystko wcześniej i przyszykowała dzieciaki. Tamci wyłonili się zza budynku, wydając z siebie okropne dźwięki. Słyszałaś ich? Nie wiem nawet, jak to opisać.

Gdy podniósł wzrok, ujrzałam, że jego oczy są zaczerwienione i pełne strachu. Dobrze wiedziałam, co miał na myśli. Nieziemskie, nienasycone... Te odgłosy można by opisywać wieloma słowami, ale żadne nie oddawało w pełni rzeczywistości. Płaczące dziecko wzbudza instynkt, żeby je nakarmić. Natura starannie skalibrowała jego płacz, by wymusić przekazanie pokarmu. Te dźwięki dawały odwrotny efekt. W człowieku budziła się jakaś pierwotna cześć, szarpała się, by się wydostać i przejąć kontrolę, jak w przypadku królika ratującego życie przed jastrzębiem. Skinęłam głową, wzdrygając się.

– Dzięki Bogu, że większość ulic była czysta. Nie mieliśmy żadnego planu, dopóki nie zaczęliśmy przejeżdżać koło naszej przechowalni. Użyliśmy kodu, żeby wjechać do środka, i przez kilka minut myślałem, żeby tam zostać. Jest tam ogrodzenie, a skrytki mają metalowe drzwi, ale uświadomiłem sobie, że możemy zostać otoczeni. Zabraliśmy więc sprzęt biwakowy, żeby pojechać w głąb stanu.

Poczułam absurdalną radość, że w ostatnich latach moje życie potoczyło się tak, jak wyszło. Adrian i ja moglibyśmy mieć dziecko, które musielibyśmy chronić przed tym wszystkim. Tamten mały chłopiec przy budynku administracyjnym był w wieku Hanka. Przygryzłam policzek od środka, zanim moje oczy wypełniły się łzami.

– Wiecie, dokąd zmierzacie? – zapytałam.

– Spędziłem wiele letnich wakacji na obozach YMCA. Jechaliśmy do jednego z nich, położonego mocno na uboczu. A wy?

Opowiedziałam mu o chacie rodziców.

– Wygląda na dobre miejsce. – Przejął ode mnie pompowanie wody przez filtr. – Hank ma dość ciekawe pomysły na temat tego, co się dzieje. Nie uwierzyłabyś, gdybym ci powiedział.

– Mogę się założyć, że bym uwierzyła.

Popatrzył na mnie w sposób mówiący, że nie ma mowy.

– Mówi, że oni nie żyją. Jak zombie. Nie te karaibskie, tylko takie z horrorów. To znaczy, wiem, że właśnie tak wyglądają, ale to przecież niemożliwe.

– Ma rację.

Henry podniósł gwałtownie wzrok.

– Jak to?

– Nie mam pojęcia. Matka Penny i Any jest pielęgniarką. Wieczorem kazała nam opuścić Nowy Jork. Wiedziała o mostach.

Opowiedziałam mu wszystko, co od niej usłyszeliśmy, i że Centrum Kontroli Chorób wciąż wszystkiemu zaprzecza. Gdy skończyłam, miał ponury wyraz twarzy.

Gdy wróciliśmy na kamping, nasz stół był już zastawiony zupkami chińskimi, liofilizowaną żywnością i paskudztwami z automatów na posterunku policyjnym. Tym ostatnim rzeczom przyglądali się Hank i Corrine, którzy od razu rzucili się bliżej opakowań, gdy Penny zaprosiła ich do nas. Uruchomiła palnik turystyczny i nastawiła garnek z wodą.

Dorothy ugotowała kolację na dwupalnikowej kuchence. Podziękowaliśmy jej za zaproponowaną świeżą żywność. Mieliśmy mnóstwo zapasów, nawet jeśli w większości pozbawionych witamin. Obserwowała, jak dzieci biorą po jednym smakołyku, i skinęła z uznaniem głową, gdy nam podziękowały. Dottie była cicha i uśmiechała się łagodnie, ale pod spodem kryła się kobieta, która nie pozwoli, by coś stało się jej rodzinie. Spodobała mi się.

Radio solarne przypomniało nam, żebyśmy zachowali spokój i pozostali w domu. Powtarzało niekończącą się listę doraźnych punktów leczenia, ale nijak nie wspominało o tym, że zainfekowani nie żyją ani ile jeszcze potrwa epidemia. James zaklął i przekręcił gałkę, żeby złapać jakieś porządne wiadomości. Usłyszeliśmy końcówkę komunikatu, że wszystkie urzędy są zamknięte do wtorku, po czym rozbrzmiał szum.

– Kurczak po królewsku czy makaron po chińsku? – spytałam.

Wygrało to drugie. Nelly wyciągnął cynowe talerzyki, które nosił w plecaku. Nałożyłam na nie makaron i przez kolejne minuty słychać było tylko siorbanie. Ciepła potrawa okazała się sycąca. Nawet Peterowi, będącemu jedzeniowym snobem, chyba smakowało.

– Pozmywam – zaproponował, gdy wszyscy skończyli.

– Pomogę ci – rzekłam.

Przeszliśmy do jednego ze zbiorników Henry'ego. Szorował i opłukiwał talerze, a ja udawałam, że mnie tam nie ma.

– Posłuchaj, Peter – wypaliłam w końcu. – Chciałabym, żebyśmy zostali przyjaciółmi.

Wiedziałam, że to słabe, ale nie dało się tego powiedzieć w inny sposób. Promień padający z latarki nie sięgał mu do twarzy, ale po jego głosie usłyszałam, że się skrzywił.

– Nie bardzo chcę, żebyśmy byli przyjaciółmi, Cassandro. – Wzdrygnęłam się na te słowa. – Czy tak trudno to zrozumieć?

W tym momencie nie dostrzegałam zbyt wielu możliwości. Chyba że zamiast tego zamierzał mnie nienawidzić.

– Cóż, wole się przyjaźnić, niż kłócić. I przepraszam za to, jak wyszło w domu.

Nie przychodziło mi do głowy nic innego, co mogłabym powiedzieć. Zwykle gdy z kimś zrywasz, możesz odejść i później gdzieś na uboczu lizać rany, nie musisz mieszkać z tą osobą w maleńkim namiocie. Nie odpowiedział i w milczeniu dokończyliśmy zmywanie.

Henry nalegał, że weźmie pierwszą wartę, skoro niewiele spaliśmy. Nelly, Peter i ja wcisnęliśmy się do naszego namiotu. Gdy przypadkowo otarłam się o byłego chłopaka, cofnął się gwałtownie, jakbym go użądliła. Skurczyłam się najbardziej jak mogłam i wtuliłam w Nelly'ego. Dużo bym dała za trzeci namiot.

Rozdział 29

Gdy Nelly wczołgał się do namiotu po swojej zmianie i obudził mnie, żebym objęła wachtę, niczego nie pragnęłam bardziej niż przytulić się do niego. Na zewnątrz raczej nie było powyżej czterech stopni. Chętnie rozpaliłabym solidne, wysokie ognisko, ale mogłoby przyciągnąć niepożądaną uwagę. Wlazłam z powrotem po dodatkową parę skarpetek i kurtkę polarową Nelly'ego. Gdy wyszłam, Penny zapinała swój namiot, ziewając. Miała czapkę i starą kurtkę Erika narzuconą na swoją. Nastawiłam wodę na herbatę, po czym usiadłyśmy wpatrzone w mrok i drżałyśmy. I tak niczego byśmy nie dostrzegły, więc raczej chodziło o nasłuchiwanie, a w lesie na szczęście panowała cisza. Tak wielka, że gdy Penny się odezwała, wzdrygnęłam się.

– Jestem taka zmęczona. Mam wrażenie, że mogłabym spać bez końca.

– To może wróć do namiotu? – odparłam. – Mogę tu posiedzieć sama.

Pokręciła głową.

– Nie, nie. – Poczułam ulgę. Poradziłabym sobie bez niej, ale czułabym strach. – Nie zostawię cię tu. Poza tym będzie miło. Dobrze nam zrobią postapokaliptyczne dziewczyńskie pogaduchy.

Roześmiałam się i oparłam o nią.

– Trzymasz się jakoś? – dopytywałam.

– Nie. Tak. Jaki mam wybór? No i jest jeszcze Ana. Tego wszystkiego jest dla niej za dużo, zwłaszcza że zostawiłyśmy mamę.

Ana została pominięta w rozkładzie wart, ponieważ zachowywała się tak, jakby nie była w stanie poradzić sobie z tym obowiązkiem. Moim zdaniem mogłaby pilnować obozu, gdyby chciała, ale zatrzymałam tę myśl dla siebie. Penny wszystkim dawała kredyt zaufania, również mnie.

Potupywała cicho stopami o ziemię, żeby je rozgrzać. Przy świetle latarki nalałam nam obu po kubku herbaty. Śmietanka w proszku i cukier nie sprawiły, że stała się smaczniejsza, ale przynajmniej była ciepła i to się liczyło. Koc termiczny zaskrzypiał, gdy naciągałyśmy go na siebie, uciszając się i chichocząc.

Nastrój trochę zelżał, więc zadałam pytanie, które od dawna mnie męczyło.

– Czyli co, ty i James?

– Tak, ja i James. Cass, ja go naprawdę, naprawdę lubię.

– Cóż, Nelly i ja już dawno to wiedzieliśmy. Uznaliśmy, że będziecie dla siebie idealni, bo oboje jesteście dziwakami. – Dźgnęła mnie łokciem. – No dobra, oboje jesteście inteligentni, zabawni i dobrze wychowani.

Parsknęła. Powiedziałam jednak prawdę. Penny była z natury

dobra, nie mogła nic na to poradzić. Równoważyłyśmy się nawzajem.

– To co, do której bazy doszliście? – zaciekawiłam się. Teraz już się tylko z nią drażniłam.

– Bazy? Co ty, jesteś w ósmej klasie? – Przywykła jednak do tego pytania. Zadawałem jej je od, hmm, ósmej klasy.

Spróbowałam się nie roześmiać.

– Wiesz, że tak. Czyli?

– A jak myślisz, do której mogliśmy dojść? Przeanalizujmy to. Była noc, kiedy się całowaliśmy, a potem kolejna, gdy uciekaliśmy przed hordami martwych ludzi. Teraz jest trzecia, którą spędzamy w jednym namiocie z moją siostrą. Jak dotąd idzie całkiem romantycznie. Dlaczego ci w ogóle odpowiadam? – Roześmiała się.

– Dobra, dobra! A tak poważnie, to która baza? – wyszeptałam i wyszczerzyłam zęby w uśmiechu, gdy mnie zignorowała.

Zapadła między nami cisza, jednak spokojna, nie pełna napięcia. Obserwowałyśmy, jak z czasem rozjaśnia się niebo. Uruchomiłam radio na bardzo niskiej głośności. Tym razem trafiłyśmy na audycję nadawaną rzeczywiście na żywo.

– ...wybuchła w Nowym Jorku. Ciała osób, które próbowały przepłynąć na bezpieczną stronę, nurt wyrzuca na brzeg. W dużych miastach od Florydy po Massachusetts doszło do zamieszek i grabieży, a we wszystkich głównych aglomeracjach panują korki. Z powodu porzuconych samochodów policja nie może oczyszczać dróg. Prezydent ogłosił, że Gwardia Narodowa ma prawo do powstrzymywania nielegalnych działań w każdy sposób, jaki uzna za stosowny. Poprosił Amerykanów, żeby zachowali spokój, dopóki bornawirus nie zostanie wyeliminowany. Utrzymuje, że wystarczy na to jedynie tydzień, jednak po objęciu większych ośrodków kwarantanną ludzie masowo uciekają na słabiej zaludnione obszary. Pojawiają się doniesienia o drogach blokowanych przez zainfekowane osoby. Władze utrzymują, że najlepszym sposobem, by zachować zdrowie, jest nie opuszczać domów. Zostańcie z nami, by otrzymywać kolejne informacje.

Wyłączyłam radio.

Nelly wyszedł z namiotu.

– Cóż, to było przygnębiające – stwierdził.

– Przepraszam, nie chciałyśmy nikogo obudzić – rzekłam.

– Eee tam, i tak nie spałem.

Odmówił, gdy chciałam mu oddać kurtkę. Miał na sobie jedną z flanelowych koszul mojego taty i nie wierzyłam, że jest mu wystarczająco ciepło, ale z wdzięcznością zatrzymałam okrycie.

– To jak się miewasz? – spytał, gdy usiadł i objął Penny ramieniem.

Dziewczyna wzruszyła ramionami i zmarszczka pomiędzy jej brwiami pogłębiła się.

– Mam tylko nadzieję, że mamie nic się nie stało.

Z wyrazem troski na twarzy wydawała się taka młoda, zupełnie jakbyśmy miały znowu szesnaście lat i nocowały u siebie nawzajem. Przez chwilę pragnęłam, by znów tak było, choć zwykle wolałabym zostać dziabnięta ołówkiem w oko, niż wrócić do liceum. Przynajmniej wtedy świat był względnie bezpieczny.

– Też mam taką nadzieję, kochanie. – Przytulił ją mocniej i podziękował mi za naprawdę okropną kawę rozpuszczalną, którą mu podałam. – A jak twój nowy luby?

Zarumieniła się i podsunęła sobie okulary wyżej.

– Dobrze.

– Zastanawiałem się, czy James doczołgał się już do drugiej

bazy? – spytał, próbując się nie uśmiechać. Penny prychnęła i popatrzyła na nas gniewnie.

Washingtonowie pomachali nam, idąc do łazienki. Zastanawiałam się, czy mają jakiś plan, i postanowiłam spytać ich po śniadaniu. Musieliśmy zaplanować kolejny etap.

Rozdział 30

Przy śniadaniu Hank i Corrine dzióbali jajecznicę i tosty, zazdrośnie zerkając na rozłożone na naszym stole ciastka i paczkowane słodkie bułki. Gdy ma się dziewięć i dwanaście lat, nie potrafi się docenić porządnego jedzenia.

– Chciałabym usłyszeć, co planujemy teraz – powiedziałam, gdy wszyscy skończyli.

James rozłożył mapę i przejechał palcem po trasie biegnącej od parku narodowego do chaty. Peter tylko zaszczycił mapę zerknięciem, jakby niegrzecznie przeszkadzała mu w obserwacji lasu. Ana jeszcze się nie obudziła.

– Mamy przed sobą jeszcze jakieś sto sześćdziesiąt kilometrów. Więcej, jeśli pojedziemy bocznymi drogami – wyjaśnił James.

– A co sądzicie o wyruszeniu w trasę? – dopytywałam. – Lepiej wcześniej czy później?

– Dot i ja myśleliśmy, żeby odczekać kilka dni – rzekł Henry. – Możemy tylko spekulować. Owszem, będzie wtedy więcej zainfekowanych, ale mam nadzieję, że ludzie dotrą już tam, dokąd zmierzają. Liczę też na to, że sytuacja się poprawi.

Przejechał dłonią po skroniach. Gdy ją opuścił, dostrzegłam w jego oczach zwątpienie.

Nelly skinął głową.

– Nie chcę utknąć w jednym z tych ośrodków pobytu albo na blokadzie – powiedział. – Wczoraj mieliśmy szczęście, że udało nam się wydostać.

– A ja mam wrażenie, że zrobi się tylko gorzej – stwierdził James. – Jednak odczekanie kilku dni tak czy inaczej może być dobrym pomysłem. Henry, czy wiesz o jakimś miejscu, w którym moglibyśmy kupić sprzęt kempingowy?

Twarz mężczyzny zmarszczyła się w wyrazie skupienia.

– Jest parę sklepów, głównie rodzinnych. Też potrzebujemy paru rzeczy.

– Co byście powiedzieli na to, żeby połączyć siły? – zapytał Nelly.

– Miałem nadzieję, że to zaproponujecie. – Zmarszczki na jego czole nieco się wygładziły. – I jesteśmy wdzięczni, że przez kilka dni będziemy mieć towarzystwo.

Rzeczywiście mogliśmy mieć przed sobą kilka dni, zanim pojawią się tu ludzie. Teren był dość odizolowany, a zatem na pewno przyciągnie ludzi, gdy już uwolnią się z korków. Ustaliliśmy, że za kilka godzin udamy się do sklepu, który Henry uważał za najlepszy.

Ocieplało się. Zdjęłam kurtkę Nelly'ego i zatęskniłam za gorącym prysznicem. Miałam brudne dżinsy, ale po paru strzepnięciach dałam sobie spokój. Zaplotłam na nowo włosy. Przynajmniej mogłam umyć zęby i użyć dezodorantu. Czując się nieznacznie czyściejsza, usiadłam przy stole, by wysłuchać przez radio tego samego, co wcześniej.

– Nie cierpię radia, w którym gadają! – narzekała Corrine.

Wsunęła sobie słuchawki do uszu i klapnęła przy stole. Hank westchnął, przesunął się, żeby znaleźć się dalej od niej, i kontynuował lekturę. Nelly, James i Henry poszli uzupełnić wodę, a Penny była w namiocie z Aną. Fascynacja Petera otaczającym nas lasem nie słabła. Przyszło mi do głowy, żeby spróbować z nim porozmawiać, ale nie chciałam, żeby znów na mnie naskoczył.

– Hank – odezwałam się. – Co czytasz?

Podniósł wzrok.

– To tylko komiks.

– O czym?

– No... – Rozejrzał się i usiadł bliżej mnie. – O zombie. Wiem, że wszyscy mówią, że są nieprawdziwe, ale zabrałem go tak na wszelki wypadek.

Skinęłam głową.

– Twój tata powiedział mi, co sądzisz o zainfekowanych.

Jego ukryte za okularami oczy przybrały wyraz ostrożności.

– W nocy mówił mi, że miałem rację.

– Bo miałeś.

Uśmiechnął się, ale zaraz spróbował spoważnieć, ponieważ tak naprawdę nie było z czego się weselić.

– Nie sądziłem, że to rzeczywiście może być prawda. – Przez chwilę siedział z triumfalną miną, ale później znowu sposępniał. – To jednak znaczy, że mamy duże kłopoty. Sprawa jest poważna, Cassie.

Wypowiedział moje imię w tak dojrzały sposób, że trudno było nie traktować go jak dorosłego.

– Zgadza się, Hank. Jest poważna.

Rozdział 31

Dottie przerwała Hankowi popisywanie się i opowiadanie o każdym szczególe, jaki kiedykolwiek przeczytał na temat zombie, żeby zabrać go wraz z Corrine do mycia. Nie miałam pojęcia, ile z tego wszystkiego jest prawdziwe, ale chyba nie szkodziło wiedzieć. Poza tym polubiłam tego malca.

Uporządkowałam obóz i zamierzałam właśnie wyciągnąć książkę, gdy pozostali wrócili znad strumienia. Zawołałam cicho do Penny i powiedziałam jej, że jedziemy.

– Gdzie jest Peter? – spytała.

– W namiocie. Odpoczywa.

Odpoczywał, chociaż w nocy nie siedział na warcie. Nelly spojrzał na mnie pytająco, a ja podniosłam bezradnie ręce.

Henry wyciągnął pistolet, który daliśmy mu na wszelki wypadek na noc, i teraz sprawdzał jego stan. Upewniliśmy się, że reszta broni jest załadowana i gotowa do strzału. Podałam Penny jeden z rewolwerów, a ona wzięła go niechętnie.

Hank wywołał mój uśmiech, udając, że zamierza się patykiem

na głowę. Próbowałam to ukryć, ale wyglądał tak zabawnie z wyrazem determinacji na dziecięcej twarzyczce, że chyba mi się to nie udało. Raczej nie powinnam go zachęcać do podobnych rzeczy, ale uznałam, że ogarniał sytuację. Raczej nie wyruszy do fikcyjnej krainy, którą obecnie zamieszkiwali Ana i Peter.

– Moment – powiedział James, gdy się podnosiliśmy. Wyglądał, jakby zmagał się sam ze sobą. – Zostaję. Penny i Dottie są tu z dziećmi. Poczuję się swobodniej, jeśli nie będą same.

– Wydawało mi się, że wasz przyjaciel Peter tu jest – rzekł Henry.

– Tak. Mnie również – odparł James.

Również pomyślałam, by zostać, ale chciałam jechać. Nie cierpiałam czekać na złe wieści, które mogły pojawić się w każdej chwili.

Droga biegła licznymi zakrętami przez park, by wreszcie wypluć nas na dwupasmówkę, wzdłuż której znajdowały się pola i nieliczne rozrzucone domy. Po kilku kilometrach zabudowa stała się bardziej zwarta, choć nie było widać żadnych ludzi.

– Jeszcze kilkaset metrów – poinformował Henry.

Szyld głosił „Zapasy u Sama" i wyglądało na to, że tenże Sam mieszkał za sklepem, w domu pokrytym łuszczącą się niebieską farbą. Nasze stopy zaskrzypiały na drewnianych stopniach ganku. Gdy zajrzeliśmy do ciemnego wnętrza przez okno, ujrzeliśmy zakurzony szklany kontuar, a na nim noże i inne przedmioty. Torby i ubrania zwisały z haków na suficie i ścianach.

Nelly zapukał do drzwi.

– Halo? Jest tam kto?

W mroku pojawiła się sylwetka. Nelly i Henry odsunęli się od otwierających się drzwi. Pękaty mężczyzna po czterdziestce, ubrany w dżinsy i koszulkę Smith & Wesson, popatrzył na nas podejrzliwie. Jego brązowe włosy były przetykane siwizną, a dolną połowę twarzy i szyję pokrywała tygodniowa na oko szczecina.

– Tak? Nie jesteście glinami – bardziej stwierdził, niż zapytał, wpatrując się w suva z napisem „Parkway Police".

– Nie jesteśmy – odparł Nelly. – Chcieliśmy kupić trochę zapasów. Zrobiliśmy sobie kemping w pobliżu.

– To nie sezon kempingowy.

– No tak. Opuściliśmy miasto i próbujemy dostać się dalej na północ. Ale potrzebujemy paru rzeczy.

– Skąd? – Spojrzeliśmy na niego tępo. Westchnął i spróbował znowu, jakby przywykł, że cały czas musi mieć do czynienia z ludźmi równie głupimi jak my. – Jakie miasto opuściliście?

– Och. Nowy Jork. Brooklyn – wyjaśnił Nelly.

Mężczyzna przemknął po nas wzrokiem i otworzył szerzej drzwi.

– Wchodźcie. Tylko gotówka.

W środku pachniało kurzem i starymi ubraniami. Na półkach piętrzyły się pudełka. Będziemy potrzebowali pomocy tego człowieka, żeby cokolwiek tu znaleźć.

– Czego wam trzeba?

Najwyraźniej w jego przypadku sprawdzała się zasada, że im mniej słów, tym lepiej, zaczęłam więc odczytywać naszą listę:

– Śpiwór, paliwo do kuchenki, syfon, lampa.

Przeszedł za ladę i wyciągnął butelki z paliwem oraz lampę. Po kilku opryskliwych pytaniach wybrał śpiwór dla nas i plecaki dla Henry'ego. Po kolejnej minucie Nelly poruszył kwestię broni.

– Ma pan jakieś maczety? – zapytał.

Mężczyzna zignorował go i znów nachylił się pod ladę. Nelly

spojrzał na mnie i wzruszył ramionami. Drzwi prowadzące na zaplecze, do części domowej, były uchylone i wydawało mi się, że usłyszałam w radiu coś znajomego. Podszedłem bliżej sprzedawcy grzebiącego pod kontuarem. Miałam nadzieję, że się nie mylę.

– Czy to Radio Prepper? – zapytałam.

Podniósł się i popatrzył na nas wszystkich po kolei, ale w końcu uznał, że to ja musiałam wypowiedzieć te słowa.

– Tak. Znacie tę rozgłośnię? – spytał z powątpiewaniem.

– Oczywiście. Mój tata był prepperem. – Facet uniósł brew. – Właśnie tam jedziemy. Do jego chaty.

– Jak wydostaliście się z Nowego Jorku?

– Dostaliśmy informacje o burzeniu mostów i uznaliśmy, że pora się ewakuować.

Skinął głową. Widziałam, że spodobało mu się określenie „ewakuować".

– Co to za dom?

Zdecydowałam się na zwięzłą wersję:

– To drewniana chata na ośmiu hektarach ziemi z ogrodzonym obszarem prawie pół hektara. Roczne zapasy żywności dla czterech dorosłych osób. Budynki gospodarcze, grawitacyjna instalacja wodna, parę solarów. Przy drodze gruntowej. Jesteśmy jedynym domem w okolicy.

– Jak przechowywana jest żywność?

Sprawdzał mnie, ale znałam odpowiedź.

– Pochłaniacze tlenu i hermetyczne wieczka. Przynajmniej w przypadku rzeczy domowej produkcji – wyjaśniłam, jakby to było jedyne wyjście.

Wyglądał, jakbym zrobiła na nim wrażenie.

– Niezły system. – Mężczyzna nie był szczególnie przyjazny,

ale przynajmniej nie patrzy już na nas tak, jakbyśmy przylecieli z kosmosu.

– Naprawdę jest niezły.

Ogarnęła mnie taka tęsknota za tamtym miejscem, za swojskimi woniami, za dotykiem wszystkich znajomych rzeczy, że niemal się zachwiałam.

– Chyba pani tata wie, co robi.

– Wiedział. Zmarł kilka lat temu. – Wciąż nie cierpiałam tego mówić.

– Przykro mi – rzekł. Chyba rzeczywiście żałował, że inny prepper opuścił ten padół. Oparł dłonie na kontuarze i nachylił się do nas konspiracyjnie. – To czego jeszcze potrzebujecie?

Zostaliśmy zaakceptowani.

* * *

Dziesięć minut później na kontuarze leżały maczety, a mężczyzna, który, jak już wiedzieliśmy, miał na imię Greg, nie Sam, opowiadał nam o okolicy.

– Chyba ustawiają jakąś blokadę. Dziś wieczorem ma być spotkanie. – Machnął odbitą na ksero ulotką. – Jest tu coś o alokacji zasobów. Czyli zawoalowany sposób na powiedzenie, że zabiorą mi wszystko ze sklepu. Sam ewakuuję się wieczorem w czasie tego spotkania. Mam dobrze zaopatrzone miejsce na wzgórzach. Nie tak fajne jak wasze, ale wystarczy. – Wzruszył oklapniętymi ramionami. – Nie zabiorę dużo z tych rzeczy, więc chętnie wam je sprzedam. Ci ludzie całymi latami naśmiewali się, że jestem prepperem. Mam nawet jednego gościa na tyle głupiego, że przyjmie gotówkę za kilka rzeczy, gdy będę się zmywał. Nie macie złota, prawda?

Pokręciłam głową.

– Jeżeli mamy, to tylko w chacie.

Ale nie było tam żadnego złota. Tatę bardziej interesowała produkcja energii i żywności niż pieniądze. Miałam wrażenie, że wkrótce złoto stanie się równie bezwartościowe jak kamienie. Nie da się z niego zrobić gulaszu.

– Jak już mówiłem, mam tu gościa, który wciąż sądzi, że gotówka jest dobra.

– Tak naprawdę potrzebujemy więcej żywności – rzekł Nelly. – Nie wiemy, ile minie, zanim tam dotrzemy. Ma pan jakiś pomysł, gdzie moglibyśmy ją zdobyć?

Greg popatrzył najpierw na sufit, a później na mnie.

– Przeparkujcie samochód na tył. Lepiej, żeby ludzie was tu nie widzieli.

Nelly wykonał polecenie i wrócił szybko. Greg zamknął przednie drzwi na zamek i skierował się do części mieszkalnej.

– No to chodźcie – powiedział. Miałam wrażenie, że nie miał zbyt wielu kontaktów z ludźmi. Zamknął za nami drzwi wewnętrzne i otworzył kolejne znajdujące się w kuchni. – Piwnica.

Schody były zakurzone, ale okazało się, że na dole jest zaskakująco schludnie. Pod ścianami stały pudła i pięciogalonowe wiadra. Na biurku w rogu stało radio krótkofalowe.

– Zatem żywność. Chyba mam tu co nieco. Odpowiadają wam MRE? Zostało mi trochę.

Zdjął ze sterty jedno pudełko i postawił je na podłodze. Zdałam sobie sprawę, że wszystkie kartony zawierają to samo, i roześmiałam się. Musiały tu być setki pakietów.

– MRE? – zapytał Henry.

– Racje żywnościowe – odpowiedziałam. – Wydaje się je żołnierzom sił zbrojnych. W środku znajdują się nawet pakiety podgrzewające.

– Pani tata dobrze się spisał – skomentował Greg. Machinalnie podrapał się po tej części brzucha, która wystawała mu pomiędzy dżinsami a koszulką, i zmierzył mnie wzrokiem. Uśmiechnęłam się do niego. – No dobra, mam jajecznicę, mieloną wołowinę, strogonowa, tortellini, kurczaka. W sumie mogę wypuścić sześć kartonów. Powinno wystarczyć wam na całą drogę. Resztę chyba zdołam wywieźć. Nie zostawię nawet okruszka tym sępom z miasteczka.

Twarz mu spochmurniała. Zdawałam sobie sprawę, że Greg jest chyba nieźle zwariowany, ale potrafiłam się nad nim ulitować. Ludzie, którzy latami uważali go za czubka, teraz pewnie postrzegali go jako osobisty sklep. Z drugiej strony liczyła się też ludzka współpraca. Wkładaliśmy wybrane dania do pudeł, które odstawiał na bok. Za każdym razem, gdy rzucałam jakąś uwagę, potakiwał, jakbym właśnie wyjaśniła mu sens życia. Dorzucił nawet trochę liofilizowanego jedzenia.

– Na koszt firmy – oznajmił. – Rozliczymy się na górze.

Nelly i Henry wzięli po dwa pudła i zamierzałam zrobić to samo. Greg pokręcił głową i odebrał mi pakunki.

– Dama nie powinna nosić ciężarów, jeśli obok jest ktoś, kto może to zrobić za nią.

Greg ruszył po schodach, postękując. Nelly poszedł za nim, ale wcześniej obejrzał się i rzucił mi spojrzenie pytające, czy jestem zainteresowana, na co popatrzyłam na niego tak, jakbym umiała ciskać z oczu sztyletami. W kuchni Greg podał uczciwą cenę i przekazaliśmy mu gotówkę. Załadowaliśmy suva tak, że ledwo zostało mi na tylnej kanapie miejsce, żeby się tam wcisnąć.

– Wielkie dzięki, Greg – rzekłam. – Jesteśmy naprawdę wdzięczni. Ocaliłeś nam życie.

Zarumienił się.

– Cóż, jeśli to wam pomoże, opisałem tu wam boczną drogę, żebyście mogli wydostać się z lasów, nie wpadając na miasteczko.

Zanotował wskazówki na odwrocie ulotki mówiącej o spotkaniu mieszkańców. Nelly i Henry uścisnęli mu dłoń i podziękowali. W czasie gdy Nelly czekał na mnie od strony kierowcy, Greg podał mi ulotkę wraz z drugim kawałkiem papieru.

– A tu napisałem, gdzie będę. W razie gdyby z nimi nie wyszło. – Przemknął spojrzeniem na samochód.

– Och. Dzięki. – Spróbowałam się uśmiechnąć. Zawsze trafiałam na dziwaków.

– Nie mam dość, by wziąć do siebie innych ludzi. Ale na dwie osoby już by wystarczyło. Jeśli będziesz mnie potrzebowała, wiesz, gdzie mnie szukać. – Uśmiechnął się. Wyglądało to dziwnie na jego twarzy i teraz widziałam, jak samotny musiał się czuć. Był dla nas naprawdę uczynny, nie chciałam więc zranić jego uczuć.

– Dzięki, Greg. Jestem bardzo wdzięczna. Zachowam to o, tutaj. – Wsunęłam kartkę do kiszeni, w której trzymałam pierścionek, i poklepałam ją. – Bez problemu znajdę, gdy będę potrzebowała. – Wyciągnęłam do niego rękę, a on ujął ją w obie dłonie.

– Było mi bardzo miło cię poznać, Cassie. – Nie puszczał.

Oswobodziłam się i usilnie starałam się nie wyglądać tak, jakbym uciekała.

– Nawzajem, Greg.

– Masz jego numer? – spytał kpiąco Nelly, gdy ruszyliśmy w drogę.

– Mam jego adres – odparłam. – Chyba właśnie poprosił, żebym z nim zamieszkała. – Nelly uśmiechnął się szeroko.

Henry pokręcił głową.

– Ten facet był świrem – skomentował.

– Trochę tak – zgodziłam się. – Ale przyznajcie, kto jest przygotowany na to, co się dzieje, a kto nie?

– Prawda, a mimo to dostał szmergla – stwierdził Nelly.

– Moim zdaniem wydawał się samotny – powiedziałam.

Nie byłam pewna, dlaczego broniłam Grega, skoro czułam
ulgę, że oddalam się od niego w szybko jadącym samochodzie.
Może dlatego, że zrobił nam przysługę, pomagając nam, i odwza-
jemnianie się za to dowcipami uważałam za niemiłe. Był nieszko-
dliwy, nawet pomimo swojej awanturniczości.

– Cassie Forrest, przyjaciółka wszystkich możliwych samot-
ników i wariatów – rzekł Nelly. – Niemniej był bardzo szczodry.
Dobry wybór, Henry.

– Dzięki. Rzeczywiście nas ustawił. Wszystkie zakupy w jednym miejscu – odparł Henry. Zastukał palcami o drzwi i popatrzył na mnie. – No i nie zdobylibyśmy tego wszystkiego bez ciebie, Cassie. Skąd wiesz te wszystkie rzeczy?

– Moi rodzice byli preppersami. No wiesz, ludźmi, którzy
na wszelki wypadek gromadzą żywność i inne rzeczy? Nie tymi
szalonymi bojówkarzami, tylko domatorami. Choć mój tata też
był nieco ześwirowany. Podłapałam trochę przez lata.

– Taa – skomentował Nelly. – Podłapałaś ześwirowanie.

Z tylnego siedzenia pociągnęłam go za włosy.

– Wygląda na to, że twój tata był też naprawdę mądry – rzekł
Henry.

– Był.

Obserwowałam przemykający za szybą las i całym sercem żałowałam, że go tu nie ma.

Rozdział 32

Stoliki z obydwu stanowisk zostały połączone. Oznaczało to, że stanowiliśmy grupę. Podobało mi się to. Penny i James pomagali w rozładunku. Ana i Peter nie.

– Wow – skomentowała Penny. – Niezły łup.

– Jak poszło? – spytał James.

– Cóż, Cassie została poproszona o rękę i dostaliśmy mnóstwo żarcia – odparł Nelly. – Czyli generalnie całkiem nieźle.

Penny i James popatrzyli na mnie, ale tylko wzruszyłam ramionami i dalej rozładowywałam, słuchając, jak Nelly opowiada. Nieco podkręcał wydarzenia. Wkrótce okaże się, że Greg rzucił się przede mną na kolana. Było już popołudnie, skończyliśmy dzielić rzeczy i panował spokój. Przejrzałam zawartość plecaka, zmęczona słuchaniem radia, i wyjęłam książkę.

– No jasne, cała ty. Zabrałaś coś do czytania – stwierdził Nelly. Podniosłam stary egzemplarz *A Walk in the Woods* [3].

– W zasadzie to wzięłam dwie. Uznałam, że ta będzie pasować. I przyda mi się coś do śmiechu.

Rzuciłam Nelly'emu drugi tom i odczytał głośno tytuł:

– *Tom Brown's Field Guide to Wilderness Survival* [4].

– Też wydawała mi się pasować – rzekłam.

Henry zbierał wraz z dziećmi opał na ognisko, które planowaliśmy zrobić sobie wieczorem. Jak dotąd na kempingu nie było nikogo oprócz nas, a Washingtonowie mieli pianki marshmallows. Corrine i Hank wypadli z lasu, po czym zrzucili ładunek do paleniska. Chwilę później Henry poszedł w ich ślady i uśmiechnął się do Dottie.

– Co za hałas, dzieci moje – powiedziała. – Musimy nabrać zwyczaju cichego poruszania się. – Mówiła poważnym głosem, ale łagodziła efekt uśmiechem. Potaknęli.

Corrine włożyła do uszu słuchawki iPoda i jęknęła.

– Zdechł! Tata mówił, że nie mogę używać samochodu, żeby go ładować. Co teraz zrobię?

– Przeczytasz książkę? – podsunął Hank. Dziewczynka popatrzyła na niego tak, jakby właśnie kazał jej zjeść robala. – Och, no tak – rzucił ironicznie. – Jesteś za głupia, żeby czytać.

Corrine wywróciła oczyma.

– To ty jesteś głupi, Hank. Uważasz, że martwi ludzie potrafią chodzić.

– Bo potrafią! Miałem rację. Tata mi powiedział. Nie chcą, żebyś wiedziała, bo zachowujesz się jak dziecko i zaraz będzie „O mój Boże, tak bardzo się boję, uee ueee". – Chłopiec uśmiechnął się, gdy jego siostra z przestrachem obróciła głowę do ojca.

Henry zmierzył syna spojrzeniem, które mogłoby zabijać, i przykucnął przed córką.

– Corrie, kochanie, uważamy, że to może być prawda. Nie rozumiemy, dlaczego tak jest. To wirus, działa jak pasożyt. – W oczach małej wezbrały łzy i pokręciła głową. Henry wziął ją w ramiona i popatrzył jej prosto w oczy. – Wszystko jest tak samo, jak było wcześniej – rzekł spokojnym głosem. – Wiem, że teraz wydaje ci się to straszniejsze, ale sytuacja nie zmieniła się. I poradzimy sobie. Dopilnuję tego.

Dziewczyna przytuliła mocno tatę i załkała. Następnie uświadomiła sobie, że nie zachowuje się jak nastolatka, za którą chciała uchodzić, i puściła go. Starała się wyglądać na opanowaną, ale trzęsły jej się dłonie.

– Chyba możemy poświęcić trochę prądu z akumulatora, żeby naładować twojego iPoda – rzekła Dottie. Zaprowadziła Corrine do samochodu, obejmując ją ramieniem i mówiąc coś do niej łagodnie.

Rozdział 33

Penny rozcięła jeden z brązowych pakietów MRE i wysypała na stół mniejsze torebki oraz kartonowe opakowania. Podnosiła je po kolei i czytała:

– Siekana wołowina, pszenna przekąska chlebowa. – Obróciła niewielką kwadratową saszetkę z plastiku. – Jak oni tam wsadzili chleb? – Ciasto czekoladowe. O, spójrzcie! – Otworzyła torebkę zawierającą sztućce, serwetkę, zapałki i gumę do żucia, po czym wyciągnęła maleńką buteleczkę sosu Tabasco. – Czy to nie słodkie?

Miała rozmiar akurat pasujący do domku dla lalek i wszyscy się nią zachwycaliśmy. Rzeczywiście była słodka.

– Ooo, mogę zjeść coś takiego, mamo? – spytała Corrine.

Dot pokręciła głową.

– Najpierw musimy zjeść rzeczy, które się szybko psują. Ale jestem pewna, że nie minie długo, zanim będziesz już miała tego dosyć.

Corrine nadąsała się, ale Penny mrugnęła do niej i podała jej tabasco. Dziewczynka podziękowała i usiadła, z uśmiechem przyglądając się maleństwu na swojej dłoni.

– Nie są za dobre. Jadłam kilka z nich dawno temu – powiedziałam do Corrine. Mój tata kiedyś kupił kilka opakowań i w końcu pozwolił mnie i Erikowi je zjeść, po tym jak męczyliśmy go od wielu dni. – Poważnie.

Moje serowe tortellini smakowały jak danie z puszki, ale pachniały lepiej niż mięso. Kojarzyły mi się z karmą dla psów, choć James się temu sprzeciwiał. Wolałam nie wiedzieć, skąd miał taką pewność. Miło było jednak zjeść coś, czego przyrządzenie nie wymagało zużycia cennego paliwa do kuchenki. Wystarczyło wlać wodę do saszetki i wrzucić do środka torebkę, która podgrzewała się w wyniku zachodzącej reakcji chemicznej.

– Obrzydliwe. – Ana wydała nieprzyjemny odgłos i odsunęła swoje danie. – Nie zjem tego.

– Część nie jest nawet taka zła – powiedziała Penny. Wsunęła dłoń do pakietu MRE Any i wyciągnęła czekoladowy baton energetyczny oraz mus jabłkowy.

Ana wytrąciła jej z ręki przedmioty, które upadły na stół.

– Powiedziałam, że nie będę tego jadła!

Wstała i ruszyła w kierunku toalety, a Penny mruknęła coś do jej pleców. Wszyscy śledziliśmy ją wzrokiem, z wyjątkiem Petera, który zjadł jeszcze kilka kęsów i również odsunął jedzenie od siebie.

– Trudno powiedzieć, bym ją winił – rzekł, po czym podniósł się, zostawiając wszystko, by ktoś inny po nim posprzątał.

* * *

Zabrałam dzieci na poszukiwanie w lesie otaczającym nasze stanowiska idealnych patyków do pieczenia pianek.

– Muszą być zielone, żeby się nie spaliły. I cienkie. Gdy wrócimy, zaostrzę je nożem – powiedziałam, gdy rozglądaliśmy się po ziemi i drzewach.

Wyglądało na to, że się pogodzili. Pamiętałam, jak nieprzyjemni Erik i ja potrafiliśmy być dla siebie, by pół godziny później bawić się tak, jakby nic się nie stało. Na myśl o Eriku zamilkłam.

– W porządku, Cassie? – spytała Corrine.

– Tak. – Te jej śliczne oczy były równie czujne jak u Hanka. – Myślałam o moim młodszym bracie. Mam nadzieję, że nic mu się nie stało. Spotkamy się tam, dokąd jedziemy.

Dziewczynka wskazała palcem w dal.

– Jest gdzieś tam?

– Tak – odparłam, a ona zrobiła zmartwioną minę. – Na pewno nic mu nie jest. Jest naprawdę świetny we wszystkim. Znajdzie mnie.

Potaknęła, jakby się nie przejmowała, ale gdy wracaliśmy do obozu, na chwilę wzięła Hanka za rękę, a on jej pozwolił. Ostrugałam im patyki przy płonącym wesoło ognisku. Nabili na nie pianki, by je podpiec. Cieszyliśmy się ciepłem podczas zachodzącego słońca, zlizując z palców kleistą słodycz. Żałowałam, że ognisko nie może się palić całą noc.

Nelly i ja wzięliśmy pierwszą wartę.

– Może to oni powinni dzielić namiot – powiedziałam o Peterze i Anie. – Peter musi zacząć zachowywać się jak człowiek. Nie wiem, co robić.

– Tak poważnie – odrzekł Nelly – to zamierzam wziąć go na bok i pogadać jak facet z facetem.

– Chyba jak facet z rozpuszczonym bachorem.

Moja sympatia do byłego chłopaka gasła w zastraszającym tempie. Wiedziałam, że mogłam znaleźć lepszy sposób na zakończenie naszego związku, ale przynajmniej się starałam. Każdy uśmiech, który do niego kierowałam, spotykał się z chłodnym spojrzeniem, każde moje słowo albo ignorował, albo wywracał oczyma. Coraz bardziej mnie to złościło. Miał trzydzieści lat, nie trzy.

– Tak zrobię – zgodził się Nelly. – Powinien coś od siebie dokładać, choćby dla własnego bezpieczeństwa.

Czułam się już trochę lepiej, gdy obudziliśmy Jamesa i Penny, a potem wcisnęliśmy się do śpiwora. Dysponowaliśmy od dziś jednym dodatkowym, ale zostawiłam go na zewnątrz dla osoby znajdującej się na warcie. W sumie to polubiłam spanie z Nellym. Nie chciałam tkwić zmarznięta i samotna w śpiworze. Miałam coraz silniejsze wrażenie, że Nelly uważał podobnie, nawet jeśli nigdy się do tego nie przyzna.

Rozdział 34

– Co jest takie zabawne? – zapytał Nelly.

– Hmm? – odparłam, rozgrzana w przytulnym śpiworze. Ścianki namiotu jaśniały na niebiesko od porannego światła. W końcu czułam się wypoczęta, pomimo tego, że przez całą noc kamień wbijał mi się w żebra. Znowu miałam ten sam sen o Adrianie.

– Śmiałaś się przez sen.

Uśmiechnęłam się, wciąż zaspana.

– Śniłam o Adrianie. W taki sam sposób, jak w zeszłym tygodniu. Byliśmy w domu. – Coś szturchnęło mnie w bok i odsunęłam się od kamienia. – Tęsknię za nim. Gdybym tylko wiedziała, że nic mu nie jest, bym... auć!

Tym razem Nelly wytrącił mnie z letargu w samą porę, bym usłyszała, jak Peter rozpina namiot i gniewnie wypada na zewnątrz.

– Cholera – powiedziałam. – Cholera. Cholera. – Wcisnęłam się Nelly'emu pod pachę w śpiworze. – Słyszał mnie? – Wiedziałam, że musiał słyszeć, ale miałam nadzieję, że jakimś cudem jednak nie.

– Każde słowo.

Po Nellym można było oczekiwać, że przedstawi prawdę bez ogródek. Czasami wolałabym, żeby po prostu skłamał. Zakopałam się głębiej, ale odpędził mnie zapach.

– Nelly, śmierdzi ci spod pachy.

– Ty też niekoniecznie pachniesz różami.

Pociągnęłam nosem i jęknęłam. Miał rację. Oparłam policzek na dłoni i westchnęłam. Pokręcił głową.

– Co powinnam zrobić? Mam mu coś powiedzieć? – spytałam go. Był dobry w takich rzeczach.

Wzruszył ramionami.

– Nie mam pojęcia, Cass. To jeden z tych przypadków, kiedy chyba lepiej jest nic nie mówić. Zresztą co byś powiedziała? Przepraszam, że miałam sen o byłym narzeczonym? Mogłabyś tylko pogorszyć sprawę.

– Nie pomagasz, Nels.

Wsunęłam głowę z powrotem do śpiwora, nie przejmując się zapachem. Kula ciążąca mi na żołądku stała się cięższa. Żałowałam, że nie trzymałam gęby na kłódkę. Wiedziałam, że gdybym sama znalazła się na miejscu Petera, poczułabym się skrzywdzona. Do tego było mi głupio, że mnie słyszał. Właśnie podałam mu na tacy wszystkie uczucia, które przez dwa lata trzymałam dla siebie. Skrzywiłam się w duchu. Najchętniej kryłabym się tu w namiocie przez cały dzień, ale naprawdę musiałam się wysikać, więc równie dobrze mogłam chwycić byka za rogi.

Nelly uśmiechnął się do mnie z sympatią, gdy wychodziłam. Kiedy wróciłam z łazienki, podeszłam do Petera, który mył zęby przy pojemnikach z wodą. Wyciągnąłem szczoteczkę i przetrząsałam mózg w poszukiwaniu czegoś do powiedzenia. W końcu zdecydowałam się na rozwiązanie proste lecz szczere.

– Naprawdę przepraszam, Peter. Ja...

Wiedziałam, że mnie usłyszał, ponieważ spojrzał na mnie. Wypluł gniewnie pastę, wytarł sobie usta i odszedł. Miałam wrażenie, jakbym nie robiła nic poza przepraszaniem go. Czułam się paskudnie. I zastanawiałam się, czy jestem okropną osobą, ponieważ wyglądało na to, że zawsze, zawsze potrafiłam wszystko spieprzyć.

Rozdział 35

– Nie jesteś okropną osobą i nie zawsze wszystko pieprzysz – powiedziała Penny, gdy nabierałyśmy wody nad strumieniem.

– Prawo nakazuje ci tak mówić jako mojej przyjaciółce.

– Nieprawda. – Bosymi stopami rozchlapywała lekko wodę. – Moim obowiązkiem jako twojej przyjaciółki jest mówić ci, gdy zachowujesz się jak zołza, a teraz tego nie robisz. Nie możesz nic poradzić na to, co czujesz. To znaczy owszem, on niekoniecznie musiał słuchać o twoim śnie. Tyle że już wcześniej zachowywał się jak dupek. I tak zamierzałaś z nim zerwać. Nie może oczekiwać, że z powodu całej tej sytuacji zostaniesz z nim, skoro tego nie chcesz.

Zdjęłam skarpetki i zanurzyłam stopy w wodzie. Po tym, jak porządnie się obwąchałam, poczułam się jeszcze brudniejsza niż wcześniej.

– Chyba tak. Po prostu nie cierpię, gdy między mną a kimś pojawiają się kwasy, zwłaszcza jeśli to ja do nich doprowadziłam. Chciałabym umieć polepszyć sytuację. Albo przestać się przejmować. Boże, ta woda jest lodowata! Przyniosłam mydło, żeby się umyć, ale chyba mi się nie uda.

– Może powinnaś po prostu pozwolić, żeby sam to sobie poukładał, Cass. Przez jakiś czas bądź milsza. W sensie, to chyba możliwe, by Peter nagle stał się normalny, racja?

– Ha, nie bardzo. Ale ja będę miła. – Złożyłam w dłonie w modlitewnym geście. – Będę jak matka Teresa.

Penny roześmiała się i chwyciła mydło.

– A ja to zrobię. Umyję to śmierdzące ciało. Chodź ze mną. Potrzebuję wsparcia moralnego.

Postradała zmysły. Powietrze było ledwo ciepławe, ale woda zdawała się jak świeżo roztopiony śnieg, a ja przy zimnej wodzie zachowywałam się jak wielkie dziecko.

– Przecież zaraz się wytrzesz. Będzie ci miło i ciepło. Proszę? – przymilała się. – Będę twoją najlepszą przyjaciółką. Aż do końca świata.

Upewniła się, czy nikt nie patrzy, i ściągnęła koszulkę.

– Masz dla kogo pachnieć. To dlatego nie przejmujesz się, że jest poniżej zera!

– Taa, jasne. – Wzruszyła ramionami i uśmiechnęła się. – Proszę?

Zwykle udawało jej się przekonać mnie do różnych rzeczy, gdy błagała, i dobrze o tym wiedziała. Ustąpiłam, bo w końcu chodziło tylko o zimną wodę, a ja byłam wdzięczna, że dzięki Penny poczułam się trochę lepiej.

– Dobra, zrobię to. Ale tylko dlatego, że cię kocham.

Rozebrałam się. Nogi mi drętwiały, gdy ostrożnie schodziłam po kamieniach do niewielkiego rozlewiska. Penny zanurzyła się całkowicie i wynurzyła się z okrzykiem:

– No chodź, woda jest przyjemna!

Pokręciłam głową.

– Aż tak cię nie kocham.

Opryskałam się odrobiną wody, żeby spłukać mydło, i pobiegłam po ręcznik. Być może było ciepło, ale trudno mi to było stwierdzić, skoro straciłam czucie. Wytarłam się pobieżnie. Penny namydliła się cała i nawet umyła włosy. Musiała być zakochana. Położyłam ręcznik na nasłonecznionym głazie i wcisnęłam wilgotne ciało z powrotem w brudne ubranie.

Penny podeszła do mnie owinięta w ręcznik, oddychając ciężko.

– Hu! Miłe uczucie.

– Jesteś obłąkana.

Musiałam jednak przyznać, że teraz, gdy się już rozgrzewałam, dobrze było czuć się czystą. W czasie, gdy Penny ubierała się, nucąc pod nosem, ja nabrałam wody do pojemników. O Boże, ależ ją kochałam. Była niczym antyteza Any. Anty-Ana.

Rozdział 36

Zmieniłam koszulkę i podsunęłam Nelly'emu czystą pachę pod nos. Odpowiedział jakaś uwagą, jaka to jestem dojrzała, jednak nie przejęłam się. Rzuciłam Peterowi nieśmiały uśmiech, który zignorował. W porządku. Zamierzałam uśmiechać się do niego, dopóki nie popękają mi policzki.

– ...nic na bieżąco – mruknął Henry.

– Co takiego? – spytał James, siedzący pod drzewem z iPadem i głową spowitą papierosowym dymem. Podładowaliśmy tablet w aucie, jadąc do „Zapasów Sama", jednak oczywiście nie było tu sieci. Może zresztą nie było jej już nigdzie. Penny siedziała przy stole obok Any, rozczesując mokre włosy.

Henry podniósł wyżej małe radio i dalej pomrukiwał do siebie, na naszych oczach obracając pokrętło.

– Nie są dziś nadawane żadne serwisy informacyjne. Tylko nagrania, tylko że teraz zamiast centrów leczenia wymieniają coś, co nazywają Bezpiecznymi Strefami.

– Hej, sierżant Grafton z Jersey mówił coś o tym, że ma dojść do takiej zmiany – powiedziałam.

James podniósł brwi.

– Taa, poszło naprawdę dobrze – skomentował.

– Nie ma nic na falach ultrakrótkich – poinformował Henry. – Może bym coś znalazł, gdybyśmy mieli radio na fale krótkie, ale tu próbuję od rana i nie usłyszałem jeszcze nic nowego.

Podał odbiornik Jamesowi i obserwował, jak ten kręci gałką i głową. Spróbowali też z radiostacją policyjna w radiowozie, ale milczała jak grób.

– Może padła sieć elektryczna. Nie da się nadawać bez prądu – podsunęła Penny.

Henry podrapał się po brodzie.

– Jeśli w ogóle nie ma energii, to sytuacja jest gorsza, niż sądziłem.

– Cóż, nie byłabym zaskoczona – odparła Penny. – Ludzie albo panikują i wyjeżdżają, albo panikują i zostają w domu. Jak myślicie, ile osób chodzi do pracy?

– Kiedyś czytałem, że przeciętna elektrownia pozbawiona dozoru może zapewniać energię od dwunastu do dwudziestu czterech godzin. Później systemy zaczynają się same wyłączać – rzekł James, jak zawsze stanowiący skarbnicę informacji.

– Brak prądu oznacza brak wody i psującą się żywność – powiedział Henry. – Czyli głodnych ludzi. Ile trzeba, by skończyły się zapasy w sklepach? Głodny człowiek jest zdolny do wszystkiego. Bez wahania zabija za żywność, zabiera...

– Małe kubki mają duże uszy – wtrąciła się Dottie, przerywając mężowi.

Obróciliśmy się w kierunku dzieci siedzących na ziemi. Przeglądały moją książkę o przetrwaniu w dziczy, ale teraz patrzyły na nas i tom leżał zapomniany na kolanach Henry'ego. Corrine powstrzymywała łzy.

– Tatusiu? – odezwała się głosem małej dziewczynki. – Podoba mi się tutaj. Możemy zostać tu, gdzie jest bezpiecznie?

Henry usiadł na ławce i przywołał ich gestem. Zmarszczki na jego twarzy wydawały się głębsze. Niewątpliwie żałował, że nie może cofnąć poprzednich słów. Jeśli oceniać po ich minach, Corrine i Hank równie dobrze mogliby być niemowlakami, zwłaszcza jeśli wziąć pod uwagę smugi pozostawione przez łzy na brudnych policzkach dziewczynki.

– Ja też czuję się tutaj bezpiecznie, słonko. Ale musimy wkrótce wyjechać. Przypuszczam, że pojawi się tu więcej ludzi, również szukających schronienia. I niektórzy z nich mogą zapragnąć tego, co mamy.

– Ale spotkaliśmy Penny, Cassie i resztę. Wszyscy są mili – argumentowała Corrine.

Henry uśmiechnął się.

– Ale mieliśmy szczęście, co? I na pewno mnóstwo innych osób też jest miłych. Ale nie możemy ryzykować. Muszę chronić ciebie, mamę i Hanka. Ważne, żebyśmy znaleźli się w jakimś bezpieczniejszym miejscu.

– Boję się, tatusiu.

Henry przytulił ją jedną ręką i zamknął oczy.

– Wszyscy się boimy, kochanie. Odwaga nie oznacza, że się nie boisz, tylko że robisz to, co trzeba zrobić.

Hank oparł się o ojca.

– Ja też się boję, Corr – rzekł. – Ale mogę nauczyć cię, co wiem o zombie i o walce z nimi. Musisz atakować głowę, bo mózg...

Nie sądziłam, że szczegółowy opis nieumarłych tu pomoże, postanowiłam więc się wtrącić:

– Słuchajcie, widziałam, że przeglądacie moją książkę. Widzieliście ten rozdział o chodzeniu cicho po lesie i tropieniu zwierząt? – Potaknęli. – Może poćwiczycie coś takiego? To przydatna umiejętność. A ja właśnie sobie przypomniałam, że mam w plecaku coś, co chciałabym wam pokazać. Prawdziwe narzędzie surwiwalisty.

Henry skinął głową, zgadzając się, Poszli po książkę i zaczęli czytać sobie nawzajem fragmenty, chodząc ostrożnie po lesie i z każdym krokiem obracając stopy. Gdy wyszłam z namiotu, natknęłam się na Henry'ego.

– Dzięki – powiedział. – Nie chciałem krzyczeć na Hanka, bo próbował pomóc. Ale ostatnią rzeczą, jakiej Corrie potrzebuje, jest precyzyjny sposób ich zabijania. Musimy jednak porozmawiać o wyjeździe. Może gdy już skończysz z dziećmi? – Wskazał długą sakwę, którą trzymałam. – Co to w ogóle jest?

– Chodź, to sam zobaczysz. Będzie fajnie.

Zapomniałam już, że wrzuciłam ten przedmiot na dno plecaka. Wiedziałam, że to głupie, że zajmie cenną przestrzeń, ale nie potrafiłam go zostawić. Przyklęknęłam na skraju obozowiska i dłonią oczyściłam fragment ziemi. Następnie wyjęłam z woreczka spiczasty kołek, kwadratową drewnianą kostkę, kamień i coś, co wyglądało jak maleńki łuk. Corrine i Hank przycupnęli naprzeciwko mnie.

– Wygląda jak mały łuk – zauważyła dziewczynka. – Do czego służy?

– Masz rację, to rzeczywiście jest mały łuk. Mówi się w ogóle na to łuk ogniowy. Służy do rozpalania ognia, gdy nie masz zapałek. Tylko naprawdę, naprawdę zatwardziali surwiwaliści potrafią rozpalać ogień bez zapalniczki – poinformowałam ich, starając się robić jak najpoważniejszą minę.

Hank otworzył szeroko oczy za okularami.

– A ty potrafisz? – spytał.

– Oczywiście! – odparłam z udawanym przestrachem. – To mój własny łuk ogniowy. Dostałam go od mojego taty, który był najbardziej zatwardziałym surwiwalistą, jakiego znałam. Pewnego lata mieszkaliśmy nawet przez miesiąc w lesie w szałasie, który sam zbudował. Tak dla zabawy.

Dzieci niemal się nie zachłysnęły i popatrzyły na mnie, jakby sprawdzając, czy żartuję, a gdy ujrzały, że nie, wyglądały tak, jakbym zrobiła na nich wrażenie. Rzeczywiście mieszkaliśmy w szałasie, ale na pewno nie byłam taką doświadczoną surwiwalistką, jak udawałam. Tata zresztą też nie, ale znał parę sztuczek. Pokazałam im elementy.

– Ten patyk to świder. Należy owinąć wokół niego cięciwę łuku. Następnie wkłada się czubek w kawałek drewna.

Trzymałam łuk prawą dłonią. Świder spoczywał na kostce drewna na ziemi. Obróciłam kamień, by pokazać im okrągłe wgłębienie pod spodem.

– Trzeba trzymać łuk w taki sposób, a drugą dłonią umieszcza się kamień na końcu świdra. Nie można naciskać za mocno, inaczej świder nie będzie się obracał, gdy ruszycie cięciwą.

Zaczęłam przesuwać łukiem z boku na bok. Sznurek owinięty wokół świdra napiął się i obracał kołkiem, najpierw w jedną stronę, potem w drogą. Kontynuowałam tę czynność przez kilka minut, dopóki w miejscu styku świdra z drewnianą kostką nie pojawiły się smużki dymu.

– To tarcie! – zawołał Hank.

– Dzięki, kapitanie oczywisty – skomentowała Corrine, której poprawił się humor. Brat szturchnął ją łokciem, ale oboje śmiali się, podekscytowani nieznaną zabawką.

– No dobra – rzekłam. – Żeby naprawdę rozpalić ogień, potrzebujemy podpałki. Czyli skrawków kory, liści albo czegoś bardzo suchego. Mam tu coś.

Pokazałam im małą kulkę kłaczków i położyłam ją u podstawy świdra. Znów weszłam w rytm. Gdy dym ponownie się pojawił, dzieci pokazały go palcami, a ja potaknęłam i kręciłam dalej, dopóki nie przekonałam się, że mam żar. Podniosłam świder i rzeczywiście, kawałek drewna żarzył się lekko.

– To żar – wyjaśniłam. – Przyłożyłam go do podpałki. – Musicie to robić bardzo ostrożnie, inaczej trzeba będzie zaczynać od nowa. – Podniosłam podpałkę i dmuchałam na nią delikatnie, aż zaczęła dymić. – Teraz trzeba stosować coraz większą podpałkę i drewno, jeśli chcecie naprawdę rozpalić ognisko. Ale generalną zasadę już znacie. – Usłyszałam klaskanie i gdy podniosłam wzrok, okazało się, że zyskałam widownię. Ukłoniłam się lekko na kolanach.

– Co jeszcze masz w tym swoim plecaku? – zapytał Nelly. – Książki, łuki ogniowe, jeszcze coś dziwnego?

– Wszystkie ciężkie rzeczy włożyłam do ciebie, żeby mieć miejsce. – Uśmiechnął się.

– No, no, jestem pod wrażeniem – powiedział James. – Też chcę się tego nauczyć.

– Taa, bo przecież na świecie nie ma żadnych zapalniczek ani zapałek – prychnęła Ana. Peter parsknął.

Uśmiechnęłam się do niej szeroko, jak mogłaby to zrobić matka Teresa.

– Sztuka przetrwania nie jest dla wszystkich – oznajmiłam przesadnie słodkim głosem, innym, niż użyłaby matka Teresa. Obróciłam się do dzieci. – Pewnie nie możecie się doczekać, by tego użyć, prawda?

Potaknęli ochoczo i sięgnęli po narzędzia. Dawałam im wskazówki, dopóki nie nauczyli się trzymać odpowiednio wszystkich elementów. Uzyskanie żaru było trudniejsze. Sama ćwiczyłam to w dzieciństwie godzinami.

Usiadłam w nasłonecznionym miejscu przy stole piknikowym. Nelly przysiadł na blacie, a Henry przechadzał się przy drugim końcu. Ana spoczęła obok Penny i oparła podbródek na dłoniach.

Musnęłam przez stół rękę Any. Wiedziałam, że się bała. Ja również się bałam, ale chyba potrafiłam to lepiej ukrywać albo ignorować. Pewnie powinnam z większą wyrozumiałością podchodzić do jej uczuć. Nie było to proste, ponieważ swoim ogólnym sposobem bycia nie wzbudzała szczególnej sympatii. Popatrzyła na mnie tak, jakby była zła, ale nie miałam pojęcia dlaczego.

– Ana Banana – wyszeptałam. – Mogę coś dla ciebie zrobić?

Zmrużyła oczy.

– Możesz przestać być taką suką.

Cofnęłam się, jakby mnie spoliczkowała. Siedziałam z otwartymi ustami, próbując dojść, co jej takiego zrobiłam. No pewnie, irytowały mnie jej komentarze, ale to żadna nowość. Ana wszystkich irytowała i nie wydawało się to robić na niej wrażenia. Zamierzałam już odpowiedzieć, gdy odezwał się Henry:

– Dot i ja uważamy, że powinniśmy wyjechać jutro. Obawiam się, że możemy tu utknąć, jeśli będziemy dłużej zwlekać. Chyba lepiej ruszyć w drogę, zanim pojawi się zbyt wielu zainfekowanych albo zdesperowanych ludzi szukających żywności.

Wciąż dochodziłam do siebie po słowach Any i potrzebowałam chwili, by przetworzyć to, co właśnie powiedział. Spędziliśmy wspólnie tylko kilka dni, ale zasmuciłam się na myśl, że mielibyśmy się rozstać.

– Tak się zastanawiałam i jeszcze nie omawiałam tego z nikim innym – rozejrzałam się wokół stołu – ale może powinniśmy trzymać się razem. W chacie jest miejsce i mnóstwo żywności. Kierujecie się w nieznane. Być może nie uda wam się zdobyć jedzenia na kilka miesięcy lub na zimę. Możecie udać się z nami.

Wszyscy potaknęli, z wyjątkiem Any, która wciąż mierzyła mnie wzrokiem. Peter westchnął głośno. Naprawdę nie obchodziła mnie jego opinia, więc mógł się wypchać.

– Nie możemy – odparła Dorothy, patrząc na mnie tęsknie. – Bardzo miło, że proponujesz coś takiego, i bardzo chętnie byśmy skorzystali, naprawdę. To brzmi strasznie, gdy tak mówię... – Popatrzyła na Henry’ego, który wyjaśnił:

– Gdy byliśmy w przechowalni i wymyśliliśmy już, dokąd pojedziemy, Dottie wysłała kilka esemesów. Wygląda na to, że przeszły, co oznacza, że na miejscu możemy trafić na rodzinę. Szansa jest niewielka, ale...

Nelly wyglądał na rozczarowanego.

– Ale musicie tam się udać, żeby się z nimi spotkać. Jasne.

Miałam ochotę przypomnieć Dot i Henry’emu, że prawdopodobieństwo, iż ich bliscy odebrali esemesy, są nikłe, podobnie jak szansa, że zdołają tam dotrzeć. Nie powiedziałabym im jednak nic, czego już by nie wiedzieli. Gdyby chodziło o Erika, też bym na niego czekała.

James przerwał milczenie, rozwijając mapę.

– No dobrze, czyli wszyscy wyjeżdżamy jutro? – spytał, a gdy ujrzał nasze niemrawe skinienia, mówił dalej: – Zgadzam się z Henrym. Powinniśmy ruszać. Nie wiemy, co się dzieje. Jeśli wirus rozprzestrzenia się tak szybko, jak się wydaje, to lepiej, żebyśmy znaleźli się w bezpiecznym miejscu, zanim pojawi się zbyt wielu zainfekowanych. – Przeciągnął palcami po włosach i wydał odgłos zirytowania, gdy znów spadły mu na twarz. – Wytyczyłem trasę, którą według mnie powinniśmy pojechać. W suvie jest jedna trzecia baku, czyli wkrótce będziemy musieli uzupełnić paliwo. Możemy ściągnąć je z opuszczonych samochodów za pomocą syfonów ze sklepu...

Urwał, gdy usłyszeliśmy charakterystyczny odgłos opon samochodowych na ubitej drodze.

Rozdział 37

Wyciągnęłam pistolet z plecaka. Nelly niedbałym gestem oparł sobie strzelbę na ramieniu, ale wiedziałam, że zdoła z niej strzelić w ułamku sekundy. Pomiędzy drzewami mignęło bordowe auto. Zwolniło, gdy pojawiliśmy się w polu widzenia, i sunęło siłą rozpędu. Stanęliśmy grupą, gotowi do walki. Nawet Peter ściskał w dłoni maczetę.

Przez okno wychylił się wysportowany młody facet w czapeczce baseballowej. Przesunął po nas wzrokiem, oceniając, czy jesteśmy przyjaźni. Pasażerka, dziewczyna z krótkimi włosami i w białej kurtce obszytej futerkiem, uśmiechnęła się nieśmiało.

– Hej – powiedział do Nelly'ego i jego strzelby. – Nie zamierzamy naruszać waszej przestrzeni czy coś. Potrzebujemy tylko miejsca, w którym moglibyśmy się zatrzymać dzień albo dwa. Ruszyliśmy z okolic Paramus i jedziemy do... no tak naprawdę to nie wiemy dokąd.

Nelly skinął głową.

– To nie nasz kemping – oznajmił przyjaznym głosem, ale utrzymał stanowczy wyraz twarzy. – Możecie zająć sobie dowolne stanowisko. Jeśli możecie nam opowiedzieć, co tam się dzieje, to chętnie posłuchamy. Siedzimy tu od kilku dni i od wczoraj nie słyszeliśmy w radiu nic nowego. Jestem Nel.

– Brian i Jordan. Słuchajcie, nie wytrzymam już dłużej w aucie. Zaparkuję i jeśli możemy, to podejdziemy i pogadamy?

Zatrzymał wóz kilka stanowisk dalej, a później do nas przyszli. Nelly dokonał prezentacji. Brian i Jordan stali niezręcznie.

– Przepraszam – powiedziała Penny. Wskazała stół. – Chcecie usiąść? Rozumiem, że nie wydaliśmy się zbyt gościnni, ale od dawna nikogo nie widzieliśmy i nie wiedzieliśmy, czego się spodziewać.

Jordan usiadła na ławce. Brian stał, rozglądając się po kempingu.

– Nikogo tu nie było? – zapytał.

Penny pokręciła głową.

– Wydawało nam się, że przyjadą inni, ale jak dotąd nie.

– No tak. Autostrady są zablokowane przez porzucone samochody. Z początku mieliśmy motocykl. Mijaliśmy idących ludzi, ale długo jeszcze nie dotrą aż tutaj. Gdy wyjechaliśmy za miasto, nie było wielu zarażonych, ale i tak wszyscy się zabunkrowali. Nawet nie otwierali drzwi. Albo udali się do Bezpiecznych Stref.

– Mówią teraz o nich w transmisjach awaryjnych – rzekł James.

Brian przytaknął.

– Wczoraj pojawiły się wieści, że zamienili ośrodki leczenia na Bezpieczne Strefy. Chronione, tak mówili w telewizji. Poszliśmy do liceum w pobliżu nas.

Roześmiał się gorzko i popatrzył na Jordan, która jeszcze

nie wypowiedziała nawet słowa. Wpatrywała się w niego z troską. Spod czapki wystawały jej kosmyki rozjaśnionych włosów, a wokół oczu miała nałożony tusz. Oprócz kurtki była ubrana w dżinsy z cekinami wpuszczone w buty z owczej skóry. Założyła na siebie rzeczy, w których można by ją fotografować do kempingowej sesji modowej. W normalnych okolicznościach mogłabym to uznać za zabawne, ale teraz zrobiło mi się jej tylko żal. Żadne z nas nie chciało się tu znajdować. Otoczyła się rękoma w pasie, jakby chroniła organy wewnętrzne.

– Uznaliśmy to za dobry pomysł. Nie mieliśmy w domu dużo jedzenia, choć mówili, że powinno się mieć. Nasze rodziny powiedziały, że spotkamy się tam na miejscu.

Czekaliśmy, by kontynuował, i zrobił to po minucie:

– Kiedy wreszcie tam dotarliśmy, okazało się, że większość ludzi, którzy tam byli, żołnierzy czy kogo tam, posłano już dokądś indziej. Spotkaliśmy mojego brata z żoną i dziećmi. Przedostali się, zanim zatkały się drogi. No bo wiecie, wszyscy uznali, że jest gorzej, niż nam mówią. To znaczy, jak można powtarzać ludziom, że nie ma problemu, jeśli patrzą przez okno i widzą, jak jebany problem się tam wałęsa? Rozwalili mosty do Nowego Jorku. Wiedzieliście o tym?

Patrzył na nas wybałuszonymi, przekrwionymi oczami. Pocierał je palcami.

– Byliśmy na Brooklynie. Wydostaliśmy się w noc poprzedzającą wysadzanie – wyjaśnił Nelly.

Brian opuścił dłoń.

– Tak? No to mieliście szczęście. Jeśli widzieliście nagrania z miasta...

– Co tam się dzieje? – przerwała mu Penny ze ściągniętą twarzą.

– Jesteście z Brooklynu?

Dziewczyna skinęła i wskazała Anę.

– Nasza mama...

Brian skinął głową, jakby wiedział, co próbowała powiedzieć. W końcu tylko oni dwoje tu dotarli. Podejrzewałam, że rozumiał to w pełni.

– Manhattan płonie. Ludzie wybiegali z budynków prosto na grupy pieprzonych Pożeraczy. Znaczy, co możesz zrobić? W płomieniach się ginie. Może z dala od nich da się żyć. No wiecie, jeśli umiesz się wspinać albo szybko biegać? Trzeba szybko biegać. – Popatrzył na Jordan w poszukiwaniu potwierdzenia, ona jednak wpatrywała się w swoje stopy, wciąż ściskając się rękoma. – Na Brooklynie nie było tak źle. Niektóre części płonęły, ale nie tak jak na Manhattanie. Infekcja też jest zła, ale ludzie, przynajmniej ci, którzy nie pragną śmierci, teraz się kryją.

Wyobraziłam sobie rzędy kamienic w naszej okolicy stojących w ogniu, ludzi wylewających się z nich prosto w ramiona zarażonych. Biegających po dachach, żeby umknąć przed płomieniami, i spoglądających na ulice poniżej w poszukiwaniu bezpiecznej kryjówki.

– Okej – rzekła Penny, lecz niepokój w jej oczach nie przygasł.

Ana usiadła ciężko na ławce obok Jordan. Zerknęłam na Petera, on jednak wpatrywał się w ziemię, czubkiem buta rysując kółko w miękkiej ziemi. Robił to raz za razem, jakby rozwiązywał skomplikowany problem matematyczny.

– Co się stało w tym liceum? – zapytałam Briana.

Zacisnął usta i byłam przekonana, że zaraz powie mi, bym pilnowała własnego pieprzonego interesu. Nagle cała zaciekłość go opuściła i westchnął, kurcząc się kilka centymetrów we wszystkich wymiarach.

– No, byliśmy tam – rzekł beznamiętnym głosem. – Mój brat Chris, jego żona Jess i moi bratankowie. Dostaliśmy miejsce w rogu sali gimnastycznej, przy trybunach. Jakaś kobieta powiedziała mi, że w miastach są zaniki prądu, nie ma sieci telefonicznej, a ja pomyślałem sobie, że trzy dni wcześniej, pieprzone trzy dni wcześniej wszystko było w porządku. Rozumiecie?

Przesunął wzrokiem po wszystkich, jakby się upewniał. Gdy napotkał mnie wzrokiem, potaknęłam.

– Było w porządku – odpowiedziałam, ale w tym samym czasie uświadomiłam sobie, że to nieprawda, że to nie mogła być prawda. – Tu na wschodnim wybrzeżu chyba wszyscy tak myśleli.

Z oczu Briana zniknęła obawa, że na domiar wszystkiego tracił zmysły.

– Po jakimś czasie zdaliśmy sobie sprawę, że nasi rodzice nie zdołają dotrzeć z przedmieścia. Postanowiliśmy, że przeczekamy noc i pojedziemy po nich rano. Robiło się coraz tłoczniej i z zewnątrz słyszeliśmy mnóstwo hałasów. Ludzie tkwili w korkach, trąbili. I wtedy ten malec, mój bratanek Ty...

Zdusił szloch, zdjął czapkę, nałożył ją z powrotem i przesuwał z boku na bok, aż znalazła się w odpowiedniej pozycji. Wtedy znowu ją ściągnął i zgiął daszek na pół, jak to się robi, gdy chce się uzyskać idealne wygięcie pośrodku.

– Tyler. Musiał się wysikać, wiecie? No to Jess zabrała chłopców do łazienki. Klaksony przeszły we wrzaski i strzelaninę. Ludzie biegli do drzwi, by sprawdzić, co się dzieje. No to Chris powiedział nam, żebyśmy tam zostali, bo chce sprawdzić, czy z Jess i chłopcami wszystko w porządku. Wrzaski stały się głośniejsze i ludzie próbowali zamknąć drzwi. Ale było już za późno i całe masy Pożeraczy wdarły się do środka. Nic nie wiedzieliśmy, więc weszliśmy na trybuny, gdy tylko Chris, Jess i dzieciaki wrócili na salę.

Brian wpatrywał się w drzewa, ale nie widział ich. Wiedziałam, co miał przed oczyma. Światła rzucające jaskrawy żółty blask, jak w każdej licealnej sali gimnastycznej, trybuny ustawione pod ścianami, które wyłożono kafelkami, okna zasłonięte kratami chroniącymi je przed zabłąkaną piłką. Ludzi biegających wkoło. Słyszał ich wrzaski, wzmocnione i odbijające się echem.

– Zawołałem do nich, żeby wracali. Mogliby ukryć się w szatni, wiecie? Byli otoczeni, więc rzucili się w naszą stronę. Chciałem im pomóc, ale Jordan trzymała mnie za koszulkę. – Zmierzył ją oskarżycielskim wzrokiem. – Mówiła, że mnie pogryzą. Oni... najpierw dopadli Jess, po prostu przewrócili ją i Thomasa. Jess leżała na Thomasie i próbowała ich odpędzać, ale nie zdołała wytrzymać długo.

Zdawałam sobie sprawę, jak to się skończy, i żałowałam, że spytałam, ale nie chciałam, żeby przerywał. Oglądał swój osobisty film grozy w niekończącej się pętli i teraz wyrzygiwał go z siebie, próbując pozbyć się go na dobre.

– Chris trzymał Tylera. Był większy ode mnie i rękoma odrzucał Pożeraczy na bok. Tyler trzymał się go za szyję. Myślałem, że mu się uda, więc zwiesiłem się z trybun i przygotowałem, by złapać Tylera. Wtedy Chris się potknął. Zupełnie niechcący jeden z tych gnojów podstawił mojemu bratu nogę i przewrócił go. Ale Chris zdołał postawić Tylera na nogi. Wrzasnął małemu, żeby biegł do mnie. Tyler starał się, dreptał nóżkami. Wołał: „Wujo Bri, wujo Bri!". Miałam właśnie zeskoczyć, by go podnieść, ale znaleźli się już pode mną. Musieli przez cały czas wlewać się przez drzwi. I te jego pieprzone oczy. Były tak wielkie, biegł i wtedy Tyler... on wbiegł prosto w ramiona jednego i...

Daszek czapki baseballowej był już zgięty tak, że nie dałoby się go naprawić. Brian miał spuchnięte powieki, a z nosa ciekł mu strumyczek gili. Wyglądał na tak zagubionego, sam wydawał się w tym momencie jak wspominany przez niego Malec, że położyłam mu dłoń na ramieniu.

– Nie mogłeś mu pomóc – powiedziałam. – Sytuacja była beznadziejna. Nie zdążyłbyś wrócić. Próbowałeś.

Skinął głową, ale jego wzrok mówił, że w to nie wierzył. Widział jedynie swojego Malca biegnącego po pomoc, której on mu nie udzielił. Brian podniósł ręce i wydawało mi się, że mnie odepchnie, ale przytulił mnie tak mocno, że aż odebrało mi dech. Ściskałam jego dziewięćdziesiąt kilogramów, choć nogi trzęsły mi się z wysiłku. Zanosił się chrapliwym łkaniem, dygocząc. Przypomniało mi się, że tak samo brzmiałam, gdy zginęli moi rodzice, gdy płakałam w samotności.

Jordan podniosła się. Oczy lśniły jej za rozmazanym makijażem. Pogładziła go po plecach dłonią, na której widniał pierścionek zaręczynowy z diamentem.

– Bri – rzekła łagodnym głosem. Wychyliła się wokół mojego ramienia. – Brian? Ona ma rację. Nie mogłeś go uratować, kochanie. Wiem, jak... Nie chciałam...

Odzyskał dech i jego ciało zesztywniało. Puścił mnie nagle i zatoczyłam się. Na szczęście James przytrzymał mnie, przywracając mi równowagę.

– Gdybym poszedł wcześniej, gdybyś się nie upierała, może by mi się udało. Ale powstrzymałaś mnie. Zginął z twojej winy. To przez ciebie dopadli Tylera. – Skrzywił się, jakby zjadł coś obrzydliwego.

W oczach Jordan wezbrały łzy. Pokręciła głową. Pobladła pod opalenizną w sprayu.

– Brian, nie. Po prostu ty też byś wtedy zginął. Myślisz, że nie chciałam, byś ty był bezpieczny? Tak bardzo go kochałam. Wiesz przecież...

Zacisnął zęby.

– Zamknij się, Jordan. Po prostu się zamknij.

Łkając, pobiegła do ich samochodu i zatrzasnęła drzwiczki. Wszyscy obróciliśmy się do Briana, który spoglądał za nią z twarzą wyzutą z emocji. Miałam wrażenie, że trochę się łamał, i wyglądał, jakby ogarnął go strach.

– Przepraszam – powiedział. – Muszę iść z nią porozmawiać.

Odszedł ze spuszczonym wzrokiem.

Rozdział 38

Mieliśmy zaczątki planu. Wyruszymy o brzasku. Będziemy musieli od razu się rozdzielić, ponieważ zmierzaliśmy w różnych kierunkach. Washingtonowie mieli moim zdaniem spore szanse, ponieważ mogli podążać mniejszymi, słabo uczęszczanymi drogami. My chcieliśmy przekroczyć rzekę Hudson u podstawy parku stanowego i również poruszać się siecią bocznych dróg.

Po piętnastu minutach męskich rozważań Nelly, Henry i James wreszcie ustalili, jak najlepiej ułożyć drewno na rozpałkę i nasze ognisko zapłonęło. Dottie nalegała, że podzielą się z nami resztą swoich rozmrożonych już burgerów. Gdy zaprotestowaliśmy, przypomniała nam swoim głosem matki nawet niezamierzającej dyskutować, że mięso się zepsuje. Parsknęłam, gdy Nelly mruknął pod nosem „Tak jest, proszę pani", choć nie była od nas wiele starsza.

Hank i Corrine z ponurymi minami przyglądali się ze swojego miejsca przy ogniu furii pakowania. Wyglądali, jakby właśnie po raz pierwszy widzieli koniec świata i okazał się znacznie bardziej gówniany, niż przypuszczali. Cóż, mieli rację. Świat właśnie zmienił się z na wpół gównianego w gównianość na nigdy dotąd niewidzianym poziomie. Dołożyłam ostatnie swoje rzeczy do plecaka i zapięłam go. Następnie wyciągnęłam z powrotem kilka przedmiotów, podeszłam do dzieci i usiadłam przy nich.

– Jesteście spakowani i gotowi? – spytałam.

Corrine wzruszyła ramionami i popatrzyła w płomienie, przygryzając wargę, by jej nie drżała. Hank podniósł wzrok znad nowego patyka na pianki, który oskrobywał, i uśmiechnął się do mnie poważnie.

– Ja jestem gotów. A ty?

Odpowiedziałam uśmiechem.

– Bardziej gotowa już nie będę. Pomyślałam jednak, że może przyda wam się coś, co pomoże wam w lesie, więc chcę wam to dać.

Podałam im książkę o przetrwaniu w dziczy i łuk ogniowy.

Hankowi rozbłysły oczy. Z czcią odebrał ode mnie sakwę.

– Naprawdę? Możemy to wziąć?

– Nie, Hank – rzekła Corrine. Zabrała mu przedmiot i wyciągnęła do mnie. – Nie możemy tego wziąć. Cassie dostała to od swojego taty. To coś wyjątkowego.

– Właśnie dlatego daję to wam. Owszem, jest wyjątkowe, ale wy również tacy jesteście. Chcę, żebyście to mieli. W chacie jest drugi zestaw, a także mnóstwo zapalniczek i zapałek. Może wam się przydać, zatem jest wasze. I książka też. Poczułabym się naprawdę urażona, gdybyście ich nie wzięli.

Corrine zaśmiała się z mojego nadąsania, przyjęła książkę, po czym wychyliła się, żeby mnie uścisnąć.

– Szkoda, że nie jedziemy z wami – wyszeptała.

Przytuliłam ją mocno.

– Ja też żałuję, kochanie.

Rozdział 39

Ku mojej wielkiej radości hamburgery zupełnie nie przypominały karmy dla psów. Peter, który odpowiadał mi teraz mruknięciami i monosylabami zamiast lodowatych spojrzeń, ożywił się na tyle, by podziękować Dorothy. Jordan i Brian pojawili się na skraju światła padającego od ogniska. Ostatnie kilka godzin spędzili w samochodzie, a my ostatnie kilka godzin staraliśmy się nie hałasować.

Brian wyglądał na skruszonego.

– Hej, słuchajcie. Naprawdę przepraszam za to, co wcześniej. Przegiąłem i przeprosiłem już Jordan, więc daję wam znać. Nie chcę, byście myśleli, że jestem chujkiem czy coś, bo nie jestem. Przynajmniej zazwyczaj nie.

Uśmiechnął się nieśmiało i ścisnął Jordan za rękę. Odpowiedziała tym samym.

– Nie jest – potwierdziła. – Było ciężko. Po prostu... strasznie.

Penny wskazała puste miejsce na kocu. Zaproponowaliśmy im burgery i zjedli trochę. Dottie opowiedziała nam kilka historii o dorastaniu na Karaibach, a Penny mówiła o życiu w Puerto Rico. Zastanawiałam się, czy wyspy radziły sobie lepiej niż kontynent. Pogrążałam się właśnie w marzeniach o ciepłym słońcu, świeżych mango i braku zainfekowanych, gdy James odchrząknął.

– Wiem, że próbujemy zachować pozytywne nastawienie, ale policzyłem sobie dzisiaj parę rzeczy i wygląda to naprawdę kiepsko. No dobra, mamy poniedziałek. Wszystko zaczęło się, z tego co wiemy, w piątek. W sobotę zburzyli mosty i do tamtego czasu pojawiło się jakieś piętnaście procent zainfekowanych. To oznacza, że wystarczył jeden dzień, by wirus tak się rozprzestrzenił. W stanach Środkowego Zachodu wskaźnik wynosił wtedy około sześćdziesięciu procent i mogę się założyć, że teraz doszło do jakichś osiemdziesięciu. W najgorszym przypadku od jutra w miastach i większych miasteczkach w naszym regionie może być koło sześćdziesięciu procent. Mniejsze miasteczka i wioski mają więcej czasu. Z tego, co mówił Brian, większość ludzi tkwi w korkach. Nie oznacza to, że się poddadzą, ale będą musieli pieszo dojść do zaplanowanych miejsc. I dotrze też tam przynajmniej część zainfekowanych, lecz wciąż żywych. A później się przemienią. Ostatecznie infekcja trafi wszędzie. Myślę, że na jakiś czas utrzyma się na poziomie osiemdziesięciu procent, gdy ci ludzie, którzy znajdą schronienie lub dysponują zapasami, będą się jakoś trzymać. Jednakże, w zależności od tego, jak długą mogą istnieć zarażeni, większość ludzi w końcu będzie musiała opuścić domy, żeby zdobyć żywność lub wodę. Właśnie wtedy zostaną zainfekowani. Najlepsza szansa dla nas to właśnie to, co planujemy: pojechać w odosobnione miejsce i zabunkrować się, dopóki sprawa nie wygaśnie.

Ana i Peter słuchali z beznamiętnymi minami, a gdy skończył, zaczęli coś do ciebie cicho mówić. Chyba mu nie wierzyli.

– A jak sądzisz, kiedy wygaśnie? – spytała Jordan wyczekująco.

Twarz Jamesa, dotąd ożywiona, teraz spochmurniała.

– Właśnie w tym rzecz – powiedział. – Nikt nie wie. Może zarażeni nie umierają, dopóki się nie rozłożą. Może nie rozkładają się tak szybko jak, że tak powiem, mięso. Wydaje się to niemożliwe, ale przecież wszystko inne też takie jest. Przedstawiłem swoje wnioski, ale będę przyjemnie zaskoczony, jeśli się mylę.

Brian i Jordan coś sobie bezgłośnie zakomunikowali. Skinęła mu lekko głową i oparła mu głowę na ramieniu, a on gładził ją po włosach.

– Jakie macie plany? – zapytałam ich.

– Też jutro wyruszamy – rzekł Brian, wpatrując się w płomienie. – Może poszukamy naszych rodziców. Wyjedziemy przed wami, póki będzie jeszcze ciemno. – Jordan obracała sobie pierścionek zaręczynowy na palcu, nakrył jej więc delikatnie dłoń swoją, by przestała. – Będzie dobrze. Będziemy razem, prawda?

Uśmiechnęła się przez łzy i potaknęła. Zastanawiałam się, jak Brian może być taki spokojny, taki pewny. Skoro on, na którego oczach pożarto mu pół rodziny, uważa, że będzie w porządku, to może rzeczywiście będzie.

Ogień wygasł. Nie spieszyło mi się do porannego wyjazdu, ale gdy Henry ziewnął i powiedział, że lepiej iść spać, wszyscy wstaliśmy.

– Dzięki wszystkim – rzekła cicho Jordan. – Za to, że się z nami podzieliliście. Daje mi to nadzieję, że może nie wszystko, co dobre, zupełnie zniknęło, skoro są tu tacy ludzie jak wy. – Przez cały wieczór nie wygłosiła tylu słów co teraz.

– I wy – odparła Penny. – Nie zapominajcie, że zdołaliście tu dotrzeć.

Jordan uśmiechnęła się, ale do jej oczu wrócił smutek.

– Tak. Będzie dobrze.

Rozdział 40

Było jeszcze dość ciemno, gdy poczułam, że ktoś potrząsa mną za ramię. Gdy Penny upewniła się już, że się obudziłam, zostawiła mi lampę. Zwinęłam śpiwór i słuchałam szelestu nylonu oraz zapinania ekspresów poza ściankami namiotu. Spakowałam rzeczy, które miałam na wierzchu, próbując ignorować wrażenie pustki w żołądku. Gdy wyszłam na zewnątrz, było o kilka tonów jaśniej. W powietrzu wisiały kłęby mgły, w których ledwo dostrzegałam samochód Briana i Jordan stojący na ich stanowisku. Chyba wciąż spali.

Reszta żywności leżała na stole, gotowa do podzielenia. Po umyciu zębów podeszłam do Nelly'ego i Henry'ego wpatrujących się w pięć pozostałych pudeł MRE.

– Co, nikt ich nie chce? – zażartowałam, a oni roześmieli się.

Nelly zwrócił się do Henry'ego.

– Jesteście pewni, że nie zmienicie zdania i nie pojedziecie z nami?

Henry westchnął.

– Nawet nie wiesz, jak bardzo bym chciał. Uznaliśmy jednak, że damy miesiąc na dotarcie do rodziny, a później przedostaniemy się do was. Jeśli to wciąż w porządku?

– Oczywiście – odparłam. – Jeśli z jakiegoś powodu nas tam nie będzie, szukajcie ścieżki na lewo od chaty. Kawałeczek dalej rośnie tam stary klon z resztkami domku dziecięcego. To Drzewo Wiadomości. W dziupli w pniu znajduje się puszka po kawie. Zostawię tam informację, dokąd pojechaliśmy.

Mężczyzna skinął głową.

– Rozumiem. A teraz...

Spojrzał na stół. Nelly, zawsze nadający na tych samych falach co ja, wziął jedno pudło, a kolejne przesunął resztę w stronę Henry'ego. Niebo zrobiło się już na tyle jasne, że mogłam dostrzec jego otwarte w wyrazie zaskoczenia oczy.

– Nie, stary – zaprotestował. – Nie mogę wziąć tego wszystkiego. A jak wy sobie poradzicie?

– Henry, jedziemy w miejsce, w którym jest mnóstwo jedzenia – oznajmiłam. – Nie mamy ze sobą dwójki dzieci. Zresztą i tak nie wystarczy to wam na szczególnie długo, więc proszę, nie spieraj się. – Wyciągnęłam rewolwer. – I z tym też nie. Dorzucę ci amunicję.

– Nie wiem, co powiedzieć – odrzekł. Ulga wyraźnie zmagała się w nim z wahaniem. – W tych czasach raczej nie oddaje się broni. Ale... nie potrafię odmówić. Dziękuję.

– Nie daję ci jej – powiedziałam. Uniosłam brew i z lekkim uśmiechem popatrzyłam mu prosto w oczy. – To pożyczka. Musisz ją zwrócić, na tym polega haczyk. Spodziewam się jej za kilka miesięcy.

Wargi Henry'ego na krótką chwilę rozciągnęły się w uśmiechu, a później jego twarz wróciła do zwyczajowego poważnego wyrazu. Uściskał mnie.

– Oddam ci ją. Wiem, że spędziliśmy razem tylko kilka dni, ale... – Urwał i klepnął Nelly'ego po plecach.

– Hej – odezwał się James, składający właśnie drugi namiot. – Ich samochód wciąż tu jest. Brian chyba mówił, że mieli wyjechać wcześnie.

Nagle pomyślałam, że chyba wiem, dlaczego oboje wydawali się wieczorem tacy spokojni. Wyczuwałam coś dochodzącego z auta. Czy raczej nieobecność czegoś.

– Henry, pilnuj dzieci – powiedziałam.

Podeszłam do samochodu z sercem dudniącym z niepokoju. Z początku sądziłam, że się mylę, że po prostu śpią na tylnej kanapie. Brian opierał się plecami o drzwi i miał rozciągnięte nogi. Jordan skuliła mu się na kolanach, a on położył na niej głowę, jakby chciał się porządnie wwąchać w woń jej szamponu. Jego ręce, wcześniej zapewne ją przytulające, teraz zwisały bezwładnie po bokach.

Zebrałam się w sobie i otworzyłam drzwi, by upewnić się, czy wciąż żyją. Usłyszałam za sobą kroki. Pozostali stali jak wmurowani, zanim w końcu Dottie podeszła i dotknęła ich nadgarstków. Pokręciła głową.

– Może tabletki – rzekła. – Nie wiem.

– Czy... powinniśmy ich pochować? – spytała Penny.

Ucieszyłam się, że nie tylko ja pokręciłam głową, choć czułam się przy tym bezdusznie.

– Musimy jechać – powiedział Henry.

– Może modlitwa? – zaproponowała Dottie. – Jordan nosiła mały złoty krzyżyk. Widziałam wieczorem.

– Oczywiście – odparł jej mąż. Zaczął odmawiać *Ojcze nasz*.

Rozdział 41

Henry zamknął bagażnik i upewnił się, że sznurek mocujący pudła do dachu jest dobrze napięty. Odetchnął głęboko.

– No dobrze – odezwał się. – To chyba czas na pożegnanie.

Hank i Corrine wyglądali przez szyby z minami, które chyba uważali za dzielne. Dawało się w nich jednak dostrzec strach, a pod wielkimi oczami dzieci rysowały się cienie.

– Nie – odparłam. – To zapowiedź bliskiego spotkania.

Patrząc na mnie ciepło, Henry skinął krótko głową i wsiadł do auta. Jechaliśmy za nimi do końca terenu kempingu. Siedziałam na fotelu pasażera, a Nelly trzymał kierownicę. Peter i James tłoczyli się z tyłu wraz z Aną i Penny. Nikt nie zajął miejsca za klatką, bo nikt nie chciał w razie czego zostać tam uwięziony. Na rozstaju podjechaliśmy do drugiego samochodu. Dottie odsunęła szybę i uśmiechnęła się do nas promiennie.

– Uważajcie na siebie.

– Wy też – odrzekł Nelly. – Do zobaczenia wkrótce.

Jechaliśmy w milczeniu. Budka strażnika przy moście była pusta. Na parkingu obok budynku recepcji stało kilka pojazdów, ale nikogo nie było widać.

– Potrzebujemy paliwa, prawda? – odezwał się Peter. – Może ściągniemy z któregoś z tych aut? Na stacji raczej nie zatankujemy.

Nelly wjechał na parking. Szkoda, że wcześniej nie pomyśleliśmy, żeby Henry również uzupełnił tu benzynę. Miałam nadzieję, że nie będą musieli zatrzymywać się w jakimś nazbyt niebezpiecznym miejscu. James i Peter zabrali się do otwierania klapek wlewu paliwa, zaś Nelly sprawdzał, czy nic nie czai się za budynkiem. Penny i ja podeszłyśmy do drogi i obserwowaliśmy błotnistą rzekę Hudson przepływającą pod mostem.

– Co tam jest? – spytała po chwili Penny.

Po drodze na przeciwległym krańcu mostu kuśtykała sylwetka. Oparłam dłoń na kaburze. Przy obecnym tempie minie dziesięć minut, zanim do nas dotrze, ale i tak poczułam narastającą we mnie panikę.

– Uhm, chłopaki? – wykrztusiła Penny. – Jeden tu idzie.

W polu widzenia pojawiło się dwóch kolejnych eliksów zmierzających w tę stronę.

– Teraz już trzech – poprawiłam. Wyciągnęłam pistolet. Byli za daleko, żeby ryzykować strzał, ale wolałam być gotowa.

– Skończyliśmy – oznajmił James. – Spadajmy stąd.

Nelly skręcił na most i jechał lewym pasem, jak najdalej od zainfekowanych. Obserwowali nas, gdy ich mijaliśmy, po czym zawrócili, żeby iść za nami.

Gdy znaleźliśmy się na przeciwnym brzegu, James wskazał kilku eliksów człapiących na most.

– Muszą iść z Peekskill, jakieś osiem kilometrów na południe. Dobrze, że jedziemy na północ.

Rozdział 42

Mieliśmy do pokonania jakieś dwieście pięćdziesiąt kilometrów krętymi dróżkami, zanim dotrzemy do chaty. Będziemy mieć szczęście, jeśli dojedziemy tam w pięć godzin. Gdy znaleźliśmy się na pierwszej drodze gruntowej, westchnęłam. Nelly zerknął na mnie.

– Brian i Jordan – wyjaśniłam. – Dlaczego to zrobili? Nie wolałbyś się upewnić, że wszystko jest stracone, zanim skończyłbyś ze sobą?

– Oczywiście, że wolałbym paść w walce. Ale nie wszyscy są tacy silni jak my, Cass.

Moim zdaniem Nelly popełnił błąd, umieszczając nas w jednej kategorii. On nie pozwalał nikomu wciskać sobie kitu. A ja nie potrafiłam nawet z kimś zerwać, bez zbierania się na to wcześniej przez trzy miesiące. Teraz jednak nie zamierzałam poruszać tej kwestii w obecności Petera, nawet jeśli mogłoby to utonąć w lokalizacjach Bezpiecznych Stref podawanych nieustannie przez radio.

– A gdy zginęli moi rodzice? – argumentowałam zamiast tego. – Posypałam się wtedy. Nie stanowiłam raczej ostoi siły.

– Okej, ale jak mogłabyś się wtedy nie posypać, kochanie? Poza tym wszystkim przysługuje jedno posypanie w życiu.

– Tak? Planujesz jakoś niedługo wykorzystać swoje przydziałowe?

– Już to zrobiłem latem przed ostatnim rokiem liceum, gdy wyszedłem z szafy. Mogłem albo powiedzieć rodzinie, kim naprawdę jestem, albo umrzeć. I to serio umrzeć. Chciałem tego. Byłem gotów na ostracyzm, jeśli tylko będę mógł przestać udawać. Pewnej nocy leżałem w łóżku i nie mogłem przestać myśleć o broni, którą tata trzymał na dole. Jak łatwo byłoby wziąć jedną z nich i pociągnąć za spust.

Obserwował ze spokojem drogę, ale palce, które trzymał na kierownicy, zaciskały się mocno. Nigdy nie mówił mi o broni.

– Nie wiedziałam, że było tak źle. – Chciało mi się płakać za chłopcem, który brał pod uwagę śmierć. Wyobraziłam sobie, jak puste byłoby moje życie, gdybym nie miała Nelly'ego, i dotknęłam jego dłoni.

– Było. Wiedziałem też jednak, że zdołam przetrwać wszystko, jeśli tylko nie będę musiał udawać kogoś, kim nie byłem. Zatem nie poszedłem po broń. I zdecydowałem się powiedzieć wszystkim. Pomijając wszakże wcześniejsze rozsypanie, jesteś silna. Nigdy nie wybrałabyś tak prostego wyjścia, ponieważ byłoby zbyt proste.

Potrzebowałam dwóch lat, by przyznać, że popełniłam błąd z Adrianem. Przerażała mnie perspektywa konfrontacji. Na przykład nie spytałam Any, dlaczego jest na mnie wkurzona, bo bałam się, że otworzę puszkę Pandory, a wolałam, gdy pozostawała zamknięta.

Zdawałam sobie sprawę, że nie do końca o to mu chodziło. Kiedyś byłam silna, zanim mój świat poszedł z dymem. Była to jedna z rzeczy, które najbardziej w sobie lubiłam, i nie podobało mi się, jak słaba się stałam. Przez ostatnie lata tylko trwałam i nie zasługiwałam na to, by mnie za to chwalić. Założyłam ręce i wyjrzałam przez okno na pączkujące drzewa.

– Cóż, nie widzę w tym samochodzie nikogo innego gotowego opróżnić opakowanie z tabletkami, więc dlaczego niby ja miałabym być taka wyjątkowa?

Nelly westchnął.

– Przekonałabyś kota, żeby pozbył się futra, wiesz o tym?

Uśmiechnęłam się.

– To jedno z twoich teksańskich powiedzonek?

– Aaa tam. Właśnie to wymyśliłem. Podoba ci się? – odparł i roześmiał się, gdy wywróciłam oczyma.

Chyba wierzył w to, co mówił. Cóż, co do jednego na pewno miał rację. Nie rezygnowałam łatwo.

Rozdział 43

Trzy godziny później radio wciąż nadawało te same nagrane transmisje, atlas drogowy stanu Nowy Jork miał już pozaginane rogi, a my znajdowaliśmy się zaledwie mniej więcej w połowie trasy.

– No dobrze – powiedział znużonym głosem James, zajmujący teraz fotel pasażera. – Następna po lewej będzie droga hrabstwa numer siedem tysięcy trzysta czterdzieści dwa.

Każda szosa miała nazwę, jak droga hrabstwa 42 albo droga pocztowa Albany-Jingletown. Były pofałdowane i dziurawe, mogliśmy wyciągnąć na nich maksymalnie sześćdziesiąt kilometrów na godzinę. Cieszyłam się, że do tej pory nie natknęliśmy się jeszcze na żadne problemy, jednak przy czterech osobach wciśniętych na tylną kanapę było ciasno, zwłaszcza że nikt, w tym ja, nie pachniał zbyt ładnie. Wciąż jednak żyliśmy. Zdawałam sobie sprawę, że to śmieszne, by skupiać się na zdrętwiałym prawym pośladku, gdy kończył się świat.

Na zmianę odczuwałam połączenie troski ze strachem sprawiające, że ściskało mi pierś, oraz wkurzałam się na drobiazgi, na przykład jak mało miejsca jest w samochodzie i jak to faceci uważają, że metr odstępu pomiędzy ich kolanami stanowi dla nich fundamentalne prawo człowieka, podczas gdy trzy dziewczyny znajdujące się na tej samej kanapie siedzą tak, jakby miały sklejone kolana.

Minęło trochę, zanim uświadomiłam sobie, że nie jestem po prostu marudna. Nie czułam się dobrze. Gdy co jakiś czas wjeżdżaliśmy w zakręt, zamykałam oczy, by pozbyć się wrażenia chlupotania w żołądku, ale to tylko pogarszało sprawę. Oparłam głowę o chłodną szybę.

Penny obróciła się do mnie.

– Co się dzieje? – spytała.

– Nie wiem – odparłam pomiędzy atakami mdłości. – Chyba będę wymiotować.

– Nels, lepiej się zatrzymaj. Cass będzie rzygać – ostrzegła.

Stanął na szerokim poboczu. Poczułam chłodne powietrze i mdłości zelżały. Oparłam się o auto i zamknęłam oczy, ciesząc się, że świat przestał się trząść. Właśnie wtedy poczułam skurcze żołądka.

– Bagaże – wydyszałam, zgięta wpół od ciosu noża obracającego mi się we wnętrznościach. Popatrzyli na mnie tępo. – Papier toaletowy.

Penny przebiegła na tył i wyciągnęła rolkę. Chwiejnie ruszyłam do lasu. Gdy wróciłam dziesięć minut później, wszyscy stali przy suvie.

James nagle zgasił papierosa.

– Ja też czuję lekkie mdłości.

– Potrzebujesz srajtaśmę? – spytałam słabo. – Bawiłam się tam jak szalona. Nie chcę, żeby też cię ominęła radocha.

Uśmiechnął się do mnie niemrawo i przysiadł na przednim fotelu, trzymając głowę w dłoniach. Trzęsły mi się nogi, więc klapnęłam na ziemi i oddychałam ciężko. Nudności wracały.

– Ja cały dzień czuję się nie najlepiej – rzekł Peter, marszcząc brwi. – Zjedliśmy coś nieświeżego?

– Wszystko było paczkowane – odparła Penny. – Ale może rzeczywiście coś się trafiło. Całą wodę filtrowaliśmy, więc to nie o nią chodzi.

Ana i Peter wymienili szybkie spojrzenia.

– Co? – stanowczo zareagowała Penny. – O co chodzi?

Olśniło ją w tym samym momencie, w którym sama przypomniałam sobie, że poprzedniego dnia Penny poleciła im pójść po wodę. Pokazaliśmy im nawet, jak prawidłowo korzystać z filtra. Ana zerknęła bojaźliwie na siostrę.

– Nie przefiltrowaliście wody? Nawet mi nie mów, że tego nie zrobiliście – powiedziała Penny, podnosząc głos.

– Nie sądziliśmy, że to takie ważne. Wyglądała na czystą. I to trwało tak długo – odrzekła Ana. Skrzyżowała ręce, jakby uważała, że jej wyjaśnienie powinno wszystkich zadowolić.

– To dlatego mówi się na nie „mikroby", Ano. Bo są mikroskopijne. I co niby jeszcze mieliście tamtego dnia do zrobienia? Pójść na zakupy? Załamujecie mnie.

Pokręciła głową w zdegustowaniu i podparła się pod boki. Podniosłam na nich wzrok i zakręciło mi się w głowie.

– Przepraszam – powiedział Peter, choć wyglądał na bardziej poirytowanego niż skruszonego. – Gdybym wiedział, nie zrobiłbym tego.

Ich wykłócające się głosy nagle znalazły się daleko. Słońce świeciło tak jasno. Miałam ochotę zamknąć oczy i się tu położyć. Poczułam kolejną falę mdłości. Próbowałam się odczołgać, ale gwałtownie zwymiotowałam komuś na buty. Zwinęłam się w kłębek na miękkiej ziemi oraz twardych kamieniach i jęczałam.

Rozdział 44

Słyszałam odgłosy wznoszenia namiotów. Przenieśli mnie gdzieś, ale nie byłam w stanie otworzyć oczu bez wymiotowania. Spróbowałam rozchylić powiekę, dostrzegłam błysk trawy na polanie i nagle wszystko zaczęło wirować. Tym razem zwróciłam sobie na dłonie, pełznąc w stronę lasu. Penny przykucnęła obok mnie z wodą i wachlowała mnie po karku. Miałam nadzieję, że to świeża woda.

– O Boże – jęknęłam. Usiadłam we własnych rzygowinach, czując skurcze w żołądku. Wiedziałam, że to obrzydliwe, ale nie potrafiłam się tym przejąć. – Muszę iść do łazienki.

Do łazienki. Zabawne. Czego nie oddałabym w tym momencie za łazienkę. Nawet toaleta z szambem na kempingu byłaby lepsza.

– Pomogę ci – rzekła Penny.

Zataczałam się, trzymając niej, aż znalazłyśmy odpowiednie miejsce pomiędzy drzewami. Później zawinęła mnie w śpiwór i położyła w namiocie. Chciałam spytać, gdzie się znajdujemy i czy jest bezpiecznie, ale zamiast tego odpłynęłam w gorączce w sen.

Raz za razem miałam mdłości, aż uznałam, że naprawdę chciałabym umrzeć. Całą noc słyszałam jęczenie i miałam koszmary, że ścigają mnie zainfekowani. Nie mogłam biec, więc ukryłam się w nadziei, że mnie ominą. We śnie Penny próbowała mnie namawiać, żebym się napiła, ale wytrąciłam jej wodę z dłoni, ponieważ wiedziałam, że właśnie tak przenosi się zarażenie. W końcu, powykrzywiana i spocona, obudziłam się w śpiworze do świergotu ptaków. Penny spała obok mnie. Po drugiej stronie leżała długa kłoda. James.

Penny usiadła z wyrazem troski na twarzy.

– Czegoś potrzebujesz? Coś się stało?

– Nic – odparłam chrapliwie. – Wody.

Podała mi butelkę. Napiłam się i czekałam, aż żołądek mi się zbuntuje, ale chyba było dobrze. Byłam tak spragniona, że miałam ochotę wyżłopać wszystko, ale zmusiłam się do ostrożnych łyków.

– Przespałam całą noc? – Wciąż lekko kręciło mi się w głowie i położyłam się z powrotem.

– Tak, całą. Dwukrotnie. – Penny przyjrzała mi się uważnie, ale chyba uznała, że mi lepiej, bo jej twarz odprężyła się.

– Serio? Przegapiłam cały dzień?

Potaknęła.

– Nie tylko ty. James i Peter też się rozchorowali. Nelly'ego trzepnęło wczoraj, ale nie tak mocno, a Ana i ja czujemy się dobrze. Zajmowałyśmy się wami wszystkimi.

Przypomniałam sobie ostatnią rozmowę, którą słyszałam.

– Wszystko przez wodę?

– To wydaje się najbardziej prawdopodobne. Ana w końcu

przyznała mi się, że przefiltrowali tylko część. Chyba później uznali, że to zbyt nudne. – Zrobiła minę. – Chyba miałam więc szczęście i trafiła mi się nieskażona. Umyłyśmy wszystkie pojemniki najlepiej jak mogłyśmy, a potem nalaliśmy do nich filtrowanej wody. Ana już umie używać filtra, możesz się o to nie martwić.

Miała na twarzy wyraz triumfu, jak matka, która dała nauczkę niegrzecznemu dziecku. Roześmiałam się.

– Dzięki, że się o mnie troszczyłaś, *chica* [5] .

Uśmiechnęła się.

– No pewnie. Choć byłaś strasznie upierdliwa i ciągle odtrącałaś wodę, którą ci dawałam. Powtarzałaś, że też będziemy przez to jęczeć. Martwiłam się o ciebie.

– Miałam szalone sny. Przepraszam, że byłam taka nieznośna. Chyba musiało być zabawnie. – Penny wzruszyła ramionami i znów się uśmiechnęła. Wskazałam na nieruchomego Jamesa. – A on jak?

– Mniej więcej tak jak ty. Peter też. Walnęło ich później, więc chyba do dzisiejszego wieczora im się poprawi. Oczywiście pod warunkiem, że czujesz się lepiej.

Przytaknęłam.

– Chyba nawet jestem nieco głodna – rzekłam. – Niewiele, tylko troszeczkę.

– Sprawdzę, czy znajdę coś, co zniesiesz. – Rozpięła namiot, lecz zatrzymała się i obróciła do mnie ze złośliwym uśmiechem. – Wiesz, to ci się spodoba. Pamiętasz, jak zrzygałaś się po raz pierwszy? No to poszło wtedy Peterowi na buty. Ale się wkurzył. Było to cudne. Dopóki sam się nie rozchorował, był w stanie gadać tylko o tym, jak śmierdzą, choć je wyszorował.

Buty Petera kosztowały setki dolarów. Poczułam się jeszcze

lepiej niż przed minutą. To niesamowite, jak lekka poprawa nastroju może pozytywnie wpłynąć na ogólny stan zdrowia. Uśmiechnęłam się i zamknęłam oczy.

– Super. Mam nadzieję, że już zawsze będą śmierdziały – oznajmiłam.

Rozdział 45

Trzy dni wymiotów raczej nie poprawiły woni unoszących się w suvie. Kostka mydła i ograniczona ilość zimnej wody właściwie się nie liczą, jeśli wcześniej leżało się we własnych rzygach. Obozowaliśmy na polance przy drodze gruntowej. Penny i Ana mówiły, że słyszały samochody przejeżdżające główną szosą. Kilka razy dobiegły do nich odgłosy odległych strzałów i coś, co uznały za eksplozje.

Mieliśmy kilka dni opóźnienia. Prowadziłam, równie zdenerwowana jak kot w pokoju pełnym foteli na biegunach, czy jak brzmiało to szalone powiedzonko Nelly'ego. Nie miałam wiele okazji do kierowania autem, ponieważ ostatnich kilka lat spędziłam w mieście bez samochodu. Do tego tata zawsze powtarzał, że prowadzę jak stara baba. Sterczałam kilka centymetrów od przedniej szyby, bojąc się tego, co może znajdować się za każdym zakrętem. Nelly, który odpoczywał z tyłu, otworzył w końcu oczy i spytał, czy ma przejąć kółko.

– Ja mogę – zaproponował James.

W ostatnich godzinach ożywił się i obecnie siedział na fotelu pasażera. Wyglądał teraz niemal jak szkielet. Penny co jakieś piętnaście sekund podawała mu coś do przekąszenia, krzątając się wokół niego jak matka kura. Byłam przekonana, że mu się to podobało.

– Poradzę sobie – powiedziałam, próbując oderwać jedną dłoń od kierownicy.

– Stara, ściskasz to kółko jak w imadle – stwierdził James.

Wybuchnęłam śmiechem, w którym rozbrzmiewały nuty histerii. Zaproponowałam, że będę kierować, bo Penny i Ana miały niemal zerowe doświadczenie, a wszyscy pozostali wciąż czuli się gorzej ode mnie, ale tak naprawdę chyba nie powinnam. Przynajmniej nie w moim bieżącym stanie. Może wciąż byłam osłabiona chorobą, może nie wierzyłam, że dalsza jazda okaże się równie bezproblemowa jak przez ostatnią godzinę, a może po prostu próbowałam zaliczyć dwa życiowe rozsypania zamiast jednego. Łajałam się, że zachowuję się jak dziecko, że nie powinnam tak się bać, ale też starając się przekonywać, że niczego nie dowiodę, kierując tym głupim, śmierdzącym autem. Przecież przez poprzednie dni nie marudziłam i nie uchylałam się od obowiązków, w przeciwieństwie do niektórych osób, o których mogłabym wspomnieć.

– Dobra, za chwilę się zatrzymam. Gdzieś, gdzie możemy zrobić sobie popas.

Droga wiła się pomiędzy odcinkami lasu, obok gospodarstw, pól, zniszczonych domów i przyczep. Gdy rozpoczynaliśmy tę podróż, dawało się dostrzec oznaki życia, czasami ktoś przebywał na zewnątrz albo z komina wylatywał dym. Dziś okolica zdawała się głównie pusta. Nie przychodziło mi do głowy, dlaczego mieszkańcy mieliby zamienić względnie bezpieczne miejsce na tak zwaną Bezpieczną Strefę.

Chociaż może i sama bym to rozważała, gdybym już z jednej takiej nie uciekła i nie usłyszała o upadku kolejnej. Szukałam miejsca, by stanąć, nie byłam więc przygotowana na to, że gdy wyjechałam zza zakrętu, ktoś stał na środku drogi.

– Cholera! – Wdepnęłam na hamulec i zatrzymałam się z poślizgiem pół metra od tego człowieka. Słyszałam jęki, bo wszyscy siedzący z tyłu uderzyli w przednie fotele.

– Przepraszam! Nic wam się nie stało?

– Spoko, nic nam nie jest – powiedziała Penny, nie odrywając wzroku od drogi.

Mężczyzna stał tyłem od nas. Na głowie miał tłuste, przylizane kosmyki. Od tej strony wyglądał zwyczajnie, ale żadne z nas nie było zaskoczone, gdy odwrócił się i okazało się, że ma obwisłą twarz. Pajęczyna fioletowych naczyń krwionośnych odznaczała się na szarej cerze. Wyglądały zupełnie jak cienkie, kręte linie bocznych dróg, które śledziliśmy na mapie. Chwiejnie podszedł do maski i wychylił się do przodu. Miał zamglone oczy, wyglądające jak brudne stare kamienne kulki.

– Przejedź go! – wrzasnęła Ana.

Jej głos poniósł się na zewnątrz. Mężczyzna jęknął i wciągnął się do połowy na maskę, kłapiąc zębami. Nie widziałam jeszcze żadnego eliksa z tak bliska w świetle dziennym. Pomiędzy zębami miał brązowe zacieki, zupełnie jakby nie mył ich od roku. Byłam przekonana, że to krew. Spod skóry jednej z rąk wystawała kość, błysk bieli w splątanej masie tkanki.

– Cassie – rzekł spokojnym tonem James. – Lepiej już jedź.

Wyrwałam się z transu. Na masce naszego samochodu znajdował się martwy człowiek. Drapał błyszczący czarny lakier, próbując znaleźć punkt zaczepienia, i obawiałam się, ze zaraz się podciągnie, a później rozbije przednią szybę. Wcisnęłam lekko pedał gazu, choć miałam ochotę wdepnąć go do końca.

– Jezu, Cassie, jazda! – krzyknął Peter, a stwór na masce zachrypiał z frustracją czy czymś do niej zbliżonym.

Wykonałam gwałtowny skręt i eliks zsunął się z maski. Rozbrzmiał straszliwy głuchy stukot, gdy przejechaliśmy po jakiejś jego części. Oddychałam urywanie. Jechaliśmy teraz szybko i nie miałam zamiaru się zatrzymywać. Nigdy. Tak mocno ściskałam kierownicę, że bolały mnie dłonie i szyja. Wszyscy gadali jedno przez drugie, ale ja sama milczałam, czekając na kolejną przeszkodę na drodze, dosłownie i w przenośni.

– Przepraszam wszystkich – powiedziałam w końcu. – Powinnam była szybciej zareagować. – Czułam się głupio, zupełnie jakby nie można mi było powierzyć bezpieczeństwa pozostałych. Miałam rozpalone policzki.

– Żartujesz sobie? – odparła Penny. – Gdybym siedziała na twoim miejscu, wciąż byśmy tam sterczeli, a ja próbowałabym wcisnąć gaz.

– A ja bym go wcisnął do dechy i wtedy on pewnie rozbiłby szybę – rzekł Nelly. Peter zakaszlał lekko. – Też chciałeś szybko ruszać, co nie, Pete? To dlatego wrzasnąłeś, żeby jechała? – W jego głosie zabrzmiało ostrzeżenie.

– Nie ruszyłbym tak szybko, żeby rozbił szybę – zripostował Peter.

Widziałam go w lusterku wstecznym. Zaciskał zęby. Nie cierpiał, gdy ludzie mówili do niego Pete, o czym Nelly niewątpliwie wiedział.

– Dzięki – powiedziałam do wszystkich oprócz Petera. – Następnym razem nie będę taka powolna. Wydawało mi się, że jesteśmy tu w miarę bezpieczni, ale jeśli ten facet tak po prostu się wałęsał...

– To nie wróży dobrze – dokończył James. – Mogę przejąć kierownicę, gdy tylko będziesz chciała.

Rozdział 46

Domy, które wcześniej wydawały się puste, teraz wyglądały groźnie. Obserwowały nas martwymi oczami, gdy je mijaliśmy. Wzdrygałam się za każdym razem, gdy wydawało mi się, że dostrzegam w środku bladą twarz, trupa czekającego na pokarm. Mogłabym przypuszczać, że po tylu dniach moje serce przestanie wrzucać w takich sytuacjach najwyższy bieg, jednak ciało wiedziało, gdy znajduje się w niebezpieczeństwie, i nie pozwalało mi udawać, że jest inaczej. Maria mówiła, że wirus gnieździ się w mózgu, tam, gdzie mieści się większość naszych pierwotnych reakcji. Uznałam, że jeśli pozwolę mojemu pniowi mózgu wykonywać w reakcji jego gadzią robotę, mam szansę przeżyć.

Tkwiłam na tylnej kanapie i kabura wbijała mi się w bok. Nie było to nieprzyjemne uczucie. Nigdy nie przepadałam za pistoletami. Zawsze trochę mnie przerażały, choć strzelałam z nich więcej razy, niż pamiętam. Mój tata lubił nosić broń, stanowiła przedłużenie jego ciała, narzędzie. Jak młotek. Ja natomiast miałam wrażenie, jakbym używała piły tarczowej bez osłony, bez gogli roboczych i z zamkniętymi oczyma. Jakby w każdej chwili mogła zacząć strzelać na ślepo, pomimo moich prób panowania and nią.

Tata mówił, że na strzelnicy zachowywałam się, jakbym się tam urodziła. Lubiłam tam chodzić, nie byłam jednak taka jak Nelly, który trzymał broń ze swobodą, który nigdy nie wzdrygał się na jej ciężar w dłoni, nie traktował jej, jakby była jadowitym wężem. Nigdy nie chciałam broni dla ochrony, obawiałam się bowiem, że gdybym stale ją przy sobie nosiła, byłoby to bardziej niebezpieczne niż cokolwiek, na co mogłam się natknąć w codziennym życiu. Teraz jednak cieszyłam się, że ją mam. Jej ciężar mnie zakotwiczał, ukorzeniał, przypominał, że w każdej chwili mogę być zmuszona ją użyć. Obym tylko wciąż umiała dobrze strzelać.

Zostało nam niewiele ponad pięćdziesiąt kilometrów. Wydawało się, że to niewiele, jednak równie dobrze mogło się to okazać dystansem niemożliwym do przebycia. Ludzie przejeżdżali tu tylko po mleko. Przynajmniej wcześniej, bo teraz w obydwu mijanych przez nas sklepach było ciemno.

Mieliśmy około piętnastu kilometrów do Bellville, miasteczka, które odwiedzałam wraz z rodziną w letnie wieczory, gdy jeździliśmy tam na lody albo na pokaz fajerwerków z okazji czwartego lipca. Nie była to nasza zwyczajowa trasa, ale spędziłam w okolicy wystarczającą część życia, by znać tę drogę. Gospodarstwo ze skrzynką pocztową ozdobioną kołem od wozów oznaczało, że do miasteczka zostało tylko osiem kilometrów. Powiedziałam to na głos. Wszyscy skinęli głowami, lecz milczeli.

Peter siedział na drugim krańcu tylnej kanapy. Pozostawał w bezruchu, przesuwając tylko oczyma, gdy przyglądał się mijanym widokom. Tego ranka wymruczał do mnie przeprosiny, a ja starałam się przyjąć je z uprzejmością. „W porządku, to była pomyłka", powiedziałam, próbując uśmiechnąć się do niego. Odpowiedział gorzkim uśmiechem i wrócił do pakowania samochodu. Był tak zły na mnie, może nawet zły na wszystko. Nigdy mu niczego nie brakowało, z wyjątkiem rzeczy, które naprawdę miały znaczenie. Zawsze miał pieniądze i urok, ale teraz ten chroniący go dotąd pancerz zniknął.

Może gdzieś tam krył się człowiek, na którego natykałam się od czasu do czasu, gdy okazywał mi wielkoduszność lub traktował mnie miło, co tak kłóciło się ze sposobem, w jaki postrzegała go reszta świata. Chciałabym móc załagodzić sprawy między nami. Może było to niemożliwe. Znajdował się tu jednak i choć przez większość czasu miałam ochotę go kopnąć, w sumie to się cieszyłam. Mógł mnie nienawidzić, ale wciąż na tyle się o niego troszczyłam, by pragnąć jego bezpieczeństwa.

Rozdział 47

Malowany drewniany szyld przywitał nas w Bellville. W poprzek drogi stał samochód policyjny otoczony innymi autami. Zza radiowozu wyłoniło się trzech mężczyzn, Jeden oparł duży karabin na dachu, podczas gdy pozostali gestami nakazali nam się zatrzymać.

– No dobra – zawołał wysoki blondyn. – Wszyscy wysiadać.

– Mamy wysiąść? – zapytał James. – Może powinniśmy po prostu zawrócić. Jest jakaś inna droga?

– Tak, ale to przynajmniej kolejne sześćdziesiąt kilometrów – odparłam. – I żadnej gwarancji, że nie wpadniemy na kolejną blokadę. – Zauważałam jednak plus sytuacji: skoro zamknęli miasto, to z ludźmi w środku musi być dobrze.

Gdy opuszczaliśmy suva, dwóch mężczyzn podeszło bliżej, zostawiając tego z karabinem, który wciąż do nas celował. Drugi był zwalisty, z brązowymi włosami wyglądającymi, jakby obcinał je sobie nożem do masła, i małymi złośliwymi oczkami.

– Dokąd jedziecie? – spytał wysoki.

Podeszłam kilkanaście centymetrów.

– Do chaty moich rodziców, jakieś trzydzieści kilometrów na północ.

– Któreś z was jest chore?

Pokręciliśmy głowami. Dobrze, że nie próbowaliśmy tędy jechać, gdy zachorowaliśmy od tego czegoś, co było w wodzie. Zdawało się, że zamierzali najpierw strzelać, a później zadawać pytania. Wciąż nie wyglądaliśmy za dobrze i po drodze musieliśmy robić żenującą liczbę postojów, ale na pewno nie można nas było uznać za zainfekowanych.

– Nie wpuszczamy nikogo do miasteczka. Musicie znaleźć inną drogę.

– Musimy tylko tędy przejechać. Przez Bell Street – prosiłam. – Zaoszczędzimy w ten sposób sześćdziesiąt kilometrów, a mamy już naprawdę mało paliwa. Możecie nas eskortować.

Pokręcił głową.

– Nie mamy czasu, by wszystkich dokądś eskortować. Ponad połowa mieszkańców jest w Bezpiecznej Strefie pod Albany. Gwardia Narodowa przejeżdżała tędy kilka dni temu i powiedziała ludziom, że to dla nich jedyna szansa. No to skorzystali z niej.

– A dlaczego wy nie udajecie się do Bezpiecznej Strefy? – wtrącił się ten zwalisty, mrużąc i tak już małe oczy.

– Byliśmy już w takiej w New Jersey – odparł Nelly. – Ledwo się wydostaliśmy, gdy zaatakowali ją zarażeni. Na pewno wy tam nie pojechaliście z tego samego powodu. Uznaliście, że zdołacie ochronić swoje rodziny i siebie.

– Jak cholera. Ale i tak nie zamierzamy was przepuścić. Rozkazy szeryfa.

Poczułam, jak w piersi wzbiera mi nadzieja.

– Wydał je Sam? Szeryf Price? – spytałam.

Wysoki uniósł brew.

– Znasz szeryfa?

– Owszem. Rozpozna moje nazwisko. Możecie mu powiedzieć, że jest tu Cassie Forrest?

Złośliwooki zacisnął usta, ale wysoki odpowiedział pierwszy:

– No dobra, odezwę się do niego przez radio. Nie ruszajcie się.

Przeszli z powrotem do radiowozu i zaczęli mówić przez radio. Próbowałam się na nich nie gapić, obawiając się, że mogą odmówić pomocy, jeśli wykonamy jakiś niewłaściwy ruch. Poza tym karabin wciąż w nas celował.

– Nie żartują – stwierdził Nelly. Oparł się o suva z rękoma w kieszeniach, robiąc nonszalanckie wrażenie. Ledwo zauważalnie skinął w kierunku miasteczka. – Nie patrzcie tam. Na dachach są ludzie. Póki co widziałem dwóch.

– Nie opierdalają się – zgodził się James. – Jeśli nas nie wpuszczą, ściągniemy gdzieś paliwo. Lepiej po prostu stad się zmyć.

Skinęłam głową. Sprawa nie wydawała się tego warta. Zamierzałam już tak powiedzieć, gdy wysoki facet otworzył drzwiczki radiowozu i uśmiechnął się. Podszedł ku nam, a za nim kroczył Złośliwooki.

– No dobra, Cassie Forrest – odezwał się, wyciągając dłoń. – Sam naprawdę się cieszy, że tu jesteś. Tak w ogóle, to jestem Will Bishop. Przepraszam za powitanie, ale niektórzy próbowali tędy przejeżdżać z zarażonymi. – Wskazał kciukiem swojego partnera. – To Neil Curtis.

Neil skinął nam głową, a gdy się nam przyglądał, na dłużej zawiesił wzrok na mnie, Penny i Anie. Jego oczom brakowało głębi, jak u głupiego, nieprzewidywalnego psa. Niektóre z takich psów bywały złośliwe, podczas gdy inne tak uwielbiały zabawę z piłkami tenisowymi, że w ich mózgu nie zostawało miejsce na nic innego. Jednak ten pies niewątpliwie był złośliwy, dostrzegałam to wyraźnie.

James wysunął się, by nas zasłonić. Doceniłam jego zachowanie, jednak przez miniony tydzień zrobił się tak kruchy, że wyglądał, jakby mógł go porwać lekki wietrzyk. Neil dostrzegł to jednak i szybko ukrył wzrok, który stał się zbyt rozpalony. Złośliwy pies.

– Przesuniemy radiowóz, żebyście mogli przejechać – powiedział Will Bishop. – Sam jest w ratuszu. Wiesz, gdzie to?

– Wiem. Dziękuję.

Rozdział 48

Sam stał przed ratuszem i uniósł brwi, gdy zobaczył, czym jadę. Wyskoczyłam, gdy tylko suv się zatrzymał, i podbiegłam do niego. Ujął mnie za obie ręce i uściskał.

– Cassie, kopę lat. Co u ciebie? Wszystko w porządku?

Miło było ujrzeć znaną mi twarz, która nie mogła przestać się uśmiechać. W czasie gdy pozostali do nas dołączali, streściłam mu pokrótce naszą podróż.

– Chodźcie do środka – powiedział Sam. Zdjął kapelusz i otworzył drzwi. – Biuro policji stanowej nie jest bezpieczne. Tam chodzili wszyscy, którzy zostali ugryzieni, potem dołączyli ci, którzy się bali, i oni również zostali pokąsani. Na szczęście nie za wielu z nich dotarło dotąd tutaj.

Poprowadził nas do pokoju ze starymi oknami wpuszczającymi późnoporanne słońce. Usiadł na drewnianej ławce i wskazał gestem, żebyśmy zrobili to samo. Wyglądał tak samo jak przed trzema laty, gdy przyjechał do chaty, by powiedzieć mi o wypadku. Na jego twarzy wciąż widniały długie, głębokie zmarszczki. A może niedawno wróciły. Przy tego typu kryzysie zakończona tragicznie kraksa rodziców wydaje się błahostką.

– Zablokowaliśmy główne skrzyżowanie – podjął. – Prawie wszyscy przeprowadzili się do budynku liceum. Jest tam generator. Przenosimy sprzęt stąd do biur szkoły.

– Musi być ciasno – rzekłam. – Wiem, że brakuje połowy miasteczka, ale to i tak ponad tysiąc osób.

– Tysiąc? Skąd ci to przyszło do głowy? Większość miasteczka odeszła. Zostało nas koło dwóch setek, to wszystko.

– Na blokadzie mówili, że nie ma połowy ludzi.

– Och, mówią tak, by zniechęcić ludzi do próby przejęcia Bellville. Cieszę się, że pomyślałaś, by o mnie zapytać, jako że nikogo nie przepuszczamy. Jeden z tych... jak się na nich mówi? Eliksów? Tutaj nazywamy ich Gryzaczami. Jeden się przebił i to mógł być koniec. Na blokadach robią, co tylko mogą. Wszyscy się boją.

Oparł sobie łokcie na kolanach i złożył palce w piramidkę. Miał tyle na głowie. Wyglądał na naprawdę wyczerpanego próbami przewidywania, co może się stać.

– Widzieliśmy tam jednego gościa, chyba miał na imię Neil? Rozumiem komitet niepowitalny, ale on jest... – James urwał, wzruszając ramionami.

Sam podrapał się po brodzie i westchnął.

– Taaak. Rodzina Neila mieszka tu od pokoleń. Wyglądają jak pitbulle, wciąż rozmnażają się między sobą, tworząc coraz paskudniejsze zwierzęta. Neil dobrze się spisuje na blokadzie, ale są z nim same kłopoty. Parę razy otarł się o prawo. Ale nie martwcie się, mam na niego oko. – Szeryf obrócił się z powrotem do mnie. – Możecie zostać w szkole, jeśli chcecie. Przydałaby się nam pomoc. Zostało tu sporo rodzin. Jedna czwarta z nas to dzieci.

Nie chciałam go zawieść, ale myśl o pozostaniu tutaj wprawiała mnie w nerwowość. Nie miałam ochoty mówić mu, co naprawdę sądziłam – że są tu wystawieni jak na strzelnicy.

– Chata jest wciąż zaopatrzona, Sam. I Erik... pamiętasz mojego brata? Mamy się tam spotkać. Poczułabym się lepiej, gdybyśmy tam byli. Przykro mi.

Przytaknął.

– Przypuszczałem, że tak powiesz. Słuchajcie, nie mówiliście nikomu, gdzie jest dom? – Pokręciliśmy głowami. – Lepiej niech tak zostanie. Niektórych mogłoby kusić, żeby złożyć tam wizytę. Zajrzę do was za kilka dni. Przejeżdżająca tędy jednostka Gwardii Narodowej mówiła, że według nich to wszystko potrwa miesiąc. Że podobno Gryzacze... rozpadają się, tak to ujął tamten facet. Chyba zdołamy tyle wytrwać, co?

– Pewnie, że zdołamy – odparłam. – To bardzo pozytywne wieści. Miesiąc, żeby to się skończyło.

Radio u pasa Sama zatrzeszczało. Nie zrozumiałam ani słowa, on jednak odpowiedział:

– Muszę odprowadzić kilka osób do północnej blokady, a potem się zjawię. – Przypiął radio z powrotem do pasa. Wstaliśmy. – Macie dość benzyny?

W domu było kiedyś paliwo do generatora, ale nie chciałam na nim polegać. Popatrzyłam na Jamesa, który rzekł:

– Mamy jakieś ćwierć baku.

– Powinno wam wystarczyć, żeby kilka razy tu dojechać. Oszczędzamy benzynę do generatora, ale gdy będziecie następnym razem, chyba zdołamy odpalić część z tego, co ściągamy.

Gdy wyszliśmy na zewnątrz, jasno świeciło słońce. Obróciłam się do Sama, dłonią osłaniając oczy przed blaskiem.

– Dlaczego nie pojechałeś z Gwardią?

Mężczyzna nałożył z powrotem kapelusz i jego oczy znalazły się w cieniu, dostrzegłam jednak, że zacisnął wargi.

– W niedzielę byłem w Albany. To był kompletny pierdolnik, przepraszam za wyrażenie. Ludzie ignorują godzinę policyjną, zainfekowani łażą po ulicach. Przez zeszły rok słuchałem radia policyjnego i tak szczerze, Cassie, to myślę... cholera, wiem, że nie ogarniają. Gdy powiedzieli, że plan polega na tym, by przenieść nas w bardziej zaludnione miejsce, uznałem, że chyba oszaleli. Zaproponowałem, by umieścić ich tutaj, bo przydałaby się nam pomoc. Ale nie, oni mieli swoje rozkazy. Starałem się przekonać więcej ludzi, by zostali, ale czuli się bezpieczniej z wojskowymi.

Widać było, że ta decyzja mu ciążyła.

– Byliśmy w jednej z tych tak zwanych bezpiecznych stref. To chyba najmniej bezpieczne miejsce, jakie przychodzi mi do głowy. Dobrze zrobiłeś.

Nawet jeśli miało to nie wystarczyć, wciąż był to lepszy wybór. Ale tamci mówili o miesiącu. Przypomniałam sobie, że to jednak może wystarczyć.

– Och, Cassie, naprawdę mam taką nadzieję.

Rozdział 49

Po opuszczeniu miasteczka jechaliśmy jakieś trzydzieści kilometrów drogą asfaltową, zanim dotarliśmy do skrętu. Wcześniej przełożyłam pierścionek z gwiazdką do czystej pary dżinsów, przy czym określenie „czyste" stosuję dość umownie. Lepszym terminem byłoby: mniej zarzyganych. Palcem wymacałam kółko odbijające się na materiale i pomyślałam o pierwszym razie, kiedy przywiozłam Adriana do chaty.

Przyjechaliśmy w porze lunchu, gdy wybrzmiewały ostatnie dźwięki *Take Me Home, Country Roads*. Była to tradycja zapoczątkowana przez moją mamę z kasetą Johna Denvera, gdy byłam mała. Kazałam im grać piosenkę na ostatnim odcinku. Na zakręcie wyciągnęłam CD i włożyłam do odtwarzacza. Adriana rozśmieszyła ckliwość tego zwyczaju, ale wciąż śpiewał ze mną co sił w płucach. Po tych wszystkich miesiącach przywykł do moich dziwactw.

Siedzieliśmy w samochodzie, słuchając stukotów silnika mieszających się z odgłosami gospodarstwa: cichego gdakania kur, szmeru wiatru między drzewami, brzęku naczyń w kuchni.

– Gotowy? – spytałam.

Wiedziałam, że był nerwowy. Spotkał już kilka razy moich rodziców, ale wtedy był to długi weekend w ich domu. Zupełnie inna para kaloszy.

– Wygląda zupełnie tak, jak sobie wyobrażałem – powiedział.

Spróbowałam zobaczyć to jego oczyma: zwietrzałe belki chaty, panoramiczne okna zainstalowane przez rodziców, ganek biegnący przez całą długość frontu, ze stołem, krzesłami i huśtawką na końcu. Kwiaty, którymi opiekowała się mama, otaczały budynek mrowiem jaskrawych barw. Jednak jedynym, co potrafiłam dostrzec, był dom. Miałam nadzieję, że Adrian pokocha go równie mocno jak ja.

Rodzice wyszli zza moskitiery, gdy wyciągaliśmy bagaże. Tata pochwycił mnie w silnym uścisku i połaskotał mnie brodą po szyi. Mama przytuliła Adriana. Długie włosy miała zaplecione w warkocze. Jej zmarszczki śmiechowe pokazały się wyraźniej, gdy witała go z typowym dla siebie ciepłem, które przyciągało do niej ludzi.

– Zawsze łatwo się zorientować, kiedy jedzie Cassie – powiedziała, nucąc kilka dźwięków. Miała słabość do tej piosenki, bo dorastała w Wirginii Zachodniej. Jeśli dobrze się wsłuchać, w jej głosie wciąż dało się usłyszeć góry. – Lunch gotowy. Zrobiłam kilka różnych rzeczy, bo nie byłam pewna, co lubisz, Adrianie.

– To oznacza, że w środku jest dość jedzenia dla piętnastu osób – wytłumaczyłam mu.

– Nie, nie. Ćwiczyłam umiarkowanie. Najwyżej dla dziesięciu.

– Roześmiała się, a potem pacnęła tatę, który pokręcił głową i mruknął: – Piętnastu.

W słonecznym blasku przesączającym się z antresoli drewniane ściany i podłoga miały kolor ciepłego miodu. Gdy byłam dzieckiem, spędzałam tam całe godziny na malowaniu. Czułam się wtedy bardzo ważna, bo pracowałam w miejscu, które uważałam za swoje atelier. Przybory malarskie zostały tam na górze.

Obok kuchni otwartej na resztę wnętrza stał wielki gospodarski stół. Erik i ja żartowaliśmy sobie z mamy, mówiąc, że zawsze przesadzała z ilością jedzenia, że karmiła dziesięć krzeseł zamiast ludzi. Teraz zastawiony był wędlinami, humusem, domową sałatką ziemniaczaną, trzema rodzajami chleba, który pewnie sama upiekła, jogurtem, jakimś makaronem, dwiema tartami i mnóstwem owoców.

– Są też frytki i trochę... – zaczęła mama w tej samej chwili, w której odezwał się Adrian:

– Wygląda wspaniale, pa...

Przerwała mu i uniosła rękę.

– Nie zamierzasz chyba mówić do mnie pani Forrest, prawda? Bo wtedy nie odpowiadam, pamiętasz? Mam tego dość po całym roku szkolnym. Proszę, naprawdę proszę, nazywaj mnie Abby.

Postawiła przed nim talerz, a on uśmiechnął się i powiedział, że już nigdy tego nie zrobi.

– A do mnie możesz wołać Pat, Patrick czy jak tam wolisz. Tylko nie wołaj mnie za późno na kolację – oznajmił tata. Mama i ja jęknęłyśmy. Uwielbiał czerstwe żarty.

Widziałam, że Adrian się odpręża. Rodzice tak działali na ludzi. Tata nałożył sobie pełen talerz, jakby nie jadł od kilku dni, co nie mogło być możliwe, skoro znajdował się tu razem z mamą.

Chciałam spróbować wszystkiego po trochu i zastanawiałam się, od czego zacząć.

Mama postawiła przede mną widelec i słoik swoich brzoskwiń w syropie. Nie było już mowy o dylemacie. Nic na świecie nie mogło się równać z domowymi brzoskwiniami. Były jak lato zamknięte w słoiku. Nabijałam je na widelec i ładowałam sobie do ust, a ich chłodna słodycz eksplodowała mi na języku.

– Dzikuska! – skomentowała, ale podobało jej się, że wszyscy uwielbialiśmy jej jedzenie. – To prawie ostatnie z zeszłorocznych brzoskwiń. Wczoraj zrobiłam trochę, ale pomyślałam, że może jutro jeszcze dorobimy. Oczywiście jeśli chcesz. Możesz zabrać ze sobą trochę na uczelnię.

– Zdecydowanie.

Podałam Adrianowi widelec z połówką owocu. Zjadł jednym gryzem. Wszyscy obserwowaliśmy go, jakby przechodził właśnie jakiś sprawdzian.

– Wow. Naprawdę dobre. Nie, lepsze niż dobre – powiedział, zdając egzamin, bo było widać, że mówił szczerze.

– Wieczorem będziemy je jeść z domowymi lodami – poinformował tata. Wytarł sobie brodę serwetką i pogładził po brzuchu.

– Nie mogę się doczekać – odparł Adrian.

Uśmiechnął się do mamy, a ona rozpromieniła się w odpowiedzi. Tata wspomniał o jakimś problemie, który miał z solarami, i gdy mężczyźni zaczęli rozmawiać o przetwornicach napięcia oraz bateriach słonecznych, wyłączyłam się. Wiedziałam, że powinnam baczniej słuchać, ale zawsze istniało coś, co wolałam robić, na przykład jeść brzoskwinie.

– Erik bardzo chciał przyjechać, ale nie udało mu się wyrwać – powiedziała mi mama. Choć chętnie zobaczyłabym się z bratem, uznałam, że to może dobrze, iż Adrian nie zostanie z miejsca przytłoczony rodziną Forrestów.

– Rozmawiałam z nim wczoraj – rzekłam. – Ciągle wspominał o jednej konkretnej dziewczynie. To chyba twarda laska. Skopała mu tyłek, gdy wspinali się na jakąś górę. Myślę, że naprawdę ją lubi.

– Ma na imię Rachel? – upewniła się mama, a ja potwierdziłam. Klasnęła w dłonie. – Spotkaliśmy ją w rodzicielski weekend wraz z grupą jego przyjaciół. Wydawała się miła. To jedna z takich dziewczyn, które kojarzą mi się z końmi, wiesz?

Dostrzegła, że nie miałam pojęcia, o czym mówiła. To żadna tajemnica, że swoją postrzeloną stronę odziedziczyłam po niej.

– Nie wygląda jak koń, nic z tych rzeczy – ciągnęła. – Tak naprawdę jest całkiem ładna. Wydaje się jak klacz czystej krwi: opalona, z muskularnymi bokami, silnymi białymi zębami i długą, gęstą grzywą lśniących ciemnoblond włosów. Zupełnie jakby właśnie wyszła z jakiejś przygody, nawet jeśli to był tylko spacer do sklepu.

To zabawne, ale teraz już dobrze wiedziałam, o co jej chodziło. Zawsze miałam wrażenie, jakby takie dziewczyny należały do innego gatunku niż ja, z tymi swoimi zaróżowionymi policzkami i nieokiełznanym entuzjazmem. Na słońcu dostawałam oparzeń i nawet miliony piegów na moich rękach nigdy nie łączyły się ze sobą, by stworzyć opaleniznę. Włosy nie były naturalnie lśniącą grzywą, puszyły się od fal, które były czymś mniej niż loki. Uda mi dygotały i nikt nigdy nie powiedział, że wyglądam jak osoba lubiąca spędzać czas na zewnątrz, choć tak właśnie było. W dziczy sprawiałam raczej wrażenie czegoś, co przywlókł kot, nie dziewczyny z reklamy odzieży turystycznej. Mimo to już polubiłam Rachel. Każdy, kto potrafił skopać Erikowi tyłek, trafiał wysoko na moją listę. Potrafił być nieznośny, wszystko mógł traktować jako powód do rywalizacji. Nie dało się go jednak z tego powodu nie lubić.

Tata i Adrian zerkali na nas ukradkiem, gdy tata próbował narysować na kartce jakieś elektryczne coś. Pokręciłam ze smutkiem głową, gdy znowu na mnie spojrzeli.

– Obydwóch aż was korci, by tam iść, prawda? Ledwo znosicie dalsze siedzenie przy stole!

– Cóż – odezwał się ojciec. – Łatwiej byłoby mu pokazać.

Udałam, że się poddaję, ale tak naprawdę cieszyłam się, że coś ich łączy.

– Idźcie. Sio! – Machnęłam lekceważąco dłońmi. – Później cię oprowadzę, Adrian. To my posprzątamy.

Krzesła zgrzytnęły o podłogę, gdy zerwali się i wyszli przez przesuwne drzwi w tylnej ścianie. Mama odprowadziła ich czułym wzrokiem, po czym zaczęła upychać wariackie ilości jedzenia w lodówce. Po chwili stanęła przy mnie, gdy zmywałam naczynia.

– Kochasz go – powiedziała.

Mama była jedyną osobą, która zawsze potrafiła skłonić mnie do rozmowy o moich uczuciach. Nie odrywając wzroku od gąbki, uśmiechnęłam się.

– Tak.

Ścisnęła mnie za ramię.

– Tak bardzo się cieszę.

Później wałęsałam się po domu, zaglądając do wszystkich pokojów i witając się ze znajomymi książkami oraz obrazami. Gdy trafiałam tam po pewnej nieobecności, miałam wrażenie, jakbym spotykała się po rozłące z przyjaciółmi. Moja sypialnia pachniała polnymi kwiatami, które mama ustawiała na komodzie. Usiadłam na łóżku i bawiłam się uchem starego, złachanego pluszowego psa, którego dawno temu wygrałam na festynie.

Wyjrzałam za dom. Na prawo od domu rosła kępa drzew. Zawieszony tam hamak praktycznie błagał, żebym położyła się na nim i czytała. Zaraz dalej w cieniu sadu stała mała obora. Nie było tam zwierząt. Rodzice czekali na emeryturę, zanim sprawią sobie kilka kóz i może świnię na bekon. Kurnik był jednak pełen. Jesienią rozdawali kurczaki sąsiadom, Johnowi i Caroline, którzy z chęcią je przyjmowali.

Pod ogrodzeniem z drewna i siatki otaczającym ogród warzywny rosły krzaki jagodowe i spora połać truskawek.

Wyszłam powoli na zewnątrz i podniosłam twarz do słońca. Nasłuchiwałam owadów, które droczyły się odgłosami, urywającymi się, gdy podeszło się bliżej nich. Nigdy nie potrafiliśmy ich złapać, gdy byliśmy dziećmi, nieważne, jak skrycie staraliśmy się skradać. Weszłam do ogrodu. Cukinie, które umknęły uwadze rodziców, miały już powyżej trzydziestu centymetrów długości, a najwcześniejsze pomidory już niemal dojrzały. Pomacałam ich liście i zaciągnęłam się silną, niemal miętową wonią.

Usłyszałam śmiech i skierowałam się do szopy, w której znajdowały się baterie do ogniw słonecznych. Adrian i tata pochylali się nad metalową skrzynką, kiwając głowami. Zastukałam w jej wieko, jak mechanik w maskę samochodu, i udawałam, że mam jakiekolwiek pojęcie, o co chodzi.

– No i jak, chłopcy? – odezwałam się. – Coś się wam udało?

Wyprostowali się. Tak bardzo się od siebie różnili. Podczas gdy tata był szeroki i różowy, Adrian był wysoki i śniady. Tata nie zdołałby się opalić, nawet gdyby się o to założył, ale Adrian był ogorzały od słońca. Uderzyło mnie, że byli też do siebie podobni. Nie tylko dzielili zainteresowanie samowystarczalnością i niesłychanie nudnymi obwodami elektrycznymi, lecz również cechowali się niewyczerpanymi zasobami cierpliwości. Można było na nich polegać., Zawsze byli gotowi do śmiechu i pełni uprzejmości. Pod tym wszystkim mieścił się jednak stalowy rdzeń. Jeśli ktoś ich sprowokował, musiał się liczyć z ich reakcją. Chyba nie powinno mnie dziwić to odkrycie, a jednak dziwiło.

– Tak, chyba ustaliliśmy, w czym problem. – Adrian miał łobuzerską minę. – To kompensator strumienia. Musicie kupić nowy.

Wywróciłam oczyma.

– Wiesz, widziałam *Powrót do przyszłości*. Ale niezła próba. – Roześmiali się. – Mama i ja jedziemy do miasteczka. Kupimy brzoskwinie, jest też promocja na zakrętki do słoików. Potrzebujecie czegoś?

– Kolejne zakrętki? Tej kobiecie powinno ich wystarczyć na sto lat! – zawołał mój tata, choć tak naprawdę mu to nie przeszkadzało.

– Hej, to dzięki zakrętkom masz brzoskwinie przez całą zimę. Brzo-skwi-nie – przypomniałam mu.

Pocałowałam ich obu i zostawiłam z kompensatorami strumienia.

Tego wieczoru zajrzeli na kolację John i Caroline, nasi sąsiedzi. Wystarczyło iść na przestrzał przez las, żeby dostać się do ich domu. Przez lata wydeptaliśmy tam ścieżkę.

Podczas gdy moi rodzice byli liberalnymi hipisami, John i Caroline byli religijnymi libertarianami, dzięki czemu rozmowy przy kolacji bywały interesujące. Ludzie uważali za dziwne, że tak się przyjaźnili, ale we czworo byli jak rodzina.

John siedział na końcu stołu, ładując w zarośnięte usta kolejne kawałki tarty.

- Jeśli uważacie, że FAZK stanie na wysokości zadania, gdy coś się wydarzy, to cóż, nie sądzę, żeby zawsze można było na to liczyć. Pomyślcie o wszystkich przypadkach, kiedy jak dotąd odwalili fuszerkę. - Skierował uwagę na Adriana. - A ty co sądzisz?

Adrian skinął głową.

- Chyba nigdy tak naprawdę nie zastanawiałem się nad gromadzeniem żywności bez szczególnego powodu. Jednak na pewno byłby to produkt uboczny takiego gospodarstwa, na którym chciałbym mieszkać. Mięso przechowywane w wersji żywej. Trzymanie plonów i jedzenia do kolejnej pory siewu.

- Właśnie - rzekł John. Stuknął pięścią w stół. - Ludzie sądzę, że trzymanie żywności to szaleństwo, ale to żadne niedawne zjawisko. Tak się robiło jeszcze pięćdziesiąt lat temu. Wtedy brało się pod uwagę, że mogą nadejść trudne czasy.

- Szaleństwem jest poleganie na tym, że złożony łańcuch dostaw dostarczy ci jedzenie, i wiara, że każde ogniwo tego łańcucha bezbłędnie wykona swoje zadanie - zgodził się mój tata. - Póki co to działa, ponieważ za każdym razem, gdy pojawiał się problem, miał on formę lokalną i inne obszary mogły nadrobić zaległości. Wystarczy jednak, by kilka regionów w USA ucierpiało jednocześnie. Wtedy pojawi się efekt domina.

- I trzeba będzie stać w kolejce do punktu FAZK, modląc się, by wystarczyło dla twoich dzieci - dokończył John.

Była to dość ciężka rozmowa. Oczywiście przywykłam do takich tematów, ale nie byłam pewna, czy Adrian miał ochotę na wykład z podstaw prepperstwa podczas pierwszej wizyty, nawet jeśli wyglądał na zainteresowanego.

- Wiecie, chyba nawracacie wiernych - powiedziałam, uśmiechając się, po czym zmieniłam wątek: - A jak u Toma i Jenny? -

przez całe dzieciństwo spędzaliśmy lato, bawiąc się z ich dziećmi. Caroline zaraz mnie wtajemniczyła.

* * *

– Chyba posiedzimy chwilę na ganku – powiedziałam rodzicom, gdy sąsiedzi już wyszli.

Mama ziewnęła i przytuliła nas oboje.

– My idziemy do łóżka – rzekła.

– Chcecie, żebym wyłączył? – spytał tata spod wieży stereo. – Jakieś prośby? Czy może samemu coś wam nastawić?

– Ty wybierz – odparłam i dałam mu całusa na dobranoc. – Kocham cię, tatusiu. Aż do końca świata.

Uśmiechnął się.

– I dłużej, Cassie. Dobranoc, Adrianie. Dzięki za pomoc dzisiaj. W dwie godziny rozwiązałeś sprawę, która męczyła mnie od tygodnia.

– Żaden problem – odparł Adrian. – Było fajnie.

– Fajnie? Obaj jesteście beznadziejni – skomentowała mama i mrugnęła do mnie okiem.

Wyszliśmy w letnią noc. Na wzgórzu powietrze wciąż było ciepłe, więc w miasteczku musiał panować żar. Bujaliśmy się na huśtawce, słuchając muzyki przez moskitiery. Zaczęło się *This Magic Moment* Jay and the Americans. Ścisnęłam Adrianowi dłoń.

– To oficjalne. Mój tata cię kocha.

– Skąd wiesz?

– To piosenka moich rodziców. Nie podzieliłby się nią z byle kim. To kod taty. Mówi w ten sposób, że też możemy z niej korzystać.

Roześmiał się.

– Kod taty?

– Tak. Potrafię go całkiem nieźle rozszyfrowywać.

– Lubię go. – Zabrzmiał tęsknie. – Ich oboje.

Jego ojciec zmarł, gdy Adrian był mały. Z tego co słyszałam o tym mężczyźnie, chyba dobrze się stało, mimo to Adrian nie przestawał się zastanawiać, jak mogłoby być.

– Mogę się nim podzielić – zaproponowałam. – Sporo osób korzysta z mojego taty, gdy go potrzebują.

Ścisnął mi dłoń.

– A co takiego do siebie mówiliście, gdy żegnaliście się na dobranoc? O końcu świata?

– No tak, to się zaczęło, gdy byłam mała. No wiesz, kocham cię bardziej niż gwiazdy na niebie. – Adrian przytaknął. – I tym podobne. Pewnego dnia powiedziałam: „Kocham cię aż do końca świta. I dłużej". Przyjęło się.

Słuchaliśmy, jak muzyka nabiera intensywności. Adrian popatrzył na nasze dłonie i zaczął kręcić kciukiem kółka po moim kciuku.

– To jak myślisz? Kiedyś mi to powiesz?

Mówiliśmy już sobie, że się kochamy, ale nigdy nie byłam dobra w wyrażaniu uczuć tak, by się przy tym nie denerwować. Nie miałam wiele doświadczenia, jeśli chodziło o stan zakochania. W zasadzie ograniczało się ono do tego przypadku.

– Co powiem? – spytałam, choć wiedziałam, o co mu chodziło.

– Że kochasz mnie aż do końca świata? I dłużej?

Obserwowałam jego poruszający się kciuk. Nie potrafiłam podnieść wzroku. Wszystko to przychodziło mu tak łatwo.

– Już tak jest – wymusiłam z siebie. – Po prostu nie wypowiadam tego głośno.

Przysunął usta do mojego ucha.

– Cassie Forrest, kocham cię. Do końca świata.

Zadrżałam, niepewna, czy z powodu jego oddechu, który czułam na szyi, czy usłyszanych słów. Zastanawiałam się, co takiego oboje zrobiliśmy, żeby sobie na to zasłużyć, żeby z taką łatwością się odnaleźć.

Uśmiechnęłam się, napotykając jego spojrzenie.

– I dłużej, Adrianie Millerze – oznajmiłam ze swobodą.

Zaplątał dłonie w moich włosach, gdy przyciągnęłam go bliżej siebie na skrzypiącej huśtawce. Otulała nas końcówka piosenki, dar od mojego taty, i w tym magicznym momencie stała się ona również naszą piosenką.

* * *

– Nie pamiętam. To ten zakręt? – spytał Nelly.

Poruszyłam się gwałtownie, czując się, jakbym spadła z tamtej huśtawki.

– Och, hmm, tak.

Skręcił w drogę gruntową, co oznaczało, że byliśmy niemal na miejscu. Wdepnęłam stopą wyobrażony pedał gazu. Tak bardzo chciałam już się tam znaleźć, jednak też się bałam. Zastanawiałam się, czy wciąż przebywają tam duchy moich rodziców, czy będą mnie nawiedzać, gdy zacznę chodzić po pokojach.

Oto drzewo z odbłyśnikiem, przy którym zaczynałam odtwarzać piosenkę. Zaczęłam cicho śpiewać pod nosem, sądząc, że skoro siedzę w fotelu pasażera, nikt mnie nie usłyszy. Jednak Nelly usłyszał i dołączył. Zmusiło mnie to do podniesienia głosu.

– No świetnie – skomentowała Ana. – Teraz będą śpiewać.

Penny pisnęła. Również od dawna pomagała w tym utworze, ponieważ spędziła tu tak wiele wakacji, w miejscu, które nazywała „wiejską posiadłością", i poczułam się samolubnie, że przez ostatnie lata nie dopuszczałam jej tutaj. Miała słodki i czysty głos, a teraz celowo kierowała go prosto do ucha siostry. James zmierzył ją wzrokiem, który rozpoznałam. Adrian tak na mnie spoglądał. Nagle otworzył usta i też zaczął śpiewać, a mi opadła szczęka, gdy usłyszałam jego głos, gładki i niski. Popatrzyliśmy na niego z zaskoczeniem.

James zarumienił się i wzruszył ramionami.

– Chór w gimnazjum – bąknął.

Przypomniałam sobie ostatni raz, kiedy jechałam tą drogą, i ścisnęło mnie w gardle. Wtedy nie mogłam odtworzyć piosenki. Mama i tata znajdowali się z tyłu, zmieszani ze sobą w urnie. Z jakiegoś powodu sądziłam, że ich prochy będą jak popiół z papierosa, ale tak się nie stało. Nieco bardziej bryłkowate, nieco bardziej konkretne. Nie rozpadały się tak jak popiół z papierosa. Wylądowały na ziemi, by stamtąd przedostać się pod spód. Gdy otrząsnęłam się już z zaskoczenia, uznałam, że wyszło właściwie.

Penny i James śpiewali końcówkę w idealnej harmonii, gdy skręcaliśmy na podjazd. Niemal słyszałam akompaniament muzyki. Zostawili mnie i Nelly'ego daleko w tyle.

– Pozerzy! – Nelly zawołał do tyłu, zanim wziął mnie za rękę i podjechaliśmy pod dom.

Rozdział 50

Dom wyglądał na porzucony. Z frontowego ganku zabrano meble i zdjęto huśtawkę z ramy. Erik mógł nie zaglądać tu przez całą zimę. Nie mówił mi, ponieważ nie chciałam znać szczegółów, choć lubiłam wiedzieć, że tu przyjeżdżał.

– Gotowa? – spytała Penny.

– Tak – odparłam.

Żwir zachrzęścił mi pod stopami. Kwiaty mojej mamy padły ofiarą zaniedbania. Powinnam tu być, pielić i przycinać, utrzymywać ład. W ocienionych częściach podwórka utrzymywały się małe połacie lodu. Wiosna przychodziła tu nieco później, jednak krokusy i żonkile wysyłały w górę swoje małe zielone palce.

Drżała mi dłoń. To tylko dom, powiedziałam sobie. Otworzyłam drzwi i weszłam do środka. Wszystko było takie samo, pokryte warstwą ciszy jak wtedy, gdy przyjeżdżaliśmy po dłuższej nieobecności. Potrzeba było tylko ludzi, by wypełnili puste miejsca. I nie był to byle dom. Przez cały ten czas myślałam, że będę tu nawiedzana przez wspomnienia. Może nawet przez duchy, jeśli moje wyjątkowo paskudne koszmary mogły stanowić jakąś wskazówkę. Jednak wspomnienia nie nawiedzały. Widziałam kominek, w którym szykowaliśmy popcorn w filmowe wieczory, stół, przy którym spożywaliśmy niezliczone gotowane własnoręcznie posiłki, kapę na kanapie, którą otulałam się w zimne, wilgotne dni, półki pełne książek, kosz mamy z robótką. Wszystko to były tylko rzeczy, podobnie jak był to tylko dom, ale one również coś oznaczały.

Nagle poczułam irytację, jakbym uświadomiła sobie, że zmarnowałam trzy lata, przez które mogłam tu przyjeżdżać, szukać tu pociechy. Chyba weszło mi w zwyczaj, by odmawiać sobie rzeczy, które mogły dawać mi ukojenie.

– Naprawdę ładnie – powiedział James.

W powietrzu pokazała się mgiełka jego oddechu. Potrzebowaliśmy ognia. Miałam wrażenie, jakby od wielu dni nie było mi ciepło.

– Dzięki.

Wszyscy zaczęli się kręcić, dotykać rzeczy, wyglądać przez okna. Póki co był to również ich dom. Chciałam, by go polubili. Myślałam trochę o przydziale pokojów, ale chciałam wcześniej skonsultować się z Penny. Gestem przywołałam ją do kuchni.

– Słuchaj – wyszeptałam. – Sypialnie. Czy ty i James zamierzacie spać w tym samym pokoju, czy też póki co mam cię położyć razem z Aną?

Musnęła palcem noże stojące w stojaku na blacie, nie patrząc na mnie.

– Hmm, chyba będziemy w tym samym pokoju.

– Okej. – Kopnęłam ją w nogę i próbowałam powstrzymać uśmiech. – Czy zamierzasz zaliczyć ostatnią ba...

– Cassie, przysięgam, że zabiję cię, jeśli rzucisz jeszcze jeden komentarz związany z bazami w baseballu – przerwała mi, udając, że chwyta nóż. – Ale skoro musisz wiedzieć, to owszem. Planuję to najszybciej, jak tylko się da.

Obie zachichotałyśmy.

– Co jest takie zabawne? – spytał James zza naszych pleców.

– Oj, nic takiego – odparła Penny. Uśmiechnęłyśmy się do siebie łobuzersko.

Odchrząknęłam.

– Dobra, słuchajcie. – Pomyślałam, że niech Penny i James wezmą pokój moich rodziców. Peter – odwrócił się od półki z książkami – możesz zamieszkać w pokoju Erika. Gdy tu przyjedzie, wymyślimy coś innego. Ana i Nelly, jedno z was może spać w moim pokoju, a drugie w gabinecie robiącym też za pokój gościnny. Albo, jako że są tam dwa łóżka, jedno może nocować z Peterem.

Nelly i Ana popatrzyli po sobie. Było jasne, że dziewczyna chciała pokoju dla siebie, więc Nelly skapitulował.

– Wygląda na to, że znowu będziemy współlokatorami – powiedział do mnie. – Dowiodłaś, że umiesz trzymać łapy przy sobie.

– Haha. Idę do piwnicy, żeby włączyć korki.

Pstryknęłam przełączniki, ale nic się nie stało. Na szczęście instalacja wodna była wykonana na zasadzie grawitacyjnej, a solarny podgrzewacz wody znajdował się na osobnym obwodzie. Oznaczało to możliwość ciepłych pryszniców. Powąchałam dłoń. Wciąż woniała wymiocinami. Rozejrzałam się po reszcie piwnicy. Było tu cieplej niż na górze, powyżej dziesięciu stopni, a przez okna umieszczone na poziomie gruntu wlewało się światło.

Tata był specem od elektryki, ale domeną mamy było stolarstwo. Pod ścianami stały regały zastawione domowymi przetworami w słoikach. Widziałam tam pomidory, brzoskwinie, zieloną fasolkę, dżemy we wszelkich kolorach, przecier jabłkowy i niezliczone inne rzeczy, które najpierw rosły, później zostały zebrane, po czym zakonserwowane przez nich oboje. Lato i jesień były porą gotowania w ogromnych garach na jeszcze większej płycie kuchennej. To ciężka praca, lecz warta wysiłku, jak zawsze mawiała mama. Zdecydowanie warta, co doceniało się, gdy przychodził styczeń.

Na dwóch ścianach znajdowały się puszki i wielkie wiadra żywności. Zawierały między innymi mąkę, pszenicę, owies, cukier, ryż, kukurydzę, fasolę i produkty liofilizowane. Mama podchodziła do sprawy naukowo i co jakiś czas wymieniała zapasy, by nic się nie popsuło. Wiedziała, co to znaczy być głodnym, i nie cierpiała marnowania jedzenia. Na kolejnym regale ustawiono zakrętki do słoików, świece, wosk, baterie, lampy, latarki, pudło z lekarstwami, szampon, mydło, odżywkę do włosów, maszynki do golenia i wszelkie rodzaju rzeczy, po które zwykle zachodziło się do drogerii. Przywykłam do tej obfitości, ale gdy usłyszałam odgłos raptownego wciągania powietrza, przypomniałam sobie, że widok takiej ilości żywności w jednym miejscu nie jest czymś zwyczajnym.

– To jak magazyn – skomentował James. Przesunął dłonią po wiadrach. – Tu muszą być setki kilogramów. Zawsze chciałem mieć taką piwnicę.

Był równie szalony jak ja. Cieszyłam się, że dzięki niemu nie poczułam się jak wariatka, skoro podobało mi się to wszystko.

– Rodzice Cass szykowali się na sytuacje awaryjne – powiedziała Penny. Kiedyś razem tu schodziłyśmy i rozglądałyśmy się za ciekawostkami, jakbyśmy szukały skarbów.

– Nie zdawałem sobie sprawy, że twoi rodzice byli nałogowymi zbieraczami – dobiegł z tyłu głos Petera.

Wyobraziłam sobie wszystkie sposoby, na jakie mogłabym go zabić. Może nie był świadom, że ich obrażał. Może.

– Nie. Byli. Zbieraczami – wycedziłam. – Byli preppersami. Zbieracze gromadzą rzeczy, których tak naprawdę nie potrzebują, i nie dzielą się nimi z nikim. Moi rodzice sami produkowali sporą część tego jedzenia. I oddawali je. Ofiarowywali bankom żywności i zachowywali tyle, by wystarczyło nam na ciężką zimę, gdyby wydarzyło się coś strasznego.

Zastanawiałam się, czy powiedzieć mu, że moja mama w dzieciństwie była tak biedna, że czasami chodziła głodna. Że polowała po szkole na wiewiórki, by było coś do jedzenia, gdy jej tata wróci z pracy do domu, brudny i zmęczony. Niemniej ostatnią rzeczą, do jakiej byłaby zdolna, to pozwolić innym głodować, gdy ona sama miała co jeść. Peter nie zasługiwał jednak na to, by otrzymał takie wyjaśnienie, by wiedział takie rzeczy o mojej mamie. Zresztą chyba nawet gdybym mu powiedziała, nie zrozumiałby. Nigdy mu niczego nie brakowało.

Obróciłam się. Obserwował mnie ze znudzoną miną, jakby pozwalał mi mówić, lecz nie wierzył w ani jedno moje słowo.

– I wyobraź sobie, że rzeczywiście wydarzyło się coś strasznego. Nie, nie wierzę, że potrafisz sobie to wyobrazić. A ty?

Dłonie drżały mi z wściekłości, gdy mierzyłam go spojrzeniem. Pierwszy zerwał kontakt wzrokowy. A więc tak to będzie. Nic, co zrobię, nigdy nie będzie słuszne. Przynajmniej wiedziałam, na czym stoję.

Rozdział 51

Nasz mizerny dobytek został schowany, a w kącie pokoju leżała sterta smrodliwych rzeczy do prania. Dom się miło rozgrzewał. Peter siedział przy stole, zajadając krakersy z masłem orzechowym i domowym dżemem. Zauważyłam, że dżem „zbieraczy" jakoś łatwo mu wchodził.

– Powinniśmy odwiedzić Johna? – spytała Penny.

– W zeszłym tygodniu odwiedzał córkę – odrzekłam. – Planował zadzwonić, gdy będzie wracał, i zajrzeć do mnie w mieście. – Wybrał sobie najgorszy możliwy moment, żeby znaleźć się z dala od swoich zapasów, ale przynajmniej jest z Jenny.

Poszłam do szopy z ogniwami. Otwór w dolnej części drzwi nie stanowił dobrej wróżby. W środku wszędzie leżały porozrzucane baterie. Jedno z okien było rozbite, a przewody zostały pogryzione. W całym tym bałaganie tkwiły puchate mysie gniazda, jednak do środka musiało też wejść coś większego, co później wygryzło sobie drogę przez drzwi, może szop albo jeżozwierz. Ten mały gnojek musiał tu nieźle szaleć. Prąd by się przydał, ale na szczęście mieliśmy mnóstwo lamp, a pod płytą kuchenną stały dwie pełne butle gazu.

Wychodząc z szopy, usłyszałam coś w lesie. Kaburę zostawiłam w domu, podobnie zresztą jak maczetę. Postąpiłam głupio, wychodząc na zewnątrz bez broni i bez asysty. Chwyciłam kawałek metalowej rurki i zaczęłam przekradać się po martwej trawie w kierunku domu.

Przyspieszyłam, słysząc łamane gałęzie, lecz usłyszałam wesołe szczekanie, które mnie zatrzymało. Był to pies Johna, Laddie [6]. Posiwiał już na pysku i kulał w chłodne poranki, ale teraz tańczył wokół mnie, uśmiechając się po psiemu.

– Laddie! – Uklęknęłam, by go przytulić, a on liznął mnie po ustach. – Co tu robisz? Gdzie twój tata?

Usiadł i machnął ogonem, zamiatając liście za sobą. Miałam nadzieję, że z Johnem wszystko w porządku, bo nigdy nie puściłby tu Laddiego samego.

– Pokój temu domowi! – rozbrzmiał głos.

Na ścieżce dzielącej domy pojawił się John. Wyglądał znacznie lepiej niż wtedy, gdy widziałam go ostatni raz. Caroline w zeszłym roku zmarła we śnie z powodu rozległego zawału serca. Mocno to przeżył i wtedy sprawiał wrażenie, jakby próbował podążyć za nią na drugą stronę. Wciąż nie wrócił do potężnej sylwetki, skoro Caroline już go nie karmiła, ale dostrzegałam iskrę w jego oczach i błysk zębów w szronkowatym zaroście.

– John! – pobiegłam prosto w jego niedźwiedzie objęcia i odprężyłam się w jego okrytych wełną ramionach.

Chwycił mnie za barki i odsunął na długość rąk, po czym zmierzył mnie wzrokiem od góry do dołu.

– Dobrze się czujesz? Dotarłaś tu? – spytał, zupełnie jakbym była zjawą.

– Dobrze. Wszyscy się dobrze czujemy. Są tu też Nelly, Penny z siostrą i... Po prostu wejdź, to poznasz wszystkich. Dlaczego tu jesteś? Dlaczego nie u Jenny?

– W dniu, w którym miałem wyjechać, Jenny zadzwoniła i powiedziała, że dzieci złapały wirusa, więc powinienem przełożyć wizytę o jakiś tydzień. – Zachłysnęłam się, a on pokręcił głową. – Nie, nie to, mieli paskudne przeziębienie. Gorączka, cieknące nosy, kaszel. Dzięki Bogu. – Mimo to przez jego twarz przemknął wyraz zatroskania. – Ostatni raz rozmawiałem z nimi w weekend. Próbowałem do ciebie dzwonić, ale w Nowym Jorku padła sieć. Znasz Jenny, jest jak jej mama, na pewno szykowała się na najgorsze. Prowadzą raczej wiejskie życie. Modlę się, żeby nic im się nie stało.

– Och, John, też mam taką nadzieję. – Przykryłam jego pokrytą odciskami dłoń swoją dłonią. – Ale tak się cieszę, że cię tu widzę. Naprawdę. Chodź do środka.

Rozdział 52

Dudniący śmiech Johna napełniał dom, gdy mężczyzna przytulał Penny i Anę, ściskał dłoń Nelly'emu i poznawał pozostałych. Zadawał bardzo precyzyjne pytania dotyczące tego, gdzie byliśmy.

– Kolega z wojska, który jest wysoko postawiony w Pentagonie, dzwonił do mnie w zeszły weekend – oznajmił. – Mówił, że krążą plotki o broni biologicznej, która wymknęła się spod kontroli. Że to coś naszego, nazywanego Nowe Narodzenie. Nie wiedział, w jaki sposób wylądowało na całym świecie. Telefonował do mnie z bezpiecznej linii z jakiegoś miejsca pod ziemią, a jeśli to nie stanowi wskazówki, jak paskudna jest sytuacja, to nie mam pojęcia, co mogłoby nią być. – Przejechał dłonią po siwiejących włosach. – Kazał mi się przyczaić i przeczekać. Spytałem, co mam przeczekać i jak długo, a on na to, że nie jest pewny co do jednego i drugiego. Władze twierdzą, że miesiąc, ale wybrali ten okres na chybił trafił. Jest na tyle odległy, żeby dało się zmontować jakąś militarną odpowiedź, a przy tym na tyle bliski, by ludzie nie wpadli w panikę, gdy go usłyszą.

Podłamałam się. Byłam jedną z osób, które usłyszały ten termin i poczuły ulgę. Szeryf Sam też w niego wierzył. Myślę, że Gwardia Narodowa również.

– Samowi powiedzieli to samo – wyjaśnił John, widząc moją minę. – Jeśli wszyscy będą działać zgodnie z założeniem, że musimy to znosić tylko przez miesiąc, to nie zachowają wystarczającej ostrożności.

Penny i James pokiwali energicznie głowami, z pewnością myśląc o swoich matkach. Widziałam, jak Penny przytulała go w lesie, gdy szarpał nim płacz. Kiedy spytałam później, powiedziała mi, że próbował przekonać rodziców, by potraktowali bornawirusa poważnie, jednak oni odparli, że jak zwykle zachowuje się jak stuknięty. Był pewien, że już nie żyją albo zostali zainfekowani.

James na pierwszy rzut oka nie sprawiał wrażenia szczególnie twardego gościa, ale uważałam, że jest ponadprzeciętnie wytrzymały. Trzymał się nieźle przez całą drogę tutaj. Nigdy nie musiałam zastanawiać się nad jego stanem. Wszyscy się baliśmy, ale to go nie powstrzymywało. Był inny i był mądry. Jego oczy ożywiły się teraz.

– Czytałem różne strony internetowe poświęcone teoriom spiskowym i jedna z nich mówiła coś o broni biologicznej – oznajmił. – Wtedy krążyły niezliczone hipotezy, więc tylko na to zerknąłem. Teraz żałuję, że nie zapamiętałem szczegółów. – Zamknął oczy i oparł sobie dłoń na czole niczym staroświecki jasnowidz. – Napisali tam, że do powstania bornawirusa LX doszło w wyniku mutacji wirusa wojskowego. Chodziło o coś związanego z żołnierzami, którzy ginęli na polu bitwy, lecz mogli walczyć dalej. Życie po śmierci. Czyli Nowe Narodzenie. Wtedy uznałem to za kompletne szaleństwo, ale...

– To może być prawda – dokończył John. – A zainfekowani wytrzymają znacznie dłużej niż deklarowany miesiąc, z tego co mój kumpel powiedział lub nie powiedział. Zawsze naśmiewał się z moich zapasów, więc gdy spytał, jak stoję z jedzeniem, uznałem, że żartuje. Roześmiałem się i powiedziałem mu, że wystarczy mi na lata i mogę też uzyskać więcej z uprawy. „Wiem, John", odparł. „I dzięki Bogu, że tak masz". Mówił to wszystko tak cicho, że poczułem, jak krew krzepnie mi w żyłach.

– Czyli to perspektywa kilku lat? – zapytał James. Zdjął dłoń z czoła i rozejrzał się szeroko otwartymi oczyma. W końcu mogłam stwierdzić, że ujrzałam na jego twarzy przerażenie.

Rozdział 53

Niestety John nie miał żadnego pojęcia o solarach. Planował, że mój ojciec pomoże mu przestawić dom na energię słoneczną, ale ten plan zginął wraz z tatą. Miał jednak potężne zapasy paliwa oraz generator. Odpalał go na kilka godzin każdej nocy, żeby utrzymać temperaturę w zamrażarkach. A co najlepsze, dysponował pralką. Uparł się nawet, że zabierze nasze pranie ze sobą, żebyśmy mogli się zadomowić.

– Erik zabrał wasz generator na zimę – poinformował.

Erik i Rachel wynajmowali dom słynący z tego, że w zimie zdarzały się w nim problemy z prądem, więc nie zaskoczyła mnie ta wieść. John powiedział też, że Erik dzwonił do niego po wysadzeniu mostów i mówił, że wyjeżdżają. Zamierzali tu dojść, jeśli nie będą mogli jechać drogami. Polecił Johnowi, żeby mnie wypatrywał, choć nie był pewien, czy zdołałam się wydostać z Nowego Jorku. Starałam się sobie wyobrażać, że wędrują bezpiecznie przez lasy, jednak mieli do przejścia setki kilometrów. Choć na myśl o tym skręcało mi żołądek, obsesyjnie wyświetlałam sobie w myślach, jak suną szlakiem, napełniając butelki z wodą, ciesząc się widokami i tuląc się do siebie w śpiworze pod gwiazdami, a jednocześnie na mapie w głowie wytyczałam najbardziej prawdopodobną trasę. Może jeśli się wystarczająco mocno skupię, ta wizja się urzeczywistni.

– Mamy ogrzewanie, piec, lampy i wodę – oznajmiłam. Dzięki temu wszystkiemu byliśmy chyba jednymi z największych szczęściarzy na świecie. – Wydaje mi się, że sobie poradzimy. Poza tym możemy wysłać rzeczy do prania. Zupełnie jak w mieście.

John ryknął śmiechem.

– Ale zjesz z nami kolację, John? – zapytała Penny. – Musimy cię trochę podtuczyć.

– Nie pogardzę domową kuchnią. I towarzystwem. W obu zamrażarkach mam po brzegi mięsa. Przyda mi się pomoc w przejedzeniu go. Jutro wyciągnę trochę wołowiny, żeby się rozmroziła. – Zarzucił sobie worek z brudami na ramię niczym Święty Mikołaj po godzinach dorabiający jako drwal. – Pójdę już i nastawię pralkę. Wrócę na kolację z tym, co się zdąży uprać.

Rozdział 54

Szarpnęłam szczotką poplątane włosy. Nawet krótki prysznic, na który mogliśmy sobie pozwolić, zanim skończyła się ciepła woda, wydawał się wspaniały. Obserwowałam, jak tygodniowy brud spływa do rury, i pozwoliłam sobie na myśli o Adrianie. Rok wcześniej przebywał gdzieś w północnym Vermoncie. Jeśli wciąż tam był, to mogłabym zakładać się z niemal stuprocentową pewnością, że nic mu nie jest. Jak go znałam, zapewne konstruował właśnie fortyfikacje i zbierał wokół siebie ludzi.

Pocieszało mnie, że znajduję się teraz bliżej niego, choć w tym momencie równie dobrze mogłyby nas dzielić miliony kilometrów zamiast setek. Chciałam tylko wiedzieć, czy nic mu nie jest. Niektórzy ludzie twierdzą, że zorientowaliby się, gdyby kochana przez nich osoba umarła. Nie byłam tego taka pewna, ale jeśli to prawda, to oznaczało, że wciąż żył. Aż tutaj czułam jego przyciąganie.

Ubrałam się w dżinsy i koszulkę, które były tu od lat, i przeszłam korytarzem. Ana, Peter i Nelly rozłożyli się na kanapie i przerośniętych fotelach, okryci chaotyczną zbieraniną ubrań. Będziemy potrzebowali ich więcej, do tego w prawidłowych rozmiarach.

Na piecu grzały się garnek z wodą i pomidory z puszki. James nucił, mieszając sos, a Penny wrzucała spaghetti do wrzątku. Widok ten wydawał się tak codzienny i domowy, jeśli pominąć, że James miał na sobie przyciasne dżinsy z nogawkami trzy czwarte, a Penny batikową spódnicę mojej mamy. Zdusiłam śmiech i próbowałam mi pomóc, ale mnie przegonili. Zachodziło słońce. Nakryłam stół i postawiłam na nim dwie lampy solarne. Na końcach kanapy umieściłam lampy olejowe.

Rozległo się pukanie do drzwi i do środka wszedł John z workiem, który postawił na podłodze.

– Uprałem połowę. Resztę przyniosę później.

– Och, dzięki Bogu – powiedziała Ana. – Nie mogę się doczekać, kiedy to z siebie zdejmę.

Osobiście uważałam, że wyglądała dość uroczo w podwiniętych spodniach khaki mojej mamy. Czułam się urażona, że dziewczyna nie okazywała wdzięczności za ubrania, które miała na sobie, nawet jeśli było to zapewne śmieszne. Pogrzebała w worku, po czym ruszyła korytarzem. Poszłam za nią i zastukałam do drzwi.

– Tak? Proszę.

– Hej. – Niemal całkowicie zamknęłam za sobą. – Możemy chwilkę porozmawiać?

– Chyba tak. – Popatrzyła na mnie nieprzyjaźnie.

– Jesteś na mnie zła?

Rzuciła w róg koszulę mojej mamy i założyła własną koszulkę. Rozpięła guziki spodni i znieruchomiała.

– Peter mówił mi, co mu powiedziałaś. Znaczy, wiedziałam,

że nie przepadałaś za nim za bardzo, ale nie potrafię uwierzyć, że zrobiłabyś coś takiego.

Cofnęłam się myślami. Owszem, zerwałam z Peterem i ochrzaniłam go za to, że zachowywał się samolubnie, ale nie byłam pewna, o co chodziło dziewczynie. Założyłam ręce i przysiadłam na biurku komputerowym.

– Nie mam pojęcia, o czym mówisz.

– Peter powiedział mi, że mówiłaś mu, by z nami nie jechał, bo postanowiliście się rozstać. To dlatego nie chciał iść, gdy musieliśmy uciekać. Nie mogę uwierzyć, że byłaś tak samolubna.

Ściągnęła spodnie mamy i cisnęła w ślad za koszulą. Mój mózg powtórzył wszystko, co właśnie usłyszałam, a ja słuchałam go uważnie, bo albo żyłam w alternatywnej rzeczywistości, albo żył w niej Peter. W tejże alternatywnej rzeczywistości to mnie Peter nazywał samolubną. Poczułam, jak gorąco biegnie mi od żołądka na twarz.

– To nieprawda – wyrzuciłam z siebie. – To ja z nim zerwałam, jeszcze na Brooklynie. Powiedział, że nie uda się z nami do Bezpiecznej Strefy, choć mu to doradzałam. Próbowałam być dla niego miła. A teraz cię okłamuje. Zaś ty mu oczywiście wierzysz.

Wydęła dolną wargę, wzruszyła ramionami i zapięła dżinsy. Nie przejęła się, podobnie jak nie przejmowała się ubraniami leżącymi na podłodze. Po co dbać o coś, co nie jest jej, co nosiła tylko kilka godzin? Nie poświęciła ani chwili myśli, że John szedł przez las z naszymi brudami, że był tak miły, by je uprać i poskładać, że użył swoich zapasów benzyny, by uruchomić generator, ani też wszelkim innym drobnym – lecz również wielkim – kwestiom, dzięki którym mieliśmy znów czyste rzeczy.

Podniosłam spodnie i koszulę mamy, złożyłam je starannie

i położyłam na tapczanie. Miałam ochotę uderzyć Anę. Nie mogłam uwierzyć, że miniony tydzień nijak na nią nie wpłynął, a jednak stała przede mną stara Ana, samolubna i roszczeniowa Ana.

– Jak sobie chcesz – rzekła. – Musimy tu być tylko przez miesiąc, prawda? Jestem pewna, że jakoś zdołamy ze sobą wytrzymać, zanim wszyscy będziemy mogli wrócić do dawnego życia.

Uśmiechnęła się do mnie złośliwie przez zaciśnięte usta. W ogóle nie słuchała. Nie miałam pewności, co spodziewała się zastać za miesiąc w Nowym Jorku, nawet gdyby infekcja do tego czasu wygasła.

– W porządku, wierz sobie, w co chcesz – rzekłam.

Przycisnęłam ubrania mamy do piersi. Mama zawsze mawiała, że prawdziwe piękno kryje się we wnętrzu, zaś Ana, z tą swoją ściśniętą twarzą i obłudą, wydawała mi się brzydka. Skierowałam się do drzwi, ale zatrzymałam się i obróciłam. Chciałam zetrzeć jej ten uśmieszek.

– Ale jeśli jeszcze choć raz rzucisz na podłogę coś należącego do moich rodziców, to przysięgam, że stłukę cię do nieprzytomności. Naprawdę.

Kolana mi się trzęsły, gdy wychodziłam. Oparłam się o ścianę w korytarzu i odetchnęłam. Nie mogłam uwierzyć, że właśnie zagroziłam Anie przemocą fizyczną i że mówiłam to szczerze. Nie przejmowałam się jednak, ponieważ wyraz jej twarzy, gdy ją zostawiałam, był tego wart.

Rozdział 55

– Taka wekowana zielona fasolka jest naprawdę całkiem niezła – skomentował Nelly, gdy skończyliśmy kolację. Popatrzył na Penny i Jamesa. – Dziękuję, kochani.

Wszyscy wyglądali na zmęczonych. Wydawało się, jakbyśmy przejeżdżali przez miasteczko przed tygodniem, podczas gdy było to zaledwie tego ranka.

– Musicie iść spać – powiedział John. – Ja się dzisiaj prześpię na kanapie. Laddie da nam znać, gdyby ktoś szedł. Jutro zaczniemy pracę nad systemem wczesnego ostrzegania dla waszego domu. U siebie już go zrobiłem.

– A co to takiego? – zażartowała Penny. – Puszki z kamieniami zawieszone na drucie?

– W sumie to blisko – odparł sąsiad ze śmiechem. – Da się kupić urządzenia zaawansowane technicznie, jeśli wolicie zaryzykować w Albany, ale póki co ograniczymy się do drutu kolczastego i żyłki wędkarskiej.

Niedługo później, gdy leżeliśmy w łóżku i patrzyliśmy na księżyc muskający drzewa swoim blaskiem, opowiedziałam Nelly'emu o Anie.

– Nie mogę uwierzyć, że Peter tak kłamie – uznał.

– No wiem. Nie jestem nawet w stanie na niego patrzeć.

W oczach wezbrały mi łzy gniewu, więc zamilkłam, by Nelly nie usłyszał ich w moim głosie.

– Wolałbym, żebyś pozwoliła mi z nim porozmawiać, Cass.

– Nie chcę zaczynać kolejnych problemów. Może sprawa rozejdzie się po kościach. Może czas uleczy rany.

– Peter nie sprawia dla mnie wrażenia osoby, która potrafi stanąć na wysokości zadania. Obiecuję jednak, że na razie nic nie powiem. Ale wiesz, nie możesz pozwolić, żeby cię tak traktował.

Westchnęłam i przeturlałam się na swoją stronę.

– No wiem, wiem. Mówiłam ci już chyba, że nie jestem silna, prawda?

Wypuścił przeciągle powietrze. Wydawało mi się, że zasnął, ale nagle się odezwał:

– Podoba mi się jednak ta twoja nowa strona.

– Jaka strona?

– Ta, dzięki której grozisz ludziom, że skopiesz im dupy. Szkoda, że wtedy nie mogłem być muchą siedzącą na ścianie.

– Już cicho bądź – rzekłam, ale uśmiechnęłam się. Choć kilka minut wcześniej wydawało mi się, że nigdy nie zdołam się odprężyć, zaraz odpłynęłam w sen.

* * *

Obudziłam się wczesnym rankiem. Widywałam już wiele świtów. Miałam wrażenie, że czeka mnie jeszcze mnóstwo kolejnych, ponieważ musieliśmy oszczędzać baterie i olej do lamp. Uwielbiałam jakby podwodny szaroniebieski blask, zanim w końcu wyłaniało się słońce. Kiedy obserwowałam rodzący się dzień, czułam się bardziej do niego dostrojona, zupełnie jakbyśmy byli starymi przyjaciółmi, zamiast nagle lądować w jego środku. Po raz pierwszy od lat palce świerzbiły mnie, by chwycić za pędzel, by mieszać kolory, dopóki nie odnajdę tego idealnego odcienia niebieskiego.

John rozpalił ogień w salonie, a w czajniku czekała gorąca woda. Pamiętał, że rankiem lubiłam pić herbatę, niech błogosławiona będzie jego dusza. Usiadłam przy stole, przy którym pisał coś na kartce.

– Co robisz? – spytałam.

– Rozplanowuję wasz perymetr. Rozciągniemy system wczesnego ostrzegania, znany również jako metalowe puszki. – Uśmiechnął się. – W pewnej odległości, ale na tyle blisko, by dało się go usłyszeć. Drut kolczasty pójdzie w obrębie tej linii na wysokości piersi. Powinien wyłapać wszystko, co przejdzie przez puszki, i przytrzymać, dopóki tego nie dopadniemy. Pagórek za ogrodem jest stromy, więc zostawimy go na koniec. To najlepsze rozwiązanie, na jakie możemy sobie teraz pozwolić. W zależności od tego, jak się dalej rozwinie sytuacja, może trzeba też będzie wykopać rowy. Zobaczymy, co będzie.

Gdy tak siedział stateczny jak skała, pracując nad planami, kojarzył mi się z tatą. Poczułam ściskanie w piersi. W sumie to był teraz dla mnie jak ojciec.

– John, jesteś niesamowity. Tak bardzo ci dziękuję.

Ścisnęłam dłońmi kubek. W sypialniach wciąż było zimno. W nocy temperatura zeszła do minus jednego.

– Robię to z radością. Dzięki temu nie muszę myśleć o problemach. – Napotkał mój wzrok i jego niebieskie oczy zalśniły w blasku lampy. – Nie sądziłem, że tu dotrzesz, słonko. Nie po tym, co zrobili w Nowym Jorku. Gdy dostrzegłem dym z komina, byłem przekonany, że to Erik, więc się nie zdziwiłem. Lecz o ciebie się martwiłem. Nie potrafię przekazać, jak ucieszyłem się na twój widok. To niemal jakby przyjechała Jenny.

Przykryłam jego dłoń swoją dłonią i siedzieliśmy w przyjaznym milczeniu, gdy za oknem wschodziło słońce.

Rozdział 56

– Będę zadowolona, jeśli już nigdy w życiu nie zobaczę puszki – powiedziała Penny. Wtarła maść antybiotykową w zacięcia, które zrobiła sobie, wieszając puszki na drutach.

– Wszyscy wykonaliście porządną robotę – powiedział John, który przez cały dzień mocował drut do drzew, zerknął jednak na Petera i Anę. Przez większość tego czasu rzeczywiście pracowali, jednak gdy inne dwuosobowe zespoły skończyły dziesiątki metrów, im się udało jedynie kilkanaście. Robiłam co w mojej mocy, by ich ignorować.

Rozpalono grilla pod odmrożone steki. Na werandzie było chłodno, ale wciąż byliśmy rozgrzani od wysiłku. James rozdał kilka znalezionych przez nas piw. Erik zapewne wypił resztę domowych piw taty, bo trafiliśmy jedynie na puste butelki.

James uniósł flaszkę.

– To pamiętny dzień. – Gdy popatrzyliśmy na niego z zaciekawieniem, wyciągnął iPada z pokrowca. Nabraliśmy gwałtownie powietrza, widząc pęknięcie na ekranie. – Tak. Zdechł. Jestem przekonany, że nic nie wyjdzie z reklamacji w AppleCare. – Roześmieliśmy się. – Z początku byłem przerażony, co bez niego zrobię, i nagle uświadomiłem sobie, że wieszanie puszek jest znacznie bardziej użyteczne niż gry. Może też zabawniejsze. – Mrugnął okiem do Penny, swojej partnerki przy pracy, a ona się zarumieniła. – I druga rzecz. – Wyciągnął z kieszeni paczkę papierosów. – To moja ostatnia paczka. Uznałam, że porozkoszuję się dymkiem przy piwie. Nie chcę nikogo do niczego zmuszać, ale jeśli ktoś ma ochotę, to lepiej się pospieszcie.

– Stary, nie chcemy ci wypalać ostatnich fajek – powiedział Nelly, choć zdecydowanie chcieliśmy.

– Ale ja chcę, żebyście to zrobili. Im dłużej będę je miał, tym żałośniej będę się zachowywał. Chcę, by zniknęły tego wieczora, i chcę wypalić je z przyjaciółmi. Zwłaszcza z takimi przyjaciółmi, którzy jutro, kiedy będę się zachowywać jak dupek z objawami odstawienia nikotyny, nie zapomną, jak szczodry potrafię być.

Obrócił sugestywnie paczkę, zupełnie jakbyśmy potrzebowali dalszej zachęty. Nelly i ja wzięliśmy po jednym i rozsiedliśmy się wygodniej na krzesłach. Nawet Penny, grzeczna dziewczynka, która nie paliła od liceum, też się poczęstowała. Wybuczeliśmy ją, a ona pokazała nam środkowy palec. Peter pokręcił głową, a Ana westchnęła i odsunęła krzesło na krawędź werandy.

– A co tam – stwierdził John. – Wysunął papierosa z paczki. – Minęło już dwadzieścia lat, ale niech mnie diabli, jeśli wciąż nie pachną świetnie.

Zanosiło się na deszcz. Czułam się dobrze. Miałam wrażenie, że zrobiliśmy coś produktywnego, zamiast tylko uciekać. Wczesnym rankiem podjechaliśmy wraz z Johnem do skrzynki pocztowej przy głównej drodze i sąsiad ściął słupek siekierą. Betonową podstawę ukryliśmy pod krzakami. Usunięcie ostatnich śladów cywilizacji wydawało się jak kapitulacja, jak pożegnanie.

Patrzyłam, jak dym papierosowy unosi się ku drzewom, po czym przeniosłam wzrok na Nelly'ego. Zamknął oczy i rozstawił stopy. Jego buty były wilgotne i zabłocone. Wraz z Jamesem mieli wielkie stopy i nie zabrali żadnego zapasowego obuwia. Dodałam buty do trzymanej w głowie listy rzeczy, które musieliśmy jakoś zdobyć w miasteczku.

Na razie jednak postanowiliśmy się przyczaić. Sam mówił, że zajrzy za kilka dni i wtedy przedstawi nam raport sytuacyjny. Dopiłam ostatni łyk piwa i ostatni raz zaciągnęłam się papierosem w nadziei, że nie jest to kolejne pożegnanie, choć miałam niemal pewność, że jest.

Rozdział 57

Podniosłam wzrok znad stołu, na którym segregowałam ziarna, gdy usłyszałam odgłos gromu. Przez ostatnich kilka deszczowych dni inwentaryzowaliśmy zapasy, rąbaliśmy drewno, gotowaliśmy, sprzątaliśmy i nie dosypialiśmy z powodu wyznaczonego rozkładu wart.

Ana i Peter siedzieli na kanapie. Czas spędzony z nimi w zamknięciu był niczym tortury. Codziennie znajdywałam sobie wymówkę, by zajrzeć do Johna, zamiast wysłuchiwać ich wzdychania.

Pewnego wieczora przy kolacji, gdy omawialiśmy założenie ogrodu, wyglądali, jakby znajdowali się na skraju eksplozji. John próbował wyjaśniać, że nawet gdyby właśnie teraz wszystko wróciło do normy, odnotowalibyśmy brak przynajmniej połowy populacji. Wciąż występowałyby niedobory żywności, a świeże warzywa nie istniałyby. Nie chcieli tego słuchać. Od tamtego czasu oboje dąsali się i byli niezbyt pomocni, zupełnie jakby odmawiali wsparcia, jeśli ich wizja nie zamierzała się ziścić.

Penny próbowała rozmawiać z Aną, ta jednak utknęła w okowach jakiegoś myślenia magicznego. Przyznawałam, że dziewczyna miała naprawdę sporo do przetrawienia. Wszyscy miewaliśmy chwile zwątpienia, jednak w tym momencie niewiara prowadziła do śmierci. Znów odezwał się grzmot, tym razem głośniej.

Nelly podniósł spojrzenie znad kominka, do którego wkładał kawałki drewna.

– Szykuje się burza – stwierdził.

Tupiąc głośno, John przeszedł z poważną miną przez drzwi frontowe.

– To były wybuchy – oznajmił. – Jestem przekonany, że dochodzą z Bellville. Nie sądzę, byśmy z takiej odległości usłyszeli Albany albo Pittsfield. W szkole jest duży zbiornik LPG, a gdy ostatni raz widziałem Sama, przewoził tam paliwo. Mogę się też założyć, że zabezpieczyli teren ładunkami wybuchowymi.

Stłoczyliśmy się obok niego w otwartych drzwiach, ale nie dostrzegaliśmy nic oprócz drzew i szarego nieba. Zbiorniki z gazem rzadko wybuchają przypadkowo. Chyba że nie był to przypadek, a to oznaczałoby, że zostali zaatakowani. Nasłuchiwaliśmy, lecz nie rozległo się nic więcej. Podeszłam do stołu i usiadłam.

– Przydałaby nam się dobra antena – rzekł John.

Każdego dnia uruchamialiśmy radio na falach krótkich. Z wyjątkiem zwyczajowych transmisji wyjątkowych, złapaliśmy też kilka audycji obcojęzycznych. Nie były one jednak po angielsku ani hiszpańsku, czyli w jedynych językach, które znaliśmy. Nie rozumieliśmy słów, ale wszystkie cechowały się tą samą, gwałtowną rytmiką.

Jedna z transmisji wyjątkowych podawała, że planowane jest orędzie prezydenta, jednak nigdy się nie pojawiło. Przez ostatnich kilka wieczorów wychwytywaliśmy głosy brzmiące na ame-

rykański akcent, ale sygnał był bardzo słaby i nie mogliśmy rozszyfrować słów.

– Musimy tam wkrótce pojechać – uznał Nelly. Nie wyglądał,
jakby ta perspektywa go szczególnie cieszyła. – Potrzebujemy
paru rzeczy, prawda? I dobrze byłoby się dowiedzieć, co się
dzieje. Nie chciałbym, żeby spotkała nas niespodzianka.

Wzięłam notatnik i długopis.

– Potrzebujemy butów dla ciebie i Jamesa.

Peter zmierzył mnie spojrzeniem.

– Dla mnie też. Mam teraz tylko tenisówki.

– No dobra, dla Petera też – odparłam.

Penny próbowała się nie uśmiechnąć. Kopnęłam ją pod stołem i wydała z siebie zduszony odgłos. Uszczypnęłam się w nogę,
by powstrzymać się od śmiechu, i wbiłam wzrok w kartkę. Wiedziałam, że jeśli tylko zerknę na przyjaciółkę, stracę panowanie
nad sobą. W szkole cały czas mi się to zdarzało.

– Może poczekajmy jeszcze kilka dni, a później zorientujemy
się w sytuacji? – zaproponował John. – Cokolwiek tam się dzieje,
do tego czasu może się już wyjaśnić.

Rozdział 58

Było jasno i słonecznie, gdy wsiedliśmy się do suva. Nelly, John i ja wybieraliśmy się do miasteczka. Od czasu eksplozji nie dotarły do nas żadne dalsze odgłosy, choć wtedy po jakimś czasie wzbił się w niebo czarny dym. Pod pachą przypięłam sobie kaburę z rewolwerem, a na plecach maczetę.

– Proszę, uważajcie na siebie – przypomniała nam Penny z wyrazem troski na twarzy. – Po prostu wróćcie, jeśli nie będzie bezpiecznie. Nie potrzebujemy niczego aż tak bardzo.

– Tak – dodał James. – Nie możecie nas tu zostawić z tymi dwojgiem.

Przekrzywił głowę w stronę Any i Petera stojących na ganku. Peter miał skrzyżowane ręce. Był wściekły, ponieważ chciał się zabrać. Jak dotąd była to jedyna rzecz, przy której chciał pomóc, ale John nalegał, że powinien się najpierw nauczyć strzelać.

Domy przy drodze były puste, ponieważ większość ludzi wybrała bezpieczeństwo miasteczka. Blokada na Bell Street okazała się nieobsadzona. W piętrowych i dwupiętrowych budynkach przy Main Street, gdzie na dole znajdowały się sklepy i punkty usługowe, było ciemno, a na chodnikach połyskiwało szkło z rozbitych okien.

Skierowaliśmy się do szkoły. Jedyny zauważany przez nas ruch wykonywały śmieci targane wiatrem po asfalcie. Z oddali dostrzegaliśmy, że dwie ściany szkoły wciąż stały, lecz z wnętrza została poczerniała ruina. Albo wciąż się dymiła, albo też popiół wznosił się w niebo, trudno mi było to stwierdzić. Miałam tylko nadzieję, że w chwili eksplozji nie było w środku tych wszystkich ludzi.

John zajechał na parking i przyglądaliśmy się scenie całkowitego zniszczenia. Wszędzie dookoła walały się cegły, potrzaskane drewno i różowe kłaki izolacji. Wśród tego wszystkiego widzieliśmy też ciała, które musiały zostać wyrzucone w powietrze podczas wybuchu. Duże, małe, również maleńkie, na widok których podniosłam dłoń do ust. Obsiadły je muchy. Na dobiegający od nich zapach poczułam, jak w ustach wzbiera mi gęsta ślina.

– Jest tam kto? – spytał John, wysunąwszy jedną nogę z auta.

Odczekaliśmy kilka minut w ciszy. Za jedną ze ścian dostrzegliśmy tylne światła radiowozu i skierowaliśmy się do nich. Obok auta, za drzwiczkami podziurawionymi przez kule, leżał na ziemi Sam. Martwy.

– Uważaj, John – ostrzegłam. Muchy uniosły się rojem z ciała, po czym usiadły na nim z powrotem. Poczułam mdłości. Nie widuje się much na eliksach, uświadomiłam sobie. Może dlatego, że zarażeni nie rozkładają się w sposób naturalny.

– Strzał – powiedział John. – Spójrzcie na jego pierś.

Na koszuli Sama zakrzepła ciemna krew. Tak się martwił,

że podjął niewłaściwą decyzję, gdy został, by bronić terenu. Wyglądało na to, że zginął, robiąc właśnie to.

– Jezu – rzekł Nelly. – To musieli być żywi ludzie.

– Zbieramy się – oznajmił John. – Mogą wciąż tu być.

Gdy się obróciliśmy, parking nie był już pusty. Weszło na niego około dwudziestu eliksów, ale znajdowali się na tyle daleko, że mogliśmy ich przegonić suvem, choć oznaczałoby to jazdę w ich kierunku. Nelly i John również musieli tak pomyśleć, ponieważ równocześnie ruszyli do auta. Zatrzymaliśmy się jednak, gdy czterech kolejnych wyłoniło się zza pojazdu. W mojej dłoni znalazła się broń. Nie byłam pewna, kiedy to się stało, ale ucieszyłam się.

Znieruchomiałam i spojrzałam w przeziernik, tak jak nauczył mnie tata. Wciągnij powietrze. Rozluźnij się. Mierzyłam w głowę kobiety, którą chyba rozpoznawałam. Obnażyła zęby i rzuciła się na mnie. Wtedy sobie przypomniałam – pracowała w kawiarni i tak samo odsłaniała zęby, gdy przychodziliśmy do niej jako nastolatkowie, nawet jeśli zawsze zostawialiśmy porządne napiwki.

Lewa dłoń od spodu, by zapewnić stabilizację. Użyj prawej, by wycelować. Zgraj muszkę z przeziernikiem. Wypuść powietrze. Ściągnęłam spust. Rozległ się głośny wystrzał i drgnęły mi dłonie. Jednak kobieta upadła, a jej głowa zniknęła w rozbryzgu brązowej mazi. John trafił dwóch, a Nelly ostatniego. W tym czasie pozostali eliksowie zdążyli jednak znaleźć się pomiędzy nami a suvem.

– Najpierw strzelajcie do tych z boku – polecił spokojnym głosem John.

Pokrzepiało mnie, że nie potrafiłam go nie posłuchać. Pierwszy potrzebował dwóch pocisków, by upaść, kolejny tylko jednego. Chybiłam głowę następnego, a gdy odrzut zmusił mnie do cofnięcia się, przeciwnik podszedł bliżej. Ściągnęłam znowu spust i usłyszałam kliknięcie. Sześć kul. Musiałam stracić rachubę.

Miarowy strumień przekleństw wylał mi się z ust, gdy wciskałam rewolwer do kabury i wyciągałam maczetę zza pleców. Mogłam jedynie stać i czekać, aż eliks pokona dzielący nas niewielki dystans. Słyszałam swój chrapliwy oddech, ale czułam się spokojna. Na całym świecie nie było niczego innego oprócz mnie i tego łysiejącego mężczyzny w średnim wieku. Może był księgowym, zanim ktoś go wypatroszył. Z jamy brzusznej zwisały mu wnętrzności, pokryte pyłem i skrawkami wyschniętych liści. Miał rozchylone usta i pusty wyraz oczu, ale nacierał na mnie, jakby kierował się sokolim wzrokiem.

Uniosłam oburącz maczetę, tak jak tata uczył mnie podczas tego strasznego roku, kiedy grałam w softball, a jedyny mecz, który moja drużyna wygrała, był walkowerem. Teraz postąpiłam o krok i zamachnęłam się, jakbym zamierzała wykonać home run. Ostrze wbiło się przeciwnikowi w szyję z chrzęstem, a mi zawibrowało w rękach. Nie mogłam uwolnić maczety, żeby znów się zamachnąć, musiała utknąć w kręgosłupie. Ale wystarczyło. Mężczyzna upadł na ziemię. Niemal poszłam w jego ślady, lecz zdążyłam puścić rękojeść. John i Nelly wciąż trzymali broń, ale reszta eliksów leżała bezładnie, pokryta resztkami tego, co mieli w czaszkach.

– Idą następni – ostrzegł John, wskazując za nas.

Eliksowie potykali się o ciała i cegły, co dało nam szansę, by dobiec do suva. John odpalił silnik, zanim jeszcze zatrzasnęliśmy drzwiczki. Zakręcił, by jak najszybciej oddalić się od szczątków szkoły i ludzi, którzy szukali w niej bezpieczeństwa.

– Panie, miej nas w swojej opiece – powiedział, spoglądając

w lusterko wsteczne. Kilku wrogów kuśtykało za nami. Niektórzy zapomnieli już chyba o nas i wałęsali się bez celu.

– No wiem – wydyszał Nelly. – To niewiarygodne.

– Mówiliście mi. – John pokręcił głową. – Ale co innego zobaczyć to na własne oczy... Martwi chodzą.

Przeładowałam rewolwer. Kolejnym razem założę podwójną kaburę. Bo miałam wrażenie, że kolejny raz nastąpi. A po nim zapewne dalsze.

Nelly obrócił się na fotelu pasażera.

– Cass, dobrze się czujesz? Nieźle ci wyszło z tą maczetą.

Wbiłam bęben na miejsce.

– Muszę poćwiczyć z bronią. Trochę już minęło. I potrzebujemy czegoś ostrzejszego. Maczeta zadziałała, ale utknęła w kręgosłupie i ją straciłam. – Zdawałam sobie sprawę, że nie o to pytał, ale o niczym innym nie potrafiłam w tym momencie myśleć, jedynie o tym, jak zwyciężyć w wojnie, do której zostaliśmy najwyraźniej wciągnięci.

Nelly popatrzył na mnie uważniej. Przesunął wzrokiem tam i z powrotem.

– No dobra – odparł. – Ale na pewno czujesz się w porządku?

– Nic jej nie jest – rzekł John. Nie wyglądał na zatroskanego, ale cieszyłam się, ponieważ miałam wrażenie, że chyba powinnam właśnie hiperwentylować. A jednak nie robiłam tego. – Cassie jest twarda jak stal.

Rozdział 59

Dotarliśmy do niewielkiego sklepu wielobranżowego, nie wpadając już na nic żywego ani martwego. Na spokojnie znaleźliśmy walkie-talkie, porządne buty i ubrania. Stałam na straży, ale widziałam tylko dwóch eliksów daleko na drodze, pod drzewem, zajętych nie wiadomo czym. Może czekali na autobus.

Kolejnym przystankiem był sklep spożywczy. Miał wybite okna, a lodówkę z piwem opróżniono. Zdumiewali mnie ludzie, który postawieni w obliczu życia lub śmierci zgarniają piwo i telewizory.

Gdy szliśmy po pokruszonym szkle, w koszyku na ladzie zauważyłam banany, które szczytową formę miały już dawno za sobą. Wzięłam je wraz z jabłkami, które wciąż były w porządku. Zastanawiałam się nad papierosami dla Jamesa, ale chyba zachowałabym się niemiło wobec niego, gdybym mu je przywiozła, skoro rzucił nałóg. Zresztą gdy się rozejrzałam, zorientowałam się, że też zniknęły.

Zabraliśmy tylko parę rzeczy. Inni ludzie, jeśli wciąż tu jacyś byli, zapewne potrzebowali żywności bardziej niż my. To, o co naprawdę nam chodziło, znajdowało się na zapleczu. John rozbił zamknięte drzwi i wprowadził nas do biura. W środku zobaczyłam duże radio.

– Richard Morgan, właściciel tego sklepu, jest krótkofalowcem. Pokazywał mi sprzęt kilka razy, gdy poprosiłem. Zawsze chciałem w to wejść, kupić sobie porządne radio, ale za każdym razem pojawiało się coś innego do zrobienia. – John wzruszył ramionami i uśmiechnął się ze zrezygnowaniem. – Chyba dziś wreszcie się uda. Najbardziej potrzebna jest nam antena.

Wyszedł na zewnątrz i wskazał przewód biegnący w górę wysokiego słupa wystającego ponad dach. Nelly stanął na suvie i wyrwał zszywki mocujące go do ściany. Stęknąwszy, wyszarpnął ostatni uchwyt i opuścił słup. John starannie przywiązał go do dachu samochodu. Dołożyliśmy jeszcze część sprzętu radiowego.

Zobaczyłam kilka sylwetek człapiących w naszą stronę. Zamierzaliśmy ściągnąć trochę benzyny, ale mogliśmy też dotankować z zapasów Johna, więc teraz postanowiliśmy bez dalszej zwłoki wrócić do bezpiecznego domu. Kiedy podjeżdżaliśmy, Penny i James stali na ganku. Na ich twarzach odmalował się wyraz ulgi, gdy wysiedliśmy z auta bez uszczerbku.

– Jak poszło? – zapytał James. – Co się dzieje w miasteczku?

Pokręciliśmy głowami. Przytaknął, jakby nie spodziewał się niczego innego.

– Wpadliście na nich? – dopytywała Penny.

– Tak – odparłam. – Około dwudziestu. Przy szkole, która doszczętnie spłonęła. Musieliśmy do nich strzelać.

– Wow – skomentował James.

Penny otworzyła szeroko oczy i dotknęła mojego barku. Wciąż bolał od siły ciosu, jaki zadałam maczetą. Wrażenie spokoju już mnie z czasem opuściło i teraz czułam się przerażona. Osunęłam się na stopnie i schowałam głowę w dłoniach. Zimny wiatr chłodził mój pot i rozdzwoniły mi się zęby. Penny pochyliła się nade mną.

– Nic mi nie jest – rzekłam. – Wtedy się tak nie bałam.

Spojrzałam na swoje brudne dłonie i uświadomiłam sobie, że nie wiem, która plama jest od czego. Widziałam smugi brązu, czerni i czegoś o barwie rdzy. Eliks, którego zabiłam maczetą, mógł mnie opryskać zainfekowaną krwią. Może coś przedarło się do środka, znalazło drogę przez maleńkie zadrapanie i mnie zaraziło. Zdusiłam grozę i powiedziałam:

– Muszę się umyć.

Nie zamierzałam poddawać się panice. Nie po fakcie. Usłyszałam jeszcze, jak Penny pyta, czy coś się stało, i wbiegłam do środka.

– Cassie sobie poradzi – zapewnił John.

Pokładał we mnie większą wiarę niż ja sama.

Rozdział 60

Przy kolacji John spytał, czy może zmówić modlitwę. Zawsze skłaniał głowę przed posiłkiem i wszyscy zaczęliśmy to robić za jego przykładem. Ja sama zanosiłam nieformalne błagania o to, by Erik bezpiecznie do mnie dotarł. Prosiłam też rodziców, gdziekolwiek się znajdowali, żeby się nami opiekowali. Dziękowałam komukolwiek czy czemukolwiek, co znajdowało się tam w górze, że dotarliśmy tak daleko, ponieważ spotkało nas niezwykłe szczęście. Jeśli miniony dzień coś nam pokazał, to że nigdzie nie jest bezpiecznie.

– Wiem, że wierzycie tu w różne rzeczy – rzekł John. Skinął mi głową, uśmiechając się. – Nieważne jednak, czy jesteśmy agnostykami, chrześcijanami czy...

– Czy wywodzimy się z Narodu Wybranego – wtrącił się James, uśmiechając się. – Jakieś sto lat temu James Gold był Jamesem Goldfarbem.

John roześmiał się.

- Czy żydami, rzecz jasna. Chciałbym po prostu złożyć podziękowania. Nie zamierzałem nikogo urazić.

- Nikogo byś nie uraził, John - rzekł.

Był głęboko wierząca osobą, ale nikogo nie nawracał. Czerpał siłę ze swoich przekonań, czego mu zazdrościłam, ale nigdy nie potrafiłam tego naśladować w zorganizowanej religii. Skłonił głowę.

- Panie, dziękujemy ci za to, że mamy żywność na stole i możemy się nią dzielić z dobrymi przyjaciółmi. Modlimy się za to, by nasi bliscy byli bezpieczni i również mieli stoły zastawione jedzeniem oraz by mogli przebywać w otoczeniu przyjaciół. Prosimy, byś pomógł nam chronić się w dniach, które nadejdą. I modlimy się również, by dusze tych, którzy kroczą po ziemi, pozostawały bezpieczne w twoich ramionach, Panie. Amen.

- Amen - powtórzyliśmy wszyscy.

Penny wytarła oczy i nawet Peter wyglądał, jakby potraktował sprawę poważnie.

Na deser mieliśmy chleb bananowy upieczony z uratowanych przeze mnie owoców. John dał mi na tę okazję jajka od swoich kur, ponieważ miał już ich dość w domowej wylęgarce. Trzymał osiem kur. Nie zdecydował się pozbyć żadnej z „dziewczynek Caroline", gdy zmarła mu żona, choć gdy przychodziło lato, mógł pływać w jajkach.

- Jutro się przejedziemy - oznajmił. - Wszyscy poćwiczą strzelanie do celu. Nie powinniśmy robić tego tutaj. Wygląda na to, że tamtych przyciąga hałas.

- Szeryf Sam został zastrzelony - przypomniałam. - To oznacza, że zainfekowani mogą nie być naszym jedynym powodem do zmartwień.

Wszyscy nie wiedzieli, co myśleć o scenie, na którą natknęliśmy się w miasteczku. Byli tam eliksowie, ale najwyraźniej był też ktoś inny, Ktoś, kto zabił Sama. Sama, który pragnął jedynie wszystkich chronić. Nie potrafiłam sobie wyobrazić, kto mógłby życzyć sobie jego śmierci.

– Chcę, byście wszyscy wiedzieli, jak bezpiecznie i celnie używać broni – powiedział John. Zatem podjadę tu jutro z samego rana i pojedziemy na dwa auta. Może będę też miał niespodziankę.

Rozdział 61

Przejechaliśmy przez las stanowy i dotarliśmy do polany. Gdyby ktoś podążał za hałasem, nie będzie wiedział, gdzie mieszkamy. Ana narzekała, że przesadzamy, ale Penny nie zaszczyciła jej odpowiedzią.

– No dobra – odezwał się John z poważną miną. – Zasada numer jeden. Nigdy, przenigdy nie celować w coś, do czego nie zamierzacie strzelić. Broń załadowana, niezaładowana, to nieistotne. Jasne?

Stanął przed Penny, Aną, Jamesem i Peterem, założywszy dłonie za plecami jak instruktor na szkoleniu wojskowym. Cała czwórka skinęła głowami, trzymając ostrożnie oręż.

– Zasada numer dwa. Traktować każdą broń tak, jakby była załadowana. Zasada numer trzy. Trzymać palec z dala od spustu, chyba że akurat strzelacie. Zasada numer cztery. Zawsze czyścić broń po użyciu. Dzięki temu zadziała, gdy będziecie jej potrzebować. Później zajmiemy się czyszczeniem. Jakieś pytania?

– John, patrzyłam na moją broń i nie znalazłam bezpiecznika
– rzekła Penny.

– Rewolwery nie mają bezpieczników, przynajmniej takich, jakie masz na myśli. – Mężczyzna stuknął się w czoło. – Właśnie tu,
pomiędzy uszami, znajduje się wasz najważniejszy bezpiecznik.
Używajcie go prawidłowo i wszystko pójdzie dobrze.

Obrócili się w stronę przygotowanych przez niego celów. Nelly
i ja stanęliśmy z tyłu, by pomagać im z postawą i celowaniem.
Na znak Johna wystrzelili jedno po drugim.

Gdy Penny skończyła, opuściła rewolwer do boku.

– Po prostu nie lubię mieć go w dłoni – rzekła. – Ani z niego
strzelać.

– W porządku – odparł John, patrząc, jak dziewczyna przeładowuje. – Nie musisz tego lubić. Wystarczy, że będziesz umiała
wycelować i trafić w cel. Musisz się zaznajomić z bronią. Kontynuuj.

Największą niespodzianką okazał się Peter. Każdy jego pocisk
trafiał w cel.

– Świetnie! Trafiłeś wszystkimi – skomentowałam z entuzjazmem. – Jesteś urodzonym strzelcem.

– Mówisz, że nigdy dotąd nie strzelałeś? – upewnił się John.

– Nie – odparł Peter.

John klepnął go w ramię i uśmiechnął się pod krzaczastą
brodą.

– Zatem świetnie ci poszło, synu. Tak trzymaj, a pewnego dnia
okażesz się lepszy ode mnie.

Peter bardzo starał się zachować nieporuszoną twarz,
ale w jego oczach pojawił się lekki błysk. Ucieszyłam się, że być
może znalazł coś, w czym był dobry, i uśmiechnęłam się do niego.
Natychmiast spoważniał.

– Nie rozumiem, w czym w ogóle problem – powiedział tak, bym tylko ja mogła to usłyszeć. – Zgrywasz muszkę z przeziernikiem i ściągasz spust. Mógłby to zrobić każdy, kto ma choć pół mózgu.

Odsunął się, by przeładować, a mnie zrzedła mina. Wiedziałam, że był z siebie dumny, dostrzegłam to w nim. Musiało chodzić o moje słowa. Podniosłam karabin i wyobraziłam sobie, że celuję nim w Petera. Wtedy jednak złamałabym zasadę numer jeden, chyba że rzeczywiście bym do niego strzeliła. Kusiło, ale zamiast tego udawałam, że to on jest celem. Trafiałam za każdym razem.

John oraz Nelly wzięli pikapa Johna i pojechali na pobliską farmę, zaś reszta z nas wróciła do chaty. Mężczyzna zdradził nam tylko, dokąd się udają, ale nie chciał powiedzieć, o jaką niespodziankę chodzi, żebyśmy nie byli rozczarowani, jeśli wróci z pustymi rękoma. Kiedy znaleźliśmy się w domu, James z podekscytowaniem mówił o sesji strzeleckiej, podczas której nieźle mu szło. Nawet Ana wyglądała, jakby jej się podobało. Chyba odnieśli wrażenie, że zyskaliśmy jakiś stopień kontroli nad tym wszystkim.

I coś w tym było, ponieważ poprzedniego dnia broń uratowała nam życie. Potrzebowaliśmy jednak czegoś cichszego. Nie było sensu zapraszać eliksów na imprezę, jeśli można było tego uniknąć. I choć wydarzenia z miasteczka pokazały mi, że potrafię o siebie zadbać, to nie czułam się odważna, nie myślałam też, że okoliczności stały się znośniejsze. Byłam przekonana, że ktokolwiek powiedział, iż strach czyni silniejszym, nie miał do czynienia z milionami żywych trupów.

Rozdział 62

Niespodzianka Johna znajdowała się na tyle jego pikapa. Była to mała koza z koźlątkiem, obie ciemnobrązowe z białymi plamami. Matka popatrzyła na nas wilgotnymi oczyma, a dziecko ukrywało się za nią pomiędzy nerwowymi pociągnięciami z wymienia. John pogładził ją po głowie.

– Byłem umówiony, żeby kupić ją tej wiosny. Tęskniłem za kozim mlekiem, a jako że wnuczęta miały tu spędzić większość lata, uznałem, że będą chciały ją doić. To małe, dziewczynka, urodziło się kilka tygodni temu. Pomyślałem, że mogą zamieszkać w twojej obórce.

Nie wiedziałam nic o kozach ani nawet o kozim mleku. Wyobrażałam sobie jednak, że musi być lepsze niż sproszkowane krowie mleko w puszkach, które smakowało właśnie jak wysuszone mleko doprawione metalem. Rozwiązał zwierzęta i wyciągnął je z auta.

– A u tego farmera, od którego je wziąłeś, wszystko w porządku? – zapytał James.

– Tak. On sam, jego żona i troje dzieci, nastolatków, czują się dobrze. Nazywa się Franklin. Możesz go pamiętać, Cassie. Przed laty mieli minizoo. Postanowiliśmy spotykać się raz na tydzień, by sprawdzać, czy wszystko u nas nawzajem w porządku.

Pamiętałam to zoo i że kozy nas wkurzały. Były w stanie zjeść wszystko, w tym nasze sznurówki i moje mankiety.

– Są takie słodkie. – Roześmiałam się, gdy kózka podeszła odważnie i skubnęła mój mankiet, tak jak zapamiętałam. – Ale lepiej pokaż nam, jak o nie dbać. Nie mam najmniejszego pojęcia o kozach.

Mama koza wabiła się Flora i James zasugerował, żeby dziecko nazwać Fauna. John przywiózł też siano i wyłożyliśmy je w małym boksie w obórce. Było też kilka worków karmy, ale według Johna kozy jadły wszystko, a teraz, gdy zbliżała się wiosna, nie zabraknie im jedzenia.

I rzeczywiście nadchodziła. Codziennie sprawdzałam krzaczki truskawek i tego dnia dostrzegłam pączek, który w czerwcu zmieni się w truskawkę. Drzewa owocowe pokrywały się obficie kwieciem. Czułam ślinotok na myśl o świeżych owocach. Jabłka ze sklepu i z ziemianki Johna już dawno zniknęły. Z paniką obserwowałam, jak szybko malały zapasy brzoskwiń w słoikach, ostatnich zrobionych przez mamę. Pozwoliłam sobie na drobne ustępstwo na rzecz mojego wariactwa i schowałam jeden słoik w swojej szafie.

Tace do wysiewu zajmowały każde dostępne miejsce przy oknach. Maleńkie kiełki wyrastały z ciemnej gleby. Codziennie im śpiewałam. Nie wiedziałam, czy to pomaga, ale mama śpiewała roślinom głupie piosenki, by nas rozśmieszać. Mówiła, że dzięki temu szybciej rosną, i rzeczywiście to, co uprawiała, zawsze było duże i zdrowie.

Dawne gospodarstwo Johna również wyglądało, jakby w środku eksplodowała szklarnia. Toczył nieustanne boje z Laddiem, który zrzucał rośliny, machając entuzjastycznie ogonem. Wciąż prosiłam mężczyznę, by się do nas wprowadził, ale odmawiał. Twierdził, że zrobiłoby się za ciasno albo że jego chrapanie wygoniłoby nas wszystkich na zewnątrz, ale moim zdaniem chciał być na miejscu na wypadek przyjazdu Jenny. Tom stacjonował w Niemczech i John miał nadzieję, że przebywa bezpieczny w jakiejś bazie wojskowej.

Tego wieczora mieliśmy uruchomić generator i posłuchać radia przy użyciu nowej anteny. Słyszeliśmy coś, co brzmiało na raporty z New Hampshire, ale wciąż traciliśmy sygnał. James spisał obiecujące częstotliwości do wypróbowania.

Późnym popołudniem wybraliśmy się do Johna. Zielona mgiełka nowych liści osadziła się już na drzewach i słyszeliśmy nawoływania ptaków latających w poprzek ścieżki. Usiedliśmy w wielkiej kuchni Johna, gdzie ustawił radio. Na piecu gotował się gulasz z marchwią i ziemniakami. Pachniał przepysznie.

James przekręcał pokrętła. Mikrofon nie działał, ale wciąż mogliśmy słuchać. Ustawiliśmy się do dźwięku niczym wskazówka kompasu obracająca się ku północy. Ana wydawała się najbardziej podekscytowana, mówiła o tym cały dzień, uważając, że okaże się, iż wcale nie jest tak źle, jak twierdziliśmy. Na polecenie Penny pomagała mi z ziarnami, dopóki w końcu nie powiedziałam jej, by znalazła sobie jakieś inne zajęcie. Zamiast sadzić je ostrożnie, wciskała je w ziemię tak, jakby miała do nich osobisty żal.

Robiłam co w mojej mocy, żeby zachowywać się uprzejmie wobec niej i Petera. Próbowałam rozmawiać z nimi tak jak z wszystkimi innymi, choć było to trudne, gdy najwyraźniej ledwo tolerowali wszystko, co miałam do powiedzenia. Wykonywali absolutne minimum obowiązków i nieustannie gadali, co też zrobią, gdy tylko wrócą do Nowego Jorku. Mieli swoją grę, którą Nelly i ja nazwaliśmy Zombie Zagat [7]. Jedno z nich podawało nazwę restauracji lub baru, a drugie wymieniało najlepsze jedzenie, najlepsze drinki i wszystkich zaglądających tam irytujących ludzi, których mogli znać oboje.

Usłyszeliśmy szum, z którego wyłonił się głos z amerykańskim akcentem.

– Mamy coś! – zawołał James.

Stłoczyliśmy się wokół niego i słuchaliśmy męskiego głosu podającego pierwsze wiadomości na żywo, jakie słyszeliśmy od tygodni.

– ...sto pięćdziesiąt siedem. Skrzydła Tankowania Powietrznego, zlokalizowanego obecnie na lotnisku regionalnym Mount Washington w Whitefield w stanie New Hampshire. Prosimy wszystkich mieszkańców, żeby zignorowali wcześniejsze odtwarzane z taśmy transmisje wymieniające Bazę Lotniczą Pease Gwardii Narodowej na lotnisku międzynarodowym Portsmouth w Portsmouth w stanie New Hampshire jako oficjalną Bezpieczną Strefę. Baza została opuszczona w związku z trudnym do opanowania poziomem zakażenia bornawirusem. Reszta sił Gwardii Narodowej przeniosła się na lotnisko regionalne Mount Washington i ustanowiła tam Bezpieczną Strefę. Wszyscy niezarażeni obywatele proszeni są o udanie się w to miejsce, jeśli potrzebują znaleźć się w takiej strefie. Jesteśmy w kontakcie z innymi lokalizacjami na Północnym Wschodzie, które również deklarują się jako Bezpieczne Strefy. Są to cywilne placówki niepowiązane z władzami Stanów Zjednoczonych. Nie wiemy o żadnych innych rządowych Bezpiecznych Strefach w promieniu ośmiuset kilometrów.

To oznaczało, że wszystkie pozostałe upadły. Złapałam Nelly'ego za rękę, gdy uświadomiłam sobie, że niemal wszyscy na Północnym Wschodzie nie żyją. Może niektórzy się przyczaili, tak jak my, ale ilu dysponowało takimi zapasami żywności, by nie musieli opuszczać schronienia?

– Następujące miejsca zostały ogłoszone jako Bezpieczne Strefy w północno-wschodniej części Stanów Zjednoczonych. Siostrzane miasta Moose River i Jackman w stanie Maine. Są one obsługiwane przez lotnisko polowe Newton, jeśli mają państwo dostęp do lekkich samolotów. Tolland w stanie Massachusetts ma przestrzeń dla trzystu osób i może pomóc w przeniesieniu pozostałych do innych stref. Proszę podążać za drogowskazami na drodze numer pięćdziesiąt siedem prowadzącymi do ogrodzonego obszaru. Farma „Przyjdź królestwo Twoje" w Vermont, położona dwadzieścia trzy kilometry na północ od Lowell w stanie Vermont przy Kingdom Road. Należy jechać drogą numer sto pięć na północ, skręcić w prawo w Trunk Road i w lewo w Kingdom Road.

Dłoń Nelly'ego ścisnęła moje palce jak w imadle. Popatrzyłam na niego, a on pokręcił głową, lecz wiedziałam, że coś się dzieje. Prezenter wymienił jeszcze kilka bezpiecznych stref, po czym przeszedł do dalszej części transmisji.

– Mogą istnieć inne strefy, jednak obecnie pozostajemy w kontakcie z wymienionymi pięcioma. Proszę udać się do jednej z nich, jeśli potrzebują państwo pomocy. Proszę pamiętać, że wszystkie osoby zostaną zbadane na okoliczność występowania oznak zakażenia i nie zostaną wpuszczone, jeśli są zainfekowane. Wszyscy z wyraźnymi oznakami zarażenia zostaną zastrzeleni na miejscu. Ostatni nasz kontakt z władzami Stanów Zjednoczonych miał miejsce tydzień temu. Zapewniano nas wtedy, że według nich ta sytuacja ma potrwać jeszcze tylko kilka tygodni.

Aż do tej pory mężczyzna mówił z bardzo starannie pilnowaną intonacją, lecz teraz usłyszałam, że jego głos się załamuje.

– Otrzymujemy jednak doniesienia, że zainfekowani mogą być aktywni przez kilka lat, zanim w końcu skonają. Nawołujemy, aby zachowali państwo czujność w drodze do Bezpiecznej Strefy. Ta transmisja będzie powtarzana co godzinę, zaś informacje będą aktualizowane codziennie o godzinie dziewiętnastej czasu wschodniego. – Nastąpiła chwila milczenia, po czym prezenter dodał łagodnie: – Uważajcie tam na siebie. Nie ryzykujcie. Podróżujcie uzbrojeni i bez nadmiernego obciążenia. Poruszajcie się cicho. Niech Bóg ma w opiece was wszystkich. Niech Bóg ma w opiece Amerykę.

Radio ucichło i słuchaliśmy szumu, który zastąpił audycję.

Nelly pociągnął mnie za trzymaną dłoń.

– Chodź ze mną – polecił.

Wyszłam z nim na ganek. Wyglądał na podekscytowanego, a włosy stały mu dęba. Przejechał dłonią po policzkach.

– Słyszałaś nazwę tej farmy, którą wymienił ten facet? „Przyjdź królestwo Twoje". – Popatrzył na mnie, gdy potaknęłam. – Myślę, czy też raczej jestem w miarę przekonany, że tak nazywa się farma Adriana. Nie mam absolutnej pewności, Cass. Wiem, że leżała w Vermoncie na obszarze nazywanym Królestwo Północno-Wschodnie, ale ona też miała w nazwie coś z królestwem. Mógłbym przysiąc.

Poczułam, jak w szumi mi w uszach. Nawet nie słyszałam, co mówił później. No jasne, że Adrian kierował Bezpieczną

Strefą. Robocze buty Nelly'ego szurnęły na drewnianej podłodze ganku.

– ...nie chcę się za bardzo ekscytować. Mogę się mylić – dokończył.

– Okej – odparłam, ale promieniałam, bo wiedziałam, że to prawda.

Właśnie tak to sobie wyobrażałam. Widziałam teraz Adriana z tą jego surową miną, którą przybierał, gdy był poważny, choć w jego oczach zawsze widniało ciepło. Na pewno przewidziałby to wszystko, zabrałby się do planowania jeszcze przed nami. A jeśli farma rzeczywiście wyglądała tak, jak zawsze marzył, to była niemal samowystarczalna.

– Nie słuchałaś ani słowa z tego, co mówiłem, prawda?

Nelly strzelił mi palcami przed nosem, ale odleciałam już zbyt daleko. Czułam go tam, zupełnie tak jak mówili. Adrian żył.

Rozdział 63

Wokół stołu panował znacznie bardziej ponury nastrój. Z początku sunęłam na fali szczęścia, lecz wkrótce podekscytowanie wygasło. Wiedza – no dobrze, przypuszczenie – że Adrian żyje, wystarczyła, by mnie na razie zadowolić. Jednak nadzieja, że zdołam się do niego dostać, gasła wraz z rozwojem naszych rozważań, jak wysoki musi być wskaźnik zachorowalności.

Peter i Ana siedzieli przygnębieni, słuchając, jak reszta z nas przerzuca się liczbami i drży na myśl o tym, co czai się niepokojąco niedaleko. Wiedziałam, że Penny próbowała nie okazywać tego po sobie, ale bardzo ciążyła jej w tym momencie sprawa Marii. Miałam tylko nadzieję, że przyjaciółka zdoła wytrzymać, ile będzie trzeba.

Wydawało się też dość oczywiste, że sytuacja potrwa dłużej, niż każde z nas sądziło, co pasowało do słów wojskowego kolegi Johna. Nie miałam pojęcia, jak to możliwe. Przecież ludzie się rozkładali. Skoro nie żyli, to przecież nie wchodziło w grę, że mieliby się nie rozpadać.

– To coś, co nigdy nie było wyjaśnione we wszystkich opowieściach o zombie. I tak, czuję się głupio, że wykorzystuję popkulturę jako punkt odniesienia – powiedział James. – Jednak zawsze krążyła jakaś teoria, na przykład że mikroby przyspieszające rozkład unikają zainfekowanego ciała. Każdy eliks, którego widzieliśmy, wyglądał, jakby się rozkładał, po prostu nie za szybko. Może więc niektórzy wytrzymają sześć miesięcy. Możliwe też, że zależy to od klimatu. Niewykluczone, że zimą zamarzną i wiosną ich mięśnie nie będą działać.

– Jak mięso w zamrażarce – skomentował Nelly. Podniósł kawałek wołowiny, którą nabił wcześniej na widelec. – Ten kęs to mięśnie, tak samo jak my. Komórki ulegają rozerwaniu po zamrożeniu, prawda? Gdyby tak się stało, to może z nadejściem wiosny nie byliby w stanie się ruszać. Poza tym moglibyśmy ich zabijać, dopóki byliby zamrożeni.

Ana jęknęła cicho i wybiegła do salonu Johna. Penny poszła za nią.

– Przepraszam – rzekł James. – Zapomniałem, że nie wszyscy potrafią znieść takie rozmowy.

– Cóż, będą musieli się nauczyć – odparłam, starannie unikając spoglądania na Petera. – Jeśli ktoś słuchał tamtego mężczyzny, orientuje się raczej, że sytuacja już nigdy nie wróci do dawnego stanu.

John milczał, odchylony w tył na krześle. Teraz podniósł się, żeby posprzątać ze stołu, ale wcześniej dostrzegłam, że miał zaczerwienione oczy. Zerwałam się, by mu pomóc, i stanęłam przy zlewie, gdzie udawał, że pochłania go mycie naczyń.

– Byłabym gotowa postawić duże pieniądze na Jenny – powiedziałam.

Ścisnął mi dłoń palcami pokrytymi pianą i skinął głową. Postawiłabym też sporo na Erika. Nie było go jednak tutaj, a powinien już dotrzeć. Próbowałam go wykryć, tak samo jak wydawało mi się, że umiem wykryć Adriana, ale czułam jedynie ściskanie w żołądku.

Rozdział 64

Wszyscy pokochali Florę i Faunę. Ich figle, gdy dokazywały, zawsze wywoływały na mojej twarzy uśmiech. Kiedyś czytałam, że przed czasami telewizji rozrywkę stanowiło dla ludzi obserwowanie kur. John wspominał, że przeniósłby do naszego kurnika połowę swoich niosek plus część kurczaków, które wkrótce się wyklują. Wtedy będziemy mieć już dwa kanały rozrywkowe.

Nie dysponowaliśmy możliwościami chłodniczymi, z wyjątkiem tego, co generator pozwalał utrzymać w chłodzie u Johna, więc tam przechowywaliśmy mleko. Samo w sobie było świetne, trudniej natomiast wychodziło pozyskiwanie go. John potrzebował od pięciu do dziesięciu minut, żeby wydoić Florę, lecz nam zajmowało to pół godziny.

Nadszedł trzeci tydzień maja, jednak rzeczywista data miała dla nas mniejsze znaczenie niż kiedyś. Nasz kalendarz ustawiliśmy na truskawki, a zatem zostało nam jeszcze kilka tygodni do tych owoców i odliczaliśmy do nich dni. Posadziliśmy szpinak i inne warzywa. Groszek łapał się już treliażu zakręconymi mackami. Znalazłam plany ogrodowe mamy z poprzednich lat, wraz z jej szkicami i drobnymi notatkami na temat każdej z roślin. Miałam dzięki temu wrażenie, jakby stała mi za plecami i delikatnie kierowała w odpowiednią stronę.

Wszyscy mieliśmy przydzielone zadania. Jedynymi osobami, którym rzeczywiście trzeba było coś wyznaczyć, byli Peter i Ana, którzy od czasu pierwszej transmisji snuli się jak roboty. Od tamtej pory słuchaliśmy co wieczór. Zawsze wymieniano farmę „Przyjdź królestwie Twoje", co oznaczało, że nic im się nie stało. Dodano także kilka innych Bezpiecznych Stref. Co wieczór czekałam z dudniącym sercem, aż wymienią te cztery słowa: farma „Przyjdź królestwo Twoje". Wtedy mówiłam Adrianowi dobranoc i gratulowałam nam obojgu, że przetrwaliśmy kolejny dzień.

Nie mieliśmy jak komunikować się ze światem. James mówił, że w przewodzie może być spięcie. Słuchaliśmy jednak. Wyłapywaliśmy inne transmisje. W stanie Wirginia była grupa twierdząca, że Waszyngton został zupełnie zniszczony. Podobno zbombardowano go w ostatniej nieudanej próbie powstrzymania epidemii.

Codziennie słyszeliśmy coś nowego od ocaleńców, którzy zdobyli dostęp do radia i anten. Od ludzi, którzy chcieli się upewnić, że nie są jedyni. Z Kansas nadawał mężczyzna mówiący, że u niego nie jest tak źle, skoro zabił już większość sąsiadów, i że z chęcią powitałby jakieś towarzystwo. Następnie grał na gitarze i płakał, po czym się wyłączał.

Peter zdawał sobie sprawę, że podejrzewaliśmy obecność Adriana w Vermoncie, i te ostatnie kilka tygodni przekonały mnie, że moje szczęście wpływało odwrotnie na jego stan. Im byłam weselsza, tym więcej on czuł gniewu. Reagował na mnie wściekłymi grymasami i z wszystkimi oprócz Any porozumiewał się mruknięciami. Rozumiałam, że oboje nigdy nie przypuszczali, iż będą żyć na farmie i sprzątać kozie łajno, ale na pewno było to lepsze niż zginąć. Zresztą, szczerze mówiąc, miałam ich już tak dość, że chciało mi się wrzeszczeć.

Szłam właśnie do obory, by sprawdzić, co u kóz, i grzmotnąć pięścią w ścianę po wyjątkowo ohydnym komentarzu ze strony Petera, gdy Nelly zrównał się ze mną krokiem.

– Chcesz się przejść? – spytał.

– Nie, gdzie tam. Wiadomo, że wolę złapać za widły i wygarnąć łajno. – Obróciłam się w pół kroku i skierowałam do ścieżki.

Kiedy dotarliśmy do Drzewa Wiadomości, Nelly podsadził mnie na drewnianą platformę, jedyną pozostałość domku na drzewie. Machaliśmy nogami i obserwowaliśmy pręgowce śmigające z ogonami zadartymi niczym maszty.

Fajnie było olać pracę. Za dnia byliśmy wiecznie zajęci. Najnowszy pomysł Johna polegał na wykopaniu okopów wokół wykonanych przez nas ogrodzeń. Przypomniało mi to, w jaki sposób rodzice łapali pomrowy w ogrodzie. Robiliśmy niewielki pagórek z ziemi i w środku stawialiśmy mały kubek z piwem. Po dniu czy dwóch naczynie było pełne śliskich utopionych pomrowów. One jednak były małe. Program zwalczania większych szkodników polegał na ręcznym wkopaniu się na półtora metra w głąb i tyle samo wszerz, co powinno nam zająć około dwunastu lat.

Dzięki kopaniu dołów i rąbaniu drewna ręce zrobiły mi się znacznie silniejsze. Gdy następnym razem zostanę zmuszona powalić eliksa, nie będę się już później czuła taka obolała. I następny raz niewątpliwie nastąpi, ponieważ nazajutrz wybieraliśmy się do miasteczka. John pracował w swoim warsztacie nad klingą osadzoną na długiej rękojeści, która może okazać się znacznie użyteczniejsza niż maczeta.

Nosiliśmy rośliny na słońce i ze słońca, podlewaliśmy je, śpiewaliśmy im. No dobrze, Penny i ja śpiewałyśmy. Nelly mówił, że ześwirowałyśmy. Tankowaliśmy generator i gotowaliśmy jedzenie. Czyściliśmy kurnik i doiliśmy Florę. Ale przede wszystkim kopaliśmy. A później wieczorem siadaliśmy w świetle lamp i rozmawialiśmy, czytaliśmy lub graliśmy w scrabble albo monopoly, zanim poszliśmy spać, kiedy już byliśmy tak zmęczeni, że zasypialiśmy w połowie słowa.

Myśl o grach sprawiła, że przypomniałam sobie o projekcie Nelly'ego i Jamesa.

– A jak idzie z piwem? – spytałam. – Przydałby nam się wieczór hulanek i gier imprezowych.

W domu wciąż znajdował się sprzęt piwowarski mojego taty. W piwnicy stało teraz kilkadziesiąt butelek, które zostały napełnione i zakapslowane. Teraz piwo robiło w nich to, co robi, gdy trzeba na nie poczekać. Niecierpliwiłam się. Może ci ludzie, którzy w kryzysowej sytuacji jako pierwsze chwytali trunek, mieli jednak rację?

– Będziemy wiedzieć za kilka dni – odparł Nelly. – Mnie też przyda się taki wieczór. I nie mam zbytniej ochoty na wyprawę do miasta.

Potrzebowaliśmy paru części do radia, a ja chciałabym zdobyć rzeczy do pewnego pomysłu, który sobie wymyśliłam. Wszyscy jechali. John miał niedorzeczne przekonanie, że gdy Ana i Peter ujrzą, jak jest w miasteczku, wreszcie natchnie ich to do działania.

– Ostatnio zachowujesz się jakoś cicho – rzekłam. – Skąd ta smutna mina? Świat się skończył czy co?

Nelly uśmiechnął się i położył na platformie. Słońce padające przez liście rzucało na niego świetlne cętki. Usiadłam nad nim ze skrzyżowanymi nogami i patrzyłam, jak on patrzy na ruszające się liście.

– Chyba po prostu się przyzwyczajam – odparł. – No wiesz, wydaje mi się, że przywykam do tego wszystkiego, a później robię coś tak przyziemnego jak rąbanie drewna i myślę sobie: „O kurwa, to się dzieje naprawdę". Zupełnie jakbym przez połowę czasu znajdował się we śnie czy coś.

Przytaknęłam. Miałam tak samo. Przynajmniej czasami. Kopałam rów albo wyrywałam chwasty i zastanawiałam się, czy Adrian robi to samo. Były to dobre chwile. Czułam wtedy tę drobinkę nadziei, że kiedyś jeszcze znów go zobaczę.

Bywały też chwile, kiedy myślałam o Eriku i Rachel albo o Marii. Wtedy czułam się rozpaczliwie bezradna. Zawsze potrafiłam stwierdzić po czyjejś twarzy, że myśli o rodzinie. Najpierw pojawiała się nadzieja, później desperacja i wreszcie połączenie grozy ze zrezygnowaniem. Peter był jedynym, którego twarz pozostawała wolna od tych emocji, bo nie miał się o kogo bać. Nie potrafiłam zdecydować, co jest gorsze.

– A co u ciebie? – zapytał. – Jak ci jest jako wrogowi publicznemu numer jeden?

Wzruszyłam ramionami.

– Świetnie, dzięki, że pytasz. Zawsze liczyłam na to, że stanę się kimś, kogo wszyscy nienawidzą.

Nelly obrócił się na bok, oparł głowę na dłoni i uśmiechnął się krzywo.

– Nie wszyscy cię nienawidzą. Peter i Ana uznali, że zrzucą na ciebie odpowiedzialność za wszystko, co zdarzyło się światu, to wszystko. – Uniósł brwi. – Wiem, że męczy cię to bardziej, niż mówisz. A zatem skoro nie potrafisz poprosić o pomoc, ja wykażę inicjatywę: czy chcesz, żebym coś powiedział Peterowi?

Chciałam, żeby Peter się ogarnął i zaczął zachowywać rozsądnie, ponieważ jest porządnym człowiekiem, a nie dlatego, że ktoś mu grozi uszkodzeniem ciała. Zmuszanie ludzi do czegoś, na co nie mają ochoty, niemal zawsze odbijało się rykoszetem.

– Wykonują swoje obowiązki – odparłam. – Co byś im właściwie powiedział? Żeby byli mili czy coś? Ana nigdy nie była miła. A Peter, cóż, miewał swoje momenty, choć dla mnie był sympatyczny. Jak można kogoś zmusić, żeby nie zachowywał się samolubnie?

Okręciłam sobie jeden z warkoczy wokół palca. Czułam się wtedy jak okropna osoba, ale czasami wolałabym, żeby Peter nie pojawił się tamtego wieczoru w moim mieszkaniu. Żeby był po prostu koleiną osobą, z którą nie dawało się teraz skontaktować. Nie życzyłam mu śmierci, jednak gdy pragnęłam, aby go tu nie było, mimo wszystko dręczyły mnie wyrzuty sumienia.

– No chyba nie można, Małe Piwo. – Nelly pociągnął mnie za drugi warkocz i uśmiechnął się do mnie szeroko. – Ale i tak mógłbym mu od ciebie natłuc. Przemówić mu dobitnie do rozsądku.

– Naprawdę nie możesz się doczekać, by mu przylać, prawda? – spytałam. Rozświetliły mu się oczy. – Przestań być taki.

Bardzo chętnie skorzystałabym z jego propozycji, ale to tylko dolałoby Peterowi więcej oliwy do ognia. Już teraz uważał, że wszyscy są przeciwko niemu.

– Gdyby to tylko tak działało, mógłbyś mi wtłuc trochę sensu do głowy dwa lata temu, po tym jak zerwałam z Adrianem. Wtedy nigdy nie poznałabym Petera. – Zastanawiałam się, gdzie bym się w takim przypadku znajdowała. Zapewne na farmie w Vermoncie, tak jak planowaliśmy.

– Tak, ale wtedy tkwiłabyś gdzieś na wsi, malowałabyś i wiodła jakieś idylliczne życie, a ja byłbym trupem snującym się po Nowym Jorku.

Potargałam mu włosy.

– Ty? Nigdy.

Istniało jednak spore prawdopodobieństwo, że miał rację. Mógł tamtego wieczoru pojechać na Manhattan, bo ja i James byśmy go nie powstrzymali. Ignorowałby znaki, aż stałoby się za późno, zupełnie jak większość ludzi.

Usiadł.

– Mogę założyć się o milion baksów, że się mylisz. – W takim stopniu brzmiał jak mały chłopiec, że chciałam pokazać mu język, by się do niego dostosować poziomem.

Miał na twarzy ten swój uśmiech, przy którym podnosił mu się jeden kącik ust, a od oczu rozchodziły się zmarszczki. Ogarnęło mnie uczucie miłości do przyjaciela, do potencjalnego obrońcy, do gościa, który zawsze wiedział, kiedy należało kopnąć mnie w tyłek. Tak się cieszyłam, że tu był. Nie potrafiłam żałować, że stało się tak właśnie z powodu mojego rozstania z Adrianem, nawet jeśli oznaczało to, że sama znajdowałam się tak daleko od miejsca, w które chciałam trafić.

– Cóż, zatem gdy następnym razem zaczniesz kręcić głową, bo będę robiła coś naprawdę głupiego, przypomnij sobie, że moja głupota uratowała ci życie – oznajmiłam, patrząc na niego z wyższością.

Jego oczy zmarszczyły się jeszcze bardziej.

– Tak, jeden raz. Z ilu twoich głupich wyskoków? Tysiąca? To kiepska proporcja, kochanie.

Właśnie wtedy, jak zwykle okazując dojrzałość, pokazałam mu język.

Rozdział 65

– Chyba mówiłeś, że nigdy nie pójdziesz na zakupy do Walmartu – zakpiłam z Johna, gdy zbliżaliśmy się do wielkiej budowli z pustaków.

– Mówiłem, że „gdy świnie zaczną latać" – odparł. – To chyba znajduje się na równi z „gdy martwi zaczną chodzić". Poza tym nie idę na zakupy, tylko na szaber. – Uśmiechnął się do mnie i wrócił do rozglądania się po drodze.

Ana i Peter siedzieli z tyłu. Nelly, James i Penny jechali za nami policyjnym suvem. Baki obu samochodów oraz kanistry Johna były pełne paliwa, które ściągnęliśmy po drodze. Wypompowanie tego wszystkiego zajęło kilka godzin, nawet przy użyciu mechanicznej pompy. Poza tym nie da się stwierdzić, czy jakieś auto ma pusty zbiornik, dopóki się tego nie sprawdzi, więc zmarnowaliśmy mnóstwo czasu.

– Uważam, że to już nie jest szaber, skoro nikt się tym nie przejmie – powiedziałam.

– Chyba masz rację.

Parking zastawiony był samochodami, zupełnie jakby ich właściciele dostali się tutaj, a później uciekli. Elektroniczne oko nad głównym wejściem zamknęło się na długą drzemkę, ale nietrudno było wejść przez dziurę ziejącą w szybie.

– Ktoś tu był – zauważył John, gdy podjechaliśmy pod wejście.

– Najwyraźniej – mruknęła Ana.

Bardzo chciała zdobyć jakąś odżywkę. Podobno po naszych jej włosy wyglądały na matowe. Bardzo przejęłam się tym, że warunki zakwaterowania nie przystają do jej standardów.

John wyskoczył z pikapa i przywołał nas gestem. Podeszłam do brył błota, którym się przyglądał.

– Ślady butów, wciąż wilgotne, ale nie mokre. Zostawione jakoś w ciągu ostatnich dwudziestu czterech godzin, ale nie później niż przed dziesięcioma. Zapewne nic nam nie grozi, ale lepiej zachować szczególną ostrożność. Poruszajmy się parami. Jedna osoba robi zakupy, druga obserwuje. Dwie osoby tu na zewnątrz.

Sprawdził naszą broń. Wyglądaliśmy jak nieporządna bojówka paramilitarna. James, Penny i John wsunęli słuchawki do uszu i sprawdzili je. U każdego na biodrze lub pod pachą wisiały kabura, maczeta bądź obie te rzeczy. John nalegał, żebyśmy nosili broń po domu, by przyzwyczaić się do robienia wszystkiego, gdy mamy ją na sobie. Poza tym trudno było stwierdzić, kiedy coś może wyleźć z lasu.

W podwójnej kaburze miałam z jednej strony zaufany rewolwer, w drugiej pistolet kaliber dziewięć milimetrów i naostrzoną maczetę z tyłu. Penny zarzuciła sobie karabin na ramię i spojrzała nerwowo przez dziurę w drzwiach.

Zabębniliśmy w drzwi i zawołaliśmy, a nasze głosy poniosły się echem po sklepie. Wydawało się, że jest to najlepszy sposób na odnajdywanie zainfekowanych – jeśli zawołasz, przybiegną albo chociaż przyczłapią. Nic się nie pokazało.

John został wraz z Peterem na zewnątrz i posłał Jamesa oraz mnie do szału drogeryjnego. Nelly i Penny szli do ubrań, ponieważ kopanie potrafi naprawdę zszargać garderobę. Ana miała pełnić wartę tuż za wejściem, by w razie potrzeby mogła udzielić pomocy.

Włączyliśmy czołówki i latarki, po czym pochyliliśmy się i przemknęliśmy przez otwór. W dal rozciągały się ciemne i puste kasy. Sprawiały wrażenie czegoś obcego, niczym relikty starożytnego świata. We wnętrzu było cicho i pusto w taki sposób, że włosy staja dęba na karku. Dało się jednak wyczuć paskudny smród. Coś tutaj było bardzo, bardzo nieżywe. W każdej innej sytuacji można byłoby to uznać za krzepiące.

Zakradliśmy się dalej. W szerokiej frontowej alejce sklepu panował bałagan. Podłogę zaścielały pudła z krakersami i płatkami śniadaniowymi przemieszane z ubraniami i płynami, które zastygły na brązową galaretę. Penny i Nelly skierowali się w głąb, z trzaskiem przechodząc po rozsypanych produktach żywnościowych. Ciemne oczy Any wyglądały jak idealne koła, a jej twarz pobladła. Znajdowała się w zasięgu wzroku i słuchu od Johna, ale jako jedyna została sama. Trzymała pistolet w dłoni i jej palec przesuwał się w stronę spustu.

– Ana, uważaj na spust – ostrzegłam. – Wystarczy jeden krzyk i w dziesięć sekund będziemy przy tobie. Obiecuję. Jest tu czysto. Nic ci się nie stanie.

Odsunęła palec i potaknęła, a białka jej oczu zalśniły w mroku.

– Tylko się pospieszcie – powiedziała. Zamierzałam właśnie

skierować do niej jakieś pocieszające słowa, gdy podjęła: – Będę potrzebowała czasu, by wziąć to, co chcę.

– Chodźmy. – Dałam Jamesowi znak gestem i odwróciłam się, po czym westchnęłam.

Weszliśmy w główną alejkę, starając się jak najmniej chrzęścić. W panującej ciszy brzmiało to tak głośno. Nigdy nie zdawałam sobie sprawy, ile hałasu jest na świecie, dopóki nie zniknął. Metalowe bramki w aptece były wyważone i wykrzywione. Buteleczki leżały w bezradnych stertach. Opróżniono całe półki.

– Założę się, że cały porządny towar zniknął – szepnął James, gdy przechodziliśmy obok.

Dżinsy kleiły mi się do nóg od potu, choć wcale nie było tu tak duszno. Serce biło mi tak głośno, że niemal czułam zaskoczenie, iż James jeszcze tego nie skomentował.

Wypełniałam torbę przerzuconą przez ramię lateksowymi rękawiczkami i innymi zapasami, podczas gdy James trzymał straż. Smród rozkładu wydawał się tu gorszy, a na podłodze widniały wielkie ciemne brudne plamy. Byłam przekonana, że miały kolor zakrzepłej krwi, ale wydawały się czarnobrązowe w czołówkach. Zamontowane w nich diody ledowe sprawiały, że wszystko wyglądało jak w czarno-białym filmie.

Plamy skojarzyły mi się z syropem czekoladowym, który stosowano zamiast krwi w dawnych horrorach. Musiała tu zostać stoczona naprawdę ostra walka o jedzenie. Uniosłam dłoń do ust, by zdusić maniakalny śmiech, który we mnie wzbierał.

James popatrzył na mnie z zaciekawieniem.

– Co jest takie śmieszne?

– Absolutnie nic – odparłam zgodnie z prawdą. – Po prostu dogania mnie rzeczywistość.

– Cuchnie. A tu jest jeszcze gorzej. – Przytrzymał słuchawkę.

– Przejdźmy do działu z wyposażeniem do samochodów. John mówi, że wciąż jest czysto, ale lepiej się pospieszmy.

Po lewej znajdowało się pomieszczenie prowadzące do centrum ogrodniczego, w którym wystawiano towary sezonowe. Unosił się tu potężny smród, wdzierający mi się między wargi i pokrywający skórę śliską warstwą. Walcząc z mdłościami, oddychaliśmy przez usta. Jednak teraz czułam to wszystko również na języku, co było zdecydowanie gorsze niż wąchanie. Oparłam się o regał i zwymiotowałam, ale nic się ze mnie nie wydostało. Gdy uniosłam głowę, moja czołówka rozświetliła okolicę.

– Jezu – wydyszał James.

Musiało tam leżeć jakieś czterdzieści ciał z rozrzuconymi kończynami i poplątanych ze sobą, więc trudno było stwierdzić, gdzie kończy się jedno i zaczyna następne. Podeszliśmy odrobinę bliżej, w każdej chwili gotowi do ucieczki. Gdy James włączył dużą latarkę, dostrzegliśmy szarą skórę i otwarte, niezaleczone rany. Każdy trup miał ranę na głowie. Ktoś pozabijał wszystkich eliksów w sklepie.

– Jezu – powtórzył James, po czym odezwał się przez radio: – Ktoś wybił wszystkich zainfekowanych. Leżą tu na stercie przy centrum ogrodniczym. Kierujemy się do działu samochodowego. Góra pięć minut.

Byłam wdzięczna, że ktoś to zrobił. Poczułam ogromną ulgę, że są tu też inni ludzie, którzy walczą i trwają. Szkoda, że nie przebywali tu teraz. Zauważyłam dwa ciała leżące w oddaleniu i gestem poprosiłam o światło.

Dwie dziewczyny, nie starsze niż osiemnastoletnie, siedziały na wpół oparte o regały. Jedna miała na sobie podartą i poplamioną podkoszulkę, a druga kurtkę. Nie dostrzegało się u nich tego szarego odcienia, co u pozostałych zwłok.

Ich uda i twarze były posiniaczone i spuchnięte, ale widziałam, że nie były martwe od dawna. Zastanawiałam się, czy się zaraziły, czy zostały niedawno ugryzione, lecz z miejsca odrzuciłam ten pomysł. Jedna z nich siedziała w kałuży krwi i została postrzelona w pierś, nie w głowę. Druga została chyba uduszona linką, która wciąż zwisała jej z szyi. I tylko wokół nich krążyły muchy, wykorzystując je jako swoje insektowe lotnisko. Nagle poczułam ulgę, że tego, kto zabił zainfekowanych, nie było tutaj, bo musiał mieć na koncie również te dziewczyny.

Chciałam je gdzieś odciągnąć, z dala od sterty zarażonych. Przykryć ich nagie ciała i przywrócić im choć odrobinę godności. Nie było jednak czasu na takie rzeczy. Mały płomyczek gniewu zapłonął w moim brzuchu i zaczął się rozprzestrzeniać. Zdołały przetrwać tylko po to, by je zgwałcił i zamordował jakiś nieludzki skurwysyn. Zupełnie jakby nie dość bestii wałęsało się po okolicy.

– Chodź. – James pociągnął mnie za rękaw. – Nel i Penny już skończyli. Czekają na nas.

Znaleźliśmy rękawiczki samochodowe i wyszliśmy. Ana, Penny i Nelly czekali na nas z pełnymi torbami przy dziurze w drzwiach. Zaciągnęłam się świeżym powietrzem i zaczęłam grzebać w kieszeni w poszukiwaniu czegokolwiek, co pomoże mi się pozbyć paskudnego posmaku z ust. Znalazłam miętówki obklejone kłaczkami i pierścionek od Adriana. Musnęłam pierścionek i wsadziłam miętówkę do ust, po czym podałam drugą Jamesowi, który wyglądał, jakby potrzebował jej równie mocno jak ja. Przyjął ją z wdzięcznością i wypluł łyk wody, którą płukał usta.

John zrozumiał, co widzieliśmy, i nie tracił czasu.

– Wszyscy do samochodów, jedziemy.

Nawet na chwilę nie przestawał się rozglądać i zaciskał usta.

Skierowaliśmy się z powrotem na drogę. Gdy znaleźliśmy się na szczycie wzniesienia, obróciłam się i dostrzegłam poobijaną furgonetkę i sportowe auto podjeżdżające na parking pod Walmartem.

– To mogli być oni – powiedziałam, aż drżąc na myśl, jak blisko otarliśmy się o ludzi, którzy gwałcą i mordują młode dziewczyny.

– Miałem przeczucie – odparł John.

Rozdział 66

– Ana miała czelność narzekać, że wszyscy „wzięli coś sobie" w sklepie. Zupełnie jakbyśmy brali perfumy i bombonierki, a jej nic się nie dostało – oznajmiła Penny. Podniosła wzrok znad kawałków skórzanej kurtki mojej mamy, nad którymi siedziała na tylnej werandzie, i zrobiła minę.

– Twoja siostra... – nie dopowiedziałam.

– No wiem, wiem. Próbowałam z nią rozmawiać. Jest taka uparta. Mama zawsze mówiła, że zdjęcie Any powinno znajdować się w słowniku obok definicji uporu.

Do głowy przychodziło mi kilka innych terminów, przy których Ana również mogłaby się znaleźć.

Penny dostrzegła mój wyraz twarzy i pękła.

– Tak, upór nie wystarczy, żeby ją opisać. Nie mam pojęcia, co robić. Czasami nie umiem jej winić. Cała sytuacja jest przerażająca i surrealistyczna. Ale nie przesadzajmy, sytuacja nie może tłumaczyć wszystkiego. Chyba wszyscy musimy dawać coś od siebie, prawda?

– Owszem. – Nawlekłam igłę maszyny do szycia. – No nie wiem, Pen. Rozumiesz chyba, że Ana jest dla mnie jak młodsza siostra, a przynajmniej było tak, gdy wypowiadała do mnie więcej niż dwa słowa. Teraz jednak założyła wraz z Peterem ich własną małą klikę wyparcia czy coś.

Umieściłam kawałki ściągacza i skóry pod igłą, po czym dłonią przekręciłam pokrętło z boku. Nie szło tak szybko jak przy użyciu pedału, ale i tak ścieg stawał się w ten sposób schludniejszy i silniejszy, niż gdybym zdołała szyć ręcznie, na dodatek powstawał szybciej.

– Co my właściwie robimy? – zapytała Penny.

– Swoisty pancerz. Połączę to z rękawiczkami. Będzie nam zakrywać ramiona, by nie dopuścić do zadrapań lub ugryzień. I powinno chronić przed zainfekowaną krwią. Eliksowie mają zwykłe zęby, takie jak my. Nie przebiją się przez skórę.

Pomyślałam o grozie, jaką czułam, gdy zabiłam tamtego maczetą, jak bardzo bałam się wtedy, że wirus dostał mi się do krwiobiegu. Zwykle nie mam obsesji na punkcie zarazków, ale w tym przypadku wykazywałam potężne zaburzenia obsesyjno-kompulsywne.

– Okej. To jedna z tych surrealistycznych chwil, o których mówiłam. Siedzę sobie w lesie w promieniach słonecznych i robię zbroję przeciwko zombie.

James wyszedł przez przesuwne szklane drzwi na werandę.

– Nie wiesz, że nie powinno się mówić na nich zombie? – Pogroził Penny palcem. – W każdej książce, filmie i tak dalej nazywa się ich inaczej.

– No wiesz – rzekłam. – Preppersi dawniej mówili zombie na ludzi, którzy nie byli przygotowani na awaryjne sytuacje.

Na ludzi, którzy domagali się ich zapasów, gdy sytuacja się schrzaniła. Ale masz rację, nigdy nie mówi się zombie. Dziwne.

Widok tamtych dziewczyn w Walmarcie wyraźnie pokazał, że powinniśmy się obawiać dwóch rodzajów zombie.

– My też nazywamy ich inaczej – stwierdziła Penny. – Na co się dotąd natknęliśmy? Eliksowie, gryzacze, wędrowcy, zainfekowani, nieumarli, pełzacze, potykacze, zety. Na pewno są też inne określenia, których nie słyszeliśmy lub które nie przyszły nam jeszcze do głowy. Poza tym to niestety nie jest film.

– Aż nazbyt prawdziwe – skomentował James, po czym usiadł i rozciągnął długie nogi. Trochę schudł od pracy tutaj, a kolor jego cery zmienił się z ciastowatej na kość słoniową, ale zawsze był szczupły jak tyka. Potarł palcami kawałek skóry leżący na stole. – Pancerz, tak? To dobry pomysł. Nie wiemy, jak zaraźliwe jest to coś. Jeśli do infekcji wystarczy draśnięcie, to musimy być zabezpieczeni przed draśnięciami. Pełnej długości rękawiczki skórzane, a może neoprenowe? Byłyby świetne.

– Nie musisz mi tego mówić – odparłam. – Ale gdzie można zdobyć rękawiczki neoprenowe w głębi stanu Nowy Jork? Jeśli natkniemy się na dobry sklep sportowy, musimy wejść do środka i poszukać. – Popatrzyłam na niego znad maszyny do szycia. – Muszę przyznać, czuję spore rozczarowanie, że moi rodzice ich nie zachomikowali. Jak mogli nie przygotować się na tę konkretną sytuację?

– Wszyscy powinni być gotowi na apokalipsę zombie. – James uśmiechnął się do Penny, wypowiadając to ostatnie słowo. – A rękawiczki neoprenowe są absolutnie niezbędne. Na przykład oceany mogłyby się wznieść do takiego poziomu, że twoja posiadłość znalazłaby się nad wodą i potrzebowałabyś ich do serfowania.

– Dwie bardzo, bardzo prawdopodobne możliwości – zażartowała Penny. – Właściwie to już chyba tylko jedna z nich jest jeszcze naciągana. Jak już mówiłam, to wszystko jest takie surrealistyczne. Mój mózg nie nadąża.

Naciągnęłam pierwszą skończoną rękawicę i upewniłam się, czy ściągacz dobrze leży. Długie pasy skóry łączyły się z rękawiczką przy nadgarstku i sięgały do łokcia. Będzie w niej gorąco, ale nie przeszkadzała w ruchach. Przećwiczyłam wyciąganie rewolweru z kabury i wycelowałam z niego w stronę lasu.

– Hej – powiedział James. – To naprawdę zajebista rzecz. Wyglądasz jak superbohaterka. Też chcę pobawić się swoją parą.

Oparłam dłonie na biodrach i wpatrzyłam się w dal na sposób superbohaterów.

– Za dnia farmerka, nocą zabójczyni zombie. – Wymierzyłam w niego okryty skórą palec. – Ty będziesz następny.

– Fajnie.

Penny podała mu papierowy wykrój i skórę.

– Trzymaj, *papi* [8], przydaj się na coś.

– *Si, mami* [9] – odrzekł po hiszpańsku z chyba najgorszym możliwym akcentem.

Penny i ja roześmiałyśmy się, a on wziął parę nożyczek i zaczął ciąć, leciutko się uśmiechając. Zdjęcie Jamesa powinno się znaleźć w słowniku obok słowa „użyteczny".

Rozdział 67

Skończyłam robić pancerze dla wszystkich i pojechaliśmy poćwiczyć strzelanie w nich. Na gankach z przodu i z tyłu domu rosła istna dżungla. Maleńkie sadzonki szybko stawały się potencjalnie smacznymi roślinkami, które za dzień czy dwa pójdą do ziemi. Teraz za dnia przyzwyczajały się do warunków zewnętrznych, żeby stały się wystarczająco silne, by zdołały tam przeżyć. Ana odstawiła puszkę służącą jako konewka i skierowała się do auta. Chyba nie miała nic przeciwko pracom ogrodniczym. Byłam przekonana, że któregoś dnia widziałam, jak rozmawiała z roślinami, choć w życiu by się do tego nie przyznała.

Przesuwne drzwi trzasnęły, gdy Peter wyszedł na ganek. Miał na sobie buty robocze i jedną z dwóch par dżinsów, które zabrał z miasta. Musiały być obłędnie drogie, ale musiałam przyznać, że dobrze się trzymały. Moje tańsze postarzały się na oko o jakieś trzy lata. Może da się to wykorzystać marketingowo, jeśli świat kiedykolwiek wróci do dawnej postaci. Na pewno firmy zdołają wymyślić jakieś chwytliwe postapokaliptyczne hasło reklamowe dla dżinsów kosztujących czterysta dolarów.

To było coś, za czym nie tęskniłam: za nieustannym zalewem reklam pomyślanych tak, by ludzie wciąż chcieli więcej, by nigdy nie pozostawali usatysfakcjonowani tym, co mają. Oczywiście nie chciałam, by tamta sytuacja zmieniła się w tak drastyczny sposób, jednak pewna część mnie kochała to życie, właśnie czegoś podobnego zawsze pragnęłam. Uwielbiałam przebywać w lesie, uprawiać żywność, samodzielnie wykonywać potrzebne nam rzeczy, zamiast je kupować. Wolałabym tylko, żeby tymi potrzebnymi rzeczami nie były zaostrzone maczety i pancerze przeciwko zombie.

Peter zszedł po stopniach, unikając mojego wzroku. Urosły mu włosy i wyglądał bardziej niechlujnie, ale pasowało to do niego. Zawsze był zbyt gładki, zbyt zadbany. Sprawdził kaburę i wsunął palce pod pasek karabinu.

Nigdy nie byliśmy bratnimi duszami, ale potrafiliśmy się ze sobą dobrze bawić. Czasami, jak w wieczór, kiedy się poznaliśmy, naprawdę szczerze rozmawialiśmy. Kiedyś po zbyt wielu drinkach narzekał, że musi iść na jakieś wykwintne przyjęcie, na którym będzie się roiło od fałszywych ludzi. Rubryki towarzyskie będą później pełne zdjęć. Przypomniałam sobie, jak mówił mi, że takie rubryki wciąż istnieją. Wydawało mi się, że zniknęły jakoś w okolicach końca prohibicji. Nie wierzyłam mu, dopóki mi nie pokazał, a wtedy śmiałam się do rozpuku z nazwisk i podpisów, podczas gdy on obserwował mnie z lekkim uśmiechem i błyskiem w oku.

– To nie idź. Przyjdź do mnie, żeby pooglądać dziewczyńskie filmy – zażartowałam. – Dlaczego musisz tam iść?

Wiedział, że nie zbliżyłabym się nawet do takiego towarzy-

stwa, i już wiele tygodni wcześniej przestał mnie pytać. Miał pół-
przymknięte powieki i trzymał głowę na oparciu kanapy.

– Jeśli się tam nie pokazujesz, wówczas o tobie zapominają –
wyszeptał. – Nie zrozumiałabyś. Nie chcę być niewidzialny.

Gdy zamknął oczy, wyglądał na tak bezbronnego. Wyciągnęłam dłoń i przejechałam palcem po kolczastych cieniach, jakie
rzęsy rzucały mu na policzki.

– Peter, nie jesteś niewart zapamiętania. To nie oni sprawiają,
że cię widać. Ja cię widzę.

On jednak wciąż miał zamknięte oczy, a jego oddech stał się
regularny. Nie byłam pewna, czy w ogóle mnie usłyszał. Następnego ranka siedziałam ze skrzyżowanymi nogami na jego sofie
z kubkiem herbaty, a on siedział w dużym fotelu i wyglądał
przez panoramiczne okna swojego odziedziczonego, przedwojen-
nego mieszkania. Uśmiechnęłam się do niego, sądząc, że być
może poprzedniego wieczora dotarliśmy w jakieś inne miejsce.

– Nie pamiętam nic z wczoraj. Chyba odpłynąłem – powiedział, szybko odwracając wzrok. Wydawało mi się jednak, że dostrzegłam w jego oczach kłamstwo, strach, że powiedział zbyt
wiele, i obawę, że się zorientowałam.

– Oj, zasnąłeś i zaprowadziłam cię do łóżka. – Postanowiłam
jednak spróbować jeszcze raz: – Na pewno musisz iść dzisiaj
na tę imprezę?

Utrzymał neutralny wyraz twarzy, ale w jego oczach pojawił
się chyba smutek. Trudno było to stwierdzić w świetle słońca.

– Tak. Muszę.

Peter schodzący teraz po schodach wyglądał inaczej, ale zachowywał się tak samo. Może chodziło o to, że nie było tu nikogo, w czyich oczach stawałby się widoczny. Może to dla-

tego tak się opierał temu wszystkiemu. Może tak bardzo mnie nie lubił, bo znałam tę jego tajemnicę.

Przemknął obok mnie i wskoczył na przedni fotel suva. Jeździł tam teraz, ponieważ tak dobrze mu szło strzelanie. Ja wsiadłam do pikapa Johna. Jeśli pominąć całą psychoanalizę dla ubogich, Peter zachowywał się jak dupek. Parafrazując to, co ktoś kiedyś powiedział: jeśli ktoś pokazuje ci, kim naprawdę jest, uwierz mu. Te chwile, kiedy wydawało mi się, że widzę prawdziwego Petera, były zbyt nieliczne i zbyt oddzielone od siebie, żeby się liczyły.

Rozdział 68

Puściliśmy z dymem tyle amunicji, ile to tylko było rozsądne, choć jeśli połączyć zapasy mojego taty i Johna, moglibyśmy chyba najechać mały kraj. John poprosił Anę o skończeniu jeszcze jednego magazynku, zanim się zwiniemy. Dostrzegł, dlaczego część jej strzałów chybia.

Dziewczyna schowała pistolet do kabury i założyła ręce na piersi.

– Nie. Jestem zmęczona i nie chcę już strzelać.

– Wiem, że jesteś zmęczona, ale nie robimy tego często – odparł John. – Więc lepiej mieć to z głowy. Później stąd odjedziemy.

Wyciągnął dłoń po jej broń, jednak ona miała taki sam nadąsany wyraz twarzy jak wtedy, gdy miała dziesięć lat i kazano jej iść spać. Podniosła ręce i usiadła na głazie.

– Nie! Mam dość – oznajmiła.

Penny przyklęknęła, żeby z nią porozmawiać, ale Ana odwróciła głowę.

– Nie chcę tego słuchać – powiedziała. – Nie chcę już strzelać.

Nie chcę tego wszystkiego robić. Chcę tylko, by było jak dawniej. Nie będę już nic takiego robić.

To musiało się skończyć. Co innego, jeśli zamierzała zachowywać się jak dziecko przy pracach w domu, musiała się jednak nauczyć, jak się bronić. Jej upór sprawiał, że jeśli to ona stanie na straży, będzie stanowiła niebezpieczeństwo. Miałam dość tego, że wszyscy obchodzą się z nią jak z jajkiem. Nadeszła pora, by Ana i Peter wreszcie wydorośleli.

– Ana, nie jest jak dawniej. I nie będzie – rzekłam. – Przynajmniej nie przez długi czas.

– Zostaw ją – zareagował Peter. – Nie wszyscy żyją w jakiejś fantazji autorstwa Laury Ingalls.

Zabolało mnie, ponieważ po części była to prawda. I ponieważ mnie znał, a teraz wykorzystywał tę wiedzę, by mnie zranić. Nie podobało mi się, że znał mnie na tyle dobrze, by móc to robić. Najbardziej jednak bolało mnie, że jeśli naprawdę tak sądził, to za jaką osobę musiał mnie uważać?

– Tak, Peter, lubię szyć i uprawiać ogród. Czy to źle, że te rzeczy dają mi radość?

Popatrzył okrutnym wzrokiem, oczyma kogoś obcego, i wzruszył ramionami. Widziałam, jak bardzo mnie w tym momencie nie cierpi, i raniło mnie to bardziej, niż byłabym skłonna przyznać.

– Mówię tylko, że niektórzy z nas chcą powrotu do normalności. Że mamy nadzieję, iż tak się wkrótce stanie. Nie jest szaleństwem myśleć, że to możliwe. Ale ty po prostu aż nazbyt cieszysz się, mogąc robić to wszystko, zupełnie jakbyś nie mogła się tego doczekać.

Ale był dupkiem. Miałam ochotę wrzeszczeć, że jest szaleństwem uważać, iż sytuacja wkrótce wróci do normy. Absolutnym szaleństwem. Poczerwieniałam na twarzy i drżały mi dłonie.

– Och, tu mnie masz, Peter. Tyle że w moich fantazjach ani razu nie życzyłam sobie, by dwa rozpieszczone bachory nieustannie wyśmiewały się ze mnie za plecami. Przepraszam, że nie snuję się cały czas z ponurą miną i nie zachowuję się tak, jakby każda jebana drobnostka była takim straszliwym ciężarem.

Ana zmrużyła oczy, słysząc to, ale nie przejmowałam się już. Zresztą tak naprawdę pora była najwyższa, by ktoś to wreszcie powiedział.

– Czy choć przez chwilę pomyśleliście, że martwię się o Erika? Że gdzieś tam jest mój brat? – mówiłam coraz bardziej podniesionym głosem. Spojrzałam na Anę. – A Maria? czy naprawdę uważacie, że chciałabym, aby spotkało ich niebezpieczeństwo?

W oczach wezbrały mi zdradzieckie łzy. Nikt nie traktował poważnie płaczącej wariatki i frustrowało mnie, że moja złość jest powiązana z kanalikami łzowymi. Zastanowiłam się, co niemiłego mogłabym powiedzieć, i zamiast się powstrzymać, jak zazwyczaj, tym razem to wygłosiłam. Tak jak zrobiłby to Peter:

– Może rzeczywiście tak uważacie. Może już nie pamiętacie, jak to jest mieć ludzi, których kochacie. Ludzi, którzy kochają was.

Ucieszyłam się, gdy się wzdrygnął. Chciałam go zranić. Równie dobrze mogłam traktować go jak osobę, o bycie którą sam mnie oskarżał. Otrząsnął się po moim wybuchu i jego wzrok spochmurniał.

– Cóż, przynajmniej nie usycham z tęsknoty za kimś, kto już mnie nie kocha.

Przez chwilę nie miałam pojęcia, o co mu chodzi, dopóki

nie uświadomiłam sobie, że miał na myśli Adriana. Penny rozchyliła usta. Podeszłam o krok, unosząc dłoń.

Nelly otoczył mnie ramieniem.

– No dobra – rzekł. – Już wystarczy. Peter, przestań. Natychmiast.

Twarz Nelly'ego była pozbawiona emocji, z wyjątkiem jego oczu, z których wiało chłodem. Peter wyglądał, jakby triumfował, dopóki nie dostrzegł drugiej dłoni Nelly'ego, zaciśniętej w pieść. Cofnął się o krok.

– Wy dwoje. – Wymierzyłam w nich drżący palec. – Możecie nie chcieć uwierzyć, że sytuacja się zmieniła. Ale zmieniła się. Tak już jest, a jeśli będziecie się dalej zachowywać jak teraz, to wszyscy przez was zginiemy.

Rozdział 69

John ustawił nasze ćwiczenia strzeleckie na dzień, kiedy miał zajrzeć do farmera Franklina. Ucieszyłam się, gdy nalegał, bym tym razem towarzyszyła mu wraz z Nellym. Nie chciałam wracać do domu i znosić tych chłodnych spojrzeń oraz niezręcznego milczenia, z którymi masz do czynienia, gdy skłócasz się z ludźmi, gdy powiedziałaś zbyt wiele.

Już żałowałam tego, co mówiłam do Petera, że nikt go nie kocha. Były to okropne słowa i zasłużyłam sobie na to, co dostałam w zamian. Siedziałam z tyłu, głaszcząc Laddiego i odtwarzając sobie w głowie to, co powiedział Peter. Pewnie miał rację. W końcu minęły już dwa lata, wystarczająco długo, by Adrian zostawił mnie za sobą.

– Pamiętaj, on nie ma racji – rzekł Nelly ponad chrzęstem opon na gruntowej drodze.

Jechaliśmy do miejsca, gdzie dolina się poszerzała i w gęstym zagajniku znajdowały się farmy. Gdy nie odpowiedziałam, obrócił się i popatrzył na mnie. Wzruszyłam ramionami i uśmiechnęłam się nieznacznie.

– Dobrze wiedział, co powiedzieć, by zabolało cię najbardziej. I tak właśnie zrobił.

– Ja również. To jednak nie znaczy, że się mylił.

– Spójrz na mnie! – Oderwałam spojrzenie od psa i popatrzyłam w szczerą twarz przyjaciela. – Mylił się.

Chciałam mu wierzyć, ale nie mógł mieć pewności. Znów wzruszyłam ramionami. Wcześniej dzień wydawał mi się ładny, lecz teraz miałam wrażenie, jakbym postrzegała wszystko przez szarą mgiełkę. Ciążyło mi na żołądku.

Peter słusznie mówił, że żyję w świecie fantazji, jednak pomyliły mu się fantazje. Jak mała dziewczynka wierząca we wróżki i jednorożce, myślałam, że Adrian i ja będziemy żyć wspólnie, póki śmierć nas nie rozłączy. Ta wiara dawała mi odrobinkę nadziei, że jeśli tylko zdołamy wytrwać dostatecznie długo, paskudna sytuacja dobrze się skończy. Teraz jednak dostrzegałam, jaka byłam głupia. Musiałam skupić się na teraźniejszości, a nie na kimś, kto pewnie myślał o mnie jako o kimś, kogo kiedyś kochał. Jeśli w ogóle o mnie myślał.

John skręcił na długi podjazd.

– To tutaj. Richard, którego ty znasz jako farmera Franklina, mówił, że przygotuje więcej siana i karmy dla kóz. Dziwne, brama jest otwarta.

Skierowaliśmy się przez bramę do żółtego domu z gankiem od przodu i wieńcem na drzwiach. Terakotowa donica przewróciła się i ziemia wysypała się z niej na stopnie. Drewniana framuga za moskitierą była pęknięta. W trawie błyszczały odłamki szkła. Widziałam stodołę i wybieg dla zwierząt, ale były puste i tam również furtka pozostawała otwarta.

– To nie wygląda dobrze – skomentował John. Objechał dom po nierównej trawie, ale było pusto, nie licząc samochodów Franklina. – Muszę to sprawdzić.

– Nie pójdziesz sam – powiedział Nelly.

– Okej, wejdziemy powoli. Pójdę głównym korytarzem do kuchni. Nelly, ty zajrzyj w lewo, tam jest salon. Cassie, zerkniesz na prawo. Leży tam jadalnia z oddzielnym przejściem do kuchni od drugiej strony.

Potaknęliśmy i otworzyliśmy drzwiczki wozu. Laddie zatrzymał się u dołu schodów i zawył gardłowo. John położył mu dłoń na głowie.

– Do nogi. Zostań.

Pies zatroskanym wzrokiem obserwował, jak wchodzimy po stopniach. John plecami odsunął moskitierę i gestem wskazał nam, żebyśmy weszli za nim. Z wnętrza rozlał się smród rozkładu, teraz już nazbyt znajomy. Z oddali dobiegało gdakanie kur Franklina, ale w domu panowała zupełna cisza.

– Richard? – zawołał John. Staliśmy i czekaliśmy, ale nikt nas nie powitał.

Znaleźliśmy się w małym przedsionku z ławką do zakładania butów, ale większość ludzi z okolicy wchodziła do domu po pracy przez osobne pomieszczenie, zwykle położone obok kuchni. To tam można było znaleźć kalosze i kurtki, do których kleiły się resztki siana. Przeszłam do jadalni. Malowane drewniane deski podłogi zaskrzypiały mi pod nogami, gdy mijałam stół i krzesła.

Na blatach w kuchni stało kilka pustych butelek po alkoholu, wraz z talerzami ze skrzepniętym, spleśniałym jedzeniem. Od tylnej strony domu biegła słoneczna weranda, jednak zerknięcie przez drzwi powiedziało mi, że nikogo tam nie ma.

– Cassie. – John wszedł do kuchni od korytarza. – Znaleźliśmy ich. Przynajmniej część.

Przeszłam za nim do salonu. Dwa pokoje po tej stronie umeblowano kanapami, dużym dywanem i biurkiem komputerowym. Na ścianie wisiał telewizor, a także zdjęcia i obrazy. Ot, właśnie takie przyjemne miejsce, w którym można oprzeć wygodnie nogi i zagłębić się w filmie.

Przynajmniej kiedyś, ponieważ teraz barwne poduszki leżały porozrzucane, a mama i tata Franklin siedzieli na kuchennych krzesłach, martwi od kilku dni. Liny pętające ich, gdy jeszcze żyli, wgryzły się w spuchniętą tkankę, widziałam jednak, w którym miejscu wyłaniały się z ciał i były związane pod spodem. Ktoś wyglądający na nastoletniego chłopca leżał twarzą do dołu na dębowej podłodze, zupełnie jakby biegł, gdy zginął. Zwłoki sprawiały wrażenie, jakby zostały wyżarte od środka, i miejscami odchodziła od nich płatami skóra.

Uderzyło mnie, że za każdym razem, gdy wydawało mi się, że ujrzałam coś naprawdę straszliwego, natrafiałam na nowy koszmar, coś, co nawet nie przychodziło mi do głowy. Przytrzymywałam bandanę, którą obwiązałam sobie twarz, i starałam się oddychać. Znajdowali się w stanie tak posuniętego rozkładu, że nie dało się stwierdzić, w jaki sposób zostali zamordowani, ale niewątpliwie tak się stało.

– Mieli jeszcze dwie córki. Sprawdźmy na górze – rzekł John.

Na piętrze było pusto, choć widzieliśmy, że ktoś przetrząsał szuflady i nie schował zawartości z powrotem. W drodze na dół dostrzegłam, że na klatce schodowej wiszą fotografie, począwszy od pyzatego jasnowłosego niemowlaka, a skończywszy na zdjęciu rodzinnym zrobionym w Disneyworldzie, z nadrukowaną zeszłoroczną datą. Wpatrywałam się w nie, dopóki się nie upewniłam.

– Pamiętacie tamte dziewczyny w Walmarcie? – spytałam. John i Nelly, stojący u podstawy schodów, przytaknęli. – To była jedna z nich.

Wskazałam córkę z długimi blond włosami i prostymi białymi zębami. Cała rodzina stała objęta ramionami, najwyraźniej świetnie się bawiąc.

– A druga? – spytał John.

Zwykle nie mam problemu z rozpoznawaniem twarzy, jednak tamta dziewczyna została uduszona i jej twarz za bardzo spuchła, żeby dało się ją zapamiętać w słabym świetle. Na zdjęciu śmiała się i spoglądała na ojca, który miał na głowie mysie uszy i wyglądał tak głupkowato, że trudno było ją winić.

– Miała kręcone włosy, jak ta tutaj. Ale nie mam pewności.

John miał wzburzony wyraz twarzy. Nie wiedziałam, czy kiedykolwiek go takim widziałam. Zmarszczył brwi i napiął mięśnie żuchwy.

– Idziemy – powiedział. – Najwyraźniej ktoś w okolicy jest bardzo niebezpieczny. Nie wiedzą o nas i lepiej, żeby tak zostało.

Na zewnątrz otworzył kurnik. Nie mieliśmy czasu, by zastanawiać się, jak zabrać kury ze sobą, ale może jakiś czas przetrwają na swobodzie. Podrywając za sobą pył, ruszyliśmy z powrotem długim podjazdem, a gdy kurz opadł, zobaczyłam, że ptaki dzióbią w trawie, ciesząc się wolnością.

Rozdział 70

Nelly rozparł się z piwem na kanapie.

– Jest miło – stwierdził, wziął łyka i skrzywił się.

– Chyba masz na myśli towarzystwo, nie piwo – odparła Penny.

Ana i Peter spali tej nocy u Johna. Obiecał im film podczas kilku godzin działania generatora. Z pewnością cieszyli się równie mocno jak ja, że tam będą. Gdy skończyliśmy już wieczorny seans słuchania radia, wyszliśmy we czworo. Wysłuchaliśmy tych samych informacji co wcześniej, ale gdy wspomniano o farmie „Przyjdź królestwo Twoje", nie miałam już wcześniejszego wrażenia dobrostanu. Przypomniałam sobie jedynie, jaką byłam idiotką.

Penny wyciągnęła butelkę. James, Nelly i ja stuknęliśmy się z nią i wypiliśmy po łyku. Wzdrygnęłam się, gdy gorzki płyn spłynął mi do gardła, ale było to lepsze niż nic.

– Powinno tak smakować? – zapytałam.

- Zdecydowanie nie. - Nelly pokręcił żałośnie głową. - Ale na przyszłość chyba już będę wiedział, co zrobiliśmy nie tak.

Przechyliłam butelkę i wypiłam sporo. Nigdy się nie nawalę, jeśli nie podejdę do picia w sposób poważny. A tego wieczora na pewno chciałam podejść do niego poważnie. Chciałam, by ten dzień już się skończył, i uznałam, że tylko utrata przytomności pozwoli mi zasnąć. Po przełknięciu ostatniej kropli piwa z trudem rozchyliłam oczy i zobaczyłam, że cała trójka się we mnie wpatruje.

- Zdecydowanie czyści podniebienie - oznajmiłam. Wytarłam usta grzbietem dłoni i sięgnęłam po kolejną butelkę.

- Raczej je niszczy - odparł James. Wziął kilka łyków. - Ale wiecie co, im więcej się go pije, tym lepsze się staje.

Skinęłam głową, ale nie odpowiedziałam, bo sączyłam kolejne piwo. Nelly trzymał butelkę na kolanach. Pomachałam mu.

- No dawaj, Nels. Do dna.

Wymienił spojrzenia z Penny, a następnie spojrzał na mnie spod zmarszczonych brwi. Penny uśmiechnęła się krzywo. Przeniosłam wzrok z jednego na drugie.

- Co? - spytałam.

- Nie zapomnij o dzisiejszej warcie - przypomniał mi Nelly.

Ostatnio trochę poluzowaliśmy w tej kwestii, ale przypomniałam sobie, że Franklinowie byli ubrani w piżamy. Pomiędzy domami mieliśmy łączność za pośrednictwem krótkofalówek, które miały pozostać włączone całą noc.

- Pilnuję jako ostatnia. Do tego czasu już będę przytomna. - Wzruszyłam ramionami i zmieniłam temat. - Wiecie, co by się nam przydało? Muzyka. Dziwnie tak siedzieć i pić bez muzyki.

Nelly wyglądał, jakby chciał coś powiedzieć, ale dał spokój, zresztą ku mojej sporej uldze. Gdybym choć przez sekundę musiała mówić o Adrianie albo o nim myśleć, zaczęłabym wrzeszczeć.

– Taaak – rzucił marzycielsko. – Sporo bym dał, żeby móc włączyć iPoda i odsłuchać całą playlistę.

– A mnie już męczy, że w głowie grają mi tylko najgłupsze piosenki na świecie – rzekła Penny, która zazwyczaj podśpiewywała radiowe dżingle i tematy z seriali telewizyjnych.

Wszystkich nas to męczyło. Nie miałam pojęcia, dlaczego utwór z czołówki *Złotek* zamieszkał mi w głowie, ale tak się chyba działo, gdy traciło się kontakt z całą resztą muzyki.

– W piwnicy jest gramofon na korbkę – rzekłam. – Ale odtwarza tylko z prędkością siedemdziesięciu ośmiu obrotów na minutę. Tata zamierzał go przerobić, by grał też wszystkie jego czterdziestki piątki. Są ich setki.

Zerwałam się i odstawiłam pustą butelkę na stolik, niemal przewracając lampę olejową, którą Penny zdążyła przytrzymać.

– No to znajdźmy go! – stwierdziłam. – Chodź, James.

Wiedziałam, że zachowuję się jak wariatka, ale musiałam coś zrobić. Chwyciłam trzecie piwo i ruszyłam do piwnicy. James podążył za mną z latarnią. Na dole w przeciwległym rogu dostrzegłam na regale dużą drewnianą skrzynkę.

– Tu jest. – Wyciągnęłam ją, a później wskazałam liczne pudełka z płytami. – Ja wezmę siedemdziesiątki ósemki.

Na górze otworzyliśmy skrzynkę i ustawiliśmy na niej gramofon. Gdzieś ze środka dobiegł zgrzytliwy odgłos, ale płyta nie chciała się kręcić. James przyjrzał się urządzeniu.

– Chyba zdołam go uruchomić, jeśli zajrzę do środka, ale potrzebne mi lepsze światło.

Nocami było naprawdę ciemno, tak jak w czasach przed upowszechnieniem się elektryczności. Nasze lampy dawały wystarczający blask, by dawało się przy nich czytać, ale nie tyle, by wykonywać zadania wymagające śledzenia drobnych elementów. Poza tym nie chcieliśmy tracić baterii na coś, co mogło poczekać do jutra. Westchnęłam i dokończyłam piwo. Straciłam czucie w nosie, co stanowiło pewny znak, że robię się pijana.

– Chciałam tylko potańcówkę – powiedziała do Penny. Poprawiła sobie okulary i uśmiechnęła się do mnie z sympatią. – Głupią, żałosną potańcówkę.

Wiedziałam, że brzmię na marudną, ale skoro nie mogłam mieć dużych rzeczy, to chciałam drobnych. Otworzyłam czwarte piwo.

– Cass i ja urządzałyśmy sobie takie imprezy, odkąd byłyśmy małe, aż do, hmm, teraz – wyjaśniła Penny Jamesowi. Uśmiechnęła się do mnie i zasalutowała mi piwem.

– Niech żyją imprezy! – zawołałam.

Stuknęłam się z nią butelką i zlizałam sobie rozlaną pianę z dłoni. Napiłam się i nagle w środku było już tylko pół piwa. Uznałam, że właśnie w taki sposób będę od teraz postrzegać rzeczywistość: jako w połowie pustą, nie w połowie pełną.

– Viva la impreza! – odkrzyknęła.

– Och, słodki Jezu – skomentował Nelly.

Nasze chichoty przeszły w wybuchy śmiechu, potem jednak zaczęłam szlochać. Nelly spojrzał na mnie z zatroskaniem.

– Nie – oznajmiłam i wytarłam łzę, która mi się wymknęła. Nie chciałam, by ktokolwiek się nade mną litował, by widział, jak słaba się stałam. – Proszę, mam już za sobą rozsypkę, pamiętasz? nic mi nie jest. Nie możemy się po prostu napić i dobrze bawić?

Wyglądał, jakby chciał coś powiedzieć, i przygotowałam się na jego słowa, ale dał spokój.

– Tak, to chyba da się załatwić – stwierdził zamiast tego.

Wysączył do dna butelkę, a ja i Penny mu kibicowałyśmy.

Rozdział 71

– Twoja kolej – wyszeptał James.

Wytarłam sobie śpiochy z oczu i zsunęłam nogi z łóżka.

– Wstałam. Możesz iść spać.

Ogień wciąż płonął i w salonie było ciepło. Nalałam sobie kubek herbaty i usiadłam przy stole. Czułam się trochę lepiej niż wcześniej. Nie zalecałabym alkoholu jako środka do regularnego rozwiązywania problemów, teraz jednak pomógł. Moje uczucia nie były już tak odsłonięte. Jednak gdy wracałam myślą do swoich wizji, do fantazji, że odnajdę Adriana, a on niczego nie będzie pragnął bardziej, niż tylko wznowić nasz związek w miejscu, w którym go przerwaliśmy, robiło mi się gorąco z zażenowania. Jaka byłam głupia. Złościło mnie, że wszyscy wiedzieli. I na pewno Peter napawał się tym, że miał rację, że mnie zdemaskował.

Wydawało mi się, że ujrzałam coś w oknie, więc zamarłam, gotowa ogłosić alarm, dopóki nie zdałam sobie sprawy, że to moje odbicie. Wydawało mi się, jakby w nocy pozostało miejsce wyłącznie na morderców, gwałcicieli i żywe trupy. Bałam się spoglądać w okno z obawy, że nagle pojawi się w nim widmowa biała twarz pragnąca mojej zguby. Niekoniecznie był to nowy strach, bo coś podobnego czułam od dzieciństwa. Jedyna różnica polegała na tym, że teraz zagrożenie nie tylko weszło w strefę prawdopodobieństwa, lecz było wręcz gwarantowane w krótszym czy dłuższym okresie.

Postanowiłam, że zrobię chleb, zamiast siedzieć tak i na zmianę bać się oraz karcić się w myślach. Uwielbiałam piec samodzielnie pieczywo, choć gdy ręce bolały mnie już od ugniatania ciasta, pomyślałam tęsknie o ukochanym robocie elektrycznym mamy wyposażonym w odpowiednią końcówkę.

Wyciągnęłam mąkę, drożdże i sól, po czym odmierzyłam ilości, które znałam na pamięć. Rzuciłam ciasto na drewniany blat, podrywając obłoczek mąki. Złożyłam je na pół i ucisnęłam, po czym znów złożyłam, pozwalając sobie myśleć tylko o tym, jak zachowywało się pod moją dłonią, jak z grudowatego i kleistego zmieniało się w gładkie i sprężyste. Włożyłam je do miski przy piecu, żeby urosło, a potem umyłam ręce.

Chciałam odezwać się do Johna przez radio, ale miałam tylko jedną szansę na trzy, że trafię na kogoś, z kim miałam ochotę rozmawiać, więc zrezygnowałam z pomysłu. Czułam się taka samotna. Pozostawaliśmy oddzieleni od naszych rodzin, w sumie to i od reszty planety. Oczywiście istnieli też inni ludzie, w końcu słyszeliśmy ich co wieczór przez radio, jednak było możliwe, że już nigdy nikogo więcej nie ujrzymy. Mogliśmy się tu trudzić i później skończyć jak Franklinowie, a nikt nawet się nie zorientuje, jak ciężko się staraliśmy.

Usłyszałam hałas na zewnątrz i zerwałam się gwałtownie. Położyłam dłoń na radiu, ale rozpoznałam stukot pazurów Laddiego na ganku. Zamerdał ogonem i z chęcią pochłonął smakołyk, gdy wpuściłam go do środka. Wiedział, że łatwo daję się nabrać na proszalne miny, które opanował do perfekcji. Wdrapał się do mnie na sofę i rozłożył się wzdłuż moich nóg, a ja gładziłam go po głowie. Już się tak nie bałam, ponieważ pies ostrzeże mnie przed wszystkim, co mogło czaić się w lesie, zanim zdąży zakraść do okna. Przez chwilę leżeliśmy w milczeniu.

– Dobry z ciebie chłopak – powiedziałam. Machnął dwukrotnie ogonem. – Bycie psem chyba musi być fajne, co? Nie masz tych wszystkich problemów z ludźmi. Po prostu lubisz ich albo nie. – Spojrzał mi w oczy, jakby rozumiał. Podrapałam go za uszami. – I wszyscy lubią ciebie. Jak mogliby inaczej? Bo taki z ciebie przystojniak. Jesteś najprzystojniejszym psem na świecie. No jesteś, futrzaku. Właśnie taki jesteś...

– Wiesz, są tu też ludzie, gdybyś chciała pogadać – Nelly przerwał moją wygłaszaną dziecięcym głosikiem paplaninę.

Nie obróciłam się, ale słyszałam w jego tonie uśmiech.

– Wolę dogoterapię.

Opadł na krzesło naprzeciwko mnie i ziewnął.

– No pewnie – stwierdził.

Nakręcany zegar na kominku wskazywał piątą rano.

– Dlaczego nie śpisz? Połóż się jeszcze na trochę.

– Nie mogłem na nowo zasnąć – odrzekł z irytacją, trąc zaczerwienione oczy. – Wygląda na to, że przyzwyczaiłem się do towarzystwa w łóżku. Oczywiście jest to zupełnie niewłaściwe towarzystwo, ale wciąż budzę się i szukam twojego kradnącego koc cielska.

Wcześniej drażniłam się z nim, że lubi dzielić się ze mną łóżkiem, ale się do tego nie przyznaje.

– Wiedziałam! – stwierdziłam.

Udał, że mnie nie słyszy. Chwyciłam misę z chlebem, podczas gdy on nastawiał kawę. Ciasto urosło, więc przebiłam je, odwróciłam i uformowałam trzy okrągłe bochenki. Położyłam je na desce, żeby wyrosły, i zabrałam się do nagrzewania pieca.

– Mmm, chlebuś – powiedział Nelly. Wychylił się i wciągnął drożdżową woń. Oparłam się o blat i próbowałam się nie uśmiechnąć. – Tak, tak. W rzeczywistości darzę cię sekretną miłością. Nie mogę bez ciebie żyć. Czy wyjdziesz za mnie, piękna panno?

Przyklęknął na jedno kolano i wyciągnął dłoń.

– Oj, zamknij się – odparłam, odtrącając jego rękę. – Jesteś gorszy niż ja. Dlaczego nie możesz przyznać, że czasami potrzebujesz pociechy? Ja przynajmniej to potrafię.

Podniósł się.

– Jesteś dziewczyną. I też ci to kiepsko wychodzi.

Obróciliśmy się, gdy przez frontowe drzwi wpadł John w piżamie.

– Peter i Ana zniknęli. Zabrali mojego pikapa i zostawili wiadomość, że jadą do miasteczka.

Rozdział 72

Gdy Penny zdjęła dłonie z twarzy, jej spokojne zwykle oblicze było ściągnięte i zatroskane. Pierwsze promienie słońca wpadały przez okno, podświetlając wszystkie zmarszczki niepokoju. W tym momencie wyglądała tak staro, że mogła być własną matką. Dzięki Anie.

– Tak bardzo was przepraszam – powiedziała. – Wiem, że Ana jest samolubna, ale nie sądziłam, że okaże się tak bezmyślna. Co oni sobie wyobrażali?

– Nie jesteś odpowiedzialna za jej czyny – przypomniał jej John. Siedział przy stole w jadalni i kręcił głową. – Porozmawiałem sobie z nimi wczoraj wieczorem. Mówiłem im, że przez jakiś czas nie będziemy jeździć do miasteczka. Że jest to zbyt niebezpieczne. Ana zdenerwowała się i narzekała, że zawsze jako ostatnia dostaje to, co jej potrzebne. Ale wydawało mi się, że zrozumieli.

– Kiedy pojechali? – spytał James. Złapał Penny za rękę i ścisnął.

John wzruszył ramionami.

– Przynajmniej godzinę temu – odparł. – Mieli mnie obudzić o czwartej. Obudziłem się sam i zobaczyłem, że dom jest pusty. Laddie musiał tu przybiec, gdy wyszli. A zatem dotarliby już do Bellville.

– Pojedziemy za nimi – rzekł James do Penny. – Przywieziemy ich z powrotem.

Pokręciła głową.

– Nie wiemy, dokąd się udali. Jeśli zaczniemy jeździć na chybił trafił, możemy ściągnąć na siebie uwagę. Nie dałoby mi to spokoju. I nie pozwolę, by komuś z was stała się przez nią krzywda. – Podniosła głos: – Nie mogę uwierzyć! Byłabym gotowa ją teraz zabić!

– Dajmy im kilka godzin – powiedział Nelly, który stał przy drzwiach frontowych. – Jest szansa, że nic się im nie stanie. Jeśli szybko nie wrócą, pojedziemy ich szukać.

John poszedł do siebie, żeby się przebrać. Włożyłam chleb do pieca, ale gdy już go wyciągnęłam, idealnie popękany i brązowy, nikt z nas nie miał apetytu. Szmer koron drzew poruszanych wiatrem brzmiał jak odgłosy opon na drodze i wciąż nadstawialiśmy uszu, sądząc, że wrócili. Ale wciąż ich nie było.

W końcu założyliśmy kabury i pancerze. Milcząc, wyjechaliśmy z podjazdu na drogę gruntową. Byłam piekielnie wściekła, ale też zamartwiałam się. Naprawdę kochałam Anę, a w jakiś sposób również Petera. Chciałam, żeby tu byli, nawet jeśli nie chciałam ich koło siebie, ponieważ nigdzie indziej nie było bezpiecznie.

Gdy pokonaliśmy ostatni zakręt przed drogą asfaltową, niemal wpadliśmy na pikapa Johna. Ana i Peter siedzieli obróceni na przednich fotelach, obserwując główną szosę. John zatrzymał się z poślizgiem przy nich. Z twarzą jak wykutą z granitu podniósł krzepki palec i wymierzył w nich, a następnie w kierunku domu. Oboje wyglądali jak nastolatkowie, których przyłapano na powrocie do domu po wyznaczonej godzinie.

Penny wyskoczyła z domu i czekała, aż Ana wysiądzie z wyrazem winy i strachu na obliczu.

– Przepraszam – powiedziała Ana.

Penny zignorowała to.

– Nawet nie wiem, co mam ci mówić, Ano! Przez całe życie muszę znosić twoje kretynizmy, najpierw dlatego, że umarł tata, a później, no... – palcami zrobiła w powietrzu znak cudzysłowu – „bo Ana już tak ma". Teraz mówię ci jednak, że to się musi skończyć. Twoje wygłupy kończą się w tym momencie. Dzisiaj. Rozumiesz mnie?

Dziewczyna wpatrywała się wielkimi czarnymi oczyma w starszą siostrę.

– To nie było pytanie retoryczne! – wrzasnęła Penny z policzkami zarumienionymi z wściekłości. – Dość! Czy. Mnie. Rozumiesz?

– Tak – wyszeptała Ana.

Minęła Penny i weszła do domu. Jednak Penny jeszcze nie skończyła. Obróciła się w kierunku Petera, który przynajmniej miał na tyle przyzwoitości, by wyglądać na zawstydzonego. Obserwował Penny uważnie, jakby czekał na wyznaczenie pokuty.

– Nie twierdzę, że to był twój pomysł. Znam moją siostrę na tyle dobrze, by wiedzieć, że zawsze dostaje to, czego chce. Jednak masz już nigdy więcej nie pomagać jej w czymś podobnym.

Peter skinął raz głową i wszedł do środka, wpatrując się w swoje stopy. Zawsze był taki niewzruszony, jednak teraz wyglą

dał na wstrząśniętego i zdenerwowanego. Gdyby chodziło o ko-
gokolwiek innego, mogłoby mi się zrobić go żal.

Rozdział 73

Wieczorem poszłam do obory, żeby wydoić Florę. Czynność ta charakteryzowała się spokojnym rytmem, gdy już się załapało, o co w niej chodzi. Uwielbiałam zapach siana i widok świetlnych pasów wpadających przez szczeliny w ścianach, dzięki którym kozy wyglądały jak małe zebry. Już niemal kończyłam, gdy usłyszałam, jak po drugiej stronie Ana kłóci się z Peterem. Nie wiedzieli o mojej obecności.

– Musimy im powiedzieć – powiedział stanowczo Peter. – To nie jest coś, co możemy ukryć. A co, jeśli tamci widzieli, dokąd pojechaliśmy?

– Obserwowaliśmy – odparła dziewczyna. – Nikt nas nie mijał. Jestem pewna, że wszystko w porządku. Nie mamy nawet pewności, czy to ci sami. Wiesz, jak oni się zezłoszczą, gdy się dowiedzą? Moja siostra mnie za to zabije.

Podniosłam wiaderko z mlekiem i podkradłam się do wyjścia.

– Ana, szeryf mówił, że są z nim kłopoty. Nie możemy ryzykować.

Dziewczyna przeszła do postawy bojowej. Nie ustąpi, dopóki Peter się nie zgodzi. Odchrząknęłam. Ana obróciła się gwałtownie, mrużąc oczy.

– Doiłam – rzekłam, pokazując wiadro. Mleko chlusnęło, bo poruszyłam naczyniem z wściekłości, którą starałam się kontrolować. Nie mogłam uwierzyć, że próbowaliby ukryć przed nami coś tak istotnego. – Macie nam zaraz wytłumaczyć, co się stało.

Rozdział 74

Powiedzieli, że wyprawa do miasteczka przebiegła bez zakłóceń, a w sklepach było pusto. Pomyśleliśmy, że to tyle, przynajmniej w kwestii zagrożenia. Okazało się jednak, że później natknęli się na ludzi.

– Nie pojechaliśmy do Walmartu, tylko do tamtego miasteczka po drugiej stronie. – Peter wyglądał, jakby wymuszał z siebie słowa. Stał w salonie i wpatrywał się w okno. – Chcieliśmy zobaczyć, co tam jest. Znaleźliśmy salon piękności. Poczekaliśmy chwilę, a gdy nic nie zobaczyliśmy, weszliśmy do środka.

Cóż, chyba Ana dostała swoją odżywkę. Czy istnieje bardziej niedorzeczny powód, by umrzeć? No ale oczywiście oni nie myśleli w ten sposób. Po prostu grali nam na nosie, pokazując, że nikt im nie będzie mówił, co mogą robić, a czego nie.

– Właśnie wsiedliśmy z powrotem do pikapa, gdy z boku podjechała furgonetka. W środku było dwóch gości. Ten z fotela pasażera stał na blokadzie w Bellville. Taki niższy.

Złośliwy Pies. Neil Curtis. Wypowiedziałam jego nazwisko na głos, a John przytaknął.

– Kilka lat temu wynikła sprawa Neila i napaści na jakąś kobietę. Nie znam wszystkich szczegółów, tylko to, że Sam bardzo się starał, ale nie zdołał znaleźć na niego nic solidnego. Ta furgonetka była czerwona?

Czerwona furgonetka zajeżdżała pod Walmart, gdy się stamtąd oddaliliśmy.

Peter potaknął.

– Spytali nas, dokąd jedziemy, a ja próbowałem mówić mętnie, jakbyśmy tylko tamtędy przejeżdżali, ale wtedy dostrzegł Anę. Powiedział, że nas pamięta i że kiedyś jechaliśmy na północ. Potwierdziliśmy, że owszem, ale teraz już zamierzaliśmy się przenieść. Że nic nas tam dłużej nie zatrzymywało.

Zerknął na mnie przy tych słowach. Skupiałam wzrok na półkach zrobionych przez mamę i raz za razem odczytywałam tytuły książek, powtarzając je w głowie, zamiast wrzeszczeć. Nie natknęli się po prostu na zwykłych ludzi. Natknęli się na morderców.

– Wyglądał, jakby nam uwierzył. Spytał nas, gdzie mamy rzeczy. Odpowiedzieliśmy, że po drodze zbieramy to, czego nam trzeba. Poradził, żebyśmy zajrzeli do Walmartu, jeśli nie mamy nic przeciwko cofnięciu się. Mówił, że jest tam bezpiecznie, że wszyscy Gryzacze nie żyją. Zaproponował, że nas tam zabierze, bo zna układ sklepu, a w środku jest ciemno. Powiedzieliśmy, że dziękujemy, ale musimy jechać. Obserwowali nas cały czas, gdy się oddaliliśmy. Zrobiliśmy spore kółko, żeby nie wyglądało, jakbyśmy wracali właśnie tutaj. Potem stanęliśmy i obserwowaliśmy, by się przekonać, czy nas śledzą, ale nikt nie minął nas na głównej drodze.

Oznajmił to w taki sposób, jakbyśmy mieli mu pogratulować za świetne opanowanie technik szpiegowskich.

– To nieistotne – stwierdziłam, ledwo kontrolując głos. Peter odwrócił wzrok, zaciskając wargi. – Zna moje nazwisko z blokady, a teraz nas pamięta. Wystarczy, że zajrzy do książki telefonicznej i znajdzie Forrestów. Może też spojrzeć do akt w ratuszu czy w jakimś innym miejscu.

– Jeśli rzeczywiście pamięta twoje nazwisko – spierała się Ana. – Jak myślisz, ile osób próbowało tędy przejeżdżać? Dlaczego miałby zapamiętać akurat ciebie?

Wymachiwała szaleńczo dłońmi, jakby na blokadzie panował nieustanny ruch i nikogo nie dałoby się spamiętać.

Nelly wskazał mnie, Anę i Penny.

– Z powodu was wszystkich – rzekł. – Człowiek, który gwałci i morduje nastolatki, zapewne zabił szeryfa i być może wysadził w powietrze szkołę, niewątpliwie zapamiętał trzy piękne dziewczyny, żywe i zdrowe.

John siedział przy stole, trzymając na blacie wysuniętą pięść. Falowały mu nozdrza.

– Istnieje konkretny rodzaj ludzi, którzy odczuwają przyjemność, gdy zabijają – oznajmił. – Niektórzy wstępują do wojska, żeby to robić zgodnie z prawem. Inni są po prostu zwykłymi mordercami. Zaś część trafia na okazję, czy to tutaj, czy w Sudanie, kiedy to mogą poddać się swoim najnikczemniejszym żądzom. Neil Curtis wygląda mi właśnie na takiego człowieka. Nie ustąpi, skoro znalazł coś, czego pragnie, i nie ma go kto powstrzymać. Poświęci czas, by wszystko sobie rozpracować, a później przyjdą tu. Ale my będziemy na nich gotowi.

Zapewne czujesz się podobnie, gdy mieszkasz na Środkowym Zachodzie i dostajesz informację, że na twoje miasteczko idzie tornado. Takie tornado, które właśnie wyryło szeroką na kilometr bruzdę przez trzy poprzednie miejscowości. Jest zbyt późno, by uciekać. Zresztą nie ma dokąd. Musisz więc przygotować się jak najlepiej w nadziei, że żywioł nie wyrwie ci wszystkiego, co znasz i kochasz.

Rozdział 75

Następnego dnia sadziliśmy warzywa. Dwoje z nas robiło za wartowników, a reszta umieszczała maleńkie roślinki w miękkiej czarnej glebie we wcześniej ustalonych lokalizacjach. Pomidory, fasola, melony, wszystko miało swoje miejsce. Niepokoił nas każdy trzask w lesie i nieustannie się podrywaliśmy, dopóki John nie przyszedł ze swojego stanowiska.

– Sytuacja pod kontrolą – oznajmił pewnym głosem. – Zresztą nie sądzę, by mieli przyjść za dnia. Zaczekają na zapadnięcie zmroku.

Przyszło lato. Czułam to po sile słońca na plecach. Trawa na dziedzińcu była już długa i miękka pod moimi bosymi stopami. Adrian mawiał, że mam kopyta zamiast stóp, ponieważ gdy tylko robiło się wystarczająco ciepło, natychmiast zrzucałam buty i w dowolnym terenie biegałam boso. Moje stopy nie cierpiały tkwić w niewoli.

Zajęło to cały dzień, ale wszystkie rośliny zostały posadzone i podlane. Po kolacji usiedliśmy przy świetle lampy, czekając, obserwując i rozmawiając cicho, aż nadeszła pora, by kłaść się spać.

Nazajutrz znowu był wspaniały dzień, a po nim kolejny. John kazał nam robić wokół domu drobne rzeczy, które mogą nam zapewnić przewagę, jeśli – gdy – tamci przyjdą. Nelly i ja na zmianę nocowaliśmy w oborze wraz z Johnem. Byłam już od tego zmęczona i wszystko mnie swędziało od spania na sianie.

Peter i Ana ciężko pracowali. Wszyscy byliśmy wściekli, ale wyczuwałam, że gniew pozostałych zelżał. Mój nie. Chata była jedynym bezpiecznym miejscem, jakim dysponowaliśmy, a teraz czułam się tu równie zagrożona jak wszędzie indziej. Ten dom zawsze stanowił dla mnie azyl, a teraz mi go zabrano.

– Może nie przyjdą – powiedziała Penny czwartego dnia z wyraźną ulgą w głosie. Popatrzyła z nadzieją na Johna.

– Nie. – Przekrzywił głowę, jakby mógł ich słyszeć. – Moim zdaniem przyjdą tej nocy.

Rozdział 76

Krótkie szczeknięcie obudziło mnie z lekkiego snu. Dobiegło z wnętrza domu, a po nim z radia dobiegł głos Nelly'ego:

– Są tu.

W tych dwóch słowach słychać było niezwykłą ilość napięcia. Zrzuciłam z siebie koc, natychmiast stając się czujna, i podkradłam się obok Johna do drzwi obory. Metal broni wydawał się śliski w mojej spoconej dłoni. Wciąż było ciemno, ale księżyc wisiał nisko.

– Niech się pokażą – powiedział.

Trzymał karabin z celownikiem optycznym. Zanim cokolwiek zrobi, chciał, byśmy najpierw rozeznali się w planach intruzów. Podał mi drugi karabin. Tego typu broń lepiej nadawała się do strzelania na dystans, Schowałam rewolwer do kabury.

– Na razie czterech ludzi – wyszeptał przez radio Nelly, gdy John wkładał do ucha słuchawkę. – Dwóch właśnie poszło od tyłu.

Blask księżyca był wystarczająco jasny, żeby dało się dostrzec dwóch mężczyzn przekradających się od drugiej strony domu. Jeden wślizgnął się na werandę, a drugi schował w krzakach.

– Światło – polecił John przez radio, klękając na jedno kolano.

Na werandzie ożył solarny reflektor, ukazując sylwetkę stojącą z łomem przy przesuwnych szklanych drzwiach. Drugie światło powinno zapewniać wyraźny widok na osoby od przodu. John wymierzył i ściągnął spust. Rozległ się głośny odgłos strzału i wrzask. Mężczyzna upadł na ziemię i wił się przez chwilę, zanim znieruchomiał. Spojrzałam przez celownik, ale drugi nie wyłonił się zza krzaków.

Kula wbiła się w drewno nad naszymi głowami.

– W tył! – polecił John.

Skierowałam się do drzwi do zewnętrznej zagrody, gdzie Flora i Fauna spędzały zwykle większą część dnia. Dwa kolejne pociski trafiły w oborę, ale strzelec wciąż celował w pierwotne miejsce. Wślizgnęłam się do zagrody i poczołgałam po ziemi, a John znajdował się zaraz za mną. Przyklęknęłam i przystawiłam celownik optyczny do oka.

– Pewnie się wycofa – wyszeptał sąsiad, unosząc karabin. – Czekaj.

Postać w moim celowniku wyglądała jak część listowia, dopóki się nie poruszyła. John i ja wystrzeliliśmy w tym samym momencie i człowiek upadł.

Wtedy rozpętało się piekło. Rozległ się odgłos rozbijanego szkła, a później okrzyki z przedniej części domu. Oddychałam urywanie, ale gdy się podniosłam, stwierdziłam, że nogi mi się nie trzęsą.

– Przejdę na front. Idź od tyłu i wejdź do środka, jeśli jest bezpiecznie – rzekł John.

Przeskoczyliśmy ogrodzenie i pobiegliśmy przez trawę.

Na werandzie John oddzielił się ode mnie i pomknął na przód domu, gdzie zrobiło się teraz złowróżbnie cicho. Spoglądałam na człowieka zastrzelonego przez sąsiada wystarczająco długo, by upewnić się, że nie żyje, a następnie ominęłam go, idąc do przesuwnych drzwi.

Zatrzymał mnie krzyk ze środka. Mogłam zajrzeć do salonu, ale nie do korytarza, gdzie patrzyli wszyscy. Nelly miał pistolet w dłoniach. W przyćmionym świetle wyglądał na wściekłego. Peter stał gotowy do strzału przez przednie okno, oglądając się nerwowo za siebie. Penny ze zdesperowaną miną trzymała wyrywającego się Laddiego za obrożę. Nie widziałam Any. Ktoś musiał ją dopaść. Rozbijane szkło oznaczało, że ktoś dostał się do korytarza. Atak z zaskoczenia.

– Odłóżcie pieprzoną broń! – dobiegł donośny głos. – Odłóżcie albo ją zabiję. Zrobię to.

Ana wrzasnęła. James skrzywił się, ściskając bezużyteczny pistolet. Laddie warczał, ale Penny trzymała go mocno. Gdyby go puściła, Ana mogłaby zostać postrzelona.

Ruszyłam od przeciwnej strony chaty. Stłuczone okno. Może ja też zdołam tamtędy wejść i przedostać się do korytarza za plecy napastnika. Pobiegłam pochylona i w tej samej chwili podmuch wywołany przelatującą kulą musnął mi włosy. Pocisk rozbił drzwi. Poczułam ukłucia odłamków szkła na twarzy i dłoniach. Zeskoczyłam z werandy i rzuciłam się za krzaki, słysząc kolejną chybioną kulę. Ze środka dobiegł pojedynczy wystrzał i odezwał się głos Nelly'ego.

W gęstym listowiu nie miałam jak posłużyć się karabinem. Odłożyłam go i wycelowałam z rewolweru obok obory, skąd moim zdaniem leciały pociski, ale panowała tam cisza. Przynajmniej na ile mogłam się zorientować, ponieważ w lesie wszystko odbijało się echem. Z dudniącym sercem popełzłam przez krzaki, czekając na kulę, na tę, której nie usłyszę, aż będzie za późno, aż mnie trafi.

Kiedy wpadłam na coś miękkiego, wydałam z siebie okrzyk zaskoczenia i szybko go zdusiłam. Był to mężczyzna trafiony przez Johna i nawet jeśli nie zginął, to albo był bliski śmierci, albo stracił przytomność. Przepełzłam po nim, krzywiąc się, gdy moje kolana zapadły się w jego ciało. Przemknęłam za róg domu akurat, gdy mężczyzna wyskakiwał przez rozbite okno i biegł w stronę drogi, a za nim pędził Nelly. Nie mogłam zaryzykować strzału.

Laddie śmignął przez tylny trawnik w kierunku obory, wydając z siebie niskie, gniewne szczeknięcia. Próbowaliśmy pilnować go w środku, ale wydostał się przez rozbite drzwi.

Od frontu znów rozbrzmiała palba, a ja stałam niezdecydowana. Wcześniej zamierzałam podążyć za Nellym, jednak teraz skierowałam się na przód chaty, przyklejona plecami do ściany, nie zapominając, że ktoś w pobliżu obory życzy sobie mojej śmierci. Dwóch mężczyzn stało między drzewami po drugiej stronie podjazdu. Widziałam ogniki z luf, gdy strzelali w drugi róg chaty, skąd John trzymał ich w szachu.

Ustawili się tak, że nie dało się ich dosięgnąć z pozycji Johna ani z wnętrza domu, ja jednak mogłam objąć jednego z nich celownikiem. Wymierzyłam w obfity piwny brzuch. Nie zastanawiałam się nad tym, nie rozważałam, że kogoś zabijam, ponieważ mnie to nie obchodziło. Chciałam jedynie zobaczyć, jak umiera, jak krztusi się swoją krwią.

Jeszcze zanim broń wypaliła, już wiedziałam, że go mam. Czułam się jak kiedyś przy szkole z maczetą. Wśród szalejącego wokół koszmaru wkroczyłam w to spokojne miejsce w moim wnętrzu. Kula i ja rozumiałyśmy się nawzajem. Powiedziałam jej, dokąd ma lecieć, a ona zrobiła, o co prosiłam. Mężczyzna upadł trafiony, a kolejny strzał urwał jego wycie z bólu.

Jego partner popełnił błąd, na który liczyłam, i przemknął na drugą stronę drzewa. Na ganku błysnęło od wystrzał, a potem James podszedł bliżej. Cztery, pięć, sześć strzałów trafiło mężczyznę z ogłuszającym hukiem. Intruz wykonał lekki pląs i poleciał w tył.

Gdy wyłoniłam się z cieni, Peter obrócił się ze swojej pozycji na ganku. Skierował na mnie broń i znieruchomiałam.

– To ja, Cassie! – wrzasnęłam.

Opuścił broń i spoglądał na mnie szeroko otwartymi oczyma.

– Ana? – spytałam.

– Nic jej nie jest – odparł.

Odetchnęłam z ulgą.

– Za oborą został przynajmniej jeden. Nelly ścigał kogoś po podjeździe. Pójdę za nim.

– Idę z tobą – rzekł John i obrócił się do Petera. – Pójdziemy za Nellym i tamtym zza obory. Niech dwie osoby kryją tył i dwie przód. Zostańcie w środku. Odezwę się przez radio.

Peter skinął głową i wbiegł do domu. Zanim zamknęły się drzwi, usłyszałam szloch. John i ja kroczyliśmy skrajem lasu wzdłuż podjazdu. Żałowałam, że nie jestem boso, moje buty robiły za dużo hałasu na ściółce. Między drzewami było cicho i nieruchomo. Wszelkie stworzenia, które normalnie by się tam kręciły, teraz się przyczaiły, czekając, aż przejdzie nawałnica.

Z drugiego krańca podjazdu dobiegł trzask i dwa strzały. Odezwał się głos, ale nie usłyszałam słów przez ryk uruchamianego silnika. Nie mogliśmy pozwolić, żeby odjechali, sprawa musiała się zakończyć tej nocy. Zerwałam się biegiem i popędziłam na skos przez las, przeskakując przeszkody. Może zdążę.

Przesadziłam rów i ujrzałam Nelly'ego stojącego na drodze i podnoszącego broń, gdy w jego stronę jechała furgonetka. Przednia szyba pękła, gdy strzelił dwukrotnie po stronie kierowcy, po czym odkuśtykał w bok.

– Nelly! – szepnęłam głośno, by wiedział, że to ja.

Złapałam go za rękę, by go przytrzymać. Furgonetka minęła nas i wydawało mi się, że mój przyjaciel chybił, ale nagle skręciła i uderzyła w drzewo. Rzuciłam się naprzód.

Złapał mnie za koszulę.

– Nie idź jeszcze! – zawołał.

Drzwiczki furgonetki pozostawały zamknięte. Nelly nie opierał ciężaru na lewej nodze. Był ranny. John dopadł pojazdu i otworzył go. W środku zapaliło się światło i dostrzegłam na czole kierowcy idealne kółko po jednym z pocisków Nelly'ego. Przenikliwy wrzask z wnętrza sprawił, że podskoczyliśmy. Ktokolwiek to był, brzmiał na przerażonego.

John przeszedł na pustą stronę pasażera. Doskoczyłam do martwego kierowcy i wymierzyłam broń w część ładunkową, pełną puszek po piwie i pustych opakowań. W rogu kuliła się mała dziewczynka. Zasłaniała dłońmi głowę i krzyczała nieprzerwanie.

Gdy Nelly otworzył tylną klapę, John przedarł się przez śmieci, by podnieść dziecko. Nie mogła mieć więcej niż siedem lat. Była boso i miała na sobie cienką poliestrową koszulę nocną, która kiedyś mogła być różowa. Długie włosy były brudne i potargane. Waliła pięściami w rękę Johna, on jednak nie puszczał jej.

– W porządku, w porządku – powtarzał. – Nie skrzywdzimy cię.

Uciszyła się i urywanymi ruchami głowy przyglądała się naszej trójce. Gdy mnie dostrzegła, sprawiała wrażenie, jakby mogła mu uwierzyć. Jej niebieskie oczy były szeroko otwarte i przerażone, ale suche. Nawet w słabym świetle padającym z kabiny widziałam piegi odbijające się od bladej skóry.

Wyciągnęłam do niej rękę. Odepchnęła się od Johna i rzuciła do mnie. Była lżejsza, niż się spodziewałam, jakby składała się wyłącznie z rąk, nóg i chudej klatki piersiowej. Wtuliła się we mnie tak mocno, że trudno mi było oddychać. Pachniała moczem, potem i alkoholem. Zastanawiałam się, co jej zrobili.

– Ten, który trzymał Anę, pobiegł tamtędy. – Nelly wskazał na las w kierunku obory i tylnej części domu. Sapnął gwałtownie, gdy przesunął ciężar ciała. – Ale chciałem załatwić tego w furgonetce, żeby nie mogli uciec.

– Twoja noga – powiedziałam. W jego dżinsach na wysokości łydki widniała poszarpana dziura otoczona ciemną plamą.

– To tylko draśnięcie. – Wzruszył ramionami.

Musieliśmy znaleźć resztę, a Nelly nie mógł się szybko poruszać z taką raną.

– Nels, zabierz ją do domu.

Próbowałam podać mu dziewczynkę, ona jednak wbiła się we mnie paznokciami i wcisnęła mi głowę w ramię. Nie mogliśmy pozwolić, by znowu zaczęła krzyczeć, nie mogłam też nieść jej ze sobą.

– Kochanie? – odezwałam się. Odchyliłam się, żeby widzieć jej twarz. – Popatrz na mnie, słonko. Jak masz na imię?

Popatrzyła mi nieufnie w oczy.

– Elizabeth. Beth.

Próbowała znów się we mnie wcisnąć, ale uniosłam jej głowę, zmuszając w ten sposób, by ze mną rozmawiała.

– Beth, masz najlepszą przyjaciółkę?

Skinęła głową.

– Alana.

– Ja mam dwoje najlepszych przyjaciół – powiedziałam szybko. – Jedna ma na imię Penny. Jest w naszym domu. Drugi stoi tutaj. Zabierze cię do domu, żebyś mogła poznać Penny.

Skinęłam podbródkiem w kierunku Nelly'ego. Był potargany i trzymał broń, ale poza tym wyglądał przyjaźnie, gdy się do niej uśmiechnął. Zrobiłam minę, jakbym zdradzała sekret.

– Ma na imię Nelly. Jak dziewczyna! Czy to nie zabawne? To ja go tak nazwałam!

Nelly zrobił minę, jakby wciąż mi tego nie wybaczył, a na twarzy małej pojawiło się coś przypominającego uśmiech.

– Beth, chciałabym, żebyś poszła z nim i zachowywała się najciszej, jak to możliwe. Musimy złapać tych ludzi, z którymi tu przyjechałaś, żeby już nikomu nie przeszkadzali.

– Złapiecie ich? – Jej chwyt zelżał niemal niezauważalnie.

– Tak. Obiecuję, że już nikogo więcej nie skrzywdzą.

Pozwoliła, bym oddała ją Nelly'emu. Wyglądała jeszcze bardziej żałośnie, skulona w jego potężnych ramionach. John odezwał się przez radio do domu, by ostrzec ich, że Nelly idzie i co zamierzamy.

– Idziemy – powiedział do mnie.

– Uważajcie na siebie – rzekł Nelly.

Przesunął Elizabeth na bok i złapał broń. Wiedziałam, że wolałby, abym to ja schowała się bezpiecznie w chacie, podobnie jak ja cieszyłam się, że to on idzie tam zamiast mnie. Uśmiechnęłam się do niego lekko.

– Zawsze – oznajmiłam.

Obrócił się i pokuśtykał w stronę podjazdu, mówiąc coś łagodnie do małego ciałka, które trzymał w ramionach.

Rozdział 77

Gdy byliśmy dziećmi, moją ulubioną rozrywką była obława. To jak zabawa w chowanego w lesie, tyle że gdy ścigający dopadał ściganych, dołączali do pogoni za tymi, którzy zostali. Zadaniem ostatniej osoby było dotrzeć do odległej bazy tak, by nie dać się schwytać. Niemal zawsze wygrywałam. Chyba jednym z powodów, dla których tak uwielbiałam tę zabawę, było to, że wyłącznie wtedy pewnie stawiałam kroki i łatwo mi się oddychało. Na szkolnych salach gimnastycznych i boiskach zawsze chybiałam piłki, dostawałam kolkę albo dobiegałam ostatnia. Jednak w lesie, zwłaszcza w moim lesie, nie dało się mnie złapać. Zakrywałam się liśćmi, chowałam w rowach, brnęłam przez błoto – wszystkie chwyty dozwolone. Moje ciało wiedziało, dokąd zmierza i co ma robić, nawet jeśli była to tylko rozrywka.

Teraz się nie bawiliśmy, a ja nie grałam w obławę od lat, ale wciąż wiedziałam, dokąd idę. Las podlegał nieustannym zmianom, lecz jego ogólny charakter pozostawał taki sam. Wielki pniak, sosna uderzona przez piorun – wszyscy moi dawni przyjaciele tu byli.

Nie mogło minąć więcej niż pięć minut, odkąd opuściliśmy dom, ale wystarczyło, by ocalali wrogowie opracowali jakiś plan. John i ja przeskoczyliśmy przez rów, przeszliśmy nad drutem potykaczem i pod drutem kolczastym. Dotarliśmy na skraj dziedzińca. Reflektor świecił od domu, więc nie mogliśmy dostrzec nikogo za rzucanym przez niego blaskiem.

John zauważył ruch po lewej i wymierzył tam. Mógł to być mężczyzna, który wcześniej trzymał Anę. Od prawej, z okolicy obory, dobiegło stuknięcie. Gestem dałam znać, że tam pójdę. Sąsiad skinął głową i ruszył w lewo. Włosy kleiły mi się do twarzy i dudniło mi serce. Zatrzymałam się, słysząc głosy. Dochodziły spod obory, gdzie można było się ukryć między drzewami.

Przekradłam się pod drzewami owocowymi, które zrzuciły już kwiaty i zabrały się za produkcję owoców. Moje kroki były tłumione przez płatki wciąż zaścielające ziemię. Dwóch mężczyzn klęczało przy budynku, ale drzewa zasłaniały mi widok.

– Spadajmy stąd – powiedział jeden.

– Tak samo jak ja słyszałeś strzały od drogi – odparł drugi. – Nie ma dokąd spadać. Musimy zająć to miejsce. Zestrzelę światło i będę cię osłaniał. Biegnij.

Ruszyłam szybko, a mimo to byłam za wolna. Żylasta sylwetka poderwała się. Rozległ się głośny trzask i reflektor zgasł. Nie widziałam mężczyzny, który został. Oczy za bardzo przyzwyczaiły mi się do blasku, by teraz się przydać. Musiały na nowo przystosować się do warunków otoczenia. Stopy zadudniły na deskach werandy, a potem rozległ się odgłos palby. Gdy źrenice mi się rozszerzyły, dostrzegłam Jamesa i Penny stojących w rozbitych drzwiach i błyskających ogniem z luf.

Drugi przeciwnik zaczął biec. Pomknęłam za nim. Był solidnie zbudowany i przedzierał się przez las niczym słoń. Za sobą słyszałam strzały. John. Uświadomiłam sobie, że widzę mężczyznę jakieś siedem metrów przed sobą. Niebo nie było już ciemne i gwiazdy zniknęły. Gdybym jednak teraz strzeliła, zapewne trafiłabym tylko w drzewo, a on zorientowałby się, że go ścigam.

Skręcił w kierunku drogi, lekceważąc własną radę, by zostać i walczyć. Po tym, jak przedzierał się na ślepo przez zarośla, zorientowałam się, że nie zdawał sobie sprawy z naszych środków bezpieczeństwa. Musieli przyjść od podjazdu, gdzie usunęliśmy puszki, by nie wiedzieli, że się ich spodziewamy, a później weszli między drzewa. Wiedziałam, że zdołam przeciąć mu drogę, jeśli się pospieszę. Do tego znajdę się wtedy poza jego liną ognia. Zimne powietrze chłodziło mi płuca. Nie cierpiałam biegania. Przemknęłam pod drutem kolczastym, zatrzymałam się za drzewem i czekałam.

Daleko za sobą słyszałam hałasy. Ktoś inny podążał za mężczyzną. W krótkiej chwili, w której pozwoliłam sobie na świadome myślenie, miałam nadzieję, że to John. Intruz znajdował się już bliżej. Słyszałam jego sapanie. Mój oddech wydawał mi się tak głośny, że próbowałam go zdusić, choć rozumiałam, że tamten nie zdoła mnie usłyszeć. Zacisnęłam obie dłonie na rewolwerze trzymanym przy poruszającej się gwałtownie klatce piersiowej. W ten czy inny sposób go dopadnę. Jeśli tylko przejdzie linię, strzelę mu w plecy, gdy będzie mnie mijał.

Ale nie przeszedł. Usłyszałam krzyk i brzęk metalu, gdy intruz wpadł na drut kolczasty, który rozdarł mu ubranie i skórę. Wyszłam zza drzewa i przyjęłam postawę strzelecką. Nie zaskoczyło mnie, że widzę przed sobą Neila Curtisa. Rzucił broń i dłońmi darł ubranie, by uwolnić się od drutu. Zdołał się wyrwać, przewrócił się na tyłek i szaleńczo sięgnął po broń.

– Stój! – wrzasnęłam.

Znieruchomiał i popatrzył na mnie, mrużąc oczy. Jego oczy były takie same jak na blokadzie, puste, nie licząc odrobiny niegodziwości i mnóstwa szaleństwa. Podniósł ręce i uśmiechnął się upiornie.

– Okej. Wygraliście. Pójdę sobie i nigdy nie wrócę.

Uważał, że nie strzelę do niego, bo jestem dziewczyną. Tak się przyzwyczaił, że może robić co chce z kobietami, nawet jeśli potrzebuje do tego sznurów i broni, że uznał, iż tutaj też mu się uda.

– Nie sądzę – odparłam, lecz trzęsły mi się ręce.

Dostrzegł to i pochylił się w stronę swojego pistoletu, leżącego jakiś metr dalej. Zgięłam mocniej palec na spuście, a on zatrzymał się wtedy.

– Nikt z was nie zginął – odezwał się niemal jękliwie.

Miałam ochotę się roześmiać. Czy naprawdę uważał, że tylko to miało znaczenie? Mnóstwo innych osób zostało skrzywdzonych. Jedną z nich dopiero co wyciągnęłam z furgonetki, śmierdzącą brudem i mężczyznami. Pomyślałam o córkach Franklinów i ich rodzicach, o szeryfie Samie, o tym malutkim ciele w szkole, owiniętym w swój ostatni dziecięcy kocyk różowej izolacji. Pokręciłam głową i dłonie przestały mi drżeć. Wszystko w moim wnętrzu stanęło ze zgrzytem, jakby nagle pokryło się warstwą lodu.

– Proszę – wyszeptał, najwyraźniej to dostrzegając.

Wreszcie dojrzałam w jego oczach coś oprócz złej woli. Był to strach. Znów szepnął łamiącym się głosem. Oblizał wargi. Słyszałam, jak ktoś inny się zbliża. Musiałam działać szybko.

– Proszę? – powtórzył, tym razem błagalnie.

Wycelowałam w jego pierś, zastanawiając się. Następnie uniosłam lekko broń, mierząc w głowę. W końcu był przecież tylko innym rodzajem zombie.

– Nie – odparłam. – Nie – powtórzyłam, tym razem głośniej, i popatrzyłam mu prosto w oczy. – Nie.

Może próbował przesunąć się w stronę broni. A może to sobie wyobraziłam, bym mogła udawać, że nie czuję, jak w moim wnętrzu rozkwita coś mrocznego. Coś, co radowało się perspektywą pozbawienia życia kogoś tak straszliwego. Ściągnęłam spust.

Rozdział 78

John znalazł mnie pogrążoną w myślach nad tym, co zostało z głowy Neila, i powiedział mi, że to już koniec. Zwyciężyliśmy. Wróciliśmy przez las i przez całą drogę obejmował mnie ramieniem. Minęliśmy ciało tego, za którym wcześniej poszedł sąsiad. Na jego brodzie widniała różowa piana. Gdy dotarliśmy do stopni, James i Peter wyłonili się spomiędzy drzew po drugiej stronie podjazdu.

– Uwzględniając waszych dwóch w lesie, wszyscy są odliczeni – poinformował James. – Dziewczynka mówi, że tylu ich było.

– To dobrze – odparł John.

Myślałam, że dom będzie wyglądał gorzej. Szkło z przesuwnych drzwi błyszczało, gdy Penny zgarniała je miotłą, okno od przodu też było rozbite. Wiedziałam, że w ścianach muszą tkwić dziury od kul i że jakieś rzeczy na pewno się roztrzaskały, ale później będę się za nimi rozglądać. Nelly siedział na kanapie z nogą opartą o stolik kawowy. Beth skuliła się obok niego, owinięta kołdrą. Miała zamknięte oczy. Nie wiedziałam, czy śpi, ale nie chciałam jej przeszkadzać. Nelly uśmiechnął się do mnie, ale kąciki jego oczu były ściągnięte bólem.

– Daj mi spojrzeć – powiedziałam i przyklęknęłam. Kula go nie drasnęła, tylko przeszła przez łydkę na wylot, jednak blisko skóry, więc może mięśnie nie zostały zbytnio uszkodzone. Ktoś oczyścił ranę i posmarował ją maścią. – Na pewno boli jak skurwysyn.

Nelly roześmiał się.

– Trochę.

– To dlatego moi rodzice zrobili zapasy vicodinu. Pójdę po niego.

– Kocham twoich rodziców. – Odchylił głowę w tył i zamknął oczy.

Gdy wróciłam z tabletkami, Penny zsuwała właśnie okruchy szkła z szufelki do papierowej torby trzymanej przez Jamesa. Upewniłam się, że Nelly ma wodę, i podeszłam, by pomóc. Nie musiałam pytać Penny, jak się czuje, bo spojrzeniem przekazała mi, że w porządku.

– Gdzie Ana? – spytałam. Chciałam zobaczyć ją na własne oczy, upewnić się, że wciąż tu jest.

– Położyła się. Bardzo boli ją głowa – odparła Penny. – Powinnaś widzieć jej twarz. Usiądź. Ogarniamy. Opowiedz mi, co się działo, a ja cię opatrzę.

Gdy już zasiadłam przy stole, w końcu dopadło mnie zmęczenie. Miałam wrażenie, jakby moje uda były przywiązane do krzesła. Cała sytuacja nie mogła zająć dużo więcej niż godzinę, jednak mogłabym przysiąc, że biegałam całą noc. Zastanawiałam się, o co chodziło Penny, gdy mówiła o opatrzeniu mnie, ale wtedy spojrzałam na swoje ręce. Od barków do czubków palców były pokryte szramami i zadrapaniami. W pewnym momencie musiałam zdjąć kurtkę.

Oczywiście teraz, gdy już je ujrzałam, zacięcia zaczęły palić. Być może przebiegłam przez jeżyny, ich kolce zawsze najbardziej podrażniały mi skórę. Piekła mnie też twarz i szyja. Musiały wyglądać tak samo jak ręce, ale nie obchodziło mnie to na tyle, bym miała ochotę zwlec się z krzesła i przyjrzeć się sobie w lustrze. Słyszałam Johna i Petera na ganku, rozmawiających i sprzątających. Wszyscy mówili cicho, żeby nie przeszkadzać Beth, ale głosy brzmiały niemal nabożnie. „Wszystko w porządku", „udało nam się", rozbrzmiewało cichym szmerem pod naszymi słowami. Zamknęłam oczy. Laddie. Otworzyłam je na powrót.

– Gdzie jest Laddie? – spytałam Penny, która usiadła obok mnie z maścią antybiotykową i czystą szmatką.

Rozejrzała się.

– Nie wiem. Nie wrócił jeszcze.

Zmusiłam się, by wstać. Przypomniałam sobie, że biegł w stronę obory. Penny rozłożyła dłonie, wskazując, bym zaczekała, ale pokręciłam głową i przeszłam przez framugę. Gwizdałam i wołałam, ale nie byłam zaskoczona, gdy nie usłyszałam w odpowiedzi szczeknięcia. Znalazłam jego ciało za oborą, z brązową sierścią pozlepianą krwią. Wyglądał, jakby spał. Osunęłam się obok niego na ziemi i głaskałam go po nieruchomej głowie, pragnąc, by wydał z siebie te swoje głupie mruknięcia zadowolenia.

– Przepraszam, piesku – powiedziałam. Czułam na policzkach gorące łzy. – Próbowałeś tylko pomóc.

Bardzo będę za nim tęskniła. Byłam wściekła na ludzi, którzy go zabili, którzy próbowali zabić nas.

John i Peter stanęli za mną. John westchnął i przyklęknął

obok. Przesunął dłonią po boku Laddiego i podrapał go za uchem. Pomarszczona skóra wokół oczu mężczyzny zrobiła się miękka i różowa.

– Dobry piesek – rzekł John chrapliwie, powstrzymując łzy.

Peter uniósł dłoń, jakby chciał położyć ją starszemu mężczyźnie na ramieniu, ale cofnął ją z powrotem do boku.

– John, bardzo mi przykro – powiedział.

John zamknął psu oczy kciukiem i palcem wskazującym, podniósł się i otrzepał kolana.

– Wiem, synu. Dzięki Bogu, że nam wszystkim nic się nie stało. To jest najważniejsze. To niczyja wina.

Peter ze ściągniętymi wargami wpatrywał się w ciało Laddiego. Dopiero teraz, gdy stało się coś okropnego, było mu przykro. Wcześniej nie zastanawiał się nad konsekwencjami. Nie rozważał, czy jego działania nie doprowadzą do czyjejś krzywdy. Nie przejmował się, bo sądził, że jak zawsze się ze wszystkiego wywinie. Nawet w trakcie apokalipsy zachowywał się tak, jakby po prostu należało mu się wszystko to, czego sobie zażyczył. Wycelowałam w niego palec.

– Nie. To twoja wina. Mówiłam ci, że możemy zginąć. Ale ty jak zwykle robiłeś to, na co miałeś ochotę. Nigdy nie troszczysz się o nikogo oprócz siebie.

– To nieprawda – odrzekł cicho.

Roześmiałam się gorzko, Chciałam zachować się podle. Chciałam mu odpłacić za to, że postawił mnie w sytuacji, w której musiałam odstrzelić komuś głowę, że powiedział mi, iż Adrian już mnie nie kocha, że kłamał na mój temat, że tak bardzo mnie nie cierpiał.

– Żałuję, że w Jersey rzeczywiście nie powiedziałam ci, byś z nami nie szedł. – Otworzył szeroko oczy, przyłapany na kłamstwie. – Nie potrzebujemy cię tutaj. Wszystko niszczysz. Nie powinno cię tu być.

– Cassie, wiem, że jesteś zdenerwowana – zaczął. Coś w jego twarzy mówiło mi, że będzie próbował zadośćuczynić szkody, ale już wcześniej brzmiał szczerze. Uniosłam dłonie, by mu przerwać.

– Zdenerwowana to mało powiedziane. Zdecydowanie za mało. Po prostu trzymaj się z dala ode mnie.

Gniewnym krokiem ruszyłam w stronę domu, po części żałując, że to nie on leżał z kulą w boku zamiast słodkiego, troskliwego Laddiego.

Rozdział 79

Twarz Any wyglądała okropnie. Prawe oko miała tak spuchnięte, że nie widziała nic przez nie, a policzek powiększył się dwukrotnie i widniały na nim trzy odcienie fioletu.

– O rany – skomentowałam, gdy weszła do salonu, gdzie siedziałam na kanapie obok Nelly'ego i śpiącej Beth.

Uśmiechnęła się, po czym podniosła dłoń do policzka i skrzywiła się.

– Powinnaś zobaczyć jeszcze guza na mojej głowie. Chciałam spać, ale Penny zaglądała co osiemnaście sekund, by upewnić się, że nie zasnęłam.

Nie mówiła w swój zwyczajowy marudny sposób. Dotknęła dłoni siostry leżącej na poręczy fotela i obróciła się do mnie. W jej zdrowym oku zalśniły łzy.

– Cass, naprawdę zjebałam. Wiem, że wszyscy jesteście źli. I słusznie. Ale naprawdę, szczerze przepraszam.

Wierzyłam jej. Wstałam i uściskałam ją delikatnie, odsuwając jej włosy ze zranionej strony. Nie wiedziałam, dlaczego jej potrafiłam tak łatwo przebaczyć, a Peterowi nie, ale tak już miałam.

– Hej, Banana, wszystko wybaczone. – Uśmiechnęłam się i poczułam, że moja podrapana twarz ściąga się nieco za mocno. – Tylko lepiej nie wywiń już podobnego numeru.

– Nigdy – odrzekła z poważną twarzą.

Pomyślałam, że może mała Ana w końcu dorosła.

Rozdział 80

Zanim pozbyliśmy się ciał, było już wczesne popołudnie. Stękając się i pocąc, załadowaliśmy bandytów do furgonetki, po czym John sprowadził ją ze wzgórza, a James, Peter i ja pojechaliśmy za nim. Zostawiliśmy furgonetkę na starej łące przy głównej drodze. Sądziłam, że John będzie chciał ich pogrzebać, ale stwierdził, że nie ma do nich obecnie zbyt chrześcijańskiego podejścia. Ucieszyło mnie to. Następnie wróciliśmy do domu i pochowaliśmy Laddiego na podwórku.

Kiedy weszłam do chaty, Nelly siedział sam w salonie z książką, ale korciło go, żeby się ruszyć. Miał pochmurną minę.

– Beth obudziła się. Rzuciła się za kanapę i próbowała uciec, dopóki nie uświadomiła sobie, gdzie się znajduje.

– Gdzie jest teraz? – spytałam.

– Myje się. Penny powiedziała, że upierze jej koszulę nocną, a Beth odparła, że już nigdy nie chce jej nosić. Czyli chyba szukają ubrań.

– Nie winię jej. – Myśl o tej brudnej koszuli, nawet upranej, nie była przyjemna. – Będziemy musieli jutro coś dla niej zdobyć.

– Oraz szybę do okna i drzwi – stwierdził John, stojąc obok zlewu w kuchni. – Jeśli tylko jesteście na to gotowi.

– Ja jestem – odrzekłam. Chciałam się stąd wyrwać, nawet jeśli oznaczało to odwiedziny u eliksów.

Beth i Penny weszły do salonu, trzymając się za ręce. Dziewczynka miała mokre włosy zaczesane na plecy, a jej oczy rozglądały się na wszystkie strony. Jedna z moich starych koszulek wisiała na niej jak sukienka. Kąciki jej ust uniosły się lekko w odpowiedzi na mój uśmiech.

– Cześć, Beth – powiedziałam. – Czujesz się trochę lepiej?

Potaknęła.

– Jesteś głodna? – Znów kiwnięcie. – Chodź, usiądź ze mną przy stole. Jestem tak głodna, że mogłabym zjeść konia z kopytami.

Wyciągnęłam masło orzechowe i dżem, przecier jabłkowy, słoik z brzoskwiniami oraz domowy humus i chleb. Mała usiadła na krześle, machając chudymi nogami.

– Jestem Cassie, w razie gdybyś zapomniała.

Pokręciła głową, dając mi do zrozumienia, że nie zapomniała. Nelly mówił mi, że miała siedem lat, ale była niska jak na swój wiek i wyglądała młodziej, zwłaszcza z oczyma wciąż powiększonymi ze strachu i niepewności. Uśmiechnęłam się.

– To dobrze. Teraz przygotuję po trochu wszystkiego i wybierzesz sobie, co będziesz chciała.

Wessała brzoskwinie, wychłeptała miseczkę musu jabłkowego, a później w cztery sekundy wsunęła pół kanapki. Otwierałam słoiki i smarowałam chleb, by mogła jeść i jeść. Opowiadałam jej o domu, ogrodzie i roślinach, a ona przyjmowała wszystko, rozglądając się. Jednak w miarę jak mówiłam, z jej oczu znikał niepokój, poinformowałam ją więc, jak robi się dżem, który jadła, i jak śmiesznie wyglądają kozy, gdy brykają po podwórku. Kiedy wreszcie zmniejszyła tempo, spytałam, czy chce zobaczyć ogród.

Potaknęła, ale zawahała się.

– Nie mam butów.

Zrzuciłam swoje i zamachałam palcami u stóp.

– Szczęściara! Ja nie cierpię butów – oznajmiłam.

Był to jej pierwszy prawdziwy uśmiech dzisiaj. Może pierwszy od bardzo dawna.

Beth chodziła po nagrzanej ziemi, a włosy wysychały jej do ślicznego jasnego brązu, lekko zakręcając się na końcach. Nie zadawałam jej wielu pytań. Zamiast tego opowiedziałam jej, jak się tu dostaliśmy. Oczywiście pominęłam przerażające elementy, ale gdy wspominałam, jak przejeżdżaliśmy przez miasteczko, odezwała się:

– Razem z mamą byłyśmy w szkole. Wtedy wybuchła, gdy przyszli Gryzacze. Słyszałam, jak mówili, że oni to zrobili. Wtedy nas wzięli, mnie i mamę.

Wiedziałam, że domyślne „oni" odnosiło się do Neila i reszty. Musieli wykorzystać zamieszanie, dla własnych korzyści. Zastanawiałam się, co się stało z jej matką, ale nie pytałam, Przyklęknęłam, by wyrwać kilka chwastów. Wciąż na kolanach, popatrzyłam na nią.

– Musiałaś się bardzo bać.

Odwróciła wzrok.

– Tak. – Chciałam ją przytulić, ale nie wyglądała, jakby miała na to ochotę. – Oboje nie żyją. Oboje moi rodzice. – Wyglądała jak posąg zastygły w miejscu. Nieuchwytna. Wyciągnęłam dłoń.

– Bardzo mi przykro, Beth.

Rozumiałam, jak to jest stracić rodziców, ale nie miałam pojęcia, jak to jest, gdy umierają, zanim jesteś na tyle dojrzała, by móc żyć samodzielnie.

Wsunęła małą łapkę w moją dłoń, ale wciąż spoglądała w stronę tylnej części ogrodu, gdzie las porastał wzgórze. Jej ciałko drżało wraz z ciepłą rączką, gdy łkała gniewnie. Nie chciała, bym widziała, jak płacze. Może po kilku ostatnich tygodniach bała się okazywać słabość i ufność. Bała się, że znów zostanie skrzywdzona. To akurat rozumiałam.

Rozdział 81

Następnego ranka John spytał Beth, czy chce pojechać do swojego domu, by wziąć parę rzeczy. Odciągnęłam go na bok, by powiedzieć, że to zbyt niebezpieczne, on jednak przypomniał mi, że widziała znacznie gorsze rzeczy niż my. Może zrobi jej się lepiej, gdy będzie miała wokół siebie znajome przedmioty, zwłaszcza jeśli dalej będzie się budziła z krzykiem, jak przez całą minioną noc. Nie miałam nic przeciwko temu, by ją uspokajać, zwłaszcza że sama nie spałam pół nocy. Znów śnił mi się Adrian, tylko że tym razem martwa dłoń Neila wypełzła spod stopni ganku i chwyciła mnie za kostkę, a później ujrzałam lubieżny uśmiech na tym, co zostało z jego głowy.

Mała usiadła z tyłu pomiędzy Jamesem a mną. Peter zajął miejsce z przodu. Jak na kogoś, komu ostatnio udawało się zupełnie mnie unikać, przez ostatnie dwadzieścia cztery godziny był jak najbardziej obecny. Bellville wyglądało tak samo jak przed kilkoma tygodniami, tyle że nie dostrzegaliśmy nawet jednego eliksa. John podjechał pod szkołę. Ciała zabitych przez nas zainfekowanych schły powoli na asfalcie. Okrążyliśmy budynek, przeskakując gruz, i natknęliśmy się na stertę eliksów na tylnym podwórzu.

– Tu żadnych nie ma – powiedział James, rozglądając się po terenie szkoły. – Ciekawe, dokąd poszli.

– Tamci zabili ich wszystkich – odezwał się cichy głos. Beth miała ściągniętą twarz. – Bawili się w grę. Nazywali to... – wykrztusiła z trudem – Łowy na Żywca. Przywiązywali kogoś i wtedy Gryzacze przychodzili. Strzelali do nich wtedy. Raz kazali mi patrzeć.

Otoczyłam jej chude ramiona ręką. Wypuszczała z siebie łzy w lekkich szlochach. Peter popatrzył na Beth, a później na stertę trupów. Miał ponurą twarz, marszczył brwi i zaciskał zęby.

– Możemy jechać? – spytałam.

John przełączył skrzynię biegów na tryb jazdy.

Dom Beth był uroczym ceglanym budynkiem w stylu kolonialnym. Musiało być miło wracać do niego ze szkoły. Kuchnia wychodziła na stojące na tylnym podwórku huśtawki, a na lodówce wisiały zdjęcia, rysunki oraz inne wskazówki, że mieszkała tam energiczna, szczęśliwa rodzina.

Wzięłam ze sobą walizkę, ale gdy znalazłyśmy się w pokoju dziewczynki na górze, wyciągnęła inną z szafy. Otworzyła szuflady i zaczęła w milczeniu wyjmować ubrania.

– Mam cię zostawić, żebyś się przebrała? – spytałam.

Potaknęła. Miała na sobie moją bluzę z kotkiem jako sukienkę. Gdy dałam ją jej rano, oczy jej się rozświetliły. Ja też bym się tak ucieszyła, mając siedem lat.

Zajrzałam do domowego gabinetu i sypialni rodziców, w której stało schludnie pościelone łóżko. Cały dom wyglądał, jakby mieszkańcy mieli do niego wrócić w każdej chwili, jednak odczuwałam tam wrażenie, że przebywam w sali muzealnej: Siedziba homo sapiens z okresu przed apokalipsą.

Beth przebrała się w dżinsy i koszulkę. Wypełniła szkolny plecak książkami i pluszowym zwierzakiem. Poruszała się boleśnie wolno, ale nie zamierzałam jej mówić, żeby się pospieszyła, więc przysiadłam na jaskrawej narzucie i czekałam.

Ściany ozdobiono naklejkami z wróżkami i kwiatami. Nad głową łóżka wisiała moskitiera. Był to idealnie magiczny pokój dla siedmiolatki. Na regale stało zdjęcie Beth i blondwłosej kobiety wyglądającej jak jej starsza wersja.

– Beth – powiedziałam cicho, nie chcąc jej zdenerwować. – Czy to też chciałabyś zabrać? A może jakieś inne zdjęcia?

Włożyła fotografię do walizki. Z każdą mijającą minutą wydawała się coraz bardziej nerwowa. Obserwowałam, jak podnosi i odkłada swoje rzeczy, nie wiedząc, co brać.

– Nie musisz zabierać wszystkiego teraz. Tylko rzeczy, które chcesz najbardziej. Jeśli tylko będzie to bezpieczne, będziemy mogli tu wrócić po więcej.

Musnęła palcem parę skarpetek.

– Kto mnie tu przywiezie? Dokąd pojadę? – Jej głos był ledwie szeptem.

Do oczu napłynęły mi łzy. Myślała, że ma zabrać swoje rzeczy, zanim się jej gdzieś pozbędziemy. Położyłam jej dłoń na ramieniu.

– Och, kochanie. To my cię tu przywieziemy. Chcemy, żebyś z nami została. Bardzo przepraszam, że ci nie powiedziałam wcześniej. Sądziłam, że wiesz. Mam nadzieję, że to w porządku?

Jej ciałko odprężyło się z ulgi.

– Tak.

To dlatego robiła wszystko tak wolno: bała się, co nastąpi później. Wskazała na moją złożoną bluzę z kotkiem.

– Oddaję ci to, Cassie.

Położyłam bluzę na jej strojach w walizce.

– Chciałabyś to zatrzymać? Tobie i tak bardziej pasuje. Ja nie wyglądam dobrze w kotkach.

Zachichotała i zapięła walizkę. Ten chichot brzmiał prześlicznie i chciałam go usłyszeć więcej. Wskazałam jej domek dla lalek, same lalki Barbie i gry.

– Chcesz wziąć jakieś zabawki?

Przyjrzała się im, jakby nigdy dotąd ich nie widziała.

– Nie. Chyba już nie będę miała ochoty się bawić.

Chciałam przytulić ją i powiedzieć, że jest bezpieczna. Chciałam przekonywać ją, że nie musi dorastać tak szybko, ale jedynie skinęłam głową, bo była tak poważna i zdystansowana. Podniosłam jej walizkę, podczas gdy ona zapinała paski plecaka na chudych ramionach. Był tak wypełniony, że odstawał niczym żółwia skorupa. Gdy opuściła pokój, chwyciłam winylowe pudełko z rączką, takie samo, jakie miałam w dzieciństwie, mieszczące Barbie i ich akcesoria. Może kiedyś Beth znowu zechce być małą dziewczynką.

Rozdział 82

Tuż po zachodzie słońca John skończył instalować nowe przesuwne drzwi. Oderwał taśmę od szyby, a my zaklaskaliśmy.

– Dzięki, John – powiedziałam i podałam mu piwo. Też go trochę dzisiaj znaleźliśmy.

– W miasteczku było paskudnie – rzekł. Upił łyk i pokręcił głową.

Zaczekaliśmy z omawianiem tego tematu, aż Beth zaśnie. Wydarzenia ostatnich dni musiały wreszcie ją dopaść, ponieważ dziesięć minut po kolacji zasnęła z głową na moich kolanach.

– Czyli nie było żadnych zainfekowanych? – spytał Nelly.

Żałował, że nie mógł jechać, a gdy wróciliśmy, próbował kuśtykać, by pokazać, że nic mu nie jest. Kiedy zaczął krzywić się przy każdym kroku, usiadł w końcu i udawał, że postanowił poczytać. My natomiast udawaliśmy, że nic nie zauważyliśmy.

– Ani jednego – odparł John. – Zapewne jacyś są uwiezieni w domach, które tamci przegapili, musieli jednak zabić ich setki, może nawet tysiąc. Niewykluczone, że to jedyna dobra rzecz, jaką ci ludzie zrobili.

– Z wyjątkiem tego, w jaki sposób to robili – stwierdziłam.

John opowiedział im, co Beth mówiła nam o ich metodach. Zaległa pełna grozy cisza, gdy wszyscy rozważali, że mogliby stać się przynętą w takiej chorej grze.

Ana przycisnęła sobie kolana do piersi.

– Cóż, jeśli istniały jakieś wątpliwości, czy zasługiwali na śmierć, teraz już zniknęły. – Wciąż trudno było patrzeć na jej siniaki, ale oko było już mniej spuchnięte. Obróciła się do naszego sąsiada. – John, czy możemy jutro pojechać na strzelnicę? Chcę poprawić to, co robiłam źle.

– Zaczekajmy, aż wyleczy ci się oko, kochanie. Obiecuję, że zajmiemy się tym, gdy tylko będziesz mogła znów dobrze widzieć, okej?

Dziewczyna nadąsała się lekko, a John się roześmiał.

– Obiecuję, Ano. Rozpoczniemy regularne treningi. I prawie skończyłem też narzędzie, które konstruuję. Ale najpierw musisz odpocząć.

Wyglądała na rozczarowaną, ale nie narzekała, tak jak zrobiłaby to w przeszłości. Penny popatrzyła na nią badawczo, a później zerknęła na mnie. Wzruszyłam ramionami, ale byłam przekonana, że Ana ma nowy obiekt zainteresowania. Zawsze skupiała się na czymś konkretnym, tylko że dotąd były to ubrania i pieniądze, nie walka. Zapowiadało się ciekawie.

– Beth nie wiedziała, że z nami zamieszka – powiedziałam im. – Nie mam pojęcia, gdzie wyobrażała sobie, że trafi, ale musimy dać jej do zrozumienia, że ją chcemy. Bardzo się stara być silna, ale boi się, że znów stanie się coś strasznego.

– Kto mógłby ją winić? – spytał James z podłogi, gdzie siedział wraz z Penny opartą o jego kolana.

Ta skinęła głową.

– Ja też się boję, że znów stanie się coś strasznego – przyznała. – W końcu to niemal pewnik. Jeśli wziąć pod uwagę zainfekowanych i to, co słyszymy przez radio...

Nocne transmisje przeszły z suchych list Bezpiecznych Stref do wiadomości i opisów tego, w jaki sposób działają poszczególne strefy. Nadawano zawsze z lotniska White Mountain w Whitefield, ale kilka wieczorów temu gościli kogoś ze strefy w Maine. Niektóre z tych obszarów dysponowały lekkimi samolotami i ich przedstawiciele przelatywali nad niebezpiecznymi terenami, by handlować i zdobywać paliwo.

Tego wieczora Matt Burns, prowadzący z rozgłośni w Whitefield, poradził, żeby grupy liczące mniej niż czterdzieścioro członków nie podawały swoich lokalizacji. Powiedział, że docierają do nich ocaleńcy z miejsc, które zostały zaatakowane przez ludzi znających ich współrzędne dzięki audycjom.

Moje nadzieje na kontakt z Adrianem legły w gruzach, ale niemal poczułam ulgę. Kontakt oznaczałby, że wiem, co Adrian o mnie myśli, na dobre czy na złe. Za każdym razem, gdy pozwoliłam sobie na otuchę, przypominałam sobie słowa Petera i policzki płonęły mi z upokorzenia. Nie mogłam jednak przestać kochać Adriana tylko dlatego, że on mógłby nie kochać mnie. Tak w sumie powiedział mi w wieczór, kiedy zerwałam nasz związek.

Wymacałam w kieszeni obrys pierścionka. Na moich dżinsach zrobił się w tym miejscu delikatny ślad. Chciałam go nosić, ale nie potrafiłam. Założę go dopiero wtedy, gdy uzyskam pewność. Albo pozbędę się go na dobre, w zależności od rozwoju sytuacji. Pomyślałam o innym pierścionku, tym, który mu odesłałam, choć powiedział mi, żebym zatrzymała go na wypadek, gdybym zmieniła zdanie.

* * *

Było to rok po śmierci moich rodziców. Większość minionego roku spędziliśmy oddzielnie, po części dlatego, że Adrian kończył studia na Północnym Wschodzie, a po części, bo wycofałam się do ponurego, bezbarwnego świata. Ograniczyłam się do niezbędnego minimum. Codziennie pokazywałam się w pracy. Chodziłam w piątki na drinki, jeśli musiałam. Adrian przyjeżdżał swoim starym samochodem w te weekendy, kiedy nie odbywał stażu, i wtedy próbował mnie nakłaniać, bym coś z nim zrobiła, cokolwiek. Jednak ja nigdy nie miałam ochoty. Nasze wycieczki, podczas których przyglądaliśmy się ziemi i farmom, skończyły się. Nie chciałam opuszczać miasta. Tak naprawdę nie chciałam opuszczać domu. Opuściła mnie cała radość płynąca z wyobrażania sobie przyszłości. Teraz wiedziałam już, że wtedy pogrążyłam się w depresji, ale miałam wówczas wrażenie, jakby wszyscy zostali umieszczeni na ziemi tylko po to, by namawiać mnie na rzeczy, których nie chciałam robić. Nie rozumiałam, dlaczego nie mogą mnie po prostu zostawić w spokoju. Gdy byłam sama, czułam się w porządku, a przynajmniej tak mi się wydawało. Erik często dzwonił i pytał, jak minął mi tydzień.

– Dobrze – odpowiadałam. – A tobie?

– Cassie – westchnął pewnego dnia. – Wiem, że nie czujesz się dobrze. Co stało się z tamtą wystawą? Nigdy potem o niej nie wspominałaś?

Skontaktował się ze mną właściciel galerii na Północnym

390

Wschodzie, zainteresowany moimi obrazami. Była to dobrze znana galeria i w innym życiu taka propozycja stanowiłaby dla mnie spełnienie marzeń. Jednak od roku nie tknęłam pędzla. Nie miałam ochoty. Po jakimś czasie telefony się skończyły.

– Byłam zajęta – skłamałam.

– Nie, nie byłaś. Adrian mówi, że niemal z nim nie rozmawiasz i że nie dzwonisz do niego, a tylko on do ciebie. Nie obchodzi cię nawet, czy się z nim zobaczysz czy nie. Uwierz mi, rozumiem, przez co przechodzisz, i wiem, że to trudne, ale odcinasz się od wszystkich. Uważam, że chyba powinnaś z kimś porozmawiać.

Byłam zirytowana, że on i Adrian omawiali mój przypadek, jakbym była jakimś nieznośnym dzieckiem.

– Nie muszę z nikim rozmawiać. Chcę natomiast, by ludzie przestali rozmawiać o mnie. Nic mi nie jest. Może się po prostu zmieniłam. Nie przyszło ci to nigdy do głowy?

Z drugiej strony dobiegło mnie kolejne westchnienie.

– W porządku, Cass. Zmieniłaś się. Opuściła cię cała energia i przykro mi to widzieć. Proszę, zastanów się nad tym. Wiesz, że cię kocham, prawda?

– Tak, wiem. Też cię kocham. Przyszedł Adrian. Muszę kończyć.

Adrian wszedł do mieszkania i z uśmiechem postawił torbę na podłodze w salonie. Rozłożył ramiona i podeszłam do niego, ale miałam wrażenie, jakbym się dusiła. Zawsze czułam się bezpieczna i kochana w jego uścisku, ale teraz chciałam tylko uciec. Oswobodziłam się po sekundzie.

– Jesteś głodny? – spytałam, nie patrząc na niego. – Chcesz coś zamówić?

Wciąż trzymał uniesione ręce. Pozwolił im opaść, gdy próbowałam zignorować wyraz żalu na jego twarzy.

– Myślałem, że gdzieś wyjdziemy. Może zadzwonię do Nela?

Nie chciałam nigdzie wychodzić ani z nikim rozmawiać.

– Hmm, Nel jest chyba zajęty.

– Nie jest. – Jego zielone oczy spoglądały na mnie wyzywająco. – Dzwoniłem do niego po drodze.

– Zostańmy lepiej tu.

– A może ja mam ochotę wyjść i zobaczyć się z nim.

– To idź – zaproponowałam. – Nie mam nic przeciwko.

– Nie wątpię – mruknął tak cicho, że niemal nie usłyszałam.

Skoro chciał kłótni, to ją dostanie. Wciąż byłam wściekła, że on i Erik rozmawiali na mój temat. Stanęłam na dywanie, opierając ręce na biodrach.

– Co to miało znaczyć?

– Tylko to, że mam wrażenie, jakbyś nigdy nie chciała mnie widzieć ani ze mną rozmawiać. Nawet nie zgadzasz się mówić o ślubie. Wiem, że masz za sobą okropny rok. Nie twierdzę, że nie wolno ci się smucić ani mieć depresji...

– Nie mam żadnej depresji! – wrzasnęłam. – Erik powiedział mi, że gawędzicie sobie o mojej depresji. Nic mi nie jest!

– Zgadza się, rozmawialiśmy. Ponieważ obaj cię kochamy i obaj chcemy, żebyś znowu była starą Cassie.

Mówił łagodnym głosem, a ja coraz ostrzejszym. Jego twarz wyrażała litość. Nie mogłam tego dłużej znieść.

– No cóż – rozłożyłam ręce – może to właśnie jest nowa Cassie. A skoro ci się nie podoba, to... – urwałam.

Jego ramiona się napięły, a oczy zalśniły wilgocią.

– To co? Co mam zrobić? Mam wrażenie, że nie chcesz, żebym był dłużej przy tobie.

Była to prawda. Nie chciałam go przy sobie i już od miesięcy starałam się określić dlaczego. Potrafiłam sobie przypomnieć, jak bardzo go kochałam, jak bardzo lubiłam z nim przebywać, ale te wspomnienia stały się odległe. Czasami niemal je czułam. To jak wtedy, gdy znika ból zęba, a ty sondujesz to miejsce językiem, nie mając pewności, czy wciąż zaboli. Wpatrywałam się w niego, nie potrafiąc wypowiedzieć słów, które miałam w głowie.

– Co mam zrobić? – powtórzył. Opadł na kanapę i patrzył na mnie bezradnie. – Muszę wiedzieć. Muszę wiedzieć, czy wciąż chcesz ze mną być. Czy wciąż mnie kochasz.

Właśnie wtedy powinnam powiedzieć: „Oczywiście, że tak. Tylko proszę, wytrzymaj ze mną jeszcze trochę". Ponieważ gdzieś w głębi myślałam, że może to wszystko nie opuściło mnie do końca. Jednak aby to powiedzieć, musiałabym spróbować znaleźć w głębi te doznania, co oznaczałoby odblokowanie wszystkich innych uczuć, które również chciałam zamknąć w sobie.

– Ja... – Spoglądał na mnie wyczekująco. – Ja chyba już cię nie kocham.

Wyglądał, jakbym uderzyła go z zaskoczenia. Właściwie to tak właśnie zrobiłam. Nie spodziewał się, że ze wszystkich rzeczy, jakie mogłam powiedzieć, powiem właśnie to. Zacisnął zęby i odwrócił wzrok, kiwając głową.

– Przykro mi – rzekłam. Chciałam go pocieszyć, ale nie przypuszczałam, żebym była zdolna zaoferować szczególną pociechę.

Rozłożył dłonie i obrócił się do mnie. W jego oczach wezbrały łzy.

– Dlaczego? Możesz mi choć to zdradzić?

– Ja nie... – Nie wiedziałam, co powiedzieć. – Zniknęło. Po prostu zostało... nic.

– Nic – powtórzył wypranym z emocji głosem.

Popatrzyłam na mały diament na moim palcu. Był idealny. Adrian przetrząsał sklepy z antykami, dopóki nie znalazł pierścionka, który według niego pasowałby do mnie. Nie chciałam, by wydawał w ten sposób ciężko zarobione pieniądze, ale zaklinał się, że kupił go okazyjnie. „I pasuje", oznajmił wtedy. „Czekał na ciebie".

Kręciłam nim, aż w końcu go zdjęłam. Było mi przykro, że sprawiam Adrianowi tyle bólu, ale przede wszystkim czułam ulgę. Wtedy wydawało mi się, że oznacza to, iż podjęłam właściwą decyzję. W końcu uświadomiłam sobie, skąd wzięła się ta ulga: mogłam dalej się ukrywać i nie musiałam dołączać do szeregów żywych ludzi. Nie musiałam przyznawać, że w którymś momencie minionego roku zapomniałam, jak być sobą. Wyciągnęłam pierścionek w jego stronę.

Adrian wyglądał na oszołomionego.

– Moglibyśmy porozmawiać? Nie mogę uwierzyć...

– Możemy porozmawiać – odparłam z wahaniem, nie chcąc, by odczuwana przeze mnie ulga osłabła. – Ale czuję to już od długiego czasu. Nie mam pojęcia, o czym moglibyśmy mówić.

Nie wiem, jak mogłam być tak okrutna. Wszystkie te lata ucięłam kilkoma zdaniami, nie chcąc nawet o nich porozmawiać. Po tych dziesięciu minutach wyglądał na wymizerowanego i zrezygnowanego. Nienawidziłam się za to, że mu to robię, ale powtarzałam sobie, że tak należało postąpić. Po prostu już go nie kochałam. Trzymałam dalej pierścionek.

– Zachowaj go – powiedział. Popatrzył na mnie, jakbym była kimś obcym. – Był dla ciebie. Może kiedyś znowu go zechcesz.

Ścisnęłam go w dłoni i wpatrywaliśmy się w siebie przez kilka sekund. Jego otwarta, szczera twarz była ściągnięta. Pokręcił głową, jakby znajdował się we śnie, i podniósł się z kanapy.

– To chyba już pójdę.

Chciałam mieć to już za sobą.

– Dobrze – rzekłam.

Podniósł torbę i stał tam, jakby czekał, aż powiem, że tylko żartowałam.

– Przykro mi – powtórzyłam. – Naprawdę.

Wzruszył ramionami, jakby mi nie wierzył, i przerzucił sobie pasek torby przez ramię. Zaczął iść korytarzem, ale odwrócił się. Nigdy nie widziałam na jego twarzy takiego smutku i chciałam wszystko odwołać. Ale nie zrobiłam tego.

– Wciąż cię kocham – powiedział. – Aż do końca świata.

Wtedy wyszedł.

Rozdział 83

Dłoń Neila wypełzła spod stopni ganku i chwyciła mnie za kostkę, a później wyłoniły się szczątki jego głowy. Wrzasnęłam, ale wydobyło się ze mnie tylko wątłe chuchnięcie. Adrian spoglądał na drzewa, głuchy na moje błagania o pomoc. Obudziłam się i ujrzałam, że Beth siedzi nade mną w ciemności.

– Cassie! – krzyknęła.

Wystraszyłam ją. We śnie szeptałam, ale zaraz gdy wyrwałam się z koszmaru, słyszałam jeszcze końcówkę swojego wrzasku.

– Nic mi nie jest. – Próbowałam się otrząsnąć. – Przepraszam, kochanie, to tylko zły sen. Nie chciałam cię wystraszyć.

Chwyciłam ją za ciepłą dłoń i poklepałam poduszkę, by położyła się z powrotem. Po kilku minutach znów spała, rozrzuciwszy szeroko ręce. Przeszłam do salonu i powiedziałam Jamesowi, żeby trochę odpoczął. Wyglądało na to, że już więcej nie pośpię tej nocy, więc równie dobrze mogłam pełnić straż.

Wciąż dudniło mi serce. Teraz żałowałam, że nie zatrzymałam Jamesa i nie porozmawiałam z nim o byle czym, żeby uspokoić nerwy. Bo choć wiedziałam, że Neil naprawdę, naprawdę nie żyje, to wciąż czułam jego zimną dłoń na kostce. Gdyby Laddie tu był, wiedziałby, jak mnie pocieszyć.

Truskawki znajdowały się w pełnym rozkwicie, zgniotłam je więc w misce, żeby wykonać kolejną partię dżemu. Zajadaliśmy się nimi. Ponieważ mogliśmy łączyć urobek z grządek Johna i naszych, do słoików wciąż trafiały kolejne porcje. Beth cieszyła się za każdym razem, gdy wieczko strzelało, kiedy wyjmowaliśmy je z garnka do pasteryzacji. Wraz z Peterem śmiesznie zakładali się, który słoik pyknie jako następny.

Peter pytał, co może robić, i pomagał Johnowi we wszystkim. Wszyscy żywili do niego cieplejsze uczucia. Chyba potrafili mu wybaczyć, bo w ich przypadku nie chodziło o sprawę osobistą. Ja wiedziałam jednak, co o mnie myślał, i nie potrafiłam mu zapomnieć tego, co powiedział i zrobił.

Ana błagała o zajęcia strzeleckie, a gdy nie mogła na nie liczyć albo spadały na nią inne obowiązki, ćwiczyła z nową bronią Johna. Nazwaliśmy ją Tasakiem. Było to ponadpółmetrowe drzewce zakończone ostrzem służącym do natychmiastowej dekapitacji. Rozcinało niemal wszystko, do czego się je przyłożyło, również, jak mieliśmy nadzieję, szyję eliksa. Na drugim końcu znajdował się szpikulec idealny do wbijania w podstawę czaszki albo oczodół. Gdy John to wyjaśnił, Penny pobladła, ale próbowała przyjąć rzecz ze spokojem.

Wymieszałam owoce z pektyną i postawiłam na piecu. Odmierzyłam cukier i zaczęłam gotować owsiankę. Przynajmniej dzięki koszmarom miałam dość czasu, by zrobić co trzeba. Gdy wszyscy się obudzili, usiedliśmy przy stole i wsuwaliśmy owsiankę. Oczywiście z dżemem truskawkowym.

Beth popatrzyła na mnie.

– Cassie, czy mogłabym spać w jednym z łóżek w pokoju Petera? No bo wiesz...

Poczułam, jak się rumienię.

– Pewnie, kochanie. Jeśli jemu to nie przeszkadza. Przepraszam, że ciągle cię budzę.

– To nic. Sama też mam każdej nocy złe sny – przyznała z poważną miną. – Mogę, Peter?

Uśmiechnął się.

– Oczywiście, Betka – odrzekł.

Tak na nią mówiliśmy. Peter udawał, że jej imię usłyszał jako „Liza Betka" zamiast „Elizabeth" i w ten sposób powstała jej ksywka. Uwielbiała go i choć ja wciąż nie mogłam go znieść, rozumiałam ją. Miał na jej punkcie bzika, droczył się z nią i uparcie nadawał nazwy wszystkim jej piegom.

Podniósł dłoń, by przybić z nią piątkę.

– Codziennie piżamowa impreza! Ale musisz spytać Nela, bo to jego łóżko.

Betka uśmiechała się i klepnęła jego dłoń. Niewykluczone, że był ostatnią znaną mi osobą ludzką, o której pomyślałabym, że zechce przybić z kimś piątkę. Nie miałam pojęcia, co teraz o nim myśleć.

Nelly uśmiechnął się i zabrał się do przenoszenia swoich rzeczy do sąsiedniego pokoju.

– Wróciłeeem! – zanucił.

Wiedziałam, że nie mogę oczekiwać, iż Betka będzie znosiła co noc moje koszmary, ale czułam się jak wariatka. Pewnie Nelly będzie chciał spać na kanapie.

– Przygotuj się na tortury. Bo żadna zdrowa na umyśle osoba nie zdecydowałaby się dobrowolnie, żeby spać ze mną w jednym pomieszczeniu.

– Cóż, nigdy nie twierdziłem, że jestem zdrowy na umyśle – odparł i pociągnął mnie za nos.

– Cóż, nigdy nie twierdziłem, że jestem zdrowy na umyśle – odparł i pociągnął mnie za nos.

Rozdział 84

– Zrobisz ze mną obchód? – spytał John.

Wstałam znad kwiatów mamy i wytarłam dłonie o dżinsy.

– Pewnie.

Pierwszym przystankiem było Drzewo Wiadomości. John stanął na sękatym korzeniu i sięgnął do dziupli. Wyjął starą puszkę po kawie i wyciągnął z niej złożoną kartkę.

– Napisałem list do dzieci i Erika, mówiąc im, że Neil się do nas wybiera. Przekazałem im, dokąd możemy się udać, jeśli będziemy zmuszeni odejść. Teraz musimy jednak ustalić, dokąd pojedziemy, by wiedzieli, gdzie nas szukać.

Zaskoczyła mnie jego przezorność. Gdy tylko zaczynało mi się wydawać, że ogarniam sytuację, okazywało się, że on wyprzedza mnie o trzy kroki.

– Ja też chciałabym tam włożyć list do Erika.

Minęły już ponad dwa miesiące. Nie mogłam powstrzymać myśli, że natknął się na coś, przed czym nie zdołał uciec. Erik wspinał się po górach, chodził Szlakiem Appalachów, nie dawał się łatwo powstrzymać. Na pewno nic mu się nie stało.

Wiedziałam, że John nie zaprosił mnie na spacer bez dodatkowego powodu, i czekałam, aż go sformułuje.

– Zatem słuchaj, Cassie. Gdybyśmy musieli się ewakuować, lepiej jechać do „Przyjdź królestwo Twoje" czy do Whitefield? Jesteśmy w równej odległości od nich, więc dla mnie nie ma to znaczenia, ale przypuszczam, że dla ciebie może mieć.

Był na tyle miły, że skupił się na puszce.

– Chciałabym pojechać do Vermontu – bąknęłam.

Skinął raz głową.

– W takim razie ustalone. Teraz obejdźmy perymetr.

Szliśmy przez las, upewniając się, że linki wciąż są naciągnięte i nic nie złapało się w nie ani nie wpadło do rowów. John wskazywał jelenie bobki i nowe gniazdo, ale ja wracałam myślą do ostatniego razu, kiedy tędy biegłam. Gdy zbliżyliśmy się do tamtego miejsca, zaschło mi w ustach i byłam przekonana, że za chwilę ujrzę Neila z moich koszmarów wciąż zaplątanego w drut. Jednak był tam tylko zwykły stary las. Jedynie ziemia wyzierająca miejscami spod liści wskazywała, że coś się tu stało.

John oparł dłoń na drucie kolczastym i popatrzył mi prosto w oczy.

– Zrobiłaś to, co było trzeba.

Sądził, że męczy mnie brak pewności, ale nie do końca o to chodziło. Spróbowałam wyjaśnić:

– Wiem i nie żałuję. Zrobiłabym to samo jeszcze sto razy. Tylko że on wciąż pojawia mi się w snach i nie mogę przestać o nim myśleć.

– Cassie, zabijałem już wcześniej ludzi. Złych ludzi, którzy zasługiwali na to, co ich spotkało. A w Wietnamie również takich, którzy zapewne na to nie zasługiwali. Już zawsze nosi się ich ze sobą. Nawiedzają cię. Żałujesz, że to zrobiłaś, ale tak się stało, więc musisz znaleźć jakiś sposób, żeby z tym żyć.

– Ale ja chciałam to zrobić. Nie było tak, że kierowała mną konieczność. Naprawdę pragnęłam go zabić. Sprawiło mi to przyjemność, John. Niewielką.

Dotąd spoglądałam w tamto miejsce, a teraz podniosłam wzrok, spodziewając się, że spotkam się z szokiem, ale sąsiad patrzył na mnie z sympatią.

– Zabójstwo nie sprawiło ci przyjemności, kochanie. Ucieszyłaś się, że ktoś tak groźny przestał stanowić niebezpieczeństwo. Nie wszyscy byliby do tego zdolni. Wiesz, co mawiał o tobie twój tata?

Serce mi przyspieszyło i pokręciłam głową. Czasami najtrudniejsze było to, że zostały mi tylko wspomnienia.

– Mawiał, że gdyby potrzebował kogoś, kto da mu wsparcie podczas walki w ciemnym zaułku, wybrałby Erika. Jednak gdyby potrzebował kogoś, kto pociągnie za spust, byłabyś to ty. Wiedział, że umiałabyś zrobić to, co konieczne. On również był taki. Jak myślisz, dlaczego chciałem, żebyś to ty była ze mną w oborze?

Milczałam. Nigdy nie miałam wątpliwości, że tata zrobiłby wszystko, aby nas ochronić, ale nigdy nie zdawałam sobie sprawy, że odziedziczyłam po nim tę cechę. Nagle nie czułam się już jak morderczyni, a jak ktoś, kto bronił tego, co należy do niej. Nie było to niemiłe uczucie.

Rozdział 85

Po dniu spędzonym w miasteczku na ściąganiu benzyny i zdobywaniu dalszych zapasów John, Peter i Ana wrócili z nowym pojazdem. Nasz sąsiad wyskoczył z czarnej furgonetki i stuknął w jej maskę.

– Nasza nowa bryka – powiedział. – W środku zmieścimy się wszyscy. Razem z zapasami. W ten sposób możemy w razie czego szybko wyjechać.

– Miło – odparł Nelly. Podszedł do wozu, już tylko nieznacznie kulejąc. – W podobnej furgonetce opuściliśmy miasto.

– Peter zauważył dilera używanych samochodów i wpadł na pomysł, żeby zdobyć coś większego. Ten tu pasował do wymagań i miał pełny bak – wyjaśnił John.

Klepnął mojego byłego po ramieniu. Ana uśmiechnęła się do Petera, a on odpowiedział jej uśmiechem. Po tym, jak na siebie spoglądali, pomyślałam, że w grę może wchodzić coś więcej niż przyjaźń. A przyjaciółmi byli na pewno: zawsze zgłaszali się na ochotnika, by sobie nawzajem pomagać. Wiecznie się śmiali. Nie grali już nawet w Zombie Zagat.

Poczułam w sobie coś na kształt zazdrości, choć próbowałam się przekonywać, że jest inaczej. Wyglądali na szczęśliwych. Spróbowałam zdusić to odczucie i przykleiłam do twarzy fałszywy uśmiech. Zostałam tyle, ile zdołałam wytrzymać, po czym skierowałam się do domu.

Starałam się poukładać swoje uczucia, ale zbyt wiele ich we mnie buzowało. Zazdrość, gniew, bezradność, strach. Do wyboru, do koloru. Nie osiągnęłam wiele, zanim pozostali wmaszerowali do środka, śmiejąc się. Słyszałam, jak tamci mówią, że w miasteczku wciąż jest pusto. Nie mogłam myśleć w całym tym harmidrze i miałam ochotę wrzeszczeć, żeby się zamknęli.

– John? – Podeszłam do miejsca, w którym mierzył szybę okienną. – Czy mogę na chwilę iść do twojego domu?

Obrócił się do mnie z wyrazem zatroskania na twarzy.

– Oczywiście, tylko włącz radio, żebyśmy mogli skontaktować się z tobą w razie czego. Wszystko w porządku?

– Tak – odparłam, nie patrząc mu w oczy. – Muszę po prostu chwilę pobyć sama.

* * *

Usiadłam przy stole kuchennym i wyglądałam przez okno. Miałam wrażenie, że od tamtego dnia, kiedy pokłóciłam się z Peterem, wszystko robiło się coraz gorsze. Nie zagrażało nam nic bezpośrednio ze strony żywych czy umarłych, a jednak nie czułam ulgi. Otulała mnie jedynie ta szara, gęsta mgła, w której pogrążyłam się po śmierci rodziców. Snuła się gdzie tylko spojrzeć, próbując zdobyć znów przyczółek.

Nie zamierzałam jej na to pozwolić. Gdy Peter powiedział, że Adrian mnie nie kocha, uwierzyłam mu, ale nie byłam pewna dlaczego. Przecież nie mógł tego wiedzieć. Ogarniał mnie coraz większy gniew na Petera. Robił, co chciał, a mimo to doczekiwał się pochwał. Sprzątałam jego bałagan, w zamian otrzymując jedynie poczucie wyobcowania i smutek.

Siedziałam tak, aż pozostali przyszli na wieczorną transmisję. Peter, Ana i Betka zostali w chacie, by pograć w grę planszową. Zastanawiałam się, czy to dlatego, że opuściłam dom. Przynajmniej Peter trzymał się ode mnie z dala, tak jak mu poleciłam.

Matt Burns zaczął od swoich zwyczajowych raportów. Wymienił wszystkie Bezpieczne Strefy, w tym nowe w Pensylwanii i w północnozachodniej części stanu Nowy Jork. Następnie mówił o uprawach żywności w Whitefield, o tym, ile pracy wymaga noszenie wody do roślin i nieustanne pielenie.

– Czyli staliśmy się żołnierzami-farmerami – stwierdził ze śmiechem. – Na szczęście farma „Przyjdź królestwo Twoje" pomaga nam w kwestiach logistycznych. Mamy tu zresztą dzisiaj jednego z jej przywódców czy też... nie wiem, jak byś sam siebie nazwał?

Usłyszałam znajomy śmiech i serce mi się zatrzymało. Wszechświat postanowił sobie dziś ze mnie zakpić. Tak bardzo pragnęłam usłyszeć jego głos, że musiałam go sobie wyobrazić. A jednak brzmiał tam, spokojny i wyważony, o oktawę niższy, niż mogłabym sądzić.

– Nazwałbym siebie Adrian.

Złapałam się krawędzi stołu, gdy wszyscy obrócili się w moją stronę. Wlepiłam wzrok w radio. Żył. Teraz miałam pewność.

– W porządku, Adrianie. Adrian przyjechał do nas z farmy

„Przyjdź królestwo Twoje" w Królestwie Północno-Wschodnim w Vermont. To twoja ziemia, zgadza się?

– Cóż, wraz z moim partnerem Benem Sullivanem założyliśmy farmę półtora roku temu. Poznaliśmy się na studiach i zdobyliśmy grant pozwalający na uruchomienie eksperymentalnego gospodarstwa. Znaleźliśmy starą farmę i kupiliśmy ją. Zaczęliśmy tam pracować przedostatniej zimy i zeszłego lata zebraliśmy pierwsze plony.

Pamiętałam Bena. Spotkałam go raz przed śmiercią rodziców.

– Opowiedz nam więcej.

Adrian odchrząknął. Nie cierpiał znajdować się w centrum uwagi i wyraźnie się denerwował.

– No, chcieliśmy, żeby farma w jak największym stopniu stanowiła ekosystem. Czyli miejsce, gdzie uprawiane rośliny karmią nas i zwierzęta, nawóz zwierząt karmi ziemię, która z kolei karmi rośliny. Naszym celem była nawet produkcja paliwa roślinnego, na którym pracowałyby zmodyfikowane urządzenia gospodarskie.

– Mówisz w czasie przeszłym.

– Wciąż nad tym pracujemy, ale obecnie bardziej zajmuje nas kwestia obrony i wyżywienia nas samych. Do tej pory zjawiło się u nas około dwustu osób, ale sądzę, że jesteśmy w stanie zmieścić znacznie więcej. Przyjemnym aspektem naszego terenu jest to, że leży w stosunkowo odosobnionym miejscu, w otoczeniu gór. Mamy sąsiadów i razem działamy nad tym, by utworzyć jeszcze większą Bezpieczną Strefę.

– W jaki sposób?

– Rozsyłamy patrole, by eliminowały wszelkie zagrożenia, czy to żywe, czy martwe. Podchodzimy do tej sprawy bardzo, bardzo poważnie.

Wyobrażałam sobie, jaki miał teraz wyraz twarzy. Napinał szczęki i lśniły mu oczy. Zdawałam sobie sprawę, że przypominał mojego tatę, ale nigdy nie myślałam o tym, że jest to również wspólna cecha nas obojga.

– Bandyci, miejsce się na baczności – zażartował Matt. – Czego mogą spodziewać się ludzie, jeśli tam dotrą?

– Żywności, stosunkowo bezpiecznego miejsca do życia, naprawdę świetnej grupy mieszkańców oraz mnóstwa pracy. To ostatnie to nie dowcip. – Adrian roześmiał się i jego głos złagodniał. – Z chęcią powitamy każdego, kto zechce do nas dołączyć. Gdy latamy nad obszarami, które jeszcze niedawno były bardziej zaludnione, i widzimy, co się z nimi stało, nie dziwię się, że nie dociera do nas tylu uchodźców, ilu się spodziewaliśmy. Mam jednak nadzieję, że ludzie słyszą te audycje i trafią do nas.

– Wiem, że jesteś potrzebny gdzie indziej, Adrianie – rzekł Matt. – Ostatnie pytanie: czy twoja rodzina jest bezpieczna?

– Mama była w odwiedzinach u mojej siostry na zachodzie. Dotarły do Bezpiecznej Strefy w Idaho. Miałem szczęście.

Poczułam ulgę. Miałam nadzieję, że obie są z nim, ale to była niemal równie dobra wiadomość.

– Rzeczywiście masz szczęście. Czyli nie ma nikogo innego?

Czekałam na jakieś zawahanie, jakiś znak. Odpowiedział jednak zbyt szybko, bym mogła choćby wyobrazić sobie chwilę, w której zastanawiał się, czy o mnie wspomnieć.

– Nie, nie ma nikogo innego. Wydostały się z zagrożenia w ostatniej chwili.

– Dziękuję za wizytę, Adrianie. Praktycznie musiałem go tu przyciągnąć. Ale farma „Przyjdź królestwo Twoje" ma nadzieję, że część z was zdoła tam dotrzeć.

Adrian wymruczał podziękowania i Matt zabrał się za ponowne wyczytywanie list. Ignorując wszystkich, odepchnęłam krzesło i wyszłam na zewnątrz do lasu.

Gdy wróciłam, w domu było już niemal zupełnie ciemno. Złamałam zasadę, zostając po zmroku sama, ale nie obchodziło mnie to. John pełnił wartę, ale tylko skinął mi głową i wrócił do książki. Przebrałam się w piżamę i wślizgnęłam się do łóżka obok Nelly'ego. Nie miałam dość energii, by umyć zęby. Leżałam i słuchałam oddechu przyjaciela.

– To nic nie oznacza – powiedział.

– Może nic oznacza coś – odparłam.

Milczał, ale gdy zasypialiśmy, trzymał moją dłoń w swojej szorstkiej łapie. Przynajmniej tym razem nie musiałam oglądać Adriana w koszmarze, bo Neil i ja byliśmy sami na stopniach.

Rozdział 86

Rano zaczęłam przekładać pierścionek z gwiazdką do czystych dżinsów. Gdy zorientowałam się, co robię, przerwałam i zamiast tego włożyłam go do górnej szuflady komody. Jak sobie pościeliłam, tak się wysypiałam, więc powinnam przestać litować się nad sobą, że miotałam się w nocy i miałam koszmary. Poszłam do kuchni i zabrałam się za naleśniki. Akurat gdy odwracałam pierwszą porcję, weszła Penny z mlekiem od Flory. Stanęła obok mnie i położyła mi dłoń na ramieniu.

– Hej, kobieto. – Wiedziałam, że miała ochotę wspomnieć o Adrianie, ale nie zrobiła tego. – Kocham cię.

– Ja ciebie też – odparłam. – A tak w ogóle to jak twoje życie miłosne?

– Dobrze. – Panowała nad wyrazem twarzy.

– Daj spokój. Aż cała błyszczysz miłością, a nie chcesz ze mną o tym rozmawiać. Owszem, byłam gównianą najlepszą przyjaciółką i przepraszam za to. Nie chciałam, byś myślała, że nie chcę o tym słuchać.

Uśmiechnęła się i uniosła brew.

– Błyszczę?

Przytaknęłam.

– Błyszczysz. A teraz siadaj, jedz naleśnika i gadaj.

W ogrodzie wciąż się uśmiechałam, przypominając sobie, jak Penny się zaczerwieniła, gdy powiedziała mi, że kocha Jamesa. Wyrywając chwast za chwastem, uświadomiłam sobie, jak bardzo mnie to cieszy. Poczułam się nieco lepiej, zupełnie jakbym nie zmieniła się w absolutnie okropną osobę. Betka przyklękła obok mnie i wyciągała małe roślinki, które według niej były chwastami.

– Cześć – rzekłam. Na twarzy dziewczynki pojawiło się więcej piegów, a ich tło nabrało koloru, nie było już białe jak rybi brzuch. – Jak ci się spało?

– Miałam ten sam sen, ale Peter trzymał mnie za rękę, dopóki nie zasnęłam.

Roześmiałam się w duchu, ponieważ Nelly zrobił to samo dla mnie. Wychodziło na to, że cofnęłam się do wieku siedmiu lat.

– Chcesz porozmawiać o tym śnie? Czasami jest tak, że jeśli komuś go opowiesz, przestanie się pojawiać, a przynajmniej zrobi się mniej straszny.

W jej oczach pojawiły się łzy. Następnie skinęła głową i zaczęła mówić tak cicho, że musiałam przysunąć ucho bliżej jej ust.

– Pamiętasz tę grę, o której ci mówiłam... gdy przywiązywali ludzi... – Potaknęłam i złapałam ją za rękę. – No to wtedy, gdy kazali mi patrzeć, było po tym, jak mama próbowała ze mną uciec. To było... mama była przynętą. I to mi się ciągle śni.

Czułam się jak skamieniała. Co za skurwysyny. Przez chwilę żałowałam, że nie mam przed sobą Neila, żeby znowu do niego strzelić. Tym razem przeciągałabym sprawę, nieważne, jakie koszmary by mnie później czekały. Dziewczynką wstrząsnął szloch i wzięłam ją w ramiona. Po długiej chwili uspokoiła się. Ujęłam dłońmi jej twarz i popatrzyłam jej w oczy.

– Zrobimy wszystko, co w naszej mocy, żeby cię chronić – zapewniłam. – Wierzysz mi? – Przytaknęła powoli, nieco przerażona moim bacznym spojrzeniem. – Czy wiesz, że cię kochamy? – Może minęło tylko kilka tygodni, ale naprawdę ją kochaliśmy. Wzruszyła ramionami i odwróciła wzrok.

– Mówię szczerze. – Obróciłam delikatnie jej brodę. – I bardzo się cieszę, że cię znaleźliśmy.

– Tamta noc dała ci koszmary – spierała się.

– Kochanie, ten świat każdemu mógłby dać koszmary. A moje byłyby gorsze, gdybyś wciąż była z tamtymi ludźmi.

Kąciki jej ust uniosły się. Wsunęła małe łapki w moje dłonie.

– Chcę ci coś pokazać – powiedziałam. – Czytałaś kiedyś książki z serii *Domek na prerii*?

Pokręciła głową.

– Mam... znaczy miałam je, ale nigdy nie czytałam. Mama miała je ze mną czytać.

Przyjrzałam się jej baczniej, ale na twarzy miała wyraz podekscytowania, nie smutku.

– Wciąż mam tu mój zestaw. Poszukajmy go.

Wątpiłam, czy rozmowa o czymś tak straszliwym mogła pozbawić ją koszmarów, a mimo to dziewczynka wydawała się nieco weselsza. Ja zresztą również.

Rozdział 87

– Potrzebne nam ruchome cele – powiedziała Ana.

Zerknęłam w kierunku Petera rąbiącego drewno, ale uznałam, że chyba rozsądniej będzie trzymać gębę na kłódkę, więc milczałam. Przy takiej ilości pracy na zewnątrz jasnobrązowa skóra dziewczyny nabrała barwy cynamonu. Była pokryta warstewką potu, dzięki której cała błyszczała, w przeciwieństwie do nieatrakcyjnych strumyczków wytwarzanych przez moje ciało. Ana zamierzała opanować posługiwanie się każdą możliwą bronią, a ja mogłam jedynie próbować dotrzymywać jej kroku.

– Nie, dziękuję – rzekła Penny, która zrobiła sobie przerwę na trawie. Bardzo się starała, ale była zbyt delikatna. Poza tym okulary się jej zsuwały, gdy się spociła. Słodka, cicha Penny nie została stworzona do tego świata i przerażało mnie to. – Przynajmniej umiem strzelać – dodała.

Przypomniałam sobie, jak tamtej nocy strzelała przez tylne drzwi, i moje obawy nieco zmalały. Podniosłam znów tasak i pchnęłam nim w przód. Udo piekło mnie od chyba setnego zamachu dzisiaj.

– Tak – odezwałam się do Any. – Nie życzmy sobie tego zbyt mocno. Wystarczą mi treningi z powietrzem i drewnem.

– Wiecie, o co mi chodzi – odparła Ana, jakby jednak sobie tego życzyła.

– Owszem, wiemy – skomentowałyśmy równocześnie z Penny i roześmiałyśmy się.

Peter podszedł bliżej. Koszulka się do niego kleiła i nawet Penny uniosła brwi, widząc, co się pod nią znajduje, po czym uśmiechnęła się złośliwie, gdy wywróciłam oczyma.

– Hej – powiedział do Any. – Mogę ci pokazać coś, co pokazał mi John?

– Pewnie.

Stanął za nią i położył obie jej dłonie na trzonku.

– O, tak. – Przesunął jej ramiona wyżej. – Będziesz chyba potrzebowała lekko się zamachnąć, żeby trafiło w szyję.

Pochyliła się na niego, a on trzymał ręce wokół nieco dłużej, niż to było konieczne. Peter zerknął na mnie, po czym klepnął Anę w bark i odsunął się.

– Właśnie tak. – Obrócił się do mnie. – Tobie też mam pokazać?

– Mam oczy, widziałam – odrzekłam. – Nie, dziękuję.

Nasze spojrzenia skrzyżowały się. Spoglądałam na niego zimno i stanowczo, dopóki w końcu nie uniósł barków i nie odszedł z powrotem w stronę szopy z drewnem.

Ana pokręciła głową.

– Czy nie moglibyście zacząć się dogadywać? – spytała.

Wzruszyłam ramionami.

– Ćwiczmy – rzuciłam.

Rozdział 88

Czwartego lipca zrobiliśmy sobie grilla. John powiedział, że jesienią zorganizujemy polowanie, więc nie musimy oszczędzać ostatnich steków. Penny znalazła stare zimne ognie w szufladzie z pierdółkami i teraz Betka biegała z nimi.

– Powiedz jeszcze raz, kiedy masz urodziny? – spytał ją John, gdy usiedliśmy na werandzie, żeby zjeść.

– Dwudziestego ósmego listopada – jednocześnie odrzekli dziewczynka i Peter.

Mała zachichotała. Musiałam przyznać, że Peter dobrze sobie z nią radził. Którejś nocy miała koszmar, ale zanim przeszłam do niej korytarzem, on już zdążył namówić ją, żeby znów się położyła. Kiedy później tam zajrzałam, zobaczyłam, że zasnął z głową na jej łóżku, wciąż trzymając ją za rękę.

Poczułam wtedy, że coś we mnie mięknie. Utrzymało się to aż do następnego dnia, kiedy w swój nieznośny sposób zasugerował, że w sosie marinara mojej mamy przydałoby się więcej bazylii. Podałam mu łyżkę i powiedziałam, żeby się nie krępował.

Dokończył robienie kolacji i oczywiście później wszyscy mówili, że wyszła świetna.

– Hej – odezwał się Nelly. – Pojedźmy jutro do miasteczka. Noga już mi się wyleczyła i chcę pochodzić na swobodzie. A tak naprawdę potrzebuję więcej niewymownych.

– Mnie też przyda się parę rzeczy. Kobieca higiena i takie tam. – Mrugnęłam do Penny, która zrobiła minę każącą mi się zamknąć, więc znów mrugnęłam.

– Mnie pasuje – skomentował John. – Mogę też zostać tu, jeśli nie jestem potrzebny.

Ana przeżuła kęs steka i pokiwała entuzjastycznie głową.

– Ja pojadę! – oznajmiła. – Może natkniemy się na eliksa.

Wszyscy jęknęliśmy, a Nelly uśmiechnął się do niej lekko.

– Oby – rzucił.

– Ja też chcę jechać – rzekł Peter.

Nie byłam w stanie spędzić z nim całego dnia w samochodzie. Zmieniłam zdanie.

– Nelly, dam ci listę – stwierdziłam.

Peter popatrzył w moją stronę i zacisnął mocniej dłonie na krześle. Czekałam, aż powie coś nieprzyjemnego, ale odprężył się i odetchnął.

– Wiecie co? – powiedział. – Jednak mam tu kilka rzeczy do zrobienia. Niech jadą z wami James albo John.

Uśmiechnęłam się i wstałam, żeby zrobić listę.

Rozdział 89

W miasteczku wciąż było upiornie cicho. Pojechaliśmy do Walmartu z tego samego powodu, z którego ludzie jeździli tam, zanim skończył się świat: było tam wszystko, czego potrzebowaliśmy.

W środku wyglądało tak samo jak wcześniej, ale cuchnęło o wiele gorzej. Nelly i ja przeszliśmy na tył, żeby rozejrzeć się za amunicją, podczas gdy John i Ana skierowali się na drugą stronę. Zgarnęliśmy, co zostało, i znaleźliśmy plecak dla Betki, żeby zrobić jej pakiet ucieczkowy. Odór w dziale drogeryjnym był nie do zniesienia, ale tym razem przygotowałam się i miałam przy sobie naperfumowaną bandanę. Nelly dławił się, zanim w końcu wziął drugą chustę, którą mu oferowałam.

– Jeszcze tylko kilka rzeczy – powiedziałam.

Dorzuciłam mu do torby szampon i mydło. Zużywaliśmy je jak szaleni, choć braliśmy prysznic znacznie rzadziej niż kiedyś. Zgarnęłam wszystkie kondomy, na jakie trafiłam. Nelly uniósł brew.

- Pomyślałam, że przejdziemy do etapu przyjaźni z korzyściami – powiedziałam. Jego bandana wydęła się, gdy się roześmiał. – To dla Penny, głupku.

- Przynajmniej komuś się poszczęściło.

- Poważnie.

Ana wyglądała na rozczarowaną, gdy wyszliśmy bez najmniejszej potyczki z nieumarłymi. Ładowaliśmy właśnie rzeczy do auta, gdy usłyszeliśmy warkot zbliżającego się szybko motocykla. John przekręcił kluczyk w stacyjce i przygotowaliśmy broń. Nie mieliśmy czasu, by odjechać.

Motocykl skręcił na parking, a zaraz za nim wjechał kamper. Motocyklista machnął dłonią, by kamper się zatrzymał, a następnie zbliżył się do nas na odległość krzyku. Był wielkim facetem ubranym w czarną skórę, z długimi siwymi włosami, ale wyglądał dość przyjaźnie.

- Hej tam! – zawołał. – Mam na imię Zeke. Mogę podejść bliżej? – Rozchylił kurtkę, żeby pokazać nam kaburę. – Mam tu schowaną broń. Przepraszam, ale nie odrzucę jej.

John skinął głową, zgadzając się, i schował własny pistolet, ale gestem wskazał, żebyśmy trzymali swoje na wierzchu. Zeke zsiadł z motoru i zbliżył się ciężkim krokiem. Z bliska wyglądał, jakby był po pięćdziesiątce.

- Jesteście pierwszymi żywymi ludźmi, jakich widzimy od paru dni – oznajmił z uśmiechem. – Bardzo nas to cieszy.

Przedstawiliśmy się. Zeke powiedział nam, że jadą aż z Kentucky.

- Kierujemy się do Whitefield w New Hampshire. Słyszeliście o tamtejszej Bezpiecznej Strefie? Pomyśleliśmy, że dołączymy do nich.

- Jesteście daleko od Kentucky – zauważył John.

– Coś o tym wiem. Musieliśmy objeżdżać szerokim łukiem wszystkie duże miasta. New Jersey to absolutny koszmar.

– Czyli nic się nie zmieniło – skomentowałam z uśmiechem, zanim zdążyłam się powstrzymać.

Zeke popatrzył na mnie i przez chwilę obawiałam się, że obraziłam go swoim dowcipem. On jednak odrzucił głowę w tył, pokazując garnitur idealnie białych zębów, i śmiał się, aż zaczerwieniły mu się policzki, a z oczu polały łzy.

– O rany. Naprawdę potrzebowałem się pośmiać – rzekł, wycierając się bandaną.

John nalegał, by towarzysze mężczyzny wysiedli i rozprostowali nogi. Na polecenie Zeke'a wylali się z kampera jak klauni z maleńkiego samochodu. Była tam rodzina z dwójką dzieci, dwie siostry, dwa małżeństwa i kilkoro ludzi w pojedynkę. Pokrótce wymieniliśmy się opowieściami.

– Ledwo zdołaliśmy się wydostać – powiedziała matka rodziny. – Niemal straciliśmy mojego męża, ale Zeke przyjechał i nam pomógł.

W każdej historii wymieniano Zeke'a, a ja patrzyłam na niego z narastającym zafascynowaniem. Oto stał przede mną człowiek, który zebrał tych wszystkich ludzi i teraz wiódł ich w bezpieczne miejsce. Był niczym przeciwieństwo Neila. Opowiedzieliśmy im o Neilu i o tym, czego mogą spodziewać się w sklepie, ale że jest tam mnóstwo towaru.

– Dzięki. My też wpadliśmy na paru morderczych ludzi. A wy także planujecie jechać do Bezpiecznej Strefy? – spytał Zeke.

– Całkiem nieźle się tu zorganizowaliśmy – odparł John. – Ale rozważamy to, jeśli będzie trzeba.

Zeke podrapał się po brodzie i skinął głową.

– Teraz macie sporo szczęścia. Nie ma tu Pożeraczy. Ale zauważyliśmy, że ostatnio łączą się w wielkie grupy. Nazywamy je stadami. Wydają się nie zwracać uwagi na siebie nawzajem, ale trzymają się razem. Poza tym wygląda na to, że pozostają w ruchu. Może szukają kolejnych żywych, skoro miasta są już w większości opróżnione?

– Wiecie coś o Nowym Jorku? – spytała Ana z desperacją na twarzy. – Konkretniej o Brooklynie?

Mężczyzna pokręcił głową.

– Przykro mi, ale nie, poza tym, że jedna grupa nadaje audycje z miasta. Ale uważajcie na te formujące się stada. Uznaliśmy, że będziemy bezpieczniejsi w większej grupie ludzi na północy, zwłaszcza gdy zrobi się zimno.

– Zeke, co robiłeś przed tym wszystkim? – spytałam. – Byłeś w wojsku czy coś w tym rodzaju?

– Nieee. Nawet nie mam na imię Zeke. Zaczęli mnie tak nazywać dla żartu, bo to skrót od Zombie Killer, ZK, czaicie? Martin George, lekarz stomatologii, do usług.

– Jesteś dentystą?

Znów roześmiał się serdecznie.

– Ano. Zatem jeśli bolą was zęby, wiecie, gdzie szukać.

Życzyliśmy im szczęścia, popatrzyliśmy, jak wchodzą do Walmartu, i odjechaliśmy. Zastanawiałam się, czy powinniśmy zasugerować, żeby zostali z nami, ale gdzie byśmy umieścili ich wszystkich? John musiał myśleć o tym samym.

– Wolałbym, żebyśmy mieli więcej ludzi – rzekł. – Może powinniśmy pomyśleć poważnie o przeniesieniu się do Bezpiecznej Strefy przed zimą. Ale podróż będzie niebezpieczna i nie mam ochoty jej ryzykować, chyba że zostaniemy zmuszeni.

– Podoba mi się tu – skomentowała Ana. – Może i chcę wypróbować broń w praktyce, ale jeszcze nie oszalałam.

Rozdział 90

– Możemy porozmawiać? – spytał Peter.

Podniosłam głowę tak gwałtownie, że uderzyłam Florę w bok i koza zabeczała w proteście. Przestałam ją doić i obróciłam się. Peter stał oparty plecami o ścianę, trzymając dłonie w kieszeniach. Moje dłonie zaczęły się trząść i ścisnęłam je razem.

– Okej.

– Moglibyśmy spróbować być przyjaciółmi?

Pamiętałam, jak całkiem niedawno zadawałam mu to samo pytanie.

– Wydawało mi się, że tego nie chcesz.

Jego twarz była pozbawiona wyrazu, ale w oczach miał pełno emocji, których nie umiałam odczytać.

– Cóż, teraz już bym chciał. Musimy ze sobą żyć. Naprawdę się staram, Cassie.

Brzmiał na zirytowanego, że nie doceniam jego wysiłków.

– Tylko że musiałbyś postarać się być miły, Peter. Owszem,

przez ostatni miesiąc byłeś aktywny i pomocny, to jednak nie unieważnia tego, co mówiłeś ani jak mnie traktowałeś.

– Mogę przeprosić? No wiesz, myślę, że Adrian...

Nie mogłam uwierzyć, że o nim wspomina. Wstałam tak raptownie, że przewróciłam stołek.

– Nie mów ani słowa więcej. Już wiem, co sobie myślisz. Przekazałeś to bardzo wyraźnie, zresztą to nie twój pieprzony interes. – Wiedziałam, że twarz zrobiła mi się czerwona, i powstrzymywałam się, by nie wrzeszczeć. Zamrugałam, by pozbyć się łez z oczu. Nie zamierzałam przy nim płakać. Poruszył się niezręcznie pod ścianą. – Zresztą nie proponuje się przeprosin. I nie pyta się, czy można przeprosić. Jeśli naprawdę żałujesz, po prostu przepraszasz.

Teraz on również poczerwieniał. Nie wiedziałam, czy ze złości, czy z zażenowania, ale nie obchodziło mnie to.

– Możemy zacząć od nowa? – zapytał.

– Możesz robić, co chcesz. Bez absolutnie żadnych następstw. Jestem przekonana, że to już ustaliliśmy. – Może było to nie fair, ale i tak wypowiedziałam te słowa. Mina mu na chwilę zrzedła, po czym znów ściągnęła się do zwyczajowego wyrazu. Chwyciłam wiadro z mlekiem i ruszyłam gniewnie do domu.

Rozdział 91

Nelly przyniósł mi kolejną tacę wysuszonego groszku. Wsypałam go do słoika i użyłam pompki, żeby usunąć nadmiar powietrza. James ciął zieloną fasolę, a Penny ładowała ją do słojów, które miały iść do pasteryzacji. Nie zdążyliśmy jeszcze przerobić porcji, gdy Betka weszła z kolejną miską.

– Peter mówi, że jest jeszcze dużo tam na górze, gdzie może dosięgnąć – powiedziała.

– O rany – mruknęła Penny.

Włosy kleiły jej się do skroni od potu. Było gorąco i mieliśmy pootwierane wszystkie okna, ale nie wiał wiatr. Jeśli dodać do tego działające palniki, w kuchni robiło się jak w piecu.

– Dzięki, Betka – rzekłam, odbierając miskę.

Dziewczynka zgarnęła kilka fasolek i wpakowała je sobie do buzi, jak to robiła przez cały dzień.

– Hej, lepiej nie jedz za dużo.

Zrobiła zaniepokojoną minę i spowolniła tempo żucia.

– Dlaczego?

Spróbowałam się nie uśmiechnąć.

– Jak zjesz za dużo surowej zielonej fasolki, zrobisz się zielona. Chyba tego nie wiedziałaś.

Zastanowiła się nad moimi słowami i przyjrzała mi się uważnie.

– Cassie, wiem, że żartujesz.

Uśmiechnęłyśmy się do siebie.

– Moja mama zawsze tak do mnie mówiła, gdy byłam mała. Ale ty chyba domyśliłaś się szybciej niż ja.

Odgryzła końcówki z kolejnej garści, zupełnie jakby rzucała im wyzwanie, by ją zazieleniły, po czym wybiegła na zewnątrz, machając ręką. Czytaliśmy książki o małym domku na prerii i ekscytowało ją robienie tych samych rzeczy co Laura. Męczyła nas, żebyśmy wzięli świnię, by później jesienią zarżnąć ją i zbudować wędzarnię. John powiedział jej, że sprawdzi, co da się zrobić.

– Zdycham już – oznajmiła Penny. Uniosła włosy i powachlowała sobie kark. – Jak twoi rodzice mogli to robić całe lato?

– Wyobraź sobie wszystkie te słoiki stojące w zimie na półce i zrobi ci się chłodniej – poradziłam. Wyglądała, jakby nie dowierzała. – Okej. Spocisz się jak mysz, ale i tak będzie warto.

– Poza tym naprawdę musimy to zrobić – wtrącił się James. – Potrzebujemy jedzenia. – Pociął ostatnią porcję fasolki i zagwizdał.

– James, czy ty kiedykolwiek się złościsz? – zapytałam. Chciałabym móc wziąć z niego szczyptę i posypać nią siebie.

Wyglądał na zdezorientowanego.

– Pewnie – odparł.

Kątem oka dostrzegł, że Penny kręci głową, i położył dłoń na jej talii.

– Na ciebie się nie złoszczę, bo jesteś idealna.

Penny zarumieniła się. Zrobiłam ironiczną minę, choć uważałam, że to słodkie.

– Tak, tak, świeża miłość – powiedziałam. – Ale tak serio, nawet gdy jesteś zły, wyglądasz, jakbyś był zły tylko trochę.

Wzruszył ramionami.

– Po prostu nie nakręcam się tym, czym nie trzeba. Nigdy tego nie robiłem. Życie jest zbyt krótkie, zwłaszcza teraz.

Wiedziałam, że miał rację. Powtarzałam to sobie raz za razem w nadziei, że mi się utrwali.

Rozdział 92

John rzeczywiście znalazł dla Betki wychudzonego, zaniedbanego świniaka. Nadała mu imię Bert i próbowała sprzątnąć ze stołu, zanim zjedliśmy to, co mieliśmy na talerzach, by on mógł to dostać. Nie byłam pewna, jak pójdzie z tym całym zarzynaniem jesienią. Miałam wrażenie, że zyskaliśmy właśnie domową świnię.

Betka była tak dobroduszna, że wydawało się, iż nie da się jej rozpieścić. Gdy patrzyłam na jej fotografię z matką, próbowałam nie wyobrażać sobie tej kobiety związanej i krzyczącej. Albo zmuszającej się, by nie krzyczeć, by przeżyć jeszcze kilka sekund, zanim dopadną ja zainfekowani. Zastanawiałam się, czy było to dla niej jeszcze gorsze, ponieważ zdawała sobie sprawę, że zostawia dziewczynkę bez ochrony. Miałam nadzieję, że widzi nas teraz i może być spokojna. Oraz że mnie słyszała, gdy obiecywałam, że zrobimy co w naszej mocy.

Betka wciąż wierzyła we wróżki. Z początku uważałam to za dziwne, ale żyliśmy w jednym świecie z zombie, więc może wróżki wcale nie były takie niewyobrażalne. Zorganizowaliśmy dla nich ogródek i czekaliśmy na nie w trawie. Jeszcze żadnej nie złapaliśmy, ale raz widziałam, jak Peter niepostrzeżenie obsypuje rośliny brokatem, żeby dziewczynka znalazła go rankiem.

Peter próbował zachowywać się uprzejmie wobec mnie, chociaż ja w najlepszym razie udawałam, że nie istniał. W najgorszym traktowałam go wrednie i wybuchowo. Miałam wrażenie, że gdy tylko wpadałam na jakąś złośliwą myśl, od razu wylewała mi się ona z ust. Nie byłam z tego dumna, ale nie potrafiłam się powstrzymać.

Stałam na drabinie w oborze, przybijając luźne deski. Teraz wyglądała jak prawdziwa obora, z sianem i pakami karmy przygotowanymi na zimę. Bert chrapał w swojej zagrodzie. Flora i Fauna brykały, a kury gdakały cicho. Nawet pachniało jak w oborze, w pozytywny sposób.

Obróciłam się, żeby powiedzieć coś do Nelly'ego, który wybierał gnój z zagrody dla kóz, gdy drabina się zachwiała.

– Cholera! – zawołałam.

Przytrzymałam się ściany, żeby się ustabilizować, i wtedy pojawił się Peter. Złapał podstawę drabiny i podniósł ku mnie wzrok.

– Teren jest tu nierówny. Będę trzymał, a ty skończ.

Nie chciałam jego pomocy. Nie chciałam mu być nic winna, nawet głupiego „dziękuję". Walnęłam w gwóźdź i pokręciłam głową.

– Poradzę sobie – rzekłam.

– Nie chcę, żebyś spadła.

Nie miałam pojęcia, dlaczego nie może mnie po prostu zostawić w spokoju.

– Peter! Nie. Chcę. Twojej Pomocy. Zostaw mnie.

Ramiona mu zesztywniały. Puścił drabinę i w milczeniu opu-

ścił oborę, choć grzmotnął porządnie w drzwi. Jeszcze raz uderzyłam gwóźdź, próbując nie odczuwać wyrzutów sumienia. Drabina znów się ustabilizowała, a gdy spojrzałam w dół, ujrzałam
poważną twarz Nelly'ego. Znałam tę minę.

– Co? – zapytałam.

– Pamiętasz, jak kiedyś mówiłaś mi, że pod tą całą fasadą
Peter jest miłym gościem? – Skinęłam głową i odwróciłam wzrok.
– No więc miałaś rację. Hej, uwierzysz? Przyznaję ci słuszność!

Żartował, by złagodzić fakt, że mnie ochrzaniał, ale wciąż czułam, jak gorąco płynie mi po szyi.

– Robi, co tylko może, by pokazać ci, że żałuje, Cass. Wziął
mnie na bok i przeprosił, że zachowywał się jak dupek, jeszcze
zanim wydarzyło się to wszystko. Na pewno widzisz, jak bardzo
kocha Betkę, jak dobrze mu z nią idzie? Stanął na wysokości zadania. Po prostu zajęło mu to więcej czasu i po drodze musiał popełnić poważny błąd.

Znów potaknęłam, ale byłam tak zażenowana, że nie mogłam
na niego spojrzeć.

– Nigdy nie żywiłaś uraz. Dlaczego teraz to robisz? Musisz
mu wybaczyć to, co mówił i robił. Sama też już dołożyłaś sporo
od siebie. I przestań obciążać go za rzeczy, za które nie jest odpo-
wiedzialny. Nie wiesz, co myśli Adrian. Ja też nie. A już na pewno
nie wie tego Peter. I w tym momencie nie da się tego dowiedzieć.
Przede wszystkim przestań więc zachowywać się tak, jakbyś
to wiedziała, i przestań wyżywać się na innych. Wszyscy mamy
swoje problemy, z którymi musimy sobie radzić. Adrian żyje
i ciesz się z tego.

Pomyślałam o Eriku i o tym, ile bym oddała, by znać jego los.
O rodzinach wszystkich pozostałych, o tym, jak bardzo pragnęli-
śmy zdobyć o nich informacje. Kiedyś powiedziałam, że wystar-

czyło mi wiedzieć, iż Adrian żyje, i wówczas była to prawda. Tak bardzo się pogubiłam.

– Zachowujesz się niemiło, Cassie, a przecież nie jesteś niemiłą osobą. Daj Peterowi szansę, by mógł dowieść, że się zmienił, dobra?

Podniósł dłoń. Złapałam ją, ale wciąż skupiałam wzrok na pyłkach kurzu wirujących w promieniach słonecznych. Ścisnął moje palce.

– Kocham cię, Cass. Zostawię cię teraz w spokoju.

Oparłam głowę na szczeblu i obserwowałam, jak wychodzi. Nelly miał rację. Odmawiałam Peterowi tej jednej rzeczy, której tak bardzo pragnęłam dla siebie: wybaczenia. Zamiast zrozumieć, że być może nie jest on w stanie stać się osobą, jakiej po nim oczekiwałam, karałam go, pielęgnując pretensje i urazy, wykorzystując je przeciwko niemu. Obawiałam się, że tak samo zrobił Adrian. Nie potrafił wybaczyć mi, że byłam słaba i zagubiona. Sama sobie nie zdołałam tego wybaczyć, więc nie uważałam, by Peter też na to zasługiwał.

Nadeszła pora, żeby odpuścić. Zaakceptować to, co jest. Pogodzić się z tym, co miałam, i cieszyć się tym. Ponieważ wiedziałam, że gdybym miała porównać się z resztą świata, wychodziło na to, że miałam cholernie dużo.

Rozdział 93

Zaczekałam, aż Peter usiądzie sam na frontowych schodkach z małym patykiem, i zmusiłam się, by podejść do niego.

– Spodobało ci się struganie? – spytałam, próbując się uśmiechnąć.

Upuścił patyk i podniósł dłoń.

– Nie wiem, może. Czy to spotyka się z twoją aprobatą?

W jego głosie dało się słyszeć rozdrażnienie. Zwalczyłam w sobie chęć, by odejść gniewnym krokiem. Od miesiąca nie powiedziałam do niego nic miłego, więc skąd miałby wiedzieć, że zamierzałam to zrobić teraz.

– Ja nie chciałam... Peter, przepraszam za to, jak cię traktowałam.

Słowa te wylały się ze mnie gwałtownym potokiem i pod koniec załamał mi się głos. Podniósł wzrok znad scyzoryka i jego zmarszczone brwi wygładziły się, gdy dostrzegł moją minę. Wskazałam schodki, a on przesunął się, żebym mogła usiąść. Po południu było tu już chłodno w cieniu. Przywróciłam kwiatom mamy życie z żałosnego stanu, w jakim się znajdowały, i teraz zaciągnęłam się głęboko wonnym powietrzem, zanim kontynuowałam:

– Nie byłam wobec ciebie fair. Wiem, że się starałeś, a ja ci to utrudniałam. Litowałam się nad sobą, zamiast być wdzięczna za to wszystko.

Machnęłam dłonią w stronę lasu, domu i nawet niego. Podniósł patyk i obrócił go w dłoni, po czym zerknął na mnie z ukosa, a jeden kącik ust uniósł mu się lekko.

– Wzięłaś przykład ze mnie. No wiesz, ja też przepraszam. Bezpodstawnie sądziłam, że jakoś ominie mnie konieczność powiedzenia ci tego. Nie mam pojęcia, dlaczego to było dla mnie takie trudne. – Pokręcił głową.

Wzruszyłam ramionami.

– Byłeś na mnie wściekły. Nie poradziłam sobie zbyt dobrze z sytuacją, prawda?

– Lepiej niż ja – odparł, jakbyśmy byli dwojgiem kłócących się dzieciaków.

Uśmiechnęłam się.

– Chodzi mi o to, że rozstanie mogło przebiec gładziej. Przykro mi z tego powodu.

Tym razem to on wzruszył ramionami.

– Od jakiegoś czasu się na to zapowiadało.

– Podejrzewałeś?

– Nie myśl, że jestem taki niedomyślny. Zdawałem sobie sprawę, że wcześniej czy później ze mną zerwiesz. Po prostu podtrzymywałem to tak długo, jak mogłem. Wydawało mi się, że może w pewnym momencie... Ale po tamtej nocy, tej przed imprezą?

Skinęłam głową. Czyli pamiętał.

– Po tym to była już kwestia czasu. Byłem zaskoczony, że i tak tyle to trwało.

– Cóż – rzekłam. – Nie najlepiej wychodzi mi zrywanie z ludźmi.

Poza jednym razem. Wiedziałam, że zdawał sobie sprawę, o czym myślałam. Z pewnością Ana wszystko mu opowiedziała. Wyglądał na ostrożnego.

– Mogę coś powiedzieć? – spytał. – Będzie w tym imię na A.

Odetchnęłam drżąco.

– Pewnie. Wyłóżmy już wszystko na stół.

– Wiem, co mówił przez radio, ale uważam, że źle to interpretujesz. Automatycznie założyłaś, że nie mówił o tobie. Ale co, jeśli mówił do ciebie?

– Co? – Miałam wrażenie, że Peter oszalał. Przecież nie było tam żadnej zakamuflowanej wiadomości.

– Może nie chciał za pośrednictwem radia obnażać serca przed kimś, kto, jak uważa, wcale za nim nie tęskni. Ale może powiedział, że nie było nikogo innego, żebyś była tego świadoma, w razie gdybyś go słuchała. Cassie, zastanów się nad tym. „Nie ma nikogo innego".

Popatrzyłam na Petera tak, jak nigdy wcześniej. Może miał rację. Nie w tym, że była to wiadomość, tylko że niewłaściwie to wszystko interpretowałam. „Nie ma nikogo innego". Może wciąż miałam szansę. I cichutki głosik przypomniał mi, że przecież znałam Adriana, że nigdy dobrowolnie nie poszedłby do radia, że wysłałby Bena albo kogoś innego. Może chciał, żebym usłyszała jego głos. Tak na wszelki wypadek. Zamierzałam chronić tę drobinkę nadziei, ale nie pozwolę, by mną zawładnęła. Niewykluczone, że pewnego dnia się dowiem.

– Kiedy zrobiłeś się taki mądry? – zapytałam.

Uśmiechnął się i zrobił tę swoją arogancką minę, ale tylko na pokaz.

– Dopiero niedawno – przyznał i znów spuścił wzrok na swój patyk. – Dopiero po Betce i tamtej nocy.

– Przepraszam za to, co mówiłam. Że nikt cię nie kocha. Sam wiesz, że to nieprawda. No i Betka kocha cię do szaleństwa.

– A ja przepraszam, że postawiłem nas wszystkich w tej sytuacji, ale nigdy nie będę mógł tak naprawdę żałować, że do niej doszło. Uratowaliśmy Betkę.

Skinęłam głową. Sama o tym myślałam.

– Przypomina mi moją młodszą siostrę. Miała dziewięć lat, gdy zginęła wraz z naszymi rodzicami. – Obrócił patyk drżącymi palcami i zerknął na mnie. – Nigdy wcześniej o tym nikomu nie mówiłem. – Odetchnął głęboko. – Tamtego wieczora jechała na imprezę urodzinową w jednym z tych salonów gier. Mieszkaliśmy w Westchester. Nie byliśmy nadziani. Moja babcia należała do osób, które wykorzystują pieniądze, żeby rządzić, a tata się od niej odciął. Widywaliśmy ją tylko w święta. Był prawnikiem i zarabiał nieźle. Byliśmy szczęśliwi.

Uśmiechnął się i wlepił wzrok w drzewa po drugiej stronie podjazdu.

– Tamtego wieczora Jane, moja siostra, chciała, żebym z nią pojechał. Praktycznie mnie błagała, ale nie chciałem, by ktoś ze szkoły zobaczył mnie ze zgrają dziewięciolatków, do tego byłem już wystarczająco duży, żeby zostać sam w domu. Powiedziałem jej więc, że nie ma mowy. I pojechali. Następnym razem zobaczyłem ich podczas pogrzebu. Słyszałem, jak podczas stypy ludzie rozmawiali o wypadku. Matka i ojciec zginęli na miejscu, ale wszyscy utrzymywali przede mną w tajemnicy, że siostra nie. Musiała utknąć w swoim foteliku, bo zadławiła się dymem z pożaru. Miała zakrwawione paznokcie, jakby próbowała się uwolnić, ale samochód był tak wgnieciony, że nie zdołała rozpiąć pasa. Może gdybym tam był, wyciągnąłbym ją. Ale zachowałem się samolubnie.

Patyk obracał się coraz szybciej. Przykryłam dłonią jego dłoń. Przez tyle lat trzymał to w sobie, wściekał się na siebie.

– Nie, Peter. Miałeś tylko dwanaście lat.

Upuścił patyk i przytrzymał moją dłoń. Po twarzy spłynęła mu łza.

– Po czymś takim łatwo było zostać kimś takim jak moja babcia. Samolubnym, bo do tego to się sprowadzało. Nie miałem nikogo innego. Po jakimś czasie zapomniałem, że można inaczej. Biedny mały bogacz, co?

Pokręciłam głową, gdy roześmiał się lekceważąco. Moja mama zawsze mawiała, że wszyscy noszą w sobie mnóstwo rzeczy, o których nigdy się nie dowiemy. To dlatego była taka miła dla każdego. I jak zwykle miała rację.

– Betka jest dla mnie jak druga szansa na to, by mieć rodzinę. By ochronić Jane. Wiem, to śmieszne.

– Nie jest. Wcale nie jest.

Odłożył mi dłoń z powrotem na kolano, poklepał ją delikatnie i wytarł sobie oczy. Siedzieliśmy tak blisko siebie, że stykaliśmy się ramionami. Słyszałam, jak talerze lądują na stole przed kolacją i że ktoś podchodzi do drzwi frontowych. Ktokolwiek to był, musiał zobaczyć, że siedzimy, bo kroki się cofnęły.

– Wszyscy jesteśmy twoją rodziną – powiedziałam. Mówiłam szczerze. Uśmiechnął się i spuścił wzrok. Zupełnie jak w moim śnie, tyle że teraz siedziałam z Peterem.

– Ty i Betka macie najbrudniejsze stopy, jakie kiedykolwiek

widziałem. – Roześmiał się i ostatni raz otarł oczy. Znów na mnie zerknął. – Mogę powiedzieć jeszcze coś?

– Oczywiście.

– Kochasz Adriana?

Popatrzyłam na czubki drzew i na krążące ponad nimi wrony.

– Zawsze kochałam. Tylko mu powiedziałam, że go nie kocham.

Szturchnął mnie łokciem w bok.

– Ej, po co w ogóle zrobiłaś coś tak głupiego?

– Dzięki bardzo – odparłam i też dałam mu z łokcia.

Przestał się uśmiechać i jego oczy stały się poważniejsze.

– Cassie, a co, jeśli istotnie go kochałaś, a on o tym wiedział, naprawdę wiedział? – Skinęłam głową, bo rzeczywiście wiedział i również mnie kochał. – W takim razie też wciąż cię kocha. Uwierz mi, nikt by tak łatwo z ciebie nie zrezygnował.

Zarumieniłam się, ale bardziej ze szczęścia niż ze wstydu. Widziałam, że mówił szczerze, poza tym była to jedna z najmilszych rzeczy, jakie ktokolwiek do mnie powiedział.

– Dzięki.

Podniósł patyk i stuknął mnie nim w kolano. Odebrałam mu go i też go stuknęłam.

– Czyli jesteśmy przyjaciółmi? – zapytałam.

– Tak, w końcu. Chyba jesteśmy.

Popatrzyłam na jego buty robocze. Tak bardzo różniły się od obuwia, które zawsze nosił. Dobrze w nich wyglądał.

– Hey, Petey. – Przygryzłam wargę, żeby powstrzymać się przed uśmiechem. – Przepraszam za twoje eleganckie buty. No wiesz, te zarzygane.

Roześmiał się i oparł z powrotem o najwyższy stopień.

– Zasłużyłem sobie. Ale naprawdę je uwielbiałem.

Jeszcze chwilę siedzieliśmy tak obok siebie, słuchając odgłosów naszej rodziny w domu, a później podnieśliśmy się i dołączyliśmy do nich.

Rozdział 94

Zgłosiłam się na ochotnika do niewdzięcznego zadania, jakim było wstawianie nowych słoików z przetworami za stare w piwnicy. Całą mąkę i inne towary, które znaleźliśmy w miasteczku, zużywaliśmy w pierwszej kolejności, ponieważ moi rodzice zapakowali swoje zapasy tak, by wytrzymały dziesięć albo dwadzieścia lat. Zastanawiałam się, czy po dziesięciu latach wciąż będziemy się tu kryć. Była to trzeźwiąca myśl i próbowałam się jej pozbyć, nucąc pod nosem wszystko, tylko nie temat z czołówki serialu *Złotka*, więc dopiero gdy Nelly się odezwał, zorientowałam się, że jest na dole.

– Co ty byś beze mnie zrobiła? – Stanął z dłońmi na biodrach, wyglądając szarmancko.

– No jakoś nie za bardzo wiem – odparłam z akcentem piękności z południowych stanów.

– Śpiewasz sobie już od kilku dni i nie mogę przestać myśleć, że ma to coś wspólnego z moją ewangeliczną przemową.

– Nelson Everett, jak zawsze wzór skromności – skomentowałam. Chuchnął w pięści i potarł się nimi o pierś. – Ale też jak zwykle masz rację. Chodź pomóc.

– Wiedziałem, że jeśli tu zejdę, zostanę podstępem skłoniony do pracy.

– W lecie zawsze jest coś do zrobienia. Pomyśl tylko o długich zimowych dniach, które będziemy spędzać przy kominku, zapadając się w coraz silniejszą nudę i obłęd.

Jęknął i usiadł na pięciogalonowym wiadrze.

– Żeby nie było, fajnie jest żyć, ale perspektywa nas wszystkich tutaj w zimie jest ciut przygnębiająca. Myślisz, że udałoby się znaleźć dla mnie chłopaka, zanim spadnie śnieg?

– Może w przyszłym roku pojedziemy do Bezpiecznej Strefy i kogoś znajdziesz.

Starałam się, by nie przekazać w głosie, jak bardzo pragnęłabym się znaleźć w pewnej konkretnej strefie. Nie to, żebym chciała stąd wyjeżdżać, po prostu życzyłam sobie pięciu minut z Adrianem. Pięciu minut pozwalających mi dowiedzieć się, co o mnie myśli. Uśmiechnęłam się promiennie.

Nelly odpowiedział uśmiechem i pokręcił głową.

– Tu nie ma miejsca na żadne „może", kochanie. Gdybym musiał jeszcze przez dwa lata oglądać cię usychającą z nieszczęśliwej miłości, przypiąłbym sobie ciebie do pleców i poszedł tam na własnych nogach, po drodze opędzając się od zombie.

Roześmiałam się, wyobrażając to sobie, ale zaraz potem popatrzyłam na niego zmrużonymi oczyma.

– Nie jestem chyba taka zła, co? Staram się.

– Nie płaczesz i nie jęczysz, ale ja wciąż wiem.

– No pewnie, że wiesz. – Westchnęłam. – Zatem czeka nas celibat. Chyba że wolisz na zimę zmienić drużynę. – Mrugnęłam do niego lubieżnie.

– Nie, dzięki – odparł cierpko. – Choć gdybym musiał, to wybrałbym właśnie ciebie. Może spytaj mnie znowu w lutym.

– Pomyśl o tych wszystkich małych Nelsonach Charlesach Everettach, które mogłyby tu nam biegać pod nogami. – Poklepałam jednego z wyobrażonych malców po głowie.

– Okej, teraz już podjąłem decyzję. Nie ma mowy. – Nastroszył sobie włosy tak, że wyglądał, jakby poraził go prąd.

– Zatem potrzebny nam plan. Tylko mi się tak wydaje czy może też zauważyłeś, że Ana i Peter...

Wyszczerzył zęby.

– Hmm, no pewnie. Nawet Betka zauważyła. Któregoś dnia spytała Anę, czy Peter jest jej księciem. Ana od razu się zdenerwowała, było super. – Śmiejąc się, poruszył się na wiadrze i usłyszałam złowróżbny trzask.

– Cóż, to nie Ana jest problemem. Wydaje mi się, że Peter też ją lubi, ale traktuje ją jak młodszą siostrę albo przyjaciółkę. Zamierzam dowiedzieć się dlaczego. – Odsunęłam stare słoiki z fasolką na bok i wcisnęłam nowe z tyłu.

– Nie przeszkadza ci to?

Nelly doskoczył, by złapać słoik, zanim się rozbił. Trzymając go, przyglądał się mojej twarzy. Wzruszyłam ramionami.

– No nie. A dlaczego miałoby mi przeszkadzać?

– No nie wiem – powiedział, jakbym była głupia. – Niektórzy ludzie mogliby uważać za dziwne, że ich były facet chodzi z ich młodszą siostrą.

– Daj spokój. Ona nie jest moją młodszą siostrą. Poza tym Peter i ja powinniśmy byli się rozstać już dawno temu. Nie czuję do niego nic poza przyjaźnią.

– To może jego zostaw sobie na luty, w razie gdybym ja był niedostępny?

Trzepnęłam go po głowie.

– Zamknij się. Ogarniesz się. Nie mam wątpliwości.

Oparłam się seksownie o regał, trzymając dłoń na biodrze, ale zsunęła mi się i Nelly wybuchnął śmiechem.

– Teraz jestem zmuszona wycofać ofertę, ponieważ śmiałeś się z mojej kusicielskiej pozy. Będziesz żałował. – Założyłam ręce na piersi, a on wyszczerzył zęby. – Tak czy siak zamierzam dowiedzieć się, co Peter myśli o Anie. Dzięki temu będziemy mieć jakieś inne zajęcie niż tylko przesuwanie tej fasolki i ładowanie nowych słoików. – Wskazałam na miejsce, w którym czekał chyba z tysiąc nowych przetworów.

– Poważnie? – Westchnął teatralnie, podszedł do regałów i zaczął przestawiać słoiki.

Rozdział 95

W połowie trzeciego kółka pomiędzy naszą chatą a domem Johna zatrzymałam się, opierając dłonie na kolanach. Nie zostałam stworzona do biegania. Piekły mnie płuca i czułam się, jakby ktoś wbijał mi nóż w bok. Niewykluczone, że umierałam. Kucyk Any kołysał się wesoło, gdy dreptała w miejscu przede mną. Miała czelność się uśmiechać. Nienawidziłam jej.

– To tylko półtora kilometra – powiedziała.

– Czyli o jakieś półtora kilometra więcej, niż zwykle przebiegam. – Osunęłam się na ziemię. – Umieram. Kontynuuj beze mnie. I wspominaj mnie dobrze.

Zmarszczyła brwi i szturchnęła mnie stopą w sportowym bucie.

– Nie umierasz. Przestań zachowywać się jak dziecko.

Nowe zainteresowania Any zamieniły się w obsesję. I choć minione trzy tygodnie dały mi najlepszą formę w życiu, nie byłam równie zdeterminowana jak ona. Chciałam umieć zabijać wrogów, a nie stać się superbohaterką. Ewentualnie superbohaterką, która nie musi biegać piętnastu kilometrów.

– Potrzebuję tylko minutki.

Na leśnym runie było miękko i chłodno. Ana podrygiwała na palcach stóp. Wiedziałam, że chciała biec dalej, ale nie zamierzałam podnosić się w najbliższej przyszłości.

– Nie czekaj na mnie. Zobaczymy się, gdy będziesz wracała. – Skinęła głową i ruszyła w stronę chaty Johna. – Albo nigdy.

– Słyszałam to! – zawołała, nabierając na chwilę prędkości, by przeskoczyć korzeń.

Obserwowałam ją, dopóki nie zniknęła mi z pola widzenia. Wciąż była uparta i się rządziła, ale teraz ujawniła też słabą stronę, którą dotąd zawsze ukrywała. Starałam się ją wspierać. Właśnie dlatego biegałam po lesie jak idiotka, mordując się.

Zsunęłam przepocone adidasy i czekałam, aż pieczenie w płucach ustąpi. Musiałam utrzymać się przed nią, jeśli chciałam uniknąć jej szponów, więc podniosłam się z pomocą nisko wiszącej gałęzi. Minęłam szopę i zobaczyłam w środku Petera oraz Jamesa. Już od kilku dni próbowali zrobić coś z energią słoneczną.

– Jak leci? – spytałam.

Podnieśli wzrok i uśmiechnęli się. Podobało mi się, że Peter reagował na mnie uśmiechem zamiast grymasem złości. I miło było odpowiadać mu tym samym.

James odsunął włosy do tyłu i odłożył instrukcję.

– Chyba wpadłem na pomysł. Niestety znam się głównie na komputerach, co obecnie jest równie przydatne jak płynna znajomość starożytnej greki. Będziemy potrzebowali paru rzeczy, przede wszystkim nowych akumulatorów.

Był jednak skromny. Przecież naprawił radio i pomógł Johnowi z okablowaniem generatora. Mogłam się założyć, że w końcu będziemy mieć prąd.

– Możemy pojechać jutro – powiedziałam. Oparłam się o ścianę, by pomasować sobie nogi, po czym spojrzałam na Petera, by sprawdzić, czy jest zainteresowany.

– Pewnie – rzekł Peter, lekko unosząc kąciki ust. – Obóz przygotowawczy daje ci się we znaki?

– Trochę mnie wygrzmocił.

Wyrwało mi się to, zanim uświadomiłam sobie, że zabrzmiałam dwuznacznie. Peter wyglądał, jakby miał ochotę skomentować, ale chyba zrezygnował, bo zamknął usta i uniósł z rozbawieniem brew. Tak się zmienił, że nie traktowałam go już jako Petera, z którym kiedyś chodziłam. Wolałam udawać, że sypiałam z jego złym bliźniakiem. Zarumieniłam się i zmieniłam temat:

– Jest bezlitosna.

Właśnie wtedy Ana minęła nas, machając nam. Skręciła, by zrobić kółko wokół szopy, a gdy znów przebiegała obok okna, ponownie pomachała.

– Na pewno jest zdeterminowana – powiedział. Obserwował, jak znikała w lesie.

– Ale dobrze na niej wyglądają getry z Walmartu, co? – Popatrzył na mnie dziwnie, ale nic nie mówił. Nelly twierdził, że w takich sytuacjach nie wykazuję się finezją. – Jest naprawdę ładna, nie sądzisz?

– Oczywiście – odparł.

– Jest też inteligentna i ma świetne poczucie humoru. Pewnie wiesz to wszystko, bo tak bardzo się przyjaźnicie.

– Dlaczego odnoszę wrażenie, jakbyś próbowała mi coś sprzedać?

Utrzymywał beznamiętną minę, ale wydawało mi się, że dostrzegałam w jego oku błysk. James stanął za Peterem i ramiona podrygiwały mu od tłumionego śmiechu. Spiorunowałam go wzrokiem.

– Zabiorę się za listę na jutro – oznajmił James, ledwo ukrywając swoje rozbawienie, gdy wychodził.

Peter popatrzył na mnie podejrzliwie. Nelly miał rację. Brakowało mi finezji. Będę musiała przejść od razu do rzeczy.

– No dobra, tak sobie myślałam, że ty i Ana pasowalibyście do siebie. No wiesz, ona cię lubi. – Uśmiechnęłam się do niego.

– To dziwne, Cassie. – Patrzył wszędzie, tylko nie na mnie. – Moja była dziewczyna próbuje swatać mnie ze swoją młodszą siostrą. Która jest zresztą za młoda.

– Nie jest moją siostrą. I owszem, chodziliśmy ze sobą, ale to już przeszłość. – Oparłam dłonie na biodrach. – Wydaje mi się, że ją lubisz, Peter.

Wydawał się nieco poróżowieć pod opalenizną, ale trudno było to stwierdzić. Zawsze lubiłam się z nim drażnić. Nie mogłam nic na to poradzić. Był tak pewny siebie, że musiałam się upewnić, iż potrafi popełniać błędy, podobnie jak reszta nas śmiertelników.

– Jest młoda. A tak w ogóle, to co miałbym zrobić? Zaprosić ją na kolację do restauracji?

Nie zaprzeczył, że ją lubi. Wreszcie do czegoś dochodziliśmy. Zrobiłam minę, zbywając jego argument.

– Ma dwadzieścia pięć lat, nie czternaście. Wiem, że jesteś sędziwym trzydziestolatkiem, ale chyba da się jakoś przemóc tak wielką różnicę wieku. Poza tym nawet jeśli trzy miesiące temu ta różnica mogłaby wydawać się poważna, teraz nic nie znaczy. No i pomimo braku restauracji ludzie jakoś potrafili się ze sobą spiknąć przez ostatni pierdyliard lat.

Wzruszył ramionami, ale wyglądał na zamyślonego.

– Więcej nie zamierzam już na ten temat rozmawiać – powiedziałam i odwróciłam się, by odejść.

– Cassandro – usłyszałam, mijając drzwi. – Jeśli to prawda, to gdy to wszystko się skończy, przepiszę na ciebie każdego centa, jakiego posiadam.

Brzmiał poważnie, ale potrafiłam się zorientować, kiedy był rozbawiony, więc pomachałam mu i pobiegłam w podskokach. Był to zły pomysł, ponieważ moje ścięgna zdążyły skurczyć się do połowy zwyczajowej długości. Zakwiliłam i zatoczyłam się przy akompaniamencie chichotu Petera. Zasalutowałam mu środkowym palcem i pokuśtykałam do domu, słysząc za sobą donośny śmiech.

Rozdział 96

Parking przed centrum handlowym mieszczącym Radio Shack był zastawiony pojazdami. Wyglądało, jakby ktoś próbował skonstruować przed salonem paznokci barykadę z metalowych beczek, stawiając je w głębokim na trzy rzędy półokręgu pod markizą. Sam lokal okazał się jednak pusty i ktokolwiek z niego korzystał, już dawno zniknął. Dotąd jeszcze nie zajechaliśmy tak daleko od domu, jednak Radio Shack stanowiło dla nas najlepszą szansę na znalezienie potrzebnych elementów.

James wskazał witrynę.

– Hej, tam jest sklep z częściami samochodowymi. Pewnie zdobędziemy tam akumulatory zasilające. Wtedy nie będziemy musieli znów się zatrzymywać.

Budynek sklepu stał prostopadle do centrum handlowego przy tym samym parkingu. Nelly podważał łomem drzwi, aż się otworzyły. Wszystko było na miejscu. Chyba nikt nie potrzebował części samochodowych, gdy już skończył się świat. Rzędy akumulatorów do aut i łodzi stały na regałach z tyłu.

– O rany, idealnie – skomentował James.

Odprężyliśmy się. Niczego tu nie było, a po drodze dostrzegliśmy tylko jednego eliksa. Może i zaczęłabym się skłaniać do przypuszczenia, że zdechli albo rozłożyli się, tylko że Matt z Whitefield donosił, że obserwowano duże grupy zainfekowanych, którzy pozostawali w nieustannym ruchu. Zeke ze swoją gromadą zdołali już tam dotrzeć, ponieważ Matt o nich wspominał.

– Ktoś z was chce wziąć listę do Radio Shack? Możecie zabrać pikapa i wrócić tu potem po mnie. Zaciągnę wszystko pod drzwi. Peter, równie dobrze jak ja wiesz, czego szukać.

– Ktoś powinien z tobą zostać – rzekła Ana. Obróciła się do mnie. – Cass, może ty?

Wzruszyłam ramionami.

– Pewnie.

Przeszłam po wózek i obserwowałam, jak pozostali podjeżdżają pod Radio Shack. James chodził alejkami jak dzieciak w sklepie ze słodyczami, dorzucając kolejne rzeczy do akumulatorów. Mruczał pod nosem coś o jakimś sterowniku, gdy na parkingu dostrzegłam ruch.

– James, właśnie coś widziałam.

Podbiegliśmy do okien. Ana wrzucała pudełka i torby na tył pikapa, podczas gdy Nelly obserwował teren.

– Przepraszam – powiedziałam. – Mignęła mi tylko jedna z toreb i nie wiedziałam, co to.

Poklepał mnie po ramieniu.

– Lepiej przesadzić niż żałować – skomentował.

Z drugiego wózka wkrótce zaczęło się wylewać, a James spoglądał na niego rozmarzonym wzrokiem.

– Konstruowałem radia, gdy byłem dzieckiem. Może też powinniśmy pójść do Radio Shack, by sprawdzić, czy znajdę tam coś, czego mógłbym użyć.

Nie miałam nic przeciwko. Coraz bardziej niepokoiło mnie to, że się rozdzieliliśmy. Dłonie pociły mi się w skórzanych rękawiczkach. Chciałam dopakować pikapa i odjechać stąd.

Usłyszałam krzyk w tej samej chwili, w której dostrzegłam masę obszarpanych postaci. Nelly, Peter i Ana stali plecami do rozbitych okien salonu paznokci, w obrębie półkola z metalowych beczek. Rozpoczęła się palba i zainfekowani padali, ale kolejne dziesiątki napierały naprzód.

Te beczki stanowiły jedyną przeszkodę, by eliksowie nie zalali ich swoją masą. Po bokach nie stykały się za ścianą i zarażeni wlewali się tamtędy jeden po drugim jak samochody w korku. Nelly spróbował przesunąć jedną z baryłek, ale musiały być pełne, bo nawet nie drgnęła.

Wraz z Jamesem wybiegliśmy na parking i zaczęliśmy strzelać zza samochodu. Likwidowaliśmy maruderów, ale nie celowaliśmy do stworów znajdujących się blisko naszych przyjaciół, żeby ich przypadkowo nie trafić. Tamci rzucili opróżnioną broń palną i zabrali się do siekania napierających trupów.

Ana wrzasnęła. Uderzyła o rozbitą szybę salonu piękności i walczyła o odzyskanie równowagi. Dostrzegłem łapy w głębi salonu, wplątane w jej kucyk. Nelly zamachnął się na nie maczetą, ale zaraz potem musiał obrócić się i odeprzeć innego eliksa, który zdołał się do niego przedostać. Peter też miał pełne ręce roboty. Ciął wroga przez kark i pchnął jego ciało na bok, ale zaraz zastąpił go kolejny.

Mięśnie szyi Any napięły się, gdy dziewczyna wykręcała się i walczyła. Miała na twarzy wyraz desperacji, a co gorsza, zmęczenia. Ktoś musiał zająć się eliksami w salonie paznokci. Obróciłam się do Jamesa.

– Biorę tego, który trzyma Anę.

Skinął głową. Przeładowałam rewolwer i podałam mu swój dziewięciomilimetrowy pistolet. Nie traciłam czasu na ukrywanie się. Najszybciej jak mogłam obiegłam róg budynku. Szklane tylne drzwi salonu piękności były zamknięte. Rozbiłam je tasakiem, po czym skruszyłam nierówne krawędzie.

Przeszłam przez flakoniki z lakierem porozrzucane na zapleczu i dostałam się do głównej części. Pod lewą ścianą stały fotele do pedikiuru, a po prawej stoliki do manikiuru. Przy oknie widziałam dwóch eliksów. Wchodzili sobie w drogę i chyba tylko dlatego Ana wciąż znajdowała się po drugiej stronie. Pod jej plecami znajdowała się szklana drzazga i za każdym razem, gdy jej dotykała, była w stanie unieść się z powrotem, ale nie mogło to trwać wiecznie.

Przełożyłam tasak do lewej ręki i wyciągnęłam rewolwer. Nie widziałam atakującego mnie eliksa, dopóki nie rzucił mnie na podłogę i nie przypadł do mnie. Powietrze wyrwało mi się z płuc, a rewolwer ślizgnął po linoleum.

Nie mogłam się podnieść. Musiał ważyć ze sto kilogramów, ale zdołałam wcisnąć mu drzewce tasaka pod brodę. Kąsał powietrze ledwie centymetry ponad mną. Strumyczki zakrzepłej czerni ściekały mu z dolnej wargi, lądując mi na piersi. Biceps drżał mi od wysiłku towarzyszącemu kontrowaniu każdego pchnięcia jego ciała. Mogłam wytrzymać jeszcze dwa, góra trzy takie ataki, a później ta zgniła, odrażająca paszcza wgryzie się w moją twarz albo szyję. Nieważne zresztą gdzie, bo będę już wtedy w zasadzie martwa. Czysta panika dodała mi sił. Wrzeszcząc z wysiłku, szarpnęłam się pod nim i odturlałam na bok.

Czołgałam się do tyłu, aż wpadłam głową na masażer do stóp. Na chwilę zrobiło mi się czarno przed oczyma, dopóki poczułam, że dłonie chwytają mnie za but i zaczynają ciągnąć. Złapałam się krawędzi masażera i wierzgnęłam nogą najsilniej, jak zdołałam. Usłyszałam trzask, gdy złamałam napastnikowi kość policzkową. Upadł, ale natychmiast podniósł się na kolana. Uważałam za nieuczciwe, że nie odczuwali bólu. Dzięki temu byli niepowstrzymani. Nie męczyli się, nie bali, nie tracili tchu. Zasyczał i wyciągnął do mnie ręce.

– Nie ma mowy, gnoju. Nie dzisiaj – wysyczałam w odpowiedzi.

Chwyciłam tasak jak taran i pchnęłam go płaskim końcem pod brodę. Gładko przecięłam kręgosłup i eliks legł na podłodze. Ślizgając się na lepkiej mazi wypływającej z odciętej głowy, dopadłam okna, gdzie Ana na ślepo wymierzała za siebie ciosy. Dwa stwory gryzły ją po rękach owiniętych skórą, ale pancerz spełniał swoje zadanie. Rozbite szkło chroniło dziewczynie głowę i przy każdym ataku na twarzach eliksów pojawiały się głębokie, bezkrwawe szramy.

Nie zauważyli mnie. Obróciłam tasak szpikulcem do przodu, wymierzyłam nim w pień mózgu pierwszego stwora i pchnęłam. Wyrwałam broń. Drugi puścił Anę i ruszył na mnie. Nawet nie potrzebowałam całej siły, jakiej użyłam, żeby dźgnąć go w oko. Ana obróciła się z wyrazem przerażenia i ulgi na twarzy, po czym wskoczyła na beczki. Z jej ust polała się litania przekleństw.

Wbiła szpikulec w czubek czaszki eliksa.

– Skurwy…!

Stęknęła i pchnęła nim kolejnego.

– …syn!

Obróciła ostrze i pozbawiła następnego głowy.

Tańczyła na beczkach, spuszczając tasak na głowy lub oczy, po czym wyrywając broń z powrotem. Dotarła do końca półokręgu po stronie Petera, a następnie obróciła się do Nelly'ego. Trzymał on maczetę za rękojeść, a koniec ostrza tkwił wbity w ostatniego zarażonego. Eliks miał powyrywane włosy i odsłonięte zęby, brakowało mu połowy twarzy. Szarpał się i wymachiwał rękoma. Był bezmyślny albo potrafił myśleć tylko o nas, co wydawało się równie przerażające.

James, który dotąd zbliżał się miarowo, zabijając eliksów od tyłu, podszedł i z chrzęstem wbił mu nóż w kark. Wróg ześlizgnął się z maczety Nelly'ego i upadł na ziemię. Gdy wyszłam z salonu, Ana rzuciła mi się w ramiona. Nie tyle się przytulałyśmy, ile nawzajem podtrzymywałyśmy.

– Dziękuję – wyszeptała.

W tym momencie dopadł mnie cały strach, który dotąd powstrzymywałam, i przełknęłam z trudem ślinę.

– Nie, to ja dziękuję tobie. Całe to okropne bieganie w końcu się opłaciło.

Ana roześmiała się chrapliwie. Oceniliśmy szkody. Większość eliksów piętrzyła się wokół nas. Wskoczyliśmy na beczki, nie chcąc chodzić po zainfekowanych, po czym praktycznie pomknęliśmy do domu.

* * *

Najpierw opłukaliśmy się wężem, a później wzięliśmy prysznic. Nasze ubrania i pancerze moczyły się w mieszaninie detergentów, której nie zdołałby chyba przetrzymać żaden wirus. Ana zaczekała na prysznic jako ostatnia i gdy w końcu weszła do salonu, przeczesując się dłonią, osłupieliśmy. Tam, gdzie wcześniej znajdowały się długie kasztanowe włosy, które dawniej pracowicie traktowała lokówką, teraz widzieliśmy krótką fryzurę sięgającą do policzków, a z tyłu nawet krócej. W takie włosy nic nie mogło się zaplątać. Starała się wyglądać nonszalancko, ale widać było po niej nerwowość.

– Podoba mi się – oznajmiłam. – Naprawdę.

Włosy podkreślały jej kości policzkowe i zgrabną szyję. Wyglądała starzej, bardziej elegancko. Uśmiechnęła się, lecz gdy wszyscy wydawali z siebie pomruki poparcia, pociągnęła za końcówki, jakby chciała je rozciągnąć. Peter wpatrywał się w nią, a ja przyciągnęłam jego wzrok i skinęłam mu, przekazując w ten sposób, by coś powiedział.

Przełknął ślinę.

– Wyglądasz wspaniale – rzekł.

Ana rozpromieniła się, a ja uświadomiłam sobie, że to jego reakcji bała się najbardziej. Jeśli jego twarz stanowiła jakąś wskazówkę, nie miała się czego obawiać.

Penny zdołała zamknąć otwarte usta.

– Nie mogę uwierzyć, że obcięłaś włosy – skomentowała. – Nie zrozum mnie źle, wyglądasz świetnie, ale po prostu nie dociera do mnie, że ty... – urwała, kręcąc głową.

– Wolę żyć, niż mieć ładne włosy – odparła Ana.

– Kim jesteś i co zrobiłaś z moją siostrą? – zapytała Penny. Uśmiechnęła się i podeszła, by z podziwem dotknąć głowy dziewczyny.

Rozdział 97

Betka pod nadzorem Petera zrywała listki bazylii z gałązek. Robił jakiś rodzaj pesto. Na półmisku leżały pokrojone pomidory obsypane kozim serem. Zawsze szykował wymyślne kolacje i zanim skończył, kręciliśmy się po kuchni jak proszące psy. Nakryłam stół i wyciągnęłam znalezioną przez nas butelkę wina. Nie było go dużo, ale tego wieczoru posiłkowi powinno towarzyszyć coś wyjątkowego. John przyniósł wino truskawkowe, które nastawił w swojej piwnicy.

– Ładnie tu pachnie – skomentował Nelly, węsząc przez moskitierę w tylnych drzwiach. Zajmował się kopaniem i każdy skrawek jego ciała oraz ubrania był obsypany pyłem. – Pete, może pewnego dnia nauczysz mnie gotować?

Peter wyjrzał w stronę drzwi i roześmiał się. Teraz już mu nie przeszkadzało, gdy Nelly nazywał go skróconym imieniem.

– I tak wszystko zalejesz sosem barbecue.

– No pewnie – odparł Nelly. – Przecież jestem Teksańczykiem.

Zostawił oblepione błotem buty na zewnątrz i ruszył do łazienki. Stół wyglądał miło z kieliszkami do wina, co sprawiło, że wpadłam na pomysł. Gdy wszyscy już usiedli, zerwałam się z krzesła i zasłoniłam sobie dłonią usta.

– John, zapomnieliśmy dzisiaj sprawdzić pomidory w twoim ogródku. Już wczoraj były tak dojrzałe, że pękały.

Sąsiad popatrzył na mnie spokojnie, najwyraźniej uważając, że przesadzam.

– Cóż, po prostu zostawimy je do jutra.

– A co, jeśli jutro będą już niedobre? Tyle zmarnowanego jedzenia? Przecież to może oznaczać różnicę między życiem a śmiercią.

Uznałam, że chyba zabrnęłam zbyt daleko z tym melodramatem, ale nikt nie wyglądał, jakby coś podejrzewał. Stanęłam za krzesłem Nelly'ego i ukradkowo szturchnęłam go w plecy. Zakrztusił się kawałkiem pomidora.

– To ja pomogę – oznajmił, zerkając tęsknie na pesto.

– Pesto jest świetne w temperaturze pokojowej – odparłam. Wymruczał coś, a ja wyszczerzyłam zęby w uśmiechu. – Penny, James, John? Jest mnóstwo pomidorów.

– Nie pamiętam, żeby było ich tak dużo – odpowiedział sąsiad, marszcząc brwi.

– Ja widziałam dużo – wtrąciła się Betka, dla której pięć sztuk już oznaczało sporo. Nie zamierzałam się jednak spierać.

– Okay – rzekł John, podnosząc się. – Jedzenie nie zniknie stąd po zmroku, ale skoro tak mówisz, to powinniśmy pójść po pomidory.

Machnęłam do Any i Petera, żeby usiedli z powrotem. Ana miała paskudnie ponaciągane mięśnie pleców i próbowaliśmy zmusić ją do odpoczynku.

– Nie, wy zostańcie – powiedziałam. – Jest już nas dość. Ana, nie garb się! Peter, ty gotowałeś, więc teraz zjedz spokojnie.

Dostrzegłam, że coś zaiskrzyło mu w oku. Uśmiechnęłam się pogodnie i nalałam im wino do kieliszków. Zmierzył mnie wzrokiem. Zanuciłam coś pod nosem i pomyślałam, czy nie zapalić świeczki, ale nie było jeszcze ciemno, więc pewnie bym przegięła. Mrugnęłam do niego i wyślizgnęłam się przez drzwi. Pokręcił głową i westchnął, ale gdy obracał się do Any, na jego wargach błąkał się lekki uśmiech. Uznałam to za ich pierwszą randkę. Ruszyliśmy w kierunku domu Johna i wspomnienie mojego pierwszego pocałunku z Adrianem sprawiło, że poczułam mrowienie w brzuchu.

* * *

Wydarzyło się to na naszej trzeciej prawdziwej randce. Zdarzało nam się też wychodzić na miasto w grupie, ale niezależnie od okoliczności Adrian nie próbował mnie wcześniej całować. Zaczęłam myśleć, że być może źle odczytałam wysyłane przez niego sygnały. Po naszej drugiej randce Nelly przyparł mnie do muru w barze.

– No i? – naciskał, unosząc brwi.

Westchnęłam.

– Jak dotąd nic. Nawet nie próbował mnie pocałować. Zaproponował wycieczkę w sobotę, więc może spędzimy razem miło czas. Przynajmniej ja zamierzam. Ale może jesteśmy tylko przyjaciółmi.

Nelly wydawał się sceptyczny.

– Nie ma mowy. Widzę przecież, jak na ciebie patrzy.

– Co masz na myśli? – Szturchnęłam go w rękę.

Nelly wziął duży łyk piwa, zastanawiając się.

– Łagodnieje wtedy. Uśmiecha się, jakbyś była małym kotkiem czy coś.

– Większość ludzi nie ma zamiaru obściskiwać się z kotkami. Może jestem jak jeden z tych wyliniałych starych kotów, nad którymi można się tylko litować? Które są słodkie na swój złachany sposób, więc zwraca się na nie uwagę?

Nelly roześmiał się.

– Jesteś ślepa, dziewczyno. Ślepa, powiadam ci. Ale okej, mogę spytać Adriana, dlaczego... – Zasalutował szklanką Adrianowi, który siedział przy barze i uśmiechnął się właśnie do nas, rozmawiając z kimś.

Chwyciłam go za tył koszuli i obróciłam do siebie.

– Nawet się nie waż!

Wyszczerzył zęby w uśmiechu.

– Nie odważę się. Jeśli pocałuje cię w sobotę. A jeśli nie, to będziemy musieli dokopać się do prawdy.

W sobotę Adrian przyjechał po mnie swoim poobijanym samochodem. Otworzył mi drzwiczki, po czym przeszedł na swoją stronę. Sięgnęłam ręką i odblokowałam z jego strony, tak jak nauczył mnie tata, który wciąż uważał, że żyje w latach siedemdziesiątych, kiedy nikt nie miał jeszcze małych pilocików odblokowujących wszystkie drzwiczki. Jednak samochód Adriana był wyposażony w te małe prztyczki, które można było podnosić, więc z uśmiechem postąpiłam zgodnie z randkowymi zasadami taty. Adrian przeprosił za ogólny stan pojazdu, sama jednak nie miałam auta, więc powiedziałam, że i tak jest lepszy niż w moim przypadku.

– Zresztą – rzekł – w samochodach ważne jest dla mnie jedno kryterium: mają się nie psuć, bo wtedy zostajesz z problemem na odległej drodze gruntowej albo na szosie na środku pustyni. To tyle. Radio to też dobry pomysł.

Pogładziłam drzwiczki, jakbym chciała zaprzyjaźnić się z autem.

– Zatem ten musi być twoim wymarzonym – stwierdziłam.

Uśmiechnął się i pokręcił głową.

– Co? – spytałam.

– Po prostu jesteś inna. W pozytywny sposób.

Zastanawiałam się, czy fakt, że jestem inna w pozytywny sposób, czynił mnie bardziej godną pożądania czy raczej zrównywał mnie z wyliniałym kotem.

Przeszliśmy kilka mil wzdłuż strumienia, zanim zatrzymaliśmy się, żeby coś zjeść. Tak późną jesienią każdego ranka ziemię pokrywał szron, ale wyłoniło się słońce, które ogrzewało powietrze. Było mi jednak zimno w palce u dłoni i stóp, miałam więc ochotę na gorącą czekoladę, którą zabrałam. Płaski głaz wystający nad strumień okazał świetnym miejscem na piknik. Woda opływała go, kłębiąc się, a wszędzie widać było długonogie owady skaczące po tafli. Rozlegał się plusk za każdym razem, gdy ryba podpływała do powierzchni, by połknąć jednego z nich.

Adrian sięgnął do plecaka.

– Mam kanapki z salami i indykiem.

– Uwielbiam salami – odrzekłam.

Przytrzymał schludnie zapakowaną kanapkę w powietrzu i uśmiechnął się.

– Wiem. Raz o tym wspomniałaś.

Próbowałam przypomnieć sobie rozmowę, która wymagałaby ode mnie wymienienia listy ulubionych potraw lunchowych, ale zdawałam sobie sprawę, że zapewne do takiej nie doszło. Kto wie, dlaczego zdecydowałam się podzielić z Adrianem tą informacją. Dała mi jednak nadzieję. Nie zapamiętuje się, jaka jest czyjaś ulubiona kanapka, jeśli ta osoba cię nie obchodzi. Chyba widziałam coś podobnego na jakiejś kartce z życzeniami.

Przysięgłam w duchu, że zachowam ulubioną psią rasę i markę tamponów dla siebie, przynajmniej dzisiaj, i uśmiechnęłam się w odpowiedzi.

– Dziękuję – oznajmiłam.

Obserwowałam, jak karmazynowe i złote liście sfruwają do wody, by odbyć ostatnią podróż wraz z łagodnym nurtem. Coś mi się przypomniało.

– Wiesz, kiedyś czytałam, że tak naprawdę nie istnieje żaden powód, by drzewa jesienią zmieniały kolor – powiedziałam, wyciągając termos i kubki. – Zużywają cukry i składniki odżywcze, by uzyskać te wszystkie barwy, zamiast wciągnąć je do pnia i wykorzystać. Kiedy to przeczytałam, miałam ochotę przytulić drzewo. Albo podziękować mu czy coś. Z pewnością nie robią tego dla nas, ale może po prostu dlatego, że to piękne.

Zapadła cisza. Podniosłam wzrok, żałując już, że powiedziałam coś tak dziwnego. Patrzył na mnie i teraz wiedziałam już, co Nelly miał na myśli, mówiąc o tym spojrzeniu. Było łagodne, ale jednocześnie zaciekawione, i poruszyłam się lekko pod jego intensywnością.

– Hej – powiedział cicho. – Naprawdę cię lubię, Cassie.

– Ja ciebie też – wyszeptałam.

Wszystko we mnie zderzyło się i zazgrzytało, gdy to powiedziałam. Aż do poznania Adriana działałam zgodnie z rygorystyczną polityką, by w związku zachowywać swoje doznania tylko dla siebie, zwłaszcza że moje uczucia zawsze okazywały się słabsze niż u drugiej osoby.

– Miałem taką nadzieję. – Ujął moją twarz z obu stron i jego dołeczki wygładziły się. – Miłośniczko drzew.

Rozbrzmiał mój śmiech. Zanim zdążyłam coś powiedzieć, był już blisko mnie, potem bliżej, a jeszcze potem jego usta okazały się miększe, niż sądziłam. Żołądek podskoczył mi tak, jak przy pierwszym dużym zjeździe na kolejce górskiej. Położył dłoń na moim obojczyku, a ja oparłam mu swoją na piersi. Kiedy poczułam, że serce bije mu równie szybko jak moje, zacisnęłam jego koszulę w garści i przyciągnęłam go bliżej. Nie poznawałam samej siebie. Ta dziewczyna, która szarpała za koszulę, lekko podgryzała i była gotowa zrobić absolutnie wszystko na tamtym głazie, była dla mnie kimś nowym.

Gdy się rozdzieliliśmy, czułam, jak na policzkach płoną mi dwie różowe plamy. Oddychałam płytko. Byłam zażenowana, że tak bardzo widać po mnie pożądanie, dopóki nie dostrzegłam go również w jego obliczu i pozbawionych skupienia oczach.

– Twoje włosy mają taki piękny kolor – wydyszał. Potarł jeden lok między kciukiem a palcem wskazującym.

Wzruszyłam ramionami.

– Są brązowe.

Przekrzywił głowę w kierunku drzew.

– Nie. Mają barwę dębowych liści, gdy już spadną. Są brązowe, ale gdzieś pod spodem czai się czerwień. Są rdzawe.

– Och. – Podobała mi się koncepcja posiadania rdzawych włosów zamiast brązowych.

Adrian nalał nam ciepłą czekoladę. Odchyliłam się w tył i patrzyłam na niego. Miałam ochotę znów go pocałować. Podniósł wzrok.

– O czym myślisz?

- Nie byłam pewna, czy kiedykolwiek mnie pocałujesz - odparłam, zaskoczona, że mówię to na głos.

- Chciałem, ale to, co mówiłem wcześniej, było szczerze. Lubię cię i nie chcę tego popsuć.

Nagle wydawał się nieśmiały, ale gdy napotkał mój wzrok, patrzył na mnie dobitnie. Zastanawiałam się, jak mógł powiedzieć o tym, co czuje, by nie sparaliżował go strach. A może był przerażony, ale nie powstrzymało go to. Może też mogłabym się tego nauczyć. Podał mi kubek, a ja dmuchnęłam na zawartość, by czymś się zająć, gdy zastanawiałam się, co odpowiedzieć. Przypomniałam sobie, że pytał mnie, o czym myślę.

- Nie popsujesz tego - rzekłam, zużywając do tego chyba całe powietrze, które miałam w płucach. - Nie, jeśli znów mnie pocałujesz.

Zatem zrobił to.

* * *

Betka wskazała na dwa małe wiaderka z czerwona zawartością.

- Widzicie? Dużo pomidorów.

Roześmiałam się, widząc wyraz zmieszania na twarzy Johna, a potem się przyznałam:

- Peter mówił mi, że nie ma jak zabrać Any na kolację, pomyślałam więc, że zorganizuję im romantyczną kolację w taki sposób, żeby nie wyszło to dziwnie. Okazja sama się nadarzyła i była zbyt dobra, żeby ją przegapić.

- Tak przypuszczałam, że coś knujecie - rzekła Penny, patrząc na Nelly'ego.

Betka uśmiechała się coraz szerzej, w miarę jak rozmawialiśmy. Miałam przynajmniej jedną sojuszniczkę.

Nelly uniósł dłonie.

– Nie patrzcie na mnie. Byłbym subtelniejszy.

Może i nie cechowałam się finezją, ale miło było pomyśleć o życiu uczuciowym kogoś innego, nie tylko moim.

– A może zrobię wam u Johna kanapki z masłem orzechowym i dżemem? – podsunęłam. – Żebyście jakoś wytrzymali, zanim wrócimy. – Wszyscy jęknęli na myśl o posiłku w chacie, na tyle wykwintnym, na ile było to możliwe w naszych warunkach. – No dajcie spokój, to wszystko w imię miłości! Dostaniecie jeszcze swoją pyszniutką kolację!

Betka zawirowała i zaśpiewała piosenkę ze Śpiącej Królewny. Nelly podniósł ją i wykonał z nią taneczny obrót. Weszli za mną do domu sąsiada, marudząc pod nosem, ale miłość wisiała w powietrzu i dzięki niej kanapki weszły im o wiele łatwiej, niż się spodziewali.

Rozdział 98

Dobrze, że uwielbiałam ogród, bo czasami miałam wrażenie, jakbym powinna była rozbić w nim namiot. Jeśli nie pieliliśmy, to podlewaliśmy, mulczowaliśmy, suszyliśmy lub przetwarzaliśmy to, co zebraliśmy. Krzaczki pomidorów dochodziły do półtora metra wysokości i roiło się na nich od czerwonych oraz zielonych kulek. Grządka z melonami pachniała słodyczą i zdążyliśmy już zjeść kilka dojrzałych arbuzów. Nelly nauczył Betkę, jak pluć pestkami, i teraz szczyciła się tym, że to do niej należał rekord świata. Wkrawanie się w grubą skórkę pierwszego arbuza wydawało się niczym przeżycie religijne. Kiedyś świeże owoce były czymś, co brało się ze sklepu. Teraz były czymś, co się je, gdy dojrzeje, i trzeba się nimi jak najbardziej nacieszyć aż do kolejnego roku.

W czysto dziewczyńskim gronie znajdowałyśmy się w ogrodzie i zbierałyśmy fasolkę. Pszczoły dreptały po każdym kwiecie, radując się słońcem i szykując na zimę, podobnie jak my. Chłopcy, jak o nich myślałam, wyruszyli na poszukiwania gazu do kuchenki. Też chciałam jechać, ale poszłam po rozum do głowy i przemyślałam, czy rzeczywiście mam ochotę pomagać w dźwiganiu stukilowego zbiornika. Martwiłam się o nich, grzebiąc w splątanych pnączach. Nie zapomniałam o naszej poprzedniej wyprawie. To właśnie był prawdziwy powód, dla którego chciałam przy nich być. Wydawało mi się, że jeśli znajdę się na miejscu, będę mogła kontrolować sytuację i sprawić, by wszyscy wyszli cało, choć wiedziałam, że to zupełnie błędne rozumowanie.

Próbowałam trochę się odprężyć. W ostatnich tygodniach coraz lepiej wychodziło mi odpuszczanie. Nie potrafiłam sprawić, by Adrian wciąż mnie kochał. Nie potrafiłam zmienić przebiegu epidemii. Nie potrafiłam ochronić wszystkich, których kochałam. Nie potrafiłam wciąż chodzić z dłońmi tak zaciśniętymi ze stresu, że paznokcie wbijały mi się w skórę. Potrafiłam jednak na tyle zirytować Anę i Petera, by w końcu się zeszli.

– Słuchaj, Ana – powiedziałam. – Jak to jest między tobą a Peterem?

Zesztywniała.

– Nijak. – Odsunęła się i popatrzyła na mnie. – Przysięgam, Cassie.

Sądziła, że będę wściekła. Chyba źle podeszłam do tego wszystkiego. Wyciągnęłam dłoń, by przestała się jąkać.

– Ana, Ana, w porządku. Wiem, że od zawsze na niego leciałaś. Zresztą on też cię lubi.

Odprężyła się na twarzy i przygryzła wargę.

– Och. Tak myślisz?

– Wiem to. Sama go spytałam.

Pochyliła głowę i włosy zakryły jej twarz, gdy się uśmiechała.

– Naprawdę? Parę razy sądziłam, że rzeczywiście może mnie lubić. Ale popatrz tylko na mnie.

Wskazała poplamiony podkoszulek i ze skrępowaniem przejechała dłonią po krótkich włosach. Jej ręce były pokryte ziemią i zadrapaniami, nie miała też ani śladu makijażu. Była przecudna.

– Ano, dobrze wiesz, że jesteś piękna. Twoja skóra ma kolor wypolerowanego złota, a twoje włosy lśnią. – Poweselała trochę, a ja kontynuowałam: – Masz smukłe dłonie i pulchny tyłek. Zawsze pachniesz różami i... – Rzuciła we mnie fasolką, śmiejąc się. – Ale tak poważnie, to nie potrzebujesz tego wszystkiego. On lubi ciebie, a ty lubisz jego.

– I nie przeszkadza ci to?

Jeśli chodziło o chłopaków, Ana nigdy nie przejmowała się, kogo lub co musi staranować, żeby ich zdobyć.

– Nalegam. Wy dwoje doprowadzacie mnie do szału. Te wszystkie tęskne spojrzenia i przeciągające się dotknięcia. Uch. – Udałam, że wymiotuję, i oberwałam dziesięcioma fasolkami.

Betka wyłoniła się zza domu.

– Wrócili i mają niespodziankę dla wszystkich! – zawołała, po czym pobiegła z powrotem.

Część bagażowa pikapa była pełna. Przypięto tam dwa zbiorniki z gazem i plątaninę metalu, którą, jak sobie uświadomiłam, stanowiły rowery razem ze stojakiem. Betka zapiszczała, widząc fioletowy, przeznaczony dla niej. Wskoczyła na niego i zaczęła jeździć w kółko.

– Mamy po jednym dla każdego – powiedział John. – W miasteczku był facet, który naprawiał i sprzedawał rowery. Przymocujemy stojak do dachu furgonetki i będziemy mogli kilka zabrać. – Ten jest dla ciebie, Cassie.

Wyciągnął czerwony jednoślad. Penny przeniosła wzrok z sąsiada na mnie i wybuchnęła śmiechem. Gdy wszyscy spojrzeli na nią, by przekonać się, co jest takie śmieszne, wyjaśniła:

– Cassie nie umie jeździć na rowerze.

Sześć twarzy popatrzyło na mnie z niedowierzaniem. Musiałam zrobić się czerwona.

– Spadam z rowerów. Potrafię ruszyć, ale potem nagle wszystko wariuje i tracę kontrolę.

– Wariuje? – prychnął Nelly. Bardzo się cieszyłam, że uważa moje niedostatki za takie zabawne. – Dlaczego mnie to nie zaskakuje?

Betka zrobiła kolejne kółko.

– To łatwe, Cassie – rzekła. – Może potrzebujesz bocznych kółek, dopóki się nie nauczysz. Ja tak miałam.

Ten komentarz wzbudził taki śmiech, że sama też nie wytrzymałam i zaczęłam rechotać. Zawsze chciałam móc wskoczyć na rower i śmignąć dokądś jak wiatr, ale kończyło się na wywrotce. Nie miałam pojęcia, co się działo. W jednej chwili wszystko było w porządku, w następnej sunęłam już na krawężnik albo drzewo i panikowałam.

– Pomogę ci – ciągnęła mała. – Pamiętam, jak to się robi.

– Dzięki, Betka – odparłam, próbując zachować powagę. – Będę potrzebowała wszelkiej możliwej pomocy.

* * *

Moja pierwsza lekcja jazdy na drodze gruntowej zakończyła się zwyczajową katastrofą. Postawiłam stopy na pedałach i przez chwilę utrzymywałam równowagę, ale przednie koło wjechało na kamień, przez co widelec zakołysał się. Zamknęłam oczy i wtarabaniłam się do rowu.

– Dlaczego tak się boisz roweru? – zawołał Peter z podjazdu, gdy się gramoliłam na nogi.

Zastanawiałam się, jak długo mnie obserwował. Betka stała obok niego jako moja osobista cheerleaderka.

– Bo on pragnie mojej śmierci – odparłam.

Roześmiał się. Poczułam się skrępowana w obliczu widowni, która nie składała się wyłącznie z małej, więc odprowadziłam jednoślad z powrotem.

– Nauczyłem Jane jeździć – powiedział. Już trzeci raz w ciągu miesiąca wspomniał młodszą siostrę. Przez cały rok, kiedy byliśmy ze sobą, nigdy nie zdradził mi nawet jej imienia. – Skoro potrafi to zrobić sześciolatka, to ty również. Pamiętaj tylko o jednym: rower jest twoim przyjacielem. Nie pragnie twojej śmierci. – Uśmiechnął się, widząc moją sceptyczną minę.

Oczywiście, że rower pragnął mojej śmierci. Wszystkie rowery jej pragnęły.

– A teraz to powiedz.

Roześmiałam się.

– Nie ma mowy – odparłam.

– Tak, jest mowa. Powiedz to, Cassandro.

To nie zadziała. Wywróciłam oczyma, po czym przybrałam najbardziej sarkastyczny głos, do jakiego byłam zdolna:

– Rower nie pragnie mojej śmierci.

– Dobrze. – Peter udawał, że wcale nie zachowuję się jak dwulatka. – A teraz wsiadaj. I nie zamykaj oczu. Bo tak robisz, racja?

– Skąd wiedziałeś?

Mrugnął okiem do Betki.

– Moja siostra też zamykała. A teraz jazda!

Nie chciałam widowni. Nigdy nie zdołam w takich warunkach utrzymać równowagi.

– Ale nie możesz patrzeć – rzekłam. – Zamknij oczy.

Betka zachichotała, a Peter pochylił się, by mała mogła mu zasłonić oczy.

– No dobra, nie widzę – poinformował.

Wdrapałam się znów na siodełko. Rower nabierał prędkości i od razu poczułam, że tracę nad nim kontrolę, ale zwalczyłam chęć, by zamknąć oczy, i tym razem wylądowałam w stosunkowo bezpieczny sposób. Chwyciłam kierownicę i ruszyłam dalej. Wiatr podnosił mi włosy i chłodził kark. To chyba dlatego ludzie tak lubili jeździć. Było to znacznie fajniejsze niż bieganie. Gdy oddaliłam się już kawałek, zatrzymałam się i przeprowadziłam jednoślad, by odwrócić kierunek. Nie zamierzałam ćwiczyć czegoś, co wyglądało na numer kaskaderski, choć potrafiła go wykonać Betka i zapewne każdy inny siedmiolatek na świecie, po czym wróciłam.

Skupiałam wzrok na drodze i dopiero gdy usłyszałam gwizdy i okrzyki, podniosłam oczy. Betka była zbyt zajęta klaskaniem, żeby wciąż zasłaniać Peterowi oczy, więc teraz oboje mnie obserwowali. Zahamowałam przed nimi, jednocześnie czując się niezwykle dumna z siebie i jak największa fajtłapa na planecie.

– Potrafię jeździć na rowerze! – oznajmiłam. – No, poniekąd.

– Świetnie ci poszło – powiedziała dziewczynka. – Będziemy ćwiczyć razem!

Spoglądała na mnie tak szczerze, że pochyliłam się i pocałowałam ją.

– Dzięki za radę – rzekłam do Petera. – Podziałała. Gdybyś tylko ty teraz skorzystał z mojej...

– Zrobię to, Cassandro. Jeśli przestaniesz mnie tym męczyć.

– Zrobi się.

Jednak oboje wiedzieliśmy, że wcale nie miałam zamiaru się podporządkować. Wpatrywał się we mnie poważnym wzrokiem, ale kąciki ust mu podrygiwały. Przyszpilałam go spojrzeniem, dopóki się nie uśmiechnął. Zasalutowałam im obojgu i skierowałam się do domu na rowerze. Nie spadłam ani razu.

Rozdział 99

Słońce kryło się za ciemnymi chmurami, ale jak zwykle obudziłam się o świcie. Deszcz oznaczał, że było mniej do zrobienia, więc mogliśmy dłużej pospać. Kiedyś myślałam, że ósma rano to wcześnie, zaś w weekendy rozsądne jest wstawanie o jedenastej. Tego ranka zdecydowałam się na ósmą. Zagrzebałam się pod kołdrą, ale po kilku minutach westchnęłam i dałam za wygraną.

– Kiedyś o tej porze wracałem do domu po nocy na mieście, a nie budziłem się – mruknął Nelly.

Podparł głowę na łokciu i wyjrzał przez okno. Rozciągnęłam ręce i sięgnęłam nimi do palców stóp. Nie zabolało tak mocno jak dawniej. Moje ciało przywykło do tych wszystkich ćwiczeń fizycznych.

Nelly wyrwał się nagle z zadumy.

– To już dwie noce bez koszmarów, prawda? – spytał.

Skinęłam głową.

– Skąd wiedziałeś?

– Jakoś tak mam, że zauważam, jak ktoś mnie w nocy okłada pięściami i budzi się z krzykiem. Zatem zauważam również, kiedy tak się nie dzieje.

Kopnęłam go pod pościelą. Kwiknął i odsunął nogi. Stopy miałam jak bryły lodu, nawet latem. Adrian zawsze pozwalał mi je wciskać sobie pod uda. Zaciskał wtedy zęby i uśmiechał się, a ja wzdychałam z zadowoleniem.

– Chyba koszmary zniknęły. Przynajmniej na razie. – Nie potrafiłam stwierdzić, dlaczego tak jest, ale byłam co do tego przekonana. Zaczynałam znów czuć się sobą.

Zrzuciłam z sobie kołdrę i chwyciłam ubranie. Gdy otworzyłam górną szufladę, dostrzegłam błysk srebra i podniosłam pierścionek. Wydawał mi się ciepły na dłoni. Położyłam go na umywalce w łazience, a gdy się już ubrałam, wsunęłam go sobie do kieszeni. Tam właśnie było jego miejsce, skoro dawał mi radość. Nieważne, co się stanie. Poklepałam go lekko i poszłam do kuchni, żeby przygotować śniadanie.

* * *

Zażarta rozgrywka w monopoly dobiegła końca i siedzieliśmy wokół stołu, słuchając stukania deszczu o metalowy dach, gdy z kuchni dobiegł huk.

Penny stała wśród skorup miski.

– Cholera. Przepraszam, Cass.

Wciąż powtarzałam jej, że to również jej dom, ale wiedziałam, że czuła się źle, gdy rozbijała coś należącego do moich rodziców.

– Pen, proszę, nic się nie stało. A pamiętasz, gdy potłukłam wazon twojej mamy?

Miałyśmy wtedy po dwanaście lat i pokazywałam Penny jakiś

głupawy układ taneczny, który wymyśliłam. Przyjaciółka uśmiechnęła się, przypominając sobie, że gdy Maria wróciła do domu, nie była zła. Włączyła muzykę, poprosiła mnie, żebym pokazała jej układ, po czym zaczęła go tańczyć w całym domu, a my zaśmiewałyśmy się do rozpuku.

Gdyby tylko tu była albo gdybyśmy wiedzieli, że jest bezpieczna. Moja obawa odbiła się w oczach Penny, zanim dziewczyna znów skierowała uwagę na rozbite naczynie. Kiedy podniosła wzrok, znów się uśmiechała.

– Trudno o dzień lepiej nadający się na film – westchnęła. – Niemal w ogóle nie tęsknię za telewizją, ale dzisiaj...

– Film – powtórzyła Betka. Wyglądała, jakby ktoś właśnie zaproponował jej wycieczkę na Księżyc. – Chciałabym, żebyśmy mogli obejrzeć film.

John roześmiał się.

– Cóż, drogie panie, gdybym wiedział, jak beznadziejna zrobi się sytuacja, już wcześniej bym coś zaproponował. To może obejrzymy coś w moim domu, gdy odpalimy generator?

Staraliśmy się nie wykorzystywać elektryczności ponad niezbędne minimum. Generator pozostawał u Johna i przez kilka godzin dziennie zasilał zamrażarki, żeby przechowywana w nich żywność się nie zepsuła. Napędzał też radio i pralkę, ładował baterie i narzędzia. Benzyna była bardzo ograniczonym surowcem i chcieliśmy, żeby posiadane zapasy pozwoliły nam przetrwać zimę.

– Tak! – zawołała Betka, zarzucając Johnowi ręce na szyję.

W ostatnich tygodniach stała się bardzo otwarta. Sama otrzymałam przynajmniej tysiąc przytulasów. I choć jej koszmary nie zniknęły, nie pojawiały się już tak często. Ufała nam tak całkowicie, że przerażała mnie myśl, iż moglibyśmy ją w jakiś sposób zawieść.

– I zdecydowanie nie powinniśmy zrobić popcornu – drażniłam się z nią.

Wyszczerzyła zęby w uśmiechu.

– Ej, Caa-ssie! Wiadomo, że powinniśmy! I moja Barbie, i twój pies też powinni przyjść. – Pobiegła korytarzem, żeby wziąć zabawki, którymi znów zaczęła się bawić.

– Kurczę – skomentował Nelly. – Ta mała chyba naprawdę potrzebuje filmu.

* * *

Kiedy skończyła się *Narzeczona dla księcia*, wszyscy westchnęliśmy. Spędzanie czasu w innym świecie rzeczywiście zdawało się niczym wycieczka na Księżyc. Mogłabym oglądać filmy ciurkiem przez cały tydzień.

– Zaraz siódma, pora na audycję – powiedział John.

Czekaliśmy, dojadając resztę popcornu. Nastawiłam się, że usłyszę głos Adriana, nawet jeśli wiedziałam, że to mało prawdopodobne, jednak mówił tylko Matt. Wymienił listę Bezpiecznych Stref. Jednej brakowało.

– Strefa pod Allentown w Pensylwanii została zaatakowana – doniósł prowadzący. – Ocaleńcy mówią o stadzie eliksów liczących kilkuset osobników. Nie znamy dokładnych strat, ale są bardzo wysokie. Niektórzy ocaleńcy zgłosili się podobno do Bezpiecznej Strefy w Starlight w Pensylwanii.

Przypomniał nam, że stada tych rozmiarów mogą oznaczać zmianę w zachowaniu zainfekowanych. Raport zakończył się minutę później. Chyba nawet Matt, który niezwykle rozwinął się

jako prezenter radiowy, nie miał w sobie dość energii, żeby okazywać pogodę ducha.

– Okay – rzekł John ze spochmurniałą twarzą. – Jutro musimy
zabrać się do pracy nad umocnieniami.

Próbowałam wyobrazić sobie grupę eliksów, na których wpadliśmy pod Radio Shack, pomnożoną dziewięciokrotnie.

– Nie zdołalibyśmy tylu pokonać – powiedziałam.

– Nie zdołalibyśmy – potwierdził sąsiad. – To właśnie dlatego mamy furgonetkę.

Nawet jeśli film otoczył nas jakąś magią, ulotniła się ona, zanim wróciliśmy do chaty. Betka trzymała mnie za rękę i kryty-
kowała księżniczkę Buttercup. Przynajmniej wciąż była wesoła
i chciałam, by tak jej zostało. Gdy pomyślałam, że mogłaby znów
zostać sama i bezradna, ścisnęłam mocniej jej dłoń.

– Auć! – zaprotestowała.

Zmniejszyłam nacisk.

– Przepraszam, kochanie.

Musiałam się jednak powstrzymywać, by nie ścisnąć jej
znowu. Tak bardzo się martwiłam.

Rozdział 100

John rozdzielił amunicję do naszych plecaków znajdujących się w furgonetce. Miał trochę MRE i gdy połączyliśmy je z tym, co pozostało nam z zestawów od Grega, okazało się, że dysponowaliśmy żywnością na kilka dni.

– Fuj – powiedziała Penny, gdy wcisnęłam trochę racji do każdego bagażu.

John uśmiechnął się.

– Oj, nie są takie złe. Powinniście zobaczyć, czym karmili nas w Wietnamie. Smakowało o wiele gorzej i było znacznie cięższe.

– Ale wtedy w pakietach były też papierosy, prawda? – spytał tęsknie James, wprowadzając rower na stojak. Nie wypalił ani jednego, odkąd skończyła mu się tamta słynna paczka.

– Owszem, i to był najlepszy ich element.

– Moim zdaniem powinni dawać premię do żołdu za to, że w wojsku trzeba jeść coś takiego – rzekła Penny. Dorzuciła do bagaży jeszcze jeden śpiwór. – To chyba tyle.

– James, potrzebuję twojej pomocy z okiennicami – odezwał się sąsiad. – Potniemy je u mnie i przywieziemy tutaj.

– Pewnie, szefie – odparł James, przypinając rower.

Podczas gdy oni pracowali nad okiennicami, ja zajęłam się listami do umieszczenia w Drzewie Wiadomości. Napisałam nowy do Henry'ego Washingtona, przekazując mu, że jeśli nie ma nas tutaj, to jesteśmy w Vermoncie. Przypomniało mi się, za jaką szczęściarę się uważałam, że nie muszę dbać o bezpieczeństwo dzieci. Teraz, gdy sama już miałam małą podopieczną, dostrzegałam, że się nie myliłam. Nieustannie obawiałam się, że będę świadkiem jej śmierci, a co gorsza, że to ja zginę, a ją czeka znowu straszliwy los w strachu i samotności. Pomyślałam o małym, poważnym Hanku i starałam się wyobrazić go sobie jako pełnego życia, a nie człapiącego z pustym wzrokiem i gnijącego gdzieś w lesie.

Napisałam do Erika. Powiedziałam mu o pierścionku i podziękowałam, że go dla mnie przechował. Że miał rację – na temat pierścionka, Adriana i tego, iż infekcja jest znacznie gorsza niż sądziliśmy. Że uratował mi życie, każąc przysiąc, iż opuszczę Nowy Jork. Że go kocham i wyobrażam sobie jego oraz Rachel wędrujących przez las i bawiących się świetnie, ponieważ tak zawsze go postrzegałam. Napisałam mu, żeby dołączył do nas w Vermoncie, gdy tylko będzie mógł.

* * *

Była dopiero trzecia po południu, ale w domu panował mrok. Wszystkie okna i drzwi w części mieszkalnej zostały zakryte. John wykonał odpowiednie framugi, więc łatwo było zawiesić okiennice ze sklejki. Miały nawet drzwiczki na zawiasach pozwalające na prowadzenie obserwacji i strzelanie.

– Mam też zasłonę do korytarza – poinformował John. – Zabrakło mi drewna na sypialnie, ale tamtejsze okna leżą wyżej. Możemy tu urządzić sobie swoisty schron, dopóki nie zdobędziemy więcej materiału. Będziemy stawiać je co noc.

– Mam wrażenie, jakbym znalazła się w odcinku „*Drużyny A*” – powiedziałam. Gdy wszyscy popatrzyli na mnie z zaciekawieniem, wyjaśniłam: – Kiedyś oglądałam powtórki z Erikiem. Pamiętacie, jak pod koniec zawsze budowali jakiś szalony pojazd, fortecę czy coś?

Gdy siedzieliśmy po ciemku, wyobrażając sobie, że jesteśmy otoczeni, James przybrał pochmurną minę, ale teraz wrócił mu zwyczajowy uśmiech.

– To był zawsze mój ulubiony fragment – rzekł.

– Czyli co, ja będę Buźką? – zapytał Nelly.

– Ty i Peter możecie się o to bić – odparłam. – Ale ja jestem Murdockiem. Zawsze był moim ulubieńcem.

– No wiesz – skomentował Peter. – Jakoś w ogóle mnie to nie dziwi.

Wraz z Nellym przybili sobie piątkę. O co chodziło z tym przybijaniem?

– Cóż – odezwał się James. – Chyba nie ma wątpliwości, że jestem B.A. Baracusem. Słyszałem już, że jestem nie od odróżnienia od Mr. T.

– Właśnie to mnie do ciebie przyciągnęło – powiedziała Penny do Jamesa, który skrzyżował ramiona na wzór serialowego aktora.

– Żal mi głupca, który będzie próbował popsuć moje okiennice z dykty – oznajmił James niskim głosem, który nas rozbawił.

Nawet Betka się śmiała, choć nie miała pojęcia, o czym mówimy. A gdy spapugowała te słowa po Jamesie, krzyżując chudziutkie ramionka i jak najbardziej obniżając głos, zupełnie straciliśmy nad sobą kontrolę.

John udał zaniepokojonego.

– Okej – stwierdził. – Lepiej ich załatwmy. Myślę, że mrok może zmierzać po was wszystkich.

Rozdział 101

Była dopiero siódma rano, ale już zrobiło się gorąco, wilgotno i parno. Nelly zmywał naczynia po śniadaniu, podczas gdy my rozsiedliśmy się w salonie. Było mnóstwo do zrobienia, ale nikomu z nas nie chciało się ruszyć.

– Gorąco – jęknęła Betka z podłogi, na której leżała płasko.

– Owszem – zgodził się Peter. – Chyba zaczynasz się rozpuszczać. Popatrz tylko, przesączasz się między deski.

Dziewczynka zachichotała. Powachlowałam ją starą gazetą, a ona zamknęła oczy i dyszała, owiewana powietrzem.

– Za ciepło, by cokolwiek robić – stwierdziła Penny. Zerknęła na mnie, mrużąc jedno oko, zupełnie jak w liceum. – Urywamy się ze szkoły?

Był to najlepszy pomysł, jaki usłyszałam od rana.

– Zdecydowanie – odparłam. – Powinniśmy pójść nad sadzawkę.

Betka natychmiast usiadła.

– Sadzawkę? Żeby pływać?

Skinęłam głową.

– Yhm. Musimy przejść jakieś półtora kilometra, do tego woda jest błotnista i niefajna, ale można tam łapać żaby i salamandry. Oraz pływać, jeśli się nie brzydzisz.

– Pewnie, że nie! Naprawdę możemy tam pójść? – Betka zerwała się na nogi, zapominając o upale.

Popatrzyłam na Johna, który skinął głową.

– Najpierw będziemy musieli sprawdzić teren, Betko – powiedział. – Upewnić się, czy jest bezpiecznie. Nie widzę jednak przeszkód. Wciąż mam w domu siatki dzieciaków do łapania żab.

– Możemy robić sobie piknik? – zapytała dziewczynka. – I Cassie, możemy malować? Na zewnątrz, tak jak mi opowiadałaś.

– Jasne. – Miło było widzieć, że tak się ekscytowała, i po raz setny pożałowałam, że nie mogła mieć normalnego dzieciństwa. Wskazałam Nelly'ego. – Załadujemy tylko naszego muła jucznego, żeby to wszystko zabrał.

– I-a, i-a – rzekł ten.

– Tak robi osioł, głuptasie! – zaśmiała się Betka, po czym pobiegła znaleźć sobie jakieś ubranie.

* * *

John i Peter dali nam przez radio znak, żebyśmy przyszli. Z sadzawki wybiegał wąski strumień, który biegł przez ziemię moich rodziców i kończył się bobrową tamą. O tej porze roku roiło się tam od ważek i żab, a wodę otaczały rogoże.

Zanim dotarliśmy na miejsce, ociekaliśmy już potem. John i James stali na polance nad wodą i rozglądali się po okolicy. Rozebrałam się do kostiumu kąpielowego, po czym popsikałam Betkę i siebie filtrem przeciwsłonecznym.

– Hej, *blanquito* [10] – powiedziała Penny do Jamesa. – Chodź tu, przyda ci się.

Popsikała go, a ja z zazdrością przyjrzałam się jej opaleniźnie.

– Nienawidzę cię – skomentowałam. Odpowiedziała uśmiechem.

Nelly zsunął z siebie torby na trawę i ściągnął koszulkę.

– Wchodzę. Idziesz ze mną, Betka?

– Tak! – zawołała. Podbiegła do błota na skraju i obróciła się. – Fuj, to paskudne, chociaż nie za bardzo. Ale woda jest ciepła. Chodźcie!

Podeszłam do sadzawki. Uwielbiałam tu przychodzić, choć czułam się nerwowo, znajdując się tak daleko od domu i pozbawiona systemów wczesnego ostrzegania.

Dziewczynka pisnęła, gdy żaba wskoczyła do wody, kiedy wchodziliśmy głębiej. Błoto prześlizgiwało się nam między palcami stóp.

– Tu jest, Cassie! I następna! A tam chyba milion!

Nelly przebiegł obok nas i wskoczył do wody. Podniósł się, plując, po czym znów zanurzył. Betka pływała pieskiem wokół mnie i mówiła bez chwili przerwy. Sadzawka była chłodna i świetnie się w niej czułam. Właśnie zamierzałam się w niej zanurzyć, gdy coś wyrwało spode mnie stopę.

Nagle zanurzyłam się po szyję. Zaczerpnęłam powietrza, żeby wrzasnąć. W jednej chwili dostrzegłam, co się teraz wydarzy: ugryzienie w kostkę, powolna śmierć, pozostali zmuszeni do tego, by mnie dobić, gdy wreszcie umrę, żebym na pewno pozostała martwa. Kopałam, dopóki chwyt nie zelżał. Przyciągnęłam do siebie Betkę w tej samej chwili, w której Nelly wynurzył się, rozcierając zaczerwienienie na piersi.

– Przepraszam – powiedział z nieśmiałym uśmiechem. – Chyba zapomniałem, że takie rzeczy nie są już śmieszne. Będę miał niezłego siniaka. A tak w ogóle, dobry cios karate.

– O Boże, Nelly! – Położyłam dłoń na piersi. – Wystraszyłeś mnie na śmierć!

Chlapnęłam go wodą najsilniej jak umiałam. Betka dołączyła i śmiała się, gdy Nelly z uśmiechem przyjmował karę. Peter, który pospieszył do nas, gdy uświadomił sobie, że coś się dzieje, podniósł dziewczynkę i wziął ją na ręce. Skinęła głową, a on wtedy wrzucił ją z pluskiem do wody. Wynurzyła się, piszcząc.

– Jeszcze raz! – zawołała.

John nie spuszczał wzroku z lasu. Dotąd nie zauważyliśmy w okolicy ani jednego eliksa, ponieważ znajdowaliśmy się na stromym, odosobnionym wzgórzu, ale nie mieliśmy żadnej gwarancji, że tak zostanie. Kiedy już się wymoczyłam, wyszłam na brzeg, żeby rozstawić farby. Pokazałam Betce, jak mieszać kolory, a potem usiadłyśmy na słońcu z pędzlami i ciałami ochłodzonymi wodą.

Za moimi plecami zamajaczył cień.

– Hej, to naprawdę dobre – rzekł Peter.

Zwalczyłam chęć, by zakryć obraz.

– Wcale nie. Jest straszny.

Przykucnął obok mnie.

– Cóż, w trzydzieści minut zrobiłaś coś lepiej, niż ja zdołałbym w rok, więc moim zdaniem jest dobry. Nigdy nie widziałem żadnych twoich prac.

– Owszem, widziałeś. Ten obraz w salonie?

Przedstawiał ogród warzywny w rozkwicie, a w cieniu znajdowała się kobieta, moja mama, która go pielęgnowała.

– To twoje? Wow. Za każdym razem, gdy go mijam, myślę sobie, że chciałbym wkroczyć do tamtego świata. Kolory są jak we śnie, jaskrawe i płynne, aż gęste.

Uśmiechnęłam się i potaknęłam. Mama zawsze mówiła, że tak sobie wyobraża niebo.

– Dzięki. Lubię go, ale wyszłam z formy. Trzeba ćwiczyć, jeśli chce się lepiej malować. Prawda, Betka?

Dziewczynka skinęła głową i pokazała swoje płótno, gdzie namalowała trzy tysiące żab siedzących nad wodą.

– Zobacz mój, Peter.

Przesunął się do niej i stanął, podpierając dłonią brodę, niczym poważny kolekcjoner sztuki.

– Bardzo mi się podoba. Świetnie wykorzystałaś motyw żaby. Na pewno powiesimy go, gdy skończysz.

– Cassie mówiła, że urządzimy galerię! A ja zorganizuję wystawę. – Dziewczynka umyła pędzel i wytarła sobie pot z czoła. – Mogę znowu popływać? Gorąco mi.

W sadzawce byli Nelly i Ana, więc przytaknęłam.

– Pewnie. A później zjemy lunch.

Patrzyliśmy, jak sadzi susami w stronę wody, po czym uśmiechnęliśmy się, gdy Nelly podrzucił ją w górę.

– Kocham tego dzieciaka – rzekłam. – Martwiłam się, że przez to wszystko będzie zbyt przerażona, ale ona na spokojnie podchodzi do sytuacji. – Pokręciłam głową. – Ja chyba nie umiałabym być taka silna.

– Prawda. – Peter obserwował, jak mała chichocze, gdy Ana holuje ją w wodzie. – Zadziwia mnie.

– Nie przeraża cię to? – Musiałam wiedzieć, czy tylko ja tak mam. – Że nie zdołamy jej ochronić?

Potaknął z zaciekłą miną.

– Zrobię co w mojej mocy, by zapewnić jej bezpieczeństwo. Tak bardzo ją kocham. Nie miałem pojęcia, że to możliwe... – Urwał i odwrócił wzrok, szybko mrugając powiekami.

Położyłam mu na ramieniu dłoń poplamioną farbami.

– Wiem. I ona też wie. Może dlatego jest taka szczęśliwa, bo wszyscy ją kochamy.

Peter przykrył moją dłoń swoją i uśmiechnął się. Też wyglądał na szczęśliwego, przynajmniej na ile było to możliwe, gdy myślało się o podobnych sprawach.

– Postaramy się, jak zdołamy – rzekłam, nie czując się już taka osamotniona w swoich obawach. Podciągnęłam się za jego rękę i wstałam.

– Może zagramy w kurczaka? – zaproponowałam. – Wiem, że Nelly i Ana na pewno będą chcieli.

Błysnął zębami w uśmiechu.

– Skopiemy im tyłki – stwierdził.

Rozdział 102

Spałam wyjątkowo długo. Nelly musiał się wcześniej wymknąć w ramach drobnego prezentu urodzinowego. Zawsze podobało mi się to, że data moich urodzin przypadała w sierpniu, ponieważ oznaczało to, że mogłam je spędzić tutaj.

Betka stała na końcu korytarza. Gdy mnie zauważyła, czmychnęła, rechocząc jak szalona. Od kilku dni zachowywała się jednocześnie podejrzanie i niewinnie, tak jak potrafią tylko małe dzieci. Na stole stały naleśniki, a po przeciwnej stronie salonu o ścianę opierały się okiennice, zdjęte na czas dnia. Penny sprzątała w kuchni.

– Wszystkiego najlepszego! – powiedziała, przytulając mnie. – Jakie to uczucie być stara?

– Dowiesz się za cztery miesiące. Na razie jesteś zbyt młoda, by to zrozumieć.

– Wszystkiego najlepszego! Gdy będę taka duża jak ty, będę nosiła makijaż! – zawołała Betka à propos niczego. Można by pomyśleć, że to jej urodziny, tak brykała dookoła. – Dwadzieścia dziewięć lat to dużo!

Zgarbiłam się i udawałam, że podchodzę do stołu z laską. Dziewczynka położyła mi coś na głowie. Podniosłam dłoń i poczułam miękką tkaninę.

– To twoja urodzinowa korona – poinformowała mała. – Ja zawszę dostaję koronę.

Zdjęłam ozdobę z fioletowego filcu z gwiazdką naszytą z przodu.

– Jest przepiękna – rzekłam. – Sama ją zrobiłaś? Betka uśmiechnęła się szeroko. Potaknęła, a ja uściskałam ją mocno. – Bardzo ci dziękuję. Będę ją nosić cały dzień.

Nałożyłam sobie jedzenie na talerz i odebrałam życzenia od pozostałych. Nelly wszedł z wiaderkiem mleka i podziękowałam mu, że dał mi pospać.

– To ja dziękuję, że ty dałaś pospać mnie, solenizantko – powiedział, gładząc mnie po ramionach. Już od kilku tygodni nie miałam koszmarów.

* * *

Znalazłam Anę w ogródku. Wiedziałam, że będzie się orientowała, co akurat dojrzewa, bo wciąż tu przebywała.

– Tyle tego – poinformowała. – Jutro znów musimy wziąć się za przetwory.

– Zrobię dzisiaj trochę pomidorów – zadeklarowałam.

– Powiedzmy, że dzisiaj piec będzie w użyciu, a ty nie masz wstępu do kuchni. Jeśli zdradzę coś więcej, Betka mnie zabije.

Roześmiałam się.

– Jasne – odparłam. Powąchałam pomidory, które zrywały-
śmy, i westchnęłam.

– No wiem – zgodziła się Ana. – Rzeczywiście smakują tak,
jak pachną.

Porównałam Anę sprzed czterech miesięcy, zarzucającą włosami i nieustannie skrzywioną, z dziewczyną, która stała teraz
przede mną. Musiała zorientować się, o czym dumałam, bo pokręciła głową.

– No wiem. Ogrodnictwo. Kto by pomyślał?

– Mogłabym przysiąc, że widziałam, jak rozmawiasz z sa-
dzonkami.

– Bo absolutnie to robiłam. Gdy nikt nie patrzył. Chciałam
do nich śpiewać jak ty i Penny, ale po prostu nie potrafiłam. Zupełnie jakbym wtedy potwierdzała to wszystko. Nie chciałam,
by wszystko się zmieniło. – Wyprostowała ramiona i włożyła pomidory do skrzynki u swoich stóp. – Wciąż nie chcę.

– Ja też nie. – Pomyślałam o latach po śmierci rodziców, które
zmarnowałam. – Chciałabym wrócić do tego, jak było kiedyś,
ale kilka rzeczy zrobiłabym inaczej.

– Ja też. Ale mama zawsze powtarza, że zamartwianie się prze-
szłością donikąd nas nie doprowadzi, więc choć raz jej posłu-
cham.

– Ma rację. – Dysponowałam świeżymi doświadczeniami
w tej kwestii. – A skoro mowa o przyszłości, to jak z tobą i Peterem? I tak, zdecydowanie jestem wścibska, więc gadaj.

Rozłożyła dłonie i pomiędzy jej brwiami pojawiła się kreska.

– Nijak. Czasami myślę, że chce mnie pocałować, a później
nic z tego nie wychodzi. Nie mam pojęcia. Doprowadza mnie
to do szału. Tak bardzo go lubię, Cass. – Jej głos złagodniał. – Jest
pierwszym facetem, którego naprawdę lubię, wiesz?

Oj, wiedziałam.

– Zajmę się tym – rzekłam.

* * *

Po południu Betka wyprosiła mnie za drzwi aż do kolacji. Wraz z Nellym poszliśmy uruchomić generator, by dać popracować zamrażarkom. W domu Johna było cicho i chłodno. Rozsiedliśmy się w jego salonie.

– Mam coś dla ciebie – oznajmił z kanapy.

– Prezent?

– Tak. – Wyglądał niepewnie. – Ale nie wiem, czy ci się spodoba.

– Jak mogłoby mi się nie spodobać coś, co od ciebie dostanę? Dawaj!

Wyciągnął z kieszeni małe puzderko na biżuterię. W środku znajdował się srebrny łańcuszek z drobnych, ręcznie zaciskanych ogniw. Wyglądał staromodnie i z miejsca go pokochałam. Przyklęknęłam i pocałowałam Nelly’ego w policzek.

– Jest piękny. Dziękuję.

– Wiem, że nie za bardzo nosisz biżuterię, ale to na pierścionek. Może nie chcesz go nosić na palcu, ale w kieszeni może się zgubić.

Wpatrywałam się w niego przez kilka sekund, zastanawiając się, skąd wiedział. Uniósł brew.

– Mieszkamy w tym samym pokoju – powiedział. – Poza tym znam cię, kochanie. Ale nie musisz go używać, jeśli nie chcesz.

– Chcę. – Nawlekłam pierścionek na łańcuszek i przytuliłam przyjaciela, gdy już mi go zapiął. – Jak to robisz, że zawsze wiesz, czego potrzebuję?

– Myślę po prostu sobie: gdybym był stukniętą, ciamajdowatą, artystyczną duszą, czego bym potrzebował?

– Bardzo śmieszne. – Dotknęłam jego kolana. – Ale tak serio. Dziękuję ci, Nels, za to, że zawsze mogę na ciebie liczyć.

– A ja na ciebie. – Wzruszył ramionami, zażenowany okazywanymi uczuciami, i wrócił do swojej zwyczajowej postawy. – Tylko wiesz, spodziewam się równie zajebistego prezentu.

Mrugnęłam do niego okiem.

– Zobaczę, co da się zrobić.

Rozdział 103

Betka uparła się, że musi mi zawiązać oczy, po czym zdarła mi opaskę, gdy wszyscy krzyknęli „Niespodzianka!". Zobaczyłam piękny, przekrzywiony, obficie polukrowany tort, najwyraźniej jej dzieło, w otoczeniu domowej pizzy i piwa. Najlepszym elementem okazał się jednak nakręcany gramofon mojego taty. Gdy otworzyłam oczy, James opuścił igłę i z głośnika dobiegło *Happy Birthday Sweet Sixteen*. Naprawił urządzenie tak, by odtwarzało płyty na 45 obrotów.

– Potańcówka – rzekła dziewczynka. – Penny mówiła, że taką chciałaś.

Gdy Penny uśmiechnęła się do mnie, poczułam, że szczypią mnie oczy. Byłam szczęściarą. Miałam przyjaciół, którzy wiedzieli, czego chciałam, i robili co w ich mocy, by to dla mnie zdobyć. Przytuliłam ich po kolei.

– Nie martw się – James odpowiedział na moje niezadane pytanie. – John sprawdził poziom głośności. Nie słychać z podjazdu.

Odprężyłam się. Dorastałam z tą muzyką, bo była to muzyka moich rodziców, i gdy ją teraz słyszałam, naprawdę czułam się jak w domu. Nauczyliśmy Betkę twista, a także układów wyglądających jak pływanie i ubijanie ziemniaków. Nawet John tańczył, ponieważ udzielił mu się nastrój, choć wcześniej zaklinał się, że tego nie zrobi. Później zrobiliśmy sobie przerwę, kiedy Betka przeglądała płyty i jedliśmy.

– A może ta? – spytała. – *This Magic Moment*?

Poczułam ukłucie w sercu, ale skinęłam głową.

– To jedna z najlepszych piosenek na świecie. Była piosenką moich rodziców. Odtwórz ją.

Rozległy się początkowe akordy i ścisnęło mnie mocniej w piersi. Był to utwór mojej mamy, taty i Adriana. Jednak gdy Nelly podszedł z wyciągniętą dłonią, podniosłam się. Bolało mnie serce, ale nagle zrozumiałam, że lepiej jest czuć cokolwiek niż w ogóle nic. A potem zorientowałam się, że gdy już się poddałam, ból zelżał i pozostała jedynie miłość.

* * *

Peter stał w kuchni, krojąc marchewkę i ogórki w słupki. Usiadłam z podskoku na blacie i zamachałam nogami. Pstryknął moją koronę i uśmiechnął się.

– No cześć, urodzinowa księżniczko.

– Hej. – To jak, pocałujesz w końcu tamtą biedną dziewczynę?

Jego dłonie znieruchomiały.

– Cassie, mam dużo pieniędzy. Mnóstwo. Wszystko to może być twoje.

Machnęłam dłonią.

– Nie obchodzą mnie pieniądze.

– Tak, wiem. – Zalśniło mu w oczach. – Zawsze uważałem, że stanowią pokrzepienie, ale myślę, że są tylko przyczyną problemów.

Roześmiałam się donośnie. Zaczął znów siekać, ale dotknęłam jego ramienia.

– Ale tak naprawdę to na co czekasz?

Wyjrzał przez okno w mrok nocy, po czym obrócił się do mnie z wyrazem niepokoju w oczach.

– Nie chcę tego popsuć.

Przypomniałam sobie, że kiedyś słyszałam to samo. Skoro tak o niej myślał, wówczas była to tylko kwestia czasu.

– Ale jesteście dla siebie idealni – upierałam się. – Niczego nie popsujesz. Martwisz się o całowanie? Nie masz się czego bać. Wiem z doświadczenia.

Zarumienił się aż po cebulki włosów. Dotarło do mnie, co powiedziałam, i doszłam do wniosku, że powinnam była przyhamować z ostatnim piwem, ale nie czułam się pijana. Czułam się dobrze i głupkowato.

– Pomyśl tylko, moglibyście wspólnie otworzyć pierwszy postapokaliptyczny butik na świecie.

Ułożyłam dłonie w ramkę, jakbym to widziała. Roześmiał się wbrew sobie.

– Cass, co w ciebie dzisiaj wstąpiło?

– Po prostu jestem szczęśliwa.

Nie potrafiłam pozbyć się z twarzy uśmiechu i on również się do mnie uśmiechnął. Peter zawsze wydawał się nieco hamować, jakby bał się, że okaże zbyt wiele wesołości, ale ten uśmiech był szczery.

– Naprawdę się cieszę, że to słyszę. Nawet jeśli z tego powodu jesteś nawet dziwniejsza niż zazwyczaj.

Nie zamierzałam pozwolić, by zmienił temat.

– Nie zepsujesz tego – powtórzyłam.

– Jesteśmy takimi dobrymi przyjaciółmi. A co, jeśli będziemy tu sterczeć dziesięć lat? Musiałem się upewnić, czy takie coś przetrwa tyle czasu.

Mówił jednak w czasie przeszłym, więc musiał już zdecydować.

– I tak powinno być. Powinniście być przyjaciółmi, inaczej nic z tego nie wyjdzie. A zatem czy Ana jest dziewczyną na dziesięć lat?

– Tak. – Wyglądał na naprawdę zawstydzonego, a ja uśmiechnęłam się szerzej. – Tak, uważam, że jest.

– To przestań czekać. Możemy nie mieć dużo czasu, więc nie zmarnuj go. To będzie mój prezent urodzinowy. – Zaklaskałam, gratulując sobie pomysłu.

– Chcesz, żeby twój były facet spiknął się z inną dziewczyną w ramach prezentu urodzinowego dla ciebie? – Peter pokręcił ze zdumieniem głową, po czym podniósł talerz i obrócił się, by zanieść go na stół.

– Chcę tylko, żebyście byli szczęśliwi. – Mówiłam ze smutkiem, więc odwrócił się z powrotem, patrząc na mnie pytająco. – Czy my dwoje nie zmarnowaliśmy już wystarczającej części życia, będąc nieszczęśliwi?

Uśmiechnął się niewesoło.

– Masz rację.

– Ale koniec z tym.

– Koniec.

Omiótł nas prąd tego nowego szczęścia. Uśmiechnęliśmy się do siebie i uświadomiłam sobie, że Peter stał się jednym z moich najlepszych przyjaciół. Tak się cieszyłam, że tu był. Skinął głową i znów się obrócił. Zeskoczyłam z blatu i klepnęłam go w tyłek.

– Bierz ją, tygrysie!

Podskoczył w miejscu.

– Wiesz co, chyba wolałem, gdy się do mnie nie odzywałaś.

– Wcale nie.

– Rzeczywiście – odparł z uśmiechem.

Po kilku kolejnych tańcach postanowiłam przeczekać następny. Betka zdecydowała się na *Breaking Up Is Hard to Do*. Peter wyciągnął płytę ze sterty.

– A potem poleci wolny – powiedział do Any, która jadła marchewkę zanurzoną w humusie. – Będę mógł cię prosić?

Przestała żuć i uśmiechnęła się. Jej twarz rozbłysła. Następnie przełknęła z trudem marchewkę i popiła wodą. Mrugnęłam do niej okiem.

– Peter umie tańczyć walca, fokstrota i wszystko inne – poinformowałam. – Musiał nauczyć się na kotylion.

Wywrócił oczyma.

– To nie był żaden kotylion, Cassandro.

Wiedziałam to. Po prostu lubiłam się nabijać z jego bogactwa.

Ana roześmiała się i przygryzła wargę.

– Nie zdołam dotrzymać ci kroku – rzekła.

Peter uśmiechnął się.

– I tak ledwo pamiętam kroki – przyznał. – Poradzisz sobie.

Odwróciłam się, by ukryć szeroki uśmiech. W końcu coś się miedzy nimi działo i nawet nie musiałam w tym celu użyć broni, bo już zaczynałam rozważać taką opcję. Nelly zakręcił rozchichotaną Betką, gdy zaczęła się jej piosenka. Jadłam tort, myśląc, że w dość pokrętny sposób mogą to być moje najlepsze urodziny w życiu. Mieliśmy tyle do świętowania, choć również tyle do opłakiwania.

– Nelly! – wrzasnęła dziewczynka.

Strach w jej głosie sprawił, że upuściłam widelec i obróciłam się. Nelly trzymał ją w ramionach. Pokazywała okna, a jej usta otworzyły się w wyrazie bezgłośnego krzyku. Wyglądało dokładnie tak, jak wyobrażałam sobie przez te wszystkie lata unikania nocą okien, pełna strachu, że ujrzę w nich widmową twarz. Moskitiera okna nad kanapą wybrzuszyła się do środka pod naciskiem zainfekowanych. Napierali na nią twarzami, powarkując i jęcząc.

– Jezu Chryste! – zawołał John. Nigdy nie bluźnił i nie byłam pewna, czy teraz było to przeklinanie czy błaganie o pomoc. – Bierzcie okiennice!

Rzuciliśmy się do działania. Drewno zwykle wydawało się ciężkie, teraz jednak sprawiało wrażenie lekkiego jak piórko. James podbiegł, by pomóc i dociągać śruby. Peter i Ana rzucili się do drugiego okna od ganku i przytrzymywali je. Ich mięśnie napinały się pod naporem. Moskitiera musiała się rozedrzeć.

Nelly odstawił Betkę i przeciągnął przez pokój zasłonę służącą do zablokowania przesuwnych drzwi. Dziewczynka stała na dywaniku, pobladła i popłakująca. Podskoczyłam do Nelly'ego i postawiliśmy zasłonę w tej samej chwili, gdy pękło szkło. Musieli być wszędzie. Stado.

Neil Sedaka skończył śpiewać, że trudno jest się rozstawać. W zapadłej ciszy usłyszałam jak Flora, Bert i kury beczą oraz gdaczą. Oczywiście dobiegały też do nas te straszliwe, upiorne jęki.

Przytrzymywane przez nas okiennice uginały się. Obróciłam się do swojej plecami i naparłam całym ciałem, ale stopy przesuwały mi się milimetr po milimetrze po podłodze. Gdy już mi się wydawało, że dłużej nie wytrzymam, Ana znalazła się obok mnie i wcisnęłyśmy się w ramę. Stabilna dłoń Johna przykręcała śruby.

Łapy przy drugim zestawie wyższych okien zostawiały po sobie śliskie ślady. Twarze pojawiały się i kąsały szkło, po czym znikały. Być może zainfekowani wchodzili na siebie. Penny nosiła okiennice w odpowiednie miejsca, a my je mocowaliśmy. Zrobiło mi się nieco lepiej, gdy nie mogliśmy już widzieć tych stworów, a one nie widziały nas. Wyschło mi w ustach, a pot spływający mi po plecach zmienił się w lód, kiedy uświadomiłam sobie, że byliśmy zupełnie otoczeni. Znaleźliśmy się w pułapce.

– Kurwa – powiedział Nelly. – Mamy przejebane.

– Nie wiemy, ilu ich tam jest – odparł John. – Wejdę na antresolę, żeby wyjrzeć. Wszyscy, zakładać buty i pancerze.

Zrobiliśmy, co mówił. Dom rozbrzmiewał echem uderzeń. W jednej z sypialni pękło okno, ale eliksowie nie potrafili się wspinać, zresztą Penny zamknęła drzwi. Przypięłam kaburę i zajęłam się Betką, która stała jak wmurowana, jakby znajdowała się w transie. Założyłam jej buty i zapięłam kurtkę. Przytuliłam jej sztywne ciałko.

– Będzie dobrze – zapewniłam.

– Jest ich zbyt wielu i kolejni wyłaniają się z lasu – poinformował John z antresoli. – Nie zdołamy dostać się do furgonetki.

Wspięłam się na górę. Byli wszędzie. Właziłi po sobie na ganek i kręcili się po podjeździe. Otoczyli furgonetkę na rogu domu.

– Gdybyśmy zdołali ich jakoś tutaj przyciągnąć, mógłbym pobiec do wozu – zaproponował John.

– Możemy rozbić okno na antresoli i wyjść na dach, postrzelać, może rzucić lampą – zaproponowałam. – Ogień może ich przywabić.

John skinął głową w przyćmionym świetle. Zeszliśmy na dół i sąsiad wyjaśnił pozostałym plan.

– Ja zostanę na górze – rzekłam. – Gdy tylko usłyszę furgonetkę, rzucę lampę i zbiegnę.

– Zbiegniemy – poprawił mnie Nelly. – Idę z tobą.

Penny przycisnęła sobie Betkę do biodra i skinęła głową, rozglądając się rozszalałym wzrokiem. Chwyciłam lampę olejową, której zamierzałam użyć. Rzucała migoczący blask na nasze twarze, jakbyśmy opowiadali sobie historie o duchach na obozie letnim. Nie było czasu mówić cokolwiek innego, bo dudnienie stawało się coraz głośniejsze. Okiennice wytrzymywały, ale podrygiwały z każdym ciosem. Kupiły nam chwilę, ale chyba niezbyt długą, zważywszy liczbę zainfekowanych tłoczących się na zewnątrz.

Wraz z Nellym wspięliśmy się na antresolę. Użyłam tasaka, by rozbić okna, po czym Nelly wypchnął krzesłem resztki szkła. Wyszliśmy na daszek nad gankiem.

– Tutaj! – wrzasnęłam.

Klęknęliśmy na skraju i wycelowaliśmy w głowy stworów, choć próbowaliśmy tylko przyciągnąć ich uwagę. Zabicie ich wszystkich graniczyło z niemożliwością, ale nie było też sensu marnować kul. Zarażeni podnieśli ręce i machali nimi jak publiczność na koncercie rockowym. Powietrze przesycał smród śmierci. Deptali po kwiatach mojej mamy, co powinno stanowić najmniejsze z moich zmartwień, jednak z tego powodu nienawidziłam ich jeszcze bardziej. Nelly zdarł pancerz z ręki i w jego dłoni dostrzegłam błysk metalu.

– Co ty robisz? – spytałam.

Przeciągnął nożem po przedramieniu i w ranie wezbrała krew.

– Daję im to, czego pragną – wyjaśnił.

Wyciągnął rękę. Krew zaczęła kapać na zainfekowanych. W chwili, gdy na nich lądowała, wpadali w szał. Jęki i syki stały się tak głośne, że przyciągnęły maruderów na przód chaty. Gdy wyczuli krew, przyłączyli się do głównej zgrai napierającej na dom.

Silnik furgonetki ożył, a Nelly po raz ostatni potrząsnął ramieniem. Podniosłam lampę i wycelowałam nią w puste miejsce. Znów wróciłam myślą do tamtego roku gry w softball. Na pewno by mi nie zaszkodziło, gdybym więcej poćwiczyła. Nigdy nie przyszłoby mi do głowy, że te umiejętności mogą ocalić mi życie. Zawsze sądziłam, że raczej ta gra mnie zabije.

Cisnęłam lampą. Rozbiła się na ziemi i płomień rozlał się obok jednego z zarażonych. Zjechaliśmy po drabinie i pobiegliśmy do korytarza.

Furgonetka stała tyłem do okna. Peter i Ana stali po bokach, strzelając do wszystkiego, co podeszło zbyt blisko, Kolejni eliksowie zmierzali w naszą stronę, nasza dywersja okazała się krótkotrwała. James pomógł Penny i Betce wsiąść do wozu. Rozległ się trzask drewna, a po nim okrzyki przerażenia Berta i kóz. Betka zasłoniła sobie uszy i wpatrywała się we mnie szeroko otwartymi oczyma, gdy reszta z nas wciskała się do pojazdu.

Furgonetka zakołysała się, gdy ciała uderzyły w nią niczym zwierzęta tłukące się w klatce. John podkręcił obroty silnika. Trzymałam się siedzenia, gdy przeskakiwaliśmy po trawie, miażdżąc wszystko, co znalazło się na naszej drodze. Zastanawiałam się, czy kiedyś jeszcze ujrzymy mój ukochany dom. Obróciłam się, by przyjrzeć mu się jeszcze raz. Olej z lampy podpalał ubrania zarażonych i płomienie wspinały się po ich plecach na ganek. Nie wiedziałam, czy nawet jeśli wrócimy, cokolwiek zastaniemy.

Rozdział 104

Spędziliśmy noc w furgonetce. Jedyną osobą, która odpoczęła, była Betka. Reszta z nas jedynie na zmianę niespokojnie przysypiała i budziła się. Czekaliśmy, aż zrobi się wystarczająco jasno, by można było bezpiecznie jechać dalej. Penny zabandażowała głęboką szramę na ręku Nelly'ego.

– Właśnie to ich doprowadziło do szału – powiedziałam, krzywiąc się, gdy przypomniałam sobie, jakie odgłosy wydawali tamci, gdy spadała na nich krew. – Boli cię?

– Aaa tam – odparł Nelly. – Nic mi nie jest.

Ruszyliśmy, gdy na niebie pojawiły się żółte smugi. Z kierunku domu dobiegał słaby pomarańczowy blask. Powtarzałam sobie, że to za daleko, by dostrzec ogień, ale w duchu nie wierzyłam w to.

James zaplanował trasę omijającą Bennington, okazała się jednak zablokowana porzuconymi samochodami, więc trzymaliśmy się głównej drogi, na tyle szerokiej, że mogliśmy objeżdżać przeszkody. Mijaliśmy pola zarośnięte chwastami i dmuchawcami.

W niektórych miejscach natykaliśmy się na ślady walki, ciała porozrzucane na ziemi i auta zepchnięte z szosy. Innym razem były
to po prostu te same lasy Północnego Wschodu, po których biegałam przez całe życie. Na jednym z trawników siedział w słońcu
eliks, zupełnie jakby rozkoszował się pięknym letnim dniem.
Chwiejąc się, podniósł się, ale zanim stanął na nogi, już przejechaliśmy obok niego.

– Nie ma żywej duszy – powiedziała Penny. James ujął
ją za rękę.

Gdy zbliżaliśmy się do Bennington, zabudowa stała się gęstsza. Minęliśmy restaurację Friendly's, gdzie Erik i ja zasładzaliśmy się do bólu głowy, jedząc lody z drażetkami Reese's Pieces.
Najpierw wciągaliśmy lody, a potem żłopaliśmy wodę, która
w porównaniu z nimi wydawała się ciepła. Uśmiechnęłam się
na to wspomnienie, po czym popatrzyłam na Johna omijającego
starą blokadę na drodze, gdzie na ziemi ścieliły się czarne worki
na śmieci.

– Co jest takie zabawne? – spytał Nelly.

Zamierzałam właśnie odpowiedzieć, gdy wpadliśmy na jakąś
nierówność. Rozległo się syknięcie i furgonetką zatrzęsło. John
przejechał jeszcze kilka metrów i zatrzymał się.

– Niech wszyscy zostaną w środku – polecił.

Cofnął się i rozerwał plastik, odsłaniając deski nabijane gwoździami. Wrócił ze ściągniętą twarzą i oparł się o okno.

– Wszystkie opony są przebite. Musieli porzucić tę blokadę,
gdy sytuacja się popsuła. Potrzebujemy czterech opon albo nowego pojazdu.

Penny schowała twarz w dłoniach i jęknęła. Wysypaliśmy się
z furgonetki i zamrugaliśmy w słonecznym blasku. Był wczesny
ranek, ale zrobiło się już na tyle ciepło, że słońce paliło mnie

w kark. Koszulka kleiła mi się do skóry, choć nie byłam pewna, czy to z powodu upału, czy dlatego, że staliśmy na środku opuszczonej drogi, wyczerpani, nie mając gdzie się schować. Za blokadą stały samochody. W tych nielicznych, które miały kluczyki w stacyjkach, nie chciał się nawet odpalić rozrusznik. Peter walnął pięścią w dach jednego z nich.

– Niech to diabli.

James wskazał widoczne niedaleko budynki.

– To wygląda jak główna ulica. Może pójdziemy tam i sprawdzimy, czy uda się coś znaleźć. I tak musimy ruszyć tamtędy na zachód.

– Równie dobrze możemy tam podjechać – stwierdził John.

Potoczył się za nami na felgach zgrzytających o nawierzchnię. Wzdłuż ulicy stał szereg ceglanych budynków z drewnianymi witrynami. Nie widzieliśmy żadnych samochodów, jedynie rozległy przestwór asfaltu.

– James ma pomysł – rzekł Nelly. – Po drodze widział domy z pikapami i kamperami. Może znajdziemy kluczyki. Weźmiemy rowery i pojedziemy tam, a wy poczekajcie tutaj.

Penny popatrzyła ze zdesperowaniem na Jamesa.

– Myślę, że nie powinniśmy się rozdzielać.

– Pen, nie możemy jechać wszyscy – odparł łagodnie James. – Nie mamy dość rowerów. Wrócimy za najdalej godzinę.

Też nie podobał mi się ten pomysł, ale nie miałam lepszego. Nie tylko potrzebowaliśmy samochodu, ale musiał on też być wystarczająco duży, żeby pomieścić nas wszystkich.

Na narożnym budynku, dwupiętrowym z ozdobnymi białymi sztukateriami wokół okien, widniał szyld z napisem Browar i Pub Bennington. Wydawało mi się, że dostrzegłam drgnięcie zasłony w otwartym oknie na pierwszym piętrze. Odczekałam, czy poruszy się znowu, ale nie zrobiła tego. To musiał być wiatr.

– Możemy zaczekać w furgonetce albo tutaj – powiedział Peter. – Chyba lepiej sprawdzić wnętrze. Światło wpadało do środka przez duże okna, odbijając się od lakierowanego dębowego drewna i mosiężnych elementów baru. W sali dla gości i w kuchni na zapleczu było pusto. Rozładowaliśmy furgonetkę i ułożyliśmy rzeczy przy barze.

– Peter i ja usuniemy gwoździe z blokady, by oni mogli przejechać. Będziemy za piętnaście minut. Wy, dziewczyny, zostańcie tu z Betką. Włączcie radio – rzekł John, po czym wraz z Nellym włożyli sobie słuchawki do uszu. Postawiłam radio na barze.

– Wrócimy szybko. Obiecuję – rzekł James do Penny, która przytaknęła w milczeniu.

Gdy stuknął zamek w drzwiach, nabrałam złych przeczuć i nagle poczułam absolutną pewność, że nie wrócą. Obserwowałam, jak mijają boczne okna, i życzyłam im, żeby byli bezpieczni. Gdy zniknęli z pola widzenia, dostrzegłam Betkę. Obserwowała mnie bacznie z twarzą wyzutą z nadziei i uświadomiłam sobie, że stanowi odbicie mojej miny. Zmusiłam się do uśmiechu.

– Zaraz wrócę – powiedziałam i przeszłam do kuchni, gdzie wcześniej zauważyłam butelki porządnego piwa imbirowego. Wróciłam do głównej sali, wyciągnęłam cztery szklanki i stanęłam za barem.

– Co robisz? – spytała dziewczynka.

Starając się utrzymać tajemniczy wyraz twarzy, nalałam piwo imbirowe i dodałam grenadyny. Na zakurzonej półce znalazłam nieotwarty słoik kandyzowanych wiśni. Wrzuciłam po kilka do każdej szklanki i przesunęłam napitki w stronę Penny, Any i Betki. Uniosłam swoją szklankę.

- Bezalkoholowe drinki Shirley Temple. Zdrowie dziewczyn!

Betka uśmiechnęła się. Stuknęłyśmy się we cztery szklankami i zaczęłyśmy pić przez wąskie czerwone rurki.

- Mniam. Od wieków nie piłam czegoś podobnego - powiedziała Penny. - Na pewno pasowałaby do tego wódka. Sięgnęłam pod blat i wyciągnęłam butelkę taniego alkoholu, jako że cały lepszy towar zniknął. Przyjaciółka pokręciła głową i roześmiała się. - Która jest, ósma rano?

- To nowy wspaniały świat - odparłam. - Koktajle o ósmej są w zasadzie niezbędne.

Z radia dobiegł szum.

- Cassie. - John mówił stanowczym lecz nie spanikowanym głosem. - W naszą stronę zmierza stado. Bądźcie gotowe, żeby nas wpuścić i zamknąć drzwi.

- Przyjęłam - odpowiedziała Ana. Penny i podbiegłyśmy do wejścia. Panowie przemknęli obok okien i wpadli do środka. Penny zatrzasnęła za nimi drzwi i przekręciła zamek.

- Chyba nas widzieli - wydyszał Peter.

Czekaliśmy w milczeniu, czując, jak dudnią nam serca. Kakofonia jęków potwierdziła, że mamy rację. Eliksowie pojawili się przy bocznych oknach. Rozległ się huk, gdy jeden z nich rzucił się na drzwi. Nie miałam pojęcia, czy dobrze widzą, ale mleczne oczy kierowały się na nas tak, jakby widzieli. Nikt nie oddychał. Betka siedziała na stołku barowym z drinkiem zaciśniętym w dłoniach, zastygłym w połowie drogi do ust.

Drzwi ugięły się lekko. Zamek wytrzymał, ale nie mogło to trwać wiecznie. Złoty kolor zasuwki błysnął półmatowo, gdy szczelina poszerzyła się. W sali panował teraz półmrok, promienie słoneczne zostały odcięte przez ciała napierające na okna.

- Na zaplecze - polecił John.

Peter złapał jedną ręką Betkę, a drugą dwa plecaki, i przeszedł tyłem przez drzwi prowadzące do kuchni. Ruszyliśmy za nimi, niosąc tyle, ile zdołaliśmy unieść. Ostatnią rzeczą, jaką widziałam, były nasze drinki czekające na barze, moja bezskuteczna próba przywrócenia choć na chwilę normalności.

Rozdział 105

Tutaj dudnienie wydawało się stłumione. Wyjrzałam przez okienko w tylnych drzwiach. Bezpośrednio za nami leżał parking, jednak po drugiej stronie znajdowało się ogrodzenie z siatki. Jedyna droga ewakuacyjna biegła w lewo, gdzie uliczka zwężała się i prowadziła do kolejnej przecznicy, jednak widok na drugą stronę blokowało mi kilka śmietników.

– Sprawdzę, dokąd to prowadzi – powiedział John. Otworzył drzwi. – Czysto. Przejdziemy tedy do ulicy. Sprawdzę, gdzie są Nel i James. – Wyjaśnił im sytuację przez radio, po czym słuchał przez chwilę. – Znaleźli pikapa, którego da się wziąć. Zaraz ruszą do nas. Będą na końcu tej uliczki. Weźcie tylko plecaki ucieczkowe, w razie gdybyśmy musieli biec.

Narzuciłam Betce jej plecaczek na grzbiet i zgarnęłam swój bagaż. W środku znajdowały się amunicja i środki pierwszej pomocy, czyli rzeczy, których lepiej nie zostawiać. Od frontu dobiegł trzask szkła. Wkrótce tu będą.

– Idziemy – oznajmiła Ana. Gdy już wszyscy wyszliśmy, zamknęła za nami drzwi z cichym kliknięciem.

– Teraz – zaczął John, ale zanim któreś z nas zdążyło się ruszyć, pociągnął nas na ziemię za śmietnikami. Zainfekowani szli uliczką. Dzięki Johnowi nie zauważyli nas.

– Gdzie jesteście? – John wyszeptał przez radio. – Zmiana planów. Będziecie musieli wjechać na parking za barem. Jesteśmy za ogrodzeniem z siatki. – Urwał na chwilę. – Nie ma wyjścia, spróbujemy. – Obrócił się do nas. – Jeszcze kilka minut. Odezwą się, gdy będą blisko.

Stojący w uliczce kosz na śmieci przewrócił się i potoczył z brzękiem. Wyjrzałam przez szczelinę pomiędzy śmietnikami i w wąskim polu widzenia dostrzegłam przynajmniej kilkunastu eliksów. Znajdowali się piętnaście metrów od nas.

– Jak przedostaniemy się przez ogrodzenie? – Penny mówiła tak cicho, że musiałam czytać jej z ruchu warg.

Wraz z Aną i Betką skuliły się pod ścianą budynku. Peter przykucnął z zaciśniętymi zębami obok mnie, pod śmietnikami. Gestem wskazał mi, żebym znów zerknęła w szczelinę. Uliczka była zatłoczona. Nie zdążymy przerzucić wszystkich przez ogrodzenie. John kucający przy mnie wyjrzał i przetarł dłonią twarz.

– Trzeba odwrócić ich uwagę – wyszeptałam do nich.

W chacie taki pomysł zadziałał. Zaległa cisza, gdy się zastanawialiśmy. Rozgrywałam w głowie różne scenariusze, ale odrzucałam je wszystkie. Została nam jedynie próba podjęcia ucieczki w nadziei, że się uda.

– Pamiętasz, co mówiłaś, zanim opuściliśmy miasto? – poczułam na uchu ciepły oddech Petera. Odszukał wzrokiem moje oczy. Nie miałam pojęcia, o co mu chodziło ani dlaczego teraz to przypominał. Dostrzegł moje zdezorientowanie i znów nachylił się bliżej. – Że czasami robimy rzeczy, które narażają nasze bezpieczeństwo, ponieważ kogoś kochamy?

Oczywiście, że pamiętałam.

– Przeprowadzę dywersję – wyszeptał na tyle głośno, by John też usłyszał. – Wskoczę na śmietnik, a wy przechodźcie przez ogrodzenie.

To nie zadziała. Natychmiast zostanie otoczony. Pokręciłam głową.

– Nie zdołasz się wydostać.

Spojrzał na mnie z determinacją i widziałam, że był już tego świadom. Wciągnęłam gwałtownie powietrze i znowu pokręciłam głową.

– Trzy minuty – szepnął John. – Będziemy mieć tylko jedną minutę, zanim ci z drugiej strony pubu okrążą budynek. Nasi podjadą pod samo ogrodzenie.

Obróciłam się do Petera.

– Nie! – wykrzyczałam mu szeptem prosto w ucho.

Peter spojrzał na Betkę, która podniosła głowę i popatrzyła na nas z przerażeniem. Uśmiechnął się do niej i ledwo zdołałam rozpoznać słowa, które wypowiedział do niej samymi ustami: „Nic mi się nie stanie". Obrócił się z powrotem do mnie i choć na jego twarzy malowało się zdecydowanie, w oczach widniał strach. Przypominał mi Neila tuż przed tym, jak go zastrzeliłam, jednak w inny sposób. W oczach Petera lśnił blask kojarzący mi się z obrazami świętych w kościołach. Z męczennikami.

– To jedyny sposób – zgodził się John. – Ale ja to zrobię. Wy przechodźcie.

Nie mogłam uwierzyć, że się o to kłócimy.

Peter pokręcił głową.

– Nie – stwierdził. – Po porostu wskoczę tam, gdy ruszycie.

Ściągnę ich uwagę. A ty zawieziesz ich na farmę. Wiem, że ci się uda. – Z desperacją w spojrzeniu wykrztusił kolejne słowa: – Obiecaj mi, że ich tam dowieziesz.

– Przysięgam – zadeklarował John. Ścisnął Peterowi ramię i spojrzał mu prosto w oczy. – Przysięgam, że to zrobię.

Peter skinął głową i odetchnął przez zaciśnięte zęby.

John uniósł dwa palce i wskazał ogrodzenie. Dwie minuty, by wymyślić alternatywny plan. Rozejrzałam się szaleńczo. Nie mogliśmy tak po prostu pozwolić Peterowi zginąć. Musiał istnieć inny sposób.

Peter przygotował się do skoku. Włosy i twarz miał mokre od potu, a jego źrenice były rozszerzone, nigdy nie widziałam w niczyich oczach takiej czerni. Ledwo dostrzegałam go przez łzy. Chciałam się kłócić, wrzeszczeć, ale nie mogłam nic zrobić, by zmienić to, co nieuchronne. Wyciągnęłam rękę.

– Kocham cię – wyszeptałam łamiącym się głosem.

Chciałam, by wiedział, że kochamy go tak, jak on kochał nas. Gdy nasze dłonie się zetknęły, nasze palce były jak z lodu.

– Też cię kocham – odpowiedział bezgłośnie.

Niechętnie go puściłam. Ana znajdowała się pod ścianą, nie mogła słyszeć naszych szeptów. W zakłopotaniu strzelała wzrokiem od Petera do mnie i z powrotem. W jej oczach pojawiła się groza. Peter skinął brodą w stronę ogrodzenia i uśmiechnął się do niej łagodnie. Dziewczyna pobladła i rozchyliła usta. Uchyliła wargi, chcąc coś powiedzieć, ale John zgarnął Betkę w ramiona i wyszeptał:

– Teraz!

Opony zachrzęściły na parkingu. Pikap zatoczył szeroki łuk i cofnął się do płotu. Peter wskoczył na śmietnik i walnął maczetą w ceglaną ścianę budynku.

– Hej! – wrzasnął. – Tutaj.

Eliksowie obrócili się jednocześnie ku niemu. Na ten znak mieliśmy pobiec, ale Ana nie ruszała się. Wciąż miała rozwarte usta i zamarła w przykucu. Złapałam ją za rękę.

– Ana!

Podniosła się. Przypadliśmy do płotu z metalicznym brzękiem. Ana jako najzwinniejsza błyskawicznie prześlizgnęła się na drugą stronę. Podaliśmy jej Betkę i obie wskoczyły na część towarową pikapa. Ogrodzenie zakołysało się i zaskrzypiało, gdy nasza trójka zaczęła przechodzić. Dżinsy rozdarły mi się w górnej części i spadłam jak kłoda na pakę, na rower Nelly'ego. Ignorując ból, podniosłam się i przyklęknęłam przy tylnej klapie. Strzeliłam przez siatkę do eliksów kłębiących się u stóp Petera.

Walczył. Najpierw wymierzył im kilka ciosów maczetą, a później odskoczył w tył i zaczął strzelać im prosto w głowy. Nie mogli go dosięgnąć i doprowadzało to ich do szału. Przez krótką chwilę wydawało mi się, że zdołamy do niego dotrzeć, że najedziemy na ogrodzenie, przewrócimy je. Wtedy jednak na parking wdarli się kolejni eliksowie. James wychylił się przez okno i wypalił do zbliżającej się fali.

John zabębnił w dach.

– Jazda! Jazda! – zawołał.

Opony zapiszczały. Ana i ja strzelałyśmy do zarażonych otaczających Petera, ale było to jak kropla w morzu. Peter podniósł wzrok, gdy odjeżdżaliśmy. Mogłabym przysiąc, że zanim odwrócił się z powrotem, przez jego twarz przemknęło coś przypominającego szczęście.

Nelly podskoczył na krawężniku, wyjeżdżając na ulicę. Trzymałam się tylnej klapy, ale nie odwracałam wzroku. Nie obchodzili mnie zainfekowani wokół nas. Skupiałam spojrzenie na Peterze i patrzyłam, jak walczy z całą posiadaną siłą, dopóki nie przejechaliśmy za róg i nie zniknął mi z oczu.

Rozdział 106

Nelly wjechał na polanę i wyskoczył zza kierownicy. W ostrym blasku słońca jego włosy wyglądały jak rozjaśnione, równie blade jak jego twarz.

– Peter – powiedział jedynie.

– To był jego pomysł – odrzekł John. Wygramolił swoje duże ciało z pikapa i zeskoczył na ziemię. Podniósł dłonie, jakby tłumaczył się przed sądem, że jest niewinny. – Nie pozwolił mi...

James przytulił mocno Penny, która z kolei trzymała w ramionach Betkę. Dziewczynka miała zamknięte oczy. Było niemożliwe, żeby zasnęła po piętnastu minutach jazdy po wybojach. Nie po tym, co się właśnie wydarzyło.

Stojący Nelly wyglądał, jakby się skurczył, zapadł w sobie. Kolana bolały mnie od twardej podłogi pikapa. Wciąż klęczałam, wciąż wczepiałam się w tylną klapę, wciąż patrzyłam na Petera. Ana również. Oddychała nierówno.

Nelly otworzył usta. Chciałam, żeby coś powiedział, cokolwiek, co sprawiłoby, że to straszliwe uczucie pustki by osłabło.

Jednak zamiast wygłosić słowa pocieszenia, zaciągnął się tylko powietrzem jak ryba wyciągnięta z wody. Nigdy nie widziałam po nim żadnych większych oznak rozpaczy niż załzawione oczy, jednak teraz oparł się o samochód, schował twarz w dłoniach i zapłakał. Krew płynęła mu z ręki, mocząc mu koszulkę, i to wytrąciło mnie ze stuporu. Podpełzłam do niego. Miejsce, w którym zaciął się na przedramieniu. Bandaż zniknął, a rana rozchyliła się na nowo. Matczynym gestem przytuliłam mu głowę do swojej piersi.

– Twoja ręka – powiedziałam.

Skinął głową, a gdy przestał płakać, odezwał się:

– Gdy zdobywaliśmy pikapa, doszło do szamotaniny. – Policzki miał mokre od łez. Użył zdrowego przedramienia, żeby wytrzeć sobie twarz. – Zerwali mi bandaż. Zostawiłem rękawicę na dachu, gdy się ciąłem.

– Opatrzymy to – oznajmiłam, ciesząc się, że mogę się czymś zająć.

Usiedliśmy pod drzewem. Polałam ranę wodą. Jej krawędzie były zaczerwienione i zaognione. Wycisnęłam na palec maść antybiotykową. Nelly złapał mnie za dłoń.

– Włóż rękawiczkę – rzucił ostrym głosem. – Albo pozwól mnie to zrobić.

– Nels. – Uśmiechnęłam się. – Daj spokój, chyba znam cię wystarczająco...

Popatrzył na swoją rękę i również się uśmiechnął, by zrównoważyć wcześniejszą obcesowość, ale ten uśmiech nie objął jego oczu.

– Cass, on mnie chwycił za rękę, zanim go zabiłem. Właśnie sobie uświadomiłem, że coś mogło się przedostać. We mnie.

Przez chwilę czułam się jak zamrożona do szpiku kości. Następnie pokręciłam głową. Szansa była zbyt niewielka.

– Nic ci nie jest, Nelly. Mimo to włożę rękawiczki, okay?

Skinął głową, jakby go to usatysfakcjonowało, i oparł się o drzewo. John przyprowadził do nas Anę. Przycisnęła kolana do piersi i wpatrywała się w las, trzymając dłoń na tasaku. Penny trzymała głowę Betki na kolanach. Gdy skończyłam, Nelly wziął rękawiczki i wsunął je sobie do kieszeni.

– Musimy oddalić się bardziej od Bennington – powiedział John.

– Musimy wrócić i znaleźć Petera – odrzekłam. Ana zerknęła na mnie szybko, po czym wróciła spojrzeniem do drzew.

– Cassie – odparł mężczyzna. – Nie ma szans, żeby Peter...

– Przeżył? – Wszyscy się skrzywili. Wróciłam w myślach do obrazu Petera, gdy odjeżdżaliśmy, przyciśniętego do ściany, z trzech stron otoczonego przez zainfekowanych. – Wiem to. Ale nie możemy go tak po prostu zostawić.

Wyobraziłam sobie jego przystojną twarz, rozkładającą się i szarą. Okazało się to niemal ponad moje siły. Czułam chęć, by w coś uderzyć. Byłam tak zła, że chyba pierwszy raz w życiu miałam zupełnie suche oczy.

– Musimy – powiedziałam, wyrywając kępkę trawy z ziemi. – Chciałby, żebyśmy... – Nie chciałam mówić „żebyśmy go zabili", ponieważ już nie żył i ponieważ to brzmiało tak okropnie – ...się nim zajęli.

Ana podniosła się, łkając, i weszła między drzewa.

– Peter nie poświęcił się po to, byśmy tam wrócili i znaleźli się w takiej samej sytuacji – oznajmił łagodnie John.

Oczywiście miał rację. Nie mogliśmy nic zrobić poza dalszą

jazdą, dalszą ucieczką, wiecznym zastanawianiem się, co stało się z kolejną osobą, którą kochałam.

Dostrzegłam Anę w lesie i stanęłam. Porośnięta paprociami ziemia tłumiła moje kroki, ale dziewczyna wiedziała, że idę za nią, i zaczekała, bym ją dogoniła. Rozłożyłam ramiona, a ona wpadła w nie, łkając rozpaczliwie, jak wtedy, gdy była mała i musiała puścić tamtego króliczka. Gładziłam jej krótkie jedwabiste włosy i szeptałam słowa, które nijak nie pomagały, wiedziałam to z doświadczenia, ale i tak je wypowiadałam.

Rozdział 107

John nalegał, żebyśmy ruszali dalej. Od zeszłego wieczora nikt nie zjadł nic porządnego. Mieliśmy mieszankę studencką, racje MRE i batony energetyczne. Wpatrywałam się tępo w jedzenie, aż wreszcie sąsiad podał mi baton. Rozpakowałam go i zaczęłam metodycznie zjadać. Przeżuć, połknąć, popić. Powtórzyć. Czekaliśmy, aż Betka się obudzi, ale wciąż spała. John stwierdził, że jeśli tylko jej puls jest w porządku, nic jej nie będzie.

Ana, Nelly i Penny siedzieli w kabinie pikapa. Nelly miał w plecaku czystą koszulę i zanim odjechaliśmy, patrzyłam, jak zakopuje starą zakrwawioną pod liśćmi. Położyłyśmy Betkę na pace z głową na moich kolanach i gładziłam ją po włosach, gdy sunęliśmy nierówną drogą.

– Stąd mamy przynajmniej trzysta kilometrów – powiedział James. Gdy zamknął mapę, dostrzegłam zapadniętą skórę pod jego kośćmi policzkowymi i oczyma. – Pikap ma za mało paliwa. I jeśli nie będziemy robić postojów, przy tej prędkości dotrzemy w nocy.

– To diesel – rzekł John. – Jeśli tylko uda nam się znaleźć innego diesla i jakiś pojemnik, mogę przebić od spodu bak. To nietrudne. Gorzej będzie ze znalezieniem odpowiedniego wozu, który na dodatek będzie miał wciąż paliwo. Inaczej potrzebujemy kolejnego samochodu.

Słońce prażyło, więc trzymałam Betce kurtkę nad twarzą, by jej nie oparzyło. W pewnym momencie zaczęła się poruszać i wreszcie otworzyła oczy. Zamknęła je, pragnąc zapomnieć, pragnąc dalej spać, ale wymknęły jej się łzy. Wytarłam ślady, które po sobie zostawiły. Dziewczynka usiadła i wsunęła mi się na kolana. Otoczyłam ją ramionami i z trudem usłyszałam jej szept:

– Peter.

– Och, kochanie. – Odsunęłam jej włosy z ucha. – Tak bardzo cię kochał. Kochał nas wszystkich i chciał, żebyśmy byli szczęśliwi. – Nie wiedziałam, jak jej to wyjaśnić, ale potaknęła, jakby rozumiała, jak przystało na starą duszę, którą była albo którą się stawała.

Minęliśmy kilka małych miasteczek. Ładnych miasteczek z ohydnymi grupami zainfekowanych, więc nie zatrzymywaliśmy się tam, by szukać nowego auta. Pod samotnymi domami przy drodze albo nie stały żadne pojazdy, albo były one bezużyteczne. Pikap podrywał kurz, który lepił się nam do skóry i chrzęścił w ustach. Gdy zwolniliśmy, wypiłam resztkę wody. Szosę blokowały stojące bezładnie samochody. Nie było jak ich objechać. Po jednej stronie rosły drzewa, po drugiej teren opadał do strumienia.

– Powinniśmy zawrócić? – spytał Nelly, wychylając się przez okno.

James zerknął na mapę i pokręcił głową.

– Nie widziałeś wszystkich tych eliksów w ostatnim miasteczku? Minęliśmy tam dużą grupę. Na pewno nie powinniśmy znów tamtędy jechać.

– Zatem przesuniemy je – rzekł John. – Mogę je od spodu przerzucić na luz, a wtedy odsuniemy auta na bok.

Zajęło to dłużej, niż się spodziewaliśmy. Dwie godziny później spychaliśmy właśnie przedostatni samochód do rowu, gdy dostrzegłam, że Nelly się skrzywił.

– Powinieneś odpocząć – powiedziałam mu. – Myślę, że przydałyby ci się szwy, ale na pewno nie powinieneś pchać takich ciężarów. Boli cię?

– Trochę.

Widziałam, że starał się robić dobrą minę do złej gry.

– Pokaż.

Spróbowałam podnieść bandaż, ale odsunął rękę i zrobił to sam. Rana była jaskrawoczerwona i nabrzmiała na brzegach.

– Doszło do infekcji – oznajmiłam. Cofnął się nerwowo, a ja popatrzyłam mu prosto w oczy. – Zwyczajnej, typowej infekcji, Nels. W zestawach pierwszej pomocy jest amoksycylina. Pójdę po nią.

Zanim odnalazłam słoiczek i podałam mu dwie tabletki, ostatnie auto zostało już przesunięte. Wypełniliśmy bukłaki nad strumieniem i obmyliśmy się z kurzu. Chłodna woda złagodziła mi oparzoną od słońca skórę. Ana płukała się z beznamiętną twarzą. Odkąd opuściliśmy las, nie wypowiedziała ani słowa. Penny rzucała jej zmartwione spojrzenia, ale nic nie mówiła. Żadne z nas nie czuło się w tym momencie w porządku, więc wypytywanie Any, jak jej jest, wydawało się niedorzeczne.

Betka i ja siedziałyśmy teraz w kabinie wraz z Nellym. Zatrzymywaliśmy się jeszcze dwukrotnie, żeby przesuwać samochody, a jako że podróżowanie nocą było zbyt niebezpieczne, stało się oczywiste, że nie dojedziemy tego dnia na farmę. Wcześniej myśl o „Przyjdź królestwo Twoje" wypełniała mnie jednocześnie podekscytowaniem i grozą, ale teraz czułam jedynie otępienie. Wydawało się niemożliwe, że zdołamy tam w ogóle dotrzeć. Nie przestawałam myśleć o wszelkich przeszkodach, na jakie mogliśmy się natknąć, ale nie byłam w stanie funkcjonować w taki sposób. Musieliśmy dojechać, choćby dla Petera. Nie pozwolę, by jego śmierć poszła na marne.

Gorące łzy leciały mi z oczu i spływały po policzkach. Zamknęłam oczy, by je zatrzymać, i przesunęłam pierścionek po łańcuszku. Koncentrowałam się na tym, jak przeskakiwał po ogniwach, dopóki nie odzyskałam nad sobą kontroli. Betka skuliła się obok mnie i nacisk jej ciała był dla mnie niczym koc. Poczułam, jak ogarnia mnie sen, i byłam tak zmęczona, że się poddałam.

Nagle zarzuciło ciężarówką i poleciałam na drzwiczki. Otworzyłam raptownie oczy, gotowa do walki z ewentualnym zagrożeniem na drodze, ale nic tam nie było.

– Przepraszam! – zawołał Nelly przez odsuwaną tylną szybę do pasażerów na pace, którzy zaskoczeni trzymali się uchwytów w podłodze. Pot ściekał po zaczerwienionej twarzy, a pierś wznosiła mu się i opadała zbyt szybko. Pochyliłam się nad Betką i przyłożyłam wargi do jego czoła. Poczułam gorąco, zanim go jeszcze dotknęłam.

– Nelly, masz gorączkę! Zatrzymaj się.

Otarł pot bandaną.

– Na zewnątrz jest upał. Myślałem, że to tylko to.

Zjechał na pobocze. Ustawił skrzynię biegów w tryb parkowania, odchylił się do tyłu i zamknął oczy. Wysiadłam i obeszłam auto, podchodząc od strony kierowcy.

– Nelly nie czuje się dobrze – powiedziałam. – Ma gorączkę.

John stanął obok mnie.

– Jak twoja ręka? – zapytał.

Nelly otworzył oczy i spróbował się skupić. Pogmerał przy krawędzi bandaża i uniósł ją. Pogorszyło się. Sama rana była obrzmiała i fioletowa. Wychodziła z niej różowa smuga biegnąca w górę przedramienia. Przypominała oparzenie słoneczne, ale wiedziałam, że nim nie była. Oznaczała, że Nelly uległ infekcji, która teraz postępowała.

– Okej – rzekł John. – Potrzebujesz więcej antybiotyków. Cassie, dasz mu?

Znalazłam słoiczek z amoksycyliną i wysypałam przyjacielowi na dłoń cztery tabletki.

– Musisz potraktować stan zapalny dawką uderzeniową.

Nelly połknął pastylki i obrócił się do Johna.

– To może być wirus – stwierdził.

Mężczyzna skinął głową i położył mu dłoń na ramieniu.

– Przestańcie – rzuciłam ze złością. – To tylko infekcja.

Nelly obrócił się do mnie z rzeczową miną.

– Cass, pamiętasz tamtego faceta na Thruway? Pamiętasz ugryzienie na jego ręce?

Potaknęłam. Z tamtej rany też wybiegały smugi, rozchodzące się niczym drogi na mapie. Penny stanęła za mną i wciągnęła gwałtownie powietrze, widząc przedramię Nelly'ego.

– Właśnie tak to wtedy wyglądało – powiedział do Johna. – Bolą mnie wszystkie stawy. W wiadomościach mówili, że takie są objawy.

– Nie wyciągajmy pochopnych wniosków – rzekł John. Jedyną

rzeczą zdradzającą, że wątpił, był sposób, w jaki wycierał sobie skronie. – Tak można opisywać każdą poważniejszą infekcję. Zobaczmy, jak pomogą antybiotyki. Odpocznij, a ja poprowadzę.

Nelly nalegał, że chce być na pace, żeby móc się wyciągnąć. Penny skonstruowała improwizowany namiot, wieszając koszulę Johna na dwóch plecakach, by osłonić przyjacielowi twarz przed słońcem.

Ominęliśmy kilka większych miasteczek, w których zapewne było zbyt niebezpiecznie. Nelly zasnął już po kilku minutach. Miałam ochotę zajrzeć pod koszulę, by upewnić się, czy nie jest mu gorzej, ale nie chciałam mu przeszkadzać. Pierś unosiła mu się i opadała. Potrafiłam skupić się tylko na tym, czy zaczerpnie kolejnego tchu. Ta myśl zastąpiła wcześniejszą pustkę, ale wcale nie oznaczała poprawy sytuacji. Późnym popołudniem John dostrzegł starą chatę na wzgórzu i skręcił na zarośnięty podjazd.

– Pomyślałem, że zatrzymamy się na noc – powiedział. – Bezpieczniej raczej nie będzie. Nie chcę jechać dalej tylko po to, by wylądować gdzieś, gdzie pełno zainfekowanych.

Nelly usiadł, a ja doskoczyłam do niego.

– Jak się czujesz? – zapytałam.

Dotknęłam jego głowy. Wciąż była o wiele za ciepła. Uśmiechnął się do mnie słabo.

– Raczej nie lepiej, kochanie. Ale chyba jestem głodny.

Pomogłam mu wejść do chaty. Było tam główne pomieszczenie z butwiejącym stołem i dwoma krzesłami pod oknem z rozbitą szybą. Kominek na drewno był pomarańczowy od rdzy. W mniejszym pokoju ostała się szyba w oknie, a na podłodze leżał materac. Na niedokładnie oheblowanych półkach znaleźliśmy kilka nadjedzonych przez mole wełnianych koców wojskowych.

Nie pachniały zbyt dobrze, ale się nadadzą. Przeciągnęłam materac do głównego pokoju. Nelly usiadł na nim i oparł się o ścianę poznaczoną zaciekami.

Betka przyklęknęła obok niego i wyciągnęła swoją małą butelkę.

– Nelly, chcesz łyk mojej wody?

Nelly cofnął się lekko, ale nie zauważyła tego.

– Nie, dzięki. Tylko pamiętaj, żeby nie pić z mojej butelki. – Rozejrzał się z niepokojem. – Gdzie ona jest?

– W twojej torbie – odparłam, kładąc obok niego mniejszy bagaż. – Nikt z niej nie pił.

Otoczyłam go ramieniem w ochronnym geście. James wniósł do środka nasz niewielki dobytek i postawił na stole.

– Co chcesz zjeść? – spytałam Nelly'ego, ale miał zamknięte oczy. – Betka, też jesteś głodna?

Patrzyła obojętnie na jedzenie, gdy otwierałam pakiet MRE, jednak oczy jej się zaświeciły, gdy wyciągnęłam ze środka drażetki Reese's Pieces i saszetkę z napisem Fudge Brownie.

– Możesz je zjeść – zapewniłam ją. Mała usiadła przy Nellym, trzymając słodycze na kolanach, ale nie jadła. – Co się dzieje?

– Pomyślałam, że Nelly też będzie trochę chciał. Gdy tylko jestem chora, jem słodkie rzeczy. Zaczekam, aż się obudzi.

Na widok jej optymistycznej minki chciało mi się płakać. Po raz pierwszy od miesiąca dostała sklepowe słodycze, a jednak wolała się nimi podzielić.

– Jesteś taka kochana. Ale nie przejmuj się i jedz, słonko. Jeśli Nelly będzie chciał, to jest więcej. Okej?

Podniosła brownie i ugryzła kęs. Nabrałam do ust łyżkę czegoś, co smakowało jak nadzienie do szarlotki, ale nie chciało mi się nawet sprawdzić. Słońce zachodziło, a my padaliśmy jak kwiaty z wyczerpania i smutku. Penny krzątała się, starając się wyczyścić i zorganizować nasze rzeczy. Próbowała okazywać wesołość, ale poczułam ulgę, gdy wreszcie dała sobie z tym spokój.

James zamrugał oczyma zmęczonymi od wślepiania się w mapę w słabym świetle.

– Mamy do przejechania ponad sto pięćdziesiąt kilometrów i tylko jedną ósmą baku. Chyba popracujemy nad tym jutro? W zależności od tego, jak Nel będzie się czuł?

Nelly westchnął. Miał zaczerwienione oczy. Kropla potu spadła mu z nosa, gdy zadrżał. Chwyciłam koc i owinęłam go nim.

– Po prostu to powiem – zdołał wykrztusić przez dzwoniące zęby. – Uważam, że jestem zainfekowany. Nie wiem, ile to zajmuje od małego zadrapania, ale nie możecie tu sterczeć całe dnie, w czasie gdy choroba będzie się rozwijać. Musicie jechać jutro.

– Jezu, Nelly! – zareagowałam z furią. Zupełnie jakbym zamierzała wesoło ruszyć w dalszą drogę. – Jeśli choć przez sekundę pomyślałeś, że zamierzam cię tu zostawić, to cię chyba pojebało!

Wszyscy popatrzyli w osłupieniu. Nawet Ana, siedząca w rogu i wpatrzona w przestrzeń, podniosła wzrok.

– Nel, majaczysz – rzekła Penny swoim łagodnym głosem. – Nie wiemy, co to jest. A nawet gdybyśmy wiedzieli, donikąd się nie wybieram.

Skinął głową, wciąż dzwoniąc zębami. Dałam mu sześć tabletek amoksycyliny w nadziei, że doprowadzi to do przełomu. W jednym z zestawów MRE była saszetka z sokiem z elektrolitami i użyłam dołączonego podgrzewacza, by go zagrzać. Nelly'emu tak trzęsły się dłonie, że musiałam mu przytrzymać kubek. Dopiero gdy przyznał się do przypuszczeń, że złapał LX, pozwolił nam zobaczyć, jak źle z nim w rzeczywistości jest. Albo pogarszało mu się coraz szybciej.

Rozdział 108

Gdy Nelly zaczął trząść się tak mocno, że wystraszyło to nawet jego, pozwolił mi wczołgać się na swój materac. Był rozgrzany jak piec i choć wiedziałam, że jest mu zimno od środka, starałam się go ogrzać. Ręce, którymi otaczałam jego potężny korpus, wydawały mi się maleńkie, chyba jednak pomagały. W końcu zapadł w sen, w którym tylko od czasu do czasu wstrząsały nim dreszcze.

Betka i Ana spały pod drugim kocem. James przytulił do siebie Penny jak pluszowego misia. John wziął pierwszą wartę. Siedział z latarką i sprawdzał naszą broń. Może Peter miał rację: mężczyzna wiedział, co robi. Bez jego wiedzy nigdy byśmy nie zdołali ściągnąć dziś z drogi tamtych samochodów. Zamknęłam oczy i ujrzałam Petera na śmietniku, więc otworzyłam je i wpatrywałam się w mrok, dopóki same nie zamknęły się z wyczerpania.

Gdy obudziłam się na swoją wachtę tuż przed świtem, stwierdziłam, że Nelly'emu się pogorszyło. Miał poczerwieniałą twarz i oddychał z trudem. Kiedy zrobiło się jasno, zmusiłam go, żeby się obudził i wziął amoksycylinę. Ledwo mógł przełykać i poruszał oczyma, by mnie obserwować, żeby nie kręcić szyją. Kilka kolejnych różowych smug dołączyło do pierwszej. Sięgały mu teraz do bicepsa.

– Możesz jeść? – zapytałam.

Pokręcił głową. Pić też nie chciał, nieważne, jak mocno go namawiałam.

– Cass. – Zamrugał, żeby powstrzymać łzy.

Wiedziałam, że pracował nad jakimś rodzajem przemowy pożegnalnej, ale nie mogłam tego słuchać. Zginę, jeśli będę musiała. Poprawiłam pod nim koc.

– Nelsonie Charlesie Everetcie, jeśli zamieszasz wyznać swą dozgonną miłość do mojej osoby, wówczas lepiej zostaw to sobie na chwilę, kiedy ci się poprawi. – Wzięłam go za zdrową dłoń i roześmiałam się wymuszenie.

– Nawet teraz nie możesz być poważna? – spytał, ale zdołał się lekko uśmiechnąć. – Leżę tu na łożu śmierci.

– Nie. Nie mogę. – Wycelowałam w niego palec. – Uczyłam się od mistrza. I to nie jest żadne łoże śmierci. Tylko ohydny poplamiony materac. Nie możesz na nim umrzeć, to byłoby niestosowne.

Ścisnął słabo moją dłoń i odpłynął, ale po chwili otworzył oczy. Jego jaskrawoniebieskie oczy stały się jak zlodowaciałe. Obrócił się do mnie, krzywiąc się. Przypominały mi mgliste oczy zainfekowanych. Nóż strachu dźgnął mnie w trzewia, ale gdy przyjaciel się uśmiechnął, wciąż był tym samym Nellym.

– Kocham cię.

Uśmiechnęłam się i starałam się, by do mojego głosu nie wkradła się desperacja.

– Ja ciebie też.

Rozdział 109

Gdy Ana się obudziła, usiadła na zewnątrz, ignorując próby rozmowy podejmowane przez Penny. Nie znajdowała się w szoku, przynajmniej nie w sensie medycznym. Gdyby była sklepem, wywiesiłaby w witrynie napis „Inwentaryzacja". Penny i James zaproponowali, że znajdą jakiś zamiennik dla pikapa. Nie podobał mi się pomysł, że moja przyjaciółka miałaby tam pójść. Penny musnęła dłoń Nelly'ego, a gdy wstała, jej oczy były spuchnięte i zrezygnowane.

– Pen, może tu zostań, a ja pójdę. – Dotknęłam jej rękawa. – Ty nie... – Nie chciałam, żeby szła, ale nie chciałam też zostawiać Nelly'ego.

– Poradzę sobie ze strzelaniem. – Wzruszyła ramionami, ale dłonią pogładziła zausznik okularów. – Nie chcę tu siedzieć, gdy James pójdzie.

– Poszukacie więcej antybiotyków? Silniejszych? – Tłumaczyłam to już kilkunastokrotnie, ale uznałam, że kolejny raz nie zaszkodzi. – I uważajcie na siebie.

Skinęła głową, wiążąc sobie włosy w kok. Od czasu wypadku Any sama zaczęłam robić sobie dwa koki, gdy groziła nam niebezpieczna sytuacja. Nelly mówił na mnie księżniczka Leia, a James rzucał niszowymi dowcipami na temat „Gwiezdnych wojen", których nie rozumiałam. Uśmiechnęła się.

– Hej, myślałam, że matka kwoka to moja rola. Ty po prostu troszcz się o Nelly'ego.

Próbowałam odpowiedzieć uśmiechem.

– Okej.

Uścisnęłyśmy się mocno. Poszli.

Rozdział 110

Minęło już kilka godzin, a wciąż nie było żadnego śladu Penny i Jamesa. Betka zbierała dzikie kwiaty. Ja siedziałam w drzwiach, skąd mogłam ją obserwować. Miałam wrażenie, jakby wszyscy znikali.

Nelly nie odzywał się od świtu. Stracił przytomność, a smugi wjeżdżały agresywnie na jego bark. Twarz pokrywała mu warstwa potu. Jego rysy wyglądały na ostrzejsze, skóra odsuwała się od kości jak u starca. Poklepałam go po zdrowym ramieniu.

– Nie martw się, Nels. Wyzdrowiejesz. – Miałam wrażenie, jakbym kłamała.

Oddychał ciężko. Peter również mógł przez to przechodzić, tylko że był zupełnie sam, nie miał kto podać mu wody czy pomocnej dłoni. Mogłam mieć tylko nadzieję, że został pożarty tak starannie, by nie zostało go dość do przemienienia. Nigdy nie powiedziałabym tego na głos do pozostałych, ponieważ takie życzenie zdawało się makabryczne, ale przypuszczałam, że myśleli podobnie.

Znów przetrząsnęłam wszystkie plecaki, licząc na to, że magicznie pojawiło się w nich coś, co uzdrowi Nelly'ego. Oczywiście nic nie znalazłam, więc tylko chodziłam nerwowo tam i z powrotem. Betka wróciła z garścią kwiatków dla Any, która uśmiechnęła się do niej z roztargnieniem.

– Cassie – usłyszałam łagodny głos Johna. – Dobrze się czujesz?

– Nie, nie czuję się dobrze. To nieuczciwe!

Przetrwaliśmy tyle miesięcy, a teraz co? Nigdy nie wyjdziemy na prostą. John skinął głową, zgadzając się, co tylko bardziej mnie rozzłościło.

– Po co w ogóle się męczymy? – zapytałam ostro. – Jaki w tym sens? Peter nie żyje. Nelly... – Zacisnęło mi się gardło.

Mężczyzna usiadł na jednym z rozchwierutanych krzeseł i popatrzył na mnie, podczas gdy Betka przycupnęła obok niego. W moich oczach pojawiły się łzy i otarłam je gniewnie.

– Nie rozumiem tego! – wrzasnęłam.

– Nic nie dzieje się bez powodu...

– Skąd to wiesz? – przerwałam mu. – Że wszystko ma jakiś powód? Skąd masz taką pewność? Bo ja jestem przekonana, że nie ma żadnego dobrego powodu dla tego wszystkiego.

Machnęłam ręką, ogarniając nią cały świat. Podniosłam pusty, bezużyteczny słoiczek po amoksycylinie i cisnęłam nim najmocniej, jak umiałam. Uderzył w ścianę ze smutnym cichym trzaskiem. Rozejrzałam się za czymś lepszym do rzucenia, ale wszystko było zbyt cenne, by to niszczyć. Zamiast tego gwałtownie ustawiłam butelki z wodą w linii. Poukładałam jedzenie i położyłam broń przy drzwiach najgłośniej, jak mogłam. Wszyscy podskakiwali, słysząc hałasy, ale nie obchodziło mnie to.

Nelly nawet nie drgnął i tylko tym się przejmowałam. Oto ja, pozwalająca kolejnej osobie umrzeć na moich oczach. Co to, to nie.

– Na mapie jest szlak pieszy biegnący do innego miasteczka. Znajdę tam aptekę czy coś innego. Mogę wziąć jeden z rowerów. Zdobędę coś silniejszego na infekcję.

John popatrzył na mnie wzrokiem pełnym litości.

– Cassie, to zbyt niebezpieczne ruszać na taką nieprzemyślaną wyprawę, skoro James i Penny wkrótce wrócą.

– To żadna nieprzemyślana wyprawa, John! Nie ma ich już od wielu godzin. A co, jeśli nie wrócą? – Czułam się okropnie, mówiąc takie rzeczy, ale była to prawda. Ana zamknęła oczy, gdy kontynuowałam: – Amoksycylina jest najsłabszym antybiotykiem na świecie. Są inne: erytromycyna, cyprofloksacyna... – Nie przypominały mi się żadne inne, więc tupnęłam z frustracją. – Znajdę coś. Nie mogę tak siedzieć bezczynnie i czekać na pomoc, która może nie nadejść. Nie pozwolę Nelly'emu umrzeć. Nie pozwolę!

– Nie wiemy...

– To prawda, nie wiemy! Może to być zwykła infekcja. Potrzebujemy czegoś silniejszego.

– Masz rację, Cassie. To może być coś, co da się wyleczyć. Ale nie chcę, żebyś ryzykowała własnym życiem, by stwierdzić, że jednak się nie da. Zaczekaj jeszcze chwilę. Proszę. – Podniósł i opuścił dłonie, próbując mnie uspokoić. – Wiem, że jesteś zła. Wszyscy jesteśmy. I tak, to wydaje się nieuczciwe, kochanie. Ale nie wiemy, co Bóg dla nas przygotował, jaki jest jego plan.

Nie mogłam uwierzyć, że to mógłby być czyjś – albo czegoś – plan. Że to wszystko stanowi jakiś rodzaj próby. Jakiś popieprzony eksperyment, którego celem jest obserwowanie naszego upadku.

Pokręciłam głową. Nie chciałam żyć w takim świecie, jeśli oznaczało to, że jedno po drugim stracę wszystkich, których kocham. Wolałam zginąć szybko i mieć to już z głowy. Narastała we mnie furia, jakiej nie czułam nigdy wcześniej, ślepa wściekłość wibrująca mi w ciele. Nie obchodziło mnie, że hałasuję, że zachowuję się niesprawiedliwie albo że zamierzam narazić się na niebezpieczeństwo. Musiałam zrobić coś, by to z siebie wyzwolić, więc podniosłam puste krzesło i cisnęłam nim o ścianę. Betka jęknęła, gdy szczątki spadły na podłogę, ale zabrnęłam już za daleko, żeby się zatrzymać.

– I co, czy Bóg sobie pomyślał: „O, już wiem, zabiję wszystkich miłych ludzi wraz z dziećmi. I to nie koniec, jeszcze zrobię z nich jebanych zombie, żeby dobiły resztę"? – Wrzeszczałam to wszystko do Johna, choć przecież nie była to jego wina.

Zarzuciłam plecak na grzbiet i chwyciłam tasak. John obserwował mnie ze spokojem. Wiedziałam, jak bardzo pragnął, żebym została, ale nie zdołam żyć w zgodzie ze sobą, jeśli chociaż nie spróbuję.

– Pójdę z tobą – powiedział.

– Nie. Musisz zostać z Nellym, w razie gdyby się obudził. Ty... zajmiesz się nim. Nie wiem, czy istnieje Bóg ani jakie są jego plany, ale mój plan jest kurewsko prosty: Nelly ma przeżyć. To tyle. Raczej nie proszę o zbyt wiele. – Popatrzyłam w sufit. – A zatem, Boże, wybieram się do miasteczka po lekarstwa. Zrób mi przysługę i pójdź mi w tym na rękę. Dzięki.

Wypadłam z chaty i stanęłam na szczycie wzgórza. Pierś poruszała mi się gwałtownie. Miałam wrażenie, jakbym tonęła. Wiedziałam, że jeśli poddam się temu smutkowi, już nigdy się go nie pozbędę, więc skupiłam się na gniewie. Dmuchnęłam na węgielek wściekłości, by stanął w płomieniach. Usłyszałam za sobą kroki i modliłam się, żeby to nie był John. Nie byłam w tym momencie zdolna do przeprosin. Ale to była Ana wraz z plecakiem i bronią. Miała zdeterminowany, poważny wyraz twarzy.

– Już nikt więcej nie umrze – rzekła. Spoglądała ze zdecydowaniem, zaciskając wargi w ponurą kreskę. – Przynajmniej jeśli możemy coś na to zaradzić. Chodźmy.

Ruszyłyśmy drogą gruntową do szlaku. Rower Nelly'ego był dla mnie o wiele za wysoki, ale zdołałam pokonać na nim wyboiste mile dzielące nas od miasteczka. Nawet nie myślałam o tym, że mogłabym się przewrócić. I ani razu nie zamknęłam oczu.

Rozdział 111

Na stacji benzynowej na obrzeżu miasteczka znalazłyśmy książkę telefoniczną wymieniającą adres przychodni. Mapa turystyczna wskazała nam, że dzieli nas od niej tylko osiemset metrów. Wraz z Aną siedziałyśmy na kontuarze i jadłyśmy snickersy, które roztopiły się, stwardniały i znów roztopiły w upale, ale wciąż były smaczne.

Ana miała na sobie czarne spodnie, czarne skórzane trapery i czarną podkoszulkę bez rękawów. Z tasakiem i rękawicami wyglądała jak jakiś wędrowny ninja. Powiedziałam jej to i uśmiechnęła się.

– Dzięki, że ze mną poszłaś – rzekłam.

– Miałabym przegapić coś takiego? – Roześmiała się, ale szybko spoważniała. – Musimy czegoś spróbować. Gdybyśmy zdołały pomóc...

Spoglądała przez okno na dystrybutory, mrugając szybko. Nie wiedziałam, ile razy sama odtwarzałam tamte chwile w głowie, próbując zastanawiać się, co mogliśmy zrobić inaczej. Zeskoczyłam z lady i stanęłam przed nią.

– Tak mi przykro, Ano. To...

– To głupie. Wydaje mi się, że go kochałam. I że on mnie bardzo lubił.

– Nie – odparłam. – On cię kochał. – Nie byłam pewna, czy to nie pogorszy sprawy, ale powinna wiedzieć. – Widziałam, jak na ciebie patrzył. Kochał cię, Ano. Uwierz mi, okej?

Oparłam jej dłoń na kolanie, by na mnie popatrzyła i dostrzegła, że mówię prawdę. Skinęła głową i wytarła łzy.

– Okej. Dzięki, Cass. – Zeskoczyła z kontuaru i zmieniła temat, by już nie płakać: – Gotowa?

– Gotowa, dziewczyno ninja.

Droga prowadząca do miasteczka była pełna porzuconych samochodów i zasłana pustymi butelkami, plastikowymi torebkami i puszkami, szczątkami pozostawionymi przez uciekających ludzi. Wzdłuż ulic piękne stare domy stały pod baldachimami jeszcze starszych drzew. Miałam wrażenie, jakby w każdej chwili mogła tamtędy przemaszerować parada z okazji czwartego lipca. Była to ulica jak z obrazka, jeśli nie liczyć zniszczonych moskitier wyrwanych z zawiasów, jeśli nie widzieć okien, w których ziały poszarpane czarne dziury. Na zarośniętych trawnikach leżały rozkładające się ciała, w takim stopniu pożarte przez eliksów, że się nie przemieniły. Szczęściarze.

Z zachowaniem szczególnej ostrożności zaparkowałyśmy rowery pod przychodnią Green Mountain, ponieważ na początku epidemii wielu chorych udawało się do placówek opieki medycznej. Niektórzy z nich wciąż mogli się tam znajdować, obijać się o okna i drzwi jak muchy schwytane w słoik.

Weszłyśmy do zatęchłego wnętrza i poczułyśmy mdłości

od smrodu. Za punktem przyjęć widniał korytarz z licznymi drzwiami. Dwoje z nich było zamkniętych i coś za nimi hałasowało.

– Dobry Boże, są zbyt głupi, żeby sobie otworzyć – wyszeptała Ana. – Możesz sobie wyobrazić, co by się działo, gdyby do tego byli inteligentni?

Wzdrygnęłam się. Już dawno byśmy zginęli. Przekradłyśmy się dalej i znieruchomiałyśmy, słysząc syczący, ślizgający odgłos, jednak nic nie wyłoniło się zza rogu za dyżurką pielęgniarek. Na kolejnych zamkniętych drzwiach widniał napis „Apteka". Ana uniosła tasak, a ja wyciągnęłam pistolet i otworzyłam drzwi. W środku było pusto, nie licząc regałów z lekarstwami. Poczułam, jak nogi uginają się pode mną z ulgi. Obawiałam się, że zastaniemy wnętrze ogołocone do cna.

Sprawdzałyśmy opakowania przy świetle latarki. W leksykonie leków leżącym na biurku znalazłam nazwy kilku antybiotyków, o których nigdy nie słyszałam, i zlokalizowałam je na półkach.

– Weź jakieś w płynie – zasugerowała Ana. Poświeciła na maleńkie fiolki i wsunęła je do kieszeni. – Mogą działać szybciej.

Włożyła jeszcze do torby garść strzykawek i wyszłyśmy z powrotem na korytarz. Przy stanowisku pielęgniarek spadły na podłogę podkładki do pisania, gdy trzech eliksów pokuśtykało w naszą stronę. Byli wysuszeni jak mumie po tak długim zamknięciu w gorącym wnętrzu. Posuwiste odgłosy ich sztywnych nóg trących się o siebie podążały za nami, gdy pospiesznie wychodziłyśmy na zewnątrz. Wsiadłyśmy na rowery i obserwowałyśmy, jak stwory przywierają do szyby sękatymi dłońmi oraz rozwartymi ustami.

– Pierdolcie się, dupki – mruknęła Ana. Dobrze wiedziałam, co czuła.

Już niemal opuszczałyśmy miasteczko, gdy natknęłyśmy się na małą grupkę zebraną na jedynym otwartym odcinku ulicy, pomiędzy porzuconymi samochodami. Nie miałyśmy jak się przedostać.

– Poradzimy sobie z nimi – zdecydowała Ana.

Naszą jedyną opcją było znalezienie innej drogi wyjazdowej, jednak groziło nam, że wpadniemy tam na jeszcze większą chmarę. Nasze rowery brzęknęły o ziemię, gdy zdejmowałyśmy z pleców tasaki. Wolałyśmy użyć właśnie ich, ponieważ bałyśmy się, że odgłos strzałów może przyciągnąć kolejnych wrogów.

Stanęłyśmy ramię w ramię i pozwoliłyśmy, żeby sami do nas przyszli. Jako pierwsza dotarła do mnie siwowłosa kobieta w spódnicy i jedwabnej bluzce. Na złotym łańcuszku na szyi wciąż wisiały jej okulary i miała odsłoniętą żuchwę. Ścięgna łączące ją z czaszką skurczyły się, gdy kobieta kłapnęła zębami.

Nie zamierzam dać się zabić pieprzonej bibliotekarce, pomyślałam.

Pchnęłam ją płaskim ostrzem w szyję. Głowa łatwo oddzieliła się od ramion, dowodząc, z jakim mistrzostwem John wykonał broń. Następny przeciwnik, młody facet w obcisłym stroju kolarskim, również rozstał się z głową. Nie było krwi, tylko obrzydliwy rozprysk płynu zalegającego w jego ciele. Spomiędzy moich warg wydostał się warkot. Nienawidziłam ich. Może nie była to ich wina, w końcu kiedyś byli po prostu ludźmi równie mocno jak ja pragnącymi żyć, ale uczynili z mojego życia koszmar.

Obróciłam ostrze i cofnęłam się, by poczekać na dwie nastolatki w brudnych brokatowych koszulkach. Kątem oka dostrzegłam, że Ana kopnięciem posyła niskiego mężczyznę na ziemię i pozbawia głów dwóch kolejnych, po czym jednorącz obraca broń i temu leżącemu wbija szpikulec w oko.

Dziewczyny znajdowały się tak blisko siebie, że mogłyby szeptać sobie sekrety na szkolnym korytarzu. Jednej po drugiej przebiłam im gałki oczne, słysząc dwa następujące zaraz po sobie wilgotne chrzęsty. Ana stęknęła, uderzając tasakiem ostatniego eliksa, który upadł na chodnik.

Stałyśmy z bronią w gotowości, ale nie widziałyśmy nikogo więcej. Podeszłam do roweru i chwyciłam butelkę z wodą. Zasapałam się ze strachu i wysiłku. Ana popatrzyła za mnie i znów uniosła tasak. Włosy zalśniły jej w słońcu, gdy zawirowała i wraziła broń pod brodę nastolatkowi w koszulce Nascar, który wyłonił się zza rozbitego minivanu.

Wydyszałam podziękowania i wzięłam łyk ciepłej wody.

– Naprawdę jesteś ninją – powiedziałam. Ledwo się spociła.

Ana się roześmiała.

– Tworzymy zgrany zespół – odrzekła.

Byłam zdumiona, jak łatwo sobie z nimi poradziłyśmy. Ćwiczenia się opłaciły.

– Zbierajmy się stąd w cholerę – oznajmiłam.

Wsiadłyśmy na rowery i odjechałyśmy.

Rozdział 112

Uda piekły mnie od wysiłku towarzyszącego jeździe powrotnej pod górę, ale ignorowałam ból. Każdy obrót pedałów przybliżał mnie do Nelly'ego, któremu mogło nie zostać wiele czasu. Cichy głosik szeptał mi, że być może ten czas już mu się skończył, ale jego też ignorowałam. Cienie już się wydłużały, gdy dotarłyśmy do chaty, przed którą stał volkswagen bus. James i Penny siedzieli przy Nellym, a Betka i John otwierali puszkę przywłaszczonej zupy.

– Skończyła się nam benzyna – wyjaśniła Penny, gdy już nas przytuliła. – Musieliśmy iść, ale w końcu znaleźliśmy dom jakiegoś starego hipisa. To stamtąd mamy auto i rzeczy. – Wskazała stertę śpiworów, lamp i żywności. Łup wydawał się dobry, ale nie wyglądała na zadowoloną. – Nie było lekarstw. Zatrzymywaliśmy się przy każdym domu, przy którym się dało. Miasteczko też było zainfekowane. Przykro mi.

– My je przywiozłyśmy – poinformowała Ana. Ściągnęła torbę. – Znalazłyśmy co nieco.

– Jakieś problemy? – spytał John.

– Nic, z czym byśmy sobie nie poradziły. Nawet zarażeni wiedzą, że lepiej dziś nie wchodzić Cassie w drogę.

Uśmiechnęłam się ponuro i przycupnęłam obok Nelly'ego. Wyglądał gorzej. Jego rana zrobiła się ciemnofioletowa i cuchnęła. Ten głosik mówił teraz, że śmierdzi jak eliksowie, ale powiedziałam mu, żeby szedł do diabła. Skóra Nelly'ego była sucha, wypocił z siebie każdy mililitr płynu. Ana opróżniła torbę. Zaczęłam rozkruszać tabletki, ale mnie powstrzymała. Podniosła strzykawkę.

– Powinniśmy mu zrobić zastrzyk – oznajmiła.

– Obawiam się, że to nic nie da, jeśli zrobimy go źle.

– Ja się tym zajmę – odparła z wyrazem determinacji na twarzy. – Wiem jak.

Podniosła buteleczkę i zdjęła osłonkę z igły.

– Gdy byłam mała, mama zabrała mnie na prowadzone przez siebie zajęcia. Obserwowałam, jak pielęgniarki uczą się robić zastrzyki i pobierać krew.

Włożyła igłę do środka i nabrała całą strzykawkę przezroczystego lekarstwa.

– Niektóre z nich mdlały, ale ja byłam zafascynowana, choć wiedziałam, że nigdy nie chciałabym zostać pielęgniarką. – Popchnęła tłok, żeby pozbyć się ze środka powietrza. – Ale pamiętam kolejne kroki. Znajdźcie żyłę.

John ścisnął dłońmi zdrowe ramię Nelly'ego, aż żyły stały się lepiej widoczne. Ana skinęła głową.

– Okej, a teraz wbijamy mniej więcej pod tym kątem. – Pewnymi ruchami umieściła czubek igły w naczyniu krwionośnym. We wnętrzu strzykawki zawirował kłąb krwi. – Mam. Teraz wstrzykujemy.

Wepchnęła powoli tłok. Gdy wyciągnęła igłę, przycisnęłam zwitek serwetek, by zatamować krew. Trzymałam Nelly'ego za rękę i wzdrygałam się za każdym razem, gdy przebiegał go dreszcz. Nie rozstawałam się z kaburą, ponieważ zdawałam sobie sprawę, że to już ostatnia szansa. Musiałam zachowywać myśleć realistycznie.

John zaproponował, żebyśmy przenieśli chorego do drugiego pokoju, by mu nie przeszkadzać, ale znałam prawdziwy powód: gdyby chłopak się przemienił, zdołalibyśmy go powstrzymać, zanim wyrządziłby większe szkody. Zastanawiałam się, ile to trwa. Czy najpierw się umiera i kilka godzin później przemienia, czy też efekt jest natychmiastowy?

Wszyscy na zmianę siedzieli ze mną i z Nellym. Wycieraliśmy mu głowę chłodną szmatką. Penny podała mi kubek zupy, który zignorowałam po pierwszym łyku. Wpatrywałam się w Nelly'ego i siłą woli zmuszałam jego pierś, by się podnosiła. Ana podała mu kolejną dawkę antybiotyku i zabrała Betkę spać. Penny pocałowała Nelly'ego w czoło i wyszeptała coś, co tylko on mógł usłyszeć. Później cmoknęła w głowę mnie i wyszła.

John przykucnął obok nas.

– Wezmę przy nim pierwszą wartę – powiedział.

– Obudź mnie, jeśli... – Przerwałam, a on potaknął. – Ja tylko... Wiem, że to tak naprawdę nie będzie on, ale zasługuje na to, by ktoś... rozumiesz?

– Tak zrobię. Obiecuję.

John położył mi dłoń na ramieniu. Był taki miły, że przypomniałam sobie, za co powinnam się wstydzić.

– Przepraszam za wcześniej. Też chciałabym mieć tak niezachwianą wiarę jak ty.

Pokręcił głową.

– Och, kochanie, moja wiara została poddana ogromnej próbie. Ale gdy wierzę, gdy ufam czemuś większemu niż ja, wtedy potrafię poradzić sobie ze wszystkim, z czym się spotykam. Dzięki temu przetrwałem, gdy Caroline odeszła. Ktoś powiedział mi dawno temu, że do nieba prowadzi wiele ścieżek. Wierzę w to.

– Ja nie potrafię wierzyć w coś w taki sposób. – W tym momencie naprawdę tego żałowałam.

– Nie musisz trzymać się konkretnej religii. Nie przypuszczam, by dla Boga miało to znaczenie. Co dziś zrobiłaś? Ryzykowałaś życiem dla przyjaciela? Bardziej po chrześcijańsku nie da się już postąpić. „Nikt nie ma większej miłości od tej, gdy ktoś życie swoje oddaje za przyjaciół swoich"[11], to z Ewangelii według świętego Jana piętnaście, trzynaście. – Miał na myśli mnie i Anę, ale wiedziałam, że oboje myśleliśmy o Peterze. – Połóż się, kochanie. Teraz moja kolej.

Pocałowałam go w policzek i wcisnęłam się w śpiwór. Zanim zamknęłam oczy, postanowiłam nieco poprawić swoje szanse i przeprosiłam też Boga. Tak na wszelki wypadek.

Rozdział 112

Obudziłam się nagle w przyćmionym świetle i zobaczyłam Nelly'ego leżącego na materacu. John spał na siedząco pod ścianą przy głowie chorego. Zasnął na posterunku, co nigdy mu się nie zdarzyło. Nelly był blady i miał obwisłą twarz. Wypatrywałam ruchów jego piersi, ale nic nie dostrzegałam.

Zdusiłam szloch i podsunęłam się bliżej. Drżącą dłonią wyciągnęłam pistolet. Nie byłam pewna, od jak dawna nie żyje, ile czasu zajmie mu przemiana. Będziemy musieli się nim zająć.

To tak naprawdę nie jest Nelly. To już nie on, pomyślałam.

Wysunęłam stopę i trąciłam go delikatnie. Oko zatrzepotało. Zaczął się obracać. Wyciągnęłam broń, trzymając palec przy spuście.

To nie on, nie on, nie on.

– Cassie – odezwał się cicho John, próbując mnie nie nastraszyć. – Odłóż broń. W porządku. Z Nelem jest w porządku.

Słyszałam, co mówił, ale nie składało mi się to w całość. Zaciskałam palce na rękojeści.

– Co? – spytałam.

Wtedy dostrzegłam, że pierś Nelly'ego unosi się. I znowu. Ledwo się poruszała, ale oddychał. Otworzył oczy i obrócił do mnie swą jak najbardziej żywą, przepiękną twarz.

– Bóg: zero, Cassie: jeden – wychrypiał, po czym uniósł kąciki spierzchniętych warg.

Siedziałam przez chwilę oszołomiona, a następnie rzuciłam się na niego. Trąciłam jego rękę, gdy całowałam gorące, lecz już nie rozpalone czoło, a on się skrzywił.

– Przepraszam, przepraszam! – zawołałam cicho. Moja uśmiechnięta twarz znajdowała się ledwie centymetry od jego twarzy. Ponownie pocałowałam go w czoło, tak na wszelki wypadek.

– Pić.

Przytrzymałam mu butelkę i napił się chciwie. Penny, Ana i Betka wpadły do pokoju. Na widok Nelly'ego znieruchomiały, jak ja wcześniej, po czym podeszły bliżej. James stanął w drzwiach i uśmiechnął się.

– Już kilka godzin po drugiej dawce antybiotyków zobaczyłem, że mu się polepsza – wyjaśnił John. – A gdy powiedział kilka słów i trochę wypił, miałem już pewność, że jest dobrze. James zgodził się ze mną, gdy obudziłem go na wartę. Nie chciałem budzić ciebie. Oboje potrzebowaliście snu.

Nelly pozwolił mi przyjrzeć się ramieniu. Wciąż wyglądało paskudnie, ale czerwone smugi znikały. Miałam wrażenie, jakbym wygrała na loterii. Naprawdę podziałało.

– Dzięki, Małe Piwo – wyszeptał Nelly. Wyglądał, jakby miał ochotę się rozpłakać, i to wystarczyło, żeby mi też napłynęły łzy.

– Co powiesz, żeby uznać to za wczesny prezent urodzinowy? – zapytałam, szlochając. – Wystarczająco zajebisty? – Chory roześmiał się słabo. – To Ana robiła ci zastrzyki. Wykonała świetną robotę.

Nelly posłał jej buziaka, a ona odpowiedziała tym samym.

– Ale to dzięki Cassie pojechałyśmy szukać lekarstw – rzekła.

– Słyszałem. – Nelly popatrzył na mnie roziskrzonym wzrokiem. Jego oczy wróciły do zwykłego odcienia niebieskiego i na ich widok miałam ochotę znów na niego skoczyć, ale ograniczyłam się do pocałowania mu dłoni. – I chyba słyszeli też wszyscy w promieniu dwóch mil. Nie wkurza się tak często, ale gdy już jej się zdarzy, to nawet Bóg nie zamierza się jej sprzeciwiać.

– Przepraszam za to – odparłam z zażenowaniem.

Wysunęłam drugą rękę i wciągnęłam sobie Betkę na kolana. Ściskała w łapce pół opakowania Reese's Pieces, które zostawiła dla Nelly'ego. Przytuliłam ją mocno.

– Nie chciałam cię wystraszyć, Betko. Nie wiem, co we mnie wstąpiło.

Pokręciła głową, przekazując w ten sposób, że to nic takiego.

Pierwsze promienie słońca przesączały się przez brudne okno, podświetlając kurz, pajęczyny i plamy, o których nawet nie chciałam wiedzieć, ale każdy zapuszczony skrawek chaty wydawał mi się przepiękny. Nelly żył. Zamknął oczy, ale tym razem już się nie martwiłam. Wiedziałam, że znowu je otworzy.

– Jesteś jak twoja mama – powiedział John. – Nieskora do gniewu. Ale z niewielkiego żaru powstają potężne pożary. To nie zawsze musi być zła rzecz.

Miał rację, moja złość nie była niczym złym. Nelly wrócił z martwych i choć raz na tym przeklętym przez Boga świecie okazało się to czymś dobrym.

Rozdział 114

– Uwielbiam ten samochód – powiedziałam zza kierownicy volksvagena. W środku był wyłożony lśniącym drewnem, miał maleńką lodówkę, zlew i dwie kanapy do siedzenia. Od zewnątrz pokrywała go nieskazitelna biel z morskimi elementami, miał też chromowane akcesoria. Najwyraźniej ktoś inny też go wcześniej uwielbiał.

– To nie samochód – odparł Nelly. Tylko bus, kamper albo wręcz van.

– Jak zwał tak zwał. Uwielbiam go. Ma stojak na przyprawy! Ile osób ma stojak na przyprawy w swoim aucie? Jeśli zdołamy nim dotrzeć na miejsce, myślisz, że pozwolą nam go zatrzymać?

– Pewnie. Będziemy jeździć na wycieczki. W odwiedziny na wieś pełną zombie.

Wciąż był blady i bolała go ręka, ale po trzech dniach kuracji antybiotykowej wyraźnie zdrowiał. Czekaliśmy z odjazdem, aż nabierze wystarczających sił.

– Mądrala. – Podeszłam, by go lekko trzepnąć, ale zamiast tego dotknęłam jego czoła. Było cudownie chłodne. Odsunął się.

– Jak długo jeszcze zamierzasz mnie macać po czole co dziesięć minut? – Od dwóch dni nie miał gorączki.

– Już zawsze. Przywyknij. Na pewno możemy jutro ruszać?

Oparł zdrową rękę o okno i odetchnął.

– Zdecydowanie. Jutro to dzień równie dobry jak każdy inny, by umrzeć. – Uniósł w moją stronę brwi, a ja nie umiałam stwierdzić, czy mówił poważnie.

Poczułam nawrót tamtego dojmującego smutku i ogarnęła mnie wściekłość.

– Nie! Nie wolno ci umierać! Nie ocaliłam ci tyłka tylko po to, byś miał to znowu zrobić. Obiecaj mi.

Wciąż trzymał uniesione brwi. Wiedziałam, że to śmieszne kazać mu obiecywać coś, nad czym nie miał kontroli, ale nie obchodziło mnie to.

– Okay, Cass. Obiecuję, że nie umrę. Nigdy.

– Teraz lepiej. – Zignorowałam sarkazm w jego głosie. Poczułam się lepiej, co było chyba jeszcze głupsze niż wcześniejsze wymuszenie obietnicy.

Penny wyszła z chaty i wrzuciła plecaki na tył.

– Jesteśmy gotowi do wyjazdu z samego rana – oznajmiła.

Tłuste włosy zwisały jej sflaczałe w kucyku. Chciałabym móc wziąć prysznic. Wolałabym nie pokazywać się Adrianowi po raz pierwszy od dwóch lat brudna i śmierdząca. Wiedziałam, że w ogólnym rozrachunku nie powinno to mieć znaczenia, ale jeśli nie ucieszy się na mój widok, fajnie byłoby nie czuć się wtedy fizycznie odstręczająca.

Penny usiadła z tyłu i westchnęła.

– Uwielbiam ten samochód – oznajmiła.

W tym momencie pojawił się James, niosąc puszki z jedzeniem.

– To bus, kochanie, nie samochód – odparł.

Zignorowałam triumfalne spojrzenie Nelly'ego.

Rozdział 115

– Jeszcze sześćdziesiąt pięć kilometrów – rzekł James, po raz dziesiąty odpowiadając na Betkowe „Daleko jeszcze?".

Podawała nam wodę po kilka kropel naraz, by mieć wymówkę do nieustannego biegania do zlewu. Po drodze musieliśmy przesunąć kilka samochodów, ale w miarę jak obszar stawał się słabiej zaludniony, przeszkód robiło się coraz mniej.

Trasa była piękna. Adrian i ja marzyliśmy o tym, że kiedyś tu zamieszkamy. Góry były zielone, jak w nizinnej części Vermontu, jednak bardziej urwiste i dziksze. Wydawało się, że wystarczy zejść na kilka kroków ze szlaku, by się zgubić. Jednak nie brakowało tu też łagodnych dolin i schludnych kawałków ziemi uprawnej. Teraz te pola były zarośnięte, a gospodarstwa opuszczono. Odkreślałam w głowie kilometry i przeliczałam je na czas. Jeszcze czterdzieści pięć minut. Trzydzieści pięć. Wyschło mi w ustach i tak mocno zaciskałam dłonie, że bolały mnie przedramiona.

– Jeszcze wody? – zapytała Betka.

Zmusiłam wargi do uśmiechu i potaknęłam. Zrobiła piruet, by wrócić do zlewu po dolewkę. Była niemal równie brudna jak w noc, kiedy ją znaleźliśmy, jednak podekscytowana, a nie przerażona. We śnie wołała Petera, a ponieważ to on w większość wieczorów układał ją do łóżka, stanowiło to dla niej dodatkowy cios, gdy po obudzeniu się zdawała sobie sprawę, że koszmar okazał się prawdziwy. Była jednak silna. Miałam nadzieję, że wystarczająco silna na ten świat.

Trzydzieści minut. Woda przelewała mi się po spierzchniętym języku, nie nawilżając go. Żałowałam, że nie zdoła utopić motylków tańczących mi w żołądku. Dwadzieścia pięć minut. Dwadzieścia.

– Ktoś odsunął samochody z drogi – powiedział John, wskazując rowy, w których stały porzucone auta.

Biegnące wzdłuż szosy pola ustąpiły miejsca trawnikom i domom miasteczka leżącego w pobliżu farmy. W duchu przygotowaliśmy się na obecność zainfekowanych. Niemal w każdym mijanym dotąd miasteczku spotykaliśmy przynajmniej jedną grupę eliksów, którzy wychodzili, słysząc odgłos silnika. Teraz przejechaliśmy obok ratusza i błoni, lecz nikt nie kuśtykał za nami. Przed sklepem wielobranżowym widniał szyld z wizerunkiem kanapki. Obok niego stała metalowa beczka z ręczną pompą i szlauchem. Na tabliczce było napisane:

BENZYNA W BECZCE. ŻYWNOŚĆ W SKLEPIE.
WEŹ, ILE POTRZEBUJESZ.
PAMIĘTAJ O INNYCH, KTÓRZY PRZYJDĄ PO TOBIE.

– Wow – skomentował James. – Oczyścili miasteczko i zrobili

nawet miejsce na popas. Muszą mieć cholernie... – popatrzył na Betkę, która wyszczerzyła zęby w uśmiechu – ...dobrze opanowaną sytuację.

Skręciliśmy na drogę gruntową wijącą się przez las, by wreszcie wyjść na małe gospodarstwo. Na szyldzie widniał napis „Farma Cob Creek", jednak nie widzieliśmy jej, ponieważ obstawiony drzewami podjazd raptownie kończył się wysokim drewnianym płotem otaczającym dom i zabudowania gospodarcze. Okoliczne pola obsiano kukurydzą. Mijaliśmy kolejne ufortyfikowane gospodarstwa. Jedno miało ogrodzenie z siatki, inne mur z pustaków. W porównaniu z nimi nasz drut kolczasty i okiennice zdawały się niczym dziecięca zabawka.

John zmrużył oczy, wpatrując się w tablicę przed nami.

– Droga „Kingdom Come". Oto jest.

Skręcił. Na polanie stała na palach budka. Drabinka prowadziła na platformę, z której wchodziło się do środka. Pełniący tam wartę mężczyzna uniósł dłoń i John zahamował. Na dół zeszła kobieta o jasnych włosach. Trzymała karabin, ale uśmiechała się, gestem wskazując nam, żebyśmy wysiedli z furgonetki.

– Cześć. Przepraszam za broń. – Zauważyła bandaż Nelly'ego i spochmurniała. – Czy któreś z was jest zainfekowane?

– Nie – odparł Nelly. Odsunął opatrunek, pokazując ranę, która wyraźnie się leczyła. – Zostałem cięty nożem.

Kobieta zwolniła chwyt na karabinie.

– Przepraszam, ale musimy być ostrożni. Jestem Shelby. Witajcie w „Przyjdź królestwo Twoje". Przejedźcie jakieś czterysta metrów drogą i zobaczycie bramę. Dam znać przez radio.

Brama z blachy falistej musiała mieć ze trzy metry wysokości. Obok niej w ogrodzenie wprawiono mniejsze drzwi, przy których stało dwóch ludzi w dżinsach i podkoszulkach. Jak okiem sięgnąć pomiędzy drzewami biegł płot z siatki. Nie miałam pojęcia, jak udało im się to wszystko skonstruować, choć było to chyba możliwe przy odpowiedniej liczbie ludzi.

Mężczyzna o szorstkiej, atrakcyjnej twarzy i niebieskich oczach nachylił się do okna busa.

– Cześć. Jestem Dan. Przyjechaliście, by tu zostać, czy tylko przejeżdżacie?

– Liczymy na to, że zostaniemy – odparł John. – Jesteśmy znajomymi Adriana Millera. Znasz go?

Dan roześmiał się.

– Oczywiście. W końcu to farma jego i Bena. Wszyscy jesteśmy tu tylko gośćmi.

Mrugnął do mnie i do Betki, po czym uśmiechnął się, gdy odpowiedziała niewprawnym mrugnięciem. Brama odsunęła się na bok, ukazując kolejną wysadzaną drzewami drogę.

– Za chwilę zauważycie małą bramę. Maureen wyjdzie wam tam na spotkanie – poinformował Dan. – Do zobaczenia. Witajcie.

Penny nachyliła się i położyła dłoń na moich dłoniach, by je rozsupłać.

– Będzie dobrze – zapewniła.

Chciałabym mieć jej wiarę.

Rozdział 116

Zaraz za zakrętem stała szopa, z której wystawała rura od pieca. Ze środka wyszła uśmiechnięta, przyjemnie zaokrąglona starsza kobieta i pomachała nam.

– John? – spytała. – Jestem Maureen. Pojadę przed wami przez bramę na rowerze. Pokażę wam, gdzie zaparkować, a później zajmiemy się całą resztą. Brzmi dobrze?

John skinął głową.

– Prowadź – rzekł.

Zaparło nam dech, gdy ujrzeliśmy farmę. Biały dom z dużą frontową werandą stał na polanie w otoczeniu drzew klonowych. Z lewej strony rozciągał się sad z jabłonkami powykręcanymi od starości. Z tyłu ustawiono szklarnię i dwie wielkie stodoły otoczone zagrodami, w których na słońcu wygrzewały się zwierzęta. Za nimi pstrzyły się chaty i namioty, a jeszcze dalej leżał największy ogród warzywny, jaki widziałam. W oddali połyskiwało ogrodzenie, a poza nim widniały pola uprawne.

Sama farma była piękna, ale pierścień gór, pośród których leżała, wręcz wprawiał w osłupienie. Otaczała nas lita zielona ściana. Czułam się przy nich maleńka, nieznacząca i bezpieczna. Mogłam zrozumieć, co pomyślał Adrian, gdy ujrzał to miejsce, i żałowałam, że w tym nie uczestniczyłam. Było idealne.

Skierowaliśmy się za dom, do budynku z muru pruskiego, i zaparkowaliśmy obok ambulansu. Gdy stanęłam na ziemi, odkleiłam sobie dżinsy od ud. Z tylnych drzwi budowli dobiegał brzęk garnków. Maureen pokazała w tamtym kierunku.

– Mówimy na to restauracja. To tam przygotowujemy większość posiłków. Jesteście głodni? Lunch oficjalnie zaczyna się dopiero za kilka godzin, ale zawsze można coś przekąsić.

Pokręciliśmy głowami. Jedyną rzeczą, jaką chciałam wiedzieć, to gdzie jest Adrian, ale nie potrafiłam zdobyć się na to, by otworzyć usta i spytać.

– Okej. – Rozejrzała się po nas z sympatią. – Chyba nie będziecie mieć nic przeciwko temu, by mieszkać razem w namiocie? Mamy jeden pusty. Są całkiem przyjemne. I założę się, że macie też ochotę na prysznic, prawda?

– Tak w kwestii wszystkiego, proszę pani – powiedział John, który został naszym rzecznikiem.

Policzki Maureen zrobiły się jeszcze okrąglejsze, gdy się uśmiechnęła.

– John, nigdy więcej nie próbuj nazywać mnie panią. I nie znam imion waszej reszty.

Przedstawiliśmy się, podążając za nią do namiotu. W środku było przytulnie i jasno. Wyposażenie składało się z łóżek polowych, łóżek piętrowych, małego regału i pieca na drewno z kominem wychodzącym przez dach.

– Hmm – stwierdziła kobieta. – Może być nieco ciasno. Budujemy kolejne chaty, ale będą gotowe dopiero za kilka tygodni.

Jeśli wolicie się rozproszyć, są wolne miejsca w innych namiotach.

Myśl o tym, że mielibyśmy się rozdzielić, wzbudziła we mnie niepokój, a jeśli mogłam oceniać po energicznym kręceniu głowami, nie byłam osamotniona. Nie wątpiłam, że gdyby było trzeba, zmieścilibyśmy się całą siódemką w dwuosobowym namiocie.

– Jest świetnie – powiedział Nelly. – Naprawdę.

– Okej. Możecie uważać mnie za przewodniczkę wycieczki. – Roześmialiśmy się. – Dzisiaj zaznajomię was tylko z terenem. Jutro porozmawiamy o pracy dla was i innych rzeczach. Skąd jesteście?

– Z Nowego Jorku – odparł James.

Maureen otworzyła szeroko oczy.

– Ludzie zdołali się stamtąd wydostać? – James wyjaśnił, że opuściliśmy miasto na samym początku. – No to cieszę się, że wam się udało. Później poznacie część osób, które tu mieszkają. Wszyscy są świetni. Jesteśmy jak rodzina.

Otworzyłam usta, ale Nelly mnie wyprzedził:

– Tak właściwie to blisko przyjaźnimy się z Adrianem Millerem. Jest gdzieś tutaj?

– Adrian jest w Whitefield. Spodziewamy się powrotu samolotu przed kolacją. Wymieniamy się z nimi wiedzą i żywnością. – Zaklaskała w dłonie i rozpromieniła się do nas. – Ale się ucieszy, że przyjechaliście.

Przepełniało mnie rozczarowanie, ale poczułam też odrobinę ulgi, ponieważ bałam się tej chwili. I z całego serca miałam nadzieję, że Maureen się nie myliła.

* * *

Maureen zabrała Penny i mnie na poszukiwanie ubrań, podczas gdy reszta czekała przy prysznicach. W pomieszczeniu dobudowanym do restauracji ustawiono skrzynie z ubiorami posegregowanymi według rozmiaru. Znalazłam dżinsy, koszulkę bez rękawów i bluzę z kapturem dla siebie oraz stroje dla pozostałych. Wraz z Maureen czekałyśmy z moją stertą, podczas gdy Penny szukała spodni dla Jamesa.

– Dziękujemy za ubrania – powiedziałam. – To naprawdę świetne.

– Prawda? Gdy tu trafiłam, wszystko znajdowało się dopiero na początkowym etapie, ale teraz mamy już system.

– Adrian jest bardzo zorganizowany.

Oparła się o stół.

– Owszem, jest. Wszyscy go uwielbiają. Skąd się znacie?

– Poznaliśmy się na studiach. – Nie miałam ochoty podawać jej szczegółów. Jeśli Adrian nie ucieszy się na mój widok, przynajmniej nie dam się od samego początku poznać jako jego była narzeczona.

– Dobrze go znasz? – Przytaknęłam, obserwując kogoś przechodzącego na zewnątrz. – Zatem nie będzie dla ciebie tajemnicą, że jest cichy, ale jakoś potrafi wszystkich przekonać, by robili to, co jest niezbędne. Może ludzie nie chcą go zawieść.

Zawahałam się, ale Penny wciąż byłą zajęta, więc zdecydowałam się zadać to pytanie:

– Jest z kimś w związku?

Zachowałam swobodny ton, jakbym szukała plotek. Musiało zadziałać, bo Maureen nachyliła się do mnie konspiracyjnie, otwierając szeroko oczy.

– Z nikim! Owszem, jest tu więcej mężczyzn niż kobiet, ale widziałam, jak odrzucał pewne bardzo wyraźne propozycje.

Motylki wróciły. „Nie ma nikogo innego".

– Słyszałam, że w zeszłym roku miał romans z jedną z letnich stażystek – ciągnęła. – Przez chwilę było gorąco i parno, ale wraz z końcem lata skończył się też romans.

Poczułam uderzenie zazdrości. Wiedziałam, że nie mam najmniejszego prawa się złościć, ale to nie powstrzymywało mnie przed wyobrażaniem sobie Adriana w „gorącej i parnej" sytuacji z kimś innym. Miałam ochotę zwymiotować. Maureen matczynym gestem nakryła moją dłoń.

– Mam wrażenie, że nie jest to coś, co chciałaś usłyszeć. Przykro mi. Mam skłonności do trajkotania. Moja córka mówi, że przekazuję za dużo informacji.

Ścisnęłam jej dłoń i przełknęłam uczucie goryczy.

– Nie musisz przepraszać. Sama spytałam. Czy ona tu jest? Twoja córka?

Oczy kobiety wypełniły się łzami, zanim mrugnęła, by się ich pozbyć. Uśmiechnęła się.

– Nie. Mieszka na Florydzie. Nie wiem, czy u niej w porządku. A po drodze tutaj straciłam męża.

– Przykro mi. My też kogoś straciliśmy, jadąc tu. Miał też do nas dołączyć mój brat, ale nie zjawił się.

Maureen westchnęła.

– Nie znam nikogo, kto by kogoś nie stracił. Po prostu żyjemy dalej najlepiej, jak potrafimy, prawda?

Jej łagodny głos tak bardzo kojarzył mi się z mamą, że miałam ochotę ją przytulić. Przypuszczałam, że nie miałaby nic przeciwko temu.

Podeszła do nas Penny.

– Okej, znalazłam dżinsy dla tyczki grochowej. Dzięki, Maureen.

Rozdział 117

Przez prysznic rozumiano tu po prostu ciepłą wiodę płynącą z beczki przez sitko natryskowe, ale i tak wydawał mi się niezwykłym zjawiskiem. Namydliłam włosy sobie i Betce, czując, jak część koszmarów minionego tygodnia spływa wraz z pianą i znika pod paletą, na której stałyśmy. Zanim Maureen nas zostawiła, spytała, czy chcę, by odszukała mnie w restauracji, kiedy samolot będzie już w drodze. Gdy przytaknęłam, ścisnęła moją dłoń i obiecała, że tak zrobi.

Rozpakowaliśmy się w namiocie i poszliśmy na lunch. Jadalnia miała odsłonięte belki sufitowe i umeblowano ją stołami, ławami oraz krzesłami różnego pochodzenia. Pracownicy kuchni nieustannie uzupełniali potrawy na ustawionych z tyłu blatach. Mieliśmy środek lata, więc wszystko było świeże. Nalałam Betce dużą szklankę krowiego mleka. Wydudliła wszystko i poprosiła o dolewkę.

– Wiesz, wydaje mi się, że kochasz tę kawę bardziej niż mnie –

powiedział James do Penny, która sączyła kawę z mlekiem w taki sposób, jakby było to doznanie religijne.

Uchyliła jedno oko, uśmiechnęła się i zamknęła je na nowo.

– Możesz mieć rację – stwierdziła.

Rzeczy, które sobie nałożyłam, wyglądały przepysznie, ale nie byłam w stanie ich jeść. Główny tłum lunchowy już się nieco przerzedził, ale w sali wciąż było pełno. Większość ludzi miała pomiędzy dwadzieścia a pięćdziesiąt lat, choć zdarzało się też trochę dzieci i starszych osób.

Rozmawiali i śmiali się w taki sposób, jakby rzeczywiście wszyscy tu się dogadywali. Gdy tylko ktoś skrzyżował z nami wzrok, uśmiechał się lub machał. Ludzie, którzy przechodzili obok naszego stolika, witali się, ale nie naciskali na informacje. Być może dlatego, że siedzieliśmy z zaskoczonymi spojrzeniami, wciąż nie mogąc wyjść z szoku wywołanego liczbą obecnych tu osób i faktem, że byliśmy bezpieczni. Nie musieliśmy cały czas wytężać słuchu, czy nie słychać brzęczenia puszek albo trzasków gałązek pod stopami kogoś idącego przez las.

Maureen przeszła przez szerokie drzwi frontowe, a ja się spięłam. Pokręciła głową. Jeszcze nie było samolotu. Przysunęła sobie krzesło i uśmiechnęła się.

– Jesteście czyściutcy. Rozgościliście się już?

– Tak, wszystko w porządku – odparł John, przejeżdżając dłonią po wilgotnych włosach. – Słuchaj, zastanawiałem się, jak tu wygląda z pracą.

– Cóż, staramy się przydzielać ludziom to, co ich interesuje. Pomyślmy. Są oczywiście ogrody i zasiewy. Jest budowlanka, obsługa instalacji elektrycznej, warty i patrole, woda, żywy inwentarz, kuchnia i produkcja przetworów. Sporo osób robi po trochu różnych rzeczy. Jest harmonogram, do którego można się wpisać.

– Ja bym chciała pracować w ogrodach – powiedziała Ana. – Można się nimi zajmować jednocześnie z wartami?

– Pewnie. Większość dorosłych stoi na warcie w systemie zmianowym. To patrole są bardziej niebezpieczne. – Na te słowa Anie zabłysły oczy. – Czyli znacie się na ogrodnictwie?

John opowiedział jej o uprawach, które zostawiliśmy przy chacie.

Maureen wyglądała, jakby zrobiło to na niej wrażenie, a potem na jej twarzy pojawił się wyraz olśnienia.

– Nic dziwnego, że nie rzuciliście się na świeże produkty, jakbyście nie widzieli ich od miesięcy. Wiecie, tak robi większość osób, które tu trafiają. Czyli już wiecie, o co w tym chodzi. Na pewno wszyscy będą chcieli, żebyście trafili do ich zespołów. Ja sama znałam się trochę na uprawie kwiatów, zanim się tu znalazłam, ale i tak musiałam się wiele nauczyć. Wcześniej tylko otwierałam słoiki, a tu wkładam do nich rzeczy i później pasteryzuję. – Roześmiała się i obróciła do Betki. – A ty jesteś Beth, zgadza się?

– Tak – odrzekła dziewczynka przez przeżuwane ciastko. – Ale większość mówi teraz na mnie Betka. To skrót od Liza Betka.

– Słuchaj, Betko, znam przynajmniej dwoje dzieci w twoim wieku, które na pewno chciałyby się z tobą pobawić. Może po lunchu pójdziesz ze mną i z którymś z twoich przyjaciół, żeby ich poszukać?

Mała skinęła głową i dopiła resztkę mleka. Maureen przywołała kogoś gestem. Był niski, lecz mocno umięśniony, z kręconymi brązowymi włosami i przyjazną twarzą, którą pamiętałam. Ben, partner Adriana.

– Ben, oto przyjaciele Adriana, którzy dziś przyjechali – powiedziała kobieta.

– Hej. – Uśmiechnął się. – Słyszałem, że ktoś się zjawił, ale nie wiedziałem, że znacie Adriana. – Ściskał z nami dłonie, gdy Maureen przedstawiała nas po kolei. Mnie zostawiła na koniec.

– Cassie już poznałem – rzekł. Coś błysnęło mu w oku, gdy się do mnie uśmiechał. Być może niepewność. Witaj w klubie, Ben.

– Cześć, Ben – odezwałam się. – To miejsce jest absolutnie wspaniałe. Potrafię zrozumieć, dlaczego je wybraliście.

Podziękował mi i rozmawialiśmy jakąś minutę, zanim ktoś go zawołał. Spojrzał jeszcze dłużej na Anę i pożegnał się. Uśmiechnęła się do niego uprzejmie i spuściła wzrok na płócienną serwetkę. Podczas gdy mnie flirtowanie wychodziło okropnie, Ana miała do niego wrodzony talent, jednak nie podnosiła wzroku, dopóki mężczyzna nie odszedł.

Pomogliśmy zanieść naczynia do kuchni. Była wielka, z kilkoma piecami na drewno i spiżarnią. W drodze do dużego zlewu zatrzymałam się i wyjrzałam przez okno. Rozciągał się przez nie wspaniały widok na góry. W życiu nie widziałam czegoś podobnego.

Podeszła do mnie Maureen.

– Samolot będzie tu za jakieś trzydzieści minut. Pas startowy jest niedaleko stąd. Jest tam szopa na części, w której przesiaduje pilot. Możesz w niej zaczekać, jeśli chcesz.

Stopy wrosły mi w podłogę. Nelly wysupłał mi tacę z rąk, zaniósł ją do zlewu i wrócił.

– Chcesz, żebym poszedł z tobą? – zapytał.

Pokręciłam głową. Choć bardzo kochałam Nelly'ego, nie chciałam, żeby stał się świadkiem czegoś, o czym zapewne nie będę chciała nigdy z nikim rozmawiać.

Rozdział 118

Podążyłam za Maureen boczną drogą do szopy z małym strychem i oknami.

– Mam trochę rzeczy do zrobienia na zewnątrz – powiedziała. – Ale gdybyś mnie potrzebowała, będę blisko. Mam zostawić otwarte drzwi?

Skinęłam głową.

– Dziękuję – rzekłam.

Widziałam przed sobą pas startowy, szeroką połać brązu wciętą w pole. Chodziłam po pomieszczeniu i patrzyłam na mapy zawieszone na ścianach, tak naprawdę ich nie dostrzegając. Próbowałam siadać, ale nie wytrzymywałam dłużej niż minutę, zanim zrywałam się i na powrót zaczynałam nerwowo krążyć.

Rozegrałam w głowie wszystkie możliwe reakcje Adriana na moją obecność. Niemal każda z nich sprawiała, że czułam zażenowanie. Najlepsze, na co mogłam liczyć, to że wciąż mnie kochał, że kiedyś mi wybaczy i na nowo zaufa. Przecież złamałam mu serce.

Drżącymi dłońmi podniosłam butelkę i napiłam się z niej wody. Serce dudniło mi jak szalone, w głowie mi szumiało i oblewał mnie zimny pot. To tyle w kwestii efektów prysznicu. „Można by pomyśleć, że zaraz zaprowadzą cię na gilotynę", powiedziałam głośno. Wspaniale, teraz gadałam do siebie.

Żyłam już wcześniej bez Adriana, ale nie było to tak naprawdę życie. Tylko zabijanie czasu. Teraz zaś, zwłaszcza teraz, pragnęłam oszczędzać każdą chwilę szczęścia, jaka mi się trafiała. Trzy lata temu dowiedziałam się, że wszystko może się skończyć tak szybko, ale nie przyswoiłam wiążącej się z tym lekcji: by trzymać się tego, co wciąż miałam. Zamiast tego odepchnęłam to od siebie.

Pomyślałam o Peterze i o tym, że nie zdążył powiedzieć Anie, co do niej czuje. Najważniejsze nie było to, by spodobała mi się odpowiedź Adriana, lecz bym zadała pytanie.

Usłyszałam silnik na długo przed tym, zanim dostrzegłam samolot. Stanęłam w drzwiach, żeby obserwować. Biały samolot zatoczył łuk i podszedł do lądowania. Dotknął ziemi i pomknął po pasie, by zatrzymać się po pięćdziesięciu jardach. Drzwiczki otworzyły się.

Po raz setny przećwiczyłam w głowie to, co zamierzałam powiedzieć. Wycierałam dłonie o uda, gdy Adrian wysiadł. Miał na sobie dżinsy, czarne robocze buty i kurtkę, którą zdjął, ukazując oliwkowozieloną koszulkę. Nachylił się z powrotem do środka, by coś powiedzieć, a potem zamachał i obrócił się.

Wyglądał tak samo jak zawsze: kości policzkowe, wieczna ciemna szczecina i nos, który ładną twarz zamieniał w atrakcyjną. Znałam każdy jego centymetr, od brzydkich palców u stóp, z których się naśmiewałam, po bliznę na skroni po ospie wietrznej, którą przeszedł w wieku pięciu lat. Jednak minęło tyle czasu, że wyglądał też nowo, jak nieznajomy.

Maureen podeszła do niego z grabiami w dłoniach. Dotknął jej ramienia, gdy zaczęła mówić. Adrian nie tylko sprawiał wrażenie, jakby chciał usłyszeć każde wypowiadane przez ciebie słowo, on naprawdę tego pragnął. Wskazała w kierunku szopy, a on znieruchomiał. Zastanawiałam się, co właśnie myślał. Wiedziałam, że powinnam tam wyjść, ale nie potrafiłam.

Jego usta poruszyły się. Kobieta przytaknęła, a wtedy kurtka wypadła mu z dłoni na pylistą ziemię. Obrócił się i zaczął iść ku mnie. Cofnęłam się do środka i słuchałam dudnienia jego butów na ścieżce. W tej niezręcznej chwili, kiedy wejdzie i się zatrzyma, powiem to, co sobie przećwiczyłam. Wyrzucę to wszystko z siebie, zanim zdąży się odezwać: jak bardzo mi przykro, jak bardzo mi wstyd, że go skrzywdziłam, jak to nigdy nie przestałam go kochać.

Wzięłam głęboki oddech, gdy wkroczył do szopy. W jego oczach, mających tę samą barwę co koszulka, widniało niedowierzanie.

– Adrian, ja... – zaczęłam, ale on się nie zatrzymał. Pewnym krokiem podszedł blisko i wziął mnie w ramiona. Serce biło mu równie szybko jak moje.

– Jesteś tu. – Jego głos brzmiał, jakby się modlił. – Nie mogę uwierzyć, że tu jesteś.

Uniósł moją twarz, by na mnie spojrzeć. Jego dłonie były szorstkie i spękane, pachniały benzyną. Chyba nigdy nic nie wydawało mi się równie cudowne, jak te dłonie na moich policzkach.

– Tak bardzo cię przepraszam. ja... – próbowałam mówić,

ale zamknął mi usta pocałunkiem tak gwałtownym, że nie mogłam zrobić nic innego, jak tylko na niego zareagować. Nie pamiętałam już nawet, co chciałam powiedzieć, bo zatraciłam się w pocałunku, którego przez dwa lata nie śmiałam sobie nawet wyobrażać. Adrian wydawał się taki sam, smakował tak samo. Czułam się, jakbym wróciła do domu.

Nie zasługiwałam na to wszystko. Dlaczego sądziłam, że mnie nienawidził? Byłam osobą, która nie potrafiłaby tak łatwo wybaczyć. On natomiast był niczym otwarta księga. Nie istniało nic poza radością w tym pocałunku i w sposobie, w jaki mnie trzymał, jakbym nie mogła być prawdziwa, jakbym była czymś cennym. Wymknął mi się szloch i wtedy cofnął się, choć mnie nie puścił.

– Co się stało? Czy to?... – Jego dłonie opadły. Pragnęłam, by znów mnie dotykały, nawet jeśli nie zasługiwałam na nie.

– Tak bardzo cię przepraszam – powtórzyłam. – Za to, co wtedy ci powiedziałam. Za to, co zrobiłam. Chcę tylko, byś mi wybaczył.

– Już to zrobiłem – odrzekł czułym głosem, marszcząc brwi. – Dawno temu. Kocham cię.

Zapłakałam mocniej, a on otoczył mnie ramionami. Staliśmy tak, z jego policzkiem opartym na mojej głowie, jak dawniej.

– Nie potrafiłem przestać o tobie myśleć w twoje urodziny. – Przez skórę jego piersi czułam wibracje wzbudzane przez jego głos. – Zastanawiałem się, gdzie przebywasz, czy jesteś bezpieczna, wiec następnego dnia poleciłem pilotowi, żeby poleciał do chaty. Nie powinniśmy zużywać w taki sposób paliwa, ale nie obchodziło mnie to. Nie mogłem już dłużej tego znosić. Chata... – głos mu się załamał – ...była spalona do gołej ziemi. Wszędzie kręcili się eliksowie. Kazałem latać tam i z powrotem, raz za razem, próbując dostrzec, czy jesteś jedną z nich i... – Przerwał i jego ciałem wstrząsnął dreszcz.

Pogłaskałam go po plecach.

– Nic mi nie jest.

– Byłem tak przekonany, że żyjesz. Tak pewny. Nie wątpiłem, że zdołałaś wydostać się z Nowego Jorku. Ale gdy zobaczyłem chatę, pomyślałem, że już za późno. Nienawidziłem się za to, że nie zjawiłem się wcześniej.

Obwiniał się, podczas gdy jedyną winną osobą byłam ja. Pokręciłam głową przyciśniętą do jego piersi.

– Nie. To ja powinnam była jakoś się z tobą skontaktować. Ale za bardzo się bałam, że nie zechcesz ze mną rozmawiać, więc tego nie zrobiłam.

Uniósł moją brodę.

– Nigdy bym nie... – zaczął.

– Adrian! – Do szopy wszedł ciężkim krokiem jasnowłosy mężczyzna. – Och. Przepraszam, stary. – Wyglądał bardziej na zaintrygowanego niż zawstydzonego.

– Co tam, Marcus? – spytał Adrian, ale nie poruszył się i przytrzymał mnie mocniej, żebym nie mogła się odsunąć.

– Uhm, coś się dymi w szopie z instalacją elektryczną. Tak jakby przydałbyś się tam.

– Gdzie jest Janine?

– Poszła na noc do Cob Creek. Usłyszeliśmy samolot i przysłali mnie po ciebie. – Teraz naprawdę wyglądał, jakby mu było przykro.

Adrian westchnął.

– Okej. Za chwilę przyjdę.

– Pewnie – odparł Marcus i zerknął na mnie z zaciekawieniem, zanim odszedł.

Uśmiechnęłam się do Adriana. Nie mogłam uwierzyć, że stoję w jego ramionach.

– Dobrze się czujesz? – zapytał.

Dobrze to było mało powiedziane. Stanęłam na palcach i pocałowałam go delikatnie, trzymając go za tył głowy. Skierował na mnie to spojrzenie, które milion lat temu Nelly nazwał łagodnym.

– Kocham cię – powiedziałam. – Naprawdę.

– To dobrze. – Roześmialiśmy się, bo tak kiedyś mawialiśmy i miło było do tego wrócić.

Dziewczyna z ogoloną na krótko głową wsunęła głowę do środka i skrzywiła się, jakby dostała zadanie, którego nie chciał nikt inny.

– Cześć, A. Przepraszam, ale tam się naprawdę solidnie dymi.

Adrian przytaknął.

– Już idę. Spotkamy się na miejscu.

Szturchnęłam go delikatnie.

– Obowiązek wzywa. Idź ugasić ogień. Jesteśmy w jednym z dużych namiotów na tyłach.

Popatrzył na mnie z niedowierzaniem i ścisnął moją dłoń.

– Nie ma mowy. Chodź, ugasisz ten pożar ze mną. A tak w ogóle to jacy „my”?

Wyprowadził mnie na zewnątrz. Szliśmy ścieżką i mu opowiadałam.

Rozdział 119

Adrian ciągał mnie za sobą przez całe popołudnie, choć tak naprawdę trudno było mówić o ciąganiu. Gdy poszedł się wysikać, musiałam się powstrzymać, by nie wejść za nim, więc przechadzałam się przed łazienką, dopóki nie wrócił. Nasze stale złączone dłonie przyciągały zaciekawione spojrzenie, gdy przedstawiał mnie, doglądając miliona rzeczy. Musiałam wyglądać jak wariatka, bo nie potrafiłam przestać się uśmiechać.

Zabrał mnie do jednej z nieukończonych chat i przeprowadził przez otwór drzwiowy. Ściany były wypełnione izolacją, a na wyposażeniu znajdował się już piec na drewno wykonany z metalowej beczki. Wszystko inne na świecie się rozpadało, ale to miejsce rozwijało się.

– Jak to wszystko zrobiłeś? – spytałam z podziwem. – To niesamowite.

– Wcale nie. – Pokręcił głową i usiadł na niskiej półce wbudowanej w ukończoną już ścianę. – Podczas gdy wszyscy inni starali się dotrzeć w bezpieczne miejsce, mnie już nic nie groziło.

Chodziło po prostu o zrozumienie, co się dzieje, i podjęcie stosownych kroków.

– Nie, to naprawdę jest niesamowite, bo zamiast zamknąć farmę, postanowiłeś ją otworzyć. Przyjąłeś ludzi. Natchnąłeś ich do zrobienia tego wszystkiego – wskazałam przez okno, w które nie wprawiono jeszcze szyby.

Wzruszył ramionami i spuścił wzrok. Uważał, że każdy byłby zdolny do tego, co on. Nie zdawał sobie sprawy, jaki jest wyjątkowy. Zastanawiałam się, czy to działa na moją korzyść, ponieważ nigdy nie byłam pewna, czy zasługuję na kogoś tak nieodmiennie dobrego. Może nikt na niego nie zasługiwał.

– Kocham cię – rzekłam.

Wciąż trzymał zwieszoną głowę, ale dostrzegłam dołek w policzku i wiedziałam już, że się uśmiechał. Przyciągnął mnie do siebie i zahaczył małym palcem o pierścionek na mojej szyi, a następnie przesunął nim po łańcuszku.

– Wciąż go masz. Dlaczego nosisz go na szyi?

Byłam zażenowana swoją zabobonnością.

– Czułam się dziwnie, zakładając go. Jakbym nie powinna go nosić, dopóki nie zyskam pewności.

Zerknął na mnie.

– A teraz chcesz go nosić?

Wiedziałam, że w tym pytaniu chodzi o więcej niż tylko o pierścionek.

– Tak – wyszeptałam.

Zdjął go z łańcuszka i wsunął mi na lewy palec serdeczny.

– Wciąż pasuje – powiedział i ucałował mi dłoń. – Tak jak my pasujemy do siebie.

Nie byłam w stanie odpowiedzieć, więc przycisnęłam jego dłoń do ust i musnęłam po kolei wargami jego palce. Gdy podniosłam wzrok, jego oczy były przymrużone i tak wygłodniałe, że oddech mi przyspieszył. Wstał i posadził mnie na półce. Przyciągnęłam go do siebie i smakowałam jego wargi, jego język, jego szyję. Chwycił garść moich włosów i nawinął je sobie na palce.

– Jesteś taka piękna – wymruczał mi w usta.

Wszędzie tam, gdzie jego ciało stykało się z moim, czułam ciepło i wilgoć, zupełnie jakbyśmy stapiali się ze sobą. Wsunął mi dłoń pod pas dżinsów, a ja przylgnęłam do niego. Skóra pod jego koszulką była tak ciepła, tak gładka. Nie byłam w stanie się powstrzymać, pomyślałam, i w tej samej chwili ściana za nami zaczęła się trząść od uderzeń młotków. Wzdrygnęłam się zaskoczona i zderzyliśmy się głowami. Potarłam się po czole i wyszczerzyłam zęby w uśmiechu.

– Oj. Przepraszam – rzuciłam.

Adrian wyglądał tak śmiesznie z jednym przymkniętym okiem, że wybuchnęłam śmiechem. Przyłożył sobie dłoń do głowy i uśmiechnął się.

– Czy tu nie można liczyć nawet na odrobinę prywatności? – zawołałam, wciąż się szczerząc.

Wziął mnie za rękę. Wypadliśmy przez drzwi w późnopopołudniowy blask. Pomachał w kierunku ludzi przybijających siding do ściany chaty.

– Nie bardzo. Ale bycie jednym z właścicieli ma swoje plusy. Mam własny pokój w głównym domu. Myślałem o tym, by oddać go jakiejś parze, ale...

Ścisnęłam jego dłoń. Chciałam znaleźć się z nim w tym pokoju, ale teraz, gdy już ochłonęłam, czułam się zażenowana i nie potrafiłam tego powiedzieć. Nie były to dla nas nieznane wody, ale i tak czułam się jak dziewica w noc poślubną. Gdzieś rozbrzmiał dzwon.

– Pora kolacji – rzekł. – Może w końcu natkniemy się na Nelly'ego i Penny. – Zajrzeliśmy wcześniej do namiotu, ale nie było ich, więc pewnie poszli badać teren.

Nelly dostrzegł nas, gdy szliśmy, i pociągnął Penny za rękaw. Rzucił się przez tłum, a gdy zauważył nasze splecione ręce, uśmiechnął się do ucha do ucha w taki sposób, by jednocześnie przekazać tym coś nieprzyzwoitego. Uścisnęli się z Adrianem i poklepali po plecach.

Penny ujęła twarz Adriana w dłonie i cmoknęła go w usta.

– Nigdy nie sądziłam, że jeszcze kiedyś ujrzę to piękne oblicze!

Adrian roześmiał się i zakręcił nią w kółko. Ściągaliśmy na siebie powszechną uwagę, ale większość ludzi uśmiechała się. Niektórzy mieli tęskne miny. Przypomniały mi się słowa Maureen, że wszyscy kogoś straciliśmy, i miałam lekkie poczucie winy, że my akurat się znaleźliśmy.

Rozdział 120

W jadalni było niemal pusto. Parę osób grało w karty lub rozmawiało, ale większość udała się już do swoich kwater na noc. Wstaliśmy od stołu i usiedliśmy w świetle latarni. Betka znalazła koleżankę imieniem Jasmine i siedziały pod stołem, chichocząc, dopóki Jasmine nie musiała iść do łóżka. Teraz mała przycupnęła mi na kolanach i spała jak kamień. Nic dziwnego, że była wyczerpana, w końcu wstaliśmy dziś o świcie.

Nelly wziął na siebie opowiedzenie Adrianowi naszej historii. Brooklyn, Jersey, Washingtonowie i kamping, banda Neila i nawet Zeke, którego Adrian znał. Zeke dotarł do Whitefield, tak jak sądziliśmy.

Gdy mówił o Peterze, zniżył głos i sprawdził, czy Betka wciąż śpi. W jakiś sposób zdołał opowiadać o nim bez wspominania, że kiedyś byliśmy w związku. Nie zamierzałam trzymać tego w tajemnicy, ale wolałam poinformować o tym Adriana na osobności.

– Musiał być świetnym facetem – powiedział Adrian. Zauważył wilgotne policzki Any i ze smutnym uśmiechem podał jej chusteczkę. – Szkoda, że nie mogę mu podziękować.

Dotknął mojego kolana i przesunął wzrok na Betkę. Musiał być zaskoczony, że przyjechałam z siedmiolatką, która była moja, która była nas wszystkich, ale dziewczynka już zdobyła jego serce. Widziałam, jak wciskał jej bezcenną paczkę gumy do żucia, gdy sądził, że nikt nie patrzy.

Gdy Nelly i Ana opowiadały, jak się upierałam, że musimy znaleźć lekarstwo dla Nelly'ego, wpatrywałam się w deski podłogi. Odmalowali mnie niczym jakiegoś anioła zemsty, a Nelly naśladował mnie rzucającą rzeczami.

Wywróciłam oczyma.

– Byłeś ledwo przytomny – skomentowałam. – Nie zachowywałam się wcale tak źle – powiedziałam do Adriana, choć wyglądał, jakby zrobiło to na nim wrażenie.

– Owszem, zachowywałaś się – odparł Nelly, puszczając oko. Odchylił się do tyłu i ziewnął.

John potarł oczy.

– Chyba już pora się kimnąć – rzekł. – To był długi dzień.

Podniósł Betkę i ułożył ją sobie na rękach jak niemowlę. Reszta z nas wstała. Adrian wziął mnie za rękę.

– Gotowa? – spytał.

Przytaknęłam. Wkroczyliśmy w mrok i życzyliśmy sobie dobrej nocy. Dziwnie było spać w innym miejscu niż ludzie, w których towarzystwie spędziłam każdy dzień i noc przez ostatnie miesiące.

– Zaczekaj – powiedziałam do Adriana i pobiegłam za pozostałymi. – Chciałam jeszcze raz życzyć wam dobrej nocy. Będę za wami tęskniła.

Pocałowałam śpiącą Betkę i przytuliłam resztę, zostawiając sobie Nelly'ego na koniec.

– Przyzwyczaiłam się do spania z tobą – wyszeptałam mu do ucha. – Będę za tobą tęsknić.

Jego śmiech rozdarł nocną ciszę. Ledwo dostrzegałam jego ironiczny uśmieszek w przyćmionym blasku lamp słonecznych umieszczonych wzdłuż ścieżki.

– Kochanie, jeśli za mną zatęsknisz, to będzie znaczyło, że coś robisz nie tak.

Rozdział 121

Od środka dom był cudny, z dużymi oknami i staroświeckimi sztukateriami. Schody trzeszczały, gdy szliśmy na górę. Adrian wskazał łazienkę i otworzył drzwi na końcu korytarza.

– To moje – poinformował.

Na dwóch ścianach znajdowały się wielkie okna. Za dnia musiał być z nich wspaniały widok. Adrian pstryknął przełącznik i włączyło się światło elektryczne. Weszłam głębiej z zachwytem.

– Wow, prawdziwe, nieudawane światło – rzekłam. – Wydaje się takie jasne. Przyzwyczaiłam się do słabych kręgów blasku rzucanego przez lampy.

– Kolejny przywilej. Wkrótce będzie też w restauracji dzięki ogniwom solarnym.

Widziałam podwójne łóżko i biurko, na którym leżały uporządkowane kupki papierów. Regał pełen książek. Szafę, za której drewnianymi drzwiami, jak miałam pewność, wisiały schludnie ubrania. Adrian był porządny, ja byłam flejtuchem. Mój wzrok przykuł obraz wiszący pomiędzy oknami. Podeszłam bliżej.

To ja mu go namalowałam. Przedstawiał miejsce, w którym pierwszy raz się pocałowaliśmy. Ukazałam je tak, jak wyglądało chwilę później. Wszystko lekko się ze sobą zlewało, jak wtedy, gdy patrzy się nie do końca skupionym wzrokiem. Kolory były jaskrawsze. Żółcie i czerwienie liści oraz szarość skały mieszały się ze spienioną srebrzystością wody.

– Powiesiłeś go – powiedziałam zaskoczona, że nie wcisnął malowidła na dno jakiegoś pudła. Pomyślałam o skrzynce, która istniała tylko dzięki Erikowi, i poczułam się okropnie.

– No oczywiście. – Stanął za mną i chwycił mnie dłońmi w pasie. Oparłam się o niego i zamknęłam oczy. – Nie miałem ochoty z ciebie rezygnować. – Ścisnął mnie mocniej. – Zeszłej wiosny przyjechałem do Nowego Jorku, żeby się z tobą zobaczyć. Chciałem wiedzieć, czy zmieniłaś zdanie. Uznałem, że jeśli tak, to być może nie byłabyś skłonna...

– Przyznać tego? Przeprosić? – podsunęłam, mając ochotę sama się kopnąć.

– Poniekąd. Uznałem, że może karałabyś samą siebie, uważając, że i tak bym cię nie zechciał.

Skinęłam głową. Tak dobrze mnie znał.

– Ale gdy się zjawiłem, był piątek i zobaczyłam, że wsiadasz do czyjegoś samochodu. Jakiegoś faceta. Pocałował cię w czubek głowy, a ty się uśmiechnęłaś. Pomyślałem, że może znowu jesteś szczęśliwa, i nie chciałem się mieszać.

Nelly mówił, że Adrian przestał mu wysyłać e-maile jakiś rok temu. To musiało być po tamtym.

– To nieprawda. – Spiął się i zaczął mówić przez zaciśnięte usta: – Byłem na ciebie zły. Za to, że żyłaś dalej, podczas gdy ja nie chciałem i wydawało mi się, że ty też nie będziesz chciała. Postanowiłem więc uwierzyć w to, co mi powiedziałaś. Ale gdy

przestawałem się wściekać, miałem nadzieję, że jesteś szczęśliwa
z tym ciemnowłosym facetem w fajnym samochodzie.

„Ciemnowłosym facetem w fajnym samochodzie".

– To był Peter. – Nawet nie byłam świadoma, że wygłosiłam
to na głos, dopóki nie cofnął rąk i nie odsunął się. Chciałam jednak, by wiedział. Nie miałam ochoty kłamać. Ani nawet czegokolwiek pomijać.

– To był Peter? Ten sam Peter, który?... – spytał.

Jego twarz była całkowicie pozbawiona wyrazu z wyjątkiem
oczu, które płonęły. Wiedziałam, co musiał sobie o mnie w tym
momencie myśleć. Że straciłam nowego chłopaka, więc przyjechałam odnaleźć starego i tak się akurat szczęśliwie składało,
że ten stary mieszka w bezpiecznym miejscu. Adrian mógł być
ufny, ale był tylko człowiekiem, a ja nie pokazałam się jako osoba
godna zaufania. Obróciłam się do niego.

– Tak, chodziliśmy ze sobą jakiś czas. Ale to się skończyło, zanim opuściliśmy Nowy Jork.

Nie patrzył na mnie. Miał minę podobną jak tamtego wieczoru, gdy widziałam go po raz ostatni, i znów była to moja wina.
Miałam wrażenie, jakby dzień właśnie uległ implozji.

– Mówię prawdę – rzekłam błagalnie. – On i Ana byli jakby
razem. A my po prostu się mocno przyjaźniliśmy.

Sięgnęłam po jego dłoń, ale miał ręce założone na piersi
i nie rozluźnił ich.

– Adrianie, ja nigdy... – Zamierzałam powiedzieć, że nigdy
go nie okłamałam, ale nie była to prawda. Kiedyś go nie okłamywałam, ale wtedy to zrobiłam i nie było to drobne kłamstewko. –
Okłamałam cię tylko raz.

– Czyżby? – odparł beznamiętnie. – A kiedy to było, Cassie?

Nie podobało mi się, w jaki sposób wypowiedział moje imię,

jakby było przekleństwem. Chciałam, by na mnie spojrzał. Pociągnęłam go za rękę i obrócił się do mnie niechętnie. Nie wiedziałam, jak sprawić, by mi uwierzył, więc po prostu powiedziałam mu prawdę:

– Gdy mówiłam, że cię nie kocham.

Spodziewałam się, że powie mi, bym sobie poszła, ale jednocześnie modliłam się w duchu, by na mojej twarzy widać było szczerość. Musiał ją dostrzec, ponieważ z jego spojrzenia zniknął wyraz zaciętości. Przyciągnął mnie do siebie. Pocałowaliśmy się i tym razem nikt nam nie przeszkadzał.

Żołądek opadł mi do stóp, zupełnie jak wtedy za pierwszym razem. Pod powiekami zawirowały mi barwy z mojego obrazu. Jego ciało zadrżało, gdy ściągałam mu koszulkę. Moje ubranie spłynęło pod jego szorstkimi dłońmi. Znaleźliśmy się na łóżku i moją ostatnią świadomą myślą było zdziwienie, jak to możliwe, że mogłam dobrowolnie z niego zrezygnować.

I Nelly miał rację. W ogóle za nim nie tęskniłam.

* * *

Obudziłam się o świcie i przekradłam do łazienki. Oczy mi lśniły, a wargi miałam podrapane od szczeciny Adriana. Gdy wróciłam do pokoju, wciąż spał z jedną ręką zarzuconą nad głowę. Wślizgnęłam się pod kołdrę i oparłam mu głowę na piersi.

– Kocham cię – wyszeptałam, nie chcąc go budzić.

Podrapał mnie po plecach.

– Powtórz to – rzekł zaspanym głosem.

– Kocham cię.

– Jeszcze raz.

Usłyszałam uśmiech w jego głosie i podniosłam głowę. Spoglądał na mnie roziskrzonym wzrokiem, a kąciki jego ust unosiły się lekko.

– Kocham cię – oznajmiłam.

– Jeszcze raz.

Usiadłam. Widok z okna był dokładnie taki, jak się spodziewałam. Przejechałam palcem po krzywiźnie jego policzka.

– Kocham cię. Aż do końca świata.

Uśmiechnął się szerzej.

– I dłużej? – spytał.

Obróciłam się do okna i pomyślałam o tym, co leżało za względnie bezpiecznym azylem tego pięknego pierścienia gór. Następnie znów popatrzyłam na Adriana i uśmiechnęłam się do niego, choć poczułam na plecach zimny dreszcz.

– I zdecydowanie dłużej.

Epilog

Byłam w kuchni, gdzie sparzałam i obierałam pomidory. Zbiory okazały się solidne i jeśli chcieliśmy mieć wystarczająco dużo przetworów, by przetrwać zimę, czekała nas praca przez cały kolejny tydzień. W jesiennym powietrzu dało się już odczuć mroźne tchnienie zimy, ale w tym roku nie było ono niemile widziane. Mieliśmy nadzieję, że chłód unieruchomi zainfekowanych i da nam okazję, by ich dobić. Liczyliśmy też na to, że ci, których przegapimy, zachowają się w sposób podobny do mrożonego mięsa i po wiosennych roztopach ich mięśnie staną się bezużyteczne.

Praca była powtarzalna, lecz pokrzepiająca. Dzięki myśli, że ta żywność pomoże nam przetrwać ciemne godziny lutego, wysiłek wydawał się mniej żmudny, jak zawsze żartowała moja mama. Niemal potrafiłam wyczuć ją tu przy mnie, wkładającą pomidory do słoików, jak to robiliśmy każdej jesieni. Nie umykało mojej uwadze, że wiodłam życie, jakiego pragnęłam, z Adrianem, i moje serce dostawało lekkiej czkawki. Wiedziałam, że moi rodzice też by się z tego cieszyli, oczywiście pomijając fakt, że po świecie włóczyły się hordy nieumarłych.

Betka stała obok mnie i pomagała w obieraniu. Być może tworzyłam dla niej podobne krzepiące wspomnienia, choć trwał koniec świata. Miała teraz wiele matek i wszyscy kochaliśmy ją straszliwie. Stanowiła naszą nadzieję na przyszłość, powód, dla którego chcieliśmy tę przyszłość kreować. Uśmiechnęłam się do niej i jej twarz się rozpromieniła. Może wszystkie te koszmary, których doświadczyła, nie zniszczyły jej całkowicie dzieciństwa. Liczyłam, że tak było.

Na parapecie blisko jednego z pieców stało radio. Mieliśmy je wszędzie na wypadek, gdyby pojawiło się niebezpieczeństwo i musielibyśmy przejść za ogrodzenia. Odzywające się w nim trzeszczące głosy obwieszczały rzeczy, które trzeba było naprawić, prośby o pomoc, a od czasu do czasu również dowcipne uwagi. Uważałam za niezwykłe, że humor przetrwał i że wszyscy tutaj działali na rzecz wspólnoty. Miałam teraz dużą rodzinę.

Niemal każdego dnia pojawiała się w radiu wiadomość, że przy bramie są ludzie, którzy usłyszeli audycję i dotarli tutaj. Jednak docierało ich o wiele mniej, niż się spodziewaliśmy. Jedno lub dwoje naraz. W zeszłym tygodniu zjawiła się cała rodzina z dziećmi i ucieszyliśmy się, że żyją. Jedna nietknięta rodzina spośród milionów rozbitych. Pomyślałam o Washingtonach i żywiłam desperacką nadzieję, że oni również okazali się wyjątkiem od reguły.

Doniesienia mówiły, że na zewnątrz zrobiło się gorzej i że ludzie nie zdołają dojechać tu przed wiosną. Oznaczało to, że do końca zimowych miesięcy wielu zginie z zimna, głodu i w wyniku chorób. Moje myśli były tak głośne, że przy rozbrzmiewającym wokół mnie brzęku słoików i pokrywek przegapiłam najświeższy komunikat.

– Co mówili? - spytałam. – Wydawało mi się, że słyszałam moje imię.

– Chyba rzeczywiście mogli cię wymienić. Chyba ktoś jest przy bramie, ale nie mam pewności – odparła Mikayla, energiczna dziewczyna o karmelowej skórze, która w momencie wybuchu epidemii bornawirusa studiowała rolnictwo ekologiczne.

– Kieruje się teraz do drugiej bramy – podjął Mike pilnujący pierwszej bramy. – Wygląda jak Rambo, ale Shelby twierdzi, że jego dżinsy musiały kosztować ze czterysta dolców. – Roześmiał się pogodnie. – Fajny facet. Potrzebuje prysznica i łóżka.

Serce mi przyspieszyło. Zastanawiałam się, czy przerwać pracę i odezwać się przez radio. By dopytać. Nie chciałam jednak. Nie chciałam usłyszeć, że się pomyliłam. Chciałam wierzyć jeszcze przez jedną minutę.

Złapałam Betkę za rękę i obróciłam się do wszystkich.

– To chyba ktoś, kogo znam – oznajmiłam.

– No to leć! – zawołali z uśmiechem.

Wszyscy marzyli o dniu, kiedy pod bramą pojawi się ktoś idący do nich. Złapałam nasze swetry i poszukałam swoich butów w stercie przy drzwiach. Nie mogłam ich znaleźć, więc dałam spokój. Betka patrzyła na mnie, jakbym postradała zmysły, gdy pociągnęłam ją przez drzwi i pobiegłam przez żwirowy podjazd. Wiedziałam, że Ana i inni mogli jeszcze nie usłyszeć. Nie chciałam podsycać w nich nadziei, ale nie potrafiłam się powstrzymać.

Obróciłam się do dziewczynki.

– Idź po Anę – poleciłam. – Powiedz jej, żeby przyszła pod bramę.

Potaknęła, patrząc na mnie ze zdumieniem, i pognała

w stronę ogrodu. Biegłam dalej podjazdem, przy którym drzewa zrzucały liście, zaścielając drogę odcieniami pomarańczu, żółci i czerwieni. Klapałam stopami o ziemię i słyszałam swój ciężki oddech. Ostatnio gnałam tak, zanim tu przybyliśmy. Wtedy biegłam, by uratować życie, a teraz napędzała mnie nadzieja.

Minęłam drugą bramę, machając do Maureen. Wyłoniłam się zza rogu i oto był. Szedł wraz z Danem, który zapewne opowiadał mu o farmie. Zatrzymałam się, dysząc, a on podniósł wzrok. Miał powalaną i wymiętą koszulę, włosy wpadały mu do oczu, a dżinsy były bardziej brązowe niż niebieskie. U biodra wisiał mu pistolet, na ramieniu karabin, przy drugim biodrze maczeta. Rzeczywiście Rambo.

– Peter! – wrzasnęłam i pobiegłam do niego.

Gdy się uśmiechnął, jego zęby zalśniły bielą na tle brudnej twarzy. Chyba nigdy nie widziałam go tak szczęśliwego. Nie, to nieprawda. Widziałam. Na zdjęciach z dzieciństwa. Teraz wyglądał zupełnie jak tamten chłopiec, minus piegi.

Niemal go przewróciłam, gdy się na niego rzuciłam. Jego plecak grzmotnął o ziemię, gdy mnie przytulał. Nie mogłam uwierzyć, że to on. Że to Peter, który zginął, nie mieliśmy co do tego wątpliwości. Przypomniałam sobie jego twarz, kiedy odjeżdżaliśmy, gdy przez chwilę wyglądał na szczęśliwego, i uścisnęłam go mocniej. Nie zdawałam sobie sprawy, że płaczę, dopóki nie spróbowałam się odezwać.

– Jak? – wydusiłam z siebie, ale nie zdołałam powiedzieć nic więcej.

– W budynku byli ludzie. Na górze. Spuścili mi taką drabinę, którą mocuje się do okien.

Tamta zasłonka w oknie. To nie był tylko wiatr. Pokręciłam

głową, myśląc, jakie miał szczęście, jakie my wszyscy mieliśmy szczęście, i rozpłakałam się jeszcze bardziej.

Popatrzył na mnie roziskrzonym wzrokiem.

– Kiedy zrobiła się z ciebie taka płaksa? Gdy widziałem cię ostatni raz, płakałaś. Znowu cię widzę, znowu płaczesz.

Nie umiałam powstrzymać łez, ale nie mogłam pozwolić, by mu to uszło na sucho.

– Chyba mniej więcej wtedy, kiedy ty odnalazłeś swoje poczucie humoru.

Roześmiał się.

– Moja dziewczyna.

W końcu łzy przestały mi płynąć i rozpromieniłam się do niego.

– Już nie. Twoja dziewczyna jeszcze przed chwilą była w ogrodzie, ale już tu idzie. Wszyscy tu jesteśmy. Wszyscy tu dotarliśmy dzięki tobie.

Wiedziałam, że bał się pytać i teraz ta resztka niepokoju zniknęła z jego twarzy. Miałam ochotę opowiedzieć mu o tym, jak tu dojechaliśmy, o Nellym, o tym, jak Ana pomogła go uratować. Ale na to wszystko przyjdzie czas. Czas. To coś, co przestaliśmy już uważać za oczywiste.

Kipiała we mnie czysta radość i dostrzegałam ją również w jego twarzy. Śmiał się i obracał mną w kółko raz za razem, jakbyśmy byli na sali balowej, lecz przerwał, gdy Betka i Ana wyłoniły się zza zakrętu. Dziewczynka rzuciła mu się w ramiona z wrzaskiem radości i owinęła się wokół niego wszystkimi kończynami niczym ośmiornica.

Pocałował ją w nos i przyjrzał się jej twarzy.

– Betka, masz o wiele więcej piegów! Tu widzę jednego, który ma na imię Morris.

Mała uśmiechała się tak promiennie, że aż oślepiało, i dalej trzymała go mocno łapkami brudnymi od pomidorów.

– Peter, tak bardzo za tobą tęskniłam! – powiedziała.

Przytulił ją mocno.

– Ja też za tobą tęskniłem, malutka. Bardzo, bardzo.

Na drodze pojawiła się reszta naszej grupy wraz z Adrianem. Przytulili Petera i zadawali mu milion pytań naraz.

Przedstawiłam Adriana, który z uśmiechem uścisnął mu dłoń.

– Słyszałem wiele o tobie – rzekł. – Cieszę się, że tu dotarłeś.

Peter znowu błysnął mi tym swoim szerokim uśmiechem. Puściłam mu oko i popatrzyłam na Anę. Stała z boku w kapeluszu o szerokim rondzie, który w ogrodzie osłaniał jej oczy przed słońcem. Spędzała tam niemal cały czas, gdy tylko nie próbowała mnie wciągnąć w jakieś ćwiczenia lub nie szukała eliksów, których mogłaby zniszczyć. Przygryzła wargę i spojrzała na Petera, a na jej twarzy malowała się niepewność.

Peter wyszeptał coś Betce do ucha. Kiwnęła głową, zeskoczyła na ziemię i uśmiechnęła się. Peter ruszył w stronę Any i zatrzymał się kilka kroków od niej. Następnie, niemal dwornym gestem, wyciągnął dłoń.

– Wiesz – powiedział, uśmiechając się nieznacznie – wciąż nie doczekałem się od ciebie tańca.

Ana roześmiała się i podała mu rękę. Kapelusz spadł na ziemię, gdy Peter przyciągnął ją do siebie i zawirował z nią. Ani trochę nie zapomniał kroków, ale dziewczyna dotrzymywała mu tempa, jak kiedyś zapewniał.

– Potańcówka! – zawołała Betka i jej głos poniósł się echem wśród drzew.

Jedną ręką złapała Adriana, drugą Nelly'ego i zaczęła tańczyć, jakby słyszała muzykę. Tata czasami chwytał mamę i tańczył z nią po domu, zresztą ze mną i Erikiem również. Jeśli protestowaliśmy, mawiał: „Zawsze gdzieś gra muzyka. Musicie tylko posłuchać".

Musiałam wierzyć, że rzeczywiście wciąż gdzieś grała muzyka. Że gdzieś jeszcze ludzie tańczyli. I gdy Nelly mnie obrócił, wydawało mi się, że skądś dobiega do mnie cichutka melodia. Penny i ja wzięłyśmy się za ręce, by poskakać w kółko, po czym wybuchnęłyśmy śmiechem, gdy Nelly i Adrian wzięli z nas przykład. Betka wciągnęła Dana do zabawy i zaczął huśtać nią sobie między nogami oraz podrzucać ją w górę.

Musieliśmy wyglądać idiotycznie, gdy tak tańczyliśmy na drodze. Nie przejmowałam się jednak, bo słyszeliśmy muzykę i robiła się ona coraz głośniejsza. Zagłuszała jęki zmaltretowanych ciał, które błąkały się po świecie, nieświadome, że niszczą wszystko to, co kiedyś kochały. Łagodziła ból rozbitych rodzin i rozbitych serc nas wszystkich.

James przy każdym kroku nadeptywał Penny na stopy, ale widziałam, że on również ją słyszał. Nawet John kiwał głową. Adrian złapał mnie i przycisnął mocno do siebie, wcześniej posyłając Nelly'emu Betkę, która zapiszczała z uciechy. Przepełniało mnie jednocześnie szczęście i poczucie beznadziei, śmiałam się i płakałam naraz. Nie wiedziałam już nawet, które łzy są od czego. Adrian uśmiechnął się i starł mi je kciukiem.

Poczucie beznadziei zaczęło przygasać. Opłakiwałam dawny świat, ale nie traciłam wiary, że będzie trwał. Gdy byłam dzieckiem i obiecywałam, że będę kochała rodziców do końca świata i dłużej, miało to brzmieć śmiesznie. Wtedy wydawało się to niemożliwe. Gdyby świat się skończył, byłby to rzeczywiście koniec. Jednak okazało się, że to nieprawda. Być może mimo wszystko przegramy, być może ludzie staną się jedynie punktem na radarowym ekranie historii.

Jednak nie byłam tego taka pewna, ponieważ świat już się skończył, a my wciąż tu byliśmy.

1   Hiszp., skrót od *mi hija*, dosłownie „moja córka", oznacza: có-
reczko, kochanie itp. (przyp. tłum.).
2   Jak wyżej, tylko w liczbie mnogiej (przyp. tłum.).

3   *Spacer po lesie*. Książka autorstwa Billa Brysona opisująca naj-
dłuższy (niemal 2200 mil) szlak pieszy na świecie, biegnący wzdłuż
wschodniego wybrzeża USA od stanu Georgia po Maine. Bryson
zamieścił mnóstwo informacji na temat licznych lokalizacji, miej-
scowej flory i fauny, a także historii tego obszaru (przyp. tłum.).
4   Książka autorstwa Toma Browna, zgodnie z tytułem stanowiąca
podręcznik opisujący podstawy sztuki przetrwania w dziczy, ilu-
strowany i zawierający informacje przydatne zarówno dla
początkujących, jak i doświadczonych osób (przyp. tłum.).

5   Hiszp. dziewczyna (przyp. tłum.).

6   Nawiązanie do słynnej suki collie znanej z powieści *Lassie, wróć!*
Erica Knighta oraz licznych filmów. W szkockim dialekcie angiel-
skie *lassie* znaczy „dziewczyna", a *laddie* – chłopiec (przyp. tłum.).

7   Zagat – amerykańska firma założona w 1979 r., wydająca katalogi

z rankingami lokali. W 2011 r. została kupiona przez Google, który zintegrował jej recenzje i oceny ze swoimi usługami. W 2018 r. Google sprzedał Zagat serwisowi The Infatuation (przyp. tłum.).

8   Hiszp. tatuśku (przyp. tłum.).

9   Hiszp. tak, mamuśko (przyp. tłum.).

10   Hiszp. bielutki (przyp. tłum.).

11   Cytat za Biblią Tysiąclecia (przyp. tłum.).

Podium

www.ingramcontent.com/pod-product-compliance
Lightning Source LLC
Chambersburg PA
CBHW020636120726
47906CB00001B/5